책의 탄생과 이야기의 운명

저자

박진영(朴珍英, Park Jin Young)_ 연세대학교 화학과를 졸업한 뒤 같은 학교 국어국문학과에서 박사학위를 받았다. 초창기의 출판문화사, 번역과 번안문학, 추리소설의 역사를 통해 근대 한국의 시대정신과 상상력을 재조명하는 공부에 힘을 기울이고 있다. 첫 번째 저서『번역과 번안의 시대』는 제37회 월봉 저작상 수상작이며 2012년 대한민국 학술원 우수학술도서로 선정되었다. 최근에는 번역가의 탄생과 근대 동아시아의 번역으로 연구 시야를 넓히며 번역가 사전 편찬에 착수했고, 한국의 근대 추리소설사를 집필하고 있다.『한국의 번안소설』(전 10권),『번안소설어 사전』,『신문관 번역소설 전집』을 펴냈으며『불여귀』,『진주탑』,『붉은 실』,『르루주 사건』을 발굴하여 복원했다. 문학사에서 제대로 평가받지 못한 자료를 찾아내 정본으로 펴내는 일을 계속할 생각이다. www.bookgram.pe.kr

책의 탄생과 이야기의 운명

초판 발행 2013년 8월 25일 **초판 2쇄 발행** 2014년 3월 20일

지은이 박진영 **펴낸이** 박성모 **펴낸곳** 소명출판 **출판등록** 제13-522호

주소 서울시 서초구 서초동 1621-18 란빌딩 1층

전화 02-585-7840 **팩스** 02-585-7848 **전자우편** somyong@korea.com **홈페이지** www.somyong.co.kr

값 35,000원 ⓒ 박진영, 2013

ISBN 978-89-5626-902-3 93810

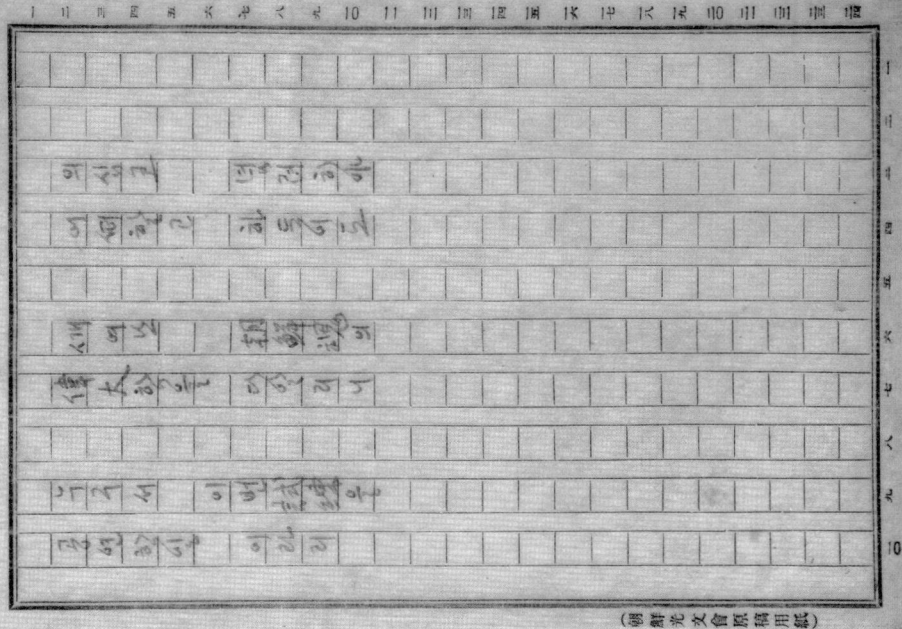

최남선 육필(조선광문회 원고용지, 처남 고 최한웅 박사 황인, 한국현대문학관 소장)

제11장 제22장 이광수의 추물

나는 또 因果應報를 믿습니다. 인의 절반은 믿습니다. 내가 좋으로 일으로 마음으로 짓는 인(業)은 하나도 소멸됨이 없이 반드시 그 만환 결과로 갚아진다는 이치를 부처님께서 배와서 믿습니다. 또 물리학과 화학에서 배와서 믿습니다.

내가 하는 □인을 발한 것도 없고 말 한 마디 생각 하여도 본변입니다. 그럼으로 내가 이 나라 이 백성□이 가장 좋은 나라 가장 좋은 백성이 되어지라 하는 내 원력(願力)도 본변입니다. □ 그럼으로 비록 내나카닥 한 오리 한 한 밖에 긋 되는 내 원력이나도 백생 천생에 쌓이고 쌓이면 반다시 그대로 실현된 것을 나는 굳게 굳게 진실노진실노 믿습니다.

그것은 민간래로 나는 희망을 잃지 아니합니다. 나는 이 나라 이 백성이 반듯이 가장 좋은 나라

李光洙親筆原稿임을
確認함
노양환

이광수 육필(전 삼중당 편집 책임자 노양환 옹 확인, 한국현대문학관 소장)

광학서포

동양서원

박문서관

회동서관

보급서관

유일서관

대창서원

수문서관

문익서관

왕래서시

운림서원

박학서원

『신문계』 7호, 신문사, 1913.10, 권두 화보(보성고 오영식 교사 소장)

박문서관(1939년,
충남도시가스노승현 회장 소장, 시공사 제공)

신구서림(1931년, 보성고 오영식 교사 소장)

영창서관
(1931년, 인천문화재단 함태영 박사 소장)

조선도서주식회사(1923년, 『동아일보』, 1923.1.21)

한남서림(1926년, 『해동역대명가필보』, 국립중앙도서관 소장)

한성도서주식회사(1935년 증축 사옥, 『동아일보』, 1936.1.3)

회동서관(독립기념관 소장)

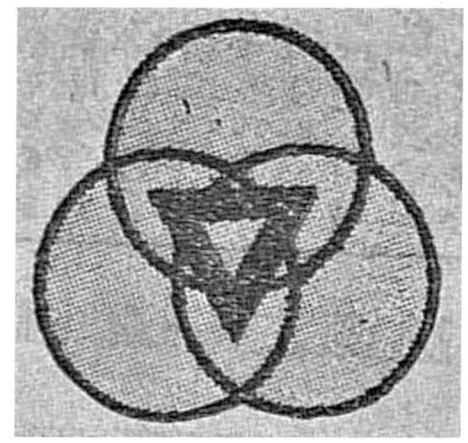

동양서원 로고

박문서관 로고

영창서관 로고

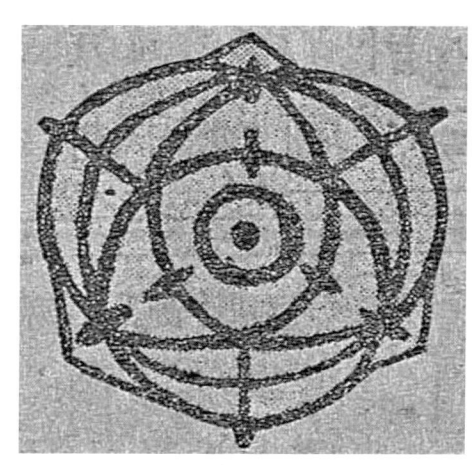

한남서림 로고

한성도서주식회사 로고

회동서관 로고

책의 탄생과 이야기의 운명

The Birth of a Book and the Faith of a Story

박진영

소명출판

　책과 이야기를 화두로 삼아 공부한 흔적이 한자리에 모여 『책의 탄생과 이야기의 운명』이라는 이름을 얻었다. 소설이나 문학이라는 말이 앞서지 않은 것은 이 책이 텍스트에 대한 연구가 아니기 때문이다. 내게 주어진 공부거리는 텍스트 안쪽이 아니라 텍스트 주변이자 바깥이다. 말하자면 책을 둘러싼 이야기, 이야기를 둘러싼 책을 놓고 궁굴려 온 그동안의 과정이 소박하게 기록되었다.

　제목이 거창하게 붙었지만 책과 이야기가 만들어지거나 이리저리 옮아앉거나 자라나는 경로가 실증적으로 추적되었을 따름이다. 요컨대 텍스트라 부르는 것의 생물학적 기원, 물리적 실체, 역사적 효과가 이 책의 중심 주제다. 책이라는 사물, 이야기라는 현상이 제 나름의 역사와 운명을 지니고 있다는 생각은 근대문학 연구자로서 내가 일차 자료를 어루만지는 기본 태도이기도 하다.

　최근에 내가 공부하고 있는 영역은 번역문학, 출판문화, 추리소설의 세 갈래다. 번역의 역사성, 번안소설의 상상력에 대한 연구는 첫 번째 저서 『번역과 번안의 시대』로 모아졌다. 두 번째 저서 『책의 탄생과 이야기의 운명』에서는 초창기의 책과 잡지, 인쇄와 출판, 판권과 출판사, 편집자와 출판업자를 파고들었다. 세 번째 저서로 예정된 것은 한국 근대 추리소설사를 서술하는 일이다. 그러고 보면 나는 늘 근대문학사의 변두리로 쫓겨난 존재, 문학에서 소외된 주체, 소소하고 하찮아 보이는 자료, 지금까지 학문적 탐구의 대상으로 떠오르지 못한 이야깃거

3

리에 관심을 가져 왔다.

세 갈래의 공부는 한결같이 아주 작고 흐릿한 실마리를 건드리다가 근대문학사의 문제성을 포착하거나 핵심적인 연구 과제를 꿰뚫는 길로 이어졌다. 이를테면 근대 출판문화사에 초점을 맞춘 이 책은 최남선이 신문관을 창립한 시기와 사옥 위치가 모호해서, 이인직의 『혈의 누』와 이광수의 『무정』 초판이 눈에 띄지 않아서 하나하나 파헤치면서 시작되었다. 번역문학사와 추리소설사 연구도 작가 연보나 작품 목록과 같이 아주 간단하고 기초적인 사실조차 도무지 갈피를 잡을 수 없어서 손댄 것이 첫고등이다. 어느 경우든 실증적인 연구를 통해 근대문학의 기원과 성립, 출판물의 유통과 문화적 재생산, 이야기 양식과 정전의 역사성이라는 문제를 객관적으로 풀어내는 길로 들어선 것은 마찬가지다.

그래서 세 갈래의 공부라고는 했지만 뜻밖의 대목에서 마주치거나 느닷없이 포개지곤 하는 것도 당연한 노릇이다. 결국 근대문학이란 무엇인가, 근대문학의 역사란 무엇인가 하는 빤한 물음에 가닿지 않으면 안 되기 때문이다. 중요한 것은 답을 새로 내놓기 위해 물음을 다시 던지고 다른 풀이를 찾아보아야 한다는 데에 있다. 어쩌면 답이 새로운지 새롭지 않은지는 중요하지 않을 터다. 내가 아는 한에서 한국의 근대문학사란 텍스트 연구만으로는 들여다볼 수 없는 것, 이해되지 않는 것, 설명할 수 없는 것이 지나칠 만큼 흔하기 때문이다. 당연하거나 자명한 공리처럼 여겨지는 것도 기실 오류투성이이기 십상이다. 따라서 일차 자료를 치밀하게 고증하고 주변 정황을 엄격하게 재검토하지 않고서는 새로운 시각과 연구 방법론을 기대할 수 없으며, 근대문학사 연구에 대한 반성과 비판에 단 한 발짝도 다가갈 수 없다.

대개 눈여겨보지 않을 법한 낱낱의 사실과 현상을 붙잡고 끈질기게 늘어지는 이유도 여기에 있다. 어쩌면 소소한 생각, 작은 이야기, 낮은 목소리에서 새로운 학문적 상상력이 발휘될 수 있지 않을까? 다만 어떠한 경우에도 거꾸로 되돌아가면 안 된다는 점을 놓치지 말아야 한다. 거대한 이론, 그럴싸한 의제(agenda), 추상적인 입론에서 출발해서는 아무것도 얻을 수 없다고 믿는다. 내가 지금까지 공부하면서 배운 가장 큰 교훈이다.

초창기의 출판물 가운데 몇 가지를 접하면서 촉발된 이 책은 인쇄 및 출판과 근대문학, 근대문학이라는 제도와 책이라는 문화 상품, 일차 자료로서 이야기 양식과 근대문학사 연구의 물밑 연쇄에 대해 재조명한 결과다. 제1부와 제2부는 근대 출판문화사의 첫 번째 단면이자 근대문학사의 벽두 풍경을 보여 주는 1900년대 후반부터 1910년대 후반 사이의 책과 이야기에 대한 연구다. 제1부와 제2부는 일차 자료와 일차 자료를 둘러싼 출판 상황에 집중함으로써 지금까지 드러나지 않은 문학사적 문제성을 재발견하는 데에 초점을 맞추었다. 제3부와 제4부는 숨은 일차 자료를 지금 우리 시대의 유산으로 되찾아오고 근대문학사 연구의 출발점을 재확인하기 위한 탐색이다. 내가 앞으로 공부해 나아갈 실천적인 과제를 점검한 것이 제3부라면 애초에 근대문학사 공부를 시작하면서 품은 문제의식이 제4부에 담겼다.

제1부에는 신문관과 신문관의 출판물을 집중적으로 다룬 네 편의 글을 엮었다. 초창기의 출판문화를 선도한 최남선과 신문관에 대한 연구가 제대로 진척되어 있지 않은 것은 무척 놀랍고 당황스러운 일이다. 먼저 제1장에서 신문관의 창립 경위와 문제성을 실증적으로 짚은 뒤에 새로 공개된 핵심 자료를 제2~4장에서 제시했다. 신문관에서 발행된 정기간행물과 백과총서를 방불케 하는 단행본 출판물이 아직 집

성되지 못한 사정을 감안한다면 남은 숙제가 더 크다. 최초의 전문 편집자로서 최남선에 대한 이야기를 빼놓을 수 없는 노릇이어서 따로 【갈피짬】에서 그려 보았다.

제2부에서는 잘 알려진 책과 이야기의 계보를 원점에서 다시 검토했다. 완연히 정전으로 굳어진 신소설이나 『무정』조차 실증적으로 정리되어 있지 않은 실정은 근대문학사 연구의 난맥상을 잘 보여 준다. 제5장과 제6장은 각각 이해조의 신소설과 이광수의 『무정』을 둘러싼 판권 이동 경로를 통해 초창기 출판계의 실상, 저작자와 출판업자의 관계, 주요 출판사의 면면을 다각도로 살폈다. 제7장은 최고의 베스트셀러 『장한몽』이 이야기에서 다른 이야기로, 이야기에서 벗어나 가요, 연극, 영화로, 또한 책에서 상품으로, 문학에서 문화로 넘나든 경위를 역사적으로 추적했다. 【갈피짬】에서는 지금까지 신소설로 뭉뚱그려 온 단행본 출판물의 실상과 현황을 주요 작가를 중심으로 전수 조사하여 제시했다. 제5장에서도 이해조의 저술 활동에 대해 몇 가지 이의와 의문을 달았거니와 주요 신소설 작가에 대한 전격적인 재평가가 절실하다는 사실이 【갈피짬】을 통해 드러날 것이다.

제3부는 실증적인 기초 연구와 자료 편찬 작업을 통해 근대문학사 연구의 기본기를 닦아야 한다는 문제 제기이자 제안이다. 제8장은 내가 공들여 진행하고 있는 기초 자료 발굴과 정본 출판에 대한 목소리를 담았다. 제9장은 번역 주체에 대한 관심과 체계적인 연구를 바탕으로 번역문학사 연구의 새로운 돌파구를 마련하기 위한 모색이다. 각별히 정본 출판과 사전 편찬을 통해 근대문학사 연구의 새로운 지평을 넘볼 수 있으리라는 기대요 나의 향후 연구 계획에 대한 선언이기도 하다. 【갈피짬】은 관성화된 정전에 치우친 학계의 연구와 대중적인 인문 교양 출판의 접속 과정에 대한 단상인바 제8장의 밑그림이 된 글이다.

제4부는 내가 근대문학사를 공부하는 첫길에 들어서면서 쓴 글로 편성되었다. 제10장과 제11장은 근대 초기의 문학에 관심을 갖고 공부의 방향성을 찾는 데에서 중요한 계기가 된 글이다. 널리 알려지지 않은 최인훈의 소설을 다룬 제12장은 내가 처음으로 발표한 학술 논문이다. 제4부는 오래전의 글이어서 이 책에 싣는 일을 망설이기도 했지만 내 공부의 출발선이기도 하려니와 앞으로 간직해야 할 문제의식이 담겨 있어서 소중히 거두었다. 특히 제12장은 이 책은 물론 최근의 내 연구를 도틀어 이례적으로 텍스트를 분석한 논문이다. 허술하기 그지없고 어쭙잖은 대목도 많지만 근대문학 연구자로서 나 자신의 존재를 끊임없이 묻고 반성하고 채찍질하게 만드는 글이어서 애착이 유다르다.

최근에 갓 정리한 글부터 처음 공부를 시작할 때에 쓴 글까지 한데 모으다 보니 손볼 곳이 많았다. 대부분의 글은 처음 발표될 때의 문장을 조금씩 고치거나 다듬은 것으로 그쳤으나 몇 편은 아예 다시 쓰기도 했다. 무엇보다 이 책의 체재에 걸맞은 꼴을 갖추기 위해서이지만 글의 성격이 고르지 않고 비문이나 난삽한 문장이 몹시 부끄러웠던 이유가 크다. 오래전의 글은 비문을 바로잡고 문장을 여기저기 손질했다. 최근의 글은 겹치거나 불필요한 대목을 조정하고 일부를 새로 썼다.

그러고 나서도 마뜩찮은 대목이 많은 것은 이 책이 체계적인 연구를 바탕으로 저술된 것이 아니기 때문이다. 일차적으로 내 연구 시야와 역량의 문제요 내 글쓰기의 한계임이 틀림없다. 그렇다 하더라도 어쩌면 근래의 학술 논문이 안고 있는 공통적인 문제일지도 모른다는 의심이 없지 않다. 논문으로 획일화된 풍토와 산술적 계량의 압박 탓에 논문이라는 불편부당한 형식이 점점 더 경직되고 대학이라는 담장을 벗어나지 못하는 문장에 안주하고 있는 것은 아닌지 물어야 마땅하다.

이 책에 실린 몇 편의 글은 그러한 고민과 분투 속에서 쓰였다. 내가 어디에 글을 실을지는 학술지 등급에 따라 환산되는 점수가 아니라 글의 성격과 독자에 따라 결정되어야 옳다. 적어도 지금까지 나는 그러한 원칙을 저버리지 않으려고 노력해 왔다. 앞으로도 그럴 수 있을까? 아닌 게 아니라 학술 논문을 우상화하기에 이른 최근의 작태는 한심하다 못해 참담하다. 논문의 질에 대한 평가를 완전히 포기하다시피 한 것이야 그렇다 치더라도 논문이 아닌 글을 싸잡아 천대하는 고질을 볼라치면 학계가 자멸의 코앞에 와 있음이 분명하다. 오죽하면 한국학 분야에서도 해외 저널에 영어로 발표된 것이 아니라면 아예 학술 논문 축에 끼지 못하게 될 판국이다. 당장 전문 학술서조차 연구 성과로 인정하지 않는 대학이 허다한 지경이다.

그런가 하면 나는 이른바 등재지나 등재후보지에 싣기 위한 학술 논문을 쓰면서 의식적으로 각주를 달지 않고 본문 안에서 처리하려고 시도해 보았다. 거꾸로 등재지나 등재후보지가 아닌 곳에서 딱딱하고 정형화된 논문 투를 시험하기도 했다. 또한 이 책 곳곳에는 내가 블로그에 쓴 글이나 문장을 그대로 가져온 경우가 숨어 있다. 글쓰기에 대한 반성은 학술 논문을 벗어던지거나 깨뜨리기 위해서가 아니라 어디까지나 학술 논문의 규격을 새롭게 갱신하고 학술 문장을 일신시켜 나아가기 위한 것이다. 이제야 막 자기비판에 눈뜬 참이다 보니 내 글과 문장은 아직 어설프기 짝이 없다.

결과적으로 나는 어느 정도 평준화된 선에서 타협하지 않을 수 없었고, 이 책은 엉성하고 수선스러운 꼴이 되고 말았다. 공부가 일천한 탓에 중도반단의 형식이요 기묘한 글쓰기로 멈춘 것이 변명할 길 없는 실상이다. 그러나 박제된 프레임에서 의식적으로 벗어나기 위해서, 좀 더 유연하게 생각하고 쓰고 소통하기 위해서 도전한 일이다. 그러한 뜻에서 나는 앞으로도 학술 논문의 형식에 번번이 싸움을 걸 것이며, 등재지나 등재후보지가 아닌 곳에 꾸준히 글을 쓰려고 애쓸 것이며, 블로그를 통해 공부의 외연의 넓히면서 문장에 대한 회의를 일삼을 것이다. 또한 대학의 연구자가 떠맡아야 마땅한 책임과 의무는 으레 체계적인 학술서와 대중적인 교양서 저술에 나란히 나뉘어 있다는 사실도 잊지 않겠다.

이번에도 소명출판에 빚을 졌다. 첫 번째 저서 『번역과 번안의 시대』도 그러하거니와 『신문관 번역소설 전집』을 품격 있는 책으로 만들어 준 곳이 바로 소명출판이다. 오랫동안 공들여 모아 온 신문관의 책, 기초 자료, 희귀한 사진을 한데 엮을 수 있었던 것은 전적으로 소명출판 덕분이다. 『신문관 번역소설 전집』을 펴내면서 이 책이 처음 구상되고 후속 연구를 하나씩하나씩 보태 온 경과를 잊을 리 없다. 첫 번째 저서를 쓴 지 이태 만에 두 번째 저서를 같은 곳에서 출판하게 된 행운이야 두말할 나위도 없다. 그러고 보니 이 책에 실린 글 가운데 절반 이상이 소명출판의 손길을 거쳐 세상에 나왔다. 박성모 사장과 공홍 편집장께 그간의 인사를 대신하며, 이 책을 정성스럽게 매만져 준 편집부에 고마운 마음을 표한다.

연세대 근대한국학연구소에도 깊은 감사의 뜻을 전한다. 첫 번째 저서 『번역과 번안의 시대』가 연세근대한국학총서 가운데 하나로 출판된 것은 내 공부의 위치와 방향을 가늠하고 마음가짐을 다잡는 중요한 계기가 되었다. 두 번째 저서 역시 근대한국학연구소의 격려와 후원으로 이루어진 일이다. 또 언제나 변함없이 지켜보며 믿어 주는 스승이 있다는 조건은 공부의 큰 힘이다. 늘 같은 자리에서 일관된 모습으로, 그런데 줄기차게 새로운 시각으로 새로운 공부의 길을 열어 가는 스승의 모습은 무엇보다 든든한 배후다. 공부하는 내내 간결하고 일목요연한 글쓰기를 쉼 없이 배워야 한다는 사실도 내게는 무척 다행스러운 일이다. 입가에 맴도는 동학과 선후배의 이름이 많다. 내가 과연 부끄럽지 않게 공부하고 있는지 그분들에게 물어도 좋은지 모르겠다.

　마지막으로 가족에게 깊이 머리 숙인다. 내게는 따뜻하고 넉넉한 가정이 있건만 가장의 역할을 제대로 해내지 못했다. 묵묵히 지켜봐 주시는 부모님께 감사하다. 미덥지 못한 아들이 처음 공부를 시작할 때에도 부모님은 아무 말 없이 길을 내주셨다. 철들지 않은 두 아이에게 늘 미안하다. 아이들이 아빠의 공부를 이해하기에는 아직 이를 터다. 이 책에 실린 글이 한 편 한 편 마무리되는 동안 가장 힘겨워 해야 했던 것은 아내다. 어려운 시간을 견뎌 내면서 곁을 둘러싸 준 염희경 박사에게 어김없이 보답할 도리가 있을 것이다.

2013년 3월 여시재(如是齋)에서
박진영

차례

제1부
신문관과 출판문화의 상상력

제1장

창립 무렵의 신문관

1. 회고와 증언의 함정

　신문관(新文館)은 육당 최남선이 설립한 근대적인 인쇄소이자 출판사인 동시에 문예와 학술의 아카데미를 꿈꾸었던 최초의 종합 문화 기관이다. 당대 최고의 편집 역량과 인쇄 기술을 갖춘 신문관에서 종합교양 월간지 『소년』, 『청춘』을 비롯하여 어린이 잡지 『붉은 저고리』, 『아이들 보이』, 『새별』이 잇달아 발행되었다. 그 밖에도 여러 기획 총서, 문고본, 한국학 명저, 학술 및 종교 도서, 교양서, 실용서, 독본, 어학 총서, 학습서, 사전, 시가집, 고전소설, 번역소설이 신문관에서 편찬되었으니 명실상부한 근대 한국학의 아카이브이자 1910년대 최대의 민간 문화계몽 기구다.

　신문관은 한일병합 이후에도 순 한글로 된 '신문관'과 '새글집'의 이름을 이어 갔다. 그러나 최남선이 삼일운동으로 옥고를 치르면서 경영

난을 겪다가 동명사(東明社)로 이름을 고친 후 주간지 『동명』, 일간지 『시대일보』, 무크지 『괴기』를 발행했다. 신문관은 그 뒤로도 한동안 인쇄소로서 명맥을 유지했으며, 동명사는 오늘날까지 한국에서 가장 오랜 역사를 지닌 출판사로 남아 있다.

그런데 정작 신문관이 창립될 즈음의 사정과 구체적인 실상은 명확하게 밝혀져 있지 않다. 신문관의 성격이나 운영, 출판 서적의 실태는 말할 나위도 없으며 창립 연도와 사옥 위치조차 모호하다. 특히 창립 연도는 1906년 가을부터 1908년 여름까지 여러 가설이 제시되어 있으며, 사옥의 위치는 아예 잘못 알려져 있는 형편이다.

이렇게 된 데에는 훗날의 회고와 증언이 서로 엇갈린 탓이 크다. 당대의 언론을 통해 확인할 수 있는 정보라든가 공식적인 자료가 충분하지 않다 보니 불가피하게 기억을 빌리기 시작했고 크고 작은 착오를 감수해 왔다. 기초 사료가 충분하지 않은 마당에 동시대를 되돌아보며 평가한 관계자나 주변 인물의 목소리만큼 신뢰할 만한 유산을 달리 찾아보기 어렵다는 점에서 회고와 증언에 바탕을 둔 기록은 대단히 소중한 실마리임이 틀림없다. 하지만 사료로서 질과 가치라는 측면을 따져 볼 때 기억이란 늘 부차적일 수밖에 없다는 한계를 의식하지 않아서는 곤란하다.

회고와 증언이란 개인의 경험에 의존할 수밖에 없으므로 부정확함과 오류, 의도적이거나 무의식적인 여과와 윤색이 끼어들곤 한다. 추모와 기념을 위해 상기된 기억이라면 한층 유념하지 않으면 안 될 노릇이다. 만약 행간에 숨은 함정에 세심한 주의를 기울이지 않는다면 회고와 증언은 한낱 풍문으로 그치기 십상이다. 문제는 학술 연구에서 회고와 증언을 이용할 때 빚어진다. 이차 기록을 과신하고 반복하는 와중에 재생된 기억이 마치 반론의 여지가 없는 공리처럼 굳어 가는 한편 검증 경로는 점점 더 좁아지는 일을 피하기 어렵기 때문이다.

신문관에 대한 여러 진술 역시 마찬가지다. 최남선의 행적과 신문관의 창립 배경은 대개 최남선의 사후인 1960년대 이후에 문자화되었다. 1960년대에는 기위 반세기 전의 일을 생생하게 재현할 수 있는 객관화된 정보원이 거의 남아 있지 않은 데에다가 그나마 민족주의적 관점에서 덧칠되곤 했다. 회고와 증언의 주어는 만년에 이르렀고, 분단과 전쟁 건너편의 식민지 시기에 대해서는 사실상 복원 불가능한 체험에 의존할 수밖에 없었다. 당대의 시대 분위기에 따라 부분적으로 가공하거나 은폐한다든지 특정한 방향으로 과장하는 손질도 예삿일이다. 따라서 이러한 전언을 유효한 데이터로 활용하기 위해서는 목소리의 주체를 검증하고 발화 시점 역시 비판적인 입장에서 이해할 필요가 있을 터다.

신문관의 창립 경위에 대해 다시 눈길을 돌리는 데에서 출발하는 것도 그래서다. 이미 숱하게 거론되고 상식의 수준에서 재인용되곤 하는 최남선의 초창기 출판문화 기획에 효과적으로 접근하기 위해서는 한결 역사적이고 과학적인 태도가 요구된다. 그런가 하면 신문관에서 출판된 서적의 물리적 특성과 구체적인 종목, 발행 규모의 실체를 파악하기 위해서, 그리고 신문관이 담당한 역할과 공과를 객관적으로 평가하기 위해서는 빼놓을 수 없는 기초 작업이다.

일차적으로 신문관을 창립하고 운영하는 데에 간여한 여러 동력과 세부적인 조건을 실증적으로 추적하는 일이 긴요하다. 창립자의 의도나 시대적 배경을 앞세우기보다 인쇄 및 출판 사업의 물적 기반을 주시하고 실질적인 내부 역량을 파악하기 위한 첫걸음이기 때문이다. 특히 신문관의 창립 시기와 사옥 터에 대한 논란을 검토하여 회고와 증언으로 전해진 몇 가지 잘못을 바로잡을 것이다. 이를 통해 1910년대 최대의 문화적 결집체로서 신문관의 본모습과 역사적 성격을 둘러싼 새로운 논의를 기대할 수 있다.

2. 신문관 탄생의 숨은 주역들

최남선은 1890년 음력 3월 8일, 양력으로는 4월 26일에 서울내기 중인의 둘째아들로 태어났다. 본관은 동주(東州)이니 지금의 강원도 철원이다. 홍일식의 『육당 연구』(1959)와 조용만의 『육당 최남선』(1964)에 의하면 최남선의 집안은 고려 말의 무신 최영 장군의 후손이지만 엄밀히 말하자면 직계가 아닌 방손(傍孫)이다. 그러나 『동주 최씨 족보』의 편찬(1923~1924)과 최영 장군의 묘역 정비(1928)가 모두 최남선 부친의 손으로 이루어진 것은 사실이다.

부친 최헌규(崔獻圭)는 1859년 7월 25일 생으로 자(字)는 민경(民卿)이다. 최헌규의 회갑연이 1918년에 열린 점으로 보아 실제 생년은 1858년일 것이다. 최헌규는 관상감(觀象監)에서 지리학을 공부한 뒤 스물한 살이 된 1879년 기묘(己卯) 식년시(式年試)를 통해 관직에 들어섰다. 지금으로 치면 기술 고등 고시라 할 수 있는 잡과(雜科) 가운데 음양과(陰陽科)였다.[1] 음양과는 식년시와 증광시(增廣試)로 시행된 과거 제도로 천문학, 지리학, 명과학(命課學)을 대상으로 삼은 기술관 선발 시험이다.

조선 시대에 예조에 속해 있던 관상감은 1895년 4월 학부(學部) 소관

---

[1] 이성무 · 최진옥 · 김희복 편, 『조선 시대 잡과 합격자 총람』, 한국정신문화연구원, 1990; 한국정신문화연구원 편, 『잡과 방목(榜目)』(CD-ROM), 동방미디어주식회사, 2002.

의 관상소(觀象所)로 바뀌었다가 1907년 12월에 측후소(測候所)로 개편되었다. 최헌규는 관상소의 상지관(相地官)으로 1906년 2월 종이품의 기사(技師)에 이르렀다.[2] 상지관 또는 상지 기사란 대궐이나 능의 터와 형세를 알아보는 벼슬이니 대대로 물려받은 신분이다.

최헌규는 관상소가 측후소로 개편될 때 관직에서 물러난 것으로 보인다. 이때 역서(曆書) 업무만 학부 편집국으로 흡수되고 천문과 지리에 관련된 업무는 농상공부(農商工部) 농무국으로 이관되었기 때문이다. 측후소는 일본인 기술자를 중심으로 기상 관측 업무를 담당했다. 최남선 연보를 비롯한 훗날의 기록에는 최헌규의 벼슬이 육품이며 관상감에 올랐다고 되어 있지만 모두 사실과 어긋난다. 또 학부 학무국장이 되었다는 점은 아직 확인되지 않은 사항인데, 상지 기사였던 최헌규가 학무국장이 되었을 가능성은 그리 높지 않다. 이때 최헌규의 나이가 이미 마흔아홉 살이었고, 학부는 한일병합과 함께 조선총독부로 이관되었기 때문이다.

최헌규는 공직에서 성공을 거둔 외에도 무역과 상업을 통해 막대한 부를 축적했다. 사실 최헌규의 생부 최정렬(崔廷烈)은 전직 첨정(僉正)으로 종사품에 머물렀으며 최헌규가 입적된 양부 최정섭(崔廷燮)은 종이품의 중추원(中樞院) 의관(議官)을 지냈다. 그러나 최헌규가 부인 강씨를 맞아들일 때 가세가 어려워 격식을 제대로 갖추지 못했다는 말로 보아 물려받은 재산은 변변치 않았던 것으로 짐작된다. 부인 강씨 집안 역시 한약방을 운영한 중인 계급이다. 최헌규는 지금의 을지로 일대에서 큰 약재상을 운영하면서 중국 상인들과 거래하는 한편 목각판 책력을 찍어 팔기도 하여 능란한 사업 수완을 자랑했다. 게다가 시내

2　국사편찬위원회 편, 『대한제국 관원 이력서』(재판), 탐구당, 1984(1971), 345・670・844면.

곳곳에 사 둔 팔십여 채의 가옥을 비롯하여 서울 밖에도 적지 않은 전답을 소유하고 있었다.[3]

최헌규의 탁월한 중인 감각과 재력은 둘째아들 최남선의 출마에 결정적인 힘이 되었다. 두 차례의 일본 유학은 물론이려니와 신문관의 창립, 그리고 이십 년에 이르는 대장정 동안 신문관이 별 탈 없이 운영될 수 있었던 것 역시 전적으로 최헌규의 출자와 자금 융통성 덕분이다. 실제로 최헌규는 1907년 여름에 관서 지역 출신의 일본 유학생 단체인 태극학회에 찬조금을 보내기도 했다.[4] 비록 2환에 불과한 작은 돈이지만 최헌규가 계몽운동 단체와 일본 유학생 조직에 적잖은 관심을 두었음을 추론할 수 있는 대목이다. 물론 최남선을 매개로 이루어진 일임이 틀림없다.

그런데 신문관의 탄생과 운영에는 또 한 명의 숨은 협력자가 있다. 두 살 위의 형 최창선(崔昌善)이다. 장남인 최창선은 최남선이야 말할 나위도 없고 셋째아들 최두선(崔斗善)에 비해서도 전혀 알려져 있지 않다. 하지만 신문관의 명의, 즉 발행자이자 대표는 최창선으로 되어 있으며 신문관뿐만 아니라 조선광문회(朝鮮光文會)의 관리와 경영까지 도맡아 책임진 실질적인 주역이다. 아닌 게 아니라 최창선은 어떤 이유에서인지 신문관이 설립되자마자 경시청에 불려가 조사를 받고 나오기도 했다.[5]

최창선과 최남선 형제는 일찍이 민영환의 자결을 애도하며 『대한매일신보』에 광고를 내기도 했다. 형제가 각각 열일곱, 열다섯 살 때의 일이다.[6] 최창선 역시 계몽운동 단체에 이름을 올린 바 있다. 1908년 8월에

---

3 최한웅, 『용헌잡기(庸軒雜記)』, 동명사, 1986, 26〜28・36〜38면.
4 '잡보', 『태극학보』 11호, 태극학회, 1907.7, 59면.
5 「신문관 주인 피초」, 『대한매일신보』, 1908.9.27, 2면.
6 '광고', 『대한매일신보』, 1905.12.3, 3면.

기호흥학회가 설립될 때 부친 최헌규가 찬무원(贊務員)으로, 최창선이 회원으로 기재되어 있으며 다음 달 최창선이 기관지의 제이 호 입회금 1원을 냈다.[7] 최창선은 신문관 설립 후부터 한일병합 직전까지 몇몇 학교의 졸업식에 신문관의 발행 서적이나 학용품을 기부했다. 물론 신문관의 사주로서 행한 일이었을 터다.[8] 그런가 하면 삼일운동 이후에도 『동아일보』를 통해 여러 차례 동정금을 전달했다.[9] 단편적인 기록들이긴 하지만 최창선의 포부와 강단 역시 만만치 않았음을 짐작할 수 있다.

그 밖에도 최창선은 조선서적인쇄주식회사의 감사로 이름을 올린 바 있다. 조선서적인쇄주식회사는 조선총독부의 각종 교과용 도서 번각(飜刻)과 관보 인쇄를 위해 1923년 3월에 박영효의 이름으로 설립된 곳이다. 직책도 직책이려니와 이때는 최창선이 신문관을 인쇄소로 운영하면서 『동명』을 발행하고 있을 때이므로 막상 그리 큰 몫을 맡아보지는 않은 것으로 추정된다. 아쉽게도 최창선의 신상이나 행적에 대한 별다른 기록은 더 이상 찾아보기 어렵다.

정작 최창선이 신문관에서 담당한 자리와 역할을 가늠해 수 있는 자료는 많지 않다. 다만 두 편의 글을 참고할 만하다. 하나는 최남선이 직접 『소년』의 창간 경위와 비전을 제시한 것으로 잘 알려진 글이며, 또 다른 하나는 신문관이 인쇄소로서 명맥만 유지하고 있던 1926년 1

---

7 '본회 기사', 『기호흥학회월보』 1호, 기호흥학회, 1908.8, 52~54면; '본회 기사', 『기호흥학회월보』 2호, 기호흥학회, 1908.9, 62면.

8 '회사기요(會事記要)', 『서북학회월보』 12호, 서북학회, 1909.5, 51면; 『대한매일신보』, 1910.4.13, 1면(양심여학교 진급식); 1910.4.29, 1면(장통학교 진급식); 1910.6.23, 3면(황성기독교청년회 각과 졸업식).

9 『동아일보』, 1920.6.11; 1920.6.17; 1922.1.27; 1922.3.23. 이 가운데 1920년 6월 17일 기사의 경우에는 개인이 아니라 조선여자교육회 사업에 기부한 것이며 부친 최헌규의 이름도 함께 올라 있다. 조금 특이한 일 가운데 하나는 1922년 10월 28일과 29일 『동아일보』 4면에 실린 '황해도 수해 구제 소인(素人) 문예극' 광고다. 소인극의 주최자는 동아일보사 예천(醴泉) 분국과 동명사 예천 분국으로 되어 있다.

월 『동아일보』에 실린 흥미로운 가상 탐방 기사다. 두 편 모두 신문관의 창립 연도를 추적할 수 있는 실마리를 함께 내비치고 있어서 눈여겨볼 가치가 있다.

자기의 손으로 친히 한 보지(報紙)의 일을 맡아보기는 십칠의 때에 일본 동경에 있는 대한 유학생회로서 간행하던 『대한유학생회보』를 한두 달 동안 간사(看事)함이니 그리하는 중 병에 걸려 오래 신음하다가 필경 몸이 나라로 돌아오고 또 그 월보도 잉즉(仍卽) 정폐(停廢)하였으며 그 후로는 별로 필연(筆硯)을 친하지 아니하였다가 무슨 세 가지 목적으로 신문관이 사형(舍兄)의 손에 개설되매 이에 숙년(宿年)의 소망을 여기서나 펴 볼까 하여 일비(一臂)의 힘을 더할 차로 관원(館員)이 되었노라.[10]

여기에서 눈에 띄는 점은 신문관이 최창선의 손으로 창립되었다는 점을 표 나게 내세우고 자신은 일개 직원일 뿐이라며 낮추고 있는 대목이다. 막상 '세 가지 목적'에 대해서도 뚜렷하게 설명하지 않았다. 월간지 『소년』이 최남선의 뜻으로 창간되었고 사실상 일인 편집 체제나 다름없다는 점, 또는 신문관의 실질적인 사주가 최창선이라는 점 등이야 명백한 사실일뿐더러 당대에도 충분히 알려진 바였다.

그런데도 이처럼 자명한 사실을 굳이 문면으로 드러낸 것은 의례적인 겸양의 언사가 아니다. 말하자면 편집과 경영의 영역을 분리한 신문관의 대원칙 가운데 하나이기 때문이다. 요컨대 편집자로서 최남선과 발행자로서 최창선은 엄격하게 구분되어 있었다. 그것은 창립 단계부터 끝까지 지켜진 신문관의 무게 중심이기도 하다. 판권장은 물론이

---

10 최남선, 「소년 시언(時言)―『소년』의 기왕과 및 장래」, 『소년』 18호, 신문관, 1910.6, 14면.

려니와 신년 광고와 같은 경우에도 최남선이 아니라 늘 최창선의 이름을 내세운 것은 그래서다.

> 물론 어린것이 그리 똘똘하지는 못하였지요마는 그래도 새로운 문명의 꽃가지를 삼천리 근역에 심으려고 한 것이 나의 이상이었답니다. 나의 산모는 최창선 씨요 때때로 나를 얼싸안아 업어 주고 달래고 온갖 나의 이상을 실현시키려고 비바람을 가리지 않고 무수한 애를 쓰는 사람은 그이의 아우 최남선 씨랍니다.
> (…중략…)
> 지금은 아무 소식 없이 잠만 잡니다마는 그래도 남다른 이상으로 봄바람 가을비를 지긋지긋하게도 맞아 가며 여명 운동과 출판 보국으로 최창선 씨 품에 안기어 그 아우 등에 업히어 오늘까지 자라났습니다.[11]

쇠퇴기에 빠지고 만 신문관 문패의 목소리를 빌려 재구성된 두 단짜리 기사는 신문관에 대한 여러 가지 중요한 정보를 담고 있다. 신문관의 창립 연도를 분명하게 못 박아 두었을 뿐 아니라 언문일치의 세계를 열었다는 평가, 조선광문회 인사들의 민족 운동, 한국어 사전 편찬 계획에 대해서도 비중 있게 거론했기 때문이다. 게다가 한일병합 직후 『소년』의 발행 정지라든가 삼일운동 당시 독립선언서가 신문관에서 씌어졌다는 사실에 대해서도 거침없이 발언하고 있다. 이 가상의 목소리에 대해서는 뒤에 다시 논의하겠으나 일단 여기에서도 최창선이 맡은 몫의 중요성이 잘 드러나 있다는 점을 확인해 둘 필요가 있다. 실제로 이 기사는 최남선이 아니라 '창설자 최창선'의 사진을 함께 실었다. 최창선은 훗날 세간의 생각만큼 단순히 경리나 회계를 맡아보는 정도

---

11 「문패의 내력담 (2회)」, 『동아일보』, 1926.1.2, 11면.

가 아니었던 셈이다. 이러한 사실은 뜻밖에도 대단히 중요한 의미를 담고 있다.

신문관은 근대적인 출판 복합체로 대장정의 돛을 올렸다.[12] 신문관은 출범 당시부터 편집과 경영을 분리했을 뿐 아니라 조직 역시 인출국(印出局) 또는 인출소(印出所), 판매부 또는 판매소, 편집국 또는 편집부로 분명하게 나누었다. 세 부서의 이름은 명확하게 통일되어 있지 않은데 편의상 인쇄부, 판매부, 편집부로 부름 직하다. 신문관은 본관과 인쇄 공장 건물이 분리되어 있어 본관에는 편집부와 판매부가, 그리고 인쇄 공장에는 인쇄부가 자리를 잡았다. 본관에는 따로 명함부도 포함되어 있었다. 각 부서의 주소가 매번 명기된 것은 물론 『소년』에조차 각 부서의 이름으로 광고를 냈다. 특히 판매부의 경우에는 출판물의 우송 업무와 신문관 이외의 출판사에서 출판된 단행본의 판매 및 영업, 즉 서점 기능까지 포괄하고 있었다. 신문관 판매부는 1914년에 이르러 독자적인 판매 도서 목록을 간행하기도 했다. 신문관이라는 이름은 말하자면 편집, 인쇄, 판매, 유통 업무를 전부 포함한 총발행소다.

신문관이 운영의 효율성을 높일 수 있었던 비결도 여기에 있다. 초창기의 여느 출판사가 전문성과 기획력을 갖춘 편집자를 통해 미디어를 장악하지 못한 사정, 독립적인 인쇄소를 소유하지 못한 채 단명하거나 영세 서점으로 존명하지 않을 수 없었던 형편에 반해 신문관은 확연히 다른 면모를 보였다. 신문관의 직무 분담을 통해 최창선이 전반적인 업무를 총괄하다시피 경영을 도맡았다면 최남선은 잡지 편집, 단행본 출판, 조선광문회 사업에 주력할 수 있었다. 또 1910년대에는 이광수, 김여제, 이상협이 신문관을 드나들며 돕기도 했으나 총지휘자

---

12 박천홍, 「근대 출판의 선구자 육당 최남선」, 『문학과 사회』 79호, 문학과지성사, 2007.8, 423~424면.

로서 신문관의 편집자는 늘 최남선이었다. 부친 최헌규에게서 물려받은 중인 정신과 재력이 신문관 창립의 밑거름이었다면 형 최창선은 신문관과 조선광문회 운영의 숨은 주역이었다. 두 사람의 조력이 아니고서는 당대의 명사이자 소문난 천재 최남선으로서도 손쓸 도리가 없었을 터다.

삼일운동 직후 최남선이 투옥된 뒤에도 신문관이 건재했던 것은 그런 덕분이다. 자본금이 잠식된 신문관은 다시 최헌규의 손을 빌려 오만 원의 거금을 더 출자해 『청춘』의 속간을 모색하는 한편 칠십여 명에 달하는 직원과 직공을 거느리며 재도약을 시도했다.[13] 그런가 하면 1922년 7월에 최남선이 신문관의 간판을 내리고 9월에 새 이름 동명사를 내건 뒤에도 여전히 신문관의 이름이 유효했던 비밀 또한 여기에 있다. 신문관 인쇄부는 적어도 1928년 무렵까지 여전히 독립적인 형태로 살아남았다.

신문관은 자금 사정이 악화되거나 사업을 확장할 때마다 큰돈이 필요했고 종종 경영상의 위기에 처하기도 했다. 그때마다 신문관의 운명을 연장시켜 나가면서 인쇄소로서 존속하도록 이끈 것은 중인 최헌규와 그의 장남 최창선이다. 그런 점에서 최창선의 구체적인 행보에 대해서는 앞으로 더 탐구될 만한 가치가 있을 터다.

그렇다면 신문관 인쇄부를 맡은 실무 책임자는 과연 누구였을까? 일단 『소년』 창간호(1908.11)에 기재된 인쇄인은 박영진(朴永鎭)인데, 『소년』 16호 즉 3권 4호(1910.4)부터는 최성우(崔誠愚)로 바뀌었다. 신문관은 『소년』을 창간하기에 앞서 두 권의 창가집 『경부철도 노래』(1908)와 『한양 노래』(1908)를 먼저 출판했지만 판권장에 인쇄부 담당자의 이름을 명

---

13 「『청춘』 속간 호(乎)」, 『매일신보』, 1919.12.10, 2면; 「신문관 사업 확장」, 『신한민보』, 1920.1.22, 2면; 「직공을 위하여―두 인쇄소의 원족(遠足)」, 『동아일보』, 1920.5.13, 3면.

기하지는 않았다. 또 1924년 무렵에는 심우택(沈禹澤), 1926년 무렵에는 김익수(金翼洙)가 신문관 인쇄인으로 되어 있다.

지금으로서는 박영진이 누구인지 알 수 없다. 한편 최성우는 1910년부터 계속 신문관의 인쇄인이자『동명』과『시대일보』의 인쇄인이 되어 신문관과 운명을 함께한 인물이다. 최성우의 호는 묵재(默齋)다. 1915년 3월 경성고등교원양성소를 중심으로 조직된 비밀 결사인 조선산직장려계(朝鮮産織獎勵契)에 최남선이 회계로 참여할 때 최성우 역시 백삼십여 명의 계원 중 한 명이었다. 최성우는 같은 해 12월에 조선광문회의 이름으로『신자전(新字典)』이 편찬될 때에도 물론 인쇄인으로서 큰 공을 들였다.

그런데 최남선이 옥고를 치르고 있던 1919년 10월에 독립운동 자금 모집을 위해 신문관 인쇄소에서 군령장을 인쇄하려다가 아홉 명이 검거된 사건이 일어났다. 이 사건에 최성우를 비롯하여 사무원 박선익(朴善翊)과 직공 김연제(金年濟) 등 세 명이 연루되었다. 특별고등경찰의 문서에 의하면 이때 최성우의 나이는 서른여덟 살이니 1882년생이다.[14]

한편 최성우는 1927년에 이상협이『시대일보』의 제호를 바꾸어 인수한『중외일보』에서 정리부장을 맡았다. 신문사의 정리부는 인쇄 교정을 담당하는 부서다. 이 무렵 최성우는 이십여 년을 인쇄 교정에 매달려 왔다고 밝힌 바 있다. 최성우는 1928년부터는『동아일보』정리부 기자로 근무하다가 1930년 6월에 타계했다. 그런데 이때 부고 기사에는 최성우의 나이가 마흔여섯 살로 되어 있어 앞선 기록과는 세 살의 차이가 나는 문제가 있다.[15] 그 밖에도『대한제국 관원 이력서』에는

---

14 「고경 제28169호─독립운동 자금 모집자 검거의 건」,『조선 소요 사건 관계 서류』4, 육군성, 1919.11.21;「십삼도를 분담하여 군자금을 모집」,『매일신보』, 1919.11.3, 3면.
15 최성우,「십 년 성근(誠勤), 판 박힌 직업을 떠난다면─인쇄 교정을 내 천직으로 안다」,『별건곤』7호, 개벽사, 1927.7, 31면;「최성우 씨 장서(長逝)」,『동아일보』, 1930.9.2, 3면.

1899년부터 1903년 무렵까지 한성전보사(漢城電報司)와 대구전보사(大邱電報司)에서 주사(主事)로 재직한 인물의 간단한 기록이 남아 있는데, 한사람인지 동명이인인지 확실치 않다.

3. 신문관 창립 시기

부친 최헌규에게서 거액의 자금을 받아 쥔 최남선이 일본에서 최고의 인쇄 설비와 온갖 책을 사들여 신문관을 창립했다는 점에는 별다른 이견이 없다. 신문관에 주목해야 할 이유 가운데 하나도 여기에 놓여 있다. 신문관에서 발행된 책들은 잡지와 단행본을 막론하고 한결같이 세련된 장정과 표지 디자인, 여러 규격으로 변형된 판형, 다양한 크기와 선명한 활자, 사진과 그림은 물론 다채로운 컬러 장식 문양까지 동원된 인쇄의 질적 비약, 그리고 우수한 지질과 잉크 사용이 두드러지기 때문이다. 이 점은 신문관보다 앞서 문을 연 보성사(普成社)나 그 뒤에 출현한 여느 출판사에서도 쉽게 따라잡지 못한 특장 가운데 하나다. 당대의 대표적인 일간지 『대한매일신보』조차 지면 혁신을 위해 신문관에 활자를 주문했다는 사실은 신문관의 위상을 압축적으로 보여주는 한 가지 일화일 터다.[16] 요컨대 신문관은 당대 최고의 편집 및 인쇄 역량을 자랑할 만했다. 신문관의 운영 방식과 인쇄부의 독립에 주

---

16 「매일보(每日報) 일신」, 『대한민보』, 1909.9.5, 3면; '사고', 『대한매일신보』, 1909.10.31, 3면. 대한매일신보사는 활자 설비를 위해 1909년 11월 4일부터 닷새 동안 임시 휴간한 뒤 11월 9일에 발행을 재개했다.

목해야 하는 것도 그래서다.

그렇다 하더라도 신문관의 창립 시기라든가 주변 정황은 대단히 모호한 편이다. 일단 신문관이 언제 창립되었는지부터 논란거리다. 이 점은 최남선의 일본 유학 시기와 직결된 문제인 데에다가 신문관의 초창기 출판 사업의 실체와도 관련되어 있기 때문이다.

정작 논란의 빌미를 제공한 것은 최남선 자신이다. 최남선은 신문관이 창립된 해를 열일곱 살 때로 회고한 바 있기 때문이다.[17] 이에 따라 홍일식은 1906년 가을에, 조용만은 1906년 겨울에 최남선이 귀국하여 신문관을 창립했다고 보았다. 특히 조용만의 경우에는 최남선이 일본인 인쇄 기술자 나카타니[中谷]와 야사키[矢先]를 데리고 귀국했으며 그중 한 명이 일찍 죽었다는 점까지 소상히 기술했다.[18] 최남선 연보와 장남 최한웅의 회고에서는 1906년 겨울에 귀국하여 창립 준비를 시작한 뒤 1907년 여름에 신문관의 문을 열었다고 정리했다. 이때 함께 귀국한 일본인 기술자는 다섯 명이다. 고정일 역시 이러한 견해를 받아들이면서 최남선이 들고 간 돈의 액수를 칠만 원으로 제시하기까지 했다.[19] 대체로 1907년 여름에 신문관이 창립되었다는 가설이 널리 받아들여진 셈이다.

그런데 정진석은 1907년에 최남선이 일본 유학생 단체의 기관지 편집인을 맡고 있었다는 사실에 주목했다. 이 점은 앞서 든 첫 번째 인용문에서 보다시피 최남선 스스로 밝힌 대목이기도 하다. 최남선은 열여

---

17 최남선, 「처녀작 발표 당시의 감상―아득하여 꿈같을 따름」, 『조선문단』 6호, 조선문단사, 1925.3, 57~58면.

18 홍일식, 『육당 연구』, 일신사, 1959, 15면; 조용만, 『육당 최남선』, 삼중당, 1964, 63면.

19 고려대 아세아문제연구소 편, 『육당 최남선 전집』 15, 현암사, 1974, 272면; 육당 최남선 선생 기념사업회 편, 『육당이 이 땅에 오신 지 백 주년』, 동명사, 1990, 357~358면; 이경훈, 『속―책은 만인의 것』, 보성사, 1993, 308~209면; 고정일, 『애국 작법』, 동서문화사, 2007, 105~106면.

섯 살 때인 1906년 두 번째 일본 유학 길에 올라 9월에 와세다 대학 고등사범부 역사지리과에 입학했다. 최남선이 와세다 대학을 자퇴한 것은 이듬해 3월로 입학한 지 불과 한 학기 만의 일이다.[20] 그런데 1906년 1월에 재일본동경대한유학생회가 조직되었고, 이듬해인 1907년 3월부터 5월까지 기관지『대한유학생회학보』가 발행되었다. 최남선은 이때 편찬원으로 참여하면서 책임자 격인 편집인을 맡았다. 따라서 1907년 봄에 귀국해서 곧장 신문관을 창립했다고 보기는 어렵다. 게다가『청춘』14호가 '신문관 창업 십 주년 기념호'로 나온 것이 1918년 6월이다. 그러므로 1908년 6월경에 신문관이 창립되었다는 주장이다.[21]

　정진석의 추론은 지금으로서는 가장 설득력이 있으며 김정숙, 박천홍, 남석순도 이에 동의하고 있다.[22] 실제로『청춘』14호에 실린 최남선의 글「십 년」의 맨 끝에는 날짜를 명기하지는 않았지만 "신문관 창업 십 주년 기념일에"라고 덧붙여 두었다.[23] 또한『청춘』14호가 특집호로 꾸며진 것도 우발적인 일이 아니라 이미 13호(1918.4)의 광고를 통해 예고된 바 있어서 1908년 6월에 신문관이 창립되었을 가능성이 대단히 높다. 다만 신문관에서 펴낸 첫 번째 출판물인『경부철도 노래』가 1908년 3월에 발행되었다는 점이 숙제로 남게 된다. 이 문제는 잠시 뒤

20　'잡조(雜俎)',『태극학보』2호, 태극학회, 1906.9, 60면; '휘보',『대한유학생회학보』2호, 재일본동경대한유학생회, 1907.4, 94~95면. 최남선의 두 번째 유학 시기를 치밀하게 추적한 이진호는 최남선이 학적을 둔 곳이 '지리역사과'가 아니라 '역사지리과'라는 점도 밝혀냈다. 이진호,「최남선의 2차 유학기에 관한 재고찰―연보 재정립을 위한 제언」,『새국어교육』42호, 한국국어교육학회, 1986.1, 113~121면.

21　정진석,『역사와 언론인』, 커뮤니케이션북스, 2001, 362~365면.

22　김정숙,「출판인 최남선 연구」, 중앙대 석사논문, 1992.2, 35~36면; 김정숙,「출판인 최남선 연구」,『언론연구논집』14호, 중앙대 신문방송대학원, 1992.10, 142면; 남석순,『근대소설의 형성과 출판의 수용 미학』, 박이정, 2008, 222~223면; 박천홍,「근대 출판의 선구자 육당 최남선」,『문학과 사회』79호, 문학과지성사, 2007.8, 415면.

23　최남선,「십 년」,『청춘』14호, 1914.6, 9면.

로 미루어 두고 다시 앞에서 든 『동아일보』의 가상 탐방 기사로 되돌아가 보기로 한다.

설을 쇠었으니 벌써 열아홉 해나 된 옛일입니다. 당시 일본 정부의 추천으로 우리 한국 정부 재정 고문이던 미국 사람 스티븐스가 미국 샌프란시스코에서 장인환, 전명운 두 사람의 손에 죽던 해, 융희 이년 무신년에 내가 처음으로 이 세상에 나오게 되었습니다.[24]

신문관 문패의 입을 빌려 태어난 때를 말하고 있는 대목이다. 대한제국 외부(外部) 소속의 고문 더럼 화이트 스티븐스가 저격당한 것은 1908년 3월의 일이니 햇수로 열아홉 해가 된다. 신문관이 1908년에 창립되었다는 사실이 분명해진다. 이번에는 조금 더 거슬러 올라가 당대의 기록을 추려 보자.

동현(銅峴) 거(居) 최남선 씨가 제반 서적을 발간키 위하여 자금 삼십만 환을 휴대하고 기구를 매래(買來)할 차로 삼작일(三昨日) 일본에 도거(渡去)하였다더라.

동현 거하는 최남선 씨가 제반 서적을 발간하기 위하여 자본금 삼십만 환을 가지고 기계를 매입할 차로 일본에 전왕하였다더라.

동경 유학생 최남선 씨는 십팔 세 청년으로 학문의 정도(程度)와 문원(文苑)의 재예(才藝)가 실로 유학계의 관면패옥(冠冕佩玉)이라. 일반 국민의 지식을

---

24 「문패의 내력담 (2회)」, 『동아일보』, 1926.1.2, 11면.

개발하며 사업을 증진하기 위하여 서적관(書籍館)을 설치할 지의(旨意)로 각종 서적과 각종 활자 기계를 다수 무래(貿來)하고 기(其) 부친에게 시의(時宜)를 비진(備陳)하여 이만 환의 허시(許施)를 몽(蒙)하여 실지 이행하기로 하매 일반 사회에 성칭(聲稱)이 자심(藉甚)하더라.[25]

블라디보스토크에서 발행된 『해조신문(海潮新聞)』의 기사는 물론 서울의 『황성신문』 기사를 받아쓴 것이다. 『황성신문』은 최남선이 1908년 4월 14일에 일본으로 떠났으며 자금 삼십만 환을 지녔다는 사실을 전하고 있다. 삼십만 환은 지금으로 치면 60~70억 원에 맞먹는 큰돈이다. 그런데 『황성신문』은 약 한 달 뒤의 후속 기사에서 금액을 이만 환으로 고쳐 진상을 알기는 어렵다. 일단 1908년 5월 중순 무렵까지는 신문관이 정식으로 이름을 내걸고 출범하지 못했다는 사실이 분명해진다. 최남선이 다시 귀국 길에 오른 것은 두 달여 만인 6월의 일이다.

소년 최 씨

본회 회원 최남선 씨는 연(年) 금(今) 십구 세인데 일본에 유학한 지 사오 년이라. 기(其) 고상한 사상과 박학한 지식이 노사숙유(老師夙儒)와 여(如)하여 일반 학생이 씨의 재덕을 흠상(欽賞)하더니 씨가 본국에 교과서 흠결(欠缺)함을 개탄하여 수만 환 재산을 판비(辦備)하여 활판 기계를 일병(一柄) 매수(買收)하여 서적을 인쇄할 차로 귀국하니 오제(吾儕)는 씨의 대사업이 성취되기를 옹망(顒望)하노라.

임 씨 동반

본회 회원 임규(林圭) 씨는 일본에 유학한 지 십유여 년이라. 청년학원에서

---

25 「서적 발간의 기구(機具)」, 『황성신문』, 1908.4.17, 2면; 「인쇄 대계획」, 『해조신문』, 1908.5.2, 2면; 「청년의 대사업」, 『황성신문』, 1908.5.14, 1면.

신입 학생의 언어불통함을 위하여 일본어 급(及) 기타 보통과를 근면 교수하더니 금월에 최남선 씨와 동반하여 귀국하니 해(該) 학생들이 창결(悵缺)함을 불승(不勝)하더라.

(…중략…)

최 씨 복동(復東)

본회 회원 최남선 씨의 귀국한 사(事)는 별항과 여(如)하거니와 미비사가 유(有)하여 일전에 동경에 도래(渡來)하다.[26]

최 씨 위업

유학생 최남선 씨는 문장 학술을 숙달하고 이상 열성이 겸전한 청년 모범적 인사라. 국세의 참담을 거상(居常) 우분(憂憤)하더니 근일에 지(至)하여는 아국 학계에 교과서 결핍함을 개탄하여 기만 환(幾萬圜) 자본을 자판(自辦)하여 완미한 각종 교과 서적을 번역 발간한다니 진실로 아 국민 계발상에 일대 광명을 정로(呈露)함이라 하노라.[27]

요컨대 최남선이 인쇄 설비를 매입하기 위해 일본으로 떠난 것은 꼭 열여덟 살 때인 1908년 4월의 일이다. 여기에서 최남선은 활자와 주조기(鑄造機), 인각(印刻) 기계, 활판과 석판을 사들였을 것이며 웬만한 부속품도 미리 갖춰 두어야 했을 터다. 인쇄 기술자를 불러들이기 위해서 백방으로 뛰어다녀야 했고, 틈나는 대로 갖가지 잡지와 단행본도 사 모아야 했다. 최남선에게 주어진 두 달가량의 시간 안에 감당해야 할 일들이다.

그러고는 곧장 돌아와 서울 한복판에 신문관, 새 글의 터전, 새글집

---

26 '휘보', 『대한학회월보』 5호, 대한학회, 1908.6, 64~66면.
27 '잡록', 『태극학보』 24호, 태극학회, 1908.9, 64면.

의 간판을 내걸었다. 이때는 1908년 6월 중순이나 하순 무렵이 된다. 그렇다면 일본에 머문 두어 달 만에 만반의 준비가 마무리될 수 있었을까? 과연 편집, 인쇄, 판매의 회로를 충분히 배울 만한 여력이 있었을까? 어떻게 한국에 돌아오자마자 간판부터 내걸 수 있었을까?

그것은 겉보기와 달리 최남선이 단박에 모든 일을 해치운 게 아니기 때문이다. 이를테면 첫 번째 인용문에서 드러나다시피 최남선은 다 되었다 싶다가도 빈 데가 있으면 언제라도 다시 되돌아가곤 했을 터다. 또 한 가지 눈길을 끄는 대목은 최남선이 일본에 유학한 지 사오 년이 된다는 진술이다. 정교한 진술도 아닐뿐더러 다분히 과장된 어법이지만 의미심장한 점이 없지 않다. 앞서 밝혔듯이 최남선이 와세다 대학을 자퇴한 것은 1907년 3월이다. 하지만 귀국 시점은 언제인지 분명하지 않을뿐더러 실상 별문제가 되지도 않는다. 그사이 최남선이 일본에 계속 머물거나 수시로 드나들었을 가능성이 높기 때문이다. 예컨대 와세다 대학에서 자퇴한 후인 1907년 여름에 부친 최헌규가 태극학회에 찬조금을 냈다. 또 1908년 1월에 열린 대한학회 발기회에서는 최남선이 평의원으로 이름을 올렸으며 월 회비와 의연금도 냈다.[28] 적어도 그 무렵이나 훨씬 이전부터 최남선이 한국과 일본을 오가며 신문관 창립을 준비하고 있었던 것이 분명하다.

여기에서 또 한 가지 눈에 띄는 대목이 있다. 최남선과 신문관의 탄생을 둘러싸고 또 다른 협력자의 그림자가 어른거리고 있어서다. 최남선은 1908년 6월에 임규와 함께 돌아왔다. 유난히 '동반'이라는 말을 덧붙이고 두 소식을 잇달아 배치한 점으로 보건대 우연히 같은 배를 탔다거나 단순히 친분에서 빚어진 일은 아니다. 임규는 과연 누구일까?

---

28 '대한학회 발기회 회록(會錄)', 『대한학회월보』 1호, 대한학회, 1908. 2, 58~62면.

임규에 대해서는 잘 알려져 있지 않다. 그런데 중인 계급 출신의 어학자이자 시인으로서 신문관과 조선광문회에 합류한 점에 주목하여 임규의 행적과 연보가 정리된 바 있어 큰 도움이 된다. 임규의 호는 우정(偶丁)이며, 1866년 전북 익산에서 태어났다. 1890년생인 최남선보다 한 세대는 족히 위다. 중인 출신이라고는 하지만 군수의 통인(通引)에 불과했으니 중인 가운데에서도 격이 낮은 축이다. 임규는 스물아홉 살이 되던 해인 1895년에 일본으로 건너가 게이오기주쿠(慶應義塾) 중학교 특별과를 거쳐 게이오기주쿠 전수학교(專修學校) 경제과를 졸업했다.[29]

특이한 점은 늦은 나이에 시작한 유학 기간이 상당히 앞설 뿐 아니라 길기도 하다는 사실이다. 십여 년 동안이나 일본에 머물러 있었으니 귀국에는 별 뜻이 없었는지도 모를 일이다. 어쨌든 그 덕분에 임규는 한학에도 능했고 일본어 실력에서도 출중할 수밖에 없었다. 게다가 신학문인 경제학까지 공부한 늦깎이 엘리트다.

임규의 이름을 구체적으로 확인해 볼 수 있는 것은 일본 유학생 단체가 조직되고 기관지가 간행되면서부터다. 최남선과 만난 것도 이때다. 먼저 1906년 1월 재일본동경대한유학생회가 설립될 때 번역원으로, 9월에는 편찬원으로 참여했는데 이때 최남선 역시 편찬원으로 나란히 이름이 올라 있다. 또 1908년 1월 대한학회 발기회에서도 최남선과 함께 평의원으로 월 회비와 의연금을 납부했다.[30] 최남선이 신문관 창립 준비를 서두르고 있을 때였다. 최남선과 임규는 썩 자연스럽게 만난 셈이다.

그런데 더 흥미로운 점은 그 무렵 임규가 일본어 교사였다는 사실이

29 정후수, 「우정 임규의 근대 문화사적 역할」, 『동양고전연구』 1호, 동양고전학회, 1993.5, 33~64면; 정후수, 「우정 임규론」, 『동악어문논집』 35호, 동악어문학회, 1999.12, 283~309면.
30 '학계 휘보' 및 '회록', 『대한유학생회학보』 1호, 재일본동경대한유학생회, 1907.3, 84~91면; '대한학회 발기회 회록', 『대한학회월보』 1호, 대한학회, 1908.2, 58~62면.

다. 앞의 인용문에서 거론된 청년학원이란 대한유학생감독부 안에 설치된 대한기독교청년학원을 일컫는 것이다. 대한기독교청년학원은 1907년 4월에 일본 유학생 단체의 연합친목회를 통해 설립된 사립학교로서 광무학교, 동인학교, 태극학교를 중심으로 통합된 일종의 기초교육 과정이다.[31] 청년학원에서 임규는 갓 일본으로 건너온 한국 유학생에게 일본어를 비롯한 몇몇 과목을 함께 가르치고 있었다. 십여 년 동안이나 일본에 머물렀던 터니 일본어에 능통한 것이야 두말할 나위도 없는 일이다.

임규의 존재는 최남선에게 구체적으로 어떤 의미였을까? 최남선은 임규야말로 머잖아 큰 몫을 맡아 줄 그릇임을 한눈에 알아보았다. 열여덟 살 소년 최남선에게는 정신적인 스승이자 학문적인 선배가 절실했을 터다. 실제로 임규는 최남선이 신문관을 창립하고 조선광문회를 발족하는 데에서 든든한 버팀목이자 배후가 되어 주었다.

당장 임규가 일본어 문법에 정통하다는 사실이 최남선의 눈에 들어오지 않을 리 없었다. 장차 한국학, 그중에서도 가장 핵심 과제로 떠오를 한국어학을 위해서 가장 절실한 일이 무엇인지 최남선은 꿰뚫어보고 있었다. 그런데 임규만큼 일본어학을 체계적으로 이해하고 있는 한국인도 달리 찾기 어려울 터이니 마침맞은 일이 아닐 수 없다. 초창기부터 한글 맞춤법의 표준화와 표기 통일 문제를 주요 과제 가운데 하나로 삼았던 신문관, 그리고 한국어 사전 편찬이라는 원대한 기획을 꿈꾸었던 조선광문회에서 임규는 대단히 중요한 역할을 맡을 수밖에 없었다. 열여덟 살 소년 최남선은 임규를 모시다시피 하여 귀국 길에 올랐다. 그때 임규의 나이 마흔두 살이었다.

---

31 '연합친목회 회록', 『대한유학생회학보』 3호, 재일본동경대한유학생회, 1907.5, 97~100면.

실제로 임규의 짐 보따리 안에는 이미 일본어 문법 연구서『일문역법』상권의 원고가 들어 있었다.『일문역법』은 1909년 2월, 그러니까 신문관이 설립되자마자 펴낸 첫 번째 학술서가 된다. 얼마 뒤『일본어학 음어편』,『일본어학 문전편』,『일본어학 서한편』이 임규의 손으로 잇달아 출간되었다. 적어도 다섯 종 이상으로 계획된 일본어학 총서의 일부다. 임규는 주시경, 김두봉, 권덕규와 함께 한국어 연구와 사전 편찬 계획에도 정열적으로 참여했다. 또 소화(笑話)와 재담(才談)을 모은『개권희희』(1912)를 펴낸 것 역시 임규다.

그런가 하면 조금 나중의 일이지만 임규는 삼일운동에서도 한몫을 단단히 해냈다. 민족 대표 사십팔 인의 한 사람으로 독립선언서와 통고문을 일본 수상과 의회, 그리고 외국 공관에 전한 이가 바로 임규다. 최남선이 독립선언서를 집필한 곳도 임규의 자택이었다 한다.[32] 임규는 훗날 계명구락부와 조선어학연구회에 참여하면서 국어학 연구와 사전 편찬 사업을 이어 갔다.

4. 창립 전후의 두 가지 미스터리

이로써 신문관의 창립 시점은 1908년 6월로 단정할 만하다. 그러나 여전히 두 가지 문제에 유념할 필요가 있다. 하나는 일본 인쇄 설비의 도입과 일본인 기술자를 통한 기술력 이전의 실체에 대해서이며, 또

---

32 조용만,『육당 최남선』, 삼중당, 1964, 147~153면; 유광렬,『기자 반세기』, 서문당, 1969, 87면.

다른 하나는 신문관의 첫 번째 출판물『경부철도 노래』가 신문관의 창립 이전에 발행되었다는 사실이다. 둘 다 치밀한 실증과 논쟁이 뒤따라야 할 난제다.

먼저 첫 번째 문제와 관련하여 널리 받아들여지고 있는 정보 몇 가지를 짚어 두자. 최남선이 일본에서 인쇄 설비를 사들인 곳은 도쿄 교바시[京橋]의 긴자[銀座] 스키야바시[數寄屋橋]에 있는 슈에이샤[秀英舍]로 알려져 있다. 슈에이샤는 대영제국을 넘어서겠다는 야심만만한 꿈을 담아 붙인 이름으로 당시 도쿄에서는 제일 크다는 인쇄소였다. 최남선은 이곳에서 견습공 노릇을 하며 인쇄 기술을 배웠고, 귀국할 때에는 두 명 혹은 다섯 명의 기술자를 데리고 들어왔다는 것이다.

왜 하필 슈에이샤였을까? 메이지 시대 초기인 1876년에 창립된 슈에이샤는 이듬해 나카무라 마사나오[中村正直]의『서국입지편(西國立志編)』개정판을 활판 양장본으로 내면서 유명해진 곳이다. 훗날 최남선은 이 책을 직접 번역하여 신문관 도서 목록에서도 표 나게 내세웠으니 바로 새뮤얼 스마일스의『자조론』상권(1918)이다. 게다가 슈에이샤는 한국에도 전혀 낯설지는 않았다. 일찍이 망명 정객 유길준의『서유견문』(1895)과 일본 유학생 단체의 기관지『친목회회보』(1896)가 슈에이샤에서 인쇄된 바 있기 때문이다. 또 신문관 창립 바로 전해인 1907년부터는 한국의 학부에서 편찬한 초급 교과서인『보통학교 학도용 국어 독본』(제2~8권) 인쇄를 맡기도 했다. 최남선이 슈에이샤에 매료된 것도 그럼직한 일이다.

1894년에 준공된 슈에이샤의 인쇄 공장은 지하 일 층과 지상 삼 층의 철골 구조 건축물이었다. 일 층에는 여덟 대의 인쇄 기계가 돌아가고 있었고 이 층과 삼 층은 각각 식자장(植字場)과 문선장(文選場)으로 쓰였다. 슈에이샤의 인쇄 공장은 프랑스에서 자재를 수입해 지은 최초의 철골 구조 건축물로도 이름이 높았다. 1910년 4월에 일어난 화재로 이듬해에 최신식 공장을 지어 이전하게 될 운명이었으나 슈에이샤를 당대 최고의 인쇄소로 손꼽기에는 조금도 부족하지 않았다. 평판기(平版機)의 품질은 말할 나위도 없으려니와 슈에이타이[秀英體]라는 독자적인 활자를 창안한 데에다가 깔끔하고 정교한 사진 인쇄까지 구현해 보인 슈에이샤는 매혹적이었다. 적어도 최남선이 원한 최고의 기술력을 두루 갖추었음에는 틀림이 없다.[33]

그런데 막상 슈에이샤에 관련된 진술은 대체로 조용만의 최남선 평전에서 처음 등장하고 그 이후에 덧붙여진 것으로 짐작된다. 그 밖에는 달리 마땅한 근거를 찾을 수 없으니 대단히 불확실한 정보일 뿐이다. 설령 사실이라 하더라도 최남선이 슈에이샤에서 직접 인쇄 설비를 사들였다기보다 슈에이샤를 통해 주문했다고 보는 편이 더 설득력이 있다. 마침 당시 한국 정부가 교과서 인쇄를 위해 슈에이샤와 거래를 시작했던 터이므로 학부에 소속되어 있던 부친 최헌규를 통해 접근했을 가능성이 높기 때문이다. 그 외에는 최남선이 슈에이샤와 인연을 맺었을 법한 별다른 연결 고리를 찾기 어렵다.

또한 최남선이 슈에이샤에서 직접 인쇄 기술을 터득했다는 말도 여러모로 믿기 어렵다. 적어도 1908년 상반기에는 일본을 드나든 것이 틀림없는 최남선에게 그럴 만한 틈이 없어 보이기 때문이다. 게다가 신문관이 편집, 인쇄, 판매를 엄격히 구분하여 운영되었다는 점을 떠올려 본다면 최남선이 군이 현장에서 인쇄 공정까지 익힐 필요가 있었는지 의문이다.

---

33 秀英舍, 『株式會社秀英舍沿革誌』, 東京 : 秀英舍, 1907; 淸水健次, 「日本最初の鐵骨造 : 秀英舍印刷工場」, 東京 : 建築硏究開發コンソーシアム 建築技術アーカイブス, 2008. 10. 1910년의 화재는 한국에도 보도되었다. 「수영사 화재」, 『대한매일신보』, 1910. 4. 27, 2면.

〈사진 1〉 (좌)『경부철도 노래』 3판(독립기념관 소장), (우)『한양 노래』 초판(연세대 국학자료실 소장)

　그런가 하면 일본에서 데려온 기술자의 수준 역시 신문관에 선진 인쇄 기술을 이전할 만큼 책임자 급은 아니었을 것이다. 적어도『소년』이 창간될 때부터 일 년 반 동안은 박영진이, 그 뒤로는 후임자 최성우가 계속 인쇄인의 자리에 있었기 때문이다. 게다가 1908년 무렵 한국에는 이미 십여 개의 일본인 민간 인쇄소가 있었고 활판 기계를 조작할 수 있는 한국인 기술자도 없지 않았다. 따라서 일본인 기술자를 데려온 것이 사실이라 하더라도 보수와 관리를 위한 최소한의 인력으로 추정된다.

　이러한 일련의 의문은 신문관이 지닌 기술력과 직결된 쟁점이자 한국 인쇄술의 원천과도 무관치 않으므로 추가적인 고증과 논쟁이 뒤따라야 할 것이다. 그다음으로 해결해야 할 난관은 『경부철도 노래』의 발행 날짜에 대한 해명이다. 이 문제는 신문관의 창립 시점은 물론이려니와 그 밖에도 몇 가지 사항과 복잡하게 얽혀 있어서 차근차근 풀어 볼 필요가 있다.

신문관의 첫 번째 출판물이자 삼대 창가집 가운데 하나로 기획된 『경부철도 노래』는 115×190mm 판형이며, 본문 34면의 단행본 소책자다. 표지 디자인은 세련된 문양에다 삼도로 인쇄되었으며, 곡보(曲譜)와 지도, 그리고 열아홉 장에 이르는 사진을 담고 있다. 어느 모로 보더라도 신문관 출판물의 특성을 잘 드러낸 셈이다.[34] 그런데 판권장을 보면 1908년 3월 15일에 인출되었으며 3월 20일에 초판, 4월 20일에 재판, 5월 10일에 3판이 발행되었다. 초판이 신문관 창립 전에 발행되었고 최남선이 일본에 머물고 있을 때 두 차례나 판을 거듭한 셈이다.

지금으로서는 어떻게 이런 일이 가능했는지 명확히 해명하기 어렵다. 다만 두 가지 가능성만 제시할 수 있을 따름이다. 첫째는 신문관이 출범하기 전에 명의만 먼저 내걸고 출판되었을 가능성이고, 둘째는 신문관이 자리를 잡은 이후에 날짜를 앞당겨 기재하여 출판되었을 가능성이다.

먼저 전자는 판권장의 발행 기록을 그대로 믿는 경우다. 하지만 그렇다고 보기에는 증쇄 간격이 지나치게 짧다. 순식간에 3판을 돌파할 정도의 속도라면 대단히 큰 인기를 끈 셈이니 으레 당시 언론에서도 거론할 법하지만 별다른 기록을 찾을 수 없다. 또 『경부철도 노래』가 대체 어디에서 편집되고 인쇄되었는가 하는 문제도 생긴다. 신문관이 인쇄 설비를 갖춘 것이 1908년 6월 이후라는 점에는 틀림이 없으므로

---

34 박진영 편, 『신문관 번역소설 전집』, 소명출판, 2010, 권두 화보 및 502~518면.

어딘가 다른 곳에서 인쇄되었다는 뜻이 된다. 하지만 위에서 밝힌바 『경부철도 노래』의 몇 가지 물리적 특성은 1908년 한국의 여느 출판사에서 쉽사리 구현되기 어려운 수준을 보여 주고 있다.

그렇다면 일본에서 인쇄되었을 가능성은 없을까? 굳이 추정하자면 최남선의 요청으로 슈에이샤에서 주문 출판되었을 가능성을 떠올림 직하다. 일종의 시험 출판이었을 터인데, 그렇다고 보기에도 역시 증쇄 간격이 문제가 된다. 불과 이삼십 일 만에 이런 일들이 잇달아 일어나기에는 당시의 우편이나 물류 상황이 그리 좋지 않았기 때문이다. 예컨대 1908년 서울에서 도쿄까지 인편으로 이동할 수 있는 최단 시간은 경부철도와 관부연락선, 그리고 산요센(山陽線)을 연동해도 60시간이 걸렸다. 물류의 경우에 이 시간은 훨씬 늘어날 수밖에 없을 터다. 또 판권장에 '발행자 신문관'과 '대표자 최창선', 그리고 '인출처 신문관 인출국'이 명기된 점으로 보아서도 현실적이지 않다.

조금 더 개연적인 일은 발행 날짜가 앞당겨 기록되었을 가능성, 말하자면 일종의 허위 기재다. 실제로는 1908년 6월 말 이후에 출판되었지만 어떤 이유로 착오를 일으켰거나 고의로 조작했다고 볼 수 있다. 일단 단순한 착오라고 보기에는 기재 날짜가 정확하다. 고의였다면 3판이라는 기록조차 믿을 수 없게 된다. 하지만 어떤 경우든 굳이 그럴 필요가 있었는지 의문이다. 마땅한 이유나 걸맞은 사정도 없이 이런 무리수를 둘 필요가 있었을까? 만약 그렇다면 대단히 절박한 상황이 아니면 안 된다.

또한 정식으로 신문관의 간판을 내건 뒤에 출판된 것이라면 왜 굳이 저작자와 발행자, 그리고 인출처의 주소를 명기하지 않았을까? 일본에서 학회 기관지 편집인을 지낸 최남선이 판권장의 기재 사항에 대해 몰랐을 리 없다. 일본의 법령은 한국에도 그대로 의용(依用)되는 터이

며, 판권장에는 으레 저작자와 발행자, 인쇄인의 주소가 명기되어야
하기 때문이다.

그렇다면 신문관의 두 번째 출판물인『한양 노래』의 경우는 어떠할
까?『한양 노래』역시 최남선이 공들인 삼대 창가집 가운데 하나다. 책
의 규격은 105×172mm이니『경부철도 노래』보다도 조금 더 작은 판형
이다. 붉은색이 도는 겉표지에는 한글 제목이 큼직하게 세로로 씌어
있고, 네 귀퉁이에 무궁화 문양이 장식된 상자가 제목을 에워싸고 있
는 단색 디자인이다. 본문은 불과 14면에 불과한데, 각 면 위쪽에는 태
극 문양 5개와 무궁화 문양 1개, 다시 태극 문양 5개가 일직선으로 배
열되어 있다. 역시 최남선과 신문관이 즐겨 쓴 문양들이다. 곡보는 따
로 실려 있지 않으나 본문에 아홉 장의 사진을 수록하고 있는 점에서
도『경부철도 노래』와 그리 다르지 않다.[35]

『한양 노래』의 판권장은 본문 14면의 끝, 창가의 스물다섯째 마디
뒤에 덧붙어 있다. 그런데 이 책 역시 발행 날짜가 좀 이상하다. 발행
일은 1908년 10월 15일인데, 인출일 즉 인쇄일은 2월 16일로 되어 있
다. 대개 인쇄일이 앞서고 발행일이 뒤에 기재되는데 이 경우에는 뒤
바뀌어 있는 셈이다. 또 발행일이 2월이 될 리도 없다. 짐작건대 11월
을 세로로 쓰다 보니 2월로 잘못 식자(植字)한 듯싶은데, 인쇄일과 발행
일의 간격이 너무 큰 데에다가 이렇게 보자면『소년』의 창간보다 뒤처
지는 셈이다. 게다가『소년』창간호에는 이미『한양 노래』의 광고가
실려 있다. 따라서『한양 노래』의 실제 인쇄일은 10월 16일로 보는 것
이 타당하다. 초창기의 미숙함에서 빚어진 잘못일 터다.

문제는 또 있다.『한양 노래』는 정말 신문관의 두 번째 출판물일까?

---

35 박진영 편,『신문관 번역소설 전집』, 소명출판, 2010, 권두 화보 및 519~526면.

혹시 첫 번째 출판물일 가능성은 없을까? 만약『경부철도 노래』의 발행일이 소급되어 위조된 것이라면 그럴 가능성도 없지 않다. 실제로『소년』창간호를 비롯한 거의 대부분의 광고에서 신문관의 삼대 창가집 즉 '소년 구가 서류(少年口歌書類)'의 광고는『한양가』와『경부철도가』그리고 근간 예정인『세계일주가』의 순서로 배치되어 있기 때문이다. 출간 순서를 의심하지 않을 수 없는 노릇이다.[36] 다만『한양 노래』맨 뒤에 붙어 있는 광고에는『경부철도 노래』가 포함되어 있으나『경부철도 노래』의 광고에는『한양 노래』가 언급되지 않았다는 점에서 일단『경부철도 노래』가 먼저 출판되었다고 추정할 수 있다.

물론 또 다른 추론도 가능하다.『한양 노래』의 인쇄일을 문면 그대로 2월 16일로 믿는다면 어떨까? 실제 발행은 10월 15일이다. 다만 제판상의 실수로 인쇄일자와 발행일자의 배치가 뒤바뀌었을 수 있다.『경부철도 노래』의 초판이 3월에 인쇄되고 발행되었다면 그보다 조금 앞서 2월에『한양 노래』의 출판을 먼저 준비하고 있었다고 보아도 그리 이상한 일은 아니다. 다만『한양 노래』는 어떤 이유로 실제 발행이 미루어졌고 그 대신『경부철도 노래』가 먼저 발행되었을 수도 있는 셈이다. 이렇게 보자면 광고란의 배치 순서는 이해될 법하다.

하지만 그럴 가능성은 아무래도 낮다. 최남선이 인쇄 설비를 사들이기 두어 달 전부터 출판이 준비되고, 결국 여덟 달이나 지난 뒤에야 나왔다고 보기는 어렵기 때문이다. 또 한참 뒤인 1908년 12월에 이르러서야『한양 노래』가 출판되었다는 신문 기사와 광고가 등장한 것으로 보아서도 그러하다.[37] 요컨대『경부철도 노래』가『한양 노래』보다 앞

---

36 신현득,「동시 백 주년을 되짚어 보다」,『동시 탄생 백 주년, 그 문학적 성취와 전망』(제7회 한국동시문학회 여름 세미나), 한국동시문학회, 2008.6.

37 「한양가 인행(印行)」,『황성신문』, 1908.12.4, 1면; '광고」,『황성신문』, 1908.12.12~12.20, 4면.

서 출판되었으며, 적어도 1908년 10월 15일 이전에 출판되었다.

두 권의 창가집에 대한 정보를 담고 있는 판권장을 다시 들여다보기로 하자. 또 한 가지 눈에 띄는 점이 있어서다. 『한양 노래』의 판권장에는 저작자와 발행자의 이름이 명기되어 있을 뿐만 아니라 발행처 신문관과 인출처인 신문관 인출소의 주소가 명기되어 있다. 이 주소는 『소년』 창간호에 기재된 주소와 똑같다. 그런데 『경부철도 노래』에는 주소가 전혀 기재되어 있지 않다.

이 차이는 무엇을 뜻할까? 『한양 노래』는 신문관이 정식으로 문을 열고 법률적이거나 행정적인 절차를 충분히 마친 뒤에 출판되었다고 볼 수 있지 않을까? 그러나 『경부철도 노래』는 미처 그렇지 못했던 것이다. 『경부철도 노래』의 발행일자가 사실과 다를 가능성을 비중 있게 지적한 것도 그래서다.

그렇다면 다시 문제의 초점은 왜 그럴 수밖에 없었는지에 모아진다. 『경부철도 노래』를 출판할 당시, 그러니까 1908년 6월 말부터 10월 15일 사이에 신문관으로서는 불가피한 어떤 정황이 분명히 개입되어 있어야만 한다는 뜻이다. 그 이유 역시 지금으로서는 추정에 그칠 수밖에 없는데, 한 가지 실마리는 앞서 밝힌 바 있듯이 1908년 9월 26일 아침에 신문관의 사주 최창선이 경시청에 불려 간 일이 있다는 사실이다.[38] 신문 기사에서는 더 이상 자세한 언급이 없으나 혹시 이 일이 신문관의 설립이나 『경부철도 노래』와 관련된 것은 아니었을까? 그 밖에는 '신문관 주인'이 문제 될 거리가 없으니 말이다.

만약 이것이 법률적이거나 행정적인 문제였다고 추정한다면 가장 먼저 떠올릴 법한 것은 출판법이다. 하지만 출판법은 1909년 2월에야

---

[38] 「신문관 주인 피초」, 『대한매일신보』, 1908.9.27, 2면.

공포되었다. 1907년 7월 이완용 내각의 법률 제일 호로 공포된 신문지 법이 있긴 했으나 정기간행물에 대한 법령이므로 아직 『소년』을 창간하기 전인 1908년 여름에는 문제 되지 않는다. 그렇다면 이 시점에서 새롭게 대두된 난관은 무엇이었을까? 추정컨대 1908년 8월 13일 내각 고시 제삼 호와 제사 호로 공포된 일련의 저작권 관련 법령일 가능성이 높다.[39]

내각 고시 제삼 호는 일본 정부가 저작권 보호를 위한 국제 협정인 1886년의 베른 조약을 수용하면서 일본과 미국 사이의 저작권 보호를 위해 공포한 것이며, 내각 고시 제사 호는 일본의 저작권법을 한국에 의용하기 위해 공포한 것이다. 특히 내각 고시 제사 호는 저작권을 포함한 지적 소유권에 대한 등록 및 보호와 관련된 일본의 법령과 시행 규칙을 한국에서 그대로 시행하는 내용을 담고 있다.[40] '한국 저작권령'과 '한국 저작권령 시행 규칙'을 포함한 내각 고시 제사 호는 물론 이 듬해에 공포된 출판법에 비하자면 통제 조항이 강력하지 않다. 적어도 사전 검열과 납본 의무가 명기되어 있는 것은 아니기 때문이다. 그러나 저작권과 출판권을 설정하기 위해서는 저작물과 저작물의 제작 연월일을 등록해야만 한다.

남석순은 이 법령이 저작권 보호를 위해 해당 관청에 등록할 것을 규정하고 있으면서도 실질적으로는 등록 업무를 맡은 관청이 존재하지 않았다는 점, 한국어 저작물의 등록이 사실상 불가능했다는 점을 비판했다. 그 가운데 후자는 '한국 저작권령'이 한국어 출판물의 등록이나 보호에 관한 내용이 아니라는 점을 지적한 것이다. 그렇게 본다

---

39 「내각 고시 제삼 호」 및 「내각 고시 제사 호」, 『대한제국 관보』 156책, 내각 법제국 관보과, 1908.8.15~8.22.
40 남석순, 『근대소설의 형성과 출판의 수용 미학』, 박이정, 2008, 290~294면.

면 신문관은 1908년 8월 16일 이후 『경부철도 노래』를 서둘러 펴내면서 이 법의 제약을 피해 가기 위해 날짜를 소급하여 기재했을 가능성이 높다. 판권장에 신문관의 주소를 명기하지 않았거나 못한 것도 그래서가 아닐까 싶다. 또한 『경부철도 노래』와 『한양 노래』가 한일병합을 전후한 시점에 발매 금지 조치를 당했다는 사실도 무관치 않은 일일 것이다.

그렇게 본다면 1908년 6월 말에 귀국한 최남선이 신문관 창립을 준비하고 단행본 출판과 월간지 창간에 박차를 가한 시점이 얼추 들어맞는 셈이다. 참고로 『소년』은 신문지법에 의거하여 창간되었으며, 1908년 9월 13일 공포된 통감부령 제삼십오 호 '제삼 종 우편물 인가 규칙'에 따른 제삼 종 우편물로 인가되었다.

신문관의 첫 번째 출판물 『경부철도 노래』가 실제로 어떤 우여곡절을 거쳐 탄생되었는지 살피는 일은 신문관의 창립 과정을 이해하는 열쇠다. 그 밖에도 『한양 노래』의 판권장에 기재된 날짜가 왜 뒤바뀌거나 잘못 식자되었는지, 왜 광고에서는 늘 『경부철도 노래』보다 『한양 노래』가 앞섰는지에 대해서도 명쾌하게 해명할 필요가 있다. 물론 『경부철도 노래』가 당시 일간지에 기사화된 시점이라든가 신문관이 통감부에 등록되거나 신고된 날짜를 정확히 밝힐 수 있다면 많은 비밀이 풀릴 터다. 아쉽게도 지금으로서는 바라기 어려운 일이므로 거칠고 성긴 추정으로 마무를 수밖에 없다.

5. 신문관 사옥 터

　지금까지 파헤쳐 온 문제들에 비하자면 신문관의 사옥 터를 밝히는 일은 비교적 간단한 축에 속한다. 앞질러 결론을 내리자면 1908년 여름 신문관이 처음 간판을 내건 곳은 한성 남부(南部) 사정동(絲井洞) 59통 5호와 59통 8호다. 신문관 본관이 되는 사정동 59통 5호는 신문관 편집부, 판매부, 명함부가 속해 있는 곳으로 집필과 편집, 영업과 판매가 모두 여기에서 이루어졌다. 그리고 사정동 59통 8호는 인쇄부 즉 인쇄 공장의 주소다. 신문관의 정확한 주소가 처음 기재된 것은『한양 노래』의 판권장이며,『소년』의 판권장과 광고란에 기재된 주소 역시 이와 같다. 짐작건대 두 채 모두 최헌규 소유의 가옥이었을 것이다.

　사정동은 실우물골이라 불리던 곳으로 지금의 중구 저동(苧洞) 1가에서 을지로 2가 어름이다. 물줄기가 실낱처럼 가느다랗게 나온다는 실우물이 있어서 붙은 동네 이름이다.[41] 1846년에 제작된 목판본〈수선 전도(首善全圖)〉와 1902년 제임스 스카스 게일이 왕립아시아학회(The Royal Asiatic Society)의 기관지『Transaction』에 소개한 한성부의 동판본(銅版本) 지도〈Han-yang(Seoul)〉에는 사정동의 이름이 뚜렷하게 남아 있다. 그러나 한일병합 직후인 1910년 10월에 한성부가 경성부로 격하되고 이듬해 4월에 행정 구역이 개편될 때 지명과 지번이 함께 사라진 바람에 정확한 위치를 확인할 길이 없다.

　정작 문제는 지금까지 알려진 신문관의 위치는 이 주소가 아니라는 사실이다. 흥미롭게도 모든 회고와 증언은 물론이려니와 최근의 연구

---

41 박경룡,『한성부 연구』, 국학자료원, 2000, 257면; 서울특별시사 편찬위원회,『서울 지명 사전』, 서울특별시사 편찬위원회, 2009, 392・561면.

창립 무렵의 신문관　49

에서조차 예외 없이 신문관의 위치를 지금의 을지로 일대에서 '웃보시꼬지'라 불린 곳으로 짚고 있다. 또한 신문관의 사옥이 최헌규의 자택 혹은 자택 맞은편의 약재상 건물이라고 단정하고 있다. 하지만 이는 전혀 사실이 아니다.

대체 '웃보시꼬지'란 어디일까? '웃보시꼬지'라는 말은 얼핏 일본 말처럼 들리고 실제로 그렇게 쓰고 있지만 실은 순 우리말 이름이다. '보십고지'라는 말에 위쪽이라는 뜻의 '웃'이 덧붙은 이름이기 때문이다. '보십'은 보습의 옛말이니 '보십고지'는 보습귀퉁이라는 뜻의 '보습고지'에 해당하는 옛말이 된다. 보습고지란 마치 보습의 끝처럼 삐죽하게 튀어나온 논밭의 한 부분이나 거리의 모퉁이를 일컫는다. 동네의 꼴이 쟁기에 달린 보습의 끝부분을 닮았다 하여, 또는 논밭의 삐죽 내민 곳이나 거리의 모퉁이처럼 생겼다 하여 붙은 이름인 셈이다.

'보습고지'는 한자 이름으로는 쟁기라는 뜻을 가진 여동(犁洞)으로 불렸다. 따라서 '웃보습고지'란 곧 상려동(上犁洞)을 가리키는 이름이며, 지금의 중구 을지로 2가 일부와 수하동 및 삼각동 일부를 포함한 곳에 해당한다.[42] 대개 '犁洞'과 '上犁洞'을 이동과 상리동으로 읽는 것은 잘못이다. 각각 여동과 상려동으로 읽어야 마땅하다. 이곳이라면 사정동에서 조금 더 북쪽으로 올라간 곳이다. 이러한 착오는 어디에서 비롯된 것일까?

해답은 의외로 간단하다. 신문관은 창립한 지 이태 만인 1910년 7월에 사옥을 이전했기 때문이다. 사옥 이전을 알리는 광고는 『소년』 19호(3권 7호) 앞머리에 실렸으며, 『소년』의 모든 광고란에도 새 주소가 사용

---

42 『서울 지명 사전』에서는 '보습곶이'와 '웃보습곶이'로 정리했으나 '보습고지'와 '웃보습고지'가 정확한 이름이다. 서울특별시사 편찬위원회, 『서울 지명 사전』, 서울특별시사 편찬위원회, 2009, 352 · 678면.

되었다. 다만 판권장에 기재된 주소는 1910년 12월호로 발행된 21호(3권 9호)까지 그대로 유지되다가 폐간호가 되고 만 1911년 5월호 즉 통권 23호(4권 2호)에만 새 주소가 반영되었다. 새 주소는 한성 남부 상려동 32통 4호다. 이곳이 바로 조용만이 짚어 낸 '웃보습고지'에 해당한다.

그런데 실상 이곳은 최헌규의 자택이기도 하다. 『대한제국 관원 이력서』에 남아 있는 최헌규의 이력서에는 주소가 한성 남서(南署) 대평방(大坪坊) 동현계(銅峴契) 여동 32통 4호로 되어 있다. 1907년 9월 15일에 작성된 이력서다. 따라서 약재상 건물이라는 지적 역시 전혀 타당하지 않은 셈이다. 정부 관리가 제출하는 이력서에 자택이 아닌 약재상 주소를 기재하지는 않았을 터다. 또 이보다 조금 앞선 1906년의 이력서에는 32통 5호로 되어 있기도 한데, 자택을 넓히면서 지번이 바뀐 것으로 보인다. 그러니 자택의 일부, 짐작건대 사랑채를 개수(改修)하여 새 사옥으로 삼았음에 틀림없다.[43]

여기에서 남서 대평방은 1895년 이후 대한제국 시대의 한성부 제도에 따른 것이다. 이 체계는 1911년 4월 남부(南部) 태평방(太平坊)으로 바뀌었다가 1914년 4월부터 경성부 황금정(黃金町)이 된다. 황금정은 서울 상권의 중심가인 구리개, 즉 황토현(黃土峴)이나 동현(銅峴)을 일본식으로 바꾼 이름으로 지금의 을지로 일대다. 그래서 『아이들 보이』 12호(1914.8)와 13호(1914.10), 그리고 『청춘』 창간호(1914.10)부터는 쭉 경성부 황금정 2정목 21번지가 신문관의 새 주소가 된다.

요컨대 상려동 32통 4호와 황금정 2정목 21번지는 동일한 지번이며, 그 무렵 신문관이 사옥을 다시 이전했다는 기록은 찾을 수 없다. 그런데 당시의 지도나 지적 대장을 짚어 나가다 보면 이 지번마저 지금까

---

43 국사편찬위원회 편, 『대한제국 관원 이력서』(재판), 탐구당, 1984(1971), 345·670·844면. 최한웅 역시 이 건물을 조부 최헌규의 큰사랑으로 지목했다. 최한웅, 『용헌잡기』, 동명사, 1986, 75면.

지 알려진 신문관의 위치와는 어긋난다는 점이 금세 드러난다. 이곳은 지금 을지로 입구 지하철역과 을지로 2가 사거리 사이에 있는 SK 텔레콤의 본사 T-타워가 자리하고 있는 곳에 해당하기 때문이다. 이 문제를 명쾌하게 해명하기는 쉽지 않은데, 일단 최남선의 후손과 홍일식의 증언을 통해 적시된 위치부터 확인해 두자.

이곳은 청계천의 대광통교(大廣通橋) 즉 지금의 광교(廣橋)에서 장통교(長通橋) 즉 장교(長橋) 쪽으로 뻗은 도로와 소광통교(小廣通橋)에서 장통교 쪽으로 이어지는 청계천 남쪽 지류, 그러니까 지금은 복개된 삼각동길과 만나는 꼭짓점에서 조금 못미처 골목 안쪽으로 들어간 곳이 된다. 이 가옥은 대지 52평 4홉, 건물 42평의 목조 이 층 합각(合閣) 기와집인데, 아쉽게도 1969년 4월 서울시 도시 계획에 따라 도로로 편입되면서 말끔히 헐리고 말았다. 철거 당시의 지번은 중구 삼각동 22의 1번지다. 지금은 그 터 가까운 곳에 '조선광문회 터'라는 작은 푯돌 하나만 남아 있을 뿐이다. 그나마 제자리를 잡지 못한 셈이다. 최남선이 만년에 다시 사들이고 싶어 했다는 이 가옥의 정체는 대체 무엇일까?

신문관이 새 사옥으로 이전하면서 편집부, 판매부, 인쇄부로 분리되어 있던 주소는 사실상 하나로 통합되어 기재되기 시작했다. 물론 각 부서의 역할까지 합쳐진 것은 아니다. 얼마 뒤 신문관 건물은 조선광문회의 사무소를 겸하여 쓰기로 했다.[44] 신문관 사옥 터가 '조선광문회 터'로 이름 붙여진 것도 그래서다.

그 대신 곡교(曲橋) 13통 7호에는 조선광문회의 편수소(編修所)를 따로 두었다.[45] 곡교 즉 곡교동은 청계천의 다리 이름이기도 한 굽은다

---

[44] 조선광문회 사무소의 주소는 '조선광문회 규정'에 명기되어 있다. 신문관의 주소와 동일한 상려동 32통 4호다. 「조선광문회 광고」, 『소년』 21호(3권 9호), 신문관, 1910.12, 57면.

[45] 팸플릿 「조선광문회 광고」의 뒷면에 사무소의 주소와 함께 편수소의 주소가 명기되어 있다. 이 팸플릿은 『소년』 21호(3권 9호)에 실린 「조선광문회 광고」와는 별개의 자료인데, 독

〈사진 2〉 조선광문회 편수소(동명사 최국주 대표 소장)

리나 곱은다리라 불린 곳으로 역시 남부 태평방에 속해 있다가 1914년
4월에 삼각정으로 편입되었다. 최남선이 집필과 편집에 몰두한 곳은
실제로는 여기이며, 신문관이나 조선광문회 사무소에서 그리 멀지 않
은 곳이다.[46] 대개의 회고나 증언에서는 이곳을 최남선의 살림집이라

립기념관에서 운영하고 있는 한국독립운동사정보시스템(www.i815.or.kr)에서 이미지를 확
인할 수 있다. 이에 대해서는 오영섭의 논문을 통해 접근했다. 그 밖에도 오영섭은 『조선광
문회 고백』이라는 30면 분량의 소책자를 함께 소개하고 분석하여 조선광문회의 성격을 이
해하는 데에서 큰 진전을 거두었다. 오영섭, 「조선광문회 연구」, 『한국사학사학보』 3호, 한
국사학사학회, 2001.3, 80~81면.

46 지번과 위치는 1903년에 일본의 경부철도주식회사에서 제작한 〈한국 경성 전도〉(1 : 10,000),
1911년 조선주차헌병대사령부에서 제작한 〈경성 용산 시가도〉(1 : 8,000), 1914년 경성일보
사에서 제작한 〈경성부 명세 신지도〉(1 : 10,000), 1917년에 제작된 〈경성 시가 전도〉(1 : 10,000),
1918년에 제작된 〈경성부 관내 지도〉(1 : 6,000), 1936년 제작된 〈대경성 정밀도〉(1 : 10,000)를
대조해 확인했다. 여러 기관에 소장되어 있는 지도를 열람할 수 있도록 조언해 주신 국사편
찬위원회 염복규 선생께 깊은 감사의 뜻을 전한다. 지적(地籍)에 대한 상세한 정보는 陳內六

말하고 있으나 이것도 명백한 잘못이다. 최남선이 부친의 자택에서 분가한 것은 삼일운동으로 옥고를 치르고 나온 이후인 1922년 3월의 일이기 때문이다. 지금까지 알려진 신문관 및 조선광문회 터는 실제로 조선광문회 편수소 겸 최남선의 집필실이다.

요컨대 신문관은 1908년 6월에 사정동 59통 5호와 59통 8호에서 처음 문을 열었다. 그리고 1910년 7월에 상려동 32통 4호, 즉 황금정 2정목 21번지로 옮아앉았다. 그해 10월에 창설된 조선광문회의 사무소는 신문관 사옥을 함께 썼고, 곡교동 13통 7호에 따로 조선광문회 편수소를 두었다. '웃보습고지'란 신문관의 본관 건물이자 조선광문회 사무소가 있었던 상려동, 즉 황금정 2정목을 가리킨다. 신문관의 주소가 몇 차례 바뀌긴 했으나 1910년 7월부터 인쇄소로서 명을 다할 때까지는 쭉 한자리를 지켰다.

이로써 신문관의 위치를 지금의 삼각동으로 헛짚었다는 사실이 분명히 드러난다. 일차적으로는 신문관의 이전을 눈여겨보지 않은 탓이며, 또한 전날의 착오를 바로잡지 않은 채 되풀이해 온 잘못이기도 하다. 이와 관련하여 한 가지를 덧붙일 필요가 있는데, 조용만의 『육당 최남선』에 대해서다. 사실 신문관의 사옥 터가 잘못 알려진 것도 조용만의 평전에서 비롯되었다. 그런데 『육당 최남선』의 권두 화보에는 삼각동에 있던 조선광문회 편수소 사진과 함께 『소년』 창간 당시의 신문관 부근 사진이 나란히 실려 있다. 적어도 조용만은 두 건물이 일치하지 않는다는 사실을 잘 알고 있었던 셈이다. 그리고 신문관이 있던 곳을 찍은 사진 아래 괄호 안에 '내무부 앞'이라고 덧붙여 두었다.[47] 당시

助 編, 『京城府管內地籍目錄』, 京城 : 京城共同株式會社, 1917; 1927 및 川合新一郎 編, 『京城府壹筆每地形明細圖』, 京城 : 朝鮮都市地形圖刊行會, 1929; 1934.

47 조용만, 『육당 최남선』, 삼중당, 1964, 권두 화보 및 63면.

내무부 청사가 있던 곳은 을지로 입구의 옛 동양척식주식회사 건물로 조선광문회 편수소 건물보다 조금 뒤인 1972년 4월에 헐린 뒤 지금은 한국외환은행(KEB) 본점이 자리하고 있다. 이 사진에 담긴 위치가 정확한지는 지금 따로 고증하기 어려우나 앞으로 꼭 확인해 둘 만한 가치가 있으리라 본다.

그렇다면 이제 신문관이 사옥을 옮긴 연유와 조선광문회에 대해서도 짚어 두지 않을 수 없다. 둘 사이에 연관성이 있는 것이 확실하기 때문이다. 일단 신문관이 사옥을 옮아간 것은 일차적으로 인쇄 공장이 따로 떨어져 있는 데에서 오는 번거로움을 해소하고 순식간에 늘어난 일감을 감당하기 위해서였을 터다. 그러나 최남선이 꿈꾼 신문관이란 비단 출판문화의 아성을 세우는 데 그치지 않았기 때문이기도 하다.

신문관 창립 이듬해인 1909년 2월에 안창호가 조직한 비밀 결사 신민회의 외곽 단체 가운데 하나로 청년학우회(靑年學友會)가 결성되었다. 이로써 신민회는 교육 기관으로 대성학교, 서점으로 태극서관, 실업체로 평양자기제조회사, 그리고 합법적인 청년 대중운동 단체로 청년학우회를 거느리게 되었다. 청년학우회는 훗날 흥사단의 모태가 되었다. 최남선은 청년학우회의 총무 역할을 맡았을 뿐 아니라 갓 창간한 잡지 『소년』의 부록으로 '청년학우회보'를 편성함으로써 기관지에 버금가는 역할까지 매겼다.

그런가 하면 한일병합 직후인 1910년 10월에는 방대한 고전 문헌의 수집, 번역, 간행을 내세운 조선광문회가 창설되었다. 조선광문회 역시 최남선의 손으로 빚어낸 원대한 문화 기획 가운데 하나다. 이미 1908년부터 일본인 중심으로 조선고서간행회와 조선연구회가 조직되어 활동하고 있었으니 그에 맞선다는 의의도 적지 않았다. 조선광문회는 한국의 역사, 지리, 풍속, 언어, 문학, 종교, 예술, 제도의 광범위한 분야를 아울렀고 간행 규모 또한 녹록치 않았다. 특히 한국어 사전 편찬 사업을 기획하고 실질적인 시동을 걸기 시작한 것도 조선광문회다. 조선광문회가 엄격한 회원제로 운영된 학술 연구 기관의 성격이 짙었지만 당대의 내로라하는 인사와 지식인들이 순식간에 몰려든 것도 그래서다. 명실 공히 근대 한국학의 원류가 물꼬를 트는 순간이다.[48]

그러고 보면 신문관은 인쇄 및 출판 인프라의 거점임은 물론 청년학우회의 운동 본부요 조선광문회의 총지휘소이기도 했다. 말하자면 문화, 학술, 실천 운동의 메카를 꿈꾸었던 셈이다. 실제로 최남선과 신문관을 구심점으로 삼아 광범위한 네트워크가 구축되고 전국의 문화 역량이 한데 모아졌다. 신문관이라는 이름은 그들을 모두 포괄하는 대명사나 다름없다. 따라서 최남선과 신문관의 출판문화 사업 역시 사회 운동 조직인 청년학우회 및 한국학 연구 기관이자 간행 기구로서 성립된 조선광문회와 분리하여 생각해서는 안 될 일이다. 또한 신문관, 청년학우회, 조선광문회에 드나든 인사의 면면과 활동상 역시 입체적으로 파악해야 할 것이다.

6. 유전된 기억의 복기와 실증

최남선과 신문관을 둘러싼 연구에서 가장 시급한 과제는 회고와 증언을 통해 부정확하거나 잘못 전해진 허상을 가려내고 바로잡는 일이

48　오영섭, 「조선광문회 연구」, 『한국사학사학보』 3호, 한국사학사학회, 2001.3, 79〜140면.

다. 구체적인 사료에 집중하여 과학적으로 분석하고 이를 바탕으로 삼아 역사적 해석을 진행하는 일이야말로 문학사 연구의 출발점이며 대원칙이다. 그러자면 이미 확증되었다고 믿는 역사적 사실조차 처음부터 정교하게 점검하고 재평가하는 일이 절실하다.

신문관 창립 무렵의 풍경을 다시 그려 내고자 한 것도 그래서다. 이 밑그림의 초점은 신문관이 창립되고 운영된 과정에 개입한 여러 갈래의 추진력과 변수를 짚어 봄으로써 신문관이라는 이름의 실체에 효과적으로 접근하는 데에 있다. 한일병합 무렵부터 삼일운동 전후까지 걸쳐 있는 신문관의 그림자야말로 1910년대라는 시대와 시대정신을 객관적으로 이해하는 지름길이 될 것이다.

다만 여전히 추정으로 그칠 수밖에 없는 장면이 남아 있는 것이 사실이다. 아직 명확하게 풀리지 않은 함수는 최남선과 최창선 형제를 둘러싼 여러 협력자의 관계, 신문관과 조선광문회 출판물의 물리적 특성과 역사적 성격, 신문관 안팎에서 벌어진 서로 다른 이념적 지향의 회우(會遇)와 분기(分岐)를 차근차근 파헤친다면 곧 실마리를 찾을 수 있을 것으로 기대한다. 이를 위해 눈여겨보아야 할 대목이 몇 군데 있다. 앞으로의 연구 과제도 여기에서 출발하게 될 터다.

첫째는 1912~1913년 무렵 신문관에 뛰어든 이광수와 김여제, 그리고 1918년 무렵에 손잡은 박현환과 이상협의 문제성이다. 이들은 서로 다른 시기에 신문관을 거쳐 갔으며, 특히 번역소설이나 창작소설을 남김으로써 당대의 문학 관념을 성실하게 반영했다. 그런가 하면 흥사단과 상하이 임시정부, 또는 『매일신보』나 『동아일보』와 같이 서로 이질적인 인맥과 이념적 비전이 교차되면서 다양한 군상이 신문관에서 만나고 헤어졌다. 특히 각계각층의 원로 세대와 신진 세대가 최남선 주위를 드나들면서 삼일운동 이후의 세대교체와 사상적 전변을 이끌었다는 점은 주목할 가치가 있다.

둘째는 신문관의 전 방위적인 출판 활동이다. 지금까지 최남선과 신문관에 대한 연구는 주로 『소년』과 『청춘』에만 집중되어 왔다. 그 밖의 어린이 잡지는 물론이려니와 종교 관련 서적, 교양 및 실용 분야의 출판 사업, 어학 총서, 심지어 시가집, 고전소설, 번역소설에 대해서조차 눈길을 돌리지 않고 있는 것은 심각한 문제다. 이는 연구 대상의 확장이 아니라 연구 시야의 질적인 전환과 입체화를 통해서만 극복될 것이다.

따라서 신문관에서 출판된 단행본 서적을 집성하고 총목록을 면밀하게 분석하는 일이 뒤따라야 한다. 신문관의 전성기 십년 동안에 출판물의 성격 및 문학을 포함한 각 분야에 대한 관념이 대단히 큰 폭으로 바뀌어 갔다는 점을 잊지 말아야 한다. 이 사실을 명료하게 포착하기 위해서는 그사이에 출판된 도서 종목과 규모, 성격의 변모를 체계적으로 연구하는 일이 선행되어야만 한다. 특히 조선광문회에서 편찬한 고전 부문까지 포괄한 방대한 자료를 모아 총람하는 일이야말로 중차대한 과제다.

마지막으로 최남선의 포부와 역량, 신문관의 출판문화에 부여된 소명 의식, 상업적 태도의 모순에 대해서도 냉철한 재평가가 필요하다. 무엇보다 『소년』과 『청춘』을 위주로 최남선과 신문관을 바라보는 태도라든가 1910년대를 이해하는 시각에 과대 포장된 구석은 없는지 되돌아볼 일이다. 훗날의 회고와 증언에서 자리 잡기 시작한 민족주의적 시각, 최남선의 친일 혐의에 대한 무의식적인 반발이 일조했을 것이 틀림없기 때문이다.

신문관이 어디까지나 영리를 추구한 민간 상업 출판사라는 사실은 의심의 여지가 없다. 그런 뜻에서 1910년대의 어린이 잡지 발행과 고전소설의 복원 출판, 삼일운동 전야에 신문관이 보인 시장 영합의 기미는 재론을 기다리고 있는 중요한 과제다. 1920년대에 들어서면서 시대정신과 상상력의 변화에 적절하고 민첩하게 대응하지 못한 신문관의 역사적 한계 역시 차분히 따져 물어야 할 일이다. 1920년대의 시사 주간지이자 문예지 『동명』, 독특한 성격을 띤 『괴기』의 편집 체재나 특성도 본격적으로 조명된 바 없으니 앞으로 눈여겨보아야 할 요처 가운데 하나다. 이러한 문제성은 비단 신문관 창립 무렵의 사정을 비롯한 실증적 차원의 문제로만 국한될 리 없다.

제2장

어린이 잡지 『아이들 보이』

1. 신문관과 어린이 잡지

신문관은 1910년대 최대 규모의 독립 출판 기구이자 가장 영향력 있는 민영 언론 매체의 발행처다. 출판 종목의 전문화와 일반교양을 동시에 좇은 신문관의 방대한 콘텐츠는 경쟁력에서든 다양성에서든 단연 독보적이다. 특히 정기간행물 발행 사업은 신문관이 주력을 기울인 본령이다. 문화 기획의 선봉을 자처하고 나선 정기간행물은 신문관의 창립과 더불어 역사를 같이했으며 1910년대 내내 시대정신의 기념비로서 제값을 다했다.

독자적인 자본과 당대 최고의 기술력을 보유한 신문관이 사업 영역을 공세적으로 확장하면서 단기간에 한국 출판문화의 전당으로 고도성장한 배면에서는 정기간행물을 통해 축적된 탁월한 기획 및 편집 재량과 고정 독자 확대가 막중한 역할을 떠맡았다. 신문관은 종합 교양 월간지 『소년』(통권 23호, 1908.11~1911.5), 『청춘』(통권 15호, 1914.10~1918.9)을 비롯하여 어린이 잡지 『붉은 저고리』(통권 11호, 1913.1~6), 『아이들 보이』(통권 13호, 1913.9~1914.10), 『새별』(통권 16호, 1913.9~1915.1)을 잇달아 발행했다. 신문관에서 발행된 정기간행물의 통권은 연 78호에 이르며 어린이 잡지만 꼽아도 연 40호다.

그중에서 1910년대의 시대정신과 문화적 상상력이 집약되었다는 점에서, 또한 백과총서를 방불케 하는 근대 인문 지식의 축약판이라는 점에서 변함없이 화려한 각광을 받아 온 것은 『소년』과 『청춘』이다. 기실 『소년』과 『청춘』이야말로 신문관의 역사적 성격과 초창기 출판문화의 특징을 대변하는 정기간행물임이 틀림없다. 그렇다 하더라도 『소년』과 『청춘』에만 관심이 쏠린 현상이 온당할 리는 없다.

막상 『소년』과 『청춘』 가운데 각각 한 호는 결실 상태이기도 하다. 발매 금지와 압수 처분을 받은 『소년』 22호(1911.1)는 어쩔 수 없다손 치더라도 정시에 발행된 것이 분명한 『청춘』 5호(1915.2)가 여태 확인되지 못한 것은 출판문화사와 근대문학사 연구에서 부끄러운 대목 가운데 하나다. 그런가 하면 신문관의 뒤를 이은 동명사에서 발행된 『동명』(통권 40호, 1922.9.3~1923.6.3)과 『괴기』(통권 2호, 1929.5~12)도 거의 눈길을 받고 있지 못해 심각한 문제다.

그나마 1910년대의 『붉은 저고리』, 『아이들 보이』, 『새별』을 둘러싼 연구 성과가 축적되기 시작한 것은 2000년대에 들어서면서부터다. 변방으로 밀려나 있던 아동문학사 연구가 활기를 띠면서 한국의 근대 아동문학이 지닌 역사적 성격을 문제 삼고 신문관의 어린이 잡지에 주목한 덕분이다. 근대 아동문학사의 발원지가 바로 신문관일 터이며 근대문학 초창기에 새로운 관념과 독자가 분기된 양상을 가장 뚜렷하게 보여 준 것이 어린이 잡지이므로 당연한 일이기도 하다.

먼저 박숙경은 신문관의 어린이 잡지가 근대 동화의 제도적 기틀을 마련했다는 점에 주목했다. 원종찬은 근대적인 아동과 아동문학의 관념이 탄생하게 된 역사적 경위를 탐색하고 신문관의 정기간행물 발행을 둘러싼 논의의 물꼬를 텄다. 조은숙은 근대 매체로서 어린이 잡지가 담당한 역할과 공과를 면밀히 따졌으며, 특히『붉은 저고리』의 체재와 텍스트를 처음으로 상세히 분석했다는 점에서 돋보이는 성과를 남겼다. 정혜원과 구인서는 어린이 독자를 대상으로 삼은 정기간행물의 특질에 대해 체계적으로 접근했으며, 최기숙은 구체적인 텍스트 분석과 문학사적 재평가를 시도했다.[1]

『붉은 저고리』와『아이들 보이』에 대한 최근의 잇따른 관심과 연구는 신문관에서 발행된 어린이 잡지가『소년』이나『청춘』과는 변별되는 역사성을 띠었으며 한국의 근대 아동문학이 형성되는 과정에서 독자적인 중요성을 지녔다는 판단을 공유하고 있다. 그러나 어느 경우든 자료의 제약으로 인한 한계와 어려움에서 벗어나지 못했다. 특히 1910년대의 출판문화나 어린이 잡지의 안과 밖을 가로지르는 쟁점의 확산으로 이어지기 어려웠다. 연구의 시야와 지평을 넓히고 생산적인 논쟁

---

1 박숙경,「한국 근대 창작동화 형성 과정 연구」, 인하대 석사논문, 1999.8; 원종찬,『아동문학과 비평정신』, 창작과비평사, 2001; 조은숙,「1910년대 아동신문『붉은 저고리』연구」,『한국근대문학연구』8호, 한국근대문학회, 2003.10, 101~135면; 최기숙,『어린이, 넌 누구니?』, 보림, 2006; 최기숙,「'신대한 소년'과 '아이들 보이'의 문화 생태학─『소년』과『아이들 보이』를 중심으로」,『상허학보』16호, 상허학회, 2006.2, 215~247면; 최기숙,「'옛것'의 근대적 소환과 '옛글'의 근대적 재배치」,『민족문학사연구』34호, 민족문학사학회, 2007.8, 304~335면; 정혜원,「1910년대 아동 잡지의 계몽성 변화 양상」,『돈암어문학』20호, 돈암어문학회, 2007.12, 261~290면; 정혜원,「1910년대 아동문학 연구─아동 매체를 중심으로」, 성신여대 박사논문, 2008.8; 조은숙,『한국 아동문학의 형성─아동의 발견, 그 이후의 문학』, 소명출판, 2009; 구인서,「1910년대 아이들 독서물 연구─신문관 발행 정기간행물을 중심으로」, 연세대 석사논문, 2009.2; 최기숙,「'옛이야기'의 환상적 함의와 어린이 '독자/청중'의 '환상성'에 대한 문화적 재규정」,『현대문학의 연구』39호, 한국문학연구학회, 2009.10, 549~586면; 원종찬,『한국 아동문학의 쟁점』, 창비, 2010.

의 틀을 마련하기 위해서라면 무엇보다 기초 자료의 수습과 공개가 절실한 마당이다.

먼저 『붉은 저고리』와 『새별』의 발행 사항에서 잘못 알려진 대목부터 바로잡아 두자. 한국에서 어린이 독자를 대상으로 삼은 정기간행물로 첫 선을 보인 것은 순 한글의 문장을 선택한 『붉은 저고리』다. 1913년 1월 1일에 창간된 『붉은 저고리』는 최남선이 아니라 김여제를 편집인으로 삼아 발행되었다. 아직 십대 소년이었던 김여제는 정주의 오산학교에서 이광수가 손꼽은 제자 가운데 하나다. 이광수의 또 다른 제자이자 후임 교사 박현환 역시 신문관과 인연을 맺은 바 있어서 흥미롭다. 삼일운동 직후 상하이에서 세 명의 사제와 일본에서 유학처를 옮긴 주요한이 합류하여 대한민국 임시정부와 흥사단 원동위원부(遠東委員部) 시절을 함께했다.

『붉은 저고리』는 반월간을 주기로 매호 8면, 각 면 4단으로 편집되었으며, 254×374mm 규격의 타블로이드판 신문 형태로 발행되었다. 『아이들 보이』 창간호(1913.9)의 안내문인 「예전 『붉은 저고리』 보시던 이께 여쭘」과 편집 후기 격인 「여쭙는 말씀」에서는 1913년 6월 15일에 발행된 『붉은 저고리』의 12호 또는 13호부터 발행이 중단되었다고 해명했는데, 실제로는 통권 11호(1913.6.1)로 그쳤다. 이 사실은 『신문관 발매 서적 총목록』 1호(1914.5)와 『아이들 보이』 12호(1914.8)에 실린 광고를 통해 분명하게 확인된다. 두 광고에 따르면 『붉은 저고리』는 "제십이 호에 지(至)하여 관령(官令)으로 정폐(停廢)된 것이니" 쉽게 말하자면 11호를 끝으로 강제 폐간된 셈이다.

신문관은 1914년에 『붉은 저고리』의 창간호부터 폐간호까지를 한데 묶어 1책으로 '합장(合裝)'하여 판매했다. 『붉은 저고리』 합본의 면수는 모두 90면인데, 4호(1913.2.15)를 발행할 때 두 면짜리 '부록'을 함

〈사진 3〉 (좌) 『붉은 저고리』 창간호(국사편찬위원회 소장, 사본), (우) 『붉은 저고리』 합본 광고

께 발행했기 때문이다. 합본은 '부록' 2면을 1~2면으로 삼아 첫머리에 두고 그 뒤에 1호부터 11호까지 88면의 면수를 따로 매겨 두었다. 다만 4호의 4면과 8면에 해당하는 합본의 28면과 32면이 유실된 상태다. 『붉은 저고리』 합본의 사본은 국사편찬위원회에 소장되어 있는 것이 유일하다. 이 자료는 1997년에 하버드-옌칭[燕京] 연구소(Harvard-Yenching Institute)를 통해 입수되었는데, 하버드-옌칭 연구소의 자료 역시 사본 이어서 원본의 규격과 동일하게 복제되었는지 확실치 않다. 합본 사본의 28면과 32면은 국내 입수 과정에서 유실되었다.[2] 또한 본래의 합본

---

2 유실된 합본의 28면과 32면은 하버드-옌칭 연구소에 소장된 『붉은 저고리』 사본을 독자적으로 입수한 춘천교대 조은숙 교수를 통해 확보했다. 자료를 제공하고 조언을 주신 점에 대해 감사드린다.

장정 상태도 분명하지 않다. 합본의 사본에는 앞표지만 붙어 있으며 별도의 판권장이 달려 있지 않다. 앞표지 사본에는 붓글씨로 된 표제와 함께 '서울 광문회 만드음'과 '임자 해환'과 같은 글자가 가필되어 있는데 소장자가 나중에 덧붙인 것이다.

한편 『새별』은 15호(1914.12.5)와 16호(1915.1.14)만 알려져 있어서 발행 사항을 단언할 수 없다. 일단 『아이들 보이』와 『새별』의 '제삼 종 우편물 인가' 날짜가 1913년 9월 5일로 동일하고 『아이들 보이』의 창간호 발행일자가 같은 날인 것으로 보아 『새별』의 창간일자 역시 1913년 9월 5일일 가능성이 높다. 그렇다면 『새별』은 1913년 9월호부터 적어도 16호까지는 단 한 차례만 거른 채 계속 발행된 셈이니 『아이들 보이』와 마찬가지로 12호와 13호 사이인 1914년 9월호를 걸렀을 것으로 추정된다. 또 『새별』은 최소한 16호까지 발행되었을 뿐 언제 폐간되었는지 알 수 없으며, 이광수가 『새별』의 편집을 도맡았다고 하지만 역시 실상을 파악하기는 어렵다. 신문관의 어린이 잡지 가운데 유독 『새별』만은 한자 혼용 표기를 채택했으니 동시에 발행된 『아이들 보이』와 『새별』의 연관성을 밝히는 일은 중요한 연구 과제가 될 터다.

『아이들 보이』 역시 자료가 온전하게 공개된 바 없다. 특히 『아이들 보이』가 언제까지 발행되었는지에 대해서는 의견이 엇갈렸다. 『아이들 보이』는 지금까지 통권 12호로 종간된 것으로 알려졌으나 여기에서 공

〈사진 4〉 『새별』 16호(독립기념관 소장)

개하는 13호(1914.10)가 마지막 호임을 확인할 수 있다. 일단 『붉은 저고리』가 통권 11호, 『아이들 보이』가 통권 13호에서 멈추었다는 사실이 확증된다. 그중에서 『아이들 보이』의 13호는 앞선 1~12호에 비해 사뭇 다른 면모를 보이거니와 폐간 경위 역시 간단치 않다. 무엇보다 『청춘』의 창간(1914.10)과 맞물려 있기 때문이다.

『아이들 보이』 13호의 발행 사실을 공식적으로 확인한 기록은 최덕교의 『한국 잡지 백년』과 조은숙의 연구 말고는 찾아볼 수 없다. 다만 최덕교는 『아이들 보이』 13호를 1914년 9월호로 소개했으나 실제로는 1914년 10월호이며, 일본에서 자료를 입수한 조은숙은 상세한 서지 사항을 밝혀 두지 않았다.[3] 실은 『아이들 보이』 13호의 사본 역시 국사편찬위원회에 소장되어 있는데, 뜻밖에도 잘 알려지지 않은 형편이다. 비교적 최근인 2006년에 국사편찬위원회가 수집한 이 자료는 일본 시가현립대학(滋賀縣立大學) 도서관에 소장된 자료의 사본이다.

『아이들 보이』 13호의 원본은 서지학자 백순재가 수집한 자료를 맡고 있는 아단문고에 소장되어 있다. 아단문고 측에 따르면 최덕교는 『아이들 보이』를 직접 열람한 유일한 분이다. 아단문고는 『아이들 보이』를 창간호부터 폐간호까지 모두 소장하고 있는데, 유실된 부분이 거의 없고 보존 상태도 가장 양호하다. 아단문고의 협조가 아니었더라면 『아이들 보이』 13호의 존재는 물론이거니와 지금껏 알려지지 않은 『아이들 보이』의 전모를 확인하는 일도 불가능했을 것이다.[4]

『아이들 보이』는 자료 실태가 정리된 바 없고 일부 연구자 역시 불완전한 형태로 가철(假綴)된 사본만 접할 수 있을 따름이다. 최근에 근

---

3 최덕교, 『한국 잡지 백년』 1, 현암사, 2004, 263~265면; 조은숙, 『한국 아동문학의 형성―아동의 발견, 그 이후의 문학』, 소명출판, 2009, 155~162면.

4 귀중한 자료를 공개하기로 결정하고 열람과 사진 촬영을 도와주신 재단법인 아단문고 및 박천홍 학예연구실장께 깊은 감사의 뜻을 전한다.

현대 아동문학사의 방대한 기초 자료가 집성되면서 신문관의 어린이 잡지 세 종이 한데 영인되기도 했으나 충분한 검증과 보완을 생략한 채 연구자 사이에서 떠돌던 사본을 그대로 이용하는 데에 그쳤다.[5] 따라서 기초 자료로서 『아이들 보이』의 가치를 중시하여 전반적인 자료 상황을 점검하는 것으로 논의를 시작하겠다. 또한 『아이들 보이』의 편집 체재와 총목차를 제시한 뒤 『아이들 보이』 13호의 성격을 추적할 것이다. 마지막으로 신문관의 어린이 잡지 발행을 둘러싼 두 가지 후속 과제를 짚어 두기로 한다. 『아이들 보이』에 실린 몇몇 중요한 자료는 편의상 다른 기회를 빌려 공개될 수 있기를 기대한다. 가장 바람직한 길을 좇자면 다채로운 시각 이미지와 컬러 인쇄를 효과적으로 구현한 『아이들 보이』를 원형 그대로 복원 출판할 수 있어야 할 터다.

2. 『아이들 보이』의 자료 실태와 문제점

『아이들 보이』의 1~13호를 총람할 수 있는 기관은 아단문고가 유일하다. 유실된 부분이 얼마 되지 않고 장정과 제본 상태도 거의 그대로 남아 있다. 인천문화재단은 1~12호를 소장하고 있으나 본문 가운데 유실되거나 잘못 가철된 곳이 적지 않다. 또 제본이 대부분 파손된 상태여서 자료 공개에 앞서 보존 처리 절차를 기다리고 있다. 몇몇 대학과 공공 도서관에도 일부 자료가 남아 있는데 자료 상태가 좋지 않으

---

5 원종찬 편, 『한국 아동문학 총서』 1, 역락, 2010.

며 대개 본문을 완벽하게 갖추지 못했다. 그 밖에 개인이 소장하거나 고서 시장에서 유통되고 있는 자료도 없지 않으나 한두 호 정도씩 흩어진 채로만 얻어 볼 수 있다.

가장 아쉬운 대목은 『아이들 보이』의 창간호(1913.9)다. 창간호를 소장한 기관은 아단문고, 인천문화재단, 가천박물관인데 모두 앞표지가 온전하지 않다. 가천박물관에 소장된 창간호는 앞표지가 유실되었고, 아단문고와 인천문화재단에 소장된 창간호는 본래의 앞표지가 아니다. 『아이들 보이』 2호(1913.10)의 앞표지를 따거나 컬러 복사한 뒤에 가필하여 다시 제본했기 때문이다. 따라서 지금으로서는 창간호의 표지 디자인을 확인할 길이 없으며, 앞표지의 안쪽 면에 기재된 내용 역시 알 수 없다. 다만 2~12호의 표지가 모두 동일한 데에다가 1~12호의 차례 면에 심전 안중식의 장정으로 명시되어 있어서 창간호부터 같은 그림으로 이어졌을 것으로 추정하는 데에 불과하다. 표지 디자인은 폐간호인 13호에 이르러서야 전격적으로 변경되었다.

『아이들 보이』 2~12호의 표지 디자인은 필자가 아는 한 한국의 정기간행물 역사를 도틀어 가장 화려하고 강렬하다. 원색판 인쇄가 가능한 사진동판(寫眞銅版) 즉 망판(網版) 인쇄술을 적용했으니 신문관의 기술력 수준을 한눈에 가늠해 볼 수 있다. 표제와 발행처에 쓰인 노란색의 고딕체 글자꼴 역시 깔끔하고 세련된 디자인을 적용한 것으로 기억해 둘 만하다. 신문관이 자체적인 활자 인각과 주조 능력을 갖추었기에 가능한 일이다. 또 한일병합 이후 정기간행물이나 단행본의 겉표지에 순 한글 표기로 '서울 신문관 발행'이라고 내세운 것도 신문관이 유일한 경우가 아닌가 싶다. 정기간행물 가운데에서는 『아이들 보이』와 『새별』만이 순 한글 표기와 함께 '서울'이라는 이름을 사용했다. 단행본 출판의 경우로는 문고본인 '육전소설' 시리즈에서 화려한 당초문(唐

소장 기관	소장 자료	기타
아단문고	1~13호	
인천문화재단	1~12호	본문 일부 유실
국립어린이청소년도서관	2호, 7호, 10~11호	일부 사본(10호)
국사편찬위원회	7~11호, 13호	마이크로필름 폼, 사본(13호)
국회도서관	7~11호	마이크로필름 폼
고려대 도서관	2호, 7~11호	
연세대 학술정보원 국학자료실	2~4호, 7호	
가천박물관	1호	
한국학중앙연구원 한국학학술정보관	2호	
한국잡지정보관	3호, 10~11호	
대구광역시립 서부도서관	12호	

(草紋) 문양 안에 '서울 신문관 발행'이라고 순 한글로 명기하거나 김두봉의 『조선말본』(1916) 속표지에 '서울 새글집 박음'이라고 해 둔 사례가 있다.

또 창간호의 뒤표지도 아단문고에서만 정확하게 확인할 수 있다. 대부분의 연구자들이 사본으로 접하고 있는 창간호 판권장의 발행일자 부분에는 다른 지질로 된 작은 종이쪽을 오려 붙인 흔적이 남아 있다. 이러한 사실은 복제의 원본이 된 별도의 자료를 대조하여 확인할 수 있었다. 아단문고에 소장된 창간호는 본문 40면의 다음에 바로 뒤표지가 붙어 있는데 뒤표지의 안쪽 면은 『조선이언(朝鮮俚諺)』(1913) 광고로, 바깥쪽 면은 『검둥의 설움』(1913) 광고로 채워져 있다. 바깥쪽 면 상단과 좌측 난외(欄外)에는 각각 『아이들 보이』의 통권과 인가 및 발행 사항이 명기되어 있다. 다행히도 발행일자에는 착오가 없다. 2~12호의 경우에는 뒤표지 안쪽 면에 공통적으로 '잡지 보시는 이 지킬 일'과 판권장이 상하 이 단으로 배치되어 있고 바깥쪽 면은 한결같이 『조선이

언』광고다. 유독 창간호의 뒤표지만 다른 셈이다. 다만 창간호의 본문 40면과 뒤표지 사이에 별도의 면지(面紙)가 있어서 여기에 안내문이나 광고, 판권장이 포함되었을 가능성은 남아 있다. 왜냐하면 2~12호 뒤표지의 난외에도 통권과 인가 및 발행 사항은 늘 명시되었기 때문이다. 또 창간호가 재판 이상을 찍어 내면서 나중에 뒤표지 갈음을 할 때 광고 대신 판권장을 덧붙였을 수도 있다. 아단문고와 인천문화재단에 소장된 창간호의 40면에서 두 군데 오자를 바로잡은 곳이 있다는 사실로 보건대 두 차례 이상 인쇄된 것만은 틀림없는 일이다.

가장 심각한 문제는 대부분의 연구자가 이용하고 있는 사본이다. 원본의 전모가 적절한 형태로 공개된 바가 없어서 대조와 검증이 불가능한 형편이기 때문이다. 필자가 확인한 바로는 사본에는 국내 자료와 일본에서 복사된 자료가 뒤섞여 있다. 대부분 보존 상태가 좋지 않아 낱장 형태이거나 낱장을 수습하여 한데 편집했다. 이 과정에서 매호의 앞머리 부분이나 뒤쪽의 부록이 유실되었으며, 심지어 원본의 배치 순서와 다르게 가철되곤 했다. 사실 고서 시장에서 유통되거나 개인이 소장하고 있는 자료도 사정은 매한가지다. 소장자가 바뀌고 거듭 수보(修補)되는 과정에서 유실되거나 훼손된 곳이 적지 않기 때문이다. 몇몇 연구에서 서지 사항이나 면수가 어긋난 대목이 눈에 띄곤 하는 것도 그래서다. 따라서 사본이야 말할 나위도 없으려니와 원본을 이용할 때에도 각별히 주의를 기울여야 한다.

『아이들보이』는 최고급 품질의 종이와 잉크를 사용하여 제작되었지만 매호의 분량이 50면 남짓에 불과하고 컬러 인쇄를 사용했기 때문에 원형 파괴 속도가 빠른 편이다. 서둘러 자료 보존과 복원에 나서야 하며, 반드시 정밀한 교합(校合) 과정을 거쳐 공개되어야만 한다.

〈사진 5〉 (좌)『아이들 보이』광고, (우)『아이들 보이』3호(인천문화재단 소장)

3.『아이들 보이』의 체재와 총목차

신문관은 반월간의『붉은 저고리』를 '신문'으로 이름 붙였으며 타블로이드판 형태로 발행했다. 그런데『아이들 보이』는 '아동 잡지'라는 명명을 사용했고, 5호(1914.1)부터 12호(1914.8)까지는 두 면짜리 '아이들 신문'을 편성하여 따로 호수를 매기기도 했다. 신문관은 적어도 신문과 잡지라는 말의 용법을 뚜렷이 구별했으며 '아이들'이라는 명칭도 다분히 의식적으로 사용했다고 할 수 있다.

『아이들 보이』의 판형은 152×225mm이니 오늘날의 국판보다 약간 큰 규격이다. 타블로이드판에서 잡지 형태의 제책으로 전환되면서 편집 방식도 융통성을 발휘할 수 있었다. 『붉은 저고리』역시 사진동판과 일러스트레이션을 다양하게 사용하기는 했지만 편집의 틀에 제약이 컸고 본문은 단색 인쇄를 유지했을 것으로 짐작된다. 이에 비해 『아이들 보이』는 활판을 훨씬 자유자재로 활용했고 다양한 호수의 활자를 쓰는가 하면 삽도나 갖가지 패션, 장식 문양에서 이색 인쇄를 적용했다. 곳곳의 여백을 그림으로 채우거나 장식 문양으로 에운 점도 시선을 잡아끌 만하다.

먼저 『아이들 보이』 1~12호를 간략히 훑어본 뒤에 13호에 대해 따로 살펴보자. 앞서 언급했듯이 적어도 2~12호의 앞뒤 겉표지는 동일하게 사용하되 통권과 발행일자만 달리 명시했다. 앞표지의 안쪽 면에는 안내문인 '삯 아니 들고 튼튼하게 돈 부치는 법'이 수록되었다. 뒤표지에는 『조선이언』의 광고가 실렸고 안쪽 면에는 '잡지 보시는 이 지킬 일'과 판권장이 상하 이 단으로 자리를 차지했다.

『아이들 보이』는 매호의 앞머리나 끝머리도 고정적으로 배치했다. 앞머리에는 2~4면의 단행본 광고를 두었고 차례가 두 면을 차지했다. 차례 면의 장식 문양도 일관성을 갖추어 유지되었다. 먼저 사진동판이 등장하고 뒤이어 나무새김[木刻]으로 된 '그림본'이 두 면에 걸쳐 하나씩 제시되었다. 겉표지는 물론 두꺼운 종이를 사용했으며, 사진동판도 지질을 달리했다. '그림본'은 매호 두 개씩 일련번호를 붙여 1~24회까지 이어졌다.

또 본문 뒤에는 공통적으로 부록이 편성되었다. 부록은 대개 '상급 있는 의사 보기'나 '상급 있는 글 꼬느기'와 같은 안내문인데, 면수를 따로 매기지 않고 광고처럼 제시되었다. 6호(1914.2)부터 11호(1914.7)까지

〈사진 6〉 『아이들 보이』 1~12호(아단문고 소장)

는 '한글 풀이'와 'ㅎㅏㄴㄱㅡㄹ'이 운용되었는데, 'ㅎㅏㄴㄱㅡㄹ'은 대체로 삽지나 접친 면으로 붙어 있다. 또한 매호 투고용 원고지를 첨부했다. 투고용 원고지는 322자 규격으로 23자 14행이다. 따라서 매호의 면수는 본문 40면 남짓에다 부록과 광고까지 합하면 실제로는 50면 안팎이 된다.

본문의 편집 체재 역시 1~12호까지 큰 변화가 없다가 13호에서만 달라졌다. 『아이들 보이』의 체재가 『붉은 저고리』의 요목이나 편집 방식을 물려받았다는 점도 특징이다. 먼저 컬러 삽화를 동반한 다소 긴 분량의 이야기를 앞세운 뒤에 짤막한 이야깃거리나 우화, 옛이야기, 교훈적이거나 역사적인 이야기, 과학 지식이 두루 편성되었으며 '다음 어찌', '의사 보기', '웃음거리'와 같은 난도 『붉은 저고리』에서 거의 그대로 이어졌다. 삽화나 그림풀이를 고루 배치한 점도 마찬가지다. 요컨대 『아이들 보이』는 『붉은 저고리』를 월간지 꼴로 확장한 판이며, 콘텐츠 측면에서는 막상 뚜렷한 차별성을 내보이지 않았다.

먼저 『붉은 저고리』와 『아이들 보이』 창간호의 맨 앞에 실린 창간사 격의 머리글, 『아이들 보이』 맨 뒤에 놓인 「여쭙는 말씀」을 각각 옮겨 둔다. 『붉은 저고리』는 상단의 제호에 '공부거리와 놀잇감의 화수분'이라고 되어 있고, 처음 한 단을 창간의 말 「인사 여쭙는 말씀」으로 채웠다. 『아이들 보이』의 첫 면은 제목 없이 짤막한 선언문처럼 쓰인 글이 자리를 차지했고, 편집자의 목소리가 담긴 것은 오히려 뒤쪽의 「여쭙는 말씀」이다.

우리는 온 세상 붉은 저고리 입는 이들의 귀염 받는 동무가 될 양으로 생겼습니다. 재미있는 이야기도 많이 있습니다. 보기 좋은 그림도 많이 가졌습니다. 공부거리와 놀잇감도 적잖이 만들었습니다. 여러분의 보고 듣고 배우고 놀기에 도움될 것은 이것저것 다 마련하였습니다.

한 벌 한 벌 나는 대로 차례차례 보아 가면 무엇이 어떠하여 무슨 재미가 얼마큼 있는지 아시오리다. 무슨 까닭에 한때라도 멀리 지내서는 아니 될 줄도 아시오리다.

아직 한 달에 두 번씩 갈 터이니 그동안이 더디다고 마시고 아무쪼록 자세히 보시면 유익 얻음이 과히 나쁘지 아니할 줄 압니다.

골고루 사랑하시며 늘 귀여워하시오.[6]

조선 백만의 아이들이 다 우리 잡지의 동무 될지니라. 우리는 무론 이리되기까지 여러 가지로 정성을 다하려니와 여러분이 또한 이리되도록 애쓰기를 아끼시지 마소서.

이 잡지 보는 즐거움을 다 같이함이 또한 큰 즐거움이 아니오리까.

우리가 사랑하고 우리를 사랑하시는 여러분이여![7]

올 설부터 여러분하고 사괴어 지내던 『붉은 저고리』는 지난 유월 십오일 치(제십이 호)부터 못 가게 되어 섭섭하고 무안하기 그지없삽더니 다행히 이번에 새 얼굴로 다시 여러분을 뵈옵는 기틀이 생기오니 얼마큼 스스로 위로도 되려니와 여러분께도 또한 쾌한 일이 아니라 할 수 없다 하노이다.

원래 재주가 넉넉지 못한데 처음이 되어 솜씨가 나지 아니하여 제 생각에도 맛 같지 아니한 데가 많사오니 보시는 어른께서야 어떻게 느긋하지 못한 곳이 많으시오리까마는 두터이 용서하시면서 길이 기다리시면 한 걸음 한 걸음씩 잘못한 것은 고치고 잘한 것은 더욱 가다듬어 여러분의 융숭한 사랑을 받을 만한 바탕이 있게 하오니 다만 저의 작은 정성을 믿으시고 어여삐 여기시며 도와주시기 천만 바라나이다.

전에 『붉은 저고리』 보시던 이 가운데 반년 선금 내신 이는 이번만 잡지를 보내고 선금 보내시기까지 다시 보내지 아니하겠사오니 잡지 겉봉에 '선금 보내오'란 도장이 찍힌 어른은 새 정가표를 보시고 반년이고 일 년 선금을 속히 보내주시옵소서.

---

6 「인사 여쭙는 말씀」, 『붉은 저고리』 1호, 1913.1.1, 1면.
7 『아이들 보이』 1호, 1913.9, 1면.

일로 말씀하면 먼저 잡지를 보내고 값을 줍시사 함이 마땅한 도리이오나 그리하자면 치부상에 여러 가지 불편이 있으므로 버릇이 있는 일 아니오나 선금을 보내셔야 잡지를 보내 드릴 터이니 늘 주의하시어 진시 진시 선금 보내시기를 정신 차리시옵소서.

이번에도 여러분의 연구성도 늘리고 별 재미도 붙이시게 하려 하여 상급 있는 문제를 내었으니 여러분이 열심으로 궁리하여 대답들을 보내시려니와 이다음부터는 더 재미있고 더 쉬운 문제를 많이많이 내어 여러분의 흥취를 돕겠사오니 공부하시는 틈틈이 열심으로 찬성하여 각기 일등 상 타 가기를 다투시기 간절히 비나이다.

지방 지방 사투리가 있고 또 옛날에는 많이 쓰던 말도 지금은 흔히 아니 쓰는 말도 있으니 우리 잡지에 내는 글과 말 가운데 혹 얼른 알기 어려우신 것이 있거든 엽서 같은 것으로 물어보시면 요긴한 것은 담 달 잡지에 대답하여 드릴 터이니 많이 물어들 보시옵소서.

총총 그만.

내월에 나는 둘째 호에는 더욱 재미있는 글, 그림과 상급 주는 것이 있으니 고대하시오.[8]

---

8 「여쭙는 말씀」,『아이들 보이』1호, 1913.9, 40면.

『아이들 보이』 13호(1914.10.5)

　　『아이들 보이』 고유의 색깔이 잘 드러난 것은 머리말보다 「여쭙는 말씀」에서다. 또 『붉은 저고리』와 『아이들 보이』의 연속성도 한눈에 드러난다. 「여쭙는 말씀」은 문단을 나누는 대신 'ㅇ' 기호를 삽입했으나 여기에서는 문단 구분으로 처리했다. 맨 끝에 붙은 다음 호 안내는 네모꼴 속에 들어 있는 문장이다. 특별한 경우가 아니라면 맞춤법, 외래어 표기, 띄어쓰기, 문장부호는 모두 지금의 어문 규정에 맞게 바로 잡았다.

　　후속 연구를 위해 『아이들 보이』의 총목차를 정리해 둔다. 총목차에서 안내문과 광고는 제외했으며 수록된 글의 제목과 부제, 면수는 모두 실제의 본문을 따랐다. 부록에는 면수가 매겨져 있지 않으나 편의상 본문의 연장선에서 셈하여 정했다. 교합 과정을 통해 거듭 검증하기는 했지만 부록 가운데에는 절취나 유실 여부를 확증하지 못해 빚어진 착오가 있을 수 있다는 점을 감안해야 한다. 표기는 인용문과 마찬가지로 지금의 어문 규정을 따랐다.

4. 『아이들 보이』 13호의 성격과 폐간

　『아이들 보이』 13호는 1914년 9월호를 거른 뒤에 1914년 10월 5일에 발행되었다. 판형은 152×225mm로 1~12호와 똑같고, 본문 40면과 광고 및 부록 8면으로 구성되었다. 그런데 표지를 비롯한 외관이 크게 달라졌다는 점부터 한눈에 들어온다. 애써 표지 디자인을 바꾼 점을 보건대 최남선은 13호를 끝으로 『아이들 보이』를 종간하려고 작정한 것은 아니었다. 그렇다고 『아이들 보이』에다 신문관과 신문관의 정기간행물을 지탱하는 무게중심으로서 역할을 내맡기지도 않았다. 『아이들 보이』 13호는 머리글에서 장차 『아이들 보이』의 반경이 축소될 것임을 시사했으며, 실제로는 폐간호가 되고 말았다. 오랫동안 벌러 왔던 『청춘』의 발행이 허가되었기 때문이다. 『소년』의 직계 후예라 할 『청춘』의 창간호가 발행된 것이 1914년 10월 1일이니 불과 나흘 전의 일이다.

　어쨌거나 『아이들 보이』 13호에서 가장 눈에 띄는 변화는 표지가 전격적으로 바뀌었다는 사실이다. 별다른 해명 없이 등장한 새 표지는 1~12호의 현란한 원색판 디자인을 버리고 파란색 한 가지로만 인쇄되었다. 다만 표제와 발행처를 표시한 부분만 검은색이며 글자꼴도 전면 교체되었다. 전반적인 아웃트라인과 색상이 단순화되었을 뿐 아니라 그림의 성격도 크게 달라졌다. 새 표지의 디자인은 어린이보다는 여성이나 가정 편짝에 초점을 맞추어 과감한 변신을 꾀했으니 돌연한 일이 아닐 수 없다. 『아이들 보이』 2~12호의 표지 못지않게 눈길을 잡아끈 『청춘』의 표지 디자인은 춘곡 고희동의 솜씨다. 『아이들 보이』 13호의 표지 역시 고희동의 붓끝에서 나왔을 가능성이 높다. 하지만 『아이들 보이』 13호는 실제의 편집 체재나 내용에서 이렇다 할 변모의 흔적이 따라붙지 않았다.

『아이들 보이』가 만 일 년 동안 일관성 있게 이어 온 표지를 굳이 바꾼 까닭은 무엇일까? 짐작건대 『청춘』의 창간과 함께 『아이들 보이』의 위상이나 성격을 조정할 필요가 있어서였을 가능성이 높다. 이 점에서 진작 『아이들 보이』의 종간을 작정했거나 어린이 잡지 발행 사업을 완전히 접으려고 했던 것이라 보기는 어렵다. 다만 최남선의 일인 기획, 일인 편집 체제나 다름없는 정기간행물 『아이들 보이』, 『새별』, 『청춘』의 세 종을 나란히 끌고 가기는 버거웠을 터이며 그중에서도 『청춘』에 주된 공력을 쏟아 부어야 했기 때문에 불가피하게 『아이들 보이』를 포기할 수밖에 없었을 것이다. 『청춘』과 짝을 이루기 위해서라면 『아이들 보이』보다는 『새별』이 더 어울림 직하며 그 대신 『아이들 보이』를 여성 잡지나 가정 잡지로 탈바꿈시키려 했던 것이 아닐까 판단된다. 실제로 『새별』은 한동안 더 발행되었지만 『아이들 보이』는 그대로 폐간되었으며 신문관은 내내 『청춘』에 역점을 두었다.

그렇다 하더라도 최남선이 『아이들 보이』에서 점차 손을 떼려 한 조짐은 분명하게 드러났다. 최남선은 『아이들 보이』의 창간 첫돌을 기념하는 13호의 머리글에서 『청춘』의 창간 예정일을 20일경으로 못 박아 두었는데 이 날짜는 10월 20일경이 아니라 9월 20일경을 가리킨다. 그리고 『아이들 보이』가 공들여 키워 낸 '글 꼬느기'와 '이야기 모음'을 중

〈사진 7〉 (좌) 『아이들 보이』 13호(아단문고 소장), (우) 『청춘』 창간호(인천문화재단 소장)

단하겠다고 밝혔고 실제로 원고지를 첨부하지 않았다. 사실상 『아이들 보이』 13호는 1914년 9월호로 준비된 것을 뒤늦게 발행한 것에 불과하니 다음의 인사말은 『아이들 보이』의 종간 예고나 다름없는 셈이다.

어느덧 돌이 되었습니다. 본래 알던 이, 처음 뵙는 이, 여러분으로 더불어 종이를 사이하여 이야기도 하고 글도 짓고 한 것이 말로 말하면 수만 마디요 글로 적어 반 즈믄이 되니 애도 썼다 할 만하나 줄곧 여러분의 바라시는 바를 만분의 하나도 느긋하게 하여 드리지 못하오니 세월 많이 지낸 본의가 진실로 없는지라 미안한 말씀은 이루 사뢸 길 없삽나이다. 다만 널리 생각하시고 두터이 사랑하시는 가운데 앞으로 정성을 다하기만 기약하옵나이다.

한 돌 뒤부터는 여러 가지로 더 잘하려고 마련하였던 것이 한두 가지 아니었으나 공교한 일 있사와 맡아보는 이가 두어 달 동안 길을 나게 되므로 아직 얼마 동안은 뜻 같기 어렵사오며 돌아오는 날을 기다려 여러분의 귀 뜨일 말씀을 사뢰기만 기약하옵나이다.

특별히 여러분이 좋아하실 기별이 있으니 다른 것 아니오라 이달 스무날 뒤에 우리 신문관으로서 우리의 언니 될 『청춘』이란 새 잡지를 낼 터인데 자세한 것은 광고에 있삽거니와 어찌하였든지 작지 아니한 경륜으로 큰 정성을 다하여 내는 것이오니 제 칭찬 같기는 하오나 반드시 한세상의 귀와 눈을 뜨이게 할 것이 뒤에 있는 것이라 여러분께서 그 새로 남과 앞으로 나감에 대하여 큰 힘 빌리어 주심을 믿고 바랍나이다.

그러나 좀 섭섭하게 아실 일 하나도 기별할밖에 없삽나이다. 무엇이냐 하면 오는 달부터 앞으로 석 달 동안은 '글 꼬느기'와 '이야기 모음'을 잠시 그만두겠음이외다. 그러나 그다음부터는 새 법으로 더 성대하게 뽑을 생각이오니 즐거움으로 그때를 기다려 주시옵소서.

여쭐 말씀 많사오나 아직 이만.[9]

『아이들 보이』 13호의 앞표지 안쪽 면에는 사고(社告)에 해당하는 '이리 아시옵'과 『검둥의 설움』 광고가 실렸다. 같은 자리에 놓였던 '삯 아니 들고 튼튼하게 돈 부치는 법'을 거둔 것이다. 앞머리에 실린 광고와 차례 네 면은 『아이들 보이』에서는 처음이자 마지막으로 붉은색 색지를 사용했으며, 사진은 1~12호와 마찬가지로 고급 종이를 썼다. 일련번호를 붙여 계속된 '그림본'도 일단락 짓고 '얼굴 그리는 법'으로 제목을 바꿔 달았다. 그러나 본문에서는 별다른 삽화를 싣지 않았고 장

---

9 「이번이 한 돌」, 『아이들 보이』 13호, 1914. 10, 1면.

식 문양도 모두 단색 인쇄로만 처리했다. 또 12호까지 이어진 뒤표지의 광고도 『조선이언』 대신에 『청춘』에서 종종 등장하게 될 신문관의 광고로 바꿔 실었다.

정작 본문의 편집 체재나 콘텐츠는 크게 달라지지 않았다. 『아이들보이』 13호는 오히려 무성의한 기획과 단조로운 편집으로 후퇴했다고 보아도 좋을 판이다. 본문의 대부분은 다섯 편의 옛이야기로만 채워졌고 나머지도 '글 꼬느기'에 대폭 할애했으니 『아이들 보이』 특유의 다채로움이 퇴색된 것이 분명하다. 잡지 속의 신문인 '아이들 신문'도 편성되지 않았으며, 고작 '다음 어찌'와 '바둑 줍기'만 간신히 명색을 유지했다. 또 '한글 풀이'마저 급조된 흔적이 역력하다. 그만큼의 정성은 말할 나위도 없이 『청춘』으로 이월되었다.

5. 어린이 잡지의 안과 밖

어린이 잡지 『아이들 보이』의 가치는 겉보기 이상이다. 『아이들 보이』에 수록된 텍스트의 원천과 성격을 파헤치는 일은 첫고등에 불과할 터다. 1910년대 출판문화의 실상에 접근하기 위해서도, 한국 아동문학의 역사나 근대 동화의 출발선을 확인하기 위해서도 꼭 짚어 두어야 할 대목이 한두 군데가 아니다. 사진동판 인쇄와 일러스트레이션을 비롯한 시각 이미지의 활용에서도 눈여겨볼 구석이 많다.

그런가 하면 『아이들 보이』가 한 편짝으로는 『붉은 저고리』 및 『새별』, 또 다른 편짝으로는 『소년』 및 『청춘』과 맺고 있는 연속성과 불연속성을 해명하는 일도 시급하다. 특히 1910년대의 시대정신과 문화적 상상력을 웅변한 신문관의 출판문화 기획을 역사적으로 평가하기 위해서라면 『아이들 보이』를 체계적이고 정밀하게 들여다볼 가치가 있다. 새로 찾아낸 『아이들 보이』의 폐간호는 한갓 실마리 노릇을 맡을 뿐이다.

그렇다고 여기에서 멈춰서는 안 될 노릇이다. 『아이들 보이』를 들여다보노라면 한국의 근대문학사 연구에서 비어 있는 곳, 허술한 데가 쉬 드러난다. 숨은 자료가 진작 메워 주지 못한 탓도 없지 않으나 미처 파헤쳐 볼 생심을 내지 않은 잘못 역시 면하기 어렵다. 지금이라도 남아 있는 자료의 발굴과 원형 복원을 서둘러야만 할 것이며, 새로 제기되는 숙제들을 차근차근 풀어 가야 한다. 신문관에서 발행된 어린이 잡지를 효과적으로 부감(俯瞰)하기 위해 논점으로 삼아야 할 두 가지 문제를 덧붙여 두기로 한다. 앞으로의 연구도 여기에서 출발해야 할 것이다.

첫째로 신문관의 어린이 잡지 발행이 지닌 역사적 성격을 객관적으로 평가해야 한다. 신문관이 어린이 잡지 발행에 나서게 된 정황은 간단치 않다. 기실 신문관으로서는 『소년』이 폐간(1911.5)되면서 적잖은 타격을 입는 바람에 한발 물러나지 않을 수 없는 참이었다. 이른바 105인 사건(1911)으로 인해 국내 신민회 조직의 근간이 완전히 파괴된 마당이었기 때문이다. 계몽운동의 주축인 서북 지역의 역량이 사실상 소진되다시피 했고 합법적인 대중 운동 단체인 청년학우회도 해소되었다. 신문관 역시 운신의 폭이 좁아지지 않을 수 없었다. 신문관의 어린이 잡지 발행은 그런 뜻에서 정치적 위축과 우회의 대안 가운데 하나로 선택되었다고 할 수 있다.

전반적인 후퇴의 조짐은 곳곳에서 감지되었다. 실제로 신문관은

1912~1913년 무렵 단행본 문학 출판 분야에서 한국의 '육전소설' 시리즈, 한국 및 중국 고전소설의 신교판(新校版), 그리고 서양 번역소설이라는 세 방면으로 전략적인 분화를 시도했다. 말하자면 수세적인 균형감의 산물이라 할 터인데, 그중에서 신문관이 시대정신과 계몽성을 유지하기 위해 애쓴 흔적이 역력한 것은 서양 번역소설이다.[10] 중요한 것은 예컨대 『자랑의 단추』(1912)에서 보다시피 신문관이 번역을 통해 비로소 어린이 독자를 포착하기 시작했다는 사실이다. 곧이어 어린이 잡지가 잇달아 발행된 것은 결코 우연일 리 없다.

결과적으로 신문관이 이념적 진보성을 복구한 것은 『아이들 보이』의 폐간과 『청춘』의 창간에 이르러서다. 이때부터 신문관은 『청춘』에 주력하는 한편 단행본 분야에서도 문학 출판보다 학술 및 교양서 쪽으로 다변화를 모색하면서 전성기를 맞이했다. 그리고 보자면 『아이들 보이』의 폐간과 『청춘』의 창간이 맞물려 있다는 사실은 근대적인 아동문학의 성립을 향한 도정에서는 한발 물러선 계기가 된 셈이니 의미심장한 대목이 아닐 수 없다.

둘째로 신문관의 어린이 잡지 발행은 1910년대 정기간행물의 외연 확장이라는 점에서 주목할 가치가 있다. 그렇다면 신문사(新文社)에서 발행된 동시대의 유일한 여성 잡지에도 마땅한 주의를 기울여야 한다. 정기간행물 분야에서 신문관에 필적할 만한 출판사로는 오직 신문사

---

10 박진영, 『번역과 번안의 시대』, 소명출판, 2011, 85~87면. 이러한 평가는 원종찬의 연구와 어린이 잡지 발행을 둘러싼 논쟁에서 시사를 받았다. 원종찬은 신문관의 어린이 잡지 발행이 이념성과 운동성의 약화를 반영한 현상이기는 하지만 곧바로 '계몽의 후퇴'를 뜻하지는 않는다는 점을 지적했다. 또한 이념성과 운동성의 약화 역시 최남선 전반에 걸쳐 드러난 문제라기보다 어린이 잡지 발행으로 국한된 현상이라고 덧붙였다. 그러나 실제로는 신문관의 출판 활동 전반에서 포착된 징후다. 원종찬, 「한국 현대 아동문학사의 쟁점―『한국 현대 아동문학사』 다시 보기」, 『아동문학과 비평정신』, 창작과비평사, 2001, 143~146면; 원종찬, 「한국 아동문학의 형성 과정―『소년』(1908)에서 『어린이』(1923)까지」, 『한국 아동문학의 쟁점』, 창비, 2010, 65~66면.

가 있을 뿐이다. 다케우치 로쿠노스케[竹內錄之助]가 이끈 신문사는 신문관과 달리 월간지 발행 사업에만 집중했으며, 몇 종의 단행본 출판 외에는 주로 공급과 판매 대행만 맡았다. 신문사가 정기간행물 시장에 뛰어든 것 역시 1913년의 일이다.

신문사는 『신문세계』(통권 1호, 1913.2), 『신문계』(통권 48호, 1913.4~1917.3), 『우리의 가정』(통권 13호, 1913.12~1914.12), 『반도시론』(통권 25호, 1917.4~1919.4)을 잇달아 발행했으니 신문관의 유력한 맞수다. 신문사의 정기간행물은 육 년여의 발행 기간 동안 통권이 연 87호에 이르는 데에다가 단 한 차례의 압수나 정간 처분 없이 꾸준히 발행되었다는 점에서 신문관의 정기간행물을 압도한다.[11] 그 가운데 여성 잡지 『우리의 가정』에 대해서는 지금까지 전혀 조명된 바가 없으니 심각한 문제다.

신문관이 『아이들 보이』를 발행한 시점에서 신문사가 『우리의 가정』으로 맞불을 놓았다는 사실을 우연이라 보기는 어렵다. 이를테면 신문관과 신문사는 나란히 1910년대의 한국 지성계를 주도했을 뿐만 아니라 각각 어린이와 여성 쪽으로 눈길을 돌리면서 이질적인 세계 인식과 전망을 교차시켰다. 따라서 1910년대의 이념적 주도권을 놓고 벌어진 양대 경쟁사의 외연 확장과 분담, 그리고 근대 인문 지식의 영역 쟁탈전에 유의하지 않을 수 없다. 여기에 대해서도 세밀한 실증과 치열한 논쟁을 기대할 만하다.

---

11 한기형, 「무단통치기 문화 정책의 성격─잡지 『신문계』를 통한 사례 분석」, 『한국 근대소설사의 시각』, 소명출판, 1999, 253~286면; 한기형, 「근대 잡지와 근대 문학 형성의 제도적 연관─1910년대 최남선과 다케우치 로쿠노스케[竹內錄之助]의 활동을 중심으로」, 한기형 외, 『근대어, 근대 매체, 근대문학─근대 매체와 근대 언어 질서의 상관성』, 성균관대 대동문화연구원, 2006, 273~309면.

제3장

번역 동화 『자랑의 단추』

1. 신문관과 새로운 이야기의 세계

신문관의 얼굴이나 다름없는 『소년』이 폐간된 뒤, 그리고 새로 『청춘』이 창간되기에 앞서 세 종의 어린이 잡지가 잇달아 발행되었지만 한일병합과 신민회 괴멸로 인해 급격히 산실된 역량의 흔적을 빈틈없이 메울 수는 없었다. 바로 앞에서 언급했듯이 신문관의 어린이 잡지는 시대를 이끌어 갈 젊은 목소리를 잃은 난국에 대처하기 위한 일종의 지연이자 봉합이며, 식민 통치 초창기의 출판문화가 처한 사상적 답보 상태의 표현이기도 하다. 그런 뜻에서 신문관이 1912~1913년에 보인 행보를 좀 더 유심히 들여다볼 가치가 있다.

정국이 경색되고 정기간행물의 허가가 봉쇄되자 신문관은 단행본 출판을 통해 활로를 찾기 시작했다. 따지고 보자면 단행본 출판은 민간 상업 출판사 본연의 사업 영역인 데에다가 신문관 역시 창립 초창기부터 꾸준히 단행본을 내놓은 터였다. 문제는 출판 종목을 다양화하고 시의성을 갖춘 양질의 콘텐츠로 무장하는 데에 있다. 이러한 과제가 비단 신문관만의 고민일 리는 없다.

예컨대 출판법 공포와 한일병합 전후로 계몽 서적에 대한 탄압이 거세지면서 단행본 출판 시장이 전반적으로 침체되었다가 조금씩 활기를 되찾기 시작한 것도 1912~1913년 무렵의 일이다. 출판계의 타개책은 자연스럽게, 혹은 불가피하게 문학 분야의 활성화로 모아졌고 각별히 단행본 신소설의 호황으로 이어졌다. 그런데 신소설 출판 시장은 단 하나의 한국어 중앙 일간지인 『매일신보』 연재소설에 대한 의존도가 극심했고, 자생적인 콘텐츠 개발 역량을 미처 갖추지 못한 마당이었다. 최고의 입심을 자랑한 인기 연재소설 작가 이해조의 퇴진과 함께 단행본 신소설 시장이 동반 몰락한 것은 필연적인 사태나 다름없으니 1910년대 초반 출판 생태계의 문제적인 단면이다.[1]

그렇다면 신문관의 사정은 어떠했을까? 신문관이 여타의 출판사와 구별된 정곡은 서점 기능을 위주로 삼은 영세 업체와 달리 막대한 자본을 배후에 두고 독립적인 인쇄소를 소유했다는 점, 무엇보다 독자적인 정기간행물을 발행한 유일한 매체 자본이자 예외적인 문화 기술(culture technology) 인프라라는 사실이다. 따라서 차별화된 기획력과 편집 안목이라는 비장의 무기를 꺼내 든 신문관이 별다른 망설임 없이 단행본 출판 시장에 뛰어들 수 있었던 것은 당연한 이치다. 말하자면 신문관은 상업성에 연연하기보다 도전적이고 실험적인 투자를 감행할 수 있었으며, 유행과 대세에 편승하기보다 새로운 조류를 창출할

---

1 한기형, 「1910년대 신소설에 미친 출판, 유통의 영향」, 『한국 근대소설사의 시각』, 소명출판, 1999, 219~252면; 박진영, 「이해조와 신소설의 판권」, 『근대서지』 6호, 근대서지학회, 2012. 12, 131~185면.

수 있는 여건을 갖추었다.

　다만 신문관이라고 해서 사정이 녹록치는 않았다. 특히 『소년』 폐간이라는 사태는 정기간행물을 통해 저술 역량을 발굴, 축적하고 독자층을 확대 재생산하기 위한 신문관 고유의 회로가 차단되었음을 의미하기 때문이다. 신문관이 받은 타격은 남다를 수밖에 없었고 잠재적인 성장 동력의 위축을 불러왔다. 신문관으로서는 신소설 출판계가 안고 있던 난맥상을 반면교사로 삼지 않는다면 지속 가능한 시장 개척에 실패할 수도 있는 노릇이었다. 신문관이 1912~1913년에 맞닥뜨린 단행본 출판에 대한 고민은 그런 뜻에서 이중적일 수밖에 없었다.

　실제로 1912~1913년 무렵에 신문관은 여느 출판사와 마찬가지로 문학 분야, 특히 단행본 소설 부문으로 발길을 돌렸다. 그런데 신문관은 당대를 풍미한 신소설은 물론이려니와 일본을 통해 건너온 번안소설에도 일말의 주의를 기울이지 않았다. 신문관의 눈길이 가닿은 곳은 한결같이 동서양 고전 명작의 세계다. 적어도 선정된 작품 목록만 일별한다면 신문관이 단행본 문학 출판을 통해 동서고금을 포괄하는 당대 최고의 컬렉션을 편성하고자 의식했다는 것을 알 수 있다. 이를테면 한국 고전문학을 주축으로 편성된 '육전소설', 한국 및 중국 고전소설의 신교판, 그리고 서양 번역소설이라는 세 방면의 출판이 동시적이고 집중적으로 진행되었으니 전략적인 다각화요 출판 콘텐츠의 분기라 일컬을 만하다.

　막상 신문관에 의해 재발견된 고전 명작이 출판계의 전향적인 지침으로 포착되었는지는 의심스럽다. 동시대의 출판 동향과 구별될 뿐 아니라 갓 수입되기 시작한 당대의 첨단 사조와 거리를 둔 것이 사실이라 하더라도 전례 없는 새로운 영역을 창출해 낸 것 또한 아니기 때문이다. 특히 '육전소설'과 신교판은 활자본 고전소설 시장에서 선구적이고 이채를 띤 것이 사실이나 실상 고전의 현대화와 대중화라는 본의에 충실했다고 보기는 어렵다.

먼저 8종 전 10권의 '육전소설' 시리즈는 체계적으로 기획된 총서 겸 문고본 출판이라는 점에서 중요하다. 1913년 3월에 처음 선보인 '육전소설' 시리즈는 1914년 7월까지 대략 반년 간격으로 출판되었는데, 첫 번째 자리를 차지한 가집 『남훈태평가』를 뺀 7종 9권은 이미 방각본, 특히 경판본(京板本)으로 낯익은 고전소설이다. 따라서 '육전소설' 시리즈가 엄선된 판본을 바탕으로 시대 정전을 제시한 것은 결코 아니며, 오히려 저가 공세를 펼쳐 막 일기 시작한 활자본 고전소설의 흥행 잠재력을 오도했다는 비판을 면하기 어렵다. 50면 안팎에서 길어야 100면을 넘지 않은 얄팍한 분량과 6전이라는 헐값은 독자의 구매력을 겨냥한 상술의 차원에서 그쳤고, 읽을거리로서 이야기책 이상은 바라보지 못했기 때문이다.[2] 활자본 고전소설 시장에서 선편을 쥔 공적이 뚜렷하다 하더라도 애초에 자금 융통성과 기술력에서 여유가 있었던 신문관이 발 벗고 나설 일은 아니었던 셈이다.

이러한 사정은 1913년 12월에 출판된 『고본 춘향전』의 경우도 마찬가지다. 최남선이 직접 머리말을 붙인 데에다가 '유일 정본'을 표방하고 나선 『고본 춘향전』은 기실 서울 세책가의 판본 가운데 하나를 활자본으로 펴낸 사례다. 마침 신문관 근처에서 한창 성업한 향목동(香木洞) 세책가의 판본이 최남선의 손에 들어온 뒤에 개작되었을 따름이기 때문이다. 『고본 춘향전』은 상업적인 실리에서나 문학사적 가치에서나 탐탁한 효과를 거두지 못한 채 정전 진입에 실패하고 말았다.[3]

---

2   최호석, 「신문관 간행 '육전소설'에 대한 연구」, 『한민족어문학』 57호, 한민족어문학회, 2010.12, 131~160면.

3   강진모, 「『고본 춘향전』의 성립과 그에 따른 고소설의 위상 변화」, 연세대 석사논문, 2003.2; 이민희, 『조선의 베스트셀러』, 프로네시스, 2007, 85~114면; 이윤석, 「『고본 춘향전』 개작의

그런가 하면 『신교 옥루몽』과 『신교 수호지』는 각각 전 4권으로 출판되었으니 '육전소설'과 정반대로 묵직한 중량감이 인상적이다. 『신교 옥루몽』은 1912년 12월부터 1913년 5월까지, 『신교 수호지』는 바로 뒤이어 1913년 7월부터 12월까지 출판되어 꼬박 일 년 만에 두 종의 신교판이 출시되었다. 『신교 옥루몽』과 『신교 수호지』는 각각 필사본과 방각본으로 된 한문본과 한글본이 모두 전해져 오다가 신문관을 통해 처음 순 한글의 활자본으로 부활한 경우다.

신문관은 그 밖에도 1915년 무렵에 『창선감의록』과 『역주 서상기』 출판을 준비했지만 성사되지 못했다.[4] 짐작건대 『고본 춘향전』의 뒤를 이어 『창선감의록』이 선택되고, 원곡(元曲) 『역주 서상기』는 신교판 형태로 상정되었을 것이다. 그런데 후속 기획이 불발된 것으로 보면 『고본 춘향전』이든 신교판이든 그리 성공적이지 못했던 것으로 추정된다. 결과적으로 '육전소설'과 신교판을 통해 상반된 출판 모델을 시험한 신문관의 고전소설 부문 출판은 공히 일보 전진과 일보 후퇴를 거듭했다.

신문관의 문학 출판에 신선한 생기와 활력을 불어넣으면서 뜻밖의 성과를 거둔 것은 서양소설의 번역이다. 총 일곱 종의 번역소설은 창립 이듬해인 1909년부터 신문관의 절정기이자 임종 전야이기도 한 1918년까지 꼬박 십 년 동안 출판되었다. 그 가운데 다섯 종이 1912∼1913년의 만 일 년 동안에 집중적으로 출판되었다. 신문관의 번역소설은 아직 세계문학이라 일컫기에는 턱없이 허술하다. 그러나 오래지 않아 『청춘』 창간호(1914.10)부터 곧장 '세계문학 개관'이 시동되었다는

몇 가지 문제」, 『고전문학연구』 38호, 한국고전문학회, 2010.12, 373∼400면; 이윤석, 『향목동(香木洞) 세책 춘향전 연구』, 경인문화사, 2011.

4　「신문관 판매 서적 분류 목록」, 『신문관 발매 서적 총목록』 1호, 신문관, 1914.5, 13면.

사실을 떠올린다면 세계문학이라는 것을 둘러싸고 축적되기 시작한 역사적 경험의 맨 앞자락에는 으레 신문관의 번역소설이 놓여야 할 터다.[5] 실제로 『플랜더스의 개』부터 『허풍선이 남작의 모험』에 이르기까지 시대와 지역을 넘어 색다른 성격의 이야기가 새로운 상상력의 지평을 제시한 것만은 틀림없다.

2. 번역의 시대정신과 어린이라는 상상력

신문관의 서양 번역소설은 불과 일 년 만에 다섯 종이 집중적으로 출판되었지만 체계적으로 편성되거나 일관된 성격을 띠었다고 보기 어렵다. 굳이 통일적인 명칭을 부여하지도 않았으니 신문관이 곧이어 '육전소설'을 내놓은 일과는 다른 태도다. 또한 동시대 최대 규모의 신소설 전문 출판사 동양서원이 '소설 구락부'를 개편하여 '소설 총서'라는 대형 기획으로 밀어붙인 사례와도 다르다. 역시 1912~1913년의 단기간에 40종에 육박한 '소설 총서'에도 일곱 종의 서양소설이 배치된 터였다.[6]

신문관이 단일한 시리즈의 프레임을 내걸지 않은 것은 초창기에 맛본 '십전 총서' 실패의 전례 탓인지도 모른다. 아닌 게 아니라 신문관의 단행본 번역 출판에서 첫 주자인 동시에 '십전 총서'의 첫길을 연 것이

---

5 박진영, 「편집자의 탄생과 세계문학이라는 상상력」, 『민족문학사연구』 51호, 민족문학사학회, 2013.4, 423~453면.
6 박진영, 『번역과 번안의 시대』, 소명출판, 2011, 211~216면.

바로 1909년 2월에 출판된『걸리버 유람기』다. 신문관은 보름 남짓의 시차를 두고『산수 격몽요결』을 내놓으면서 일곱 개 부문에 걸쳐 여덟 종에 이르는 대중적인 일반교양 시리즈를 출범시켰다.

『걸리버 유람기』와『산수 격몽요결』은 동일한 표지 디자인을 채택하여 총서의 성격을 분명하게 드러냈으며, 소년 혹은 어린이를 대상으로 삼은 문고본이라는 점도 강조했다. 말하자면 '십전 총서'는 신문관의 첫 번째 기획 총서이자 한국 문고본 출판의 효시이기도 하다. 그런데 소설, 교훈, 격언, 우화, 재담, 수학, 지리의 각양각색으로 편제된 '십전 총서'는 단 두 종을 출판한 것으로 막을 내려야 했다. 창립 직후의 신문관으로서는 광범위한 영역을 포괄하는 종합 교양 출판을 구현하기란 시기상조였고, 이질적인 갈래의 문고본을 늘어놓을 만한 자생력도 미처 갖추지 못한 마당이었기 때문이다. 총서의 하위 갈래로 제시된 일곱 가지 영역은 신문관에서 충분히 소화할 만했고 실제로 1910년대 초반부터 총서가 아닌 다른 형태로 일부가 출판되기도 했지만 적어도 1909년 시점에서 문고본의 단일한 규격과 통일된 형식을 유지하기란 무리였다는 뜻이다.

반면에 1912~1913년에 집중적인 번역 출판을 재개한 신문관은 순발력에 무게를 두고 다채로운 면면을 그대로 보여 주는 일견 단조로운 길을 걸었다. 특히 1912년 6월부터 10월까지 서너 달 사이에 잇달아 출판된 『불쌍한 동무』,『만인계』,『자랑의 단

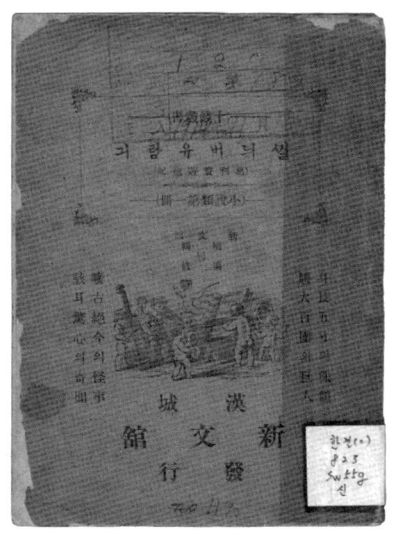

〈사진 8〉『걸리버 유람기』(연세대 국학자료실 소장)

추』는 원작의 성격, 번역 동기와 목적, 독자의 성향이 여러모로 겹치거나 비슷한 데에도 불구하고 유비 가능성을 환기시키거나 애써 계열화하지 않았다. 또 표지나 편집 체재의 일관성도 별반 의식하지 않았다.

다만 일찍이 선보인 『걸리버 유람기』의 취지와 요체를 최대한 발전시키려는 의지가 지켜진 것은 분명하다. 아일랜드 출신의 작가 조너선 스위프트가 남긴 걸작 풍자소설의 제일 부와 제이 부를 각각 「알사람 나라 구경」 편과 「왕사람 나라 구경」 편으로 번역한 『걸리버 유람기』는 서양의 문예를 직접 소개한 것으로는 사실상 처음이나 다름없다. 『걸리버 유람기』는 오늘날에도 세계문학이나 고전 명작의 반열에서 빠지지 않거니와 환상문학 가운데에서도 첫손으로 꼽을 만한 명편을 골랐으니 신문관의 안목이야말로 남다르다. 원작에 비하자면 고도로 축약된 데에다가 어린이에게 구연하여 들려주는 듯한 입말체를 구사한 점도 『걸리버 유람기』의 독특한 면모다. 서양이나 일본에서도 사정은 별다르지 않거니와 원작을 압축하여 번역한다든가 아동문학으로 취급하곤 하는 오랜 풍토의 원조이기도 한 셈이다. 기실 신생 월간지 『소년』의 독자이자 한국의 소년에게 진취적인 의기를 고취하려는 소명 의식과 흥미로운 모험담의 성격이 절묘하게 맞아떨어진 덕분일 터다. 요컨대 새로운 시대정신을 새로운 상상력으로 표현하는 과제이자 새로운 이야기를 새로운 독자에게 들려주어야 한다는 원칙이다. 신문관이 겨눈 방향성을 가장 잘 보여 준 것이 바로 1912~1913년의 번역 출판이요 그중에서도 한가운데를 가로지른 『자랑의 단추』다.

따라서 신문관의 번역 출판을 본격적으로 조명하기 위해서는 『자랑의 단추』를 꿰뚫고 지나간 낱낱의 갈피를 찬찬히 들춰 보아야 한다. 만약 『자랑의 단추』를 빼놓는다면 신문관의 번역 출판에서 일관된 자각이나 의식을 찾아보기 어려울지도 모른다. 거꾸로 『자랑의 단추』에만

<표 3> 신문관의 번역소설

표제	번역가	발행일자	원저자(생몰년) 원작(출판 연도)	
걸리버 유람기	신문관 편집국	1909.2.12	조너선 스위프트(1667~1745)	
			걸리버 여행기(1726) 1부, 2부	
불쌍한 동무	최남선	1912.6.3	위다(마리 루이 드 라 라메, 1839~1908)	
			플랜더스의 개(1872)	
만인계		1912.9.6	마리아 에지워스(1767~1849)	
			제비뽑기(1799)	
자랑의 단추		1912.10.15	에이미 르 페브르(?~1929)	
			테디의 단추(1890)	
검둥의 설움	이광수	1913.2.20	해리엇 엘리자베스 비처 스토(1811~1896)	
			톰 아저씨의 오두막(1852)	
허풍선이 모험 기담		1913.5.20	루돌프 에리히 라스페(1737~1794)	
			허풍선이 남작의 모험(1786)	
해당화	박현환	1918.4.25	레프 니콜라예비치 톨스토이(1828~1910)	
			부활(1899)	

집중하거나 하나하나의 번역소설을 떼어 놓고 보면 예외적이거나 돌발적으로 여겨질 법한 번역의 진의를 역사적으로 파악할 수 없다. 달리 말하자면 『자랑의 단추』가 아니고서는 쉽사리 이해되지 않는 몇 가지 문제성을 새삼스럽게 포착할 수 있다는 뜻이다. 신문관의 번역 출판에 숨어 있는 시대정신과 생생한 역사성, 특히 1912~1913년이라는 문제적인 시기를 조감하는 문학사적 시선이 긴요할 뿐 아니라 어린이라는 낯선 상상력의 기원을 둘러싼 전면적인 재평가가 절실한 마당이다.[7]

7 　신문관의 번역 출판 가운데 유독 『자랑의 단추』가 빈자리로 남아 있었던 탓에 나머지 여섯 종의 번역에 대해서도 진지한 관심을 기울이거나 전격적인 재평가의 필요성을 절감하기 어려웠다. 『자랑의 단추』는 현재 단 두 권만 확인된다. 한 권은 서지학자인 보성고등학교 오영식 교사가 소장하고 있으며, 또 한 권은 장서가 여승구가 운영하는 화봉문고에 소장되어 있다. 『자랑의 단추』 소재가 파악된 것은 2009년 여름의 일인데, 오영식 선생의 후의로 곧바로

먼저 신문관의 번역소설이 장정을 비롯한 외형 면에서도 신문관의 책이라는 사실을 단박에 알아볼 만큼 출판의 진면목을 드러냈다는 점부터 짚어 두자. 이를테면 일곱 종의 번역소설 모두 고급 표지를 사용했을 뿐만 아니라 세련된 색감과 디자인, 독특한 서체를 선보였다는 점이 눈에 띈다. 표제와 출판사 이름에 채택된 다양한 서체는 당시로서는 찾아볼 수 없는 스타일이며 지금 보더라도 눈길을 잡아끌 만큼 맵시가 있다. 짐작건대 『소년』과 『청춘』의 표지, 삽화, 일러스트레이션을 도맡은 근대 서양화의 개척자 안중식과 고희동의 손끝에서 나왔을 것이다. 또렷하고 깔끔한 활자와 잉크, 그리고 정확한 식자 역시 여느 출판사로서는 따라잡기 어려운 수준에 도달했다. 또 단행본 소설에 사진이나 삽화를 적극적으로 활용한 것도 처음 있는 일이다.

그중에서도 『자랑의 단추』표지가 가장 인상적이다. 강렬한 원색을 사용하면서도 단정한 표지 그림을 넣는 일은 신문관이 아니고서는 쉽사리 흉내 내지 못하는 일이다. 특히 표지를 통해 『자랑의 단추』가 겨냥한 독자가 누구인지 뚜렷하게 드러났다. '십전 총서' 표지에 등장한 아기 천사가 『걸리버 유람기』나 『산수 격몽요결』과 잘 맞아떨어지지 않은 반면에 『자랑의 단추』는 주인공이자 독자가 소년 혹은 어린이와 일치한다는 사실을 간단명료하게 전달했다. 그런가 하면 『만인계』에도 원저자의 사진과 함께 어린이 주인공의 얼굴이 실렸다. 원저자와 원작에 대한 경의, 그리고 성실한 번역에 대한 자신감이 뒷받침되었거니와 이야기의 초점과 독자의 성격 또한 분명하게 제시된 셈이다. 그 밖에도 속표지를 따로 만들거나 본문 중간에 화보를 넣기도 했다. 『자

전문을 공개한 뒤 『신문관 번역소설 전집』에도 수록할 수 있었다. 귀중한 자료를 흔쾌히 내주신 오영식 선생께 거듭 감사의 말씀을 드린다. 박진영, 「번역 출판과 근대 동화의 숨은 첫 길 『자랑의 단추』」, 『근대서지』 1호, 근대서지학회, 2010.3, 183~202면; 박진영 편, 『신문관 번역소설 전집』, 소명출판, 2010.

〈사진 9〉『자랑의 단추』(보성고 오영식 교사 소장)

랑의 단추』, 『불쌍한 동무』, 『검둥의 설움』에는 원작의 정조를 물씬 풍기는 진귀한 사진과 동판화가 삽입되었고, 『허풍선이 모험 기담』은 웃음을 자아내는 여러 장의 재미있는 그림을 곳곳에 배치하여 읽는 맛을 북돋았다. 사진이든 그림이든 서양의 경광이나 원작의 배경을 고스란히 전해 주는 서양풍이라는 점은 공통적이다. 대부분은 일본어 번역본에 실린 그림을 그대로 쓴 것이지만 막상 본래의 질감 그대로 인쇄하기란 만만한 일이 아니었을 터다.

그뿐이 아니다. 신문관의 번역은 고급스럽거나 화려한 외관을 꾸미는 데에서 그치지 않고 한 권의 책으로서, 또한 한 편의 소설로서 갖추어야 할 품격을 유감없이 구현해 보였다. 본격적인 단행본 규모의 서양문학을 번역하여 상품화한 유례가 없느니만큼 여러모로 공을 들이겠다는 생각이 뚜렷했다. 머리말이나 꼬리말을 둔다든지 원작과 원저자에 대한 간단한 해설을 잊지 않은 것도 그래서다. 당대의 관행에 비추어 보자면 이러한 일은 대단한 파격이 아닐 수 없다. 원제나 원저자 이름을 밝혀 두는 일조차 드문 시대에 신문관의 번역소설에서 위다라든가 스토의 생애와 함께 사진까지 볼 수 있다는 사실은 분명 놀랄 만한 일이다. 게다가 순 한글의 한국어 문장을 고집하면서 문장 규범의 통일과 표기법의 일관성을 지키고자 애쓴 흔적이 역력하다는 점도 기억해 둘 가치가 있다. 신문관의 번역소설은 번역으로 그치지 않고 소설로 머물지도 않았으니, 말하자면 당대 최고의 교양과 학예를 상징하는 총아인 셈이다.

신문관의 번역소설 가운데 수작을 꼽으라면 으레 최남선의『불쌍한 동무』와 이광수의『검둥의 설움』을 들어야 한다. 최남선이 손수 옮긴『플랜더스의 개』와 이광수의 빼어난 글 솜씨가 세상에 드러난『톰 아저씨의 오두막』은 독자의 기억과 가슴에 오래도록 남았다. 당대 최고의 두 청년 문사가 실명을 내걸고 번역에 나선 점도 눈에 띄거니와 무엇보다 매끄러운 한국어 문장 솜씨가 돋보이는 명역이기 때문이다.『플랜더스의 개』와『톰 아저씨의 오두막』은 지금까지도 대부분의 한국인이 어린 시절의 추억 속에서 떠올림 직한 애독서이며, 세계인과 공유할 수 있는 문화적 유전자 가운데 속하는 것이기도 하다.

최남선의『불쌍한 동무』는 프랑스계 영국 여성 작가인 위다의 대표작『플랜더스의 개』를 우리말로 옮긴 것이다. 가난과 멸시에도 굴하지 않고 마지막 순간까지 따뜻한 우정을 나눈 소년 넬로와 개 파트라셰의 이야기이니 우리말 제목이 훨씬 그럴듯하다. 최남선은 두 외톨이에게 호월이와 바둑이라는 한국식 이름을 붙여 주었다.

『불쌍한 동무』는 벨기에의 플랑드르 지방을 배경으로 삼아 소년의 때 묻지 않은 심성과 예술에 대한 열망을 그려 낸 비극적인 동화다. 굳게 걸어 잠근 성모 마리아 대성당의 문이 열리기를, 휘장 뒤에 꼭꼭 숨겨진 바로크 미술의 거장 페테르 파울 루벤스의 성화(聖畵)가 빛 속에 드러나기를 간절히 바란 소년의 영혼은 끝내 지상에서 의지할 거처를 찾지 못했다. 결국 새하얀 눈밭 속에서 무참하게 짓밟힌 것은 세상에 대한 희망이기도 하고 예술에 대한 열정과 상상력이기도 하다. 『불쌍한 동무』는 어른의 편견과 욕심 때문에 빚어진 삶의 고통과 비애를 숨김없이 드러냈으니 식민지 한국의 소년이라면 호월이와 바둑이의 운명을 통해 자신의 청춘을 옥죄고 있는 사슬을 떠올리며 눈물을 흘렸음직하다.

신생 민주 공화국의 위선과 그늘진 구석을 고스란히 발가벗긴 스토의 『톰 아저씨의 오두막』은 이광수에 의해 『검둥의 설움』으로 옮겨졌다. 19세기의 가장 참혹한 멜로드라마 가운데 하나인 원작은 남북전쟁과 노예 제도 철폐의 도화선이 된 것으로 유명하다. 어디 미국뿐일 것인가? 세계 곳곳에서, 아시아에서, 그리고 한국에서 인간으로서 존엄성과 가치를 빼앗긴 짐승의 역사는 끊임없이 되풀이되고 있었다.

『검둥의 설움』은 자유와 해방을 위해서, 평등하고 행복한 삶을 위해서 무엇이 필요한지, 어떻게 해야 하는지 웅변해 주었다. 노예 제도란 그저 잔혹하고 악랄한 사회 제도 가운데 하나가 아니었고 분노하거나 눈물 흘리는 것으로 그칠 일도 아니었다. 폭력과 억압은 늘 민주주의나 하느님의 이름으로 자행되어 왔기 때문이다. 따라서 목숨을 건 투쟁이 아니고서는 헌법이든 성경이든 거저 얻을 수 없다는 역사적 진실이 폭로된 셈이다. 하물며 식민 통치 초창기의 한국에서야 어떤 울림을 던지는지 상상하기 어렵지 않다.

짐작건대 『불쌍한 동무』와 『검둥의 설움』은 한국의 소년이 자라 청년이 되고 어른이 된 뒤에도 눈물짓기 십상이었을 터다. 그것은 원작

〈사진 10〉 (좌)『불쌍한 동무』 초판(연세대 국학자료실 소장), (우)『검둥의 설움』(서강대 로욜라도서관 소장)

이 지난 보편성의 힘이기도 하겠으나 자신이 서 있는 자리를 세계 속에서 가늠하기 위한 고투 덕분이기도 하다. 한국인이라면 호월이가 바라는 세상, 톰이 꿈꾸는 천국을 역사와 현실 속에서 묻지 않고서는 한마디도 답할 것이 없다는 사실을 뼈저리게 새겨야 했으니 말이다. 한국인이야말로 자유니 해방이니 예술이니 하는 추상적인 관념을 위해 무엇이 희생되어야 하는지 저절로 깨닫지 않았던가? 그러고 보자면 한국의 근대문학이 막 움튼 순간에 최남선과 이광수의 번역이 등장했다는 사실은 한편으로는 가슴 아프지만 또 다른 한편으로는 자랑스러운 일이라는 점에 별다른 이의가 없을 것이다.

그런데『걸리버 여행기』는 물론『불쌍한 동무』만 하더라도 각별히 어린이 주인공을 포착했다거나 어린이 독자를 의식했다고 여겨지지 않는 게 사실이다. 신문관이 상정한 새 시대의 주역이자 새로운 독자는 어린이가 아니라 줄곧 소년임이 틀림없기 때문이다. 근대적인 시선으로 어린이라는 말을 쓰고 어린이를 근대 주체로 상정하게 된 것은 1920년대에 들어선 뒤의 일이다. 이러한 사정은 어린이의 눈으로 어른의 세계를 이야기한 『만인계』에서도 마찬가지다. 하지만 『만인계』를 거쳐 단숨에 『자랑의 단추』까지 이른 경로를 보면 꼭 그렇지는 않다는 사실이 쉽게 드러난다. 신문관이 어린이의 눈으로 어린이의 세계를 이야기하기 시작하면서 이내 『붉은 저고리』와 『아이들 보이』로 나아갈 수 있었던 것은 결코 우연이 아니다.

3. 거울과 채찍의 발견

최남선과 이광수의 번역은 신문관의 번역 출판이 시대정신의 한복판에서 분출되었다는 사실을 뚜렷이 보여 준다. 그런가 하면 1912년에 잇따라 출판된 『만인계』와 『자랑의 단추』, 1913년에 출판된 『허풍선이 모험 기담』은 조금 이질적이다. 『만인계』와 『자랑의 단추』는 원작의 성격과 번역 성립 경위가 『불쌍한 동무』나 『검둥의 설움』과 다르고, 『허풍선이 모험 기담』은 오히려 『걸리버 유람기』의 번역에 근사한 편이다.

먼저 『만인계』와 『자랑의 단추』는 초창기의 아동문학이자 기독교 동화라는 점에서 대단히 귀중한 가치를 지녔다. 특히 『자랑의 단추』는 머리말에서 '어린이'라는 말을, 본문에서 '자아'라는 말을 처음 사용한 사실만으로도 눈길을 끌지 않을 수 없다. 또 원작의 구성과 리얼리티에 충실한 번역 태도를 보인 데에다가 과감하게 현재형 시제를 도입하여 안정감 있게 구사한 점에서 상당히 앞선 문체 의식을 드러냈다.『만인계』와『자랑의 단추』는 불과 한 달 남짓의 간격으로 거의 동시에 출판되었는데, 1913년부터『붉은 저고리』의 편집 책임을 맡아본 김여제가 번역했을 가능성이 높다. 김여제는 얼마 뒤 최남선의 도움으로 와세다 대학에서 영문학을 공부하면서『학지광』에 여러 편의 시를 발표하여 근대 자유시의 길을 닦은 장본인이기도 하다.[8]

『만인계』는 아일랜드의 여성 작가 마리아 에지워스의『제비뽑기』를 번역한 것이다. 마리아 에지워스는 지금 우리 시대에는 익숙지 않지만 월터 스콧의 역사소설에 큰 영향을 끼친 것으로도 유명한 인기 작가다. 마리아 에지워스는 18세기 말~19세기 초에 중산 계급 및 중산 계급 어린이의 지향과 가치를 뚜렷이 드러낸 작품을 선보였는데, 기독교적인 덕행을 중시하고 각별히 학교 교육과 실업 정신을 강조했다.[9]

복권을 가리키는 제목의 말뜻 그대로『만인계』는 교훈적인 성격을 띠고 있다. 만인계란 계(契)를 조직하여 돈을 모은 뒤 추첨으로 거액을 태우는 사행성 복권 제도다. 본래는 상부상조의 전통 풍속을 뜻하는 계가 미명을 빙자하여 노름으로 변질된 것이다. 한국에서도 이미 삼십육계니 천인계니 만인계니 하는 갖가지 노름판에 휩쓸려 패가망신하

---

8   김성윤,「한국 근대 자유시 형성기 연구—1910년대 최승구, 김여제, 현상윤의 시를 중심으로」, 연세대 박사논문, 1999.8; 정우택,「유암 김여제의 생애와 시 연구—한국 근대시 형성 과정에서의 위상」,『반교어문연구』5호, 반교어문학회, 1994.4, 201~222면; 심원섭,「1910년대 일본 유학생 시인들의 대정기(大正期) 사상 체험—김여제, 최소월, 주요한을 중심으로」,『애산학보』21호, 애산학회, 1998.3, 91~124면; 심원섭,「김여제의 미발굴 작품「만만파파식적을 울음」기타에 대하여—부(附) 원문 및 주석」,『현대문학의 연구』21호, 한국문학연구학회, 2003.8, 609~633면; 정우택,「「만만파파식적」의 시인, 김여제」,『상허학보』11호, 상허학회, 2003.8, 49~73면; 맹문재,「『학지광』에 나타난 김여제의 시 고찰」,『어문학』101호, 한국어문학회, 2008.9, 393~421면.

9   손향숙,「영국 중산층의 형성과 탄생기 아동문학」,『동화와 번역』10호, 건국대 동화와번역연구소, 2005.12, 241~247면; 차은정,「근대화와 영국 아동문학—문학적 관점에서 아동문학 발전의 역사적 조건 재해석」,『새한영어영문학』65집, 새한영어영문학회, 2008.2, 117~118면.

는 무리가 속출하는 바람에 사회 문제가 된 터였다. 그러니 번역의 속뜻이야 명확하다. 『만인계』는 음주와 노름, 허욕과 방탕에 기대는 풍조를 경계하고 성실과 근면, 근학(勤學)과 중상주의를 앞세웠다. 헛된 바람에 물들지 않고 건강하며 진취적인 정신을 지닌 새 세대에 대한 믿음도 분명히 드러냈다. 정작 아버지인 로빈슨의 반성과 깨달음에 초점을 두면서도 착실한 소년 길동이의 사진을 표지에 내세운 것도 그래서다. 유독 조지만 한국 이름으로 바꾸어 부르면서도 사진 속 얼굴이 영락없는 서양 소년이라는 점 또한 흥미롭다.

『만인계』는 어린이로서 길동이의 성격이 모호한 데에다가 이야기의 계몽적인 성격이 강한 탓에 굳이 신문관에서 번역된 이유, 근대 아동문학사의 성립 과정에서 기독교 사상이나 번역이 매개된 경위가 전혀 포착되지 않았다. 따라서 『자랑의 단추』 발굴을 통해 그동안 논외로 미뤄 왔던 『만인계』가 함께 조명될 가치를 찾은 셈이다. 그런가 하면 『허풍선이 모험 기담』도 마찬가지다. 『만인계』와 『자랑의 단추』가 새롭게 포착한 독자가 누구인지 감안한다면 재미있는 이야깃거리를 입말체로 들려준 『허풍선이 모험 기담』의 성격 또한 명료해지게 마련이다. 『걸리버 유람기』 이래 신문관의 번역 출판은 원작의 기원이나 상상력의 성격에서 작지 않은 편차를 보였지만 새로운 독자를 발굴하고 새로운 이야기의 세계를 개척한 점에서는 흔들림 없는 일관성을 띠었다.

『허풍선이 모험 기담』은 보기 드물게 독일 출신 작가의 손에서 나왔으나 실제로는 영국에서 영어로 처음 출판되었다. 세계에서 가장 허무맹랑하고 황당무계한 거짓말쟁이를 들라치면 주저 없이 꼽게 될 뮌히하우젠 남작의 모험담인 『허풍선이 모험 기담』은 유쾌하고 발랄한 허장성세에다 푸진 입담까지 잘 뒤섞인 환상문학의 고전 가운데 하나다. 그런데 『걸리버 유람기』와 달리 실존 인물의 이름과 역사적 사실을 적

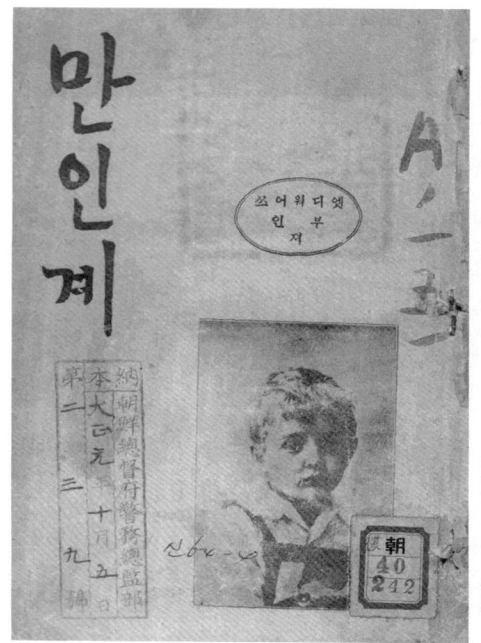

〈사진 11〉 (좌) 『만인계』(국립중앙도서관 소장), (우) 『허풍선이 모험 기담』(연세대 국학자료실 소장)

당히 버무려 둔 여행기 형식에다 끊임없이 이어질 것만 같은 에피소드
가 하나씩 튀어나온다는 점, 오로지 수다와 해학으로 일관한 점도 『허
풍선이 모험 기담』의 독특한 면모다. 1912년에 한국의 재담이나 소화
를 모아 『개권희희』와 『절도백화』로 펴낸 신문관으로서는 동서양을
대표하는 색다른 상상력의 짝을 잘 맞춰 둔 셈이기도 하다.

　그렇다면 정작 『자랑의 단추』는 사정이 어떠할까? 그동안 『자랑의
단추』에 별다른 주의를 기울이지 않은 이유 가운데 하나는 애당초 주
일학교에서 쓸 작정으로 홍보된 바람에 문학적 성격이 옅으리라 짐작
되었기 때문이기도 하다. 번역가 또한 머리말에서 『자랑의 단추』가 주
일학교 교재나 어린이의 읽을거리가 되기를 바랐다. 실제로 『자랑의
단추』는 기독교적인 색채가 압도적이다. 그런데 더 주목되어야 마땅

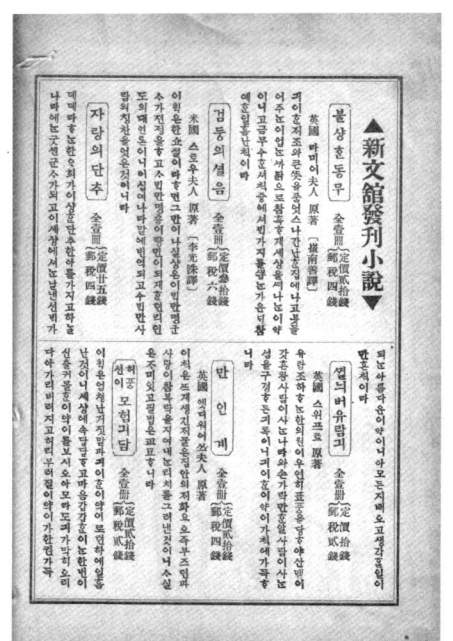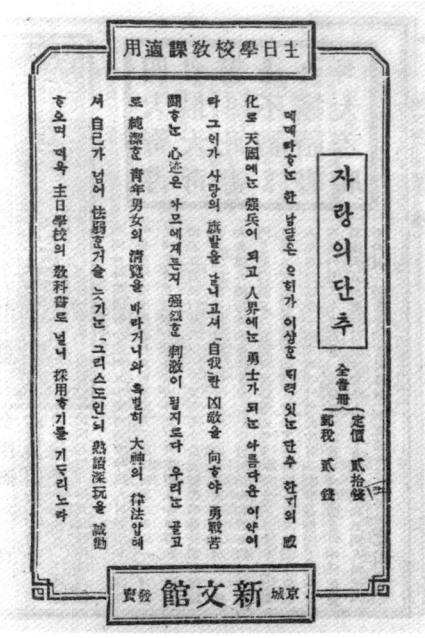

〈사진 12〉 (좌) 신문관 번역소설 광고, (우) 『자랑의 단추』 광고

한 사실은 한국 근대문학사에서 처음이자 단도직입적으로 어린이 독자가 호명되었다는 사실이다.

　문제는 또 있다. 신문관이 내건 광고에서 주인공 테디는 자아와 맞서 사랑의 깃발을 쟁취하는 건아이자 용사라거나 또는 테디가 신비로운 단추를 얻어 천국과 지상을 오가며 환상적인 무용담을 펼친다는 식으로 그려졌다. 그러나 기실은 보통의 어린이가 겪을 법한 일상생활의 모습을 대단히 현실성 있게 묘사하면서 종교적인 깨우침과 올바른 마음가짐, 그리고 진실한 실천의 미덕을 전하고 있는 교훈적인 아동문학 가운데 하나가 바로 『자랑의 단추』다. 한국 근대문학사에서 사실상 최초의 번역 동화이자 근대적인 아동문학이 성립된 경위가 간단치 않음을 알 수 있다.

자랑의 단추

주일학교 교과 적용

테디라 하는 한 남다른 아이가 이상한 내력 있는 단추 한 개의 감화로 천국에는 강병이 되고 인계(人界)에는 용사가 되는 아름다운 이야기라. 그 애가 사랑의 깃발을 날리고서 '자아'란 흉적을 향하여 용전고투하는 심적(心迹)은 아무에게든지 강렬한 자격(刺激)이 될지로다. 우리는 골고루 순결한 청년 남녀의 청람(淸覽)을 바라거니와 특별히 대신(大神)의 율법 앞에서 자기가 너무 겁약한 것을 느끼는 '그리스도인'의 열독심완(熱讀深玩)을 성근(誠勤)하오며 더욱 주일학교의 교과서로 널리 채용하기를 기다리노라.[10]

사람은 세 가지 직분이 있으니

　　첫째, 좋은 혼자 사람 되는 것

　　둘째, 좋은 세상 사람 되는 것

　　셋째, 좋은 하늘 백성 되는 것

이라. 이는 누구든지 좋은 사람으로 세상에 서고자 하면 완전하게 다하지 아니치 못할 것이외다.

이 책은 곧 가장 잘 그 직분을 다하는 방법으로 온전히 몸과 마음을 하느님께 올려서 그의 이끄시고 부리시는 대로 마음을 쓰고 몸을 가질 것을 가르침이니 많지 아니한 일이 우리를 열어 줌은 큰가 보외다.

우리는 생각하건댄 이 책에서 유익을 얻을 이가 어린이만도 아니요 그리스도인만도 아니라. 이것으로 거울 하여 자기의 그림자를 돌아보고 이것으로 채찍하여 자기의 느린 것을 깨우치면 아무든지 온갖 가르침 가운데 가장 큰 것과 온갖 유익 가운데 가장 많은 것을 얻을 줄 믿노이다.

---

10 『신문관 발매 서적 총목록』 1호, 신문관, 1914.5, 22면.

그러므로 우리는 구태 이 책을 번역하여 이 세상 깨끗한 집 안에 골고루 드리려 하거니와 특별히 주일학교의 공부 책이나 믿는 어린 학생의 교과서 아닌 보일 책으로 쓰면 매우 이익이 클 줄 믿습니다.

근본 지은 사람도 모르되 한 번 두 번 우연히 보다가 테디의 행사가 매우 굳세게 마음에 느끼기로 이틀 저녁과 한나절 시간을 베어 우리글로 옮겼습니다.

글은 너무 민틋하지 못하니 다만 뜻만 취하시기 바라옵니다.

테디에게서 큰 선물을 받은
어느 한 사람[11]

뒤에서 상세하게 논의하겠으나 『자랑의 단추』는 19세기 말에 활약한 에이미 르 페브르의 『테디의 단추』를 번역한 것이다. 19세기 말 영국의 여성 작가들은 기독교적인 아동문학, 특히 주일학교 운동과 어린이를 위한 동화에 힘을 기울이기 시작했는데, 그 가운데 하나가 신문관을 통해 한국어로 번역된 셈이다.

테디는 밝고 건강한 꼬마이지만 동네 영웅이요 갈데없는 악동이기도 하다. 그런데 개구쟁이 테디 앞에 어느 날 갑자기 말괄량이 소녀 낸시가 맞수로 나서는 바람에 사달이 생겼다. 죽은 아버지에게서 물려받은 용맹의 상징이자 테디의 자랑거리인 녹슨 단추가 문제다. 꼭 하나 물려받은 소중한 유품의 권위가 낸시에 의해 도전받는 불상사를 테디가 두고 볼 수는 없는 노릇이다.

하지만 만만찮은 낸시조차 장난꾸러기 테디에게는 진정한 적병이 아니다. 그것을 깨닫기 위해서는 하느님의 가르침과 인도가 필요하다. 그런 뒤에야 비로소 견줄 만한 짝패를 제대로 만났으니 바로 '자아'라

---

11 「서문」, 『자랑의 단추』, 신문관, 1912, 1~3면.

는 이름을 가진 존재다. 그것은 뒷산에서 벌이는 병정놀이 한판과는 영 딴판이다. 말하자면 눈에 보이지도 않는 자기 자신과의 치열한 싸움을 통해서만 아버지처럼 본받을 만한 병사가 되고 하느님의 군대에 들 수 있다는 깨달음이다.

『자랑의 단추』는 사랑의 깃발이라는 기독교적 가치를 깨달아 얻는 천국으로의 행로를 어린이의 눈높이에서 실감 나게 그려 냈다. 또한 신앙생활에서 갖추어야 할 미덕과 생활 태도를 관념적이지 않게 포착했으니 어린이판『천로역정』이라 해도 손색이 없다. '자아' 또는 '자기'와의 끊임없는 투쟁이라는 종교적인 관념을 문학의 형식을 빌려 형상화한다는 것이 한국의 근대소설이나 아동문학의 전통에서 그리 익숙하지 않다는 사실도 몇 번이고 되풀이해 둘 가치가 있다. 말하자면『자랑의 단추』는 종교적 목적을 위해서, 그리고 어린이 독자를 위해서 전혀 색다르고 낯선 상상력을 선보인 셈이다.

따라서 '어린이'라는 말이 처음 등장한 현상을 소홀히 다루어서는 안 된다. 비록 머리말에서 어린아이라는 뜻의 보통명사로 쓰였을 따름이지만 이야기의 주인공이자 독서 주체로서 어린이가 처음 상상되었다는 뜻이기 때문이다. 또한 '자아'라는 말을 본격적으로 구사한 것으로도『자랑의 단추』가 단연 효시다. 기독교적인 관념을 통해 독립적인 내면을 지닌 어린이가 포착되기 시작했으니 주의를 기울여야 마땅하다. 근대적인 용법임이 틀림없는 어린이와 자아라는 낯선 말이 동시에 선보였으니 심상한 일일 리 없다. 어린이의 자기의식과 내면을 정면으로 다룬다는 것은 어른의 거울로서 어린이를 보는 입장, 이를테면『만인계』에 비추어진 어린이의 모습에서도 한걸음 더 나아갔다는 뜻이기 때문이다.

한국에서 근대적인 시선으로 어린이를 바라보게 된 것은 훨씬 훗날의 일이다. 방정환에 이르러 독립적인 인격체로서 어린이가 발견되고 나서야 새로운 관념이자 역사적 개념으로서 어린이가 탄생되었다. 여기에는 천도교, 기독교, 서양의 낭만주의, 사회주의와 같은 다양한 종교적, 사상적 흔적이 배어 있다.[12] 그중 한 갈래의 실마리를 꽤 이른 시기에 낚아챈 것이 바로 『자랑의 단추』다. 게다가 『자랑의 단추』는 일방적인 교리 전달이나 주입의 수준에서 멈추지도 않았으니 앞선 번역 의식의 산물임이 틀림없다.

한편 신문관의 서양소설 번역은 줄곧 순 한글의 한국어 문장만을 단 하나의 원칙으로 삼았다. 그중에서도 『자랑의 단추』는 가장 돋보인다. 과감하게 현재형 시제를 도입하여 안정감 있게 구사했기 때문이다. 후반부로 갈수록 '~더라' 투가 자주 나타나긴 하지만 일곱 종의 번역 출판 가운데에서 『자랑의 단추』에 쓰인 '~ㄴ다'의 종결 어미 빈도가 가장 높다. 또한 1912년 무렵의 신소설을 비롯한 여느 단행본에 비추어 보더라도 혁신적이다.

실제로 일반적인 단행본 소설에서 현재형 시제의 종결 어미를 구사하기 시작한 것은 창작이든 번역이든 훨씬 뒤늦다. 다만 똑같은 시점에서 신문 연재소설을 독점하며 주류 이야기 양식으로 급부상하게 된 번안소설이라면 사정이 조금 다르다. 번안소설은 1912년에 첫걸음을 내딛자마자 '~더라' 투를 벗어던지기 시작했을 뿐 아니라 매우 빠른 속도로 제자리를 잡았다. 사실 단행본 소설 편짝에서는 신문 연재소설과 달리 문체 변화가 훨씬 더디게 진행되었고 파급력이 미미했다. 그런 점에서도 『자랑의 단추』 번역은 매우 이례적이다.

또한 『자랑의 단추』와 같이 등장인물의 대화 부분에서 행갈이를 엄

---

12 염희경, 「소파 방정환 연구」, 인하대 박사논문, 2007.8, 58~115면.

격하게 처리한 것도 1912년에 들어서서 시작된 변화다. 그 밖에 문장 길이가 짧은 편인 데에다가 어린이의 대화를 생생하게 묘사한 점도 특기할 만하다. 요컨대『자랑의 단추』는 신소설 투에서 벗어난 근대적인 문장과 매끈한 번역 솜씨로도 결코 뒤처지지 않는다.『자랑의 단추』가 거둔 언어적 성취 역시 어린이를 상상한 현실주의적인 기독교 동화의 번역을 통해 가능했다.

4. 영어 원작과 두 가지 일본어 번역

『자랑의 단추』번역가는 머리말에서 원저자를 알지 못한 채 옮겼다고 말해 두었다. 영어에서 직접 번역한 것이 아니라 일본어 번역을 다시 한국어로 옮겼기 때문이고, 하필 번역거리로 삼은 일본어판에는 원제와 원저자가 따로 밝혀져 있지 않았기 때문이다. 실상 원작은 에이미 르 페브르의『테디의 단추』다. 원작의 초판은 1890년에 출판되었는데, 지금 확인할 수 있는 가장 오래된 판본은 1896년에 미국에서 출판된 책이다.

19세기 말에 활약한 영국의 여성 작가 에이미 르 페브르는 강렬한 기독교적 메시지를 담은 어린이 책으로 유명하다. 에이미 르 페브르는 워낙 다작의 작가인 데에다가 지금까지도 영어권에서 몇몇 작품이 새 삽화를 곁들여 꾸준히 출판되고 있다. 하지만 에이미 르 페브르의 생애나 구체적인 행적에 대해서는 거의 알려진 바가 없다. 이름으로 보자면 프랑스계로 짐작되는데 단지 1929년에 사망했다는 점만 확실할 뿐이다.

에이미 르 페브르의 책은 주로 런던의 종교 소책자회(RTS, Religious Tract Society)에서 출판되었다. 1799년에 설립된 종교 소책자회는 지금의 루터워스 출판사(Lutterworth Press)의 전신이다. 에이미 르 페브르는 1890년대부터 1910년대까지 60여 권에 달하는 활발한 작품 활동을 펼쳤는데, 가장 널리 읽히고 오래도록 사랑받은 책은 대개 초창기 작품인 1890년대의 기독교 동화다.

빅토리아 시대(1837~1901) 말기의 영국 여성 작가들은 기독교적인 아동문학, 특히 주일학교 운동과 어린이를 위한 동화 창작에 힘을 기울이기 시작했다. 그 가운데 하나가 에이미 르 페

〈사진 13〉 미국에서 출판된 'Rare Collector Series'(Lamplighter Publishing, 2001)

브르의 『테디의 단추』이며, 길지 않은 시차를 두고 신문관을 통해 한국어로 번역되기에 이른 셈이다. 실제로 신문관의 번역소설 가운데에서는 동시대나 다름없으리만치 가장 최신의 작품이 바로 『자랑의 단추』다.

영국의 근대화 과정에서 정규 학교 교육과 주일학교 운동, 그리고 근대적인 아동문학이 탄생하게 된 역사적 조건은 간단치 않다.[13] 일단

---

13 다음의 논저를 두루 참조하되 성글고 거친 흠을 무릅쓰고 간추렸다. 존 로 타운젠드, 강무홍 역, 『어린이 책의 역사』(전 2권), 시공주니어, 1996; 페리 노들먼, 김서정 역, 『어린이 문학의 즐거움』(전 2권), 시공주니어, 2001; 필립 아리에스, 문지영 역, 『아동의 탄생』, 새물결, 2003; 양윤정, 「영국 아동문학의 발생과 19세기 문학 동화의 특성」, 『동화와 번역』 6호, 건국대 동화와번역연구소, 2003.12, 96~134면; 양윤정, 「영국 아동문학의 발생과 전개 과정」, 『영어영문학』 176호, 한국영어영문학회, 2005.6, 331~353면; 손향숙, 「영국 중산층의 형성과 탄생기 아동문학」, 『동화와 번역』 10호, 건국대 동화와번역연구소, 2005.12, 231~259면; 차은정, 「근

산업혁명이 성공적으로 진행되고 대대적인 식민지 개척에 나선 영국에서 아동문학에 대한 관심이 먼저 일기 시작한 것은 당연하다. 대제국의 전성기에 이르러 어린이라는 존재에 대한 전반적인 재발견이 가능해졌기 때문이다. 이를테면 아동 노동과 교육 체제에 대한 관심이 급속도로 확대되고 중산 계급의 가정생활에서 확고하게 지켜져야 할 도덕적이고 실천적인 미덕이 강조되었다. 예컨대 정직, 성실, 근면, 용기, 순결이라든가 겸손, 신용, 우애, 선행, 또는 검약, 절제, 근학, 건강, 자립, 회심, 신앙과 같은 덕목이다. 아동문학에 대한 인식이 확산되고 조금씩 성격을 달리하게 된 것도 그래서다. 어른의 관점으로 훈육과 교도에 방점을 찍은 교훈적 성격에서 어린이가 직접 읽고 즐길 수 있는 문학으로 서서히 변모되기 시작했다는 뜻이다.

이른바 복음주의적 경향이 대두된 것은 19세기 초반에 들어서서의 일이다. 어린이가 갖추어야 할 신앙심과 윤리적인 품성을 일상생활에서 스스로 찾아가는 모습을 부각하는 것이 중요한 과제로 제시되었기 때문이다. 이미 18세기부터 시작된 주일학교 운동의 활성화와 어린이 문맹 퇴치가 핵심 문제로 떠오르는 한편 팸플릿과 챕북(chapbook)을 포함한 상업적인 대중 출판의 영향력도 가세했다. 여기에 각별히 일군의 여성 작가들이 적잖은 공을 들이면서 비로소 아동문학의 황금시대를 열게 되었다. 가정이나 주일학교에서 어린이와 함께, 또는 어린이 스스로 읽기 위한 문학 작품이 영국 여성 작가를 중심으로 창작되기 시작한 것이다. 아동문학뿐 아니라 여성문학의 역사에서도 마땅히 눈여겨보아야 할 대목일 터다.

그중에서도 산업혁명 시대의 선도적인 여성 작가 마리아 에지워스

대화와 영국 아동문학—문학적 관점에서 아동문학 발전의 역사적 조건 재해석」, 『새한영어영문학』 65호, 새한영어영문학회, 2008.2, 101~124면.

의 초창기 작품이 『만인계』로 번역되었다면 『자랑의 단추』는 훨씬 나중인 빅토리아 시대 말기 여성 작가의 창작 경향을 대변한다. 영국 아동문학의 성장 배경에 담긴 역사적 성격이 한층 돋보인 쪽은 아무래도 『자랑의 단추』다.

원작 『테디의 단추』는 열 개의 장으로 구성되어 있으며 각 장마다 소제목이 붙어 있다. 그런데 『자랑의 단추』는 열여섯 개의 장으로 재편성되었고 소제목이 모두 빠졌다. 일본어 번역을 그대로 따른 탓이다. 『자랑의 단추』는 원작에 충실한 편이나 주변적인 정황과 세부적인 심리 묘사가 전반적으로 소략해졌고 특히 후반부는 훨씬 더 과감하게 축약되었다. 한국어 번역에 걸맞게 하기 위해서이기도 하지만 아무래도 일본어 번역에 기댔기 때문이다.

테디(Teddy)는 주인공 에드워드 제임스 플랫(Edward James Platt)의 애칭이다. 에드워드라는 이름은 흔히 테디나 테드(Ted), 또는 에디(Eddie)나 에드(Ed)라는 애칭으로 불린다. 『자랑의 단추』에서 '데데'라고 옮긴 것은 일본어 번역에서 '데데(テデー)'로 썼기 때문이다. 그런데 일본에서는 원작을 성실하게 완역한 번역이 나온 뒤에 분량을 줄여 다시 번역되곤 했다. 이러한 현상은 메이지 시대의 일본어 번역에서 종종 나타나는 특징이기도 하다. 한국어 번역을 위해 선택된 것은 으레 나중의 축약 번역이기 십상이었다. 『자랑의 단추』도 마찬가지다.

『테디의 단추』를 일본어로 처음 번역한 것은 혼다 마스지로[本田增次郎]다. 1901년 12월에 하쿠분칸[博文館]에서 출판될 때의 제목은 『유품 단추(かたみのボタン)』이며, 본문 첫 면의 표제 앞에는 '아이 기질'이라는 뜻의 '兒女氣質' 또는 'こどもかたぎ'라는 쓰노가키[角書]를 덧붙여 두었다. 혼다 마스지로는 일찌감치 영미문학을 소개하는 데에 앞장선 영문학자이자 여러 고등학교와 대학의 강단에서 잇달아 교편을 잡은 교육

〈사진 14〉 혼다 마스지로의 『유품 단추』(증보 개정판, 일본 국립국회도서관 소장, 사본)

가다. 또 러일전쟁 무렵부터는 평화 운동에 관심을 갖고 미국에서 강연 활동에 나서거나 언론 활동을 펼치기도 했다.

『유품 단추』의 증보 개정판이 나온 것은 1905년 9월, 이번에는 이쿠세이카이[育成會]에서다. 증보 개정판이라고는 했으나 초판과 면수가 동일한 것으로 보아 출판사만 바뀐 것으로 보인다. 별도의 속표지에는 원제와 원저자 이름이 명시되어 있다. 원작을 표 나게 드러낸 만큼 최대한 충실하게 완역한 편이다. 원작과 마찬가지로 열 개의 장으로 구성되어 있으며, 소제목 역시 대체로 본뜻을 살려 번역했다. 또 책의 첫머리에 실린 그림 말고도 본문의 첫 번째 장(章)에 삽화 하나가 더 실렸으며, 분량은 187면이다. 어쨌거나 『자랑의 단추』는 혼다 마스지로의 『유품 단추』를 번역한 것이 아니다.

『테디의 단추』가 일본어로 다시 번역된 것은 모모시마 레이센[百島冷泉]의 『유품 단추(形見のボタン)』다. 제목은 표기법만 달라졌을 뿐 혼다 마스지로가 옮긴 제목과 같은 뜻이며, 1912년 2월에 내외출판협회(內外出版協會)에서 출판되었다. 『자랑의 단추』는 모모시마 레이센의 번역을 그대로 따랐으니 출판되자마자 곧장 한국어로 번역된 셈이다. 『자랑의 단추』 번역가가 원작의 정체를 알 수 없었던 것은 혼다 마스지로와는 달리 모모시마 레이센이 원제와 원저자를 따로 밝혀 두지 않아서다.

번역가 모모시마 레이센의 본이름은 모모시마 미사오[百島操, 百嶋操]다. 모모시마 레이센도 생애와 행적이 거의 알려지지 않은 숨은 번역가다. 그러나 메이지 시대에 여러 편의 동화를 번역한 인기 작가 가운데 한 사람인 것만은 틀림없다. 초창기의 안데르센 동화와 이솝 우화 번역으로 이름을 얻은 모모시마 레이센은 그 무렵 내외출판협회에서 '통속문고' 시리즈를 전 10권으로 출판했다. 1907년 11월부터 1910년 9월까지의 일이다. 문고본의 제목만 들어 보자면 『천로역정』, 『노예 톰』, 『성

〈표 4〉『자랑의 단추』원작과 일본어 번역의 체재

원작『테디의 단추』	혼다 마스지로의『유품 단추』(증보 개정판)
1. An Antagonist	1. 敵味方
2. 'When Greek Meets Greek then Comes the Tug Of War!'	2. 兩雄共に生きず
3. A Recruiting Sergeant	3. 召募軍曹
4. Enlisting for Life	4. 生涯の入營
5. First Victories	5. 初陣の手柄
6. The Redcoats	6. 赤軍服
7. Uplifted and Cast Down	7. 浮き沈み
8. In the Clover Field	8. 草つ原
9. Lost	9. なくなる
10. Found	10. 出て來る

서 이야기』,『빨간 구두』, 톨스토이의『두 순례자』,『로빈슨 표류기』,
『이솝 우화』,『셰익스피어 이야기』,『그림 동화』,『소공자』다. 또 같은
출판사에서 낸 '일요 문고'의 첫 번째 책으로 에드몬도 데 아미치스의
『엄마의 행방』(1910)을 번역한 것도 모모시마 레이센이다.『엄마의 행
방』은 한국에서『사랑의 학교』로 널리 알려진『쿠오레』의 에피소드 가
운데 하나인『엄마 찾아 삼만 리』다. 그 밖에도 모모시마 레이센은『톨
스토이 단편집』(1907),『워싱턴 언행록』(1907),『고든 언행록』(1908),『톨
스토이 소설집』(1909)을 번역하여 역시 내외출판협회에서 내놓았다.

　모모시마 레인센의 번역이나 내외출판협회의 출판물 가운데 위다의
『플랜더스의 개』와 스토의『톰 아저씨의 오두막』, 그리고 톨스토이의
소설이 포함되어 있다는 점은 눈여겨볼 가치가 있다. 신문관의 번역 활
동에 지대한 영향을 끼친 것이 틀림없기 때문이다. 예컨대 최남선의
『불쌍한 동무』는 1908년 11월에 내외출판협회에서 나온 히다카 젠이치
[日高善一]의 번역을 그대로 옮겼으며, 이광수의『검둥의 설움』은 모모시
마 레이센의 번역 가운데 부록으로 실린 원저자 소개와 사진을 따왔다.
『소년』과『청춘』을 통해 소개된 톨스토이의 저작도 사정은 마찬가지

〈사진 15〉 모모시마 레이센의 『유품 단추』(일본 국립국회도서관 소장, 사본)

다. 또한 초창기에 이솝 우화, 안데르센 동화, 그림 동화가 한국에 들어
온 경로 가운데 하나도 모모시마 레이센과 내외출판협회를 통해 확인
할 수 있다.[14]

그런데 모모시마 레이센의 두 번째 번역은 혼다 마스지로의 첫 번역
과 달리 원작의 구성을 열여섯 개 장으로 재편성하고 소제목을 모두
떼어 버렸다. 혼다 마스지로의 번역 표제 앞에 붙어 있던 쓰노가키도
사라졌다. 분량도 한 면당 13행, 187면에서 썩 줄어들어 한 면당 12행,
102면에 불과하다. 말하자면 혼다 마스지로의 번역을 바탕 삼아 문고
본에 걸맞게 다시 축약 번역한 셈이다. 물론 주변적인 정황과 세부적

---

14 박진영, 『번역과 번안의 시대』, 소명출판, 2011, 235~240면.

인 심리 묘사를 줄였을 뿐 플롯을 큰 폭으로 변조하거나 과감하게 고치지는 않았다. 한국어로 번역된 『자랑의 단추』는 모모시마 레이센의 두 번째 번역을 다시금 성실하게 직역했다.

『자랑의 단추』를 장식한 표지와 그림도 모모시마 레이센의 책에서 그대로 가져온 것이다. 다만 모모시마 레이센의 번역은 책의 첫머리에 실린 그림 말고는 본문에 따로 삽화를 넣지 않았고, 한국어 번역도 마찬가지다. 모모시마 레이센 번역의 표지 그림은 빅토리아 시대 말기의 풍을 드러낸 원작의 삽화와 흡사하나 조금 변형하여 다시 그린 것이다. 첫머리의 그림 밑에는 "테디가 부친의 전사에 대해 이야기해 준다"라고 되어 있는데, 한국어 번역에서는 "테디가 한참 단추 자랑을 한다"로 바뀌었다. 한편 모모시마 레이센 번역의 속표지 뒤에 쓰인 제사(題詞) "우리 위에서 나부끼는 하느님의 깃발은 사랑이니라"라는 문장을 따로 옮기지 않은 대신 『자랑의 단추』에서는 한국어 번역가의 머리말을 붙였다.

5. 근대 아동문학사의 유산과 부채

신문관의 번역 출판은 1912~1913년에 문학, 번역, 언론, 출판, 시장을 둘러싼 복잡한 역사적 조건 속에서 진행되었다. 단기간에 급등과 급락을 거듭한 신문 연재소설, 단행본 신소설, 활자본 고전소설, 동양서원의 추리소설과 치열한 각축을 벌여야만 했던 것이 신문관이 처한 실정이었다. 저마다 다른 독자를 선점하기 위해 전력 질주한 것처럼 보이기도 십상이지만 어느 쪽도 뚜렷한 주도권을 쥐지 못한 이야기 양식을 두고 사활을 건 생존 경쟁을 펼친 것이나 다름없다. 제각각 조금씩 전리품을 챙겼고 상처를 입기도 했다.

신문관으로서는 『소년』폐간으로 야기된 사상적 궁지에서 빠져나오기 위한 출구 전략이라는 중요성도 띠었다. 그런데 한발 물러선 자리에서 출발한 신문관이 오히려 돋보인 것은 미래의 새 역량을 비축하기 위한 채비를 서둘렀기 때문이다. 새로운 이야기의 세계를 발견하면서 어린이를 포착하고 근대 동화를 상상해 낸 것은 신문관의 번역 출판이 보여 준 시대정신과 상상력의 승리라 이를 만하다. 신문관의 생명력이란 비단 물리적 인프라 덕분만은 아니었던 셈이다. 실제로 번역 출판의 뒤를 달아, 그중에서도 『자랑의 단추』의 꼬리를 물고 어린이 잡지 『붉은 저고리』, 『아이들 보이』, 『새별』이 이어졌다. 신문관은 번역을 매개로 어린이의 발견과 근대 아동문학의 태동을 위한 지반을 다진 전공을 세웠다.

그렇다 하더라도 정작 『자랑의 단추』가 새로운 시대적 구심점 노릇을 톡톡히 해냈는지에 대해서는 유보해 두어야 마땅하다. 왜냐하면 신문관의 번역 출판 역시 단기간에 명멸하긴 매한가지였기 때문이다. 신문관의 번역 출판은 1913년 5월 이후로 급작스럽게 좌초되었다. 그 뒤로 신문관이 단행본 번역소설에 다시 손댄 것은 1918년 4월에 출판된 『해당화』에 이르러서다. 『해당화』번역은 배경에서나 성격에서나 1912 ~1913년의 사정과는 사뭇 달랐다. [15] 또한 1914년 10월에 『청춘』이 창간되면서 어린이 잡지 발행 역시 완전히 폐기되었다. 『청춘』의 '세계문학 개관'에서 짐작되다시피 번역을 통해 발굴될 수 있는 콘텐츠는 방대

15　박진영, 『번역과 번안의 시대』, 소명출판, 2011, 262~277면.

했고, 신문관 고유의 역량과 감식력이라면 새로운 문예나 문학 관념의 탄생을 예고하기에 모자람이 없었다.[16] 그러나 신문관은 어린이에게도, 아동문학에도 두 번 다시 눈을 돌리지 않았다.

결과적으로 『자랑의 단추』에서 엿보인 어린이의 발견, 근대 동화의 성장 잠재력, 기독교 사상 특유의 역할, 문체 혁신의 가능성은 거의 소실되고 말았다. 『자랑의 단추』가 돌발적이거나 우연한 번역이 아니라 하더라도 당장 파급 효과를 불러일으키지 못했으며, 한국 근대 아동문학사의 성립을 앞당기는 데에 성공하지 못한 사실 또한 엄연하다. 신문관의 시대가 품고 있던 저력은 1920년대 초반에 이르러서야 간신히 모습을 드러내기 시작했다. 이를테면 오천석과 방정환이 각각 동화 앤솔러지 『금방울』(1921)과 『사랑의 선물』(1922)을 펴냈다든가 외국인 선교사 윌리엄 아서 노블이 장편 『폴리애나』(1921)를 출판한 것은 전적으로 번역과 기독교 사상을 매개로 가능한 일이었다.[17]

본격적인 동화 번역과 근대 아동문학사의 성립을 위해 근 십 년의 시간을 더 기다려야 했던 점을 보더라도 『자랑의 단추』가 얼마나 독보적인지 가늠할 만하다. 그렇다면 1910년대 중후반의 지체 혹은 단절은 어디에서 비롯되며 무엇을 뜻하는가? 신문관의 출판문화가 지닌 문제성은 물론이려니와 근대 아동문학의 기원과 역사적 성격을 해명하기 위해 앞으로 집중적으로 탐구해야 할 중요한 연구 과제 가운데 하나다.

---

16 박진영, 「편집자의 탄생과 세계문학이라는 상상력」, 『민족문학사연구』 51호, 민족문학사학회, 2013.4, 423~453면.

17 염희경, 「일제 강점기 번역, 번안동화 앤솔러지의 탄생과 번역의 상상력 (1)─민족주의 계열과 사회주의 계열의 소년운동 그룹의 번역을 중심으로」, 『문학교육학』 39호, 한국문학교육학회, 2012.12, 211~249면; 염희경, 「일제 강점기 번역, 번안동화 앤솔러지의 탄생과 번역의 상상력 (2)─기독교 계열의 번역동화 앤솔러지를 중심으로」, 『아동청소년문학연구』 11호, 한국아동청소년문학학회, 2012.12, 211~257면.

■ 제3장은『자랑의 단추』를 처음 공개하면서 붙인 해제와『신문관 번역소설 전집』의 해설 일부를 이 책의 체재에 맞게 전반적으로 재편성하고 대폭 고쳐 쓴 것이다. 또한 대부분의 내용은 더 상세하고 보완된 형태의 논의로『번역과 번안의 시대』에 포함되었다. 1절, 2절 전반부, 5절은 신문관의 번역 출판을 검토하면서 1912~1913년의 문학사적 정황에 대한 재인식을 촉구하는 한편 번역 동화로서『자랑의 단추』가 지닌 문제성을 강조하기 위해 새로 집필되었다. 2절 후반부, 3절은 다소 매끄럽게 연결되지 않더라도 본래의 해제와 해설에 쓰인 문장을 살리는 방향으로 편집되었다. 또 불가피하게『번역과 번안의 시대』와 겹치는 부분이 적지 않지만 일일이 밝혀 두지 않았다.[18]

---

18 박진영, 「번역 출판과 근대 동화의 숨은 첫길『자랑의 단추』」,『근대서지』1호, 근대서지학회, 2010.3, 183~202면; 박진영, 「신문관 십 년, 번역문학 백 년의 대장정」,『신문관 번역소설 전집』, 소명출판, 2010, 701~727면; 박진영,『번역과 번안의 시대』, 소명출판, 2011, 229~262면.

제4장

문장 앤솔러지 『시문독본』

1. 신문관과 문장독본

신문관은 1910년대를 상징하는 정기 간행 매체의 발행처이자 최고의 민간 상업 출판사임이 틀림없다. 그렇다고 해서 신문관의 역사적 성격을 한마디로 잘라 말하기는 어렵다. 신문관이라는 간판을 유지한 근 이십 년의 도정 중에서 근대 출판문화의 한복판을 지킨 것은 삼일운동 전야에 이르는 앞쪽 십 년뿐이다. 그나마 창립 초기의 신문관과 1910년대 후반의 신문관이 일관성을 지켰다고 보기도 곤란하다.

앞서 언급했듯이 초창기의 신문관은 청년학우회와 조선광문회의 실질적인 구심점 몫을 함께 떠맡았다. 신문관이라는 출판 브랜드는 사회 운동의 확산과 근대 한국학의 성립을 위한 물리적 기반이요 문화적 상징이었다. 신문관이 문예와 학술을 비롯한 문화계몽 운동의 전 방위에서 시대사상과 실천적 전망을 대변할 수 있었던 것도 그래서다. 신문관은 이를테면 1910년대 초반의 문화 역량을 한데 결집시키고 광범위한 네트워크를 구축하기 위한 자본과 기술 매체의 동력원이기도 한 셈이다.

그런데 1910년대 중반에 들어서면서 신문관의 성격이 조금씩 달라졌다. 1910년대 전반기와 후반기 사이의 거리는 여러 곳에서 포착된다. 신문관이 벌린 거리란 월간 종합 교양지 『소년』과 『청춘』의 틈새이기도 하고, 번역소설 『자랑의 단추』와 『해당화』의 간격이기도 하다. 사정이 바뀐 배경을 파악하기 위해서는 정국 변화라든가 편집자 최남선의 판단까지 폭넓게 고려해야겠지만 신문관의 출판 이념이 퇴색되고 상업성에 무게를 싣기 시작했다는 사실은 분명하다. 무엇보다 신문관은 청년학우회와 조선광문회라는 든든한 사상적 배후를 잇달아 잃었기 때문이다.

그런가 하면 1914년 10월에 발행 허가를 얻어 낸 『청춘』은 성장 가도를 달린 듯이 보이지만 창간된 지 고작 반년 만에 사실상 폐간된 것이나 다름없는 처지였다. 이 년여에 걸친 장기간의 정간 사태(1915.4~1917.4)에서 벗어난 뒤에도 『청춘』은 두세 달에 한 번씩 겨우 면목을 세우다가 끝내 1918년 9월에 발행된 통권 15호를 마지막으로 폐간되고 말았다. 그사이 신문관은 일반교양과 실용서를 비롯한 다양한 성격의 단행본 출판 부문으로 눈길을 돌렸다. 외곽에 머물거나 아직 활성화되지 않은 영역으로 눈길을 돌려 타개책을 모색한 것은 신문관으로서는 당연한 이치일 뿐 아니라 숨은 공적이기도 하다.

『청춘』의 폐색을 전후로 다시 찾아온 위기 상황을 박차고 신문관의 출판 활동이 정점을 바라볼 때, 그리고 정점에서 순식간에 파국으로 내리닫는 사이를 가로지른 책 가운데 하나가 바로 『시문독본(時文讀本)』이다. 동시대의 여느 출판사가 불황으로 고전을 면치 못한 참인 1918년에

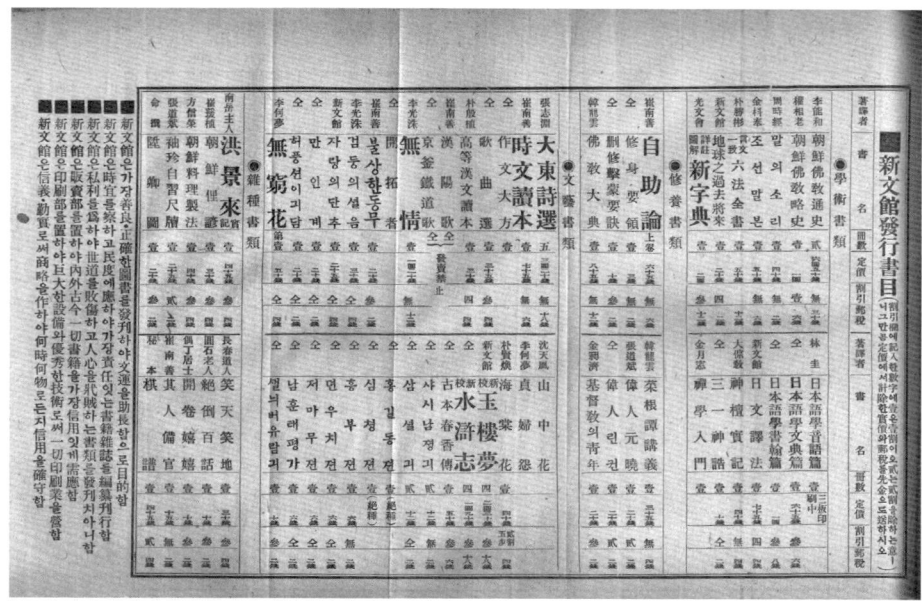

〈사진 16〉「신문관 발행 서목」

신문관은 창립 십 년 만에 단행본 출판의 절정기를 구가했다. 이를테면 최남선의 역작 『자조론』 상권이 상재되고 신문관이 내내 공을 들여 온 톨스토이의 『부활』이 번역되는가 하면 이광수의 『무정』이 신문 연재를 마친 뒤 일 년여 만에 최남선의 머리말을 붙인 격조 높은 단행본으로 단장되었다.[1] 신문관 최대의 역점 사업이라 할 월간지 발행은 『청춘』에서 분수령을 이루었으며, 가장 우수한 문화 콘텐츠를 축적한 종합 출판사로서 신문관의 입지가 굳어졌다. 최초의 근대적인 문범(文範) 입문서로 평가할 만한 『시문독본』 역시 그 가운데 하나다.

신문관은 창립 십 주년을 기념하여 발행된 『청춘』 14호(1918.6)에 내건 광고 「신문관 발행 서목(書目)」에서 학술 부문의 『신자전』, 교양 부

---

1   박진영, 『번역과 번안의 시대』, 소명출판, 2011, 262~277면.

문의『자조론』, 문예 부문의『대동시선』(전 5권)과『시문독본』, 그리고 기타 부문의『홍경래 실기』를 각각 첫손으로 꼽았다. 실제로『시문독본』이 신문관 출판물의 광고에 처음 등장한 것은 그보다 조금 앞선『청춘』13호(1918.4)에서다. 그런데 이때의『시문독본』이란 실제로는 두 해 전인 1916년 1월에 초판이 간행된 뒤 1918년 4월에 개정 증보된 것으로 체재 보완과 개편이 마무리된 뒤에야 비로소 홍보되기 시작한 셈이다.

『시문독본』은 교훈적인 옛글부터 최신의 과학 지식까지, 경구나 운문부터 논술까지, 또 재미있는 우화부터 실용 작문과 정신 수양에 이르기까지 다양한 내용과 갈래의 글을 폭넓게 가려 뽑았다. 또한 한문의 통사 구조에 가까운 문장부터 오늘날 흔히 국한문 혼용체라 부르고 있는 근대적인 한국어 문장까지, 한문 훈독식 번역 문장부터 서양식 번역 어투까지 고루 담아냈다. 최남선이 공들여 편수한『시문독본』은 말하자면 당대의 지적 수준과 언어 역량을 동시에 보여 준 종합 교과서인 터다.

광범위한 영역을 두루 포괄한 대중 교양서이자 실천적인 언어 규범을 정식화한 지침서 몫까지 떠맡은『시문독본』은 이내 시대정신의 앤솔러지인 동시에 카논(canon)으로 자리 잡았다. 예컨대 신문관이 인쇄소와 판매소로서만 존속했던 1928년 무렵까지 십여 년 동안 적어도 8판이 인출되었으니『시문독본』은 1910~1920년대를 도틀어 내로라하는 스테디셀러 가운데 하나였다.

『시문독본』의 의의와 가치에 대해서는 최근에 들어서야 본격적으로 조명되기 시작했다. 근대적인 문학 제도의 형성 과정에서 독본이 담당한 위상과 역할에 가장 먼저 주목한 구자황은『시문독본』이 근대적인 표현력 학습의 중요한 매체가 되었음을 지적했다.[2] 김지영은『시문독본』의 체재를 면밀히 검토한 뒤 수록된 글의 갈래와 성격이 문장의 편차와 밀접한 상관성을 지니고 있음을 논증했으며, 문혜윤은 『시문독본』이 새로운 문장 전범을 제시함으로써 글쓰기 교본으로서 안정성을 획득할 수 있었음을 밝혔다.[3]

한편 한기형은 1910년대 정기간행물의 어문 상황과 언문일치 문장의 역사적 성격에 대한 일련의 논의를 통해 문학 언어의 매체 전략이라는 차원에서 근대성을 평가하는 새로운 연구 시각을 제시했다.[4] 그런가 하면 신지연과 임상석은 '시문(時文)' 또는 '시문체(時文體)'라는 신문관 고유의 문장 규범이 각별히 『소년』의 글쓰기 차원에서 작동한 양태를 분석해 보였는데, 국한문 혼용체에 내포된 언어적 이질성의 차원에서 두 연구자가 서로 다른 방향의 접근 태도를 보여 주고 있어서 좋은 참조가 된다. 특히 임상석은 『시문독본』 초판의 존재를 처음 확인하고 한문 문장의 한국어 번역 양상에 주목하여 초창기의 언어 상황을 둘러싼 논의의 지평을 확장했다.[5]

---

2   구자황, 「'독본'을 통해 본 근대적 텍스트의 형성과 변화」, 『상허학보』 13호, 상허학회, 2004.8, 213~244면; 구자황, 「근대 독본류의 위상 (1)─『시문독본』을 중심으로」, 민족문학사연구소 기초학문연구단, 『탈식민의 역학』, 소명출판, 2006, 103~121면.

3   김지영, 「최남선의 『시문독본』 연구─근대적 글쓰기의 형성 과정을 중심으로」, 『한국현대문학연구』 23호, 한국현대문학회, 2007.12, 83~129면; 문혜윤, 『문학어의 근대─조선어로 글을 쓴다는 것』, 소명출판, 2008, 146~158면.

4   한기형, 「최남선의 잡지 발간과 초기 근대문학의 재편─『소년』, 『청춘』의 문학사적 역할과 위상」, 한기형 외, 『근대어, 근대 매체, 근대문학─근대 매체와 근대 언어 질서의 상관성』, 성균관대 대동문화연구원, 2006, 311~349면; 한기형, 「근대 잡지와 근대문학 형성의 제도적 연관─1910년대 최남선과 다케우치 로쿠노스케(竹內錄之助)의 활동을 중심으로」, 같은 책, 273~309면; 한기형, 「근대어의 형성과 매체의 언어 전략─언어, 매체, 식민 체제, 근대문학의 상관성」, 진재교·한기형 외, 『문예 공론장의 형성과 동아시아』, 성균관대 출판부, 2008, 53~78면.

5   신지연, 『글쓰기라는 거울─근대적 글쓰기의 형성과 재현성』, 소명출판, 2007, 53~66면; 임상석, 『20세기 국한문체의 형성 과정』, 지식산업사, 2008, 262~302면; 임상석, 「『시문독본』의 편찬 과정과 1910년대 최남선의 출판 활동」, 『상허학보』 25호, 상허학회, 2009.2, 47~78면; 임상석, 「1910년대, 국역의 양상과 한문 고전의 형성─최남선의 출판 활동을 중심으로」, 『사이間SAI』 8호, 국제한국문화문학학회, 2010.5, 63~88면.

요컨대『시문독본』은 수록된 글의 성격과 편성 체재, 그리고 한자 혼용 표기 문장의 성격에 이르기까지 1910년대 어문 질서의 여러 논쟁적인 지점을 두루 관통하고 있는 문제적인 자료다. 비단 최남선이나 신문관에만 국한되지 않고 1910년대의 문학 관념과 글쓰기 방법론, 그리고 근대 한국어의 역사적 성격을 해명하는 데에서도『시문독본』이 관건이 된다. 아직까지 이에 대한 논쟁이 활발히 전개되지는 못하고 있는 형편이라 앞으로 더욱 집중적인 연구가 뒤따라야 할 것이다.

2. 초판 및 정정 합편의 자료 상황과 체재

　『시문독본』은 개정 증보가 이루어진 1918년 4월부터 대대적으로 광고되기 시작한 탓에 최근까지 초판의 성립과 실재 여부가 전혀 알려져 있지 않았다. 따라서『시문독본』의 전체적인 자료 현황을 실증적으로 정리한 뒤에 지금까지 확증된 바 없는 개찬(改撰) 과정 및 1916년 초판의 실태를 점검하기로 한다. 또한 1918년의 증정(增訂) 과정에서 탈락되거나 중요한 변화를 겪은 글 여덟 편과 새로 추가된 글 두 편의 전문을 소개한다. 들거나 난 열 편의 글은 특별한 원칙이나 뚜렷한 이유로 선별된 것이 아니며, 단지 각 권 서른 편의 체재 구성 편의에 따라 임의로 채택된 것으로 판단된다.『시문독본』이 전체적으로 문장 형태가 고르지 않은 바와 같이 빠지거나 보충된 글의 문장 형태도 마찬가지다. 그런 점에서『시문독본』가운데 가장 이질적인 가능성을 시사한「귀성 (歸省)」및 이광수의「내 소와 개」를 제시하고, '시문' 또는 '시문체'에 내장된 문학적 글쓰기의 동력과 상상력의 지평을 검토하겠다.

먼저 1916년 1월에 처음 출판된 『시문독본』 초판은 현재 세 책이 확인되는데, 워낙 희귀한 데에다가 자료의 열람마저 제한되어 있어 쉽게 접하기 어렵다.[6] 뒤에서 논의하겠지만 『시문독본』 초판은 자료의 실재 여부나 물리적 상태에 대해서는 말할 나위도 없거니와 그동안 별다른 관심을 끌지 못했던 1910년대의 한국어 표기 방법에서 일어난 크고 작은 변동, 한글 맞춤법 표준화에 대한 신문관의 시각을 엿볼 수 있다는 점에서 매우 중요하다. 또한 신문관에서 출판된 일련의 국어학 저술 및 조선광문회의 한국학 정립 사업과 관련해서도 빼놓을 수 없는 자료다. 『시문독본』 초판과 증정 과정을 통해 1910년대의 한국어 문장을 둘러싼 새로운 논점이 포착되기를 기대할 만하다.

초판 이래의 『시문독본』은 〈표 5〉에서 전반적인 출판 사항과 자료 현황을 일람할 수 있다.[7] 비교적 쉽게 확인할 수 있는 6판은 공공 도서관에 소장된 책 외에도 고서점을 통해 유통되는 경우가 종종 눈에 띈다. 일단 〈표 5〉에 따라 『시문독본』이 처음 증정된 1918년 4월 무오판을 가리킬 때에는 '정정판'으로, '정정판'을 포함하여 그 이후의 판까지 포괄할 때에는 '정정 합편'으로 일컫는다. 정정판부터 8판까지는 적어도 내용상의 차이나 별다른 수정 사항이 발견되지 않는다. 그러므로 일차적으로 1916년 초판과 정정 합편의 6판 즉 1922년 임술판을 바탕으로 검토했으며, 필요한 경우에 한해 1918년 정정판을 교합하여 검증했다.

---

6 『시문독본』 초판은 2009년 1월에 서울교육사료관 황동진 학예연구사의 협조를 얻어 검토했다. 『민족문학사연구』 40호(2009.8)에 공개한 일부 원문은 성균관대 임형택 명예교수 소장본을 이용한 것이다. 귀중한 자료를 제공해 주신 임형택 선생께 거듭 감사의 말씀을 올린다.

7 『시문독본』 정정 합편은 여러 대학 도서관의 적극적인 협조와 자료 제공을 통해 직접 열람하거나 세부 정보를 확인했다. 자료를 체계적으로 비교, 검증할 수 있도록 도와주신 여러 담당자 분들께 감사의 뜻을 전한다.

판 구분		부기 사항	발행일자	소장 기관(책 수)	기타
초판	초판	卷一之二 一二合編	1916.1.15	서울교육사료관, 임형택, 한국학중앙연구원 한국학술정보관	30전
정정 합편 (訂正合編)	정정판 (訂正版)	무오판 (戊午版)	1918.4.15	국립중앙도서관, 독립기념관, 서울대, 연세대	75전
	3판	무오 재판 (戊午再版)	1918.11.5	서울교육사료관, 이화여대, 전남대(사본)	1원
	4판	경신 사판 (庚申四版)	1920.7.25	아단문고, 연세대, 이화여대	1원
	5판	신유 오판 (辛酉五版)	1921.6.15	영남대, 이화여대	1원
	6판	임술판 (壬戌版)	1922.5.1	경기대, 경남대, 경희대(3), 계명대, 고려대(4), 국민대, 단국대(2), 독립기념관(2), 동국대, 디지털한글박물관, 박진영(3), 부산대(2), 서강대, 서울대, 세종대, 속초평생교육정보관, 아단문고, 연세대(5), 울산대, 충남대, 한국교육개발원, 한국학중앙연구원 한국학술정보관, 한양대, 호남대	1원 일부 정오표 첨부
	7판	계해판 (癸亥版)	1923.7.10	계명대, 국회도서관, 동국대, 연세대	1원
	8판	임술판 (壬戌版)	1926.10.6	연세대	1원

자료를 제시할 때에는 맞춤법, 외래어 표기, 띄어쓰기, 문장부호를 모두 지금의 어문 규정에 맞게 바로잡았다. 다만 어감의 차이를 드러내는 입말 투나 옛말, 사투리, 의성어와 의태어는 가능한 한 원문대로 따랐다. 또한 한자 혼용 표기로 되어 있는 원문은 편의상 괄호 안에 한자를 병기하는 방식으로 바꾸었다. 귀글의 경우에는 모두 일곱 자, 다섯 자 단위로 음절 수가 맞추어져 있다는 점도 밝혀 둔다. 그 밖에도 명백한 오류가 있을 경우에는 엄격한 고증을 거친 뒤에 올바로 고쳐 두었다.

1)『시문독본』정정 합편

『시문독본』초판이 2권 1책으로 구성된 데에 비해 정정 합편은 4권 1책으로 증정되었다. 편의상 정정 합편에 대해 먼저 살펴보기로 한다. 전 4권으로 구성된 정정 합편의 차례는 〈표 6〉과 〈표 7〉에서 제시했다.『시문독본』의 정정 합편은 일찍이 고려대 아세아문제연구소에서 펴낸『육당 최남선 전집』에 현대어로 옮겨진 바 있다. 또한 2000년대에 영인된『육당 최남선 전집』에는 정정판이 포함되어 있다. 전자는 6판을 따른 것으로 짐작되는데, 오류가 적지 않아 주의가 필요하다. 후자는 서울대 중앙도서관에 소장된 정정판을 이용한 것인데, 광곽(匡郭) 바깥쪽을 모조리 잘라내어 편집한 문제가 있다. 최근에 독본 총서 가운데 하나로 출판된『시문독본』은 6판을 원문대로 복원한 것이어서 좋은 참조가 된다.[8]『시문독본』의 정정 합편 가운데 책의 물리적 특성은 물론이려니와 내용과 체재, 그리고 언어 면에 이르기까지 고루 정비된 것은 1922년에 인출된 6판이다. 정정 합편 가운데 가장 널리 알려져 있는 것도 1922년 6판이다.

『시문독본』은 3판 이후로 정정판의 지형(紙型)을 그대로 이용하여 인출했기 때문에 적어도 내용상으로는 별다른 차이가 눈에 띄지 않는다. 다만 맞춤법이나 표기의 변화에 따라 활자를 교체하여 식자했기 때문에 이중모음, 된소리, 끝소리의 사용에서 차이를 보일 뿐이다. 이 문제를 해결하기 위해 4판부터는 수정 사항을 공지하는 정오표를 첨부하는 방식을 채택하기도 했다. 현재로서는 6판의 일부에만 정오표가 남아 있는 것이 확인된다. 어쨌든 최남선과 신문관이 한글 맞춤법

---

8 『육당 최남선 전집』8, 현암사, 1973;『육당 최남선 전집』14, 역락, 2003; 구자황·문혜윤 편,『시문독본』(근대독본총서 1), 경진문화사, 2009.

〈사진 17〉 『시문독본』 6판

의 표준화에 대해 상당한 주의를 기울였음을 알 수 있다.

정정판의 판권장에는 초판의 발행일자가 기재되지 않았으며, 발행 차수도 표시되지 않았다. 다만 속표지에 '무오판' 및 '정정 합편'이라고 표시되었을 뿐이다. 그러나 3판부터는 판권장에 초판 이래의 발행 기록이 모두 기재되기 시작했다.

다만 8판의 경우에는 판권장에 5판까지의 발행일자 뒤에 1926년 10월 6일에 7판이 발행된 것으로 기재되었으며, 속표지에는 '병인판'이 아니라 '임술판'으로 되어 있다. 이러한 착오는 실제로는 8판에 해당하지만 불가피하게 6판을 다시 인쇄하면서 생긴 문제다. 즉 6판의 판권장에서 발행일자만 고쳐 인쇄하는 과정에서 7판으로 잘못 기록된 것이다. 속표지가 '임술판'으로 되어 있는 점에서 그러하며, 무엇보다 8판의 판권장 뒤에 『조선문전(朝鮮文典)』과 『불쌍한 동무』 4판의 광고가 붙어 있는 점으로 보아서도 의심의 여지가 없다. 이 광고 면은 6판의 광고 면과 동일하며, 7판의 경우에는 『조선문전』과 『불쌍한 동무』 5판의 광고가 붙어 있기 때문이다. 실제로 『시문독본』 8판은 지질과 잉크 상태가 가장 좋지 않은데, 신문관이 인쇄소로서 명맥만 간신히 유지한 시기에 마지막으로 내놓은 장판(藏版)이다.

『시문독본』의 정정 합편은 4권 1책으로 구성되어 있고, 각 권에 서른 편씩 총 백이십 편의 글이 수록되었다. 책마다 조금씩 다르기는 하지만 대개 149×219mm 규격의 판형이며, 머리말과 예언(例言) 각 1면, 차례 4면, 본문 276면으로 구성되었다. 겉표지에는 42×169mm 규격의 제첨(題籤)이 붙어 있고, 제첨에는 '최남선 찬(撰)'이라고 되어 있다. 3판의 경우에는 제첨에도 발행 차수가 기재되었다. 속표지에는 '무오 재판'이나 '경신 사판', '계해판'과 같이 쇄행(刷行) 연도를 명시해 두었다.

본문은 물론 신연활자(新鉛活字)로 인쇄되었으며, 120×175mm 규격의 사주 쌍변(四周雙邊) 광곽을 사용했다. 행관(行款)은 1면 17행, 1행 35자로 되어 있고, 차례만 이 단으로 조판되었을 뿐 본문은 모두 일 단이다. 전문적으로 판단하기는 어렵지만 당대의 여느 단행본 출판물에 비춰 본다면 적어도 6판까지는 장정, 지질, 활자 상태, 인쇄 잉크와 같은 물리적 측면에서 당대의 최고급 수준으로 보아도 무리가 없다.

반면에 편집 체재 면에서는 그다지 색다르거나 혁신적이라 보기 어려운 편이다. 예컨대 운문의 구절을 구분할 때를 제외하고는 띄어쓰기를 적용하지 않았는데, 이는 『청춘』에 실린 논술의 편집 원칙과도 동일하다. 『청춘』은 수필이나 단편소설과 같은 문학적인 글에는 띄어쓰기를 적용하는 한편 이 단으로 분리하여 조판했지만 일반적인 논술의

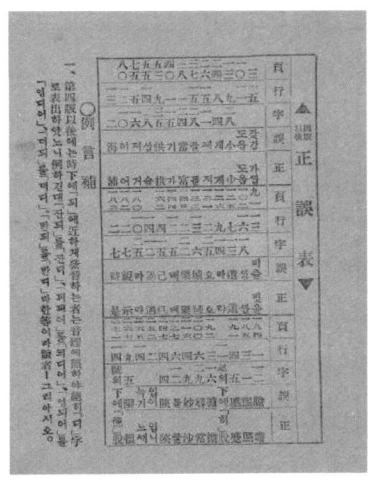

〈사진 18〉 (좌) 『시문독본』 6판 속표지. (우) 『시문독본』 6판 정오표

경우에는 그렇지 않았기 때문이다. 다만 들여쓰기 방식을 통해 단락의 구분만은 엄격하게 드러냈다.

문장부호는 제한적으로만 쉼표와 가운뎃점이 사용되었을 뿐 마침표가 거의 사용되지 않았다. 인용부호 사용은 당대의 관례에 준하며, 그 밖에 물음표, 느낌표, 줄표도 종종 눈에 띈다. 그런가 하면 일부 고유명사에 곁줄 표기나 내주(內註)를 사용하기도 했으나 일관되지는 않은 편이다. 특히 제사 권의 후반부에서는 편집 원칙의 혼란이 보이기도 한다. 예컨대 「사전(史前)의 인류(人類)」와 「서울의 겨울 달」에서는 마침표(˚)가 사용되었고, 앞의 글에서는 방점도 자주 사용되었다. 또한 「사(死)와 영생(永生)」에서는 문장 단위의 띄어쓰기가, 「자기(自己) 표창(表彰)과 문명(文明)」 및 「우리의 세 가지 자랑」에서는 어절 단위의 띄어쓰기가 적용된 점에 주의할 필요가 있다.

앞서 지적했듯이 『시문독본』의 광고는 정정판이 출판되면서부터 시작되었다. 초판으로서는 아직 완결된 형태를 갖추지 못했다고 판단했기 때문일 것이다. 첫 번째 광고는 정정판 출판과 동시에 발행된 『청춘』13호에 실린 일종의 안내문이다. 그에 따르자면 정정판은 500부가 인쇄되었다. 초창기의 『청춘』이 2,000~3,000부, 1918년 7월에 출판된 이광수의 『무정』 초판이 1,000부를 인쇄했다는 점을 감안하면 그리 많은 편은 아니지만 불과 반년여 만에 3판을 찍을 정도로 인기가 높았던 것은 사실이다. 한편 바로 그다음 호인 『청춘』14호에 실린 광고에서는 『시문독본』의 목표와 지향이 선명하게 드러났다.

시문독본(時文讀本) 최남선(崔南善) 씨(氏) 찬(撰)

　문장(文章)과 언론(言論)은 인격(人格)과 포부(抱負)를 직접(直接) 표현(表現)하는 중요(重要)한 기관(機關)이니 그 정조(精粗) 교졸(巧拙)은 소관(所關)이 실(實)로 비경(非輕)한 자(者)이라. 연(然)이나 초학(初學)의 규범(規範)이 될 양서(良書)가 일무(一無)하므로 학자(學者)가 깊이 병(病)을 삼던 바이러니 금(今)에 차서(此書)가 육당(六堂) 최 씨(崔氏)의 수(手)로써 찬출(撰出)되니 실(實)로 적인(適人)의 적자(適者)라 할 것이라. 통편(通編) 일백이십 과(一百二十課)에 장단(長短) 아속(雅俗) 제체(諸體) 시문(時文)을 적의(適宜)히 안배(按排)하여 비근(卑近) 평이(平易)로부터 고상(高尙) 심원(深遠)으로 서상(序上) 점진(漸進)케 한 것이니 학자(學者)가 차(此)에 숙습(熟習) 득공(得功)하면 사상(思想) 표현(表現)과 사물(事物) 기재(記載)의 능력(能力)이 속진(速進) 취장(驟長)하게 될 것이요 더욱 그 재료(材料)는 상식(常識) 증진(增進)과 정신(精神) 수양상(修養上)에 긴절(緊切)한 자(者)를 선택(選擇)하였으니 습문(習文) 이외(以外)의 호개(好箇) 독본(讀本) 됨을 불실(不失)할지니라.

　시험적(試驗的) 출판(出版)이므로 인출(印出)을 겨우 오백 부(五百部)에 한(限)하였으니 유지자(有志者)는 속구(速購)할지니라. (대판(大版), 전 일 책(全一冊), 이백팔십 혈(二百八十頁), 정가(定價) 칠십오 전(七十五錢), 우세(郵稅) 육 전(六錢))[9]

　문장의 지침(文章之指針), 상식의 총수(常識之叢藪), 수양의 과조(修養之科條)

　시하(時下) 청년(靑年)의 가장 고통(苦痛)을 감(感)하는 자(者)는 문장(文章) 연습(練習)의 혜경(蹊徑)이 미색(迷塞)하였음이니 여하(如何)히 사상(思想)을 표현(表現)하며 사물(事物)을 기재(記載)하여야 가(可)할지 준적(準的)과 모범

9　'신문관 출판 시보(時報)', 『청춘』 13호, 신문관, 1918. 4, 35면.

(模範)이 일무(一無)한지라. 당당(堂堂)히 고등(高等) 교육(敎育)을 수료(修了)하고도 일상(日常) 절용(切用)의 간이문(簡易文)조차 구성(構成)치 못하는 자(者)가 비비(比比)함이 어찌 당자(當者)의 죄과(罪過) 뿐이랴. 어시(於是)에 육당(六堂) 최 씨(崔氏)의 차편(此編)이 유(有)하니 재료(材料)를 고금(古今)에 채(採)하고 체제(體制)를 내외(內外)에 찰(察)하여 초학(初學) 입문(入門)으로부터 계급적(階級的)으로 현행(現行)하는 문장(文章) 제체(諸體)에 습숙(習熟)하게 한 것이라. 시문(時文)의 미진(迷津)에 비로소 보벌(寶筏)을 견(見)하였다 할 것이오. 전(全) 사 편(四編) 합(合) 일백이십 과(一百二十課)가 총(總)히 문사(文思)를 조장(助長)하고 사조(詞藻)를 함양(涵養)하는 동시(同時)에 지식(智識)을 증진(增進)하고 수양(修養)에 보익(補益)할 요품(要品)이니 실(實)로 청년자류(靑年者流)의 상시(常時) 피송(披誦)할 호서(好書)니라.**10**

두말할 나위도 없이『시문독본』의 일차적인 목표는 기초적인 문장력 강화다. 양질의 내용과 다양한 수위의 문체를 엄선하여 제시한 것은 그런 이유에서다. 요컨대 글 읽기 훈련을 통해 궁극적으로는 '사상 표현'과 '사물 기재'의 능력을 배양시켜야 한다는 공언이다. 문장 연마는 곧 논리적인 사고와 주체적인 표현력을 기르는 지름길이라는 것, 이를 위해서는 글 읽기의 표준 모형으로 삼을 만한 문장의 전범을 마련하는 일이 절실하다. 요컨대『시문독본』이란 단순히 글의 내용을 익히기 위한 독본이 아니라 구체적인 글쓰기의 매뉴얼이기도 했다.

---

10 '광고',『청춘』14호, 신문관, 1918.6.

六堂 崔南善 撰
（京城黃金町二丁目
振替京城六六四番） 新文館 發行

時文讀本

美裝全壹冊
定價七拾五錢
郵稅六錢

文章之指針
常識之叢藪
修養之科條

時下靑年의가장苦痛을感하는者는文章練習의蹊徑이迷塞하얏슴이니如何히思想을表現하며事物을記載하여야可할지準的模範이一無한지라堂히高等敎育을修了하고도日常切用의簡易文조차構成치못하는者ㅣ比比함이엇지當者의罪過뿐이라於是에六堂崔氏의此編이有하니材料를古今에探하고體制를內外에察하야初學入門으로브터階級的으로現行하는文章諸體에習熟하게한것이라時文의迷津에비로소寶筏을見하얏다할것이오全四編合一百二十課ㅣ總히文思를助長하고詞藻를涵養하는同時에智識을增進하고修養에補益할要品이니實로靑年者流의常時披誦할好書니라

〈사진 19〉『시문독본』 정정 합편 광고

140 책의 탄생과 이야기의 운명

2) 『시문독본』 초판

『시문독본』 초판은 1916년 1월 15일에 출판되었다. 초판의 판형이나 제책 방식은 대체로 정정 합편과 별다르지 않다. 책의 규격은 153×219mm, 광곽은 120×177mm여서 정정 합편과 아주 조금 차이가 날 뿐이다. 겉표지의 제첨에는 정정 합편과 달리 편찬자의 이름이 씌어 있지 않은 대신 '권일지이(卷一之二)'라고 기재되어 있다. 또 속표지에도 '일이 합편(一二合編)'이라고 명시되어 있다. 즉 『시문독본』 초판은 4권 1책의 정정 합편과 달리 제일 권과 제이 권의 합책으로 발행되었다.

초판의 판권장에 '시문독본 제일 책'이라고 명기된 것을 보면 제삼 권과 제사 권으로 편성된 제이 책이 출간되었을 가능성도 전혀 없지는 않다. 그러나 초판과 정정판의 출판 간격이 이 년 삼 개월에 이르는 점, 그 사이에 별다른 광고가 없었고 정정 과정에 대해서도 전혀 언급하지 않은 점을 고려하면 정정판 발행 이전에 제이 책이 따로 나왔다기보다 정정 합편을 펴내면서 초판을 증편 보완하는 형식을 취했다고 보아야 마땅하다.

또한 『시문독본』 초판의 광곽 바깥쪽 좌우측 상단에 붙어 있는 난외제(欄外題)의 경우 제일 권의 1면부터 63면까지는 '읽어리 제일 권'으로 기재한 뒤 그 아래에 각 글의 제목을 붙였다. 그 밖에는 '시문독본 제일 권'이나 '시문독본 제이 권'으로 기재하고 각 글의 제목을 붙였다. '읽어리'는 읽을거리라는 뜻으로 쓴 말인데 『시문독본』이 처음 기획될 때의 가제다. 실제로 제일 권의 본문 첫 면 표제는 '읽어리'로 인쇄했다가 나중에 '시문독본'이라고 쓴 종이를 덧붙여 바로잡았다. 반면 정정 합편의 난외제는 짝수 면에 '시문독본'이라고만 해 두고 홀수 면에는 그 면에서 시작된 글의 제목을 붙이는 방식으로 바뀌었다. 이 점으로 보아

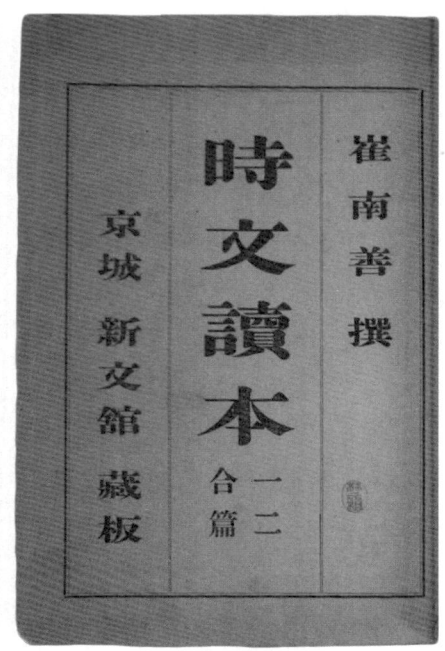

서도 『시문독본』의 초판은 완정(完整)된 형태의 책으로 선보이지 못했음을 알 수 있다.

『시문독본』 초판은 머리말과 예언이 각 1면, 차례 2면, 본문 143면으로 구성되었으며, 제일 권과 제이 권은 각각 서른두 편씩 총 예순네 편의 글로 편성되었다. 정정 합편과 달리 각 권의 면수는 제일 권 70면 및 제이 권 73면으로 각각 달리 매겨졌고, 정정 합편의 제일 권과 제이 권보다는 총 39면이 더 많다. 정정 합편의 경우 한 면의 행수가 17행이지만 초판은 13행에 불과한 데에다가 수록된 글도 총 네 편이나 더 많기 때문이다. 그러나 한 행의 자수는 정정 합편과 똑같이 35자로 조판되었다.

사주 쌍변의 광곽을 사용하고 일단으로 조판된 점도 정정 합편과 마찬가지다. 또 띄어쓰기를 적용하지 않되 단락 구분을 엄격하게 한 점이나 마침표를 전혀 사용하지 않은 것도 차이가 없다. 다만 정정 합편과 달리 광곽 바깥의 위쪽에 두주(頭註)가 붙어 있는 점이 표 나게 다르다. 이때의 두주는 본문에 대한 보충과 해설의 기능으로 활용된 경우도 없지 않으나 대개는 한글 맞춤법과 표기상의 문제, 더 정확하게는 활자의 미비로 인해 불가피하게 빚어진 식자의 잘못을 바로잡기 위해 쓰였다. 두주의 활용에 대해서는 초판의 예언을 통해 분명히 밝혀 두기도 했다.

먼저 초판의 머리말에는 별다른 제목이 붙어 있지 않으며 글 끝에는 최남선이 즐겨 쓴 호 가운데 하나인 '한샘'이라고 명기되었다. 초판의 머리말은 정정 합편에도 그대로 실렸다. 다만 3판부터는 세 번째 단락의 '가뭇 골'이라는 말이 '샐 골'로 바뀌었을 뿐이다. '가뭇 골'이라는 말은 '동트기 전의 감감하고 아득한 골짜기 또는 곳'이라는 뜻으로 짐작되는데, 원문에는 '가웃 골'로 되어 있다. 유독 머리말에 한해 ' 。 ' 부호가 띄어 읽기 용법으로 사용되었지만 여기에서는 보이지 않기로 한다.

아름다운 내 소리, 넉넉한 내 말, 한껏 잘된 내 글씨, 이 올과 날로 나가 된 내 글월, 이로도 굳센 나로다.

버린 것을 주우라. 잃은 것을 찾으라. 가렸거든 헤치라. 막혔거든 트라. 심으라. 북돋우라. 거름 하라. 말로 글로도 나.

나를 세우라. 온갖 일의 샘이니 생각의 나부터 앉히라. 온갖 생각의 흐름이니 글월의 나를 일으키라. 뒤집의 침침을 헤칠 때인저. 가뭇 골의 잠잠을 깨칠 때인저.

낮음부터, 쉬움부터, 작음부터, 꾸준히만, 곧장만, 끝까지 더 나갈지어다. 더 오를지어다. 아름다움, 넉넉, 잘의 나로 온 남을 다 쌀지어다.[11]

1910년대의 최남선은 자신이 번역한 『불쌍한 동무』(1912), 이광수 번역의 『검둥의 설움』(1913), 박현환 번역의 『해당화』(1918), 그리고 이광수의 『무정』(1918)을 펴낼 때에도 매우 인상적인 머리말을 남긴 바 있다. 그 가운데에서도 이처럼 시적인 문장은 이를테면 『무정』에 붙인 머리말의 문장을 떠올림 직하다. 최남선 특유의 문장 솜씨를 엿볼 수 있다는 점에서 눈여겨볼 만하며, 또한 본문과 달리 순 우리말과 순 한글로만 짠 문장을 구사한 점도 눈에 띄는 대목이다.

예언(例言)

일(一). 이 책은 우리글을 배우는 이의 첫걸음이 되게 하려 하여 옛것, 새것을 모기도 하고 짓기도 하여 적당(適當)한 줄 생각하는 방식(方式)으로 편차(編次)함.

일(一). 옛글과 남의 글은 이 책 목적(目的)에 맞도록 줄이고 고쳐 반드시 원문(原文)에 거리끼지 아니함.

일(一). 문체(文體)는 아무쪼록 변화(變化) 있기를 힘썼으나 아직 널리 제가(諸家)를 채방(採訪)할 거리가 적으므로 단조(單調)에 빠진 혐(嫌)이 없지 아니함.

일(一). 이 책의 문체(文體)는 과도(過渡) 시기(時期)의 일(一) 방편(方便)으로 생각하는 바이니 무론(毋論) 완정(完定)하자는 뜻이 아니라 아직 동안 우리글에 대(對)하여 얼마큼 암시(暗示)를 주면 이 책의 기망(期望)을 달(達)함이라.

일(一). 이 책의 용어(用語)는 좌(左)의 예(例)로써 준(準)함.

(ㄱ) 시속(時俗)에 알아볼 만한 범위(範圍) 안에서 될 수 있는 대로 법(法)에 맞추어 표준어(標準語)를 정(定)하되 연발음(連發音)과 합음(合音)에 말의 몸과 토가 섞인 것은 보는 이의 짐작에 맡김('고데(곤에)'의 '곧'은 몸, '에'는 토로 보고 '와(오아)'의 '오'는 몸, 'ㅏ'는 토로 봄).

11   최남선, 『시문독본』(초판), 신문관, 1916.

(ㄴ) 시속(時俗)에 알아보게 하려고 부득이(不得已) 법(法)에 맞추어 쓰지 못한 것은 그 두주(頭註)에 바로잡되 '된시옷'을 짝소리로 고칠 것과 '앗, 갯'의 시옷 둘 받침 할 것은 주자(鑄字) 관계(關係)로 아직 바로잡지 못함('잇고'의 '잇'은 '있'으로, '업다'의 '업'은 '없'으로 두주(頭註)에 바로잡고 'ㅼ, ㅳ, ㅽ, ㅉ'는 'ㄲ, ㄸ, ㅃ, ㅉ'로, '앗, 갯'은 '았, 갰'으로 바로잡지 못함).

(ㄷ) 변격(變格)으로 된 말이라도 거기에 또 일정(一定)한 법(法)이 있는 말은 아직 그대로 둠('르' 끝진 형용사(形容詞)나 동사(動詞)가 '아, 야……' 줄 토 위에서 'ㅡ'가 'ㄹ'로 바뀌는 것과 'ㅡ' 끝진 형용사(形容詞)나 동사(動詞)가 '아, 야……' 줄 토 위에서 'ㅡ' 소리를 내지 아니하는 것 따위).[12]

초판의 예언 역시 정정 합편에서 대체로 유지되었으나 첫 번째 항목의 첫 대목 "이 책은 우리글을 배우는 이의 첫걸음이 되게 하려 하여"라는 구절이 "이 책은 시문(時文)을 배우는 이의 계제(階梯) 되게 하려 하여"로 고쳐졌다. 또한 표기와 맞춤법에 대해 설명하고 있는 다섯 번째 항목은 정정 합편의 정정판부터 통째로 "일(一). 이 책의 용어(用語)는 통속(通俗)을 위주(爲主) 하였으니 학과(學課)에 쓰게 되는 경우(境遇)에는 사수(師授) 되는 이가 마땅히 자례(字例), 구법(句法)에 합리(合理)한 정정(訂正)을 더할 필요(必要)가 있을 것"으로 바뀌었다.

초판의 맞춤법과 표기 통일 문제가 실제로 정정판 이후에 말끔히 해결된 것은 아니었지만 굳이 두주를 사용하여 일일이 밝히기는 사실상 곤란했다. 예컨대 된소리와 끝소리 표기 문제는 일차적으로 신문관의

---

12 최남선, 『시문독본』(초판), 신문관, 1916.

활자 미비에서 빚어진 문제였고 이중모음 표기 문제도 쉽게 해결되기
는 했다. 그러나 형태소 분리 표기의 원칙만 하더라도 훨씬 더 근본적
인 문제였기 때문에 쉽게 합의를 이루지 못했고 일관성 있게 관철되기
도 어려웠다.

어쨌든 초판의 예언이나 4판 이후에 적용되는 것으로 명시하여 첨부
된 정오표만 훑어보더라도 최남선이 한글 맞춤법과 표기 통일 문제에
대단히 의식적인 노력을 경주하고 있었다는 사실만은 틀림없다. 이러
한 면모는 비단 『시문독본』에만 한정된 것이 아니라 신문관의 모든 출
판물을 관통한 정신이기도 하다. 예컨대 신문관에서 발행된 첫 번째 출
판물 『경부철도 노래』에서도 정오표를 첨부할 정도였다. 근대 한국학
을 성립시키려는 신문관과 조선광문회의 원대한 기획 속에 이를테면
주시경이나 김두봉의 국어학 저술, 그리고 한국어 사전 편찬 계획이 포
함되어 있었다는 점을 감안한다면 그리 놀랄 만한 일은 아닐 터다.

3. 정정 과정에서 탈락되거나 추가된 자료

『시문독본』 초판의 차례에는 일부의 제목 뒤에 '귀글'이나 '말글', '편
지' 등과 같이 글의 갈래가 괄호 안에 표시되어 있다. 귀글 다섯 편, 말
글 네 편, 편지 두 편으로 모두 열한 편의 글이 그러하다. 그런데 이 가
운데 제일 권의 세 번째 글 「어버이께 사룀(편지)」의 경우에만 실제로
본문에서 「어버이께(편지 투)」라는 제목으로 괄호 안에 갈래를 드러내
보였을 뿐 나머지 열 편의 글의 경우 정작 본문에서는 아무런 표시가

제일 권	제이 권
1. 입지(立志)	1. 첫봄(귀글)
2. 공부의 바다(귀글)	2. 백두산(白頭山) 등척(登陟)
3. 어버이께 사룀(편지) [어버이께(편지 투)]	3. 힘을 오로지 함(말글)
4. 천 리 춘색(千里春色) (一)	4. 이의립(李義立)
5. 천 리 춘색(千里春色) (二)	5. 개미 나라
6. 천 리 춘색(千里春色) (三)	6. 선(善)한 습관(習慣)
7. 나비 놀이(귀글)	7. 잔디밭(귀글)
8. 제비	8. 남의 장단(長短)
9. 시조(時調) 이 수(二首)	9. 만폭동(滿瀑洞)
10. 염결(廉潔)	10. 지정(至情)
11. 구름이 가나 달이 가나	11. 덕량(德量)
12. 생활(生活)	12. 상진(尙震)
13. 사회(社會)의 조직(組織)	13. 볼기 백 개(百介)짜리 가자미
14. 서고청(徐孤靑)	14. 내 소와 개 (一)
15. 귀성(歸省)	15. 내 소와 개 (二)
16. 방패(防牌)의 반면(半面)	16. 활발(活潑)
17. 만물초(萬物草)	17. 서경덕(徐敬德)
18. 수욕(水浴)	18. 상해(上海)서
19. 속담(俗談)	19. 시조(時調) 이 수(二首)
20. 날램(말글)	20. 패러데이
21. 콜롬보	21. 사자(獅子)
22. 구습(舊習)을 혁거(革去)하라	22. 가을 메(귀글)
23. 참마항(斬馬巷)	23. 화계(華溪)에서 해 떠오름을 봄
24. 구인(蚯蚓)	24. 김단원(金檀園)
25. 박연(朴淵)	25. 오대산(五臺山) 등척(登陟) (一)
26. 콜롬보의 알	26. 오대산(五臺山) 등척(登陟) (二)
27. 시간(時間)의 엄수(嚴守)	27. 때를 아낌(말글)
28. 정몽란(鄭夢蘭)	28. 딱정벌레의 힘을 입음
29. 이야기 네 마디	29. 마르코니
30. 검 도령	30. 우어(寓語) 오 칙(五則)
31. 일본(日本)에서 제(弟)에게(편지)	31. 물의 가는 바
32. 고지식(말글)	32. 엮음(編)

뒤따르지 않았다. 어쨌든 차례에 기재된 이 표시는 정정 합편에서 모두 사라졌다.

몇 가지 소소한 차이와 간단한 수정 사항을 뺀다면 전체적으로 각 권 서른두 편의 글로 이루어졌던 초판의 체재가 정정 합편에서는 각 권 서른 편으로 조정되었으며 수록 순서도 큰 변화는 없다. 제일 권의 경우

「어버이께(편지 투)」와 「나비 놀이」, 「고지식」의 세 편이 빠지고 「상용
(常用)하는 격언(格言)」 한 편이 추가되었다. 그 밖에 「날램」이 「용기(勇
氣)」로 제목만 바뀌었으며, 「이야기 네 마디」가 「이야기 세 마디」로 조
금 축소되었다. 제이 권의 경우 「지정(至情)」과 「볼기 백 개(百介)짜리 가
자미」, 「엮음(編)」의 세 편이 빠진 대신 「강남덕(江南德)의 모(母)」가 추가
되었다. 그 밖에 「사지(獅子)」가 「주지(獅子)」로 제목만 바뀌었을 뿐이
다. '사지'와 '주지'는 모두 '사자(獅子)'의 사투리다.

『시문독본』 초판 전 2권의 차례는 〈표 8〉에서 제시했다. 증정 과정
에서 글 전체가 탈락된 경우, 제목만 바뀌거나 내용 일부에 변화가 있
는 경우에는 굵은 글꼴로 강조해 두었다. 또 괄호 안에 부기된 글의 갈
래 표시도 굵은 글꼴로 처리했다. 제이 권의 「가을 메(귀글)」는 원문 제
목이 평안도 사투리인 「가을 뫼(귀글)」로 되어 있는데, 초판에는 악보
가 함께 수록되었다가 증정 과정에서 제거되었다.

1) 초판에서 탈락된 자료

(1) 제일 권 「3. 어버이께(편지 투)」

아바님께 사룀.

그제 개학(開學)하여 어제 상학(上學)하였나이다. 저와 함께 신입생(新入生)
이 일백사오십 명(一百四五十名)가량 되오며 모두 다 제 나쎄 되는 올망졸망한
아이들이로소이다. 새 제복(制服)에 새 모장(帽章)에 처음 고등학교(高等學校)
불룩한 책보를 끼고 나서니 행인(行人)이 다 나를 칭찬(稱讚)하는 듯하더이다.
교사(校舍)는 작년(昨年)에 신성조(新成造)하였다는데 선양(鮮洋)을 절충(折
衷)한 이 층(二層) 목제(木製)이오며 저의 교실(敎室)은 남향(南向) 방인 데다가

위치(位置)가 높아 장안(長安) 시가(市街)가 일모(一眸)에 보이오며 볕이 잘 드나이다. 칠판(漆板)이며 책상(冊床) 걸상(床)이 모두 새롭고 깨끗하오며 운동장(運動場)에는 철봉(鐵棒), 목마(木馬), 유동(流動) 원목(圓木), 그네 같은 운동(運動) 기구(器具)도 가지각색(各色)이요 공부(工夫) 시간(時間) 틈틈에는 공치기나 공차기나 저의 마음대로 재미있게 노나이다.

여러 선생(先生)님네도 매우 다정(多情)하사 책보 싸기, 앉음앉이, 심지어 구두끈 매기까지 가르쳐 주시오며 상급생(上級生)들도 저희를 친동생(親同生)같이 사랑하여 주나이다. 저는 가정(家庭)에 있는 듯하나이다. 오늘은 공일(空日)이라 김 모(金某)를 따라서 서울 구경을 하고 지금(只今) 사관(私館)에 돌아와 저녁을 먹었나이다. 가로세로 뚫린 넓은 길에는 전차(電車), 마차(馬車), 인력거(人力車), 자행거(自行車), 자동차(自動車), 어수선스럽게도 달아 다니오며 걷는 행인(行人)도 모두 다 큰 변(變)이나 난 듯이 뒤도 아니 돌아보고 오고 가나이다. 참말 눈이 빙빙 돌아가는 광경(光景)이로소이다. 길 좌우(左右) 옆으로는 이삼 층(二三層) 고루거각(高樓巨閣)이 빗살같이 늘어서고 그 큰 유리창(琉璃窓) 안에는 각색(各色) 물화(物貨)가 산(山)같이 쌓이고 여기저기 뾰족뾰족한 예수교 회당(會堂)에서는 신도(信徒) 오라는 종(鐘)을 치나이다.

이 밖에도 쓸쓸한 경복궁(景福宮) 대궐(大闕)이며 통 안 박물관(博物館) 동식물원(動植物園)에서 고문명(古文明)의 굉장(宏壯)하던 자취와 한온열(寒溫熱) 삼대(三帶)의 각색(各色) 동식물(動植物)의 이상한 생김과 소리와 생활(生活) 상태(狀態)를 보고 인사계(人事界)며 자연계(自然界)의 여러 가지 앎을 얻었나이다.

종일(終日) 눈이 휭 하여 구경으로 배를 채우고 돌아오니 몸이 고단하오이다. 더 자세(仔細)한 말씀은 종차(從此) 사뢰기로 하옵고.

양당(兩堂) 기체후(氣體候) 내내 안녕(安寧)하시기만 비나이다.

연(年)　월(月)　일(日) 어린 아들 살이

(2) 제일 권 「7. 나비 놀이」

봄이 한창이로다 이 철 임자의
버들 위의 꾀꼬리 숲 사이의 꽃
갖은 향(香)내 차리고 바람을 보내
손으로 나비 불러 잔치 베푸세

온 처로서 선물이 하고많도다
따뜻할사 날씨는 해게서 오고
조리졸졸 노래는 샘이 내고
바람은 나무 시켜 춤을 취노나

먼저 온 임금 나비 봄에 취(醉)하여
흥(興)에 겨워 큰 날개 한껏 펴고서
위로 번듯 윗바람 아래로 번듯
아랫바람 치면서 춤을 추는데

하나둘씩 서너씩 깃을 맞잇고
예 저기서 온 나비 다 모여든다
무서울사 범나비 앞장을 서고
혼란한 얼룩 나비 뒤따랐구나

깨끗할사 흰나비 눈이 부시고
산뜻하다 발강이 정신 나는데
밤중같이 칙칙한 까막 나비요
동트듯 고울시고 분홍(粉紅) 나비라

귀엽구나 노랑이 보라 뿌야기
퍼렁이 자지 검양 주황(朱黃) 연두 남(藍)
사이사이 끼어서 어리숭덜숭
꽃이 더욱 고우냐 나비 더하냐

그늘 가장 으늑고 틈 가장 넓고
꽃 가장 많이 피고 내 가장 좋은
이 마당을 만나매 어울러져서
철 가는 줄 모르고 번득이며 춤

모래밭의 돌비늘 반작거리듯
볕 쪼인 그 날개야 아롱도 하지
가을날에 가랑잎 나부끼듯이
바람에 챈 그 몸의 간들거림

내 수염(鬚髥) 네 수염(鬚髥)을 엇걸어 놓고
이리 한 번 돌자 후르르르를
네 다리 내 다리를 마주 꼬아서
저리 한 번 뛰자 푸드드드득

꽃아 너는 방긋이 웃기만 해라
이 뺨 저 뺨 대고서 입 맞춰 주고
새야 너는 꾀꼬롱 울기만 해라
그 가락을 맞춰서 춤추어 준다

―『붉은 저고리』

(3) 제일 권(초판)「29. 이야기 네 마디」

잃은 돈 찾는 법

어떤 소경이 남모르게 돈 천 냥(千兩)을 뒤뜰에 파묻었더니 이웃집 악소(惡少)가 알고 어둔 밤에 파 갔더라. 그 뒤에 소경이 돈 쓸 일이 있어 본즉 돈이 없거늘 벌써 옆집 악소(惡少)의 소위(所爲)인 줄을 아나 어찌하면 도로 찾아올까 하여 여러 가지로 궁리한 뒤에 한 의사를 내어 어느 날은 소경이 그놈에게로 가서 이 말 저 말 끝에 자기(自己)가 돈 이천 냥(二千兩)을 가졌는데 그중(中)에 천 냥(千兩)은 땅속에 튼튼히 파고 묻은 말을 가만히 이야기하고 또 그 나머지 돈 천 냥(千兩)도 장차 그곳에 함께 묻어 두겠다는 뜻을 보이었더니 그 작자는 뭣도 모르고 "그것참, 좋소. 큰돈을 간수(看守)하기는 파묻어 두는 것이 제일(第一)입니다" 하더라. 소경이 돌아간 뒤에 그 작자가 소경의 집으로 가서 집어 왔던 돈을 도로 파묻고 오니 대개 돈 천 냥(千兩)을 또 묻거든 마저 집어 오자는 요량이나 그러나 백주에 헛노릇이 되었더라. 소경이 곧 전일(前日) 파묻었던 곳을 파고 옆집 놈이 도로 갖다 묻은 돈 천 냥(千兩)을 꺼내면서 하는 말이 "눈먼 놈도 가다가 눈뜬 이보다 일을 잘 보지"

농부(農夫)와 변호사(辯護士)

한 농부(農夫)가 변호사(辯護士)를 가 보고 하는 말이 "오늘 아침에 내 소가 댁 소를 받아 죽였으니 그러한 가엾을 데가 있소. 어찌하면 좋겠소" 변호사(辯護士) "그야 다시 두말할 것 있소. 댁 소가 내 소를 죽였으니 죽은 소 대신 그와 같은 소를 당장 물어 놓으시오" 농부(農夫) "그 이를 말씀이오. 아차, 그러나 내가 잠깐 잊었소. 내 소가 댁 소를 받은 것이 아니라 댁 소가 내 소를 받아 죽였으니 어찌하나요" 변호사(辯護士)가 기침을 하면서 "그야 사실(査實)하여 보아야 알 일이지요" 농부(農夫) "여보, 댁 소가 죽었다 할 때에는 사실(査實)도 없이 물어 놓으라 합디다그려. 두말 말고 물어 놓으시오" 하니 변호사(辯護士)가 아무 말도 못 하더라.

범이 무서워

한 촌(村)사람이 송아지 한 마리를 잃고 사면(四面) 찾되 없거늘 산신(山神)께 빌되 송아지 훔쳐 간 도적놈만 찾게 하면 돼지 한 마리로 고사 지내마 하였더니 몇 걸음 가지 아니하여 본즉 큰 범이 그 송아지를 방장 먹고 앉았거늘 촌(村)사람이 혼(魂)이 나서 다시 빌되 "산신(山神)님, 아까 송아지 도적놈을 찾게 하시면 돼지 한 마리를 드리마 하였으나 지금은 그 도적놈이 눈에 뜨이지만 않게 하시면 황소 한 마리를 드리오리다" 하더라.

삼부자(三父子)의 의견

아우 "형님, 내년(來年)에는 정월(正月)과 이월(二月)에 어느 달이 먼저 돌아오겠소" 형 "내년(來年) 일을 지금부터 어찌 안단 말이냐" 그 부친이 옆에 있다가 하는 말이 "옳지, 네 말이 옳다. 내년(來年) 일을 알면 명인(明人)이게. 형이라 다르다."

—『이야기 주머니』

(4) 제일 권 「32. 고지식」

곧게 뚫린 길은 걷는 이가 많으니 가기가 빠름이요 곧게 자란 나무는 쓰는 데가 많으니 마름질하기가 좋음이외다. 사람도 이와 같아서 고지식한 사람은 아무든지 사랑하나니 마음이 고지식하면 일이 미더운 까닭이외다.

있는 것을 있다 하고 없는 것을 없다 함이 고지식이외다. 아는 것을 안다 하고 모르는 것을 모른다 함이 고지식이외다. 한 것을 하였다 하고 아니 한 것을 아니 하였다 함이 고지식이외다. 가리지 아니하며 덮지 아니하며 꾸미지 아니하며 짓지 아니하며 속이지 아니하며 거짓 하지 아니함이 고지식이외다.

바른대로 가는 이가 고지식한 사람이니 고지식한 행실(行實)에는 기림이 따르며 바른대로 하는 것이 고지식한 일이니 고지식한 일에는 안심(安心)이 따릅니다.

거죽은 속의 드러남이니 일은 곧 속마음이 밖으로 나타남이외다. 그러하므로 사람이 겉으로 고지식한 일을 하고자 하면 먼저 속으로 곧은 마음을 길러야 합니다.

김시택(金時澤)이란 어른은 송도(松都)의 이름난 선비신데 계시는 방에 늘 노끈 한 오리를 달아 놓고 무시(無時)로 보시었습니다. 누가 묻기를 선생(先生)께서 노끈 보시는 의사가 무엇이오니까 하였더니 선생(先生)이 대답(對答)하시되 세상(世上) 이치가 원래(元來) 빳빳하기 이 노끈과 같으니 나는 일하기를 다만 이 노끈에 부끄럽지 않게 하려 한다 하시었습니다. 아무든지 마음 닦기를 이만큼이나 하지 아니하면 한마디 말 한 가지 일이 한결같이 고지식하기 어렵습니다.

다른 일에는 곧잘 고지식하던 사람도 제 몸에 이(利)롭고 해(害)로운 상관(相關)이 있는 일에는 그렇지 아니하며 그저 때에는 곧잘 고지식하던 사람도 좀 이상(異常)한 마당에 가서는 그렇지 못한 사람이 있습니다. 그러나 때를 따라 지키는 바를 고치고 일을 따라 마음먹기를 달리함은 참뜻이 튼튼치 못하고 행실(行實)이 변변치 못한 사람의 일이외다.

옳은 것은 언제든지 옳아야 하며 그른 것은 언제든지 글러야 하며 그러한 것은 아무 데든지 그러하다 하여야 하며 그러하지 아니한 것은 아무 데든지 그러하지 않다 하여야 합니다. 내가 이(利)로워도 아니 한 것을 하였다 할 수 없으며 내가 해(害)로워도 한 것을 아니 하였다 할 수 없습니다.

좋으나 언짢으나 고지식하여야 합니다. 잘하나 못하나 고지식하여야 합니다. 꾸밈으로 기림을 듣느니보다 고지식으로 나무람을 들을 것이외다. 꾸미어서 남의 눈을 기이느니보다 고지식으로 내 흉을 드러낼 것이외다. 참 영화(榮華)와 참 안심(安心)은 오직 고지식이 주는 것임을 생각건대 아무 때 아무 일에고 어찌 한결같이 고지식을 지키지 아니하오리까. 고지식할 것이외다. 그리하여 온 일에 미더움은 곧 온 사람에게 귀염 받을 까닭이니 우리는 참 아무 데서고 고지식할 것이외다.

―『붉은 저고리』

(5) 제이 권 「10. 지정(至情)」

옛날 후한(後漢) 적에 곽임종(郭林宗)이란 사람이 있었더라. 일찍 수하(樹下)에서 쉬더니 한 사람이 그 앞으로 지나다가 등에 졌던 옹기(甕器)가 땅에 떨어져 깨어진 것을 돌아보지도 아니하고 가거늘 임종(林宗)이 괴이(怪異)하게 여겨 불러서 그 연고를 물은 데 "떨어져 깨어진 것은 보지 않아도 알았으며 돌아볼지라도 쓸데가 없기로 그대로 가노라"고 대답하는지라. 임종(林宗)이 상인(常人)과 다름을 살피고 그를 추거(推擧)하였더니 뒤에 과연 저명(著名)한 인물(人物)이 되었더라.

이 이야기는 사람이 흔히 아는 것이거니와 변변치 아니한 옹기(甕器)니 깨어져도 아까울 것 없을 것이라 돌아보지 아니하여도 괜찮겠지마는 만일 귀중(貴重)한 물품(物品)일진대 무익(無益)할 줄 알면서도 그 손상(損傷)한 곳을 돌아봄이 인정(人情)의 떳떳이라. 이런 일은 영웅호걸(英雄豪傑)에도 흔한 것이니 임종(林宗)의 감식(鑑識)은 도리어 인정(人情)에 배반(背反)한다 할 만하도다. 나폴레옹 같은 이에게 그 일례(一例)가 있나니라.

서력(西曆) 1813년(一八一三年)의 바우첸[두주―바우첸은 중부(中部) 도이치의 일(一) 지방(地方)이니 나폴레옹이 프러시아, 러시아, 스웨덴의 군(軍)을 파(破)한 곳이라.] 전(戰)은 비상(非常)한 격전(激戰)이니 총검(銃劍) 격전(激戰)을 행(行)하여 간신(艱辛)히 프랑스 인(人)이 승첩(勝捷)을 얻도록 간 고투(苦鬪)러라. 이 싸움에 나폴레옹이 고굉(股肱)으로 신뢰(信賴)하는 대장(大將) 듀로가 적군(敵軍)의 포탄(砲彈)을 맞고 불기(不起)의 중상(重傷)을 받아 붕대소(繃帶所)로 떠메어 갔더라. 싸움이 그친 뒤에 나폴레옹이 말을 달려 적(敵)의 포열(砲列) 진지(陣地)에 다다라 말에게서 내려서 혼자 보리밭 속으로 빠져나가 듀로를 넘어뜨린 포탄(砲彈) 발사(發射)하던 처소(處所)를 배회(徘徊)하여 이윽히 통한(痛恨)하는 빛으로 그 자리를 들여다보고 한참 동안이나 능(能)히 떠나지 못하였다더라.

이편 장수(將帥)가 죽은 뒤에 적포(敵砲) 놓았던 땅을 가 보기로 무슨 유익이 있으리오. 이 명장(名將)의 지(智)로써 어찌 이를 모를까마는 그 친애(親愛)하는 장수(將帥)를 잃은 통한(痛恨)이 그를 시켜 무익(無益)한 일까지 하는 줄 모르게 하게 함이니 이것이 참사람의 지정(至情)일지로다. 일사(一事)로써 족(足)히 그가 그 장졸(將卒)을 어떻게 존중(尊重)하였는지 그 애석(愛惜)한 생각이 어떻게 간절(懇切)하였는지를 볼 것이리라. 그 장졸(將卒)이 그에게 깊이 심복(心腹)하였음은 대개 이렇듯 한 진정(眞情)의 밖으로 나타남이 많음에도 말미암았을지니라.

(6) 제이 권 「13. 볼기 백 개(百介)짜리 가자미」

이탈리아의 한 귀족(貴族)이 혼인(婚姻) 잔치를 성대(盛大)히 차리노라고 온 집안이 복작복작하는데 그날 공교히 해상(海上)에 풍랑(風浪)이 심(甚)하여 생선(生鮮)을 얻지 못하는 것이 큰 흠절(欠節)이 되었더라. 아침 늦은 뒤에 한 가난해 빠진 어부(漁父)가 커단 가자미를 짊어지고 문전(門前)으로 지나거늘 하인(下人)이 보고 크게 기꺼하여 상전 앞으로 달아 나갔더라. "값이 얼마뇨" 한대 어부(漁父)가 "저의 볼기에 매 백 개(百介)를 때려 주소서" 하거늘 "실없는 말 말고 바삐 값을 말하라"고 재촉하여도 어부(漁父)가 여전(如前)히 전언(前言)을 되풀이하는지라. 주인(主人)이 "야릇한 말 하는 손을 보겠도다. 그러나 그 생선(生鮮)은 부득불(不得不) 사야 할 것이니 명색(名色)으로 볼기를 좀 치라" 하여 가벼이 때렸더니 오십 개(五十介)쯤 맞고는 그 어부(漁父)가 주인(主人)에게 향하여 "저의 동무가 있으니 나 혼자 이익(利益)을 독점(獨占)할 수 없습니다" 하거늘 "너 같은 미친 사람이 또 있단 말이냐. 이름은 무엇이며 사는 데는 어디뇨" 어부(漁父)가 천연히 대답하되 "예, 멀지도 아니하옵니다. 댁 문(門) 안에 사는 문직(門直)이가 저의 동무외다. 제가 처음 댁에 들어오려 할 적에 문직(門直)이가 이익(利益)의 반(半)을 주지 아니하면 들이지 않겠다 하였삽기로 제가 이제 그 약속(約束)을 지키지 아니할 수 없습니다" 하더라. 이에 주인(主人)이 문직(門直)이를 불러들여 매를 되우 때려 내쫓고 어부(漁父)에게는 음식(飮食)을 잘 먹이고 상급(賞給)까지 후(厚)히 주어 보냈다더라.

(7) 제이 권(초판) 「22. 가을 메」

〈사진 21〉 「22. 가을 메」(『시문독본』 초판 제이 권, 52면)

때 만난 신나무는 우거져 붉고
서리 물든 고욤 잎 한창 누르다
새 옷 입어 기꺼운 가을 메 웃음
엉클어진 숲 새에 샘이 졸졸

버들은 뼈만 남아 깊은 잠 들고
골에는 풍악 치던 물이 없구나
옛 풀 죽어 서러운 가을 메 한숨
앙상한 가지 끝에 바람이 슬슬

(8) 제이 권 「32. 엮음(編)」

남아(男兒)의 소년(少年) 신세(身勢)가 하올 일이 하고하다. 글 읽기, 검술(劍術)하기, 활쏘기, 말 달리기, 사방(四方) 호걸(豪傑) 결교(結交)하기, 제산(梯山)

항해(航海) 수탐(搜探)하기, 모위(冒危) 경난(經難) 열력(閱歷)하기오로다. 호기(豪氣)로다. 늙게야 강산(江山)에 물러 밭 갈기, 논매기, 고기 기르기, 나무 심기, 거문고 타기, 바둑 두기, 지수(智水) 인산(仁山) 요유(邀遊)하기. 입신(立身) 행도(行道) 후(後)야 이신(怡神) 양성(養性)이 어느 그지 있으랴.

2) 정정 합편에 추가된 자료

(9) 제일 권「6. 상용(常用)하는 격언(格言)」[13]

○ 저의 하고자 하는 바를 남에게 베풀라. ―그리스도

○ 하늘이 스스로 돕는 이를 도우시나니라. ―언(諺)

○ 희망(希望) 없는 이에게는 멸망(滅亡)이 있나니라. ―언(諺)

○ 스스로 어리석은 줄을 아는 어리석은 이는 슬기로운 이로 더불어 상거(相去)가 멀지 아니하니라. ―셀커크

○ 오늘 할 수 있는 일을 내일(來日)로 미루지 말라. ―프랭클린

○ 광음(光陰)이 금전(金錢)이라. ―언(諺)

○ 실사(實事)가 소설(小說)보다 재미있는 일 있나니라. ―에머슨

○ 습관(習慣)은 제이(第二)의 천성(天性)이라. ―언(諺)

○ 민성(民聲)이 천성(天聲)이니라. ―언(諺)

○ 광명(光明) 많은 곳에 음영(陰影)이 많으니라. ―괴테

○ 필요(必要)가 발명(發明)의 어미라. ―언(諺)

○ 네 생애(生涯)의 하루가 네 역사(歷史)의 한 장 한 장이니라. ―아라비아 언(諺)

---

13 인용 출처는 실제로는 작은 활자로 되어 있는데 편의상 긴 줄표를 삽입하여 대신한다.

○ 명예(名譽)는 책임(責任)을 가져오나니라. ―로마 언(諺)

○ 약조(約條)는 느리게 하고 이행(履行)은 재빨리 하라. ―언(諺)

○ 용사(勇士)는 일생(一生)에 꼭 한 번 사(死)를[결 주―죽음을] 아나니라. ―격언(格言)

○ 변사(辯士)는 만들어지지마는 시인(詩人)은 천성(天性)이니라. ―로마 언(諺)

○ 좋은 말 함도 좋지마는 좋은 일 함이 더 좋으니라. ―격언(格言)

○ '로마'가 하루에 된 것 아니라. ―언(諺)

○ 웃음은 사랑 나라의 말이라. ―헤야

(10) 제이 권 「30. 강남덕(江南德)의 모(母)」

강남덕(江南德)의 모(母)는 경강(京江) 고공(篙工) 황봉(黃鳳)의 처(妻)이라. 봉(鳳)이 마포(麻浦)에 거(居)하여 해가(海賈)로 업(業)을 삼더니 광해(光海) 중(中)에 일찍 원항(遠航)에 출(出)하였다가 구풍(颶風)을 우(遇)하여 반(返)치 아니하거늘 처(妻)가 엄사(淹死)한 줄 알고 소(素)를 의(衣)하고 상(喪)을 행(行)하여 삼 년(三年)의 복(服)을 결(闋)하고 과거(寡居)한 지 누년(屢年)이러라. 일일(一日)은 명국(明國)으로서 환(還)한 자(者)가 유(有)하여 봉(鳳)의 서(書)를 전(傳)하니 언(言)하였으되 표풍(漂風)하여 명(明)의 절강(浙江) 모(某) 지(地)에 저(抵)하여 민가(民家) 고고(雇僱)가 되어 과활(過活)한다 하였거늘 그 처(妻)가 서(書)를 득(得)하고 오읍(嗚泣) 비호(悲號)하여 왈(曰) 이적까지 양인(良人)이 어복(魚腹)에 장(葬)한 줄만 여겼더니 금(今)에 문(聞)하니 오히려 구명(軀命)을 보(保)하여 이역(異域)에 거(居)한다 하니 오(吾)가 표(瓢)를 지(持)하고 행걸(行乞)하여 비록 도방(道傍)에 강사(僵死)할지라도 기어(期於)이 왕방(往訪)하리라 한대 종당(宗黨)이 만지(挽止)하여 왈(曰) 아국(我國)과 명(明國) 간(間)에는 강계(疆界)의 한(限)과 관문(關門)의 금(禁)이 유(有)하여 이언(異言) 이복(異服)의 인(人)이 피차(彼此) 범월(犯越)치 못하거든 하물며 일(一) 부인(婦人)의 신(身)

으로 산하(山河) 만 리(萬里)에 표박(漂泊) 주행(走行)하여 어찌 신지(信地)에 달(達)함을 망(望)하리오, 한갓 노방(路傍)의 해(骸)를 작(作)하고 이(已)하리니 왕(往)치 않음과 같지 못하리라 하되 그 처(妻)가 청(聽)치 아니하고 단신(單身)으로 도(途)에 등(登)하여 압록강(鴨綠江)을 잠도(潛渡)하여 요(遼)로부터 연(燕)으로 입(入)하고 북(北)으로부터 남(南)으로 전(轉)하여 촌촌(寸寸)히 전진(前進)할새 행각승(行脚僧)을 분장(扮裝)하고 촌시(村市)에 걸식(乞食)하면서 세여(歲餘)에 강남(江南)에 저달(抵達)하여 서중(書中)에 지시(指示)한 데로 하여 과연 봉(鳳)으로 더불어 상우(相遇)하였더라. 주가(主家)가 차(此)를 문(聞)하고 경탄(驚嘆)하여 왈(曰) 차(此)는 오(吾) 명인(明人)의 능(能)히 못 할 바이라 하고 드디어 자장(資裝)을 비(備)하여 환귀(還歸)케 하거늘 어시(於是)에 부처(夫妻)가 고국(故國)으로 해환(諧還)할새 노중(路中)에 신(娠)이 유(有)하여 구거(舊居)에 귀(歸)하매 일녀(一女)를 생(生)하니 그 명(名)을 강남덕(江南德)이라 하니라. 시(是)로부터 여장부(女丈夫) 강남덕(江南德) 모(母)의 명(名)이 세간(世間)에 광문(廣聞)하여 그 의열(義烈)을 칭송(稱頌)하게 되니라.

— 유어우(柳於于), 『어우야담(於于野談)』

4. 『시문독본』의 상상력과 문학의 언어

최남선의 『시문독본』에서 허구적인 글쓰기라든가 상상력이 발휘된 문학적 글을 찾아보기란 쉽지 않다. 광고의 문면에서도 잘 드러난바 『시문독본』은 어디까지나 기초 문장력 교육을 위한 입문서이며, 이 점에서 다분히 실용적인 면모를 띠고 있기 때문이다. 여러 전거를 뒤섞어 배치하고 글의 갈래나 성격에 따라 상이한 문장을 선보인 것도 그래서다.

이러한 사정을 감안하자면 소설과 같이 일정한 서사적 밀도를 갖춘 창작물은 『시문독본』의 체재 속으로 들어오기 어렵다. 예컨대 서양의 일화나 우화를 번역한 글이 더러 눈에 띄지만 지식과 교양이라는 측면에 치우쳐 있는 편이며, 창작으로서는 기행문 정도를 들 수 있다. 기실 그 무렵의 『청춘』은 현상 공모 방식을 통해 서서히 소설이나 창작 쪽으로 관심을 기울이기 시작했지만 여전히 과감하지는 않았다. 예컨대 정간 후에 발행이 재개된 『청춘』 7호(1917.5)부터 등장한 '매호 현상 문예 쟁선(爭先) 응모하시오'와 '특별 대현상' 공고에서 응모 분야의 하나로 '단편소설'을 꼽기 시작했으나 산문의 핵심은 여전히 '보지(報知)하는 문(文)'에 치우쳐 있었으니 다분히 경험적인 글쓰기를 강조하는 편이었다.[14] 논리적인 사고와 주체적인 표현력을 요구하는 글이란 아직 소설을 주종으로 삼는 근대적인 문학 양식의 영역까지 포괄하지는 못한 형편이었다.

그래서 『시문독본』에서 허구적인 성격을 감지할 수 있는 경우는 대체로 수필의 면모를 띤 글이며, 그중에서도 이광수의 글이 가장 눈길을 끈다. 이를테면 제일 권의 「귀성(歸省)」과 제이 권에 실린 이광수의 「내 소와 개」가 가장 대표적이다. 「귀성(歸省)」은 감상문에 가까운 짤막한 글이지만 서사적 구성을 갖추고 있는 데에다가 장면의 단위에 따른 심경 묘사가 두드러진 편이어서 주목할 가치가 있다. 「귀성(歸省)」은 「내 소와 개」와 더불어 사실적 경험을 기록한 수기로 분류되기도 한다.[15]

---

14 한기형, 「최남선의 잡지 발간과 초기 근대문학의 재편―『소년』, 『청춘』의 문학사적 역할과 위상」, 한기형 외, 『근대어, 근대 매체, 근대문학―근대 매체와 근대 언어 질서의 상관성』, 성균관대 대동문화연구원, 2006, 333~341면.

15 김지영, 「최남선의 『시문독본』 연구―근대적 글쓰기의 형성 과정을 중심으로」, 『한국현대

한편 「내 소와 개」는 『시문독본』에 수록된 여느 글에 비해 가장 높은 구성력을 자랑하고 있다. 「내 소와 개」는 『새별』 16호(1915.1)의 부록으로 편성된 '읽어리' 가운데 'ㄱ째 주비'에 두 마디로 잇달아 편성되었다가 『시문독본』에 다시 수록되었는데, 글의 맨 끝에 이광수의 이름이 한자로 명기되었다. 『새별』의 '읽어리'는 읽을거리라는 뜻이며, '주비'는 무리의 옛말이다. 『새별』 16호에 실린 「내 소와 개」는 최초의 근대적인 창작 동화로 평가되면서 일찍이 원문이 소개된 바 있다.[16] 「내 소와 개」는 『시문독본』에서도 두 편으로 나뉘어 실렸으며, 이광수의 이름 역시 함께 명기되었다. 또한 『시문독본』 초판에 수록되면서 조금 달라진 부분도 있고 정정 합편에서도 일부 수정되었는데, 여기에서는 초판에 수록된 「내 소와 개」를 제시하기로 한다.

(11) 제일 권(초판) 「15. 귀성(歸省)」

뎅뎅 치는 하학종(下學鍾) 소리를 듣고 에그, 좋아라 하다가 선생(先生)님께 꾸중을 들은 것은 제가 생각하여도 부끄럽지마는 이것이 이 학기(學期)의 마지막인가 하매 기쁨을 스스로 이기지 못한 것이다. 서책(書冊) 필기첩(筆記帖) 할 것 없이 다 집어 내던지고 꾸지람 듣지 아니할 때가 왔대선가. 아니지. 등산(登山)이며 해수욕(海水浴)이며 마음대로 놀 수 있대선가. 아니지. 그도 기쁘지 아니함은 아니지마는 이 종(鍾)소리가 날 때에 선뜻 내 눈앞에 선하게 보인 것이 고향(故鄕)의 광경(光景)이다. 고향에는 부모(父母)님이 계시니 내가 이제 돌아가서 슬하(膝下)에 뫼시게 될 수 있는 몸이 된 것을 기뻐함이다.

먼저 저자에 나가서 양당(兩堂)께서 좋아하시는 물종(物種)과 제매(弟妹)의 기뻐할 듯한 것 몇 가지를 정표(情表) 될 만치 사고 또 하직차(下直次)로 친근

문학연구』 23호, 한국현대문학회, 2007.12, 83~129면.

16 박숙경, 「이광수와 근대 창작 동화의 기원」, 『아침햇살』 14호, 아침햇살, 1998.7, 185~193면.

(親近)히 지내던 집과 신세 진 집들을 찾다. 삼청동(三淸洞) 아주머님 댁(宅)에서 하룻밤이라도 자고 가라 하시기로 절권(切勸)하심을 일향(一向) 사퇴(辭退)할 수 없어 그날 밤은 서울서 자기로 하다. 자리 속에 들어가서도 잠이 얼른 들지 않고 시계(時計) 소리가 점점 크게 들리며 강잉히 눈을 감으면 내일(來日) 광경(光景)이 뇌(腦) 속으로 줄달음하여 주마등(走馬燈) 같다. 자는 듯 만 듯 밤을 지내고 동(東)녘이 번하며 곧 일어나서 아주머님을 놀래고 밥도 먹는 둥 만 둥, 인사도 분명히 하였는지 말았는지 머리 앞에 놓았던 행구(行具)를 들고 정거장(停車場)으로 다다랐다. 아침놀이 동천(東天)에 널렸고 참새 소리조차 활발(活潑)하다.

차표(車票)를 어떻게 샀는지 부리나케 차(車)에 뛰어올라 한 귀에 자리를 잡고 겨우 마음을 놓으매 새벽하늘에 기차(汽車) 소리가 높이 울리고 차륜(車輪)이 슬그머니 움직인다. 봄에 선발 시험(選拔試驗)을 받을 양으로 올라올 때와는 창외(窓外)의 풍물(風物)이 매우 틀리고 눈에 뜨이는 산(山)이며 물까지 내 기꺼움을 나누어 벙긋거리는 듯도 하며 앞의 것은 어서 오라는 듯, 뒤의 것은 잘 가라는 듯하다. 마음도 가볍고 몸도 홀가분하다. 지나는 정거장(停車場)의 이름들은 잘 생각나지 아니하여도 하나 둘 셋 넷씩 세어 열셋째가 곧 우리 고향(故鄕)의 정거장(停車場)이러라.

그러자마자 언니 하고 부름은 어느덧 나를 알아보고 쌍수(雙手)를 쳐든 동생의 소리다. 내다보니 아버님도 오셨네, 어머님도 계시군, 누이동생이 야, 퍽도 컸구나. 어머님께서는 눈물이 그렁그렁하시어 말씀도 별(別)로 없으시며 누이동생은 어안이 좀 벙벙한 모양이다. 아버님께서 "잘 있었느냐" 하시고 가까이 나오시는데 부질없이 가슴이 메어 대답이 얼른 사뢰어지지 않는다. 노상(路上)에서 이것 한마디, 저것 한마디 하는 동안에 어느덧 며칠 밤 두고 꿈으로 다니던 우리 집에 다다랐다. 집 안 꼴은 봄과 다름이 없다.

벌써 수십 년(數十年) 전(前) 일이라. 내 나가 아직 어리고 부모(父母)께서 생존(生存)하여 계실 때에 내 집이 시골 조그마한 가람 가에 있었다.

어떤 장맛날 나는 내 정(情)들인 소 — 난 지 사오일(四五日) 된 새끼 데린 — 를 가람 가에 내어다 매고 글방에 갔었다. 아침에는 좀 개는 것 같더니 믿지 못할 것은 장맛날이라. 어느덧 캄캄하게 흐려지며 처음에 굵은 빗방울이 뚝뚝 떨어지기 비롯더니 점점 천지(天地)가 어두워 가며 소나기가 두어 번 지나가고 연(連)하여 박으로 퍼붓는 듯 빗발이 내리쏟는다. 나는 처마 끝에서 좍좍 드리우는 낙수발과 안개 속에 잠긴 듯한 먼 산(山)의 얼굴을 쳐다보며 마음이 유쾌(愉快)하게 글을 외었다. 다른 아이들도 다 좋아서 혹(或) 고개를 내어 대고 비를 맞히는 이도 있고 혹(或) 손도 씻으며 벼룻물도 받고 즐겨 하였다.

해가 나직이 기울었다.

나는 한참이나 글을 외다가 갑자기 무슨 소리가 들리는 듯하여 깜짝 글을 그치고 귀를 기울였다. 그러나 빗소리 사이로 선생(先生)님의 낮잠 자는 코 소리 밖에 아니 들린다. 나는 이상(異常)하게 눈이 둥글어 가지고 몸에 오싹 소름이 끼친다.

‘옳다, 이것 안 되었구나’ 하고 나는 장달음으로 뒤고개를 넘었다. 베 고의적삼이 살에 착 들러붙고 머리에서는 물이 흘러 눈을 뜰 수가 없다. 나는 삼 마장(三馬場)도 훨씬 넘을 가람 가에 다다랐다. 아아, 내 소는 어찌 되었는가. 가람에 물이 불어 아침에 소를 매었던 언덕이 죽벌겋고 결 센 물로 둘러싸이어 소 선 데만 조그마한 방 안만 하게 남았을 뿐이라. 비는 아직 여전(如前)히 퍼붓는다. 나는 우리 소가 죽었으리라 하였다. 소는 어린 송아지를 곁에 세우고 어찌할 줄을 몰라 고개를 번쩍 들고 한참이나 영각을 하더니 내가 온 것을 보고 물끄러미 나만 쳐다본다. 아마 제 생각에 내가 오면 으레 저를 살려 주려니 하였나 보다. 더구나 방금 죽게 된 줄도 모르고 젖만 먹고 서 있는 송아지 꼴은 차마 애처로워서 못 보겠다. 나는 "누구 와서 소 좀 살려 주시오" 하고 울음 섞인 소리로 외쳤다. 그러나 주먹으로 눈물을 씻으면서 암만 돌아보아도 사람 하나 그림자도 아니 보인다. 나는 두어 번 더 외쳤건마는 여전(如前)히 아무 반향(反響)도 없다. 소 선 땅은 절반이나 더 올라 잠겼다. 내가 살려 주려니 믿고 소리를 그쳤던 소는 아까보다 더 높고 슬픈 소리로 영각을 한다. 하도 이상하여 보이매 철없는 송아지도 젖을 놓고 오도카니 서서 고개를 갸웃갸웃한다. 내가 삼사 년(三四年) 동안이나 정(情)들여 기른 소 — 그의 사랑하는 새끼 — 그뿐 아니라 내가 살려 주려니 하고 믿던 짐승에게 실망(失望)을 주는 나의 변변치 못함!

내 뛰어들었다. 내 헤엄을 조금 알았다. 내 소를 향(向)하고 약(弱)한 팔로 물을 헤쳤다. 뭍으로 말하면 스무 걸음이 될 둥 말 둥한 넓이를 못 건널 줄이 있으랴 하였다.

그러나 물결이 세다. 내 두 팔의 아무작거리는 것은 물에 대(對)하여 아무 저항(抵抗)을 주지 못하고 겨우 중(中)턱쯤까지나 비비어 건너 게서부터는 물의 하자는 대로 하게 되었다. 휙휙 물결에 밀려 내려가면서 소를 쳐다보았다. 아마도 내가 물에 밀려감을 보았음인지 몸을 솟아 뛰며 영각을 한다. 송아지는 보이지 아니한다. 나는 '조그마한 힘이 있어 소고삐만 잘라 주었더라면 살 것을 ……' 나는 그저 떠내려간다. 댓 걸음 밖에 잡힐 듯 잡힐 듯하는 버들가지를 암만 바동거려도 잡지 못하고 이제는 기력(氣力)이 진(盡)하여 몸을 띄운 대로 있게 하기도 매우 베차다. 나는 죽는구나 하였다. 어버이께서 얼마나 설워할꼬 하였다. 내가 업어 주던 누이 생각도 하였다. 또 여기서 칠 리(七里)쯤 내려가면 이 가람이 바다에 들어가는 갯머리니 갯머리를 지나면 나는 바다에 들어가 그 넓은 바다에 어디로 갈지 모르리라 하였다. 그러나 나는 게서 얼마를 아니 가서 물굽이 있음을 생각하고 그 물굽이에 다다르면 물이 휘는 서슬에 육지(陸地)가 잡히려니 하였다 — 그것은 잘못 생각이라. 여러 물이 나를 가운데다 세우고 전후좌우(前後左右)에서 밀고 끌고 하는 듯이 나는 그 물굽이를 지났다. 그러고는 또 한 번 '나는 죽는구나' 하고 아주 정신(精神)을 잃었다.

(13) 제이 권(초판) 「15. 내 소와 개 (二)」

그 후(後) 얼마나 되었는지 알 수 없으나 무엇이 옆구리를 푹푹 찌르는 듯하기에 겨우 정신(精神)을 차려 번히 눈을 떠 본즉 내가 건지려던 소는 물 하류(下流)에 있어 그 머리로 나의 몸을 밀고 우리 개는 나의 오른 손목을 물어 언덕으로 끌어내리려고 애를 쓰는 모양이라. 어떤지는 모르나 물 넓이가 꽤 넓은데 얼마나 이 두 짐승이 애를 썼던지 그 세찬 물결에도 나를 붙잡아 언덕에서 서너 자 되는 데까지 밀어다 놓고는 그 이상(以上) 더 할 힘이 없어 코로 들어가는 물을 푸……푸 내뿜으면서 속절없이 발만 허우적거린다. 나는 겨우 차린 희미(熹微)한 정신(精神) 가지고도 이 두 짐승의 헌신적(獻身的) 사랑에 감격(感激)하여 눈물을 흘렸다. 나는 이에 새 기운을 얻어 어찌어찌 언덕까지 헤어 올랐다. 소와 개는 이만 기쁜 일이 없는 듯이 뒤를 따라 헤어 오른다. 나는 힘껏 소와 개를 안아 주고 싶었다. 그러나 물을 많이 먹고 기절(氣絶)하였던 몸이라 정신(精神)이 들지 아니하고 사지(四肢)에 맥(脉)이 풀려 땅바닥에 누운 대로 손을 내밀어 내 곁에 피곤(疲困)하여 누운 소의 이마와 개의 목덜미를 만졌다. 소와 개는 눈을 반(半)쯤 감고 내가 만지는 대로 가만히 있다. 한참이나 이 모양으로 있다가 나는 비가 이미 멎고 구름장 사이로 볕이 번적번적함과 내가 누운 데는 갯머리서 삼 리(三里)쯤 되는 신촌(辛村) 앞임과 또 하나 물에 빠졌던 사람을 소 길마에 거꾸로 눕히어 입과 코로 물을 토(吐)케 하던 생각이 나서 나도 배 속의 물을 토(吐)하여야 하리라 하였다. 배를 만져 본즉 과연(果然) 딴딴하게 불렀다. 그러나 길마도 없고 나를 도와줄 이도 없으니 어찌할꼬? 소와 개를 길마에 대용(代用)하리라는 생각도 났으나 차마 재생(再生)의 은인(恩人)을 나로 하여 피곤(疲困)한 몸에 제가 살겠다고 기구(器具)로 부릴 수는 없다 하였다. 올라가 축동에 거꾸로 누우리라 하고 겨우 몸을 일으켜 벌레벌레 기어서 축동까지 나아가

거꾸로 누웠다. 그러나 원래(元來) 축동이 가파로운 데다가 풀잎이 비에 젖어 누우면 미끄러지고 누우면 미끄러져 어찌할 수가 없다. 나는 더욱 기운이 지쳐 한참이나 땅바닥에 쓰러졌다. 소와 개는 고개는 번쩍 들고 나의 하는 양을 보더니 내가 쓰러지는 것을 보고 함께 일어나 내 곁에 와서 나의 벌거벗은 몸을 이윽히 보다가 그대로 거기 눕는다. 나는 아무리 하여서라도 배 속에 든 물을 뽑아야 되리라 하였다 — 아니 뽑으면 죽으려니 하였다. 마침 그 곁에 버드나무 한 그루가 섰다. 나는 '옳지' 하고 그 나무 밑에 기어가 땅 밑에 난 버들가지를 끊어 천신만고(千辛萬苦)로 두어 자 높이 될 큰 가지에다 내 발 하나를 동여매고 거꾸로 매달렸다 — .

물이 나온다, 나온다 — 입에서 코에서 — 아마도 한 동이는 넘으리라 하였다. 얼마 있노라니 차차 몸이 가벼워지고 정신(精神)도 좀 쇄락(灑落)하여진다. 아까 잡아맬 때만 한 수고로 발을 풀고 땅에 내려섰다. 그러나 아직 걸음은 걸을 수 없다. 곁에서 물끄러미 보고 앉았던 소와 개는 안심(安心)한 듯이 꼬리를 두른다. 나는 다시 그네의 목덜미를 손으로 쓰다듬었다. 개는 이윽히 나를 쳐다보다가 슬근슬근 축동 곁으로 걸어 서(西)쪽으로 올라간다. 나는 '워리, 워리' 하고 불렀다. 그래도 돌아보지도 아니하고 차차 걸음을 빠르게 한다. 그러나 따라갈 기력(氣力)이 없어 주먹으로 눈물을 씻었다. 그 개는 소보다 일 년(一年) 후(後)에 외가(外家)에서 강아지로 얻어 온 것이라. 평생(平生) 나와 동무로 지내어 친(親)한 분수로는 이 소보다도 간절하였다. 그러하더니 엊그제 중복(中伏) 날 그 개를 잡을 양으로 올가미를 감추어 들고 구유에 물을 주었다. 개가 대문(大門)으로 들어와 구유 곁으로 가려 하더니 웬일인지 고개를 숙이고 한마디 '컹' 짖고 달아 나간 뒤로는 이내 집에 들어오지 아니하였다. 아마 축동 사이에 이틀 동안이나 숨었다가 '소 살려 주오' 하는 나의 외침을 듣고 뛰어 나서 제 딴에 반가운 나를 바라보고 섰다가 내가 위태(危殆)하여짐을 보고 따라온 모양이라. 간 뒤에 생각한즉 이 때껏 내 굶은 양하여 배가 홀쭉하고 눈이 움쑥 들어간 듯하였다.

* * * * *

　　몇 날 뒤에 동리에서 미친개를 때렸다 하기로 가 본즉 이 웬일인가, 바로 그
개로다. 입과 코로 선지피를 토(吐)하고 골이 터져 죽어 넘어졌다. 그 다정(多
情)스럽던 눈은 검은자위가 거의 반(半)이나 윗눈시울 속에 들어갔다. 나는 두
주먹으로 얼굴을 가리고 "으악" 울면서 물맥걸음으로 달아났다 — 그 개는 갈색
(褐色) 털이 그리 숱 많지 아니한 개였다.

　　그 소는 그 후 내가 어버이를 여의고 동서(東西)로 돌아다니는 동안에 팔았는
지 잡아먹었는지 알 수 없다.

— 이광수(李光洙)

5. '시문'의 정체와 신문관의 문학 관념

　　최남선 또는 신문관은 글쓰기의 언어로서 순 한문만은 철저히 배제
했지만 그렇다고 곧장 순 한글 문장으로 나아간 것도 아니었다. 순 한
글의 한국어 문장이란 어린이 잡지나 번역소설을 비롯한 일부 단행본
출판에 제한되어 채택되었을 따름이며, 어떤 측면에서는 글 읽기와 글
쓰기의 문장이 분리되어 있기도 했다. 이를테면 순 한글 표기를 고집
한 『아이들 보이』조차도 현상 문예라 할 '글 꼬느기'만은 한자 혼용 표
기로 일관한 바 있다.

　　게다가 이때 '시문'이나 '시문체'라 일컬어진 문장은 균질적이지 않
았고 일관성을 유지하지도 못했다. 단지 '한자 약간 섞은 시문체'라는
대원칙만 제시되었을 따름이어서 뚜렷한 방향성을 드러낸 것도 아니

었다. 실제로 '시문'이나 '시문체'는 한문 문장의 통사적 구심력이 보존된 문장부터 사실상의 국한문 혼용체, 즉 한자 혼용 표기를 취하되 통사 구조상 근대적인 한국어 문장에 근접한 문장에 이르기까지 편차가 대단히 클 수밖에 없었다. 그러한 차이와 불균형은 『소년』이나 『청춘』은 물론 『시문독본』에도 고스란히 반영되었다.

그러고 보면 이광수의 「내 소와 개」의 경우처럼 상상력이 발휘되거나 허구적인 구성을 취한 글에서 한자 표기 및 한자어 사용이 현저하게 줄어들었다는 사실, 그리고 한문 문장의 통사 구조가 완전히 해체된 상태라는 점에는 마땅히 주목할 가치가 있다. 감상문이라 할 제일 권의 「귀성(歸省)」, 제이 권의 「화계(華溪)에서 해 떠오름을 봄」, 「물의 가는 바」, 제사 권의 「해운대(海雲臺)에서」, 「서울의 겨울 달」, 그 밖에도 서양의 일화나 우화를 번역한 글에서도 공통적으로 엿보이는 현상이다. 이 글들이 공통적으로 '~다'의 종결 어미를 구사했다는 사실 역시 서로 무관치 않을 터다. 요컨대 서사적 구성을 갖춘 글이나 묘사의 현장성이 강화된 글에서 유난히 한국어 문장의 통사 구조 쪽으로, 그리고 '~다'의 종결 어미 쪽으로 뻗어 나가고 있음을 알 수 있다.

한편 근대적인 문학 양식, 특히 소설에 그다지 관대하지 않았던 문학 관념도 문제적이지 않을 수 없다. 사실 이광수의 『무정』이 출현할 무렵에 『시문독본』이 등장했다는 점을 고려한다면 『시문독본』은 전반적으로 낡은 문장이라는 인상을 지우기 어렵다. 이미 『매일신보』 연재소설과 단행본 장편소설에서 순 한글의 한국어 문장이 근대문학의 언어로서 성공적으로 안착된 상태에서, 또한 신문관 역시 순 한글의 단행본 번역소설을 출판해 온 마당에 그러한 이야기 방식과는 구별되는 장르 의식 속에서 또 다른 언어를 구상했다는 점이 분명하기 때문이다.

따라서 『시문독본』이 문장 앤솔러지라는 이름에 주어진 제 몫을 다했는지에 대해서는 여전히 유보해 둘 필요가 있다. 『시문독본』이 정립하고자 했던 글쓰기의 모형이 과연 근대적인 것인지, 또는 근대 문체의 형성과 직결되어 있는지에 대해서 더 차분하게 따져 보아야 하기 때문이다. 또한 『시문독본』의 문장을 곧바로 문학의 언어로 이해해도 좋을 것인지 역시 중차대한 의문 가운데 하나다. 1910년대 후반에 최남선이나 신문관이 지향한 글쓰기의 언어와 문학의 언어가 맺고 있는 관계에 대해 한층 정교하게 들여다보는 일이 앞으로의 연구 과제가 될 수밖에 없다.

／ 갈피짬 ／

신문관의 대장정과 젊은 편집자의 초상

활자와 종이로 세운 꿈

모처럼 구름이 걷힌 1908년 4월 14일 화요일 어스름 녘의 부산 날씨는 쾌청했다. 서울은 일주일째 우중충하니 흐린 데에다가 간간히 비까지 내리곤 했던 터다. 청년이 경부선에 몸을 실을 때에만 해도 옅은 는개가 내렸지만 우산을 받칠 정도는 아니었다. 어느 결에 스머든 비릿한 바닷바람이 찻간 구석구석 뭉쳐 있던 땀내와 담배 연기를 헤치고 돌아다녔다.

열한 시간을 달려온 경부선 객차가 온통 시커메진 몸통을 부산역 가 건물로 들이밀자 신의주행 밤차를 타려는 승객들이 몰려들었다. 횡허케 몸을 빼낸 청년은 부산역 앞에 새로 놓인 잔교를 건너 항구 쪽으로 잰걸음을 놓기 시작했다. 마침 두 주일 전에야 초량역과 부산역이 완전 개통된 참이고, 부산항도 새로 단장했노라 했다. 배가 떠난다는 밤 열

시까지는 시간이 남았으니 구경차 겸 요기차 슬슬 돌라볼 요량이었다.

저편에 닻을 내린 1,680톤 관부연락선의 풍채가 한눈에 들어왔다. 앞으로 열한 시간 반 동안은 저 웅장한 쇳덩어리에 몸을 맡길 참이다. 검고 거친 밤바다를 또 한 번 건너지를 것이다. 남대문 정거장에서 도쿄 역까지 장장 예순 시간. 청년은 이제야 비로소 첫걸음을 내딛는구나 싶게 설렜다. 유난히 두툼한 입매가 꽉 다물렸다.

아직 쌀쌀하다 싶은 봄기운이 청년의 널찍한 등 뒤로 들러붙었다. 중키의 서울내기답잖게 약간 건 낯빛의 청년은 머리를 바짝 깎아 올렸고, 부대한 몸집에 딱 어울림 직한 낡은 두루마기 차림이었다. 갓 열여덟 살 생일상을 물리자마자 서둘러 떠난 길이니 애송이 티를 벗었을 리 없지만 품이 그리 서투르지는 않았다.

청년의 품속에는 홀로 현해탄 너머로 그러안고 가기에 버거운 큰돈이 있었다. 부친은 한평생 풍수지리를 맡아본 관료로, 서울의 상권을 쥐락펴락하는 약재상이자 책력 장수로 모은 돈을 두말없이 내주었다. 학교라고는 벌써 세 번이나 두세 달 만에 박차고 나오곤 했건만 부친은 필시 둘째아들이 품은 경륜의 깊이와 대대로 물려받은 재주를 믿었을 터다. 두 살 터울의 형까지 나서서 든든히 밀어 주마 약속한 덕분이었다.

청년은 방금 걸어 나온 잔교 쪽을 돌아보며 크게 한 번 숨을 들이마셨다. 두루마기 앞섶이 살짝 들썩이는가 싶었다. 이 돈으로 활자의 나라를 세울 것이다. 스러져 가는 나라를 종이로 일으킬 것이다. 십 년이 걸릴지 이십 년, 삼십 년이 걸릴지 모를 일이다. 그래도 흔들려서는 안 된다. 망설이지 않을 것이다. 결코 멈추지 말아야 한다.

청년이 바다 건너에서 무엇보다 애써 사들여야 할 것은 바로 그 꿈이었다. 먼저 활자부터 몇 벌 주문할 터였다. 인쇄기와 활판은 물론이고 인각 기계와 주조기에다 웬만한 부속품까지 미리 갖추어 두어야 한다. 종이와 잉크는 늘 최고급으로만 쓸 작정이다. 지난번에 눈여겨보아 둔 곳에 한 번 더 들러 흥정을 마무리해 놓을 심산이었다. 돈을 아끼지 않더라도 내로라하는 꿈을 꾸어야만 한다.

눈코 뜰 새 없는 나날이었다. 엔간히 갖추었나 싶으면 여전히 빈 데가 있었다. 배워야 할 일이 넘쳤고 둘러볼 곳도 많이 남았다. 내친김에 책과 잡지도 더 사 모아야 했다. 마음먹은 대로 잡지를 펴내고 아무도 만들어 본 일이 없는 책을 내자면 여간한 보따리로는 어림없었다. 얼추 되었다 싶어 귀국 길에 올랐다가 되돌아가기도 벌써 여러 차례였다. 어느새 유월도 하짓날 어름이니 잰걸음을 더 빨리해야 할 터였다.

대한제국 말기인 1908년, 열여덟 살 청년 최남선의 여름은 그렇게 시작되었다. 도쿄에서 시모노세키, 시모노세키에서 부산을 거쳐 다시 서울로 돌아온 중인의 둘째아들은 부친이 내준 집과 형의 명의를 배후로 큼지막한 간판을 내걸었다. 신문관, 새로운 글의 터전, 새글집. 진작부터 정해 둔 가슴 벅찬 이름이었다.

가위와 풀을 든 편집자

신문관이 터를 잡자마자 서너 달 동안 공들여 빚어낸 첫울음이 바로 최초의 종합 교양 월간지 『소년』이다. 한국의 출판문화가 비로소 본궤도에 올랐음을 선포한 『소년』이야말로 신문관의 재량과 꿈을 고스란히 보여 준 기념비다. 논단을 비롯하여 한국의 역사와 지리, 세계 풍물,

위인전기, 우화가 고루 배치되고 곳곳에 격언이라든가 여러 장의 사진과 삽화까지 제자리를 찾았으니 『소년』은 명실 공히 종합 잡지로서 조금도 손색이 없다. 특히 창간호는 근대 시가의 길을 연 「해에게서 소년에게」가 벽두를 장식한 것으로도 값진 공을 이루었다. 「해에게서 소년에게」는 본뜻에 걸맞게 푸른색 잉크로 인쇄하고 위아래로는 태극 문양과 물결무늬를 붉은색으로 둘러서 격을 세웠다.

『소년』을 낳은 곳, 구리개 큰길가 신문관의 새벽 풍경은 어떠했을까? 한때 신문관의 일을 거든 김여제의 기억에 의하면 일러야 밤 열두 시나 대개 새벽 한두 시에 잠자리에 든 최남선은 어김없이 아침 다섯 시에 일어나서 원고를 쓰고 편집을 시작했다. 최남선이 쓴 원고의 대부분은 일본에서 사 가지고 와서 다락방에 잔뜩 쌓아 둔 책과 잡지에서 쏟아져 나왔다. 게다가 몇 가지나 되는지도 모를 만큼 온갖 신문과 잡지에다가 최신의 책까지 쉼 없이 배달되어 오곤 했다. 이른 새벽에 일어난 최남선은 한 손에 가위를, 또 한 손에 풀을 들고 일을 시작했다.

열여덟 살 청년 편집자의 책상 위에는 일본과 실시간으로 이어진 동시성, 세계 곳곳에서 횡행하는 새로움, 최첨단의 생생한 지식이 어지럽게 뒤섞여 있었다. 최남선의 눈은 신문이며 잡지며 책을 부지런히 넘나들었다. 최남선의 손은 가위로 오리고 풀로 붙여 가며 베끼고 흉내 내고 짜깁기했다. 최남선은 무엇인가를 고르고 나머지를 버리는가 하면 이것과 그것을 한데 이어 붙이고 그것과 저것을 멀찌감치 떼어 놓았다. 마르고 꿰매는 손, 번역하고 편집하는 손은 그렇게 탄생했다. 최남선이야말로 한국에서 처음으로 전문성과 기획력을 갖추고 등장한 번역가요 편집자임이 틀림없다.

행여나 번역가 겸 편집자는 바다 건너 선생님이 불러 주는 말을 곧이곧대로 받아쓰기하는 착한 학생이었을까? 그럴 리가 없다. 어떤 번역

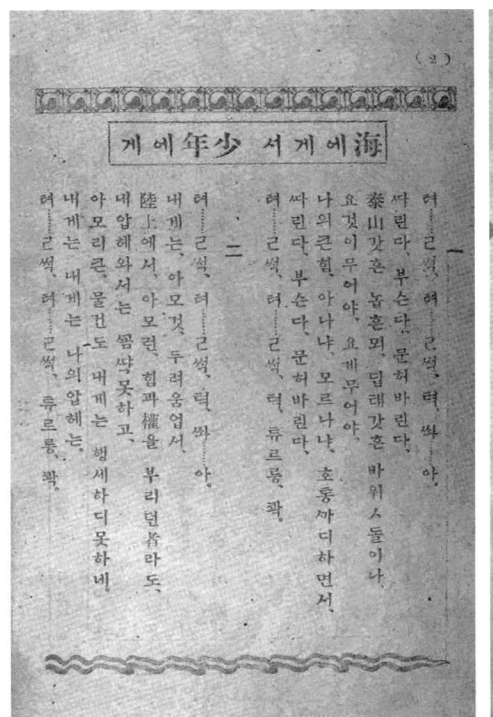

〈사진 22〉 (좌) 「해에게서 소년에게」(최남선, 『소년』 창간호, 국회도서관 소장),
(우) 「공원의 소견」(고희동, 『청춘』 창간호, 국립중앙도서관 소장)

도, 어떤 편집도 본래의 목소리와 똑같을 수 없고 원본대로 전달되지 않는 법이다. 동시성에 가위가 지나가고 새로움에 풀이 칠해지기 때문이다. 가위와 풀이 맡은 역사적 임무는 그때, 거기의 이야기를 지금, 여기의 이야기로 바꾸어 놓는 일, 역사성을 띤 상상력을 발휘하는 일이다.

이를테면 『소년』 창간호를 들춰 보자. 창간사와 차례를 넘기면 초대 통감이자 노회한 태사(太師) 이토 히로부미가 군복과 군도를 갖춘 어린 황태자 영친왕과 나란히 선 사진이 첫머리를 압도한다. 그다음 장에는 장관의 나이아가라 폭포가 전면을 채웠다. 세 번째 장에는 제정 러시아의 황제 표트르 일세의 초상이 걸렸다.

그런가 하면 여섯 해가 지난 뒤 『청춘』 창간호는 어떠할까? 표지를 넘겨 네 면이나 되는 차례와 색지에 인쇄된 광고를 쭉 지나치니 이번에도 사진 세 장이 고급 종이에 박혀 있다. 맨 첫 장에는 흰 두루마기와 흰 구두 차림의 청년이 공원 벤치에 앉아 한가로워 보이면서도 열중해서 책을 읽는 모습을 그린 고희동의 유화가 자리 잡았다. 두 번째 장에는 모더니티의 도시 파리의 대표 건축물 열 곳이 쭉 늘어섰고, 마지막 장에는 세계 곳곳의 웅장한 폭포 일곱 군데를 조각조각 기워 놓았다.

고희동의 유화만 빼고 나머지는 모두 일본의 신문, 잡지, 책에서 오려서 이어 붙였을 것이 틀림없다. 한결같이 베끼고 흉내 내고 짜깁기한 사진이요 번역되고 편집된 사진이다. 전 세계를 떠돌다가 일본을 거쳐 가까스로 한국인의 손에 들어온 사진일 따름이다. 그렇다 하더라도 『소년』과 『청춘』을 장식한 사진의 연쇄는 서양인이 본 사진, 일본인이 본 사진과 과연 똑같을 것인가? 예컨대 1908년 11월에 한국인이 본 이미지는 이토 히로부미 통감, 나이아가라 폭포, 러시아 차르다. 1914년 10월에 한국인이 본 이미지는 독서하는 청년, 파리의 건축 명소, 일곱 군데의 폭포다. 그렇다면 1908년의 폭포와 1914년의 폭포, 『소년』의 나이아가라 폭포와 『청춘』의 나이아가라 폭포는 과연 같은 폭포일까 다른 폭포일까?

요컨대 편집은 곧 번역이며, 번역가가 바로 편집자다. 편집자 겸 번역가는 원본의 수용자이자 사본의 전달자인 동시에 새로운 원본의 생산 주체다. 새로운 시대정신을 찾아내고 상상력을 발휘하며 역사성을 부여하는 주체가 바로 번역가 겸 편집자다. 그러한 뜻에서 최초의 전문 편집자는 1908년 11월에 처음 탄생되었다.

자전거 타고 구리개를 달리는 미투리

최남선의 아명은 창흥(昌興)이고 세례명은 베드로다. 하지만 어릴 때의 이름을 부를 일은 없을 테고 세례명은 말년에 얻은 이름이다. 최남선은 굳이 이름이 아니라면 여러 가지 호나 필명을 번갈아 썼다. 잘 알려진 것만 꼽아 봐도 공륙(公六), 육당(六堂), 육당학인(六堂學人), 대몽(大夢), 남악주인(南嶽主人), 한샘, 곡교인(曲橋人), 축한생(逐閑生), 백운향도(白雲香徒), 일람각주인(一覽閣主人)의 여남은 가지가 된다.

공륙은 소년 시대에 주로 쓴 자(字)이며, 대몽은 큰 꿈을 꾼다는 뜻일 터다. 남악은 오악(五嶽) 가운데 하나인 지리산을 일컫는다. 1910년대에는 순 한글로 지은 한샘이라는 필명을 자주 썼다. 곡교인은 최남선이 살았던 곳인 곡교, 즉 굽은다리나 곱은다리에서 따왔다. 곡교는 지금의 을지로에 있는 청계천 다리 이름이자 동네 이름이다. 일람각은 최남선이 자신의 서재에 붙인 이름인데 훗날에는 쌍지재(雙只齋)라고도 불렀다. 그중에서 최남선이 가장 즐겨 쓰고 세상에 널리 알려진 것은 육당이라는 호다.

최남선의 풀이에 의하면 여섯 육(六) 자를 붙인 것은 본명에 남녘 남(南) 자가 들어 있는 것과 관련이 있다. 천구(天球)의 북쪽에 북두칠성이 있다면 남쪽에는 남두육성(南斗六星)이 있기 때문이라는 것이다. 큰곰자리에 있는 북두칠성과 비슷하게 궁수자리에 국자 모양으로 보이는 여섯 개의 별이 남두육성이다. 남두육성은 장수를 주관하는 별이다.

최남선은 신문관을 창립하기 전에 세 군데 학교를 다녔지만 제대로 마치기는커녕 한 학기조차 제대로 넘긴 적이 없다. 최남선은 열두 살 때인 1902년에 당대 최고의 사립 일본어 전문 교육 기관인 경성학당에 입학했지만 석 달 만에 그만두었다. 1904년 10월에는 한국황실특파유학생이 되어 도쿄부립 제일중학교, 지금의 도쿄도립 히비야[日比谷] 고등학교에 입학했다가 한 달 남짓 만에 뛰쳐나오고 말았다. 최남선이 일본에 머문 기간도 석 달에 불과했다. 마지막으로 최남선은 1906년 9월에 사비를 들여 와세다 대학 고등사범부 역사지리과에 입학했으나 한 학기 만인 1907년 3월에 자퇴했다. 그러고는 이듬해인 1908년 6월에 신문관의 문을 열었다.

최남선은 내내 흰 두루마기를 입고 미투리를 신고 다닌 것으로 유명하다. 일찌감치 머리를 깎고 학교에 다녔으며 용두사미일망정 두 차례나 일본에 유학하기도 했건만 청년 시대는 물론 노년에 이르러서도 최남선의 차림새는 변하지 않았다. 바뀌었댔자 나중에 미투리 대신 고무신으로 갈아 신은 것이 고작이다. 그래서 양복을 멋들어지게 빼입은 일본 유학생 출신이 쭉 늘어선 사진에서도 최남선을 단박에 찾아낼 수 있다. 형 최창선 역시 두루마기 차림이었는데, 일본을 거쳐 독일에 유학한 네 살 터울의 동생 최두선은 항상 양복 차림이었다.

최남선의 풍채와 용모는 앞서 묘사한 장면 그대로다. 최남선의 키가 5척 4촌 7분으로 대략 167cm 정도이니 중키치고는 약간 큰 편이다. 최남선은 몸집이 부대하고 얼굴은 둥글넓적하며 낯빛이 좀 건 편이다. 바짝 깎은 머리, 두툼한 입술, 짙은 눈썹이 인상적인데 오른쪽 눈썹 위에 점하나가 있다. 한마디로 강단이 예사롭지 않은 풍모다. 또 목소리에는 힘이 넘쳤고 강연에라도 나설라치면 두세 시간은 끄떡없는 체력이었다.

대식가로 알려지기도 했지만 최남선의 식사는 하루 두 때였고, 아침 식사로 정해진 시간은 정오였다. 느지거니 일어나서 게으름을 부리는 게 아니다. 손님이 찾아오지 않는다면 새벽부터 오전 내내 책과 원고지에 파묻혀 있다가 정오가 되어서야 세수와 식사를 하고 바깥일에 나서는 것이다.

외출할 때에는 늘 무명 바지저고리에 두루마기 자락을 휘날리며 나다녔다. 머리에는 일명 젬병 모자라 불린 펠트 모자를 얹어 썼고 버선에 미투리 차림이었다. 청년 시대의 옷차림을 최남선은 한평생 고집했다. 그러니 1927년에 안석영이 그린 캐리커처야말로 최남선의 평상시 차림과 활달한 인상을 아주 잘 포착한 압권이다. 최남선이 서른일곱 살 때의 모습이다.

최남선은 편집과 출판 말고도 청년학우회와 조선광문회 활동, 역사나 지리를 주제로 한 강연, 강습회로 바쁘게 돌아다녔다. 정력적으로 활보하는 최남선의 두루마기 자락 사이로는 바람 소리가 그칠 새 없었다. 특히 신문관 시대에는 새벽부터 일어나 원고에 매달리다가 인쇄소부터 챙기고 시내에 나가 종이와 잉크를 주문한다든가 안중식과 고희동에게 그림을 청한다든가 신문사와 서점을 돌아본다든가 하는 일이 하루 종일 이어졌다.

두루마기 허리께를 꽉 동여매고 모자를 눌러쓴 최남선은 미투리를 꿰신고는 육중한 몸집을 자전거에 실었다. 자전거는 1900년대에 막 보급되기 시작해서 1910년대만 하더라도 서울 시내에 자전거를 파는 상점이 몇 군데 되지 않을 정도로 최신식 교통수단이었다. 머리는 짧게 깎고 몸피 좋은 청년이 두루마기에 미투리 차림으로 자전거에 올라앉아 구리개를 오르락내리락하면서 분주히 돌아다니는 광경은 분명 재미난 볼거리 가운데 하나였을 것이다.

〈사진 23〉 최남선 캐리커처(안석영, 『조선일보』, 1927.11.5. 3면)

출판 탄압에 대처하는 편집자의 자세

1908년 11월 1일에 처음 세상에 나온 『소년』은 창간 후 일 년 동안 매달 1일에 발행되다가 1910년부터 발행일자를 매달 15일로 바꾸었다. 『소년』은 1909년 6월호와 12월호를 걸렀을 뿐 1910년 8월 15일 통권 20호까지 꾸준히 발행되었다. 한편으로는 콧노래를 흥얼거리면서 또 한편으로는 힘겹게 한 고비 한 고비를 넘겨 왔음이 틀림없는 시절이었다.

시련은 벼르고 별렀다는 듯이 닥쳐왔다. 신문관 창립 이태 남짓 만인 1910년 8월 29일, 십삼 년 역사의 신흥 국가 대한제국은 끝내 멸망하고 말았다. 최남선도, 신문관도 휘청거리지 않을 수 없었다. 이미 신문지법과 출판법을 통한 압박이 거셌던 데에다가 대대적인 언론 통폐합이 착착 진행되고 있던 마당이었다. 『소년』은 합일병합 전야에 1910년 8월호를 통권 20호로 내놓자마자 곧바로 폐간 위협에 시달려야만 했다.

결국 『소년』 21호는 넉 달 만인 1910년 12월 15일에야 간신히 발행되었으나 이듬해 초에 발행될 예정이었던 22호는 끝내 빛을 보지 못했다. 그러고는 1911년 5월 15일에 발행된 23호를 마지막으로 폐간되었다. 『소년』의 역사는 햇수로 삼 년 반이나 이어졌지만 실질적인 통권은 22호로 그친 셈이다. 다만 폐간호의 통권을 23호로 매기는 이유는 바로 전호가 압수된 탓에 폐간호가 제4년 제2권, 즉 4권 2호로 기록되었기 때문이다.

일사불란한 통제와 고분고분한 태도를 바란 당국에서는 그렇잖아도 『소년』이 눈엣가시나 다름없었다. 1832년 6월 5일의 파리 시민 봉기와 바리케이드 농성전의 장렬한 최후를 그린 빅토르 위고의 『레미제라블』 일부가 「ABC계」라는 이름으로 『소년』 19호에 번역되었고, 20

호의 부록으로 신채호의 「국사사론(國史私論)」까지 실린 판이니 한국통감부는 마침맞은 기회를 만난 듯이 즉시 발행 정지 처분을 내렸다. 1907년 7월에 정기간행물 통제를 위해 만들어진 악법 가운데 하나인 신문지법 제21조에 의거하여 치안 방해라는 명목으로 『소년』이 발행 정지 처분을 받은 것은 한일병합 사흘 전인 1910년 8월 26일의 일이다.

분통이 터질 노릇이었지만 신문관도 가만 맥 놓고 있지는 않았다. 신문관은 즉각 『황성신문』에 안내문을 냈다. 한일병합 바로 다음날인 1910년 8월 30일 『황성신문』 3면의 광고란을 통해 『소년』 20호가 압수되고 발행이 정지된 사태를 알린 것이다. 본디 『소년』의 발행을 알리곤 하던 자리였다.

> 『소년』 잡지 구독 첨위(僉位)께
> 본 잡지 제삼 년 제팔 권(곧 금월분)은 당국의 기휘(忌諱)에 촉(觸)하여 책자 압수 발매 금지를 피(被)하옵고 또 발행 정지를 당하였기 자(玆)에 차유(此由)를 통고(通告)하노이다.
>
> 발행소 신문관 고백(告白)

군이 광고비를 들여 떳떳하게 『소년』이 이런 일을 당했노라 외치는 스무 살 청년 편집자의 기개와 패기를 숨길래야 숨길 수 없다. 그렇다 해도 당국이 숨통을 쥐어튼 마당에 더 이상 목소리가 나올 리는 없었다. 기실 바로 그날의 신문도 어제의 『황성신문』이 아니었다. 1910년 8월 27일 토요일에 지령 3,456호까지 발행된 『황성신문』은 사흘 뒤인 8월 30일 화요일에야 나온 지령 3,457호부터 느닷없이 제호가 『한성신문』으로 바뀌었다. 제호의 한 글자를 급급하게 바꿔치기한 흔적까지 남을 정도였다. 또 그다음 날에는 제호 한복판에 걸려 있던 태극기 문양을 마저 삭제했다. 『한성신문』은 기껏해야 두 주일을 버티다가 9월 14일에 지령 3,470호로 유명을 달리했다.

『소년』의 발행 정지가 풀린 것은 1910년 12월 7일에 이르러서다. 이번에는 한국통감부가 아니라 조선총독부라는 새 점령 통치 기구가 인심 쓰듯 발행 정지를 풀어 주었다. 그렇게 해서 겨우 발행된 것이『소년』21호다. 그러니 1910년 12월호로 발행된『소년』21호는 꼴이 말이 아닐 수밖에 없었다. 겉으로는 1910년 11월에 타계한 세계문학의 거장 톨스토이를 추억하는 '톨스토이 선생 하세 기념' 특집호였지만 본문 55면을 삼단으로 조판해 가까스로 체면치레만 했을 따름이다.

사정이 이렇다 보니 넉 달 만에 목소리를 되찾은 편집자가 한마디 남기지 않을 수 없었다. 최남선은『소년』21호 표지 안쪽에 따로 안내 문을 내어 그간의 경위를 폭로했다.

애독 제위에게 근고(謹告)함

잡지나 신문계의 통례라고 할 것을 보건댄 발행 정지 같은 것을 당하였다가 해제가 된든지 하면 거기 대하여 무슨 말이든지 합디다. 그러나 나는 이 일로써 그리 끔찍한 일같이 생각하지 아니하오. 죄 있어 벌 당하고 한 되어 풀림이 당연한 일이 아니오리까. 여기 대하여 무슨 딴말이 있겠소. 다만 이에 관한 관문서를 등재(謄載)하여 역사거리나 만드오.

＊　＊　＊　＊　＊

이것이 곧 우리가 여러분으로 더불어 여러 달 캄캄한 터널을 지나게 한 동기요 겸 사실이외다. 심히 간단하오나 주의하여 보아 주시오.

＊　＊　＊　＊　＊

우리는 그동안에 본지 제삼 년 팔 권에 광고한 계획을 별로 실시하기 위하여 한 잡지의 발행을 청원하였으나 좌기(左記)한 문면에 있음과 같이 여의치 못하였소.

편집자는 말로야 대범한 척해 놓고는 정말로 사이사이에 문서를 끼워 넣었다. 문서 번호, 날짜, 명의까지 고대로 옮긴 일본어 문서를 쪼르르 늘어놓은 것이다. 세 건의 문서는 한국통감부 및 조선총독부 경무총장 아카시 모토지로(明石元二郞)의 이름으로 되어 있다. 육군 소장 아카시 모토지로는 한국주차헌병대 사령부 사령관인데 훗날 타이완 총독으로 부임하고 육군 대장까지 오른 인물이다.

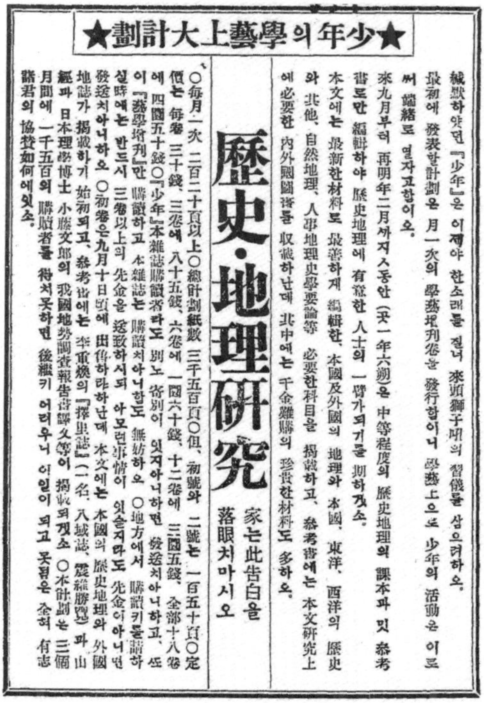
★少年의學藝上大計劃★

緘默하얏던『少年』은 이제야 한소래를 질너 來頭獅子吼의 習儀를 삼으려하오。最初에 發表할計劃은 月一次의 學藝增刊卷을 發行함이니 學藝上으로 少年의 活動은 이로써 端緒로 열자고함이오。

來九月부터 再明年二月까지ㅅ동안 (곳一年六朔)은 中等程度의 歷史地理의 課本과 및 參考書로만 編輯하야 歷史地理에 有意한 人士의 一臂가되기를 期하갯소。

本文에는 最新한材料로 最善하게 編輯한、本國及外國의 地理와 本國、東洋、西洋의 歷史와 其他、自然地理、人事地理史學要論等 必要한科目을 揭載하고、參考書에는 本文研究上에必要한 內外輿圖書를 收藏하난대 其中에는 千金難購의 珍貴한材料도 多하오。

歷史·地理研究

家는此告白을 落眼치마시오

○每月一次 二百二十頁以上○總計劃紙數 三千五百頁○但、初號와 二號는 一百五十頁○定價는 每卷 三十錢、三卷에 八十五錢、六卷에 一圓六十錢、十二卷에 三圓五錢、全部十八卷에 四圓五十錢○『少年』本雜誌購讀者라도 別노 特別이 잇지아니하면 發送치아니하고、또이『學藝增刊』만 購讀하고 本雜誌는 購讀치아니함도 無妨하오 ○地方에서 購讀키를請하실時에는 반드시 三卷以上의 先金을 送致하시되 아모런事情이 잇슬지라도 先金이아니면 發送치아니하오 ○初卷은九月十日頃에 出售하라하난대 本文에는 本國의歷史地理와 外國地誌가 揭載하기 始初되고、參考書에는 李重煥의『擇里誌』(一名、八域誌、震維勝覽)과 山經과 日本理學博士 小藤文郎의 我國地勢調査報告書譯文等이 揭載되겟소 ○本計劃는 三個月間에 一千五百의 購讀者를 得치못하면 後繼키 어려우니 이일이 되고 못됨은 全혀 有志諸君의 協贊如何에잇소。

〈사진 24〉『역사지리연구』 광고(『소년』 20호, 1910.8, 국회도서관 소장)

먼저 1910년 8월 26일에 『소년』의 발행 정지를 명한 '경기고발(警機高發) 제265호'와 12월 7일에 발행 정지를 해제한다는 '고도비발(高圖秘發) 제265의 2호'가 앞에 섰다. 각각 경무국 기밀과 고등경찰계 및 그 후신인 경무총감부 고등경찰과 도서계에서 작성된 문서다. 맨 뒤에 붙인 문서는 1910년 9월 13일에 신문관에서 최남선의 명의로 허가를 청한 『역사지리연구』라는 잡지의 발행을 불허한다는 '지령(指令) 제18호'다. 『역사지리연구』는 1910년 9월호부터 1912년 2월호까지 일 년 육 개월 동안 월간 전문 학술지로 발행될 계획이었다. '지령 제18호'의 날짜가 9월 29일로 되어 있으니 청원서를 내밀자마자 퇴짜를 놓은 셈이다.

하기야 가뜩이나 『소년』도 못마땅한 판국에 『역사지리연구』를 새
로 발행하랍시고 순순히 허가를 내줄 리야 만무했다. 그렇다고 힘겹게
『소년』의 발행이 재개된 마당에 그러한 경과를 잡지 첫머리에 떡하니
새겨 둔 편집자의 보짱도 여간이 아니다. 어쨌거나 『소년』 21호는 그
렇게 해서 겨우 빛을 보았다. 그나마 그뿐이었다. 바로 다음 호인 『소
년』 22호를 통째로 빼앗겨 결호가 되고, 23호를 낸 것은 다섯 달 만인
1911년 5월 15일의 일이다. 이번에는 종합 교양 월간지라 이름 붙이기
에도 민망하리만치 한 호를 통째로 왕양명(王陽明) 특집호로 꾸밀 수밖
에 별도리가 없었다.

그쯤 되고 보면 최남선도 『소년』의 운명을 짐작했을 터이니 다시 한
마디 남겨 두지 않을 수 없었다. 그래서 폐간호가 되고 만 『소년』 23호
의 머리글이 또한 명문장이요 갈 데 없는 걸작으로 후세에 전해졌다.

　독자 첨존(僉尊)께
　소년이란 할 수 없는 것이오. 사려가 미정하여, 감정이 단순하여, 더군다나
궁통성(窮通性)이 부족하오구려. 넉 달 동안 어둔 골을 지나고 겨우 광명 세계
로 놓인 것을 두 달이 다 못 가서 다시 자취(自取)하여 매운 구렁으로 떨어져 여
러분의 깊이 바라심을 저버리니 이 어찌 똑똑한 사람의 짓이라 할 수 있으리까.
사리에 어두운 소년인 까닭에 그러한 것인즉 또한 스스로 애달픈 일이오.
　그러나 이런 중 한 가지 배운 것이 있소. 무엇인고 하니 나도록 하시자면 나게
되고 못 하게 하시자면 또한 그리하시는 당국자께서 우리에게 가르치고자 하시
는 그것을 배웠소. 또한 갈수록 더욱더욱 깨닫고 배워서 행하려 함이오. 우리는
소년이구려. 어린아이구려. 어른들게 비하면 모든 것이 다 부족한 아이들로
구려. 그런즉 듣고 보고 배움이 당연함이 아니오리까. 그러므로 한 번은 한 번
보다 더 고맙게 생각하였소. 이다음에라도 기회, 기회 종아리를 때려 우리들의

완명(頑冥)한 것, 몽우(蒙愚)한 것을 계오(啓悟)하여 주심은 과연 참마음으로 바라는 바이오. 그래야만 어른들 같은 사람이 되겠으니깐.

왕사(往事)는 어찌 되었든지 이다음에는 조심조심 아무쪼록 어른의 걱정을 아니 시키려고는 애쓰오리다마는 그러나 부족한 소년인 까닭에 혹 만일의 착오가 있을지도 모르오니 그럴 때에는 고맙게 꾸지람을 받자올 것이요 그리하여 이다음에는 더욱 조심하여 가려 하겠소.

짐짓 준열한 반성문이되 풍자 가득한 조롱이며, 스물한 살짜리 청년 편집자이자 네 살배기 『소년』이 내뱉은 마지막 일갈이기도 했다.

출옥한 날의 풍경

『청춘』의 길 역시 순탄치 않았다. 기실 1910년대의 출판 통제 시스템에 비추어 보자면 1914년 10월에 『청춘』이 창간 허가를 받아 낸 것만 해도 미스터리에 가까운 지경이다. 이미 『아이들 보이』와 『새별』이 나란히 발행되고 있었지만 『소년』의 사상적 적자라 할 『청춘』이 출범하면서 신문관은 어린이 잡지마저 미련 없이 접었다. 아니나 다를까, 고작 반년 만에 『청춘』은 빈사 상태에 빠졌다. 1915년 3월에 통권 6호를 낸 뒤로 무려 이태 동안이나 정간되었으니 누가 보더라도 『청춘』은 폐간된 것이나 다름없었다.

따라서 1917년 5월에 『청춘』 발행이 재개된 일은 창간에 버금가는 기적 같은 일이다. 『청춘』은 일 년 반 동안 어렵사리 연명해 가면서 아

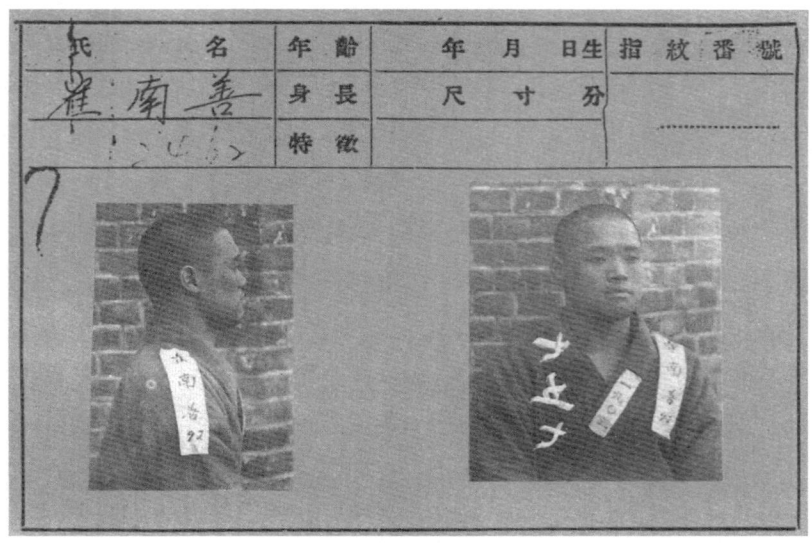

〈사진 25〉 서대문감옥 수형자 신상 기록 카드(국사편찬위원회 소장)

홉 차례 더 발행되었다. 그사이 『청춘』은 시대의 기념비로 우뚝 섰고, 신문관은 단행본 출판계를 평정하다시피 했다. 하지만 딱 거기까지였다. 창립 십 년의 파란만장한 역정을 구가하면서 1918년 6월에 발행된 『청춘』14호는 말 그대로 절정인 동시에 끝장이기도 했기 때문이다. 그나마 두세 달에 한 번씩 내놓은 『청춘』이 끝내 폐간된 것은 석 달 뒤인 1918년 9월의 일이니 십 주년 특집호가 편성된 바로 다음 호인 통권 15호에서 멈추지 않을 수 없었다.

열여덟 살 청년 편집자 최남선의 꿈은 스물여덟의 나이에 헛헛하게 꺾였으며, 당대의 어느 출판사도 따라잡을 수 없는 하드웨어, 소프트웨어, 네트워크를 고루 갖춘 신문관의 대장정도 십 년 만에 막을 내려야 했다. 곧이어 삼일운동이 일어났고, 최남선은 1919년 3월 3일 아침 장충동의 일본인 별장에서 체포되어 곧바로 투옥되었다. 현저동 서대문 감옥의 미결감에서 옥고를 치르기 시작한 최남선의 죄수복에는 1,905

번이라는 수형 번호가 새겨졌다. 예심, 공판, 항소까지 모든 재판 절차가 마무리되는 데에도 일 년 팔 개월이나 걸린 힘겨운 나날이었다.

최남선이 마포 공덕동 경성감옥의 철문을 나선 것은 1921년 10월 18일 정오의 일이다. 미결 구류 360일을 포함한 이 년 육 개월의 형기를 마저 채우려면 1922년 5월까지 기다려야 했던 터에다가 당사자에게도 예고되지 않은 가석방이었다. 옥문 앞에는 느닷없는 출감 소식을 듣고 황황히 달려온 모친, 최창선과 최두선 형제, 1914~1918년에 경성일보사를 이끈 언론계의 거물 아베 미쓰이에[阿部充家], 1910년대에 『매일신보』에 몸담은 방태영, 심우섭, 이상협이 마중 나와 있었다.

최남선은 붉은색 수의를 흰 옥양목 두루마기로 갈아입고 이 년 칠 개월 보름 만에 세상으로 돌아왔다. 최남선의 낯은 조금 더 건 듯싶었지만 훨씬 강단져 보였다. 최남선의 손에는 감옥에서 보던 삼십여 권의 책과 함께 노역의 대가 1원 69전이 쥐어져 있었다. 최남선은 여전히 솜버선에 굵은 미투리를 신은 채 카메라 앞에 섰다. 최남선의 오른편에는 흰 두루마기를 입은 형 최창선, 왼편에는 양복 차림에 중절모를 손에 든 동생 최두선이 섰다. 그날 비가 오리라는 예보가 있었기 때문에 최남선의 모친은 우산을 챙겨 나왔다.

혈기로 충만했던 청년 편집자는 눈 깜짝할 새에 이립(而立)을 지나 있었다. 구리개로 돌아가는 최남선의 발걸음은 새삼스러운 나이만큼 무거웠고 그날의 날씨만큼 어두웠다. 열여덟 살의 편집자가 꽃피운 아름다운 청춘을 부활시킬 수 있을까? 활자와 종이에 시대의 명운을 걸었던 황금기를 다시 꿈꾸어도 좋을까? 출판문화의 르네상스를 또 한 번 구리개 신문관으로 불러들일 수 있을 것인가?

최남선의 투옥 이후 신문관의 시대가 저문 것은 불 보듯 훤했다. 자금 사정이 악화된 것이야 두말할 나위도 없었다. 하지만 돈이라면 별

문제가 아닐지도 모른다. 한때 신문관은 서둘러 거액을 쏟아 부어야 할 만큼 절박한 궁지로 내몰리기도 했지만 단지 경영상의 문제라면 부친의 힘을 빌려서나마 해결할 수 있을 터였다. 게다가 형 최창선은 언제나 그러했듯이 한눈파는 법 없이 제자리를 굳건히 지켜왔고 앞으로도 한결같을 것이다. 이제는 출판사라기보다 인쇄소라 불러야 마땅한 형편이었으나 그래도 신문관이 거느린 식솔만 해도 칠십여 명이니 어디에도 뒤처지지 않았다. 그렇다면 다시 시작할 수 있을까?

신문관의 후일담과 편집자의 운명

암중모색과 장고를 거듭하면서 최남선이 내내 바란 것은 『청춘』의 복간이었다. 『청춘』의 재기는 최남선이 투옥된 후에 최창선이 틈틈이 기회를 노렸던 일이기도 하다. 그러나 조선총독부의 태도가 요지부동인 마당에는 최남선도 단념하지 않을 수 없었다. 결국 최남선은 1922년 여름에 신문관의 간판을 내리고 인쇄소만 남기기로 결심했다. 신문관은 전성기만큼 최고의 품질을 자랑하기 어려웠지만 여전히 인쇄물을 수주하거나 광고를 낼 정도는 되었다. 신문관은 1928년 무렵까지 인쇄소로서만 근근이 명맥을 유지했다.

그 대신 최남선은 동명사를 설립하고 신문지법에 의거해 주간지 『동명』의 발행 허가를 따냈다. 1922년 9월 3일에 창간되어 매주 일요일마다 꼬박꼬박 발행된 『동명』은 타블로이드판 주간 잡지라는 보기 드문 형식으로 또 한 번의 실험을 감행했다. 『동명』의 표제 위를 장식한 'Ex

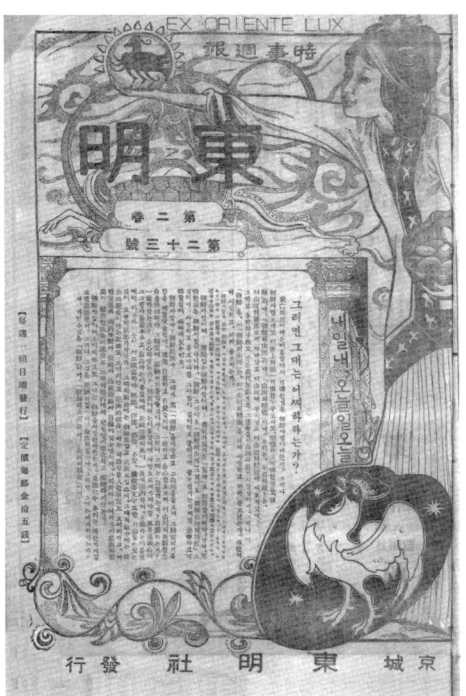

〈사진 26〉 (좌) 『동명』 창간호, (우) 『동명』 40호(고려대 도서관 소장)

Orient Lux(빛은 동방에서)'는 창간의 속뜻을 담은 말이요 최남선의 달라진 의중이기도 했다. 표지에는 『동명』이 나아갈 방향과 실천 구호를 내걸었다. 『동명』 창간호부터 27호의 표지에는 매호 '조선 민족아, 일치합시다. 민족적 자조에 일치합시다'라는 기치가 걸렸고, 28호부터는 내일은 내가, 오늘 일은 오늘 한다는 뜻으로 '내 일 내, 오늘 일 오늘'이라는 표어로 바뀌었다.

『동명』은 진학문이 편집 겸 발행인으로 나섰으나 최남선이 진두지휘를 맡은 것은 물론이다. 또 김동성, 변영로, 양건식, 염상섭, 홍명희, 현진건이 동인이라는 이름으로 함께 뛰어들어 큰 힘을 보탰다. 시사성을 놓쳐서는 안 될 주간지이면서도 20면의 분량 안에 사상, 학술, 문예,

〈사진 27〉(좌)『괴기』창간호(국회도서관 소장), (우)『괴기』2호(독립기념관 소장)

교육, 가정, 창작, 번역, 동화, 만화, 공모에 이르기까지 다채로운 영역
을 꾸준히 소화해 낸 점은『동명』의 중요한 공적이다. 그런데 창간 아
홉 달 만인 1923년 6월 3일에 통권 40호를 발행하면서『동명』은 돌연히
종간되고 말았다. 이번에는 자진해서 문을 닫았고 미리 사고를 통해
알리기까지 했으니 사뭇 이례적인 일이다.

최남선이『동명』을 포기하면서 도모한 일은 중앙 일간지 진출이다.
최남선은 오랜 출판 사업의 경륜과 주간지 발행에서 얻은 자신감을 바
탕으로『시대일보』를 창간했다. 1924년 3월 31일에 창간된『시대일
보』는 최남선 특유의 편집 감각을 무기로 초장부터『동아일보』와『조
선일보』를 긴장시킬 성싶었다. 문제는 최남선이 주식 발행을 통해 충
분한 자본금을 확보하지 못했다는 점이다. 결국『시대일보』가 출범하

자마자 최남선이 유사 종교 가운데 하나인 보천교(普天敎)에 발행권을 넘긴 일이 사회 문제로 비화되고 잇따라 사내 분규가 터지면서 최남선은 곧바로 손을 떼고 물러나야만 했다. 『시대일보』는 경영 불안정과 내분을 수습하지 못한 채 해를 넘겼고, 한때 홍명희가 사장을 맡았다가 1926년 9월에 이상협에 의해 『중외일보』로 인수되었다. 최남선으로서는 『시대일보』야말로 가장 쓰라린 패착이었다.

그런가 하면 1929년 5월과 12월 두 차례에 걸쳐 얄팍한 분량으로 발행된 『괴기』도 매우 독특하다. 애초에 최남선의 일인 독점 체재를 표방하고 나선 『괴기』는 뜻밖에도 통속 취미 잡지라는 이름을 달았다. 하지만 실제로는 괴기담과 거리가 까마득할 뿐 아니라 저속한 취향은 커녕 학술적 성격이 짙은 것이 『괴기』의 실상이다. 이미 고전, 신화, 역사, 지리, 기행의 다방면에 걸친 저술로 명성이 자자했던 최남선은 『괴기』를 통해 인문과학, 문화과학의 종합화에 도전했다. 그러고 보자면 『괴기』는 오늘날의 무크지에 가까운 또 하나의 모험이었던 셈이니 근대 출판문화사에서 일종의 사건이라고 보아도 좋다. 『괴기』의 성격도 흥미롭거니와 정기간행물을 향한 최남선의 꿈과 미련이 집요했다는 사실 또한 충분히 짐작할 수 있는 노릇이다.

어쨌거나 최남선에게도, 신문관으로서도 찬란한 유산은 되돌아오지 않았다. 설사 돌아온다 한들 첫 번째는 비극으로, 두 번째는 희극으로 끝막을 것이 정해진 이치였다. 최남선의 처지도 처지려니와 무엇보다 시대의 한 마디를 통과했다는 사실이 엄연했다. 신문관의 편집자는 새로운 시대에 걸맞은 새로운 상상력을 발휘하기에 힘이 부쳤다. 신문관에게는 새로운 시대를 개척할 새로운 이야기가 미처 마련되지 않았다. 신문관의 운명은 삼일운동까지였고, 청년 편집자가 떠맡은 역사적인 소명 역시 딱 거기까지였다.

제2부
책과 이야기의 일대기

제5장

이해조와 신소설의 판권

1. 셰에라자드의 탄생과 이야기의 운명

신소설의 창안자 이인직과 이해조는 1900년대 후반에 신문 연재소설 작가로 등장하여 앞 다퉈 근대문학사의 첫길을 냈다. 이인직과 이해조는 신흥 매스미디어로서 대중 일간지와 연재소설의 가치를 가장 먼저 꿰뚫어 본 최초의 근대소설가요 신소설을 새로운 이야기 양식의 탯줄로 활성화시킨 단 두 명의 전문 작가다. 이인직과 이해조의 신소설은 처음부터 단행본으로 출판된 경우도 없지 않지만 대개 신문에 연재되자마자 단행본으로 출판되곤 했다. 탁월한 성가를 올린 것은 단연 신문에 연재된 직후에 단행본으로 출판된 소설이다.

흔히 이인직, 이해조와 나란히 안국선, 김교제, 최찬식을 꼽기도 하지만 신소설이 어디까지나 신문 연재소설에서 배태되었다는 사실을 놓쳐서는 안 된다. 작가라기보다 저술가라 일컬어야 마땅할 안국선은 신소설이라는 이야기 양식과 인연이 멀고, 김교제는 출판사 전속 번역가이자 신소설 총서 기획을 도맡은 전문 편집자로서 선구적인 공적을 남겼다. 최찬식은 신문 연재소설로서 신소설의 생명력이 바닥난 끝물에 뛰어들어 줄곧 단행본 소설가로 남았다. 그런가 하면 『경남일보』의 연재소설 작가 박영운도 눈길을 끌지만 끝내 지방 일간지의 한계를 넘어서지 못했다.

이인직은 1906년 6월에 창간된 천도교 계열의 일간지인 『만세보』 주필을 맡으면서 최초의 신소설 『혈의 누』를 연재했다. 1906년 7월 22일부터 10월 10일까지 『만세보』에 연재된 『혈의 누』는 1907년 3월에 광학서포에서 단행본으로 출판되었다. 『혈의 누』에 뒤이어 1906년 10월 14일부터 1907년 5월 31일까지 반년 남짓 이어진 『귀의 성』 역시 『만세보』에 연재를 마무리한 직후인 1907년 5월과 1908년 7월에 중앙서관에서 전 2권의 단행본으로 출판되었다.[1] 이인직은 1907년 7월 이완용 내각이 『만세보』를 인수하여 창간한 『대한신문』의 사장을 맡았다. 『대한신문』이 소설 연재에 지면을 떼어 줄 여유가 없었기 때문에 『치악산』 상권과 『은세계』는 각각 1908년 9월과 11월에 곧장 단행본으로 출판되었다.

이인직이 『혈의 누』와 『귀의 성』의 연재를 잇달아 성공적으로 마무른 길목에서 장맞이한 이해조는 초창기 근대문학사에서 최대 규모의 작가다. 1906년 7월에 최초의 신소설을 내놓은 이인직은 일곱 해 만인 1913년 6월 문학사의 견인차에서 완전히 하차할 때까지 고작 다섯 편의 과작으로 그쳤다. 반면에 이해조는 1907년 6월부터 1913년 6월까지

---

1   김영민은 지금까지 1907년 10월에 광학서포에서 출판된 것으로 알려진 『귀의 성』 상권의 서지 사항을 바로잡았다. 김영민, 『문학 제도 및 민족어의 형성과 한국 근대문학(1890~1945)―제도, 언어, 양식의 지형도 연구』, 소명출판, 2012, 100~102면.

여섯 해 동안 발표한 신문 연재소설이 최소한 스물네 편 이상이며, 단행본으로만 출판된 소설이 네 편에 달한다. 이인직과 이해조가 1913년에 나란히 신소설에서 손을 떼지 않을 수 없었을 때 신문 연재소설로서 신소설의 운명도 최후의 종언을 고했다.

이해조는 첫 번째 신소설『고목화』부터 마지막 신소설『우중행인』까지 말 그대로 쉼 없이 연재를 이어 갔다. 1907년 6월부터 순 한글 일간지『제국신문』에 연재되기 시작한 이해조의 신소설은 잠시『대한민보』를 거쳤다가 1910년 10월부터 1913년 5월까지는 1910년대의 유일한 한국어 중앙 일간지인『매일신보』로 무대를 옮겨가며 계속되었다. 예컨대 이해조의 연재는 한 편의 신소설 연재가 종료되면 바로 그다음 날부터 또 다른 신소설의 연재가 시작되는 식이다. 그동안 신문 편집상의 문제라든가 정국의 변화로 인한 이직 탓에 두세 번 연재가 끊어진 때가 있었으나 휴재 기간이 길지는 않았다. 오히려 그중 반년 동안은 당대 명창의 판소리를 간추려 가다듬은 네 편의 개작 소설을 신소설과 동시에 연재한 바람에 두 군데의 연재 지면을 석권하기도 했다.

말하자면 이해조는 한 편의 신소설을 연재하는 와중에도 그다음에 내놓을 신소설을 구상하는 일을 멈추지 않은 셈이며, 끊임없이 새로운 이야깃거리를 찾아 나서며 소설화한 유례없는 이야기꾼이다. 소설가 이해조의 시선은 격동의 고비에 올라선 갑오개혁과 농민전쟁을 전후한 무렵부터 당대에 이르기까지, 또한 학교, 극장, 절, 교회, 기차, 정거장, 화륜선, 항구, 경무청, 재판소, 감옥, 객줏집, 화류가, 뒷골목, 굿판, 산적 소굴과 같이 한국 곳곳의 생생한 일상의 현장은 물론 멀리 간도, 블라디보스토크, 멕시코에 이르기까지 전 방위적으로 뻗어 갔다.

그러면서도 이해조는 갖가지 한문단편, 고전소설, 야담, 그 밖의 여러 문헌에서 크고 작은 소재나 밑그림을 빌려 왔다. 마땅한 젖줄을 대지 못한 이인직에 비하자면 동시대의 이해조는 한결 전통적인 이야기 관습과 감각에 기댈 수 있었으니 그런 점이야말로 이해조 득의의 다작 비결이기도 할 터다.[2] 여섯 해 동안 중앙 일간지의 연재소설을 독식하다시피 한 인기 작가 이해조는 독자의 까다로운 취향과 변덕스러운 흥미의 추이에 가장 예민하게 반응할 수밖에 없는 첨단에 서 있었으니 어쩌면 당연한 일일는지 모른다. 요컨대 이해조는 낯익은 이야기의 세계를 당대의 리얼리티에 걸맞게 세련된 방법으로 재구성해 냈다는 점에서 전근대와 근대의 경계 위에서 출현한 유일한 셰에라자드이자 최고의 이야기꾼이다. 갓 태어난 신소설이 빠른 속도로 안정된 이야기 양식에 접근하고 성공리에 정착할 수 있었던 것은 전적으로 이해조 덕분이다.

그런데 정작 신소설이 근대적인 이야기의 세계를 향해 발돋움한 데에는 단행본 출판의 공적이 주효했다는 사실을 잊어서는 안 된다. 기실 신소설의 급성장이라는 현상은 신문 연재소설이 태동하자마자 출판 시장에서 가장 매력적인 문화 상품의 하나로 부상했다는 사실, 단행본 신소설에 대한 지속적인 수요가 다시 신문 연재소설의 가치를 절상시키는 가역적인 회로가 제 몫을 다했다는 사실을 가리킨다. 그런 뜻에서 단행본으로 출판되어 새로운 유통 질서를 만들어 낸 이해조의 신소설은 자본주의 시장에 처음 선보인 새로운 이야기 양식의 운명을 가감 없이 보여 준다.

이러한 사정은 비단 신소설만이 아니다. 이를테면 1912년 1월부터 6월까지 『매일신보』 첫 면에 이해조가 연재한 네 편의 판소리 개작 소설 『옥중화』, 『강상련』, 『연의 각』, 『토의 간』은 단행본으로 가다듬어진

---

2 최원식, 「이해조 문학 연구」, 『한국 근대소설사론』, 창작과비평사, 1986, 58~147면; 함태영, 「1910년대 『매일신보』 소설 연구」, 연세대 박사논문, 2009. 2, 62~99면.

뒤 오랫동안 베스트셀러의 자리를 차지하며 새로운 부가 가치를 창출해 냈다. 같은 해에 최남선이 이끈 신문관에서 '육전소설' 시리즈 제일집 전 10권을 비롯하여 한국 및 중국의 고전소설을 신교판으로 복원 출판할 수 있었던 것도 이해조 연재소설의 상업적 성공을 배경으로 삼아 가능했다. 그런 뜻에서 고전소설 시장의 개척이란 곰곰 따지고 보자면 신소설이 거둔 뜻밖의 소득이자 근대 출판문화의 안돈에 막대한 빚을 진 파생 상품의 하나다.

2. 저작 겸 발행자의 미스터리

이해조의 신소설이 문학사적인 효과를 발동시킨 무대가 텍스트로서 신문 연재소설이라면 1910년대 출판문화의 역사적 성격을 부감하는 데에서 관건이 되는 것은 단행본 출판 이력과 판권의 이동 경로다. 이해조는 1910년대를 도틀어 가장 많은 수의 저작을 출판한 작가인데, 그중 신소설은 예외 없이 1913년 이전에 처음 출판되었다가 꾸준히 판을 거듭했기 때문에 초창기 문학 출판의 전반적인 윤곽을 일별할 수 있다.

이해조 신소설의 출판 상황은 이미 상당한 수준의 고증이 진행되었다.[3] 다만 몇 군데 소소한 대목을 바로잡을 필요가 있으니 주로 신소설의 판권 이월 과정에서 빚어진 착시나 오해 탓이다. 세밀한 검증을 위

---

3 최원식, 「이해조 문학 연구」, 『한국 근대소설사론』, 창작과비평사, 1986, 31~33면; 최원식, 「동아시아의 조지 워싱턴 수용—『화성돈전』을 중심으로」, 『한국 계몽주의 문학사론』, 소명출판, 2002, 164~166면; 배정상, 「이해조 문학 연구—근대 출판, 인쇄 매체와의 관련 양상을 중심으로」, 연세대 박사논문, 2012.8, 7~9면.

해서는 실제 출판물의 판권장을 전면적으로 재검토할 가치가 있다. 특히 판권장에 기록된 저자와 저자의 주소뿐만 아니라 발행소, 인쇄소, 분매소, 발매소와 같은 여러 출판 주체의 대표자, 주소, 전화 번호, 진체 구좌 번호를 면밀히 추적하면 신소설을 둘러싼 출판 생태계의 흥미진진한 일면을 입체적으로 부조할 수 있다. 편의상【갈피쌈】에서 몇 가지 주요 항목만 간략하게 제시해 두었다.

먼저 판권장에서 논란이 되곤 하는 저작 겸 발행자의 문제를 짚어두어야 한다. 흔히 판권장에서 눈여겨보게 되는 대목은 실제 저자가 명기되느냐 그렇지 않느냐의 문제다. 저자 이름의 적시 여부는 출판물의 창작 주체를 밝히기 위해서도 중요하려니와 이른바 저작자와 발행자의 이름이 어떻게 드러나는가에 따라 저작권을 둘러싼 인식과 관행을 엿볼 수 있기 때문이다. 저술자, 번역자, 역술자, 편역자, 편집자, 교열자를 포괄하는 저작자와 출판업자인 발행자는 실제로 판권장에서 따로따로 이름을 드러내기도 했지만 대개 저작 겸 발행자와 같이 한데 묶이곤 했다. 저작 겸 발행자는 간혹 저술 겸 발행자, 역술 겸 발행자, 편집 겸 발행자, 편역 겸 발행자로도 표시되었다.

그런데 저작 겸 발행자가 막상 출판사 사주인 발행자와 뚜렷하게 구분되지 않은 점이 문제다. 대체로 1900년대 후반에는 저작자와 발행자를 제각각 표시하는 경우가 많았지만 1910년대 초반부터는 저작 겸 발행자만 표시되곤 했다. 저작자와 발행자를 분리하는 경우와 통합하는 경우가 저작권 또는 판권이라 불리는 카피라이트와 어떠한 상관관계를 맺고 있는지는 분명하지 않다. 그렇다 하더라도 발행자든 저작 겸 발행자든 출판업자의 이름을 내건다는 점에서 실질적으로 별다른 차이가 없다고 보아야 옳다.

다만 1910년대 신소설 중에서는 이례적으로 최찬식이 저작 겸 발행자로 나선 경우가 확인된다. 1909년 2월에 공포된 출판법에 비추어 보자면 발행 허가를 위해서는 저작자와 발행자가 각각 명기되어야 하는데, 저작 겸 발행자로 처리하는 것도 무방하다. 따라서 편의상 출판사사주가 저작 겸 발행자로 이름을 올리는 것이 일반화되었지만 최찬식의 경우는 저작자와 발행자 모두 자신의 이름으로 발행 허가를 맡기도 했다.[4] 또 1920년대 이후의 출판물에서 저작 겸 발행자가 실제 저자와 일치하는 경우가 종종 눈에 띄는데, 대부분 저자가 손수 출판사를 차려 출판에 나선 경우다. 그렇지 않은 경우라 하더라도 실제 저자가 출판사 대표나 제삼자에 맞서 적극적으로 카피라이트를 소유하거나 행사했다고 보기는 어렵다.[5]

한편 출판물의 성격이 창작인지 아닌지, 번역인지 번안인지에 따라 저작자 및 발행자와 저작 겸 발행자의 표시가 달라졌다고 보는 일도 무리다.[6] 판권장의 기재 양식이 점차 저작 겸 발행자 표시로 바뀌었다고 추정될 뿐 유효한 범위 내에서 일정한 규칙성을 검출할 수 없기 때문이다. 다만 저작물의 소유권과 책임 소재를 명확히 구현하고 판권 거래 방식을 결정하는 데에서 저작자 및 발행자와 저작 겸 발행자 표

---

4 저자가 청초당(聽蕉堂)으로 표기된 채 1912년 10월에 출판된 『강상촌』의 경우는 조선총독부 경무총감부에서 발행한 『경무휘보』 31호의 기록에 의하면 저작자 최찬식, 발행자 최찬식의 명의로 6월 14일에 발행 허가가 이루어졌다. 따라서 김교제 또는 작자 미상의 소설로 알려진 『강상촌』의 실제 저자는 최찬식으로 보는 것이 옳다. 『경무휘보』의 발행 허가 상황은 역사 문제연구소 장신 연구실장이 제공한 자료를 통해 확인했다. 『경무휘보』 31호, 조선총독부 경무총감부, 1912.8.30, 561면.

5 지금으로서는 한기형의 논증이 가장 타당하다고 판단된다. 다만 출판업자가 실제 저자일 가능성에 대해서는 숙고할 필요가 있다. 한기형, 「『황금탑』 연구」, 『한국 근대소설사의 시각』, 소명출판, 1999, 125~129면; 한기형, 「1910년대 신소설에 미친 출판, 유통의 영향」, 같은 책, 243~250면.

6 방효순, 「일제 시대 저작권 제도의 정착 과정에 관한 연구―저작권 관련 사항을 중심으로」, 『서지학연구』 21호, 서지학회, 2001.6, 215~250면; 권정희, 「식민지 조선의 번역/번안의 위치 ―1910년대 저작권법을 중심으로」, 『반교어문연구』 28호, 반교어문학회, 2010.2, 297~320면.

시의 차이가 단순한 관행 이상의 의미를 띠었다고 보는 것이 합리적이다. 즉 발행자와 분리된 저작자가 해당 저작물에 대해 명목상 일정한 권리와 책임을 나누어 가진 반면에 저작 겸 발행자는 향후 저작물의 판매와 양도에서 배타적 권리를 행사할 수 있는 잠재력을 보유했다고 볼 수 있다.

그런가 하면 한국통감부 시기인 1908년 8월부터 한국에 의용(依用)되다가 조선총독부 체제에서 본격적으로 시행된 일련의 저작권 관련 법령에 유의해야 한다는 시각이 제안된 것은 최근의 일이다. 일본의 저작권 관련 법령이 한국에 그대로 적용되면서 한국어 저작물이 저작권 보호 대상에서 완전히 방기되는 사태가 벌어졌으며 결과적으로 저작권의 혼란과 기형적인 매매 상습이 자리 잡았다는 것이다. 한편 출판법을 통해 출판 통제의 편의와 효율성을 도모하기 위해 저작 겸 발행자의 표시가 가능해졌다. 신소설의 저자 위상이 불분명해지고 저작권의 무분별한 매매가 허용된 원인이 부실한 법체계와 임의적인 관례를 틈탄 상업적 악용 가능성에 있다는 주장은 신소설의 창작 주체와 출판 환경에 대해 접근하는 새로운 시각을 제시해 주었다.[7]

그런데 막상 저작권 관련 법령이 제도적으로 완비되었다면 사정이 달라졌을지는 회의적이다. 또 저작자와 발행자가 엄격히 구분되더라도 저작권의 매매나 양도가 제한될 가능성은 거의 없다. 실제로 저작권 등록 절차의 개정을 건의한 주체가 작가나 저술가가 아니라 출판업자였다는 사정, 출판업자를 상대로 저작권 침해를 둘러싼 형사 및 민사 소송이 가능했다는 실정은 외면할 수 없는 대목이다.[8] 저작권 보호

---

7 남석순, 『근대소설의 형성과 출판의 수용 미학』, 박이정, 2008, 290~300면.
8 방효순, 「일제 시대 저작권 제도의 정착 과정에 관한 연구—저작권 관련 사항을 중심으로」, 『서지학연구』 21호, 서지학회, 2001.6, 242~247면; 남석순, 『근대소설의 형성과 출판의 수용 미학』, 박이정, 2008, 314~316면.

에서 사각이 발생한 것과 저작권 자체의 허점은 서로 다른 뜻이며, 한 국어 저작물에 대한 보호 장치가 부재하거나 유명무실하더라도 실제 출판 현장에서 이루어지는 거래 방식이나 유통 질서의 조정은 저작권 과는 별개의 문제로 다루어져야 마땅하다.

결국 저작 겸 발행자 표시를 둘러싼 논란은 카피라이트를 작가의 저 작권으로 제한해서 바라보았기 때문에 빚어진 문제다. 그런 뜻에서 초 점을 저작권이 아니라 판권으로서 카피라이트에 맞출 필요가 있다. 한 국어 저작물이 저작권 보호라는 측면에서 고의적으로든 불가피하게 든 방치된 것이 실상이라 하더라도 현실적으로 규제가 아니라 권익 보 호가 목적인 저작권이 문제될 상황이 아니었으며, 설사 출판계에서 분 쟁이 일어나더라도 출판법을 비롯한 여타의 법령을 동원하여 얼마든 지 조정 가능했을 따름이다. 아닌 게 아니라 한국에서 저작권법이 제 정된 것은 1957년 1월이지만 저작권이 제자리를 찾거나 정당한 인세 가 지급되는 일은 오늘날에도 여전히 제한적으로만 실현되고 있는 형 편이다. 특히 번역서의 경우라면 한국이 세계 무역 기구(WTO) 협약과 세계 저작권 협약(UCC, 베른 조약)에 참여한 1996년 이후에 간신히 정상 화되기 시작했다는 점을 잊어서는 안 된다.

그렇다면 1910년대의 실상은 어떠했을까? 예컨대 1917년의 청년 문 사 이광수는 영어 교사 이형식의 목소리를 빌려 저작권이라는 용어를 인상 깊게 구사한 바 있다. 옛 은인의 딸이자 서울의 일급 기생인 박영 채를 빼내기 위해 몸값 천 원을 얻을 묘수를 끙끙거리며 짜내다가 이 형식이 가장 먼저 떠올린 것이 바로 영문 저술을 지어 미국이나 영국 의 책사(冊肆)에 저작권을 파는 길이다.[9] 이때 이형식이 운운한 저작권

---

9   이광수, 『무정(25회)』, 『매일신보』, 1917.2.2, 1면; 이광수, 『무정』, 신문관·동양서원, 1918, 123면.

이란 두말할 여지도 없이 원고료의 매절(買切)을 가리킨다.

하지만 이광수로서는 이듬해에 출판된 자신의 첫 번째 단행본 『무정』의 운명이 누구에게 귀속될 것인지조차 도무지 짐작하지 못하는 처지였다. 1910년대의 신문 연재소설이 저자의 첨삭이나 교정 없이 그대로 단행본으로 출판된 관행과 달리 이광수가 손댄 흔적이 역력한 단행본 『무정』의 판권은 한국전쟁 와중에 저자가 사망한 것으로 알려진 뒤에야 유족과 저작 겸 발행자 일가 사이의 담판을 통해 비로소 두 번째로 합의 이혼한 부인의 손으로 돌아올 수 있었다. 이광수는 살아생전에 『무정』의 판권이 자신의 품을 떠나고 만 일에 분통을 터뜨리기도 했지만 별수 없는 일이라는 것 또한 잘 알고 있었다.[10]

이광수가 맞닥뜨린 우스꽝스러운 모순은 저작권이나 인세에 대한 인식이 일천해서라기보다 일차적으로 출판 시장이 좁았기 때문에 어쩔 수 없이 빚어진 문제다. 눈앞의 원고료는 십 원이든 천 원이든 당장 떠올려 봄 직하건만 향후 삼사십 년이나 그 이후까지라도 꾸준히 인세가 지급될 수 있다는 가정은 적어도 한국인에게는 아직 상상된 바 없는 일이다. 그렇다고 해서 1930년대에 들어서서 심훈의 『상록수』에 500원, 박계주의 『순애보』에 1,000원의 현상금이 걸렸다든가 이광수의 『무정』을 영화화하기 위한 원작료가 500원, 입도선매된 『사랑』 전 2권의 판권이 3,500원까지 치솟을 때에도 사정은 나아지지 않았다. 10%의 인세를 보장하거나 출판물의 일부 물량을 떼어 넘기는 방식의 보상이란 저작자 측에서든 발행자 측에서든 그리 달갑지 않기 때문이다.

실제로 이해조의 신소설이 전성기를 구가한 즈음인 1912년에 무명에다가 무직인 열아홉 살 청년 이상협은 번안소설 『재봉춘』의 원고를

---

10 박진영, 「『무정』이라는 책의 탄생 전후」, 『근대서지』 4호, 근대서지학회, 2011.12, 317~350면.

40원에 팔아넘길 수 있었다. 보통의 경우라면 10~20원 안팎이 고작일 텐데 당시『매일신보』기자 월급의 두 배가량이나 되는 큰돈을 거머쥔 셈이니 정가 30전짜리 단행본 소설의 발행 부수 또는 판매 부수를 어림잡아 보더라도 10% 인세 이상의 값어치가 된다. 얼마 뒤 전문 번안 작가 조중환은 1910년대 최고의 인기 소설『장한몽』전 3권의 판권을 300원에 두 번째 출판사로 넘기는 진기록을 세우기도 했다.[11] 정가 1원 20전짜리『무정』의 초판이 고작 1,000부를 찍고는 컬러 광고를 내걸 때의 일이다. 그다음부터 판권이 전적으로 발행자 또는 저작 겸 발행자에게 넘어간 것은 어느 경우든 마찬가지다.

3. 판권 돌리기의 두 가지 경로

요컨대 실제 저자의 저작권이 문제되는 경우는 초판 이후에 출판사 사이에서 판권이 거래되거나 영화와 같은 이차 저작물을 낳게 될 경우다. 이광수의 사례에서 분명히 눈치 챌 수 있듯이 일단 원고료, 번역료, 판권이라는 이름으로 저자와 출판사 사이에서 거래가 성사되고 나면 더 이상 저자가 끼어들 틈이 생기지 않게 마련이다. 하물며 베스트셀러가 기대되는 내로라하는 작가가 아니라면 액수의 높낮이는 감수할 지언정 판권을 통째로 매절하거나 영매(永賣)하는 선에서 양측의 이해관계가 맞아떨어질 수밖에 없는 노릇이다. 따라서 충분한 시장 조사와

---

11 「첫 수입 받던 때 이야기」,『별건곤』4호, 개벽사, 48~50면;「삼천리 기밀실」,『삼천리』6권 9호, 삼천리사, 1934.9, 17면.

예측이 뒤따르지 않고서는 저자든 출판사든 판권 매매 형식으로 타협하지 않으면 안 되었다는 뜻이다.

　그렇다면 마땅한 맞수를 찾아보기 힘든 당대 최고의 유명 작가 이해조의 카피라이트는 사정이 어떠했을까? 이해조 신소설의 판권장이 말해 주는 것은 무엇이며 숨기는 바는 무엇인가? 지금 우리 시대까지 살아남지 못한 판권장을 더듬어 볼 수는 없을까? 소급된 추정을 넘어서거나 실증의 실마리가 될 만한 답이나마 내놓기 위해서는 이해조 신소설의 초판과 초판 이후의 판행을 찬찬히 들여다보아야만 한다.

　일단 식민지 시기의 출판물에서 판이나 쇄의 구분이 엄격하지 않다는 점을 짚어 두자. 상례의 경우라면 식민지 시기의 판 구분은 출판사가 바뀌거나 지형이 달라지지 않는 한 사실상 오늘날의 쇄나 다름없다고 보아도 좋다. 그런데 막상 같은 판이고 지형이 동일하다 하더라도 표지 디자인, 판권장, 광고 지면이 조금씩이나마 다른 경우도 흔하다. 특히 1910년대에는 같은 판으로 치면서도 실제로는 여러 차례 거듭 인쇄된 경우가 많다. 따라서 판 구분만 놓고서는 실제 발행 부수나 판매량을 함부로 예단하기 어렵다. 오식은 물론이려니와 발행일자나 저작자가 기재된 곳에 오려 붙이거나 덧칠을 가한 흔적이 남는 바람에 마치 이본처럼 판단할 수밖에 없는 경우도 종종 눈에 띈다. 여기에는 아마 납본이나 검열과 관련된 문제가 개입되어 있을 터다. 따라서 실제 출판물을 최대한 광범위하게 수습하여 전수 조사하는 일이 무엇보다 긴요하다.

　【갈피쫌】에 제시된 표에서 배경색으로 강조 처리된 행은 여러 경로로 실제 출판물을 확인한 경우이며 중복된 자료가 포함되어 있다. 실제 출판물을 직접 확인하지 못하거나 여타의 판과 대조하며 검증할 수 없어서 빈칸으로 남겨 둔 부분은 앞으로 조사가 더 진행되어야 한다.

1) 지송욱과 신구서림

먼저 이해조의 단행본 신소설 초판 총 20종 25권 가운데 절반에 육박하는 8종 12권이 1912년 7월부터 1913년 10월 사이에 집중적으로 출판되었다. 즉 1911년 6월부터 『매일신보』에 연재된 『구의산』이래의 신소설이 여기에 해당한다. 『구의산』을 경계로 일간지 연재와 초판 출판 사이의 거리는 기껏해야 일 년을 넘지 않았으며, 뒤로 갈수록 시차가 점점 줄어서 마지막 신소설 『우중행인』은 연재 종료 넉 달 남짓 만에 출판까지 모두 완료되었다.

또 『구의산』이래의 단행본 신소설은 예외 없이 지송욱의 신구서림에서 출판되었다. 신구서림 판의 판권장에서는 일관되게 저작자 이해조와 발행자 지송욱이 따로따로 표시되었고 판이 거듭되더라도 바뀌지 않았다. 예컨대 『구의산』상권 9판, 『구의산』상하 합본 9판, 『소양정』7판, 『춘외춘』하권 3판, 『비파성』박문서관 3판은 신구서림과 박문서관이 공동 발행하거나 박문서관에서 단독으로 출판되었지만 발행자는 박문서관의 대표 노익형이 아니라 한결같이 신구서림의 대표 지송욱으로 남아 있다.

개성 출신의 지송욱은 1900년대 초반에 남문 밖 자암동 42통 10호에 자리를 잡고 방각본 출판으로 입신한 인물이다. 지송욱이 신구서림이라는 간판을 내걸고 본격적인 근대 출판업에 뛰어든 것은 1907년 12월 무렵이며, 1908년 1월부터 독자적으로 광고를 낼 만큼 사세가 안정적이었다.[12] 신구서림은 1915년 10월에 봉래정 1정목 77번지로 이전하여 사옥을 크게 확장한 동시에 발리동 9통 10호 즉 공평동 55번지에 위치

---

12 '광고', 『황성신문』, 1907.12.14, 4면; '특별 광고', 『황성신문』, 1908.1.7, 3면.

한 인쇄소 성문사를 인수했다.[13] 이에 따라 신구서림 판의 초판 인쇄는 신문관 인쇄소, 법한회사 인쇄부, 문명사에서 번갈아 담당했지만 1914년부터는 성문사에서 도맡았다. 일찌감치 방각본 출판에 손댄 지송욱은 출범 초창기부터 독자적인 인쇄 역량을 보유하기 위해 애썼으며 비교적 빠른 속도로 목표를 성취한 셈이다.

특히 성문사는 전신과 후신이 자못 흥미로운 인쇄 업체여서 각별히 주목할 가치가 있다. 이해조 신소설의 판권장에서 종로 발리동 9통 10호라는 주소가 처음 등장한 것은 1911년 12월에 출판된 『월하가인』 초판으로 정창호가 대표를 맡은 인쇄소 광제사다. 그런데 1912년 3월에 『쌍옥적』 재판을 맡은 인쇄소는 같은 주소에 자리 잡은 보명사이며 대표자는 방희영이다. 또 1913년 1월 『옥중화』 재판과 1913년 6월 『누구의 죄』 초판은 대표 김익수의 창문사에서 인쇄되었다. 그러다가 1913년 12월 『연의 각』 초판과 1914년 2월 『구의산』 하권 재판에서는 김성표가 대표자로 기재된 성문사라는 이름으로 바뀌었다. 종로 발리동 9통 10호라는 주소가 공평동 55번지로 바뀌면서 수장으로 나선 것은 심우택이며 그때부터야 비로소 성문사라는 이름이 한동안 유지될 수 있었다.

인쇄업계에서 오랫동안 이름을 남기게 될 심우택이 신구서림의 지송욱과 손잡고 나선 성문사는 머잖아 1920년대 유수의 인쇄 업체 가운데 하나인 대동인쇄주식회사로 성장했다. 1920년 3월 29일 보문관의 홍순필을 대표자로 내세워 공칭 자본금 350,000원, 불입 자본금 82,500원 규모로 설립된 대동인쇄주식회사의 주소가 바로 공평동 55번지이며 최대 주주는 지송욱이다. 그런가 하면 석 달 뒤인 1920년 6월 26일에 설립된 조선도서주식회사 역시 공칭 자본금 250,000원, 불입 자본

---

13 최호석의 연구는 초창기 출판인의 생생한 면모와 신구서림의 일대기를 조망하는 데에 모자람이 없다. 최호석, 「지송욱과 신구서림」, 『고소설연구』 19호, 한국고소설학회, 2005.6, 255~282면.

금 62,500원에 달하는데 대표이자 최대 주주 모두 지송욱의 몫이었다가 박문서관 대표 노익형에게 넘어갔다.[14]

흥미로운 것은 1923년 1월에 출판된 『소양정』 7판이 동일한 발행일자에 박문서관 판과 신구서림 판이 동시에 출판되고 인쇄도 각기 다른 업체에 맡겨졌다는 사실이다. 이러한 일은 두 업체의 공동 발행이라고 일컫기에도 다소 유별난 현상인데, 박문서관이 끼어든 1923년 초부터 지송욱이 차차 출판업에서 손을 떼고 노익형의 아우 노익환에게 신구서림을 넘기는 와중에 지송욱이 한동안 판권을 보유했기 때문이다. 지송욱은 여전히 조선도서주식회사의 최대 주주였지만 서서히 일선에서 물러나 신구서림의 간판을 내릴 참이었다. 대동인쇄주식회사 역시 1925년에 대규모 분규로 한바탕 홍역을 치른 후 1931년 6월에 이르러 박문서관의 계열사로 편입되었다.

내친김에 이해조의 신소설 가운데 박문서관에서 초판이 나온 유일한 경우인 『모란병』도 함께 짚어 두자. 1911년 4월에 초판을 낸 『모란병』 역시 중간에 지형이 바뀌곤 했지만 내내 저작자 이해조와 발행자 노익형을 분리하여 표시했다. 박문서관도 일찌감치 박문서관 인쇄소를 두어 독자적인 인쇄가 가능했던 데에다가 판권이 이동한 적이 없기 때문에 초판 그대로 저작자와 발행자를 따로 표시한 것이다.

그런가 하면 판소리 개작 소설 『강상련』과 『연의 각』은 사정이 조금 다르다. 『강상련』의 판권장에서는 1920년대 초반까지 쭉 편집자 이해조와 발행자 이종정을 분리해서 표시해 두었다. 이종정은 1908년 3월 전동에서 문을 연 광동서국의 사주다. 그런데 광동서국은 독자적인 인쇄소를 소유하지 않았으며, 출판 활동을 활발하게 펼치기보다 서점 영

업에 주력했다. 따라서 『강상련』 재판과 4판 사이에, 짐작건대 재판을 낼 무렵에 출판사가 신구서림으로 바뀌고 지형이 바뀌었지만 이종정이 판권을 그대로 유지한 채 출판되었다.

반면에 『연의 각』은 1916년에 신구서림에서 새로 초판 표시를 달고 출판되면서 저작 겸 발행자가 이종정에서 지송욱으로 바뀌었다. 이해조의 신소설과 판소리 개작 소설 가운데에서는 지송욱이 저작 겸 발행자로 표시된 유일한 사례다. 1914년에 출판된 『정선 조선 가곡』의 경우도 저작 겸 발행자로 지송욱의 이름이 쓰였지만 조금 각별한 대목이므로 4절에서 따로 논의하겠다. 어쨌거나 『연의 각』 1913년 초판에서 편집자 이해조, 발행자 이종정으로 되어 있다가 판권이 지송욱에게 완전히 넘어가면서 새로 초판이라 매기고 저작 겸 발행자 표시로 바뀐 것이 분명하다. 이러한 방식은 1925년에 홍순필에게 판권이 넘어갈 때에도 마찬가지다. 다만 1913년 초판이 광동서국이 아니라 신구서림에서 출판된 점은 아무래도 의심스럽다. 짐작건대 실제 초판은 1913년 12월 이전에 광동서국에서 먼저 나왔을 것이다.

2) 민준호와 동양서원

이종정에게서 판권을 사들여 출판한 지송욱이 저작 겸 발행자로 표시된 것은 전혀 이상한 일이 아니다. 이를테면 이해조의 신소설 가운데 초판으로는 단 두 편만 내놓은 채 1908년부터 1911년 사이에 이미 출판된 신소설의 판권을 대거 매수하여 다시 출판한 민준호의 경우를 보면 실상을 쉽게 알아차릴 수 있다.

동양서원에서 펴낸 이해조의 신소설은 모두 7종 8권인데, 그중에서 민준호의 이름을 확인할 수 있는 것은 5종 5권만 확인된 상태다. 실제 출판물을 통해 민준호의 이름을 검증하지 못한 두 편은 『고목화』와 『홍도화』 하권이다. 일단 1911년 9월에 출판된 『만월대』 재판을 제외한 나머지 네 편은 모두 저작 겸 발행자가 민준호로 표시되었다. 그렇다면 저작자 이해조, 발행자 민준호로 표시된 『만월대』 재판은 초판의 판권을 그대로 유지했다는 뜻이니 1910년 12월에 처음 발행된 것으로 기재된 초판의 출판사는 동양서원임이 틀림없다. 다만 한일병합 직후 『매일신보』에 처음 연재된 『화세계』가 동양서원에서 초판으로 출판되었음에도 불구하고 저작 겸 발행자가 민준호로 표시된 대목은 조금 석연치 않은 구석이다. 지금으로서는 1911년에 민준호가 7종 8권에 달하는 이해조의 신소설 판권을 한꺼번에 사들이면서 1911년 1월에 연재가 마무리된 『화세계』의 판권을 함께 포함시켰다고 보는 것이 가장 개연적이다.

그렇다면 초판을 출판할 때 저작자와 발행자가 분리되었더라도 출판업자가 판권을 매수하여 다시 출판할 경우에 출판사 사주가 저작 겸 발행자로 나선 현상은 민준호의 동양서원에서 거의 그대로 지켜진 셈이다. 비단 이해조의 신소설만이 아니다. 동양서원의 전속 번역가이자 기획 편집자 역할을 맡은 것으로 짐작되는 김교제의 신소설과 번역소설이 같은 시기에 집중적으로 출판될 때에도 똑같은 양상을 확인할 수 있다.

먼저 김교제의 첫 번째 신소설 『목단화』만 예외적으로 광학서포에서 발행되었는데 판권장에는 저술자 김교제와 발행자 김상만이 분리되어 기재되었다. 그 뒤로 김교제의 소설은 적어도 1913년까지 모두 동양서원에서 출판되었다. 신소설 『치악산』 하권, 『현미경』, 『난봉기합』은 판권장에 저작자 김교제와 발행자 민준호가 분리되어 있는 데에다가 본문 첫머리에 각각 아속생, 아속 저, 아속 선생 저와 같은 실제 저자 표시를 따로 남겼다.

그중에서 문학사적인 가치를 대접받지 못한 『난봉기합』은 소설 앞뒤로 그다지 짧지 않은 머리말과 후기를 남기고 있어 각별히 주목할 가치가 있다. 이를테면 이해조의 목소리가 들어 있는 『화의 혈』 연재 머리말과 맺음말, 『탄금대』 연재 맺음말, 『소양정』 소설 예고에 버금가는 것이기 때문이다. 신소설을 둘러싼 인식이나 이해조의 소설관을 고스란히 드러낸 세 편의 짤막한 글이 모두 신문 연재 앞뒤에 덧붙은 안내나 소설 예고의 형식을 취했다가 단행본에 그대로 포함된 것이라면 김교제의 경우에는 애초에 단행본 머리말과 후기로 제시되었다는 점에서 조금 다르다는 점도 기억해 둘 가치가 있다.

또한 김교제의 번역소설 『비행선』, 『지장보살』, 『일만 구천 방』 역시 판권장에서 역술자 또는 저작자 김교제와 발행자 민준호를 따로따로 표기한 동시에 본문 첫머리에 김교제의 번역임을 단단히 못 박아 두었다.

흥미로운 문제는 신소설 『마상루』와 번역소설 『삼촌설』 상권이다. 『마상루』와 『삼촌설』 상권의 판권장에는 각각 저작 겸 발행자 민준호, 역술 겸 발행자 민준호라고 기재되어 있다. 그런데 본문 첫머리에서 뜻밖에도 『마상루』는 민준호 저, 아속 김교제 열, 『삼촌설』 상권은 민준호 역술, 김교제 윤색이라고 밝혀 두었다.

명목상의 의미 그대로 민준호가 실제 저자이고 김교제가 교열이나 윤색을 맡았다고 이해하자면 본문 첫머리의 표시든 판권장의 표시 방식이든 간단명료하기 짝이 없다. 그러나 김교제가 동양서원에 전속되다시피 묶여 있었다는 점에서 그럴 가능성은 대단히 낮다. 김교제의 역할이 단지 교열이나 윤색으로 그쳤다고 판단하기에는 전성기의 동양서원에서 김교제가 차지한 비중이 지나치게 크기 때문이다.[15] 따라서 출판사 사주이자 실제 저자와 교열 또는 윤색을 담당한 편집자 사이의 관계라기보다 카피라이트 표시 방법으로 채택된 꼼수 가운데 하나가 아니었을까 추정된다. 즉『마상루』와『삼춘설』상권의 실제 저자, 역자는 김교제이되 판권은 온전히 민준호의 몫으로 돌아간 셈이다.

그런가 하면 중앙서관에서 처음 출판되었다가 동양서원에서 다시 출판된 이인직의『귀의 성』상권과『혈의 누』표제를 바꾸고 개작하여 동양서원에서 출판된『모란봉』이 저술자나 저작자를 이인직으로, 발행자를 민준호로 표기하여 출판된 것도 그다지 어색한 일이 아니다.『귀의 성』의 경우 주한영의 중앙서관이 출판사로서는 이미 개점휴업 상태이거나 사실상 폐업한 것이나 다름없어서 출판업자 사이의 판권 거래 없이 출판된 것으로 보인다. 또『모란봉』의 경우는 저자 이인직에 의해 개작이 이루어지고 표제도 바뀌었으므로 물리적인 의미로는 초판이다.[16] 두 경우 모두 민준호가 저작 겸 발행자로 표시될 근거가 마땅치 않은 것이 분명하다.

다시 이해조의 신소설 문제로 눈길을 돌려 보자. 1912년판『고목화』가 동양서원에서 출판된 반면 저작 겸 발행자가 현공렴으로 기재된 사실은 1908년 초판이 동양서원이 아니라 현공렴가(家)에서 출판되었다는 것을 뜻한다. 지금까지 학계에서『고목화』초판이 박문서관에서 나왔다고 보는 것은 명백한 잘못이다.

역관 출신의 저술가이자 출판인인 현채의 아들이 1904년 무렵 계동 강곡(薑谷) 13통 2호에서 낸 상점의 실체는 뽕나무 종자와 누에씨 판매업이다. 서적상으로서 현공렴가라는 상호는 1906년부터『황성신문』광고에 등장했으며 1908년 3월부터 독자적으로 단독 광고를 게재했

---

15 박진영,『번역과 변안의 시대』, 소명출판, 2011, 211~215면.
16 함태영,「『혈의 누』제2차 개작 연구―새 자료 동양서원본『모란봉』을 중심으로」,『대동문화연구』57호, 성균관대 대동문화연구원, 2007.3, 203~232면.

다. 현공렴가는 1909년 말에 잠시 신서매소(新書賣所)라는 이름을 쓰다가 1911년에 서적 급 모자 제조소로 이름을 바꾸었다. 현공렴이 대창서원이라는 간판을 내건 것은 1912년의 일이다.

이해조의 『고목화』는 현공렴가에서 단독 광고를 내기 직전인 1908년 2월 무렵에 출판된 것으로 추정된다. 그런데 처음의 광고에서는 『고목화』의 정가가 25전, 30전, 50전으로 들쑥날쑥 기재되다가 결국 30전으로 낙착되었다. 실제로 민준호의 동양서원으로 판권이 넘어왔을 때에는 표제가 『고목화』 상권이라고 되어 있고 정가는 30전이다. 따라서 이해조의 첫 번째 신문 연재소설이자 첫 번째 신소설 『고목화』 상권은 진작 하권까지 염두에 두고 연재 및 출판되었다가 중단된 것이라 보아야 마땅하다. 실제로 『고목화』 상권의 마지막 대목은 문장이 제대로 끝맺어지지 않은 상태이며 관례적으로 남길 법한 '고목화 종(終)'과 같은 표기도 덧붙이지 않았다.

마찬가지 이치로 『원앙도』의 초판은 파조교 건너편에 위치한 중앙서관에서 나왔을 것이며 판권장의 표기는 저작자 이해조, 발행자 주한영으로 기재되었을 것으로 추정된다. 역시 『황성신문』과 『대한매일신보』의 광고를 찾아보면 1909년 중앙서관에서 정가 25전을 매겨 광고했다는 사실을 확인할 수 있다. 또 『홍도화』 상권 초판이 유일서관에서 출판되었고 하권 재판의 저작 겸 발행자로 남궁준의 이름이 남아 있는 점으로 보아 하권 초판 역시 유일서관에서 출판되었을 것이다. 다만 『홍도화』 하권에 해당하는 『제국신문』 연재분이 남아 있지 않아 상권에 뒤이어 신문에 연재된 후에 단행본으로 상재되었는지, 혹은 곧장 단행본으로만 출판되었는지 단언하기 어렵다.

그렇다면 민준호는 어떻게 이해조 신소설의 판권을 대거 매수하여 단기간에 출판한 동시에 김교제의 신소설과 번역소설까지 집중적으로 내놓을 수 있었을까? 동양서원이 이해조의 신소설을 다시 펴낸 일은 신소설의 판권 이동 경로에서 어떤 몫을 맡았는가? 민준호가 이해조 신소설의 판권을 사들여 다시 출판한 일은 동양서원이 최대 규모의 신소설 전문 출판사로 급부상한 발판인 데에다가 1910년대 문학 출판의 향배를 결정했다는 점에서 진지하게 다룰 가치가 있다.

초창기의 출판업자들이 대개 중인이나 상인 계층에서 배출된 데에 비해 1877년생인 민준호는 특이하게도 세도가인 여흥 민씨의 양반 자산가 출신이다. 민준호는 연못골 교회라 불린 연동 교회의 주요 인사 가운데 한 사람인데, 1912년에 안국선의 양부이자 초대 독립협회 회장으로 유명한 안경수 집안과 사돈을 맺었다. 기실 연동 교회에는 초창기 독립협회의 주역 김정식, 박승봉, 유성준, 윤치호, 이상재, 이원긍, 홍재기가 포진해 있던 곳이다. 민준 호는 연동 교회 출신 인사들과 교분을 나누는 한편 호동의 자택 부근에 해동신숙(海東新宿)을 설립하여 교육 계몽 운동에도 열성적으로 참여했다. 그런데 연동 교회에 관여한 또 한 사람의 인사가 바로 이해조다. 이해조는 1907년 3월에 연동 교회의 사찰위원으로 이름을 올렸으니 이해조와 민준호의 인연이 연동 교회를 근거로 삼았음이 분명하다.[17]

민준호가 출판업에 뛰어든 것은 한

〈사진 28〉 민준호(홍익대 민병희 교수 소장)

17 최원식, 「동아시아의 조지 워싱턴 수용—『화성돈전』을 중심으로」, 『한국 계몽주의 문학사론』, 소명출판, 2002, 166~168면.

일병합 전야인 1910년 3월 무렵이다. 동양서원은 처음에는 학습서나 기독교 서적을 주로 취급했는데, 김상만의 광학서포에서 출판된 서적의 발매소나 분매소 역할을 담당하다가 점차 사세를 넓혀 갔다. 특히 출판법 공포 이후 가장 심각한 타격을 받은 광학서포를 비롯해 여타의 출판사에서 장판과 판권을 매수하는 방식으로 콘텐츠를 확보했다. 동양서원이 독자적인 사업 영역과 콘텐츠를 개발하기보다 이미 마련된 장판과 판권을 확보하는 쪽으로 기운 것은 출판 시장이 아직 무르익지 않은 데에다가 한일병합을 전후하여 출판계가 급격하게 요동치자 안정적인 경영 노선을 취한 전략이다.

게다가 동양서원이 갖춘 자본력이 실로 만만치 않은 규모다. 1912년 9월에 종로 철물교 부근 승등 교회 앞에 세운 동양서원의 신축 사옥은 세련된 이 층 양옥이었으며 영업부와 서적 판매부 외에도 편집부를 신설하는가 하면 별도로 교동에 있는 동문관을 직속 인쇄소로 거느리고, 호동의 민준호 자택에서 직속 제책소 역할을 맡은 장황부(粧䌙部)를 동명사(東明舍)로 독립시켜 명실상부한 대형 출판 그룹의 면모를 갖추었다. 동양서원이 과감하고 공격적인 경영을 선언할 수 있었던 비결은 고정 자본 65,000원을 바탕으로 막강한 규모, 설비, 인력을 고루 갖추게 된 덕분이다.[18] 민준호와 동양서원의 자금 동원력이란 1920년대 초반에 주식회사 형태로 설립된 주요 출판 및 인쇄 업체의 불입 자본금에 맞먹는 규모이니 동양서원의 일신은 영세한 출판 규모와 진부한 경영 방식에 갇혀 있던 출판계에 강렬한 자극을 일으키기에 충분했다.

민준호와 동양서원의 출판 활동이 1910년대의 문화계에서 새로운 돌파구를 찾아낸 것도 그즈음의 일이다. 동양서원은 1900년대 후반부

---

18 '광고,' 『매일신보』, 1912.9.7, 4면; 박진영, 『번역과 번안의 시대』, 소명출판, 2011, 199~203면; 박진영, 「『무정』이라는 책의 탄생 전후」, 『근대서지』 4호, 근대서지학회, 2011.12, 326~328면.

터 1910~1911년 무렵까지 축적된 신소설의 장판과 판권을 사들인 것을 기화로 총 4집 전40종의 대형 총서 기획에 나섰다. 동양서원은 처음에는 '소설 구락부'라는 이름을 붙였지만 이내 체재를 정비하여 '소설총서'로 가다듬어 나갔다. 그중에서 제일 집 전10종은 이인직의 신소설 1종, 이해조의 신소설 6종, 번역소설 2종, 기타 신소설 1종으로 편성되었다. 제이 집 전10종은 이인직과 이해조의 신소설 각 1종, 김교제의 신소설 2종, 박영운의 신소설 1종, 번역소설 1종, 기타 신소설과 고전소설 4종으로 편성되어 점차 신작 쪽으로 무게 중심을 옮기기 시작했다. 동양서원의 총서 기획은 1913년까지 최소한 34종 이상이 출판되어 신소설이 출판 시장의 주도권을 장악하는 데에서 결정적인 분수령을 만들어 냈다.[19]

3) 김용준과 보급서관

신구서림은 저작자와 발행자를 분리한 판권장을, 동양서원은 저작 겸 발행자 위주의 판권장을 취했지만 공통적으로 1910년대 내내 판권을 그대로 보유할 수 있었다. 신구서림의 판권은 지송욱이 출판업을 접기 시작한 1923년 1월, 동양서원의 판권은 민준호가 출판계를 떠난 1925년 8월 이후에나 홍순필의 보문관이라든가 노익형의 박문서관에 넘어갈 수 있었지만 그때는 이미 단행본 신소설의 상품성이 끝장까지 보고 만 뒤다. 중요한 것은 신구서림과 동양서원이 판권을 오랫동안 보유할 수 있었던 이유가 바로 탄탄한 자본력을 바탕으로 독자적인 인

---

19 박진영, 『번역과 번안의 시대』, 소명출판, 2011, 199~203면.

쇄 역량을 갖추었기 때문이라는 사실이다.

반면에 김용준의 보급서관은 신소설 출판에서 한몫을 차지함에도 불구하고 영세 출판의 한계를 넘어서지 못한 채 잦은 지형 변경과 비효율성을 적나라하게 노출했다. 예컨대 『월하가인』과 『화의 혈』은 둘 다 보급서관에서 초판을 낸 것이 분명한 데에도 김용준을 저작 또는 편집 겸 발행자로 표시하는 방식을 취했다. 재미있는 것은 설사 출판사와 인쇄소가 매번 바뀌더라도 판권은 여전히 김용준의 손에 남아 있었다는 사실이다. 그래서 판을 거듭할 때마다 표지 디자인과 지형도 함께 바뀌는 기현상이 일어났다.

보급서관의 사주 김용준이 보유한 판권의 이동 경로가 가장 극적인 장면을 연출한 것은 한국 최초의 추리소설 『쌍옥적』에서다. 『쌍옥적』의 초판은 1911년 12월에 보급서관에서 처음 출판되었는데, 1912년 3월에 현공렴가에서 재판을 내놓았다. 불과 백 일 만의 재판이건만 출판사와 인쇄소가 모두 달라졌고 지형을 바꾸어 면수를 줄였다. 1912년 재판의 표지도 1911년 초판의 표지를 근사하게 모사한 것으로 바뀌었다. 기묘하게도 다섯 해 뒤에야 나온 『쌍옥적』의 3판은 오히려 1912년 재판의 표지를 그대로 썼다. 다만 이번에도 지형을 바꾸어 면수를 더 줄였다.

다시 일 년 뒤에 새로 단장해서 나온 『쌍옥적』은 표지, 지형, 면수가 또 바뀌었다. 이번에는 표지 디자인을 아예 갈아서 글꼴과 그림이 모두 달라졌다. 1911년 초판에 비하자면 면수가 삼 분의 일 남짓 줄었건만 정가는 오히려 30전으로 올랐다. 그러면서도 판권장에는 4판 대신에 재판이라고만 이름 붙였으며, 그간의 출판 이력도 기재하지 않았다. 아마 1911년 초판부터 1917년 3판까지의 판을 일신했다는 뜻일 것이다. 요컨대 세 차례에 걸친 출판사 변경 과정에서 결코 지형이 따라붙지 않았으며, 결과적으로 『쌍옥적』의 네 가지 판은 물리적으로 서로 다른 책이다.

어떻게 이런 일이 가능했을까? 새로 조판해서 면수를 줄여 출판하는 방식이 초판을 그대로 찍느니보다 더 효율적이거나 저렴하다고 볼 수 있을까? 초판 출시 직후 단기간에 재판에 돌입한 것으로 미루어 보자면 『쌍옥적』은 상당한 판매고를 올렸음 직한데 그렇다 하더라도 종이와 잉크의 절감을 통해 얻는 이득이 지형을 다시 조판하는 시간이나 비용보다 훨씬 더 매력적이어야 한다는 뜻이다. 하지만 그렇게 보기에는 1912년 재판과 1917년 3판 사이의 시차가 너무 먼 것이 사실이다. 하다못해 판을 거듭하고 있다는 홍보 효과에도 적절치 않은 방식이며 적어도 여타의 신소설 판행 방식과 확연히 다르다.

신구서림과 동양서원의 판권 보유 방식이 겉보기만큼 크게 다르지 않은 반면에 보급서관의 출판 이력이 보여 준 차이는 훨씬 크고 중요하다. 양자의 차이는 일차적으로 출판사의 성격에서 빚어진 문제다. 신구서림과 동양서원이 독자적인 인쇄 시스템을 갖춘 반면에 보급서관은 충분한 자본과 독립적인 인쇄 설비를 전혀 갖추지 못했기 때문이다. 말하자면 사주 김용준이 판권을 소유함으로써 얼마든지 독점적인 전매권을 행사할 수 있었지만 막상 보급서관의 이름으로 출판되든 그렇지 않든 별다른 차이가 없었다는 뜻이다. 신소설에 주력한 출판사 가운데에서도 유독 보급서관이 독특한 색깔을 띠지 못한 것도 그런 이유에서다.

1883년생인 김용준이 보급서관을 개업한 것은 한일병합 며칠 뒤인 1910년 9월 2일의 일이다. 김용준의 창업 경위 역시 지송욱이나 민준호와 다르다. 김용준은 1908년 5월 1일에 정운복이 설립한 대한서림을 그대로 인수하여 간판을 바꾸어 달았다. 1870년생인 정운복은 소설가 정인택의 부친이기도 하다. 대한서림은 1908년 12월에 이해조의 『구마검』 초판을 출판한 곳인데 출판사 주소가 소안동 16통 8호로 보급서관과 같다. 김용준이 보급서관에 투자한 자본은 10,000원이다.[20] 결코 작은 액수는 아니지만 본격적인 출판업에 뛰어들기보다 서점 영업에 주력하는 편이 마땅했을 터다. 실제로 1910년대를 도틀어 보급서관에서 출판된 소설류는 10종 14권인데 그중 이해조의 신소설이 세 편, 번역소설이 한 편을 차지한 판국이니 신구서림이나 동양서원에 비하자면 턱없이 모자라고 허약하다.

요컨대 『쌍옥적』의 사례야말로 저작 겸 발행자의 성격이 이해조 신소설의 판권 이동 경로와 밀착된 문제임을 잘 보여 준다. 결과적으로 김용준의 판권 보유 방식은 출판사의 경쟁력에 한계를 초래할 뿐만 아니라 신소설 출판의 자생적 성장 기반을 다지는 데에도 분명한 약점으로 작용했다. 보급서관의 자본 규모와 출판 시스템은 말뜻 그대로 영세 출판에 머물 수밖에 없는 노릇이다.

4. 이해조와 오거서창

그런데 보급서관이라는 간판을 내걸고서는 불과 열 편의 소설류를 출판한 김용준이 이해조 소설의 판권을 네 편이나 보유한 대목을 눈여겨볼 가치가 있다. 판을 거듭할 만한 이윤을 기대할 수 있는 것이 어디까지나 이해조의 이름값 덕분이라는 점을 감안하면 보급서관에서 이해조 소설의 판권이 차지한 비중이 만만치 않기 때문이다. 게다가 판

---

20 '광고', 『황성신문』, 1908.4.28, 3면; '광고', 『한성신문(황성신문)』, 1910.8.30, 3면; 「상점 평판기―소안동 보급서관」, 『매일신보』, 1912.12.6, 3면.

소리 개작 소설『옥중화』가 보급서관에서 출판되었다는 점도 중요하다. 여타의 경우와 달리『옥중화』의 판권장에서는 내내 편집자, 편역자, 저작자 이해조와 발행자 김용준이 따로 표시되었으나 보급서관으로서는『옥중화』야말로 가장 중요한 수익원이었을 것이 틀림없다.

참고삼아『옥중화』의 출판 이력에 대해서도 한두 마디 덧붙여 두자.『옥중화』는 1920년대까지 꾸준히 판을 거듭한 베스트셀러 가운데 하나다. 그런데 박문서관의 초판이 보급서관의 초판보다 열흘 먼저 출판되었다고 보는 것은 큰 잘못이다.『옥중화』의 초판 발행일자는 1912년 8월 27일이며 보급서관에서 출판되었다. 그런데 아무리 늦잡아도 10판이 출판된 1917년 5월 이전에 출판사가 박문서관으로 바뀌면서 초판의 발행일자를 1912년 8월 17일로 잘못 기재하기 시작했다. 그 뒤로 박문서관 판에서 되풀이된 초판 발행일자는 명백한 오식일 따름이다.

『옥중화』의 출판사가 보급서관에서 박문서관으로 바뀌면서 권두그림과 지형이 바뀐 것은 짐작건대 1916년께로 추정되는 정정 9판부터일 것이다. 권두 그림이 1면에서 4면으로 늘어난 대신 본문 면수가 188면에서 157면으로 줄어든 박문서관 10판의 본문 첫머리와 판권장에는 정정 9판으로 표시되어 있기 때문이다. 권두 그림이 11면으로 늘어난 것은 1920년대에 들어선 뒤의 일이다. 다만 박문서관에서 꾸준히 판을 거듭하고 있는 와중에 대창서원에서 출판된 1920년판과 1921년판은 본문 첫머리에 정정 8판으로 표시되어 있고 권두 그림 없이 188면으로 되돌아갔다. 대창서원 1923년판은 다시 11면의 권두 그림을 넣은 대신 면수를 174면으로 줄였다.

적어도 판권장으로만 따져 보자면『옥중화』의 출판 이력은 매우 복잡하며, 1920년대에 박문서관과 대창서원에서 중복 출판, 판매된 경위도 상식적이지 않다. 흔히 초창기의 판권이 혼란스럽고 무분별한 중복

출판이 예삿일이라고 말하곤 하지만 막상 그런 실례를 찾아보기 어려운 만큼『옥중화』의 출판 상황은 이례적이고도 문제적이다. 난맥상의 갈피를 잡기 위해서는 수습 가능한『옥중화』의 온갖 이본을 그러모아 계보학적으로 따져 보아야 한다.

그렇다면 김용준이『옥중화』를 포함한 이해조의 소설을 다섯 편이나 펴낼 수 있었던 이유가 궁금하지 않을 수 없다. 또 한동안 판을 거듭하지 않았던『쌍옥적』,『화의 혈』,『누구의 죄』를 새삼스레 재판이라고 이름 붙여 1910년대 후반부터 1920년대 초반 사이에 다시 펴낸 것도 눈길을 끄는 대목이다. 판권의 편력을 둘러싼 속사정을 이해하기 위해서는 조금 멀리 더듬어 가야 할 뿐 아니라 다소 뜻밖의 풀이를 얻게 될지도 모른다.

민준호와 이해조가 연동 교회를 배경으로 인연을 맺었다면 김용준은 조금 다른 경로로 이해조와 끈이 닿았다. 먼저 이해조가 1900년대 후반에 국민교육회, 기호흥학회, 대한협회에 관여했다는 점을 떠올릴 필요가 있다. 이해조는 1906~1907년에 국민교육회에 참여하는 동시에 연동 교회에서 활동하면서 반년 동안『소년 한반도』에 현토 소설『잠상태』를 분재했다.『소년 한반도』에는 이인직도 참여했는데, 이인직과 이해조는 1907년 4월에『소년 한반도』가 종간된 직후 나란히『제국신문』으로 자리를 옮겨 신소설을 연재하기 시작했다. 기실 이해조의 첫 번째 신소설이자 신문 연재소설『고목화』는 이인직이 미완으로 남겨 두고 떠나간『혈의 누』하편의 빈자리를 이어받은 모양새다.[21] 1907년 5월에 대대적인 쇄신책을 내놓은『제국신문』의 주필로 새로 초빙된 인사는 다름 아닌 정운복이다.『경성일보』한국어판의 주필을 지

---

21 송민호, 「열재 이해조의 생애와 사상—대한제국 관직 활동과 국민교육회 활동을 중심으로」, 『국어국문학』156호, 2010.12, 259~267면.

낸 정운복은 영입된 지 넉 달 만에 폐간 위기에 처한 『제국신문』이 1907년 10월에 다시 속간되었을 때부터 편집 겸 발행인으로 올라섰다. 『국민신보』기자 출신인 선우일을 『제국신문』에 합류시킨 것도 정운 복이다. 그리고 앞서 밝혔듯이 정운복이 설립한 대한서림을 이어받은 것이 바로 김용준의 보급서관이다.

김용준은 이해조가 창간호부터 쭉 편집인을 맡은 『기호흥학회월 보』에 잠시 이름을 올린 기록이 남아 있다. 김용준이 기호흥학회에 적 극적으로 참여한 것은 아니지만 김용준 말고도 현채, 고유상, 김상만, 남궁준, 노익형, 백두용, 주한영과 같은 출판인이 대거 찬무원, 회원, 임원으로 가입되어 있어서 흥미롭다. 특히 유일서관의 남궁준은 대한 자강회와 대한협회에서도 회원으로 활동했으며, 정운복 역시 남궁준 과 함께 대한협회의 창립을 이끈 주역 가운데 한 사람이다.[22] 이해조 는 1908년과 1910년에 유일서관에서 『홍도화』전 2권을 출판했으며, 대한협회에서 발행한 『대한민보』에 『박정화』를 연재한 뒤 1912년에 유일서관에서 『산천초목』으로 표제를 바꾸어 출판했다.

선우일과 정운복은 『제국신문』에 이어 1910년대의 『매일신보』에서 도 이해조와 함께했다. 이해조 주변에서 언론인이나 출판인이 포착되 는 것은 얼핏 당연해 보일 법하지만 김용준, 선우일, 정운복의 경우는 이해조를 둘러싸고 출판업에 적극적으로 손댔다는 사실이 분명해진 다. 특히 선우일과 정운복이 김용준의 보급서관에 적잖이 개입했을 가 능성이 높아서 문제다. 예컨대 1912년 2월에 선우일이 보급서관에서 내놓은 번안소설 『두견성』상권에는 이해조가 교열자로 명시되었다. 또 1912년 10월에 출판된 『정선 팔대가』의 판권장에는 선우일이 보급

---

22 한기형, 「『황금탑』연구」, 『한국 근대소설사의 시각』, 소명출판, 1999, 125∼128면; 한기형, 「1910년대 신소설에 미친 출판, 유통의 영향」, 같은 책, 227면.

서관 편집부의 대표자로 기재되기도 했다.

그런가 하면 조금 특이한 대목도 눈에 띈다. 1909년 1월에 안태영의 광덕서관에서 출판된 이각종의 『실리 농방 신편(實利農方新編)』은 이해조가 교열을 맡았을 뿐만 아니라 저작 겸 발행자로도 이해조의 이름을 올려 두었다.[23] 지금으로서는 이해조가 저작 겸 발행자로 나선 사정이 분명치 않다. 하지만 1912년 무렵의 상황을 들여다보자면 신소설의 황금시대를 연 이해조를 거점으로 삼아 모종의 출판 네트워크가 일찍 가동되었을 가능성이 아주 짙다. 짐작건대 이해조와 신소설이 동반 몰락한 지 한참 뒤인 1910년대 후반부터 1920년대 초반 사이에 포착된 새로운 움직임 역시 이와 무관치 않을 터여서 깊이 파헤칠 가치가 있다.

한일병합 직후 이해조, 선우일, 정운복은 『매일신보』로 무대를 옮겨 당대 최고의 소설가이자 기자로 맹활약했다. 1913년부터 신문과 인연이 멀어진 이해조와 달리 선우일과 정운복은 1910년대 말까지 유일한 한국어 중앙 일간지 『매일신보』를 이끌었다. 세 명의 신문 기자가 의기투합한 장면 가운데 하나는 『매일신보』가 전면적인 쇄신과 개편에 한창 분주한 무렵인 1911년 12월 29일에 발족된 신해음사(辛亥唫社)다.[24] 전국적 규모를 갖춘 근대적 성격의 한시 동호 조직인 신해음사는 왕실 종친이자 귀족의 작위를 받은 이기용을 사장으로 내세웠지만 실질적인 수뇌는 구시대의 문사라 할 수 있는 안택중이다. 주로 안왕거라는 이름으로 활동한 안택중은 1858년생으로 만년에는 이해조의

---

23 배정상, 「이해조 문학 연구─근대 출판, 인쇄 매체와의 관련 양상을 중심으로」, 연세대 박사 논문, 2012.8, 37~38면.
24 신해음사에 대한 서술은 강명관, 박영민, 신상필의 논문을 따르고 필자가 직접 자료를 재확인 하고 보완하여 정리했다. 강명관, 「일제 초 구지식인의 문예 활동과 그 친일적 성격」, 『창작과 비평』62호, 창작과비평사, 1988.12, 141~172면; 박영민, 「1910년대 신해음사의 시사 활동과 안왕거」, 한국어문학 국제 학술 포럼(제5차 국제 학술대회 발표 논문집), 2008.4, 563~573면; 신상필, 「근대 한문학의 성격과 신해음사」, 『한문학보』22호, 우리한문학회, 2010.6, 107~129면.

고향인 포천에 투신하기도 했다. 안택중은 1926년에 정우회 선언을 이끈 사회주의자 안광천 즉 안효구의 부친이다.

그런데 착실한 준비를 갖추어 출범했음 직한 신해음사의 발족 취지서에 이름을 올린 여섯 명 가운데 이해조, 선우일, 정운복이 나란히 포함되었다. 전적으로 안택중의 주도로 조직되고 운영된 시사(詩社)인 신해음사가 처음부터 세 명의 『매일신보』 기자에게 상당히 의존했음을 알 수 있는 대목이다. 막상 이해조, 선우일, 정운복이 신해음사의 전면에 나서서 활동하거나 『매일신보』가 중요한 배후를 맡았다고 보기는 어렵다. 그러나 세 명의 기자가 신해음사에 참여하는 과정에서 『매일신보』의 업무에 지장을 초래하지 않아야 한다는 삼자 간의 사전 양해와 조율이 오고간 만큼 긴밀한 협의가 전제되어 있었으니 안택중의 지근거리에서 중요한 역할이 주어졌음이 틀림없다.

애초에 전문 월간 잡지를 발행하는 것을 목표로 삼은 신해음사는 실제로 이듬해인 1913년 3월부터 적어도 1918년 11월까지 『신해집』, 『임자집』, 『계축집』, 『갑인집』, 『을묘집』, 『병진집』, 『정사집』, 『무오집』을 격월간이나 계간, 또는 합집 형태로 발행했다. 말하자면 근대적인 격식과 품위를 갖춘 한시 전문 잡지를 정기적으로 발행하는 데에 성공한 최초의 사례다. 최소한 27호, 28호 합집까지 발행된 신해음사의 한시 잡지는 안택중을 편집 겸 발행자로 삼고 신해음사의 명의로 출판되었다. 이를 위해 신해음사는 출범 초기부터 신해음사 도서계를 편성하여 출판사 오거서창(五車書廠)을 운영했다. 인쇄는 앞에서 거론된 바 있는 보명사에 맡기기로 했으나 운영 상태가 불안정한 탓에 2호 『임자집』부터는 신문관에서 쭉 도맡았다.

신해음사에서 당대 최고의 신문 기자를 세 명이나 동시에 필요로 했다면 첫째는 한시 잡지의 전문 편집과 정기 발행을 위해서이며 또 하나는 독립적인 출판 사업을 펼치기 위해서다. 흥미로운 것은 1915년에 안택중의 이름으로 표면화된 오거서창이라는 출판사다. 신해음사 예하의 출판 기구로 성립된 오거서창은 1917년 무렵에 이르러 독립적인 출판에 나섰는데, 그 한복판에 이해조가 자리 잡고 있다.

먼저 신해음사는 한시 잡지 발행 외에도 단행본 문집 『허 부인 난설헌집』(1913), 『하천수첩』(1918), 『추모첩』(1919)을 출판했다. 또 『경찰범처치 규칙 언역』의 경우에는 안택중의 자택 주소와 동일한 유자후점에서 신해음사 구내 이용근의 이름과 함께 광고를 내기도 했다. 안택중과 신해음사의 주소는 각각 호동 17통 5호와 황교 37통 2호로 달랐다가 1915년부터 원남동 179번지로 일치되었다. 그런데 오거서창에서 출판된 『포염라 연의』와 『고부 기담』의 판권장에 기재된 저작 겸 발행자와 출판사의 주소 역시 원남동 179번지다.

오거서창의 주소가 달라진 것은 1917~1918년의 일이다. 오거서창은 신해음사의 성격과 전혀 무관한 이해조의 저작을 잇달아 펴내기 시작했는데, 1917년 10월에는 종로통 3정목 1번지였다가 1918년 3월부터 종로통 2정목 60번지로 바뀌었다. 문제는 이때 오거서창에서 출판된 책이 모두 이해조의 저작이며 저작 겸 발행자는 같은 주소의 김용준 또는 이해조라는 사실이다.

먼저 김용준이 저작 겸 발행자로 기재된 것은 『쌍옥적』 재판과 『화의혈』 재판이다. 1918년 4월에 남대문통 69번지로 기재된 김용준의 주소는 아마 남대문통 4정목 69번지의 잘못일 텐데, 이 주소는 1916~1918년 무렵 박문서관의 주소다.[25] 앞서 살핀 바대로 김용준은 1917년 5월 이전에 보급서관을 통한 출판을 사실상 포기한 마당이었다. 또 1916년 1월

---

25 방효순, 「일제 시대 민간 서적 발행의 구조적 특성에 관한 연구」, 이화여대 박사논문, 2001. 2, 45~47면.

에 출판된 『모란병』 3판의 판권장에 기재된 이해조의 주소 역시 박문서관의 주소와 같다. 서울 생활을 정리하고 포천으로 내려간 것으로 짐작되는 이해조가 편의상 내건 주소이겠으나 김용준, 노익형과 함께 새로운 계획을 구상했다고 추측해 볼 수 있다.

실제로 오거서창의 광고에 따르면 『쌍옥적』, 『화의 혈』 말고도 『빈상설』, 『누구의 죄』, 『일선 대역 한어 속성』까지 모두 다섯 종의 이해조 저술이 잇달아 출판될 계획이었다. 그중에서 세계 최초의 장편 추리소설을 번역한 『누구의 죄』는 1921년 박문서관에서 재판을 냈고 『빈상설』 재판과 『일선 대역 한어 속성』은 출판이 성사되지 못한 듯하다.

김용준이 판권을 보유한 신소설을 오거서창에서 재판으로 펴내려 했다면 이해조는 역사소설 『홍 장군전』 전 2권과 『한씨 보응록』 전 2권을 한날 한꺼번에 내놓았다. 이때에도 이해조의 주소와 오거서창의 주소는 종로통 2정목 60번지로 일치한다. 그런데 조금 일찍 출판된 『독습 일선 작문법』은 이해조와 오거서창의 주소가 종로통 3정목 1번지로 되어 있는 점으로 보아 이 주소는 독립적인 인쇄소를 보유하지 못한 오거서창의 사옥이 아니라 이해조의 주소라는 사실을 알 수 있다.

또 하나 골칫거리는 『독습 일선 작문법』의 성격이다. 1922년 8월에 광동서국에서 펴낸 『신찬 일선 작문법』은 1917년 10월에 오거서창에서 출판된 『독습 일선 작문법』의 차례 면수만 조금 줄여서 그대로 재출판한 것인데, 둘 다 저작 겸 발행자가 이해조로 되어 있지만 본문에서는 몽련 송헌석의 교열임을 분명히 밝혔다. 송헌석은 1910년 3월에 유일서관에서 출판된 『신정 중등 만국 지지』의 편집자로 유명하며, 각종 어학 교과서와 학습서를 저술했다. 그렇다면 『독습 일선 작문법』과 『신찬 일선 작문법』을 이해조의 저작에 포함시켜도 좋을지 의문이다. 그나마 초판에 해당하는 『독습 일선 작문법』은 아직 표제조차 제대로 알려진 바 없는데, 판권장의 저작 겸 발행자로 되어 있는 김 모의 이름 위에 이해조의 이름을 오려 붙였으니 1917년에 저작 겸 발행자의 명의를 둘러싼 모종의 움직임 속에서 일어난 일이라고 볼 수 있다. 한편 속표지에는 오거서창의 주소와 이기영의 이름이 새겨진 출판사 마크가 붙어 있는데, 아직 이기영의 정체를 추적하지 못했다.

이러한 사정은 『정선 조선 가곡』도 마찬가지다. 1914년과 1918년에 신구서림에서 출판된 『정선 조선 가곡』의 초판과 재판은 지송욱이 저작 겸 발행자로 되어 있는데 본문에는 박춘재의 구술임이 명기되어 있다. 그런데 1924년의 3판에서는 저작자 이해조, 발행자 지송욱으로 표시되었다. 초판과 재판에 전혀 등장하지 않은 이해조의 이름이 3판의 판권장에서 불쑥 끼어든 이유를 설명하기 어렵다. 다만 『정선 조선 가곡』을 이해조의 저작으로 보기 어렵다는 것은 명백하다. 또 『정선 조선 가곡』의 3판은 물리적으로 완전히 동일한 판이 분명한데도 정가가 서로 다른 경우가 발견되기도 한다.

한편 1926~1927년에 회동서관에서 출판된 『강명화 실기』 하권의 재판과 『강명화전』의 정체도 풀어야 할 숙제 가운데 하나다. 『강명화 실기』 하권의 재판은 회동서관에서 출판되었지만 저작 겸 발행자가 이해조로 되어 있다. 이해조의 저술임을 밝힌 『강명화전』은 이해조가 타계하기 직전에 출판되었다.[26] 1923년에 일어난 떠들썩한 정사 사건을 소설화하고 문화 상품으로 유행시킨 것은 그렇다 치더라도 만년의 이해조가 발 벗고 나서서 동일한 소재를 연거푸 우려먹은 일은 쉽사리 납득되지 않는다. 게다가 1926~1927년이라면 출판사로서 회동서관 역시 사실상 문을 닫은 판국이나 마찬가지였다.

---

26 황지영, 「근대 연애 담론의 양식적 변용과 정치적 재생산─강명화 소재 텍스트 양식을 중심으로」, 『한국문예비평연구』 36호, 한국현대문예비평학회, 2011. 12, 505~536면.

그렇다면 이해조의 이름이 저작 겸 발행자로 등장한 일은 무엇을 뜻하는가? 예컨대 최찬식은 1914~1918년에 『금강문』, 『도화원』, 『삼강문』, 1925년에 『강명화전』을 출판하면서 저작 겸 발행자로 이름을 올리곤 했다. 다만 최찬식은 본문 첫머리에 해동초인이나 청초당이라는 호를 명기하여 저작 겸 발행자와 실제 저자가 일치함을 드러냈다. 반면에 이해조는 송헌석, 박춘재 저술의 저작 겸 발행자로 끼어들어 갔다. 따라서 이해조가 『홍 장군전』이나 『한씨 보응록』의 실제 저자인지 의심하지 않을 수 없는 일이며, 『강명화 실기』나 『강명화전』 역시 곰곰 따져 보아야 한다는 뜻이다.

가령 1910년대의 경우에 비추어 보자면 출판업에 손댄 이해조의 이름이 마치 지송욱, 민준호, 김용준처럼 쓰였을 가능성이 없지 않은 셈이다. 요컨대 이해조가 자신의 저작물에 대한 판권을 소유하면서 저작 겸 발행자로 표시되었을 따름인가? 그렇지 않다면 1910년대 후반 이후의 이해조 저작은 단지 이해조의 명의를 빌려 출판되었을 뿐인가? 혹은 이해조가 직접 오거서창을 인수하여 출판 사업에 적극적으로 투신한 것일까?

일차적으로 종로 2정목 60번지의 실체가 무엇이며 이해조와 어떤 관련이 있는지 추적하는 일이 좋은 실마리가 될 것이다. 그리고 1910년대 후반 이후 이해조의 행적과 저술 활동을 전면적으로 재검토하는 일이 시급하다. 이해조가 초창기 최대 규모의 신소설 작가이자 1910년대 최고의 소설가라는 사실에 비추어 보자면 아직 규명되지 않은 중요한 대목이 너무 많다. 신소설의 판권을 둘러싼 의문을 해결하는 과제는 당장 이해조의 전기와 저술 목록을 보충하는 차원에서 그치지 않고 1900년대 후반부터 1910년대 초반에 신문에 연재되거나 단행본으로 출판된 신소설의 실제 저자를 원점에서 다시 실증적으로 검증하는 길목이 될 것이다. 이해조의 작품으로 알려진 신소설도 예외가 아니라는 것은 두말할 나위도 없다.

5. 신소설 출판 이후의 시대

거듭 강조할 가치가 있거니와 단행본 신소설의 주가가 한창 치솟은 1912~1913년은 정작 신문 연재소설로서 신소설이 근대문학사의 대장정에서 완전히 퇴출당한 때이기도 하다. 이해조라는 걸출한 이야기꾼이 입을 다물자마자 문학 부문이 출판계의 선두 주자로 올라섰고, 시장은 활황을 맞이했으나 신소설이 대중 일간지에 발붙일 틈은 더 이상 생기지 않았다. 결과적으로 1907년 이래 1910년대 후반까지 십여 년 동안 출판된 신소설은 끽해야 200종을 넘어서지 못하며, 그나마 1914년 이후로는 의미 있는 콘텐츠 축적이 진행되지 못했다.[27] 신소설이 물려준 몫을 톡톡히 챙긴 것은 오히려 고전소설이거나 번안소설이다.

그런 뜻에서 단행본 신소설 시장이란 이미 출발선에서부터 체력이 소진된 상태로 간신히 버텨 나갔을 따름이다. 지속 가능한 에너지원을 발굴하지 못한 신소설이 독자적인 대응력이나 외연 확장의 가능성을 갖추지 못한 채 단명하고 만 것은 필연적이다.[28] 이해조의 신소설이

---

27 한기형, 「『황금탑』 연구」, 『한국 근대소설사의 시각』, 소명출판, 1999, 125~129면; 한기형, 「1910년대 신소설에 미친 출판, 유통의 영향」, 같은 책, 221~225면; 남석순, 『근대소설의 형성과 출판의 수용 미학』, 박이정, 2008, 339~349면; 박진영, 『번역과 번안의 시대』, 소명출판, 2011, 203~210면; 김영민, 『문학 제도 및 민족어의 형성과 한국 근대문학(1890~1945)―제도, 언어, 양식의 지형도 연구』, 소명출판, 2012, 285~299면.

판을 거듭하면서 여러 손을 떠돌 수밖에 없었던 일도 어쩌면 불가피한 운명이었는지 모른다. 그런 와중에 넉넉한 자본력과 자체 인쇄 설비를 보유한 출판사는 신소설을 서서히 뒷전으로 물리면서 다음 시대를 위한 채비를 서둘렀다. 이를테면 신진 출판인이 세운 광익서관이라든가 노련한 수장이 이끈 박문서관의 경우가 그러하다.

고제홍의 둘째아들이자 회동서관을 물려받은 고유상의 아우인 고경상이 설립한 광익서관은 1910년대 후반에 몇몇 신소설을 출판하기도 했지만 사세를 다진 것은 1920년을 전후해서다. 유진태가 운영한 광한서림에서 실무를 익힌 삼 형제의 막내 고언상이 독립하면서 조선박문관 인쇄소를 인수하여 계문사 인쇄소를 차린 것도 그 무렵의 일이다. 광익서관은 궁지로 내몰린 신문관의 최창선과 최남선 형제가 보유한 판권 가운데 알짜를 사들이는 한편 일본 유학생이 주관한 동인지의 국내 발매와 유통을 도맡았다. 예컨대 국내에서 발행된 『태서문예신보』를 비롯하여 일본에서 발행된 『학지광』, 『여자계』, 『창조』, 『삼광』, 『여자시론』, 『수양』은 고경상과 광익서관의 전폭적인 후원이 아니고서는 살아남기 어려운 실정이었다. 광익서관이 얻은 대가는 일본 유학생 출신의 필진 가운데에서 김억, 홍난파, 오천석과 같은 최량의 신예를 선점한 일이다.

식민지 시기를 통틀어 최고의 출판인과 출판사로 성장한 노익형과 박문서관 역시 신소설 출판에 발을 담갔으나 일찌감치 출판 영역의 다변화를 꾀한 모범 사례다. 이를테면 1910년대 후반에 김인식, 이상준, 홍난파의 창가집과 음악 이론서에 기울인 노력은 박문서관이 보여 준 혜안 가운데 하나다. 필시 학교나 교회의 수요를 겨냥했음 직한 서양

28 한기형, 「신소설의 양식 특질」, 『한국 근대소설사의 시각』, 소명출판, 1999, 58~74면; 박진영, 『번역과 번안의 시대』, 소명출판, 2011, 106~113면.

음악 부문 서적의 출판은 광익서관과 박문서관이 공통적으로 눈독을 들인 대목이다.[29] 그런가 하면 1920년대의 박문서관이 남긴 가장 큰 공적은 번역소설과 동화 앤솔러지 출판에 전력투구한 점이다.[30] 새로운 시대의 문학 주체로서 전문 번역가와 아동문학가를 발견해 내고 1920년대를 세계문학의 시대로 이끈 주역이 바로 박문서관이다. 1930년대에 들어서자마자 당대 최대 규모의 인쇄 업체인 대동인쇄주식회사를 인수한 뒤 문학 출판의 황금시대를 구가한 박문서관의 숨은 저력은 단연 1920년대 초반의 몫으로 돌려야 한다.

그리고 보자면 1910년대의 신구서림, 동양서원, 보급서관, 유일서관, 회동서관이 요절하고 만 결정적인 이유는 영세 자본의 한계나 출판 통제의 제약 탓만이 아니다. 신소설 출판이란 문학과 출판 양단에서 이중으로 낡은 상상력에 기반을 두었기 때문이다. 하나는 끝끝내이해조의 신소설과 그 아류에 의존한 편협함이요 또 하나는 상업적 이윤의 원천을 다각화함으로써 주체적인 출판 전망을 개척하지 못한 근시안이다. 셰에라자드 이해조가 감당해야 했던 시대적 소임은 어찌 보자면 지나치게 지연되었다.

---

29 음악 부문 서적의 출판 사항은 아직 충분히 정리되지 못했다. 하동호,『근대 서지 고 습집(拾潗)』, 탑출판사, 1986, 237~306면.
30 짐작건대 1920년대 번역 출판물의 반수 이상이 박문서관을 통해 이루어진 듯하다. 김병철,『한국 근대 번역문학사 연구』, 1975, 683~691면; 방효순,「일제 시대 민간 서적 발행의 구조적 특성에 관한 연구」, 이화여대 박사논문, 2001.2, 68~73면.

제6장

『무정』이라는 책의 탄생 전후

1. 이광수의 착각과 오해

1919년 2월 도쿄 한복판에서 독립선언을 주도하고 상하이로 망명한 임시정부의 청년 간부이자 흥사단 원동위원부의 첫 번째 단우가 압록강을 건너 한국으로 돌아온 것은 이태 만인 1921년 봄의 일이다. 하지만 소설 나부랭이라도 발표할라치면 이름자는 고사하고 한때 내로라하던 호조차 함부로 내걸지 못할 마당이어서 이런저런 필명을 총동원하지 않으면 안 되었다. 도산 안창호의 만류조차 뿌리치고 돌아온 길이 영 석연치 않았던 탓이다. 게다가 일찌거니 눈 맞은 여류 명사와 간신히 재혼에 성공하자마자 처갓집에 턱하니 얹혀살게 된 신혼살림도 만만찮은 짐이었다.

한국의 근대문학사에서 첫머리에 꼽는 춘원 이광수가 미처 이립의 길에 오르지 못한 무렵의 일이다. 말하자면 이광수는 안팎으로 난감한 지경에 빠져 있었다. 궁색한 일이라면 또 있었다. 이광수를 일약 최고의 문사로 들날리게 만든 『무정』이 그러하다. 이광수의 소설 가운데 가장 많이, 그리고 가장 오래도록 팔렸지만 『무정』에서 나오는 돈이라고는 단 한 푼도 손에 들어올 턱이 없었기 때문이다. 훗날 이광수는 "『무정』과는 그야말로 무정하게 되었"노라고 게두덜거릴 도리밖에 없었다.[1]

한층 쑥쓸한 것은 근대소설 속에서 저작권이라는 관념을 맨 처음으로 상상한 것이 바로 이광수 자신이라는 엄연한 사실이다. 하필 그것도 『무정』의 주인공 이형식의 입을 빌려 인상 깊게 구사되었으니 아이러니치고는 참 고약한 인연이 아닐 수 없다.

'아아, 천 원! 천 원이 어디서 나는가' 하고 벌떡 일어나 방에 들어와 앉았다. 이 집이 천 원짜리가 될까 하였다. 또 책장에 끼인 백여 권 양장 책이 천 원짜리가 될까 하였다. 옳지, 저 한 책의 저작권은 각각 천 원 이상이라 하였다. 나도 저만한 책을 써서 책사(冊肆)에 팔면 천 원을 받으리라 하였다. 그러나 이제부터 영문으로 글짓기를 공부하여 가지고 그렇게 된 뒤에 얼마 동안 저술에 세월을 허비하고 그 원고를 미국이나 영국에 보내고 미국이나 영국 책사 주인이 그 원고를 한번 읽어 보고 그다음에 그 책사에서 그 원고를 출판하기로 작정하고 그다음에 그 책사 주인이 우편국에 사람을 보내어 이형식의 이름으로 천 원 환(換)을 놓으면 그것이 배편으로 태평양을 건너와 경성 우편국에 와 …… 아이고, 너무 늦다 …… 그것을 언제 …… 하였다.[2]

월급 35원을 쪼개고 쪼개서 하숙비를 내고 플라톤 전집을 사들이는 경성학교 영어 교사 이형식이 장안 일급 기생 계월향의 몸값 1,000원

1 이광수, 「나의 문단 생활 삼십 년―감사와 참회」, 『신인문학』 1호, 청조사, 1934.7, 42면.
2 이광수, 『무정(25회)』, 『매일신보』, 1917.2.2, 1면; 이광수, 『무정』, 신문관・동양서원, 1918, 123면.

을 마련하기 위해 끙끙거리며 짜낸 묘수가 곧 저작권이다. 이때 이형식이 운운한 저작권, 그러니까 영문 저술을 지어 미국이나 영국의 출판사에 원고를 파는 길이란 인세 거래가 아니라 흔히 매절이라 일컬어지는 일괄 계약 방식을 가리킨다. 그나마 이광수가 『무정』의 이름값에 마땅한 원고료라도 챙겼다면 그림의 떡 앞에서 쓴침만 삼키지는 않았을 터다.

사정은 이러했다. 스물다섯 살 적에 도쿄의 하숙방 구석에서 써서 보낸 이광수의 첫 장편이자 한국 근대소설사의 첫자리를 장식한 것이 바로 『무정』이다. 그런데 상하이에서 격정의 두 해를 보내고 간신히 돌아와 보니 저작권은 진즉 자기 손에서 떠나 있었다. 이광수는 "그 판권을 어떤 친구가 나의 승낙도 없이 팔아먹었기 때문"이라고 까놓고 말했지만 기실 오해일 공산이 크다. 『무정』의 판권을 팔아먹을 친구라면 두 살 위의 육당 최남선밖에 없을 테고 최남선이 판권을 넘긴 것도 사실이다. 하지만 누구고 간에 『무정』의 판권을 팔아먹든 말든 저작자 이광수의 허락을 받을 일은 애초에 아니었다. 어째서 그러한가?

2. 연재 무렵의 『무정』 풍경

이광수의 『무정』은 1917년 1월 1일부터 『매일신보』의 첫 면에 연재되기 시작해서 그해 6월 14일까지 모두 126회로 마무리되었다. 새해 첫날 아침부터 본때 있게 막을 올려야 했던 탓에 첫 회에 한해 신년호 제3판의 3면, 그러니까 실제로는 총 20면 가운데 11면으로 밀려났을 따름이며 2회가 실린 1월 3일부터는 줄곧 1면의 자리를 지켰다. 1910 년대를 도틀어 단 하나뿐인 한국어 중앙 일간지요 고작 4면짜리로 발행된 신문의 1면을 당당히 꿰차고 들어선 점만 보더라도『무정』의 위상을 가늠해 볼 만하다.

게다가『매일신보』의 1면 연재소설로서는 일 년하고도 아홉 달 만에 부활되었거니와 창작소설로 치자면 1913년 6월 이인직과 이해조가 신소설의 부고를 낸 이래 삼 년 반 만에야 비로소 등장한『무정』이었다. 어쩌면『무정』은 조중환과 이상협이 이끌어 온 번안소설의 시대조차 무너뜨리고 신문 연재소설의 공백이라는 초유의 사태를 끝막을 총아가 되리라 예감했는지도 모를 일이다.

정작『무정』은 그리 요란을 떨며 등장하지 않았다. 오히려 지나치게 소홀하다 싶은 연재 예고가 네 차례 내걸렸을 뿐이다. 그나마 단 한 단짜리요 네모난 괘선도 두르지 않은 채 3면의 일반 기사 속에 섞여 있어 어지간해서는 눈에 띄기 어려웠다.『매일신보』에 새 소설이 등장할 때마다 으레 두 단이나 세 단 규모의 연재 예고를 앞세우곤 했다는 점에 비춰 보면『무정』이 받은 푸대접은 민망할 지경이다. 그런데 단 여섯 줄에 불과한 연재 예고의 내용이 심상치 않으니 한번 눈여겨볼 가치가 있다.

신년의 신소설 / 문단의 신시험

무정 / 춘원 이광수 씨 작

신년부터 1면에 연재

종래의 소설과 여(如)히 순 언문을 용(用)치 아니하고 언한(諺漢) 교용(交用) 서한문체를 용(用)하여 독자를 교육 있는 청년계에 구하는 소설이라. 실로 조선 문단의 신시험이요 풍부한 내용은 신년을 제사(第俟)하라.[3]

요컨대『무정』이 순 한글 소설이 아니라는 것, 서간체를 시험했다는 점, 그래서 주요 독자가 학생이나 지식인으로 한정되리라는 예측까지 간결하게 안내했다. 한결같이 충격적인 선언이 아닐 수 없다. 적어도 한 일병합 이후『매일신보』연재소설이 걸어온 길에서 한자 혼용 방식을 채택한 경우도, 서양소설에서나 봄 직한 편지투라는 것도, 대놓고 특정 계층을 겨냥하고 나선 일도 도무지 유례를 찾아볼 수 없기 때문이다.

만약『무정』이 연재 예고대로 등장했다면 어떠했을까? 이광수가 앞부분의 원고를 미리 넘겨주고 유학 길에 올랐다 하는 말마따나 그대로 연재가 시작되었더라면 한국인은 전혀 다른『무정』이거나 혹은『무정』이 아닌 어떤 것과 만나야 했을 터다. 이를테면『무정』의 속편이나 다름없는『개척자』와 같은 모습에 근사하게 될 판이었다. 그런데 천만다행하게도 그런 일은 일어나지 않았고 기실 일어날 리도 없었다.

왜냐하면『매일신보』측에서 무턱대고 받아들일 만큼 만만한 문제가 아니었기 때문이다. 순 한글 소설이 아니라는 것만 해도 이미 십수 년 동안 이어져 온 연재소설의 전통에 반하는 모험인 데에다가 고급 독자를 믿고 낯선 서간체 소설을 시험했다가는 자칫 고정 독자마저 잃게 될지도 모를 무리수가 아닌가? 설사 한글판인 4면이 아니라 국한문판인 1면에 연재된다손 치더라도 그러한 파격은 쉽사리 일어날 법한 일이 아니었다. 눈 밝은 청년재사 이광수 역시 이러한 사정을 모를 리 없었으니 한발 물러서기로 작정했다.

속내야 간단치 않았을 테지만 막상『무정』이 연재되기 시작했을 때에는 한자가 섞이지 않았을 뿐만 아니라 서간체 소설도 아니었다. 그러니 학생이나 지식인의 눈에만 들라는 법도 없었다. 바로 그날, 그러

---

3   『매일신보』, 1916.12.26~29, 3면.

니까 1917년 1월 1일의 『매일신보』 제1판 3면에는 이미 일본에 건너간 이광수가 보내 온 편지의 일부가 짤막하게 소개되었다. 이번에도 눈에 띌락 말락 하게 어느 틈바구니에 끼여 있었다.

소설 문체 변경에 대하여

『무정』의 문체는 예고보다 변경된바 기(其) 이유는 편집 동인에게 내(來)한 작자의 서관(書管) 중 일절을 적기(摘記)하여 써 사(謝)코자 하노라.

…… 한문 혼용의 서한문체는 신문에 적(適)지 못할 줄로 사(思)하여 변경한 터이오며 사견으로는 조선 현금의 생활에 촉(觸)한 줄로 사(思)하는바 혹 일부 유교육(有敎育)한 청년 간에 신토지를 개척할 수 있으면 무상의 행(幸)으로 사(思)하압. (하략)[4]

필시 다급하게 이루어졌을 막후 타협 덕분에 훗날의 영예를 두고두고 누리게 될 『무정』은 이런저런 우려를 씻고 순조롭게 출범할 수 있었다. 결과적으로 한국의 근대소설은 신소설과 번안소설의 독자를 껴안으면서 신흥하는 엘리트 계층까지 끌어들일 수 있는 최적의 언어와 사상을 고른 셈이기 때문이다. 이처럼 드라마틱한 장면을 두고 김영민이 "근대 자국어를 사용해 독자 계층의 통합을 이룬 최초의 소설"이자 "진정한 '근대 민족어 문학'의 성공"이라 이른 것은 실로 간명하고도 정곡을 짚은 평가다.[5]

눈여겨보아야 할 대목은 그뿐이 아니다. 호들갑스러운 연재 예고를 내놓지 않았다 뿐이지 『무정』에 대한 기대치는 한껏 높았다. 예컨대 연재 직전에는 「춘원의 소설을 환영하노라」라는 제명의 글이 이틀 동

---

4   『매일신보』, 1917.1.1, 3면. 말줄임표와 하략 표시는 원문 그대로임.

5   김영민, 『한국 근대소설의 형성 과정』, 소명출판, 2005, 167∼171면.

안 1면에 실렸고, 『무정』의 연재가 마무리되자마자 「『무정』 122회를 독(讀)하다가」라는 글이 역시 이틀 동안 1면을 채웠다. 앞길을 튼 것은 백화 양건식이요 뒤를 끝막은 것은 소춘 김기전이다.[6] 소설 연재의 앞뒤를 평론으로 여닫은 전례도 없거니와 『무정』이 지닌 묵직한 중량감을 숨기지 않은 배치라 할 것이다.

그런가 하면 『무정』의 연재가 끝나고 나서도 일 년 남짓이나 지난 마당에 이번에는 「『무정』을 보고」라는 조금 긴 평론이 등장하기도 했다. 오랫동안 일본에 유학하고 있던 송아 주요한이 보내온 글은 나흘에 걸쳐 『매일신보』 1면에 분재되었다.[7] 주요한은 숨 틔울 틈도 없이 다섯 시간 만에 『무정』을 독파했노라면서 글머리를 잡았다. 말할 나위도 없이 일본의 한국인 유학생이 읽은 『무정』이란 전해에 신문에 연재된 『무정』이 아니라 그해 7월에 단행본으로 출판된 『무정』이다.

3. 단행본 『무정』의 초판과 신문관

주요한은 물론이려니와 그 뒤로 한국인이 읽은 『무정』 또한 으레 단행본으로 출판된 『무정』이다. 그런데 막상 단행본 『무정』은 본모습 그대로 지금 우리 시대에 전해지지 않았다. 이를테면 『무정』은 식민지 시기에 8판을 거듭한 뒤 해방 이후에도 이런저런 전집이나 선집의 이

---

6   양건식, 「춘원의 소설을 환영하노라」(전2회), 『매일신보』, 1916.12.28~29, 1면; 김기전, 「『무정』 122회를 독(讀)하다가」(전2회), 『매일신보』, 1917.6.15~17, 1면.
7   주요한, 「『무정』을 보고」(전4회), 『매일신보』, 1918.8.7~18, 1면.

름을 내걸며 여러 차례 옷을 갈아입었다. 또 지난 일 년 동안(2010.7~
2011.7)에만 새로 여섯 종의 『무정』이 더 출판될 정도다. 하나하나의
『무정』이 한결같이 당대의 정본(定本)이라는 자리를 넘보았지만 어느
『무정』도 실제로 그 자리를 차지하지는 못했다.

한국 근대소설사에서 첫고등이 된 『무정』은 신문에 처음 연재된 지
팔십육 년 만에야 비로소 서지학적 고증을 통해 판본의 실태와 텍스트
의 궤적이 총정리되었다.[8] 『무정』은 불과 1,700매짜리 장편소설이지
만 2,800매 분량의 『바로잡은 『무정』』에 덧붙은 4,000여 개의 주석을
통해 드러난바 현실은 말뜻 그대로 참혹하다. 아홉 개 이본의 차이를
낱낱이 발가벗겨 제시한 『바로잡은 『무정』』이 한눈에 보여 준 것은 말
하자면 복원의 역사인 동시에 개칠(改漆)의 역사다.

텍스트로서 『무정』만 문제가 아니다. 지금 우리 시대는 단행본 『무
정』이 애초에 어떤 장정과 표지를 갖추었는지 알지 못한다. 실상 『무
정』의 초판과 후속 판본이 어느 출판사에서 어떻게 출판되었는지조차
『바로잡은 『무정』』을 통해 간신히 확인할 수 있을 따름이다. 더 신랄
하게 표현하자면 『무정』의 초판은 익히 알려져 있었으나 도무지 중요
하게 취급된 적이 없으며, 본디 형태와 그 뒤에 겪은 물리적 변화도 가
늠할 수 없는 형편이다.

대체 『무정』의 장정이나 표지 따위가 어째서 궁금하단 말인가? 텍스
트의 한낱 껍질에 불과한 외관이 설령 『무정』의 의미나 후대의 독서에
손톱만큼이나마 파장을 미친단 말인가? 『무정』이라는 책을 손에 쥘 때
의 물리적인 실감이라든가 손에 침을 묻혀 책장을 넘길 때의 설렘 말
고야 별다른 뜻이 생길 리 없다. 정말 그러한가?

---

8   김철, 「『무정』의 계보」, 『바로잡은 『무정』』, 문학동네, 2003, 723~757면.

『무정』의 초판 출판을 맡은 것은 최남선이 이끈 신문관이다. 이 사실은 뜻밖에도 잘 알려져 있지 않아서 조금 강조해 둘 가치가 있다. 자료 고증의 문제도 문제거니와 근대소설의 역사와 출판의 역사 양쪽에서 생각해 볼 거리가 적지 않아서다.

이광수의 지명도와 『무정』의 가치를 단박에 알아보고 단행본으로 내놓은 신문관은 두말할 나위도 없는 당대 최고의 출판사다.[9] 신문 연재 이듬해인 1918년 7월 20일에 발행된 『무정』의 초판은 본문만으로도 623면이라는 전례 없는 두께로 출판되었다. 맨 앞에는 최남선이 손수 4면에 이르는 긴 머리말까지 붙였다. 『무정』의 머리말 역시 빼어난 우리말 솜씨를 자랑하는 명문장 가운데 하나다.

신문관에서 발행된 『청춘』 14호에 실린 광고에 의하면 『무정』은 불과 1,000부가 인쇄되었을 뿐이다. 청색 색지에 별쇄로 광고된 『무정』의 발행소는 신문관과 동양서원의 공동 명의로 올라 있다. 실제로 『무정』 초판의 판권장에 기재된 발행소 역시 두 출판사가 나란히 명기되었다. 그럼에도 불구하고 『무정』 초판의 출판사를 신문관이라 잘라 말하는 이유는 판권장의 저작 겸 발행자가 신문관의 사주이자 최남선의 형인 최창선으로 되어 있고 인쇄 역시 신문관에서 맡았기 때문이다. 말하자면 신문관에서 실질적인 출판 전반을 진행하고 동양서원이 발매, 즉 유통과 배급을 분담한 방식이다. 이러한 공동 혹은 분담 발행은 식민지 시기의 출판계에서 자주 눈에 띄는 협력 체제 가운데 하나다.

그렇다면 민준호와 동양서원에 대해서도 짚어 둘 필요가 있다. 민준호가 설립한 동양서원은 김상만이 운영한 광학서포에서 출판된 서적의 발매소 역할을 맡으면서 출판계에 진입한 신생 출판사다. 한일병합

---

9 박진영 편, 『신문관 번역소설 전집』, 소명출판, 2010.

〈사진 29〉 (좌) 『무정』 초판 광고, (우) 『무정』 초판 판권장(한국현대문학관 소장)

직전에는 학습서와 기독교 서적을 주로 취급하는 정도였으나 곧바로
주석서를 골자로 삼으면서 신소설 출판에도 주력했다. 연못골 예배당
즉 연동 교회 출신의 민준호가 기독교 서적의 상업성을 일찍이 간파한
것이야 당연한 일이다. 제임스 스카스 게일 목사가 초대 담임 목사를
맡은 장로회 계열의 연동 교회에는 독립협회의 주역이라 할 김정식,
박승봉, 유성준, 윤치호, 이상재, 이원긍, 홍재기와 같은 내로라하는 인
사들이 포진했으며 민준호도 그 가운데 하나다.

　아닌 게 아니라 민준호는 구한말의 유력 정객인 성재 안경수와 사돈
사이이기도 하다. 민준호의 아들과 안경수의 딸이 신식 결혼식을 올린
것은 1912년 5월 연동 교회에서다. 독립협회 초대 회장이자 『금수회의

록』, 『공진회』의 작가인 천강 안국선의 양부로도 유명한 안경수는 비록 1900년에 모진 고문 끝에 처형당하고 말았지만 말이다. 그런가 하면 민준호는 여흥 민씨 집안의 자산가로서 교육 사업에도 몸을 담았던 터다. 민준호는 자택이 있는 호동에서 문을 연 사립 해동신숙의 숙장을 맡았는데, 해동신숙은 영어와 일본어 교육에 주력한 보기 드문 사학 가운데 하나다. 그 밖에도 1900년대 후반에 설립된 보학원(普學院)이나 인창학교(仁昌學校)의 발기에 민준호가 참여한 흔적도 찾아볼 수 있다.

그런데 1909년 2월 출판법 공포와 한일병합에 따라 국내 저술 역량과 출판 인프라가 사실상 와해된 지경에 이르게 되자 1900년대 후반 최대의 계몽 서적 출판사인 광학서포를 시발로 출판계가 잇달아 붕괴되기 시작했다. 이때 광학서포를 비롯한 여타 유수의 출판사가 보유한 장판(藏版, 藏板)과 판권을 넘겨받아 재출간하기 시작한 것이 바로 동양서원이다. 민준호는 종로 철물교 부근의 승동 예배당 앞에 당시로서는 흔치 않은 서양식 이 층 사옥을 세웠다.[10] 이와는 별도로 교동에는 직속 인쇄소 동문관, 호동에 있는 민준호의 자택에는 장황부라는 명목으로 직속 제책소 동명사를 따로 두어 종합 출판사로서 면목을 과시했다.

동양서원이 대거 사들인 장판과 판권 가운데 가장 값나가는 모가치는 바로 신소설이었다. 1912년에 동양서원은 제일 집부터 제사 집까지 각 10종씩 총 40종에 달하는 방대한 '소설 총서'를 기획하여 출판하기 시작했다. 처음에는 '소설 구락부'라는 이름으로 시작되어 '소설 총서'로 발전한 신소설 시리즈는 동양서원이 보유한 자금력, 한일병합 이전에 광학서포의 서적 판매를 대행하면서 구축된 배급과 유통망을 발판으로 삼아 큰 성공을 거두었다.[11]

---

10 '신문계 분매 서관(新文界分賣書館)', 『신문계』 7호, 신문사, 1913.10, 권두 화보.
11 박진영, 『번역과 번안의 시대』, 소명출판, 2011, 199~202면; 박진영, 「이해조와 신소설의 판

1908년 여름에 창립된 최남선의 신문관과 한일병합 전후의 위기 속에서 반사 이익을 누리며 급성장한 동양서원은 처음부터 성격도 달랐고 지향도 내내 엇갈렸지만 1910년대 최고의 양대 출판사임이 틀림없다. 그런데 『무정』을 내놓은 1918년에 이르면 사정이 꼭 그렇지만도 않게 바뀌었다. 최남선이 주력한 종합 교양 월간지 『청춘』의 발행은 안정적이지 못했고 고전의 복원 출판 부문에서도 주춤한 마당이었다. 게다가 십 년 역사의 신문관으로서도 창작소설, 그것도 『매일신보』 연재소설을 단행본으로 펴내는 일은 처음이었다. 한편 동양서원의 '소설총서'는 1914년에 일찌감치 중단되었고 새로운 콘텐츠를 발굴해 내지 못한 채 오랜 불황에 시달려야 했다. 형편이 이렇다 보니 두 출판사의 자금 사정이 넉넉지 못했던 것도 어쩔 수 없는 노릇이었다.

결과적으로 『무정』의 초판은 두 출판사가 이익과 위험을 함께 나누면서 협력하는 방식으로 이루어진 셈이다. 우수한 편집 역량과 당대 최고의 인쇄 기술력을 보유한 신문관이 실질적인 출판 과정을 관리하되 광범위한 배급과 유통 체계를 틀어쥔 동양서원이 손잡는 일은 가장 효율적이면서도 안전한 모델이라 할 만하다. 실제로 신문관과 동양서원 모두 『무정』의 초판을 떠맡은 이후로는 치명적인 위기를 맞아 가파른 내리막길에서 허덕여야 했다는 사실을 떠올릴 필요가 있다.

다시 『무정』의 초판을 들여다보기로 하자. 머리말과 본문을 합쳐 627면에 달하는 단행본 『무정』이 대체 어떻게 장정될 수 있었을까? 적어도 1918년에 이를 때까지 한국의 소설사에서 이만한 볼륨의 소설이 단권으로 출판된 예는 전혀 없다. 고작 100면 안팎이거나 기껏해야 300면을 넘지 못한 것이 소설 출판의 관례요 실상이다. 비단 1910년대

권」, 『근대서지』 6호, 근대서지학회, 2012.12, 145~152면.

가 아니더라도 627면의 단행본을 깔끔하게 제본하는 일은 결코 쉬운 일이 아닐 터다.

그런가 하면 늘 최고급 품질의 활자, 종이, 잉크만 고집한 신문관이 1원 20전짜리 단행본 소설을 내놓으면서 상정할 수 있는 손익 분기점이란 어디쯤이었을까? 『무정』의 표지가 궁금한 까닭도 여기에 놓여 있다. 창립 초기부터 세련된 디자인 감각과 컬러를 뽐낸 신문관이 『무정』을 위해 마련한 글꼴과 문양은 과연 무엇일까? 빈칸으로 남겨 둘 수 없는 두툼한 책등은 과연 어떤 스타일로 꾸몄을 것인가? 한갓 소설 따위에 최남선의 이름으로 긴 머리말을 부쳤다면 속표지에 담긴 품격의 수위는 어디까지 이를 수 있을까?

4. 판권의 행방과 위기의 『무정』

이제 『무정』의 저자가 한참 뒤에도 분통을 터뜨리지 않을 수 없었던 판권의 문제로 돌아가 보자. 『무정』 초판의 본문 첫 면에는 표제가 들어선 신문관 특유의 장식 문양이 여섯 행에 걸친 자리를 차지해 앉았고 저자의 호가 조금 큰 호수의 활자로 한 줄 끼어들었을 따름이다. 말하자면 소설의 저자가 분명하게 드러나 있다.

그렇다 하더라도 판권장 어디에서고 이광수의 이름을 찾아볼 길이 없는 것도 사실이다. 판권장에 기재된 저작 겸 발행자는 오직 신문관의 사주 최창선뿐이다. 물론 저작 겸 발행자란 실제 저자와 출판사의 대표자가 동일인임을 뜻하는 개념이 결코 아니다. 단지 판권의 실질적인 소유자가 누구인가, 법률적인 권한을 행사하거나 책임을 져야 할 당사자가 누구인가를 실정법에 따라 명시하는 자리이기 때문이다. 한마디로 『무정』의 판권을 소유한 것은 저자가 아닌 신문관이요 이광수가 아닌 최창선이라는 의미다.

물론 저작자와 발행자가 분리된 경우도 허다하다. 판권장에 저자의 이름이 들어가느냐 출판사 사주의 이름이 들어가느냐는 단순한 관행의 문제가 아니기 때문이다. 저작권 개념이 분명치 않기 때문은 더더욱 아니다. 도리어 그 반대다. 예컨대 최대 규모의 신소설 작가 이해조의 경우만 놓고 보더라도 이해조가 저작자로 명기된 경우와 출판사 사주가 저작 겸 발행자로 명기된 경우가 공존했다. 두 경우의 차이는 저작물의 소유권이 누구에게 있느냐를 구분하는 명확한 법적 판단의 문제다. 설사 겉표지나 본문 맨 앞에 실제 저자는 물론 제삼의 인물이나 단체가 명기되어 있다 하더라도 전혀 중요한 문제가 될 수 없는 노릇이다. 결국 이해조가 일정한 금액을 받고 판권 자체를 출판사 측에 일임했는지 그렇지 않은지의 문제이니 달리 표현하자면 판권 거래 방식의 차이일 뿐이다. 전자의 경우라면 판을 거듭하거나 아예 다른 출판사로 판권이 넘어가더라도 저자가 개입할 여지가 없을 터다. 따라서 정확하게는 원고료라 일컬어야 마땅하며, 출판 현장에서 사전적인 의미와 달리 쓰이곤 하는 이른바 매절에 해당된다. 다만 출판사 측에서 보자면 판권 양도와 함께 지형까지 넘기느냐 마느냐는 별도의 문제로 처리될 것이다.

한편 실질적인 의미에서 저작자와 발행자가 완전히 일치할 수도 있다. 그러한 경우는 저작자의 주소와 발행자의 주소가 일치하는 경우를 일컫는다. 판권장을 볼 때 이름뿐만 아니라 주소까지 함께 눈여겨보아야 하는 것도 그래서다. 저작자와 발행자가 분리되어 있든 그렇지 않든 간에 저작자의 주소와 발행자 또는 발행소의 주소가 일치한다면 저작자가 소유한 출판사에서 출판된 책이라는 뜻이다.

이러한 사정은 한국통감부 시기에 내각 고시로 공포된 일련의 저작권 관련 법령에 따른 것이며 조선총독부 체제에서도 변함없이 지켜져야 했던 엄격한 규칙이다.[12] 저작권에 대한 규정은 말할 나위도 없이 일본의 법령을 그대로 준용한 것이니 식민지 시기 내내 한국과 일본 양쪽에 일관되게 적용되었을 뿐만 아니라 단행본과 정기간행물에도 매한가지로 효력을 발휘했다. 따라서 판권장이 또렷이 말하고 있는 바를 애써 무시한다든지 초창기의 혼란이나 미숙함으로 치부하고 마는 것은 학계의 오랜 잘못에 불과하다.

그렇다면 『무정』을 단행본으로 펴낼 때 이광수가 판권을 신문관 측에 넘겼다는 것이 분명해진다. 짐작건대는 최남선과 최창선 형제 측에서 일정한 저작권료를 지불했을 터다. 설사 그 액수가 소소했다 하더라도, 혹은 양해를 구하고 판권만 넘겨받는 선이었을망정 양도가 성사된 것만은 틀림없다. 왜냐하면 『무정』의 초판에서는 저자의 손길이 아니고서는 결코 일어날 수 없는 첨삭이 진행된 흔적이 역력하기 때문이다.[13] 1910년대는 물론이려니와 그 후로도 오랫동안 신문 연재소설의 오식과 탈식마저 가감 없이 단행본에 반영되곤 했던 정황에 반해 유난히 『무정』은 그렇지 않았다는 사실을 놓쳐서는 안 된다.

이러한 사실로 미루어 보자면 이광수가 손수 바로잡은 정본 혹은 결정판의 지위를 갖는 것도 실상 초판까지라 말할 수 있다. 재판 이후에 빚어진 오류나 실수라면 적어도 이광수에게 시비를 따질 수야 없는 일

---

12 「내각 고시 제삼 호」 및 「내각 고시 제사 호」, 『대한제국 관보』 156책, 내각 법제국 관보과, 1908.8.15~22.
13 김철, 「『무정』의 계보」, 『바로잡은 『무정』』, 문학동네, 2003, 740면.

이 된다. 따라서 문제는 고작 1,000부를 인쇄한 초판에 있는 것이 아니라 그 이후의 판권에 있는 셈이다.

판권의 소유를 둘러싼 이러한 사정을 이광수가 몰랐을 턱이 없다. 이광수는 일본 유학 시절에 이미 『학지광』의 편집을 맡아본 경력이 있기 때문이다. 다만 『무정』이 그토록 오랫동안 판을 거듭하면서도 판권이 줄곧 자신의 손 밖에서 떠돌리라고는 미처 생각지 못했을 따름이다. 게다가 『무정』이 출판되자마자 신문관이 간판을 내리지 않을 수 없게 되리라는 것을 예측할 겨를도 없었다. 결과적으로 『무정』은 이광수의 의지와는 무관하게 이리저리 손을 타지 않을 수 없는 운명에 처했다.

신문관은 왜 『무정』의 판권을 넘겨야 했을까? 기실 위험 신호는 여러 곳에서 감지되었다. 진작 침체의 늪에 빠진 동양서원이야 그렇다 치더라도 신문관마저 출판 사업이 순조롭지 못했던 것이 사실이다. 1918년 무렵 신문관은 최고의 전성기를 누렸지만 다른 한편에서 간발의 여지로 낭떠러지 위에 매달려 있었다고도 볼 수 있다. 삼일운동의 격랑이 신문관의 바로 코앞까지 닥쳐와 있었던 탓이다.

1918년에 들어서자마자 신문관의 기획 방향과 성격에서는 의미심장한 변화가 포착되었다. 신문관의 본령이다시피 한 정기간행물 발행 사업이 완전히 봉쇄된 바람에 새로운 출구를 찾지 않으면 안 되었기 때문이다. 꼬박 두 해 동안의 정간 끝에 가까스로 발행이 재개된 『청춘』은 질적인 수준에서나 판매량에서나 최고조에 달한 듯싶었지만 실상은 두세 달에 한 번씩 내는 게 고작이었고 그마저도 끝내 폐간되고 말 참이었다.

그해 초부터 신문관은 굵직굵직한 단행본을 잇달아 내놓았다. 최남선이 공들여 번역한 스마일스의 『자조론』 상권은 출판되자마자 대대적으로 광고되었고, 동서고금의 명문장을 시의에 따라 골라 엮은 『시문독본』정정 합편은 곧바로 학생과 지식인의 필독서로 자리 잡았다. 정조 시대에 편찬된『이충무공 전서』(전 2권)도 복원되었다. 세간의 인기를 누린『개권희희』와『절도백화』는 한데 묶여『소천소지』로 가다듬어졌으며, 베스트셀러 가운데 하나인 방신영의『조선 요리 제법』은 일 년 이 개월 만에 재판에 돌입했다.

그런가 하면 톨스토이의 대표작이자 세계문학의 대명사나 다름없는『부활』을 번역해 낸 것도 1918년의 일이다. 나정 박현환의 솜씨로 번역된『해당화』의 출판은 신문관이 생뚱스레 소설 편짝에 손을 댔다는 점에서 각별히 눈길을 끈다. 신문관이 이미 여섯 권의 서양 번역소설을 출판한 전력이 있고 '육전소설' 시리즈나 고전소설의 신교판을 선보인 바도 있으니 그리 낯선 일은 아닐 법하다. 그런데 톨스토이의 소설과 한국의 톨스토이안을 자처한 이광수의 소설이 나란히 세상에 나온 모양새인 데에다가 신문관이 십 년 동안 창작소설을 펴낸다든가 신문 연재소설 쪽으로 한눈을 판 일이 없었다는 사실을 감안하자면 분명 예삿일은 아니다.[14]

그뿐이 아니다. 1918년 하반기에는 하몽 이상협의『정부원』과『무궁화』(전 2권), 천풍 심우섭의『산중화』, 그리고 이광수의『무정』과『개척자』까지 줄지어 기다리고 있었다. 한결같이『매일신보』의 연재소설일 뿐만 아니라 번안소설까지 포함된 형국이다. 신문관의 방향 전환에 담긴 진의는 1918년 6월 '신문관 창업 십 주년 기념호'로 발행된『청춘』14호에 접이식으로 첨부된 광고「신문관 발행 서목」에서 유감없이 드러났다. 신문관의 주력 단행본 출판물을 일목요연하게 제시한 일람표는 학술, 수양, 문예, 잡종의 네 조목(條目)으로 분류되었는데 그중 가장 큰 자

---

14 박진영 편,『신문관 번역소설 전집』, 소명출판, 2010, 389~485면; 박진영,『번역과 번안의 시대』, 소명출판, 2011, 262~277면.

리를 차지한 것이 바로 문예 부문이다. 이때의 문예란 시가집과 독본, 한국과 중국의 고전소설, 서양 번역소설, 창작소설 30종을 포괄한 명칭이다. 그런데 불과 네 해 전인 1914년 5월에 68면의 소책자로 제작된 『신문관 발매 서적 총목록』에서 소설이란 잡종 부문의 아래에 '신구 소설'이라는 이름으로만 묶였을 따름이다. 바야흐로 소설이라는 것을 대하는 최남선과 신문관의 태도가 달라졌으며, 그 밑에는 십 년 연륜의 상업출판사로서 신문관이 맞닥뜨린 안팎의 위기감이 깔려 있었을 터다.

실제로 1918년 4월 『해당화』, 7월 『무정』, 12월 『무궁화』(전 2권)가 간신히 출판되었을 뿐 『정부원』, 『산중화』, 『개척자』는 앞날을 기약하기 어려웠다. 이듬해 삼월부터 최남선은 이 년 칠 개월 보름 동안 옥고를 치르지 않으면 안 되었고 한 시대를 풍미한 최고의 출판사 신문관 역시 유명무실해질 수밖에 없었다. 그사이 자본금이 잠식된 신문관은 추가 출자로 연명하다가 최남선이 가석방된 후 마침내 동명사로 간판을 바꾸어 달았다.

5. 『무정』의 새 주인들

그렇다면 『무정』의 판권은 어디로 어떻게 흘러갔을까? 먼저 단행본 『무정』의 출판 이력을 일별해 보기로 한다. 김철이 『바로잡은 『무정』』에서 정리한 판권장의 기재 내역을 주춧돌로 삼고 몇몇 사항을 보충하면 비교적 간단한 표로 정리해 볼 수 있다.[15] 아직 빈칸으로 남은 대목도 있지만 그나마 여러 분의 도움을 빌려 처음으로 확인된 사항이 적지 않으니 여기에 대해서는 따로 언급하겠다. 그 밖에도 9판의 발행 이후 몇몇 해적판이 눈에 띄기도 하지만 그리 요긴하지는 않으므로 다루지 않았다. 일단 『무정』이 늘 당대 최고의 출판사를 통해 판을 거듭했다는 사실이 드러난다.

식민지 시기에 여덟 차례 판을 거듭한 단행본 『무정』 가운데 아직 실체가 확인된 바 없는 판본은 재판, 4판, 5판의 세 가지다. 그런데 3판과 6판의 저작 겸 발행자가 동일하므로 4판과 5판의 경우에도 판권 소유자의 변동은 없었다고 보아야 마땅하다. 요강만 간추리자면 재판에서 한 번, 7판에서 또 한 번 판권 소유자와 출판사가 동시에 바뀌었다. 그리고 5판 혹은 6판에서 판권 소유자는 그대로 둔 채 출판사만 바뀌는 일이 일어났다. 한편 『무정』의 지형은 초판과 재판 이래 8판까지 딱 두 가지가 있을 뿐이며, 적어도 3판 이래의 장정은 클로스 양장이거나 하드커버를 채택했다. 물론 여기에는 세심하게 취급해야 할 문제가 곳곳에 숨어 있다. 하지만 가장 관건이 되는 사안은 아무래도 『무정』의 재판에 있다.

1) 광익서관과 흥문당서점

판권장의 기록에 따르면 『무정』의 재판이 출판된 것은 1920년 1월 11일이다. 그 무렵 최남선은 옥고를 치르던 와중이었고 이광수는 상하이에서 『독립신문』을 맡아보고 있었다. 신문관에서 판권이 떠나간 것은 바로 이때다. 앞서 밝혔듯이 법적으로든 관행상으로든 아무런 문제도 없는 일이었다.

---

15 김철, 「『무정』의 계보」, 『바로잡은 『무정』』, 문학동네, 2003, 737~753면.

판행(版行)	출판사 저작 겸 발행자	발행일자	특이 사항
초판	신문관·동양서원	1918.7.20	1,000부 발행, 623면
	최창선(신문관)		
재판		1920.1.11	광익서관 광고(1919.12) 신간 소개(1920.1)
3판	광익서관·회동서관	1922.2.20	바이블 식 양장, 총견포의(總堅布衣), 559면 광익서관·회동서관 광고(1922.3)
	고경상(광익서관)		
4판	광익서관·회동서관	1922.5.5	광익서관 광고(1922.6) 바이블 식 양장
	고경상(광익서관)		
5판	흥문당서점·회동서관	1924.1.24	흥문당서점 광고(1924.1) 회동서관 광고(1924.11)
	고경상(광익서관)		
6판	흥문당서점·회동서관	1925.12.25	포의(布衣) 장정, 559면
	고경상(광익서관)		
7판	박문서관	1934.8.30	클로스 양장, 559면
	노익형(박문서관)		
8판	박문서관	1938.11.25	하드커버, 정현웅 장정 559면
	노익형(박문서관)		
9판	박문출판사	1953.1.30	전 2권 상권 269면, 하권 233면
	저자 이광수	1953.2.10	
춘원 찬집	광영사	1956.10.25	제5권 상편 263면, 하편 227면
	저작자 이광수, 발행자 허영숙		
이광수 전집	삼중당	1962.4.25	제1권, 7~318면 수록 하드커버, 이 단 조판
	저작자 이광수, 발행자 서재수		

　　신문관은 경영 상태가 악화되자 이미 출판되었거나 판권을 확보한 책을 몇 군데 출판사에 나누어 팔았다. 그중에서 가장 많은 판권을 사들인 출판사가 광익서관이다. 물론 장기적인 수익성이 충분히 보장된 책이라야 판권의 매매가 성립될 것이다. 이를테면 이광수의 『무정』뿐만 아니라 방신영의 『조선 요리 제법』, 이중화의 『경성기략(京城記略)』, 고전소설 『옥린몽(玉麟夢)』도 함께 광익서관으로 넘어갔다. 가장 우수

할뿐더러 잘 팔림 직한 책의 판권을 대거 매수한 광익서관으로서는 상당한 돈을 투자했음에 틀림없다. 또 그만큼 신문관 측이 절박했다는 뜻도 된다.

『무정』 재판의 판권이 광익서관으로 옮아간 채 출시를 기다리고 있었다는 사실은 광익서관에서 발매를 담당한 『창조』에 실린 광고를 통해 분명히 확인할 수 있다. 그런데 재판이 나온 직후에 실린 『매일신보』 신간 소개에는 신문관과 광익서관에서 함께 출판된 것으로 되어 있어서 문제다. 『창조』 광고에서는 630면으로 인쇄 중이라고 해 두었지만 『매일신보』 신간 소개에서는 정확히 624면이라고 밝혔다.[16] 『무정』 초판의 실질적인 면수는 623면이지만 판권장에도 624면이라고 면수를 매겨 두었기 때문이다. 후자의 기록을 믿는다면 『무정』 재판은 신문관과 광익서관에서 공동 발행되었고, 초판의 지형을 그대로 물려받았다는 뜻이 된다.

광익서관은 회동서관의 사주 고유상의 동생인 고경상이 설립한 출판사다. 얼마 뒤 견지동에서 따로 조선 박문관 인쇄소를 인수하여 계문사 인쇄소를 차린 것도 고유상, 고경상의 형제인 고언상이다. 회동서관, 광익서관, 계문사 인쇄소는 말하자면 삼 형제의 출판 그룹인 셈이다. 아닌 게 아니라 고씨 삼 형제의 부친이 바로 1890년대 말에 고제홍 서사를 일으킨 고제홍이다. 고제홍 서사는 1900년대 후반에 회동서관으로 성장했다가 고제홍이 일선에서 물러나면서 고유상이 사주로 올라앉았던 것이다.

그런데 광익서관은 1920년을 전후하여 일본 유학생이 주관한 여러 잡지의 국내 발매와 유통을 도맡은 곳이기도 하다. 예컨대 국내에서

---

16 '권두 광고', 『창조』 3호, 창조사, 1919.2; '신간 소개', 『매일신보』, 1920.1.17, 4면.

발행된『태서문예신보』를 비롯하여 일본에서 발행된『학지광』,『여자계』,『창조』,『삼광』,『여자시론』,『수양』이 모두 고경상과 광익서관의 전폭적인 후원에 기반을 두고 있었다. 물론 광익서관 또한 잡지 발매 대행을 통해 성장할 수 있었다. 무엇보다 일본 유학생이 주재한 잡지의 주요 필진이야말로 가장 양질의 잠재적인 저술 역량으로 축적되었기 때문이다. 김억의 번역시집『오뇌의 무도』, 홍난파의 창가집과 번역소설, 오천석의 번역동화집『금방울』이 광익서관에서 출판된 것은 결코 우연이 아니다.

그렇게 본다면『무정』의 재판은 광익서관에서 출판되고 고경상을 저작 겸 발행자로 삼았을 가능성이 높다. 설사 신문관과 공동으로 발행되었더라도 실질적인 판권은 광익서관에 넘어갔다고 보는 것이 타당하다는 뜻이다. 다만 신간 소개에서 재판의 면수를 624면으로 밝힌 점으로 보아 초판의 지형을 인수했다고 추정되며, 판권 소재가 완전히 바뀌었는지 그렇지 않은지 단언하기 어렵다.

한편 3판에서는 광익서관과 회동서관이 공동 발행소로 묶였다. 발행 주기가 두 달 보름밖에 안 되는 4판의 경우에도 마찬가지인 것으로 확인된다. 그런데 5판의 광고 주체는 광익서관이 아닌 회동서관이어서 사정이 좀 다르다. 발행소로서 광익서관의 이름이 개입되지 않은 6판조차 저작 겸 발행자로 고경상이 기재된 것으로 보면 5판은 판권 소유자를 바꾸지 않은 채 형제 계열사인 회동서관의 명의를 빌렸다고 볼 수 있다.

요컨대『무정』의 3판부터 6판까지 저작 겸 발행자는 고경상이며 실질적인 발행소는 모두 광익서관이라고 보는 것이 타당하다. 같은 이치로『무정』의 면수는 초판의 경우 623면이지만 3판부터 6판까지는 559면이고 모두 동일한 지형을 사용했으며 속표지 디자인도 완전히 동일

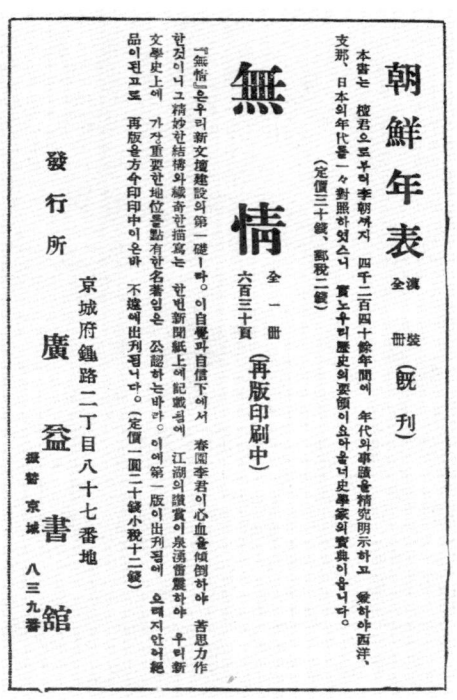
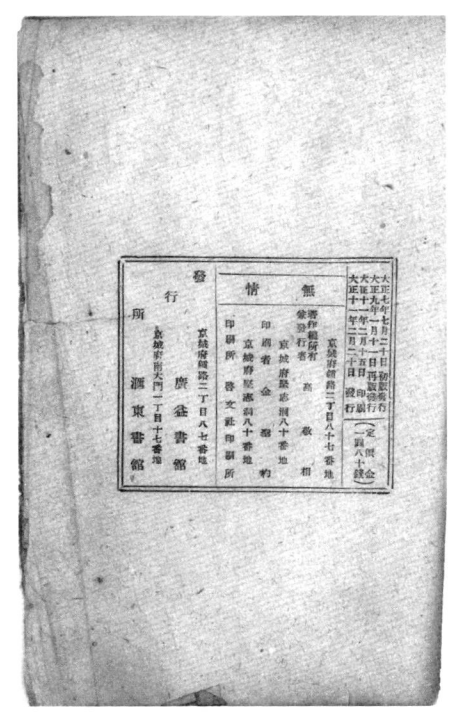

〈사진 30〉 (좌) 『무정』 재판 광고. (우) 3판 판권장(서던캘리포니아대(USC) 동아시아도서관 한국학라이브러리 소장)

하다. 또한 3판부터 6판까지 모두 클로스 양장으로 제본되었다는 점도 특기해 둘 만하다. 출간을 전후한 무렵의 광고에 따르면 3판과 4판은 바이블 식 양장 또는 총견포의(總堅布衣)라 해 두었는데 이는 클로스 양장을 가리킨 말이다.[17]

다만 두 가지 문제를 더 숙고할 필요가 생긴다. 하나는 앞서 언급한 『무정』 재판의 광고에서 면수를 630면으로 예상했고 장정 상태에 대한 별다른 언급이 없다는 점이다. 면수를 624면으로 밝힌 『매일신보』의 신간 소개에서도 장정 상태는 알 수 없다. 둘 다 초판의 광고와 별다른

---

17 『동아일보』, 1922.3.29; 3.31, 1면; '권두 광고', 『신생활』 임시호, 신생활사, 1922.6.

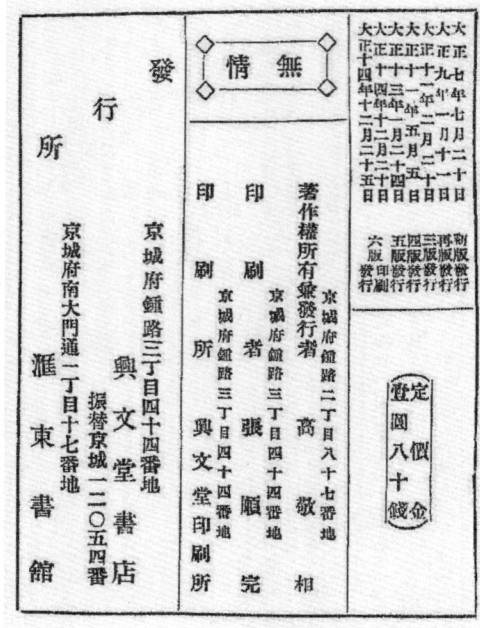

〈사진 31〉 (좌)『무정』 4판 광고(독립기념관 소장, 사본), (우) 6판 판권장(국회도서관 소장, 사본)

점이 없는 셈이다. 따라서 지금으로서는 초판과 재판이 일반 양장일 가능성, 또는 초판은 일반 양장이되 재판은 3판이나 6판과 같은 클로스 양장일 가능성 모두를 인정할 도리밖에 없다. 그런데 2008년 3월에 미국에서 발견되었다고 보도된 바 있는『무정』의 재판은 실제로 3판이어서 유의해야 한다.『무정』의 3판은 서던캘리포니아대(USC) 동아시아도서관 한국학라이브러리에 소장되어 있다.[18] 6판의 경우에는 다행히 국회도서관에 한 권이 소장되어 있다.

또 하나의 문제는 판권 소유자는 바뀌지 않았지만 5판과 6판 사이에서 실제 발행소가 달라진 현상에 대해서다. 흥미롭게도 6판의 경우 저

---

18 귀중한 자료를 제공해 주신 서던캘리포니아대(USC) 동아시아언어문화학과 박선영 교수, 동아시아도서관 조이 김(Joy Kim) 선생께 감사드린다.

작 겸 발행자가 고경상으로 되어 있는 데에도 흥문당서점(興文堂書店)이 새로운 발행 주체로 나섰다. 인쇄 역시 계문사 인쇄소가 아니라 흥문당 인쇄소에서 맡았다. 실제로 1924년 초에는 흥문당서점에서, 1924년 말에는 회동서관에서 각각 『무정』의 광고를 낸 바 있다.[19] 사정이 이렇다면 실질적인 출판 주체가 바뀐 대목은 아무래도 5판이기 십상이다. 이번에는 지형까지 그대로 유지된 채였다.

조연교가 사주로 기재되어 있는 흥문당서점은 1922~1923년 무렵에 이광수의 저작을 집중적으로 출판한 곳이다. 1922년에는 신문관에서 출판하기로 되어 있던 『개척자』, 1923년에는 『조선의 현재와 장래』, 『춘원 단편소설집』, 박현환의 『제요(提要) 동양사』가 잇달아 흥문당서점에서 나왔다. 그런데 흥문당서점에서는 늘 『무정』도 함께 광고하곤 했다.[20] 흥문당서점의 이광수 소설은 꽤 성공적이어서 1930년까지 『개척자』는 5판, 『춘원 단편소설집』은 4판에 이를 정도로 꾸준히 판매고를 올렸다.

그렇게 본다면 『무정』의 5판과 6판은 고경상이 저작 겸 발행자로 되어 있더라도 흥문당서점과 회동서관에서 공동 출판하되 실질적으로는 흥문당서점에서 맡았을 가능성이 짙다. 다만 조연교의 흥문당서점이 어떠한 연유로 당대 최고의 인기 작가인 이광수의 저작을 집중적으로 출판하게 되었는지, 고경상의 광익서관이나 고유상의 회동서관과 어떤 관계를 맺고 있었는지, 갑자기 끼어든 흥문당서점이 『무정』의 판권 이동 경로에서 어떤 역할을 맡았는지는 앞으로 풀어야 할 중요한 숙제로 남아 있다.

어쨌거나 1920년대 상반기에만 다섯 차례 판을 거듭한 『무정』의 판

---

19 『동아일보』, 1924.1.8; 1.12, 3면; 『동아일보』, 1924.11.20; 11.23, 1면.

20 『동아일보』, 1923.4.25; 4.28, 1면; 4.30, 3면; 이광수, '권말 광고', 『조선의 현재와 장래』, 흥문당서점, 1923.

권은 늘 고경상의 손에 있었고 판매 수익은 광익서관과 회동서관에게 돌아갔다. 이광수로서는 자신의 저작을 일관성 있게 펴내는 홍문당서점이 어느 시점에서인가 개입하게 된 것이 그나마 불행 중 다행인 처지였다. 하지만 1920년대 하반기부터 7판이 나오기까지 아홉 해 가까이 『무정』은 더 이상 판을 거듭하지 못했다. 1923년까지 활력을 유지한 광익서관은 1928년 『어린이 독본』(고병돈 편, 회동서관 발행) 광고를 끝으로 문을 닫았으며, 회동서관도 1927년까지 왕성하게 활동하다가 1930년 이광수의 『단종 애사』로 삼십여 년의 편력을 마감했다. 고경상은 1930년대 후반에 이르러서야 삼문사서점(三文社書店)의 '현대 조선문인 전집'으로 간신히 재기에 성공했다. 한편 홍문당서점 역시 1930년까지 이광수 저작의 판권만 겨우 유지했을 뿐 별다른 전망을 개척하지 못한 처지였다.

2) 박문서관과 박문출판사

그렇게 한 시대가 저물고 나서 『무정』은 노익형의 박문서관에 둥지를 틀었다. 노익형은 대한제국 말기에 계몽 서적 출판으로 입지한 인물로 타계 직전까지 경영 최전선을 지키며 박문서관을 명실 공히 최고의 명문 출판사이자 문학 출판의 선두 주자로 올려놓았다. 1940년 무렵부터 아들인 석산 노성석이 잠시 박문서관을 맡았으나 1946년 12월 노성석이 서른셋의 나이로 요절한 뒤에는 이응규가 나섰다. 노성석과 경성제대 동창인 이응규는 사명을 박문출판사로 바꾼 뒤 1950년대 말까지 출판사를 이끌었다.[21]

박문서관은 1920년대 초반부터 서양 번역소설을 적극적으로 유치하여 문학 붐을 일으키며 급부상한 장본이다. 그 여세를 몰아 1930년 대에는 일련의 전집과 초대형 베스트셀러로 큰 성공을 거둘 수 있었다. 또 사전 출판과 '박문 문고' 기획, 출판사 이름을 앞세운 월간지 『박문』을 발행한 일로도 기념비적인 기록을 여럿 남겼다.[22] 특히 편집 겸 발행인으로 아동문학가 최영주를 발탁해 내세운 『박문』이라든지 가업을 이응규에게 물려준 전략을 보자면 전문 경영에 대한 감각도 탁월했다고 이를 만하다.

박문서관이 『무정』의 판권을 사들인 것은 1934년의 일이니 홍문당서점은 고사하고 광익서관과 회동서관마저 이미 문을 닫고 만 뒤다. 그렇다 하더라도 결코 헐값으로 판권을 물려받은 것은 아닐 터다. 1934년이라면 마침 『흙』의 연재를 마친 이광수의 문명이 한창 화려하게 꽃필 무렵이고 문학 출판 시장이 비약적인 신장세에 올라탄 시점이기 때문이다. 하필 이광수가 판권의 양도 과정을 속수무책으로 지켜보며 가슴을 치지 않을 수 없었던 것도 바로 이때다. 신문관에서 광익서관으로 판권이 넘어가는 장면을 직접 목도하지 못한 이광수로서는 1934년의 판권 이전이야말로 새삼스럽고도 당혹스러운 일이 아닐 수 없었을 것이다.

그런데 6판의 발행 이후 공백기가 길었던 데에다가 7판과 8판의 간격으로 보아서도 『무정』의 인기는 한결 수그러든 기세다. 때마침 박문서관에서 기획한 '현대 걸작 장편소설 전집'의 첫 두 권을 장식한 『사랑』의 몸값이 3,500원까지 치솟은 1938년에 『무정』의 8판이 나왔건만 9판을 위해서는 근 십오 년이나 기다려야 할 판이었다.

---

21 이경훈, 『속—책은 만인의 것』, 보성사, 1993, 285~295면.
22 하동호, 『한국 근대문학의 서지 연구』(재판), 깊은샘, 1985(1981), 69~87면; 방효순, 「일제 시대 민간 서적 발행 활동의 구조적 특성에 관한 연구」, 이화여대 박사논문, 2001.2, 45~47면.

그런 탓인지 『무정』의 7판과 8판은 지형을 새로 뜨지 않은 채 그전의 것을 그대로 썼다. 다만 정현웅의 솜씨로 장정된 8판의 겉표지는 하드커버를 채택하고 디자인만 새로 짜 넣었을 뿐이다. 『무정』 7판과 8판을 직접 확인하기로는 이번이 처음인데, 7판과 8판이 아니었더라면 6판까지의 출판 이력과 9판의 가치에 대해서도 자칫 미궁으로 빠질 뻔한 대목이 적지 않다.[23]

박문서관의 『무정』 출판은 두 가지 점에서 큰 공을 남겼다. 하나는 식민지 시기의 『무정』을 해방 이후 박문출판사의 9판으로 물려주었다는 사실이다. 유독 1940년대의 『무정』이 존재하지 않는다는 사실을 떠올리자면 박문서관과 박문출판사의 연속성이란 대단히 값진 것이다. 게다가 박문출판사의 9판은 활자와 판형을 바꾸어 새로 조판되었을 뿐 아니라 현대 표기법으로 일신한 판본이다. 그 과정에서 어쩔 수 없는 오류와 실수가 빚어졌지만 광영사의 '춘원 찬집'과 삼중당의 '이광수 전집'을 위한 디딤돌로서 제 소명을 다했다. 텍스트로서 『무정』이 일그러진 『무정』으로 변질된 책임은 아무래도 '춘원 찬집'에 물어야 하기 때문이다.[24]

또 한 가지 큰 공적은 바로 판권의 문제다. 박문출판사가 사양길로 접어든 1956년에 식민지 시기부터 보유해 온 소파 방정환의 『사랑의 선물』과 『소파 전집』의 판권이 유족에게 무상으로 돌아갔다. 방정환의 유족은 판권을 다시 새싹회의 '소파상' 기금으로 내놓았다.[25] 그런데 박문출판사는 『무정』 9판을 끝으로 역시 판권을 이광수 유족의 손에 되돌려 주었다. 만약 그렇지 않다면 1956년 오로지 이광수를 기리

---

23 보성고등학교 오영식 선생의 후의와 조언에 크게 힘입었으니 감사의 말씀을 전한다.
24 김철, 「『무정』의 계보」, 『바로잡은 『무정』』, 문학동네, 2003, 746~750면.
25 『동아일보』, 1956. 8. 15, 3면; 『경향신문』, 1956. 8. 15, 4면.

기 위해 허영숙이 세운 광영사에서 선집이 편찬되는 일이 가능했을까? 과연 선집의 판권장에 '판권 소유'라는 말이 버젓이 표기될 수 있었을 것인가? 이러한 사실은 역설적으로 판권에 대한 권리가 해방 이후에도 그대로 유지, 행사되었을 뿐 아니라 오늘날 생각하는 것보다 훨씬 더 철저하게 지켜졌다는 것을 시사한다.

실제로 박문출판사는 저자에게 판권을 귀속시키기 시작했다. 노익형의 맏손녀이자 노성석의 큰딸 노승현이 생생히 기억하고 있는 장면이란 다름 아닌 이광수 소설의 판권을 둘러싼 에피소드이며, 판권을 둘러싼 작가와 출판사의 관계를 변화시킨 중요한 계기 가운데 하나였다.[26] 어차피 박문출판사는 내부 분규 탓에 출판업에서 완전히 손을 뗄 참이었던 데에다가 때마침 문단과 출판계 양측의 오랜 줄다리기 끝에 저작권법이 시행되기에 이르렀기 때문이다. 이로써 이광수가 잃어버렸다고 안타까워한 『무정』의 판권은 1956년에 이르러서야 허영숙의 손으로 돌아간 셈이다.

6. 『무정』 초판의 거처

만 삼십팔 년 삼 개월 만에야 『무정』 판권의 역정은 비로소 원점으로 돌아간 듯싶다. 그렇다면 1,000부가 발행된 『무정』의 초판은 그사

---

26 노승현, 『지금에서야 알 수 있는 것들』, 시공사, 2011, 153~159면. 박문출판사가 작가에게 판권을 돌려준 계기가 된 사건의 주인공이 허영숙이라는 사실은 2012년 1월 19일에 진행된 충남도시가스 노승현 회장과의 인터뷰를 통해 확인했다.

이 어디로 갔을까? 앞서 강조했듯이 우리는 여전히 신문관의 『무정』 초판을 본꼴 그대로 실감해 본 적이 없다. 실은 초판의 본문과 판권장이야 쉽게 볼 수 있으나 딱하게도 장정과 표지는 도무지 알 길이 없는 형편이다. 온전한 형태로서 한 권의 『무정』에 담긴 역사에 눈 돌린 채 텍스트로서 『무정』에만 관심을 기울이거나 그나마 비틀린 『무정』에만 의존해 온 학계의 오랜 잘못 탓이다.

『무정』의 초판은 뜻밖에도 영인본으로 판매된 적이 있다. 1985년에 태영사에서 영인된 『무정』은 최서해의 소설집과 함께 합본 처리되어 묶였다. 영인본이다 보니 겉표지나 장정을 확인할 수 없는 것이야 당연하다. 문제는 속표지다. 영인본에서 마치 표지처럼 보이는 첫 면은 실상 『무정』의 본문 첫머리를 장식한 문양과 저자 표기 부분을 따서 복제한 것이다. 필자는 이 점을 미처 간파하지 못한 채 『신문관 번역소설 전집』의 권두 화보에 영인본 표지를 싣는 어리석은 짓을 저질렀다. 최근에야 전해들은 바에 의하면 영인본의 원본으로 제공된 것은 서지학자 김종욱의 장서다. 그런데 김종욱이 소장한 『무정』 초판은 머리말, 본문, 판권장이 온전하지만 아쉽게도 겉표지와 속표지가 유실된 상태여서 착오가 빚어졌다.

또 한 권의 『무정』 초판은 한국현대문학관에 전시되어 있다. 한국현대문학관은 1997년 11월 경기도 의왕에서 동서문학관으로 개관했다가 2000년 7월에 서울 장충동으로 이전하면서 이름을 바꾼 국내 최초의 문학 전문 박물관이다. 역시 생각보다 가까운 곳이다. 사실 한국현대문학관에 소장된 『무정』은 이미 『바로잡은 『무정』』의 준비 단계에서 조사된 적이 있다. 그런데 어쩐 일인지 2000년대 초반에 확인된 바로는 초판이 아닌 6판, 그것도 표지와 판권장이 유실된 6판으로 판명되었다. 하지만 2010년에 인천문화재단 함태영 박사가 자료를 재검토하는 과정에서 판권장이 유실되지 않은『무정』의 초판이 전시되어 있다는 사실을 발견했다. 필자 역시 2011년 1월에 한국현대문학관 소장자료를 열람했는데 도리어『무정』의 6판은 소장되어 있지 않다. 부끄럽게도 필자와 함태영 박사 모두『바로잡은『무정』』의 초기 작업부터 함께해 왔으나 어디에서 어떻게 혼선이 일어났는지 분명하지 않다.

기실『무정』의 초판은 본문 623면 뒷면에 판권장이 인쇄되어 있고 판권장의 면수가 624면으로 기재되어 있기 때문에 판권장이 유실되었다면 더더욱 초판과 6판을 혼동할 까닭이 없다. 어쨌거나 한국현대문학관에 소장된 초판이 뒤늦게 확인된 것만 해도 다행스러운 일이다. 한국현대문학관 측에서는 초판을 전시하여 공개하는 외에도 사진판 사본을 제작하여 제공하고 있어서 큰 도움이 된다.[27]

그런데 한국현대문학관에 소장된『무정』초판 역시 형태가 온전하지는 않아서 아쉬움이 남는다. 먼저 하드커버로 장정된 겉표지와 일부가 훼손된 속표지는 초판 본래의 것이 아닐 가능성이 높은데, 7판이나 8판의 장정을 나중에 덧씌운 것으로 추정된다. 특히 책등의 글꼴과 책등에 덧씌운 종이의 상태로 보아서는 7판의 표지이거나 7판을 복제한 표지일 것이다. 이러한 일은 장서가 유통되는 과정에서 가끔 볼 수 있는 현상이다. 또 속표지의 상단이 찢겨져 있고 하단 일부가 칼로 절취되어 있으며 중앙부의 두 군데에 각각 칼과 흰색 수정 테이프로 서로 다른 장서인을 지운 흔적이 있다. 속표지의 정체를 단언하기 위해서는 지질과 접착 상태를 정밀하게 감별해야 할 것으로 보인다. 그 밖에도 본문 첫 면의 흑백 장식 문양 하단에 찍힌 제삼의 장서인 일부도 흰색 수정 테이프로 덧칠되어 있다. 책의 소장자와 이동 경로를 짐작할 수

---

27 자료 열람과 사진 제공은 한국현대문학관 서영란 학예사의 협조에 의한 것이다. 자료의 상태는 2011년 4월 12일 보성고등학교 오영식 선생과 함께 직접 확인했다.

있는 장서인에 함부로 손을 댄 일이야말로 무례의 소치라 할 것이다.[28]

『무정』의 초판이 물리적으로 완벽한 상태로 보존되어 있지 못한 실상은 지금 우리 시대의 문화유산으로서 『무정』을 제값대로 대접하기 어렵다는 점에서도 몹시 안타까운 일이다. 2009년 12월에 문화재청에서 진행한 근대문학 유물 목록화 작업에서는 아예 『무정』이 자리를 찾지 못하는 수모를 겪어야 했다. 초판의 행방이 묘연했던 까닭이다. 2011년 4월에는 한국현대문학관에 소장된 『무정』의 초판을 등록 문화재로 지정해 줄 것을 문화재청에 요청했으나 성사되지 못했다. 본래의 겉표지와 속표지를 갖추지 못해서다. 자료의 가치와 현황을 감안해서 좀 더 유연한 기준을 적용하지 못한 데에 대한 씁쓸함이 가시지 않지만 어쩔 수 없는 노릇이다. 김소월의 『진달래꽃』 초판을 두고 벌어진 논란과 결말까지 염두에 두면 더더욱 그러하다.

---

28 서강대 로욜라도서관에는 본문 면수가 624면으로 정확하게 기재된 1918년판 『무정』이 오랫동안 소재 불명 상태로 처리되어 있다. 한국현대문학관에 소장된 『무정』 초판은 서강대 로욜라도서관을 비롯해 두어 군데를 더 경유해 입수되었을 가능성이 높다.

제7장

이수일과 심순애 이야기의 편력

1. 이야기의 역사성

흔히 이수일과 심순애 이야기로 잘 알려진 『장한몽』은 식민지 시기는 물론 1970~1980년대까지 폭넓게 향수되었다. 한국전쟁 무렵에 태어난 세대만 하더라도 신상옥 감독의 영화나 은방울 자매의 노래는 낯익은 문화에 속했으며, 그들 중 일부는 지금까지 영화의 특정 장면이라든가 노래의 음조를 선명하게 기억하고 있다. 『장한몽』을 둘러싼 독특한 문화 현상에는 영화의 줄거리가 이미 익숙한 이야기라거나 누구랄 것 없이 쉽게 흥얼거릴 수 있는 대중가요가 많지 않았다는 부차적인 요인도 감안해야겠으나 무엇보다 이수일과 심순애 이야기가 불러일으킨 대중적 공감과 정서적 흡인력이 밑바탕에 깔려 있음이 틀림없다.

예컨대 『장한몽』의 주축이나 다름없는 남녀 간의 삼각 애정 관계는 1970년대 이후 막강한 영향력을 발휘한 텔레비전 드라마를 통해 다양하게 변주된 형태로 끊임없이 재생산되어 왔다. 각별하게 한국적인 특수성을 띠고 있다고 보기 어렵지만 시대적 변화에 그리 민감하게 바뀌지 않는 틀이 바로 삼각관계라는 점도 이수일과 심순애 이야기에 대한 광범위한 지지와 지속적인 공감이 가능했던 한 가지 이유일 터다.

그런데 시대 변화나 세대의 차이를 뛰어넘어 오랫동안 문화적으로 유전되면서 소비된 이야기의 원천인 『장한몽』의 역사적 수용 양상에 대해서는 거의 주목되지 못했다.[1] 달리 묻자면 1910년대에 한국인의 감수성을 자극한 대중적인 문화 현상이 어떻게 식민지 시기를 견디면서 1970~1980년대 혹은 지금까지 이어졌는가, 그사이에 이수일과 심순애 이야기에 흔적처럼 새겨진 연속성과 불연속성이란 무엇을 뜻하는가 하는 문제다. 흔히 근대문학의 정전이라 일컬어지는 작품은 말할 나위도 없거니와 대중소설로 알려진 작품 가운데 어느 것도 『장한몽』만큼 폭넓게 수용되고 또한 강렬하게 각인된 것은 없기 때문이다. 물론 정규 교육 과정의 교과서에서 다루어진다든가 하는 일도 없을뿐더러 오히려 왜색 신파로 지목되거나 한국인의 건전한 비판 의식을 압살한 첨병으로 비난받아 왔을 따름이다. 사정이 그러하다면 『장한몽』이 지닌 대중적 기반과 연원, 문화사적 기능과 효과에 답하기 위해 이수일과 심순애 이야기가 거쳐 온 역정을 찬찬히 되짚어 볼 가치가 있다.

잘 알려져 있다시피 『장한몽』은 창작이나 번역이 아니라 일본의 인기 소설을 한국식으로 번안한 신문 연재소설이며, 곧바로 출판된 단행본은 한국 근대문학사 최초의 베스트셀러로 올라섰다. 번안소설 『장한몽』이 열화와 같은 갈채를 받자마자 신파극과 영화로 제작되어 흥행에 성공했으며 주제가 역시 널리 불려졌다. 또한 1920년대 후반에

---

1 최원식은 『장한몽』에 대한 소설사적 평가에서 선구적인 안목을 보여 주었다. 최원식, 「『장한몽』과 위안으로서의 문학」, 『민족문학의 논리』, 창작과비평사, 1982, 68~94면.

유성기와 음반이 보급되고 라디오 방송이 시작되면서 이수일과 심순애 이야기는 갖가지 장르와 양식을 자유롭게 넘나드는 이례적인 양상을 띠었다. 해방 후에도 별다르지 않아서 연극이나 영화는 물론이려니와 뮤지컬, 가극, 악극과 같은 새로운 실험이 『장한몽』을 통해 이루어진 바 있다. 이러한 사실은 번안소설이라는 독특한 방법으로 수용된 이야기가 한국적인 변용과 향유의 회로 속에서 지속적으로 갱신되는 특유의 면모를 보여 준 사례라는 점에서 주목된다.

요컨대 『장한몽』은 자본주의 시장의 문학 상품인 동시에 일련의 파급 효과를 낳은 문화 콘텐츠이기도 하다. 이수일과 심순애 이야기라는 텍스트는 단 한 차례 발생한 특수한 현상이 아니라 읽기와 쓰기의 관계 속에서 물질성을 획득하면서 재생산의 구체적인 계기로 작동되었으며, 받아쓰기를 넘어 고쳐 쓰기와 다시 쓰기로 거듭 확장되었다. 결과적으로 『장한몽』은 문화 번역의 다중적인 경로와 재번안의 역사성을 가장 선명하게 드러내 주었다.

따라서 이수일과 심순애 이야기가 어떤 회로를 경유하여 특정한 문예 양식과 맞부딪치며 전개되었는지 실증적으로 추적할 필요가 있다. 근대문학으로서 『장한몽』이 유통된 과정과 한국 근대소설사에서 담당한 역할 및 성격을 살펴보는 일이 출발점이 될 것이다. 그리고 대중가요, 연극, 영화, 그 밖의 미디어나 대중문화 갈래에서 『장한몽』이 되풀이된 양상을 통해 대중성이라는 특질이 형성되어 간 경위를 차례로 검토하겠다. 이를 통해 근대의 이야기가 향수된 정서적 기반과 역사적 의미의 일면을 짚어 볼 수 있으리라 기대한다.

2. 번안소설 『장한몽』의 계보

1) 번안소설 『장한몽』과 『속편 장한몽』

조중환의 『장한몽』은 1913년 5월 13일부터 10월 1일까지 『매일신보』에 119회에 걸쳐 연재된 가정소설이다. 『장한몽』의 성공에 힘입어 이태 뒤인 1915년 5월 25일부터 12월 26일까지 『매일신보』에 146회에 걸쳐 『속편 장한몽』이 연재되었다. 『속편 장한몽』은 종종 『장한몽』의 중편과 하편이 이어진 것으로 잘못 알려지기도 했으나 실은 『장한몽』의 후일담으로 기획된 별개의 번안소설이다.

『매일신보』는 1900년대의 『대한매일신보』 지령을 승계하되 제호를 바꾸어 출범했다. 한일병합에 따른 대대적인 언론 통폐합의 산물이자 한국어 관변 매체인 『매일신보』는 1910년대 내내 순 한글의 장편소설이 연재될 수 있는 단 하나의 한국어 중앙 일간지로 군림했다. 『매일신보』의 연재소설 작가이자 전문 번안 작가 조중환의 등장은 이해조의 오랜 독주를 가로막고 신소설을 절명시킨 결정적인 전환점이라는 점에서 중요하다.

조중환은 1912년 『매일신보』 1면에 첫 번째 번안소설 『쌍옥루』를 연재했으며, 『장한몽』과 『속편 장한몽』의 연재 사이에도 『국의 향』, 『단장록』, 『비봉담』을 잇달아 내놓아 번안소설의 시대를 열었다. 『장한몽』은 이해조의 마지막 신소설 『우중행인』의 뒤를 이어 『매일신보』 4면에 연재되었으며, 1면에서는 이인직의 마지막 신소설 『모란봉』과 이상협의 번안소설 『눈물』이 교체되는 와중이었다. 단기간에 지면을 평정하고 『매일신보』 1면과 4면을 동시에 석권한 번안소설의 전성기에

다시 이수일과 심순애 이야기를 불러들인 『속편 장한몽』은 이상협의 번안소설 『정부원』의 뒤를 이어 4면에 연재되었다.[2]

단행본으로는 『장한몽』이 전 3권으로, 『속편 장한몽』이 전 2권으로 출판되었다. 『장한몽』의 상권은 신문 연재 막바지인 1913년 9월에 먼저 출시되었고, 중권과 하권은 연재가 완료된 뒤인 1913년 12월에 동시에 출판되었다. 『장한몽』의 초판은 모두 유일서관(발행자 남궁준)에서 저작자 조중환의 이름으로 출판되었다가 1919년 무렵에 회동서관(발행자 고유상)으로 판권이 양도되었다. 『장한몽』의 판권은 당대 최고가인 300원을 기록했다.[3]

『장한몽』 상권은 1919년 1월에 회동서관에서 재판이 나온 후 1930년 12월까지 적어도 6판 이상을 거듭했다. 중권과 하권은 1916년 12월에 유일서관과 한성서관(발행자 남궁설)의 공동 발행으로 다시 초판이 출판된 뒤 1930년 1월에 조선도서주식회사(발행자 홍순필)에서 각각 7판과 8판을 돌파했다. 게다가 상권의 6판은 지형을 바꾸지 않은 채 1925년 6월부터 1930년 12월까지 거듭 인쇄되었고, 1930년 12월 이후에는 박문서관(발행자 노익형)에서 판권을 양도받아 유통되었다. 중권과 하권의 경우에는 1916년 12월에 새로 초판이라고 매겨진 뒤 불과 보름 만인 1917년 1월에 재판에 들어섰으며 1920년대 이후 회동서관과 조선도서주식회사에서 꾸준히 출판되었다. 어느 경우든 단행본으로 출판된 『장한몽』이 큰 성공을 거두었다는 사실은 분명하다.

『장한몽』이 각 판마다 몇 부씩 인쇄, 유통되었는지 가늠하기 어렵지만 발행일자의 추이로 보건대 『무정』의 판매량을 훨씬 앞질렀을 것으로 보인다. 그런데 1920년대에 들어선 뒤 『장한몽』 전 3권의 발행 이력

2　박진영, 『번역과 번안의 시대』, 소명출판, 2011, 100~125 · 301~333면.
3　「삼천리 기밀실─『장한몽』 판권 삼백 원」, 『삼천리』 6권 9호, 삼천리사, 1934.9, 17면.

이 고르지 않아서 흥미롭다. 그중에서 실제로 더 많이 유통된 것은 오늘날의 통념과 달리 중권과 하권으로 판단된다. 『장한몽』은 판을 거듭하는 사이에 면수를 줄이기 위해 지형을 새로 짜거나 일부 조사와 어미를 바꾸기도 했지만 소소한 차이로 그쳤다. 다만 중권과 하권의 첫머리에 덧붙여진 허두는 『매일신보』에 연재될 때에 보이지 않았으나 단행본 출판 과정에서 출판사 측에 의해 임의로 편집된 이례적인 대목이다.[4] 구태가 완연한 허두의 첨가는 중권과 하권이 단행본 독서 시장에서 상권과 독립적으로 향유되었을 가능성을 시사하기 때문에 유의할 필요가 있다. 뒤집어 말하자면 대중적 인지도가 높은 상권에 비해 중권과 하권의 판매를 배려한 유통 전략의 일환이기도 할 터다.

한편 『속편 장한몽』은 1925년 3월에 이르러서야 『이수일과 심순애—장한몽 속편』이라는 표제를 달고 조선도서주식회사와 보문관(발행자 홍순필)의 공동 발행으로 출판되었다. 단행본 『이수일과 심순애—장한몽 속편』의 저작 겸 발행자가 홍순필로 기재된 것으로 보건대 『장한몽』 중권과 하권의 판권이 출판사 사이에서 거래되면서 속편의 출판을 함께 맡았다고 판단된다. 속편은 겉표지의 그림에서부터 『장한몽』을 자연스럽게 연상시키지만 막상 상업적으로는 그리 성공하지 못했다. 일간지에 연재된 지 십 년이나 지난 후에 출판된 것도 큰 약점이려니와 『장한몽』이 판을 거듭하고 있던 무렵임에도 불구하고 더 이상 출판 기록이나 광고가 눈에 띄지 않기 때문이다.

잘 알려져 있다시피 『장한몽』은 일본 메이지 시대 중엽의 인기 작가인 오자키 고요尾崎紅葉의 『곤지키야샤金色夜叉』를 번안한 가정소설이다. 『곤지키야샤』는 1897년 1월 1일부터 1902년 5월 11일까지 『요미

4　『장한몽』 중권과 하권의 허두를 문제 삼아 1910년대 번안소설의 통속성을 논의하는 일은 큰 잘못이다.

〈사진 32〉 단행본 『장한몽』(함태영 박사 소장)

〈사진 33〉『곤지키야샤』권두 화보

우리신붠讀賣新聞』에 전편, 중편, 후편, 속편, 속속편으로 절찬리에 연
재되었으며 신속편이 1903년 1월부터 3월까지 월간지『신쇼세쓰[新小
說]』에 분재되었다. 단행본으로는 1898년 7월부터 1903년 6월까지 슌
요도[春陽堂]에서 출판되었으며, 신속편이 따로 출판된 것은 1905년 7월
의 일이다. 『곤지키야샤』가 완결된 것은 오자키 고요의 사후인 1908년
4월에 문하생 오구리 후요[小栗風葉]에 의해서다. 오구리 후요는 스승이
남긴 비망록「복안각서(腹案覺書)」를 바탕으로『곤지키야샤』의 종편을
삼아 이야기의 대미를 마물렀다.[5]

---

5   尾崎紅葉,『金色夜叉』(前篇, 中篇, 後篇, 續篇, 續續篇), 春陽堂, 1898～1903(復刻本); 尾崎紅葉,

『곤지키야샤』는 영어 번역판으로도 인기가 높아서 1905년에는 전 2 권으로, 1917년에는 단권으로 다시 출판되기도 했다. 당대의 베스트셀러 가운데 하나인 『불여귀(不如歸)』의 영어 번역판이 막 5판을 넘어선 데에 비해 『곤지키야샤』의 영어 번역판은 15판을 돌파했으니 대단한 갈채를 받은 셈이다. 또 1898년 3월에 『곤지키야샤』가 처음으로 연극으로 각색되어 공연되었으며 곧이어 영화, 엔카[演歌], 극시와 같은 다양한 형태로 큰 인기를 누렸다.[6]

『곤지키야샤』는 일본 아동문학의 선구자인 이와야 사자나미[巖谷小波]가 겪은 실연을 바탕으로 삼았다고 알려져서 한때 세간의 입길에 오르내리기도 했다. 그런가 하면 미국의 여성 작가 버사 M. 클레이(Bertha M. Clay)의 인기 소설 『여자보다 약한 자(Weaker than a Woman)』를 일본식으로 번안한 것이 『곤지키야샤』의 실체이기도 하다.[7] 기실 상이한 원류에서 『곤지키야샤』가 배태되었을 뿐 아니라 미국에서 일본으로, 일본에서 한국으로 건너온 전 세계적인 이야깃거리가 바로 『장한몽』인 셈이니 이수일과 심순애 이야기가 보편적인 대중성을 띤 것도 전혀 이상한 일이 아니다.

조중환의 『장한몽』은 원작의 종편까지 모두 포함하여 번안되었다. 그런데 1913년에 『매일신보』에 연재될 때에는 번안이라는 사실이 명시되지 않은 채 '조일재 작'으로 표시되었다. 연재 예고에서도 '조일재

『金色夜叉』(新續篇), 春陽堂, 1905(復刻本); 尾崎紅葉, 『金色夜叉, 同腹案覺書』(尾崎紅葉全集 6), 中央公論社, 1941; 小栗風葉, 『金色夜叉』(終篇)(9版), 新潮社, 1909(1908).

6 溝口白羊, 『家庭新詩 金色夜叉の歌』, 岡村書店・福岡書店, 1905; Ozaki Koyo, A. & M. Lloyd (re-written), The Gold Demon(Conjikiyasha) vol. 1～2, Tokyo : Yurakusha(有樂社), 1905; Ozaki Koyo, A. & M. Lloyd(translated), The Gold Demon(Conjikiyasha), Tokyo : Seibundo(誠文堂), 1917・1917(재판)・1920(15판).

7 「장한몽-이수일의 정체는 동화왕 소파산인(小波山人)이다」, 『매일신보』, 1923.7.7, 3면; 巖谷小波, 『金色夜叉の眞相』(4판), 黎明閣, 1928.1(1927); 고운기, 「『장한몽』의 모본(模本) 『금색야차』도 번안소설」, 『문학사상』 346호, 문학사상사, 2001.8, 236～241면.

저'의 신소설 즉 새로운 연재소설로 광고되었다. 즉 "어떠한 형편에 의하여 원작자의 성명을 발표치 아니하였"다는 것이다.[8] 그러나 이미 한국의 지식인 사이에서 원작이 널리 읽혔을 뿐 아니라 일본 극단의 내한 공연이나 한국인 극단의 공연을 통해 이름이 익숙해진 마당이었다.[9]

번안소설 『장한몽』의 등장과 성공은 요컨대 새로운 이야기 양식의 탄생을 알렸다. 1900년대 후반부터 1910년대 초반에 연재된 이해조의 신소설이 대개 300~400매 분량에 머물렀고, 전 2권으로 출판된 단행본이라 할지라도 끽해야 1,000매를 넘지 않았다는 사실을 놓쳐서는 안 된다. 말하자면 1,700매 남짓에 달하는 조중환의 『쌍옥루』와 『장한몽』을 통해 본격적인 장편소설의 독서 체험이 비롯된 셈이다. 신문 연재소설을 통해 성장한 한국의 근대 장편소설은 그 뒤로 오랫동안 2,000매 안팎의 규모에서 이야기 구조와 미학을 최적화시켰다. 『장한몽』의 번안 경로에서 성취된 특질과 소설사적 의의에 대해서는 최근에 상당한 연구 성과가 축적되었으므로 『장한몽』과 『속편 장한몽』의 관계로 눈길을 돌려 보자.[10]

『장한몽』의 독자가 몰입한 대목이자 오랫동안 한국인의 뇌리에 각인된 장면은 『장한몽』의 전반부 즉 단행본 상권에 집중되어 있다. 『속편 장한몽』의 연재에 앞서 4회에 걸쳐 제시된 『장한몽』의 줄거리 요약 가운데 92%의 지면이 전반부에 할애된 것도 이상한 일은 아니다.[11] 중요한 점은 번안 작가에 의해 추려진 『장한몽』의 얼개가 대중에게 받아

---

8 「장한몽―이수일의 정체는 동화왕 소파산인(小波山人)이다」, 『매일신보』, 1923.7.7, 3면.
9 양승국, 「1910년대 한국 신파극의 레퍼토리」, 『한국 신연극 연구』, 연극과인간, 2001, 87~102면.
10 이희정, 『한국 근대소설의 형성과 『매일신보』』, 소명출판, 2008; 전은경, 『근대계몽기 문학과 독자의 발견』, 역락, 2009; 최태원, 「일재 조중환의 번안소설 연구」, 서울대 박사논문, 2010.8; 박진영, 『번역과 번안의 시대』, 소명출판, 2011.
11 「전편의 개요―전편의 대강 사실과 요령」, 『매일신보』, 1915.5.20~23, 4면.

들여진 이수일과 심순애 이야기의 실질적인 전범이 되었다는 사실이다. 두말할 나위도 없이 이러한 현상은 『장한몽』의 전반부를 장악한 드라마틱한 요소와 긴장감 넘치는 설정에서 연유한다. 반면에 중반부와 후반부, 그중에서도 특히 후반부의 특색이라 일컬을 만한 플롯의 복잡성, 등장인물의 내면적 고뇌, 주변 인물과의 심리적 갈등과 같이 노벨(novel)로서 수용되어야 마땅한 영역은 불가피하게 역사적 생명력을 잃고 말았다. 대중가요, 신파극, 영화를 위시한 다양한 대중 문예 장르에서 『장한몽』이 수용된 방식 역시 마찬가지다.

기실 『장한몽』이 원작의 플롯에 충실하게 번안되었다는 사실과 별도로 독자의 수용 태도나 파급 효과는 방향을 전혀 달리한 셈이다. 이태나 지난 뒤에 『속편 장한몽』이 연재될 수 있었던 속사정은 그런 뜻에서 복합적이다. 『속편 장한몽』의 진상은 명약관화한 『장한몽』의 후일담이거니와 조중환의 단편소설 「인연」을 확장한 이야기이자 와타나베 가테이[渡辺霞亭]의 『소용돌이(渦卷)』를 번안했다는 기묘한 절충과 어정쩡한 타협에 놓여 있기 때문이다. 결과적으로 『속편 장한몽』에서는 이태 전에 선보인 『장한몽』의 가치 있는 특장이 대부분 유실되고 말았다.

『속편 장한몽』은 이수일과 심순애의 재결합으로 마무리된 『장한몽』의 뒷이야기를 이어 갔다. 즉 이수일과 심순애의 재결합 후 일 년 뒤의 시점에서 다시 육칠 년간의 이야기가 후일담처럼 전개된다. 문제는 등장인물 배치와 사건의 전개가 전적으로 처첩 간의 갈등을 주축으로 삼은 1910년대 신소설의 수준에 머물렀으며 어휘와 문장 역시 『장한몽』에서 크게 후퇴했다는 사실이다. 2,000매가 넘는 분량의 『속편 장한몽』이 독자의 지지와 호응을 받지 못한 것은 필연적이다. 『속편 장한몽』의 패착은 두 갈래에서 연유한다. 한 갈래는 『속편 장한몽』의 밑그림을 마련한 조중환의 「인연」이며, 다른 한 갈래는 원작 『소용돌이』의 독특한 번안 경로다.

먼저 『속편 장한몽』이 연재되기 몇 달 전에 50매 분량으로 발표된 「인연」은 마치 신소설 한 편에 해당하는 이야기를 지나치게 압축해서 밀어 넣은 듯 서툴기 짝이 없다.[12] 남편에게 버림받았으나 끝까지 믿음을 저버리지 않고 인내한 본부인, 기생첩에 미혹되었다가 자신의 악행을 깨닫고 마음을 바로잡은 남편, 부부의 재회와 재결합을 매개시킨 어린 아들이라는 구도는 이미 진부해진 터다. 본부인이 집에서 쫓겨난 대목에서 시작하여 다시 남편의 집으로 돌아가는 역정이라든가 이미 끊어진 부부의 인연이 몇 년 뒤에 결국 자식을 매개로 다시 이어진다는 모티프가 그대로 확장된 것이 바로 『속편 장한몽』이다. 그런데 단편소설로 보자면 대단히 엉성한 짜임새에 불과한 「인연」이 제공한 모티프가 와타나베 가테이의 『소용돌이』와 마주치면서 『속편 장한몽』을 성립시켰다는 점이 중요하다. 『소용돌이』는 기실 『곤지키야샤』나 『장한몽』과 무관한 소설이면서도 조중환에 의해 『장한몽』의 등장인물과 결탁함으로써 번안의 흔적을 매끄럽게 봉합시킨 후일담으로 가공되었다.[13] 요컨대 『속편 장한몽』이야말로 이수일과 심순애 이야기가 본격적으로 확대와 재생산을 시작한 고비인 동시에 번안소설이자 근대소설 『장한몽』이 급속도로 통속화된 계기이기도 하다.

---

12 조중환, 「인연」, 『공도』 3호, 공도사, 1915. 1, 100~107면.

13 『속편 장한몽』의 번안 경로와 특질은 최태원에 의해 깊이 있게 논의되었다. 최태원, 「일재 조중환의 번안소설 연구」, 서울대 박사논문, 2010. 8, 148~166면.

2) 딱지본 『장한몽』

『장한몽』이 신문 연재소설로 출발하여 단행본 시장을 풍미한 것이
1910~1920년대의 사정이라면 그 뒤의 양상은 조금 다르게 전개되었
다. 일단 단행본 출판물 가운데 이른바 딱지본이라 불린 독특한 형태
에 유의할 필요가 있다. 흔히 『장한몽』을 일컬어 딱지본의 대표적인
사례처럼 일컫곤 하지만 실상과는 어긋난다. 1970년대에 이르러서야
쓰이기 시작한 것으로 보이는 딱지본이라는 용어는 주로 1920~1930
년대에 특유의 표지 디자인과 판형으로 유통된 소설 출판물을 지칭하
거니와 기실 『장한몽』의 경우에는 해방 후에만 딱지본으로 유통되었
기 때문이다. 딱지본과 『장한몽』을 관련시키는 발상 역시 오랜 선입관
의 하나일 뿐이다.

딱지본은 1920년대 후반부터 1980년대 중반 무렵까지 이어진 출판
및 유통 방식으로 신소설이나 활자본 고전소설의 대중적 인기를 확인
할 수 있는 중요한 자료다. 납 활자를 이용하여 싼값에 빨리 인쇄할 수
있는 장점을 지닌 딱지본은 보통의 단행본 신소설보다 작은 판형에다
가 상투적인 표지 디자인을 고집했을 뿐 아니라 50면 안팎이나 기껏해
야 100면 이내의 얄팍한 분량으로 정형화되었다. 또 유통 방식에서는
서점 판매뿐 아니라 봇짐을 지고 다니며 팔거나 시내 좌판에 내놓기도
했다는 점에서 특이하다. 딱지본은 널리 알려진 고전소설을 축약하여
재출판하는 경우가 주종이지만 새로 창작된 신소설, 즉 연애와 사랑에
관한 통속적인 이야기책도 만만치 않은 인기를 끌었다. 고전소설의 경
우에는 묵독을 전제로 하는 근대소설 읽기가 아니라 전기수(傳奇叟)나
이야기꾼이 읽어 주는 것을 청각적으로 흡수하는 듣기 전통의 배경과
결합되었다. 고전소설 시장의 확대와 더불어 시작된 딱지본 출판은 창

작 신소설, 영화소설, 괴기소설, 탐정 활극처럼 근대소설과 구별되는 이야기책의 독자적인 영역을 확보했다.

『장한몽』은 대중적으로 가장 인기가 높은 이야기책임이 틀림없지만 적어도 식민지 시기에는 판권의 소재가 분명했기 때문에 딱지본으로 유통되지 않았다. 이수일과 심순애 이야기의 명맥이 딱지본을 통해 되살아난 것은 1950년대의 일이다. 『장한몽』은 1952년과 1956년 세창서관(발행자 신태삼), 1956년과 1961년 영화출판사(발행자 강근형), 1964년과 1978년 향민사(발행자 박창서)에서 각각 출판된 바 있어서 해방 후의 대표적인 딱지본 출판사 세 곳을 모두 거쳤다. 특히 종로 3가의 세창서관은 식민지 시기부터 1980년대까지 꾸준히 딱지본을 출판해 낸 전문 출판사이며, 서울의 영화출판사와 대구의 향민사는 해방 후에 딱지본 유통을 주도했다. 그런데 세창서관의 딱지본은 오히려 후대에 출판된 영화출

〈사진 34〉 딱지본 『장한몽』 (향민사, 1978, 함태영 박사 소장)

판사나 향민사의 딱지본과 성격이 달라서 눈길을 끈다.

먼저 영화출판사와 향민사의 딱지본은 표지에 상하 합권이라고 표시되어 있으나 실제로는 『장한몽』 중권과 하권의 합책이다. 적어도 1930년 이전까지 상권보다 중권과 하권이 더 널리 유통된 『장한몽』의 특수성이 재현된 셈이다. 두 출판사의 표지 디자인 역시 비슷하다. 모두 속표지나 차례 없이 신활자로 인쇄되었으며, 조사와 어미가 현대식으로 바뀌었을 뿐

실질적인 차이는 없다는 점도 공통적이다. 영화출판사와 향민사의 딱지본은 실상『장한몽』의 중권과 하권을 복간한 것이나 다름없다.

영화출판사의『장한몽』은 1956년 10월판과 1961년 10월판이 확인되는데, 식민지 시기에 출판된 중권과 하권의 장 구분과 소제목을 그대로 따랐고 부분적이나마 단락 구분이 되어 있다. 다만 판형과 행관을 줄여서 중권 122면과 하권 148면의 분량이며, 꼭 일치하는 것은 아니지만 괄호 안에 한자 표기를 넣은 점도 식민지 시기의 단행본과 비슷하다. 향민사의『장한몽』역시 실제로는 중권과 하권에 해당한다. 그런데 1964년 10월판은 상하 전 2권으로, 1978년 9월판은 상하 합책으로 출판되었을 뿐 같은 지형을 사용했다. 겉표지는 영화출판사의 것과 유사한 디자인이며, 중권 121면과 하권 113면으로 조판되었다.

다만 영화출판사 판과 달리 향민사판에서는 장이 구분되지 않았으며 단락도 나누어지지 않았다. 또 등장인물 이름의 경우에만 괄호 안에 한자를 덧붙였을 뿐 그 밖에는 한자를 전혀 병기하지 않았다.『장한몽』이 1913년에 신문에 연재될 때는 물론 1913년 유일서관 초판에서 철저하게 지켜진 단락 구분이나 대화의 분리는 1916년에 새로 초판을 매길 때부터 무시되었는데, 장 구분과 소제목은 영화출판사 딱지본까지만 유지된 셈이다. 또 하나 흥미로운 차이를 보인 대목은 앞서 언급한 중권과 하권의 허두다. 영화출판사 판과 달리 향민사 딱지본의 경우에는 첫머리의 허두 두 군데가 모두 탈락되었다.

영화출판사와 향민사의 딱지본『장한몽』은 일단 이야기책으로 읽힌 것이 분명하며, 상권이 배제된 채 중권과 하권만 유통된 점에서도 근대소설로서 가치를 유지했다고 보기 어렵다. 다만『장한몽』상권에 집중된 이수일과 심순애 이야기의 명성과 인지도를 빌려 뒷이야기에 대한 독자의 호기심을 자극한 결과일 터다. 비주류 유통 시스템 속에 있었던 딱지본은 표제만으로도 충분히 매력적인 구매 요인이 될 필요가 있었기 때문이다. 『장한몽』이 불러일으킨 대중적 정서가 여전히 큰 호소력을 발휘했다는 것이야 말할 나위도 없다.

반면에 『장한몽』을 딱지본 형태로 가장 먼저 출판한 세창서관에서는 '연애 비극 각본'이라는 타이틀을 내걸었는데, 조중환이 번안한 『장한몽』의 중심 줄기에서 크게 벗어나지 않으면서도 거의 개작하다시피 했고 분량도 48면으로 대폭 축약했다. 그런데 세창서관판 『장한몽』은 1960년대 영화출판사에서도 분량을 확대한 형태로 개작된 사례가 있어서 주의해야 한다. 이러한 현상은 세창서관판 『장한몽』이 꾸준히 개작을 거듭하면서 분량이 늘어나다가 영화출판사 판으로 넘어간 것으로 보인다. 다만 위에서 살펴본 영화출판사 판과 달리 표지와 판권장이 여러 차례 뒤섞이고 되풀이되었기 때문에 출판 및 유통 연도를 정확하게 꼬집기 어렵다.

세창서관판의 축약은 전적으로 발행자 신태삼과 편집자에 의한 것이다. 늦어도 1952년 이전에 처음 나왔다가 1956년 12월에 다시 출판된 세창서관판은 『장한몽』의 배경이나 상황을 모두 1950년대식으로 고쳤다. 예컨대 여주인공 심순애와 최만경의 갈등은 세창서관판에서 심순애와 서은경의 대립으로 바뀌었고 심순애가 정신 이상을 일으킨 것도 조중환의 『장한몽』을 따랐다. 심순애의 정조 문제를 살짝 피해 간 반면 이수일과 심순애의 해피엔드로 마무리된 것은 마찬가지다. 다만 이야기의 결말을 더 구체적으로 설정하여 약 4면의 분량을 할애한 점이 눈에 띈다. 세창서관판의 『장한몽』은 이수일과 심순애가 장학회를 설립하여 백낙관을 서양에 유학시키는 결단을 내리자 회개한 고리대금업자 서은경 역시 프랑스로 떠나는 것으로 이야기가 마무리되었다.

세창서관의 딱지본 『장한몽』이 축약과 소극적인 재번안의 경우라면 1974년 4월 인창서관(발행자 강선성)과 1978년 9월 화신문화사(발행자 황병득)에서 출판된『이수일과 심순애』는 매우 적극적인 재번안에 해당한다.『이수일과 심순애』는 허문순이나 성결의 필명으로 더 잘 알려진 대중 작가이자 번역가 허문영의 솜씨다.[14] 1974년에 '시대 순정 소설', 1978년에 '장편 애정 소설'로 타이틀을 붙인『이수일과 심순애』는 겉표지와 속표지만 바뀌었을 뿐 본문은 물론 차례와 머리말까지 같은 지형이 사용되었다.『이수일과 심순애』는 총 24장으로 구성되고 각 장마다 소제목을 붙였다. 허문영은 원작『곤지키야샤』를 번안했다고 밝혔지만 실제로는 조중환의『장한몽』을 현대식으로 다시 번안한 것으로 보아야 마땅하다.

허문영이 재번안한 이수일과 심순애 이야기는 등장인물과 배경이 모두 1970년대식으로 재해석되었다. 무엇보다 조중환의『장한몽』에서 그다지 설득력을 갖지 못한 장면, 예컨대 심순애가 김중배를 선택한 동기와 결심 과정이라든가 결혼 생활의 파탄에서 창조적인 재해석이 이루어졌다. 또『곤지키야샤』에 비해『장한몽』에서 더 부정적으로 그려진 김중배의 성격은『이수일과 심순애』에서 훨씬 지독한 악인으로 바뀌었다. 이수일 역시 심순애에 대한 오해 때문에 비극적인 사태를 초래할 뿐 아니라 자신의 엇나간 복수심으로 서민옥을 죽음에 몰아넣는다.『이수일과 심순애』에서 주목할 만한 것은 여성 등장인물의 형상이다.『장한몽』에서 교묘하게 회피된 심순애의 심리적인 갈등이 부각됨으로써 김중배에 대한 복수를 결단할 정도로 주체적인 모습이 강조되었기 때문이다. 서민옥뿐만 아니라 윤난경 역시『장한몽』의 최만

---

14 흡사 1950~1960년대의 방인근을 방불케 하는 허문영은 1970~1980년대에 숱한 대중소설과 번역소설을 펴냈다. 잡지사 기자로 작가 생활의 첫발을 내디딘 허문영은 1962년에『동아일보』신춘문예 소설 부문에 당선되었는데, 얼마 후에는 음란 외설 작가로 단속 대상이 되기도 했다.

경과 달리 긍정적인 역할을 맡았다. 결국 이수일의 변화를 가져온 계기는 자기 자신의 잘못에 대한 뉘우침과 여성 인물의 도움이다. 『이수일과 심순애』는 조중환의 『장한몽』에서 취약성을 드러낸 대목을 시대상에 걸맞게 재평가한 사례인 셈이다.[15]

3. 이수일과 심순애 노래의 특이성

이수일과 심순애 이야기를 수용한 대중가요 〈장한몽가(長恨夢歌)〉는 크게 두 갈래로 나누어 살펴볼 수 있다. 하나는 식민지 시기의 유행창가로부터 이어진 계보이며, 다른 하나는 서도소리의 계보다. 전자가 일본을 통해 수입된 서양 음악이자 근대 대중가요사의 초창기 형태를 보여 주는 데에 반해 후자는 조선 후기 이래의 소리꾼에 의해 계승된 잡가다. 유행창가와 서도소리가 서로 다른 양식임에도 불구하고 이수일과 심순애 이야기를 수용한 노래의 형성 경로는 절묘하게 얽혀 있다. 먼저 근대 대중가요의 출발점이라 할 수 있는 유행창가 〈장한몽가〉에 대해 살펴보자.

---

[15] 세창서관 딱지본과 허문영의 재번안이 이수일과 심순애 이야기의 통속성에 초점을 맞춘 반면에 1990년대의 청소년용 만화 『이수일과 심순애』는 비극성을 유지한 독특한 사례여서 눈길을 끈다. '신파 극장─만화로 보는 감동과 폭소의 무대!'라는 표제가 붙은 『이수일과 심순애』는 『장한몽』의 전반부를 재미있게 재구성했다. 만화로 탈바꿈된 『이수일과 심순애』는 내레이터 역할을 맡은 제삼자가 개입한다는 점에서도 의미 있는 텍스트라 보기 어렵다. 그럼에도 불구하고 해피엔드가 아니라 심순애의 은장도 자결로 이야기를 마무리해서 통속적인 희화화를 피했다. 김남길 구성, 박종관 그림, 『이수일과 심순애』, 문공사, 1999.

지금도 길을 지나다가 무심히 아이들이 "대동강 변 산보하는 이수일과 심순애" 하는 노랫소리를 들으면 저도 모르게 발을 멈추고 한참 귀를 기울이다가 도로 가곤 가곤 한다.[16]

조중환이 『장한몽』 번안에 몰두한 무렵의 정황을 돌이켜 보면서 쓴 글의 첫머리다. 번안 작가가 이십여 년 전을 떠올리면서 인용한 아이들의 노랫소리는 과연 무엇일까? 아마 지금도 은방울 자매의 노래를 기억하고 있는 사람들이 적지 않을 터인데, 조중환이 언급한 이수일과 심순애 노래란 바로 은방울 자매의 리메이크 가요 〈장한몽〉의 원곡이자 식민지 시기 초창기의 유행창가 〈장한몽가〉다.[17]

이영미에 의하면 한국의 대중가요는 〈경부철도 노래〉에서 학교창가, 유행창가, 그 밖의 동요나 가곡으로 분화되어 갔는데 〈장한몽가〉를 비롯한 최초의 대중가요 네 곡은 모두 일본 유행가의 번안이다.[18] 지금 확인할 수 있는 〈장한몽가〉 가운데 가장 오래된 것은 1929년 10월에 이상준이 펴낸 『신유행창가』 증보판에 수록된 곡과 1925년 11월 주식회사 일본축음기상회 경성 지점에서 닙보노홍 레이블로 출시한 음반 《조선 소리판(盤)》에 수록된 김산월의 번안가요다.[19]

『신유행창가』에는 16마디로 된 두도막 형식의 〈장한몽가〉 악보와 전10절의 가사가 모두 실려 있다.[20] 이수일과 심순애 노래의 원형이라 할 〈장한몽가〉는 일본에서 널리 불린 〈신곤지키야샤(新金色夜叉)〉의 번

---

16 조중환, 「번역 회고—『장한몽』과 『쌍옥루』」, 『삼천리』 6권 9호, 삼천리사, 1934.9, 234면.

17 은방울 자매, LP, 연도 미상, 4절, 1분 35초.

18 이영미, 『한국 대중가요사』, 시공사, 1998, 40~43・49면.

19 박찬호, 안동림 역, 『한국 가요사』, 현암사, 1992, 186면.

20 『신유행창가』 초판과 재판에도 〈장한몽가〉가 수록되었을 것으로 판단된다. 초판은 1922년 2월, 재판은 1923년 11월에 출판되었다. 이상준, 『신유행창가』(증보판), 삼성사, 1929, 21~23면.

〈사진 35〉〈장한몽가〉(한국학중앙연구원 한국학학술정보관 소장, 사본)

안으로 요나누키 장음계, C장조, 2/4박자의 전형적인 엔카풍이다. 〈신곤지키야샤〉는 1917년 무렵부터 불리기 시작해 1918년에 영화 주제가로 채용되면서 선풍을 일으켰다.[21] 〈장한몽가〉는 1920년 4월 조선문예단의 연쇄극 공연에서 극중 삽입가로 사용되면서 널리 알려졌고 1926년 3월 계림영화협회 제작의 영화 주제가로도 사용되었다. 무성영화 시대에는 스크린 뒤에서 주제가를 불렀다. 김산월의 〈장한몽가〉는 짧은 형태의 악곡에 10절이나 되는 긴 가사를 붙여 불렀다는 점에서 특이하다. 한국 대중가요에서 〈장한몽가〉처럼 긴 가사를 가지고 있는 노래는 흔치 않기 때문이다. 여타의 유행창가 중에도 판소리나 연극의 줄거리를 축약해 놓은 듯한 긴 가사의 서사적 노래가 여럿 있지만 그중에서도 〈장한몽가〉의 가사가 단연 길다. 노래의 가사가 길더라도 그다지 어색하지 않게 받아들인 것이 당시의 풍경이다.[22]

번안소설 『장한몽』의 전반부를 서사화한 〈장한몽가〉는 특히 대동강 변의 이별 장면에 초점을 맞추었는데, 행진곡풍의 곡조 덕분에 식민지 시기의 대중가요가 지닌 절망적이거나 퇴영적인 분위기와는 조금 다르다. 다만 소설이나 신파극에서 인상적인 장면만 압축했기 때문에 남녀의 대립적인 구도가 강조되고 감정 표현도 직설적으로 변했다. 비극적인 감상의 정서가 과장되고 증폭된 것도 마찬가지 이유에서다. 전형적인 엔카의 악곡을 번안함으로써 엔카 특유의 정서까지 그대로

---

21 〈신곤지키야샤〉는 1909년에 소에다 아젠보가 〈美しき天然〉의 선율로 부른 〈곤지키야샤〉를 제일고(지금의 도쿄대 교양학부)의 료카寮歌〈都の空に東風吹きて〉에 맞춰 엔카화한 것이다. 〈곤지키야샤〉는 요나누키 단음계의 3박자 왈츠풍이지만 〈신곤지키야샤〉는 요나누키 장음계 2박자의 창가풍이다. 박은경, 「근대 창가의 연구―이상준을 중심으로」, 서울대 박사논문, 1998. 2, 169면; 야마우치 후미타카山內文登, 「한국에서의 일본 대중문화 수용에 관한 역사적 고찰―구한말~일제 강점기 창가와 유행가를 중심으로」, 한국외대 석사논문, 2000. 2, 101~102면.

22 이영미, 『한국 대중가요사』, 시공사, 1998, 48면.

흡수한 초창기 대중가요의 단면인 셈이다.

〈장한몽가〉[23]

1. 대동강 변 부벽루 하 산보하는
   이수일과 심순애 양인이로다
   악수논정 하는 것도 오늘뿐이요
   보보행진 산보함도 오늘뿐이라

2. 심순애야 심순애야 내년에는
   금일금야 이같이 밝은 달빛을
   어데서 저 달빛을 보더라도
   흐리거든 심순애야 심순애야

3. 금일금야 이 월색을 수일이는
   원망하고 있는 줄 알려무나
   수십만의 금전은 무엇이더냐
   우리 둘의 애정보다 더할 수 있나

4. 심순애야 마음은 변했지요
   용서하여 주셔요 수일 씨는
   대동강 변 월색은 변할지라도
   우리 둘의 애정은 변치 않아요

6. 남편의 부족함은 아니지마는
   당신을 구미로 유학시키려
   부모의 명령을 복종하여서
   김중배의 가정으로 가게 되어요

7. 심순애야 반병신된 수일이도
   이 세상에 당당한 일개 남아라
   사랑하고 귀한 처를 돈과 바꾸어
   구미로 유학가런 내가 아닐다

8. 심순애야 반드시 오는 명년에
   금일금야 저 월색을 저 월색을
   이내의 피눈물로 흐리어서
   보이리라 남자의 당당한 의기

9. 여자는 정조가 제일이구요
   금전은 이 세상에 순환물이라
   다이아몬드에 맘이 변하여
   반기어 타지 마라 신식 자동차

---

23 이상준, 『신유행창가』(증보판), 삼성사, 1929, 21~22면.

5. 나의 몸이 학교를 마칠 때까지　　10. 연애에 실패한 이수일이는

　　순애는 어찌하여 못 기다렸나　　　　　달려 우는 심순애를 떨쳐 버리고

　　남편의 부족함이 생기었는가　　　　　장한의 눈물을 뚝뚝 흘리며

　　불연이면 금전에 욕심이 났나　　　　　돌아서니 막막한 물소리뿐이라

　　한편 1927년에 나온 도월색의 〈장한몽가〉, 1931년에 시판된 음반《황성의 적(迹)》에 수록된 고복수와 황금심의 〈장한몽가〉 역시 엔카화된 번안가요 〈장한몽가〉의 악곡과 선율을 따랐으며, 훗날 다시 리메이크된 것이 바로 은방울 자매의 〈장한몽〉이다. 그밖에도 반야월 작사, 김부해 작곡의 〈수일의 노래〉와 〈순애의 노래〉가 남인수와 안정애에 의해 유행되어 초창기 번안가요의 면모가 거의 그대로 계승되다가 나중에는 이른바 뽕짝이나 메들리 형식으로 희화화되었다.[24] 문제는 대중가요 속의 이수일과 심순애 이야기가 희화화되기 시작했다는 점에 있다. 희화화는 엔카풍 가요 자체의 문제이거나 혹은 긴 가사에 담긴 통속적인 내용 때문일 수도 있지만 그 밖에도 다양한 조건에 의해 좌우되었다. 그런데 〈장한몽가〉의 경우에는 다른 극 장르와의 간섭을 통해 변화가 빚어졌다는 점에 유의할 필요가 있다.

　　1920년대 초반부터 유행가 형태로 대중화된 〈장한몽가〉는 1920년대 후반에 들어서면서 유성기 보급, 음반(SP)의 상업적 성공, 경성 방송국 개국과 함께 급속도로 퍼졌다. 이수일과 심순애 이야기는 대중가요뿐만 아니라 유성기 음반에 취입되거나 라디오로 방송된 극, 만담, 만극(漫劇), 영화극, 난센스와 같은 다양한 명칭의 오락물로 재생되었으며 각종 공연의 막간극으로도 애용되었다. 긴 가사를 수용한 대중가요

24　《이수일과 심순애》(영화 주제가 선집 No.3), 신세기 레코드(SLB-10314), 1960.

로서 이수일과 심순애 이야기는 다양한 형태의 대중 연예물에서 즐겨 찾는 주요 레퍼토리로 각광받았다.[25] 예컨대 서월영과 복혜숙의 〈영화극 장한몽〉, 도무와 이리안의 〈장한몽〉, 지경순과 박세명의 〈명작 비극 신장한몽〉은 대동강변 이별 장면의 대화를 비교적 충실하게 담아냈다.[26] 이들의 상업적 성공을 바탕으로 1930년대에 태평 레코드, 오케 레코드, 시에론(Chieron)과 같은 주요 음반사에서 이수일과 심순애 이야기를 다채롭게 변형시킨 SP 음반을 경쟁적으로 발매하는가 하면 라디오 극 형태의 희극물이 쏟아져 나왔다. 매체를 갈아탄 이수일과 심순애 이야기에는 대중에게 익숙한 이수일과 심순애 노래가 전주나 삽입곡 형식으로 들어가게 마련이며 만담이나 극의 내용에 따라 삽입곡이 자유롭게 변주되기도 했다.

한편 서도소리 역시 긴 길이의 사설을 중심에 두었을 뿐 아니라 수심가조가 강했기 때문에 어렵지 않게 이수일과 심순애 이야기와 접합되었다. 1990년대에 들어서서 이은관, 유지숙, 이영렬, 오복녀의 서도소리가 집중적으로 채보, 녹음된 바 있어서 좋은 참고가 되는데 역시 번안소설 『장한몽』의 전반부의 명장면인 대동강 변의 이별 대목이 집중적으로 서사화되었다.[27] 짧게는 4분에서 길게는 18분에 이르기까지

---

25 다양한 장르의 희극물이나 오락물을 넓은 뜻에서 만담이라 부르는가 하면 대중극으로 통칭하기도 한다. 반재식, 『만담 백년사―신불출에서 장소팔, 고춘자까지』, 백중당, 2000, 13~38면; 서연호, 『한국 연극사―근대 편』, 연극과인간, 2003, 217~227면.

26 서월영・복혜숙,《영화극 장한몽》1~4, 콜럼비아 레코드, 1929. 해설 김영환, 노래 김향단, 단소 김계선, 반주 조선극장 관현악단; 한국고음반연구회 편, 노동은・윤광봉・배연형 해설, SKC(총 10분 30초). 그 밖의 여러 음반 정보는 최근에 집대성된 동국대 한국음반아카이브 연구소(http://sparchive.dgu.edu)에서 일람할 수 있다.

27 이은관,《이은관 애창곡집》, 서일음향, 1996(5분 25초); 이은관,《서도좌창》(한국의 전통음악 25), 오리엔탈레코드(6분 36초); 이은관, 〈서도소리 장한몽〉, 《'99 이은관 창작소리》2, 에코이스, 1999(창작 국악, 18분 14초); 이은관,《이은관 가창 총보》, 제일악보사, 1999; 박옥초, 『장한몽』, 박옥초민요연구원; 유지숙, 〈서도소리 장한몽〉,《인간문화재 오복녀 서도소리》3, 서울음반, 1994(좌창, 8분 5초); 이영렬, 〈서도소리 장한몽〉,《우리 시대의 숨은 명창 소리

이어지는 서도소리 〈장한몽〉의 사설은 조중환이 『속편 장한몽』의 연재에 앞서 『장한몽』의 줄거리를 요약해 놓은 것과 방불하다. 〈장한몽〉은 서도소리가 한창 대중적인 인기를 끈 1930년대 후반이나 1940년대 초반부터 널리 불려졌다.

그렇다면 이질적인 성격의 유행창가와 서도소리가 어느 지점에서 결합될 수 있었을까? 대체로 두 가지 가능성을 고려함 직한데 하나는 소리꾼의 대중연예 활동이며 또 다른 하나는 제책본 가사집과 관련되어 있다. 어쩌면 두 가지 문제가 서로 다른 것이 아닐 수도 있다. 첫 번째 가설은 이은관을 비롯한 서도소리 소리꾼이 음반 취입, 극단의 공연, 라디오 방송을 통해 대중 연예 활동을 펼치게 되면서 당대의 유행창가 〈장한몽가〉를 자연스럽게 흡수했으리라는 것이다.[28] 두 번째 가설은 김선풍이 발굴하여 소개한 제책본 가사집에 수록된 가사(歌辭)가 유행창가와 서도소리의 중간적 형태를 띠었다는 점에서 추정할 수 있다.[29] 소리꾼 혹은 기생이 〈장한몽가〉의 내용을 가사로 바꾸어 부르다가 긴 서사 형태를 지닌 서도소리로 흡수된 것이 아닐까 하는 것이다. 단언하기는 어렵지만 유행창가와 서도소리가 연행자 및 가사를 매개로 하여 공분모를 확대해 갈 수 있었을 것이다. 좀 더 깊이 추적되어야 할 과제 가운데 하나다.

한편 엔카화된 대중가요 〈장한몽가〉가 이른바 노래 가사 바꿔 부르

집》(KBS-FM 시리즈 42), 신나라뮤직, 2000(조정숙 조창, 유운자 녹음, 4분 42초); 한기섭 서도좌창, 오복녀 장구, 《전통 서도소리 녹음 전집》4, 은하, 1990.

28 식민지 시기의 대중 연예인은 오늘날처럼 전문적으로 분화되어 있지 않았다. 따라서 기생, 배우, 소리꾼, 만담가, 성우, 변사, 연극인, 영화인의 구분이 사실상 무의미할 정도다. 배뱅이굿으로 유명한 이은관, 여배우 차홍녀와 나품심이 만담이나 만극에 참여한 것도 전혀 이상한 일이 아니다.

29 김선풍, 「가사 「이수일가라」와 연극소설 『장한몽』에 대하여」, 『한국극예술연구』 9호, 한국극예술학회, 1999.4. 396~398면.

기의 형식을 통해 조금씩 다른 이야기를 담아내기도 했음을 짐작케 하는 흥미로운 장면이 눈에 띈다. 소파 방정환의 소설 「그날 밤」 가운데 한 대목이다.

> 놀러 갈 겨를이 없어서 별로 가지도 않았지만 한번 큰집에 가는 길에 동무를 만나서 그와 함께 늘 모여 노는 사랑에 가니까 장난 좋아하는 김(金)이 빙글빙글 웃으며 곡조도 잘 모르면서 장한몽가(長恨夢歌)를 말까지 고쳐 가지고
>
> > 인왕산 밑 성 길을 산보하는
> > 최영식(崔英植)과 허정숙(許貞淑)의 양인이로다
> > 둘이 함께 산보함도 오늘 뿐이요 ······.
>
> 하는 것을 옆에 있던 다른 사람들이 김을 보고 눈을 흘기며 혀를 차는 얼굴에는 그윽이 자기에게 동정하는 빛이 보였다. 그 기색을 본 뒤로는 자기 몸이 갑자기 더 애처롭고 신산하게 생각되었다.[30]

방정환의 소설은 비극으로 치닫고 만 이수일과 심순애 이야기의 변형이다. 「그날 밤」은 1910년대 초반의 번안소설 『장한몽』이 지닌 감상성과 삼일운동 직후의 청년 지식인을 휩싼 열정이나 욕망이 서로 멀리 떨어져 있지 않음을, 때때로 이수일과 심순애 노래를 통해 기묘하게 마주치곤 했음을 잘 보여 준다. 연애와 사랑의 이야기가 대중가요의 정서와 맞물리면서 빚어낸 1920년대 초반 특유의 현상 가운데 하나일 터다.

---

30 방정환, 「그날 밤」 종편, 『개벽』 8호, 개벽사, 1921.2, 135면.

4. 영화화 과정의 의의

사실 이수일과 심순애 이야기의 대중성은 여타의 어떤 장르나 양식보다 신파극을 통해 얻어졌다. 초창기의 인기 레퍼토리 가운데 하나인 〈장한몽〉이야말로 1910년대의 무대를 주도하면서 신파극 열기를 대중적으로 확산시킨 일등 공신이다. 이미 1908년부터 일본인 극단의 〈곤지키야샤〉가 국내에서 공연되기 시작했을 뿐 아니라 번안소설이 『매일신보』에 한창 연재 중인 1913년 7월에 『장한몽』 상권에 해당하는 전반부가 유일단에 의해 처음 무대에 올려졌다. 『속편 장한몽』 역시 신문 연재 직후인 1916년 3월에 혁신단에 의해 공연이 준비되었다.

신문 연재소설 『장한몽』은 번안 작가 조중환이 직접 극단에 참여하고 『매일신보』가 홍보와 지원을 아끼지 않은 데에서 알 수 있듯이 처음부터 신파극과 손잡으면서 출발했다. 근대소설과 근대연극이 나란히, 그리고 빠른 속도로 대중에게 파고들었다는 사실은 어느 한쪽의 주도권이 주효했다기보다 일간지라는 매체를 통해 서로 다른 장르의 연동과 상승 작용을 불러왔다는 뜻이기도 하다.[31] 그런가 하면 1920년대 대중가요 〈장한몽가〉의 유행이나 1930년대의 만담을 비롯한 대중연예물 역시 1910년대 번안소설의 성공과 신파극 흥행을 전제하지 않고서는 불가능한 일이다.

식민지 시기에 신파극 〈장한몽〉이 공연된 것은 신문 기사와 각종 연극사 관련 자료집을 통해 일별할 수 있는 것만 꼽더라도 이십여 차례에 이른다.[32] 신파극 공연은 대체로 사나흘 정도나 길어야 닷새 이내에 마

---

31 최태원, 「번안소설, 미디어, 대중성―1910년대 소설 독자의 문제를 중심으로」, 사에구사 도시카쓰三技壽勝 외, 『한국 근대문학과 일본』, 소명출판, 2003, 25~33면.

무리되었는데 관객의 호응 정도에 따라 레퍼토리를 수시로 바꾸거나 즉흥적인 공연을 진행하기도 했다는 점, 한 번에 두세 작품을 공연하기도 했다는 점을 고려하면 실제로는 훨씬 더 많았을 것으로 짐작된다. 공연 대본이 전혀 남아 있지 않아 구체적으로 논의하기 어렵지만 대개 『장한몽』의 전반부를 무대에 올린 1913년의 초연을 따랐을 것이며, 뒷이야기를 이어 가더라도 아주 축약된 형태로 덧붙였을 것으로 추정된다.[33] 물론 대동강 변의 이별 장면만 무대에 올렸을 가능성도 높다.

신파극에 한정해서 말한다면 해방 이후에는 몇몇 유랑 극단에 의해 간신히 〈장한몽〉의 명맥이 유지되었다. 그러나 최근까지 시민 단체나 지방 극단의 레퍼토리 중 하나로 여전히 〈장한몽〉이 손꼽힐 만큼 끈질긴 생명력을 보여 왔다. 특히 1980~1990년대에 악극이나 뮤지컬과 같은 이색적인 실험이 〈장한몽〉을 통해 시도되었다는 점은 눈여겨볼 가치가 있다. 이수일과 심순애 이야기가 지닌 대중적 환기력이나 신파적 감응력이 상당 부분 유실된 마당이지만 다른 시대의 다른 양식으로 이야기를 소화하기 위한 모색이기 때문이다. 영화는 그중 하나의 사례이자 가장 문제성을 띤 장르다. 달리 말해 〈장한몽〉은 적극적인 실험과 도전을 거쳐 온 근대 연극 및 영화사의 전개를 고스란히 보여 준다. 따

---

32 1913년 7월~8월 유일단(연흥사), 1913년 11월 혁신단, 1914년 2월 혁신단(연흥사), 1914년 3월 혁신단(앵좌(櫻座)), 1914년 10월 혁신단(단성사), *1916년 3월 혁신단(단성사), 1919년 봄 혁신단(단성사), 1920년 3월 혁신단, 1923년 예술좌, 1924년 6월 토월회(조선극장), 1925년 4월 토월회(광무대), *1925년 8월 토월회(광무대), *1932년 2월 신무대(단성사), 1933년 11월 협동 신무대(도화극장), 1935년 3월 예원좌(조선극장), 1936년 3월 청춘좌(동양극장), 1937년 4월 인간좌(광무극장), 1937년 9월 청춘좌(동양극장), *1937년 12월 인간좌(광무극장), 1940년 3월 청춘좌(동양극장), 1940년 3월 청춘좌, 호화선(금천대좌). 괄호 안은 극장이며 '*'는 속편의 공연이다.

33 신파극 공연은 전체적인 골격만 갖춘 상태에서 배우가 각자 맡은 역할과 대사를 소화해 내야 하는 이른바 구치다테(口建) 식을 따랐다. 대략의 윤곽은 김선풍이 발굴하여 소개한 자료를 통해 짐작할 수 있다. 김선풍, 「가사 「이수일가라」와 연극소설 『장한몽』에 대하여」, 『한국 극예술연구』 9호, 한국극예술학회, 1999. 4, 405~439면.

라서 영화화된 이수일과 심순애 이야기에 초점을 맞추어 정리해 보자.

이수일과 심순애 이야기가 스크린에서 본격적으로 재탄생된 것은 식민지 시기의 ②와 ④, 해방 이후의 ⑤와 ⑥이다. 먼저 1926년에 제작된 ②는 조중환이 직접 설립한 계림영화협회의 창립 작품으로 〈장한몽가〉가 주제가로 쓰였다. 조중환은 번안소설, 신파극, 영화에서 모두 선편을 쥐었으니 이수일과 심순애 이야기의 장르 이동을 견인한 실질적인 주역이다. ②는 촬영 도중에 일어난 사고로 춘사 나운규가 부상을 입는가 하면 주인공 이수일 역을 맡은 일본인 배우 주삼손이 후반부에서 소설가 심훈으로 교체된 바람에 2인 1역의 영화로도 입길에 오르내렸다. 〈수일과 순애〉라는 제명을 내건 1931년의 ④는 ②와 마찬가지로 흑백 무성 영화다. 대경영화양행의 ④는 한국에서 처음으로 레일을 이용한 이동 촬영 기법이 도입된 영화다. 이필우와 이명우 형제는 초창기 영화 촬영의 선구자인데 각각 ①과 ④에서 중요한 역할을 도맡아 해냈다. 식민지 시기의 대표적인 대형 극장이라 할 수 있는 우미관의 경우 약 2,000명을 수용할 수 있는 규모였으며, 단성사는 연극에서 영화로 선회하면서 변사를 두어 큰 성공을 거두기도 했다. 영화의 경우도 대개 일주일 이내로 상영작이 교체되었다.

한편 『장한몽』은 해방 직후에 한두 차례 영화화가 기획되었다가 무산되었는데, 1950년대부터 지금까지 다섯 차례에 걸쳐 제작되었다. 신성일은 1960~1970년대에 개봉된 ⑥, ⑦, ⑧에서 주연과 조연으로 잇따라 출연했으며, 마지막으로 영화화된 1987년 연방영화의 ⑨에서는 안성기가 이수일 역을 맡았다. 등장인물의 성격, 구성, 대사가 조중환의 번안소설 『장한몽』에 가장 충실하게 각색된 ⑦은 배경과 세부적인 상황만 1960년대 말의 시대상에 걸맞게 조율되었다. 예컨대 대동강 변이별 장면에 해당하는 부산 바닷가 이별 장면에 이르기까지 총 97분의

<표 10> 이수일과 심순애 이야기의 영화화

영화	상영관 및 분량	제작진	출연진
① 장한몽 1920.4.24~4.30 조선문예단	우미관 3롤	이기세(제작, 감독), 이필우(촬영, 편집, 현상)	이기세, 마호정, 이응수
② 장한몽 1926.3.18~3.22 계림영화협회	단성사 7롤 1,500피트	조중환(제작, 기획), 이경손(각본, 감독), 니시카와 히데오[西川秀洋](촬영, 편집, 현상)	주삼손, 신태식, 김정숙, 심훈, 나운규, 정기택, 이규설, 김명순, 강홍식, 남궁운
③ 장한몽 1928.11.29~11.30 나운규 프로덕션	단성사 2막	나운규(감독), 손용진(촬영), 김영채(배경)	주삼손, 전옥, 이규용, 윤봉춘
④ 수일과 순애 1931.3.13~ 대경영화양행	단성사	시마다 아키라[島田章](제작), 이구영(감독), 이명우(각색, 편집), 손용진(촬영, 현상)	이경선, 김연실, 주삼손, 박제행, 심영, 윤봉춘
⑤ 애정과 반항 1959.8.7~ 세일영화사	수도극장	함훈식(제작), 김성규(기획), 오승호(감독), 천우(각본), 이병삼(촬영), 조청호(음악), 김세나(미술), 김창수(현상)	최명수, 장신영, 김웅, 강규식, 고설봉, 조용수, 양일민, 이향, 안나영, 노재신, 이향자, 윤정란
⑥ 이수일과 심순애 1965.10.1~ 연합영화사	세기극장 국제극장(부산) 신도극장(대전)	홍의선(제작), 한갑진(기획), 김달웅(감독), 전범성(각본), 최수영(촬영), 박창호(조명), 이경자(편집), 김용환(음악), 정우택(미술), 국일(현상)	신성일, 김지미, 김승호, 허장강, 김동원, 추석양, 조항, 유계선, 정애란, 방성자
⑦ 장한몽 1969.8.1~ 신필름	명보극장 97분	신상옥(제작, 감독, 각본), 최승우(촬영), 오성환(편집), 마용천(조명), 황문평(음악), 정우택(미술), 박행철(제작 담당)	신성일, 윤정희, 남궁원, 한은진, 도금봉, 사미자
⑧ 가버린 사랑 1973.12.27~ 대영영화	92분	김기(감독), 전범성(각본), 정광성(촬영)	신일룡, 박지영, 신성일
⑨ 성 리수일뎐 1987.9.26~ 연방영화	스카라 극장 100분	최춘지(제작), 양봉석(기획), 이석기(감독), 백결(각본), 강우석(각색, 조감독), 현동춘(편집), 김수철(음악), 조경환(미술)	안성기, 김청, 이대근, 조정현, 최현미, 김주영, 주호성, 남포동, 장정국, 유해무
⑩ 순애 내 사랑 1988.6.13~7.28 돈돈기획	파고다연극무대 57분	황병도(연출), 정재진, 전유성(감독)	이창훈, 이명수, 장기숙, 황병도, 정재진, 정규수, 김진구, 이재희, 전유성, 이도경, 최영준, 이문세, 김수철

러닝 타임 중 36분만 소요되어 전반부의 호흡이 빠르다. 특히 음악학
교 출신으로 설정된 심순애의 성격이라든가 영화 중반부의 갈등이 잘
표현되었으며, 김중배와의 결혼 생활이 파탄에 이르는 과정도 자연스

럽게 형상화되었다. 영화 후반부는 심순애의 자살 시도와 이수일의 용서로 해피엔드를 맞는 것으로 구성되었고 주제가는 삽입되지 않았다.

그런데 한층 주의 깊게 살펴야 할 것은 ①과 ③의 경우다. 최초의 여배우 마호정이 출연하고 극중 삽입가가 활용된 ①은 이른바 연쇄극이다. 연쇄 활동사진극이나 키노드라마(kinodrama)라고도 불린 연쇄극은 무대에서 효과적으로 표현하기 어려운 야외 장면이나 활극 연기를 미리 영화로 촬영하여 연극 상연 중에 스크린에 영사하는 연출 방법이다. 연쇄극은 1918년 〈불여귀〉 공연을 계기로 터득된 방법으로 1919년 단성사에서 처음 이용하기 시작했다. 연쇄극은 무대극과 영사의 복합적인 성격을 띠지만 어디까지나 관객의 실감을 배가시키고 무대극의 약점을 보완하는 수단으로 영사가 채용될 따름이니 기본적으로 연극을 요체로 삼는다.

파산 위기에 몰린 나운규 프로덕션이 재정난 탈출 방법으로 기획한 ③은 이른바 모의 촬영이다. 모의 촬영이란 무대 위에서 영화 촬영 작업을 실연(實演)하여 관객에게 보여 주는 방식이니 연쇄극과 마찬가지로 무대극에서 변형된 복합 무대라 할 수 있다. 신문사 학예부 기자 단체인 찬영회(贊映會)에서 선보인 〈장한몽〉의 실험적인 무대는 실제로 성공을 거두어 차기작 〈벙어리 삼룡이〉의 제작비를 마련할 수 있었다. 최초의 모의 촬영이라 할 나운규 프로덕션의 〈장한몽〉은 이수일과 심순애 이야기의 전반부인 대동강 변의 이별 장면까지만 두 막으로 구성하여 상연되었다.

연쇄극과 모의 촬영은 제칠의 예술로 일컬어진 새로운 장르를 연극 무대에 접목시킴으로써 관객의 일시적인 호기심과 흥미를 끌어 모으는 데에 그쳤다. 실제로 연쇄극과 모의 촬영은 후속 기획이 이어지지 않았고 독자적인 미학을 바탕으로 자생력을 갖추는 데에도 실패했다.

그렇다 하더라도 〈장한몽〉을 기화로 과도기적인 실험이 감행됨으로써 신파극의 관객이 기대한 정서나 감성이 영화로 연착륙되었다는 점이나 훗날 가극, 악극, 변사극과 같이 새롭고 역동적인 실험의 가능성이 열렸다는 점은 의미심장하다. 예컨대 1980년대 후반에 기획된 연쇄극이자 무성영화 변사극인 ⑩이 적잖은 반향을 일으키며 최근까지 무대에 오르고 있는 것도 단지 복고 취향이라든가 멜로드라마에 대한 낡은 향수 덕분만은 아니다. 장르나 양식의 경계를 넘나드는 파격과 도전이 유독 이수일과 심순애 이야기를 통해서 이어졌다는 사실은 근대 이야기의 운명과 활로를 가늠하기 위해 거듭 음미할 가치가 있다.

5. 다시 쓰고 새로 읽는 이야기

이수일과 심순애 이야기는 시대감각과 세태의 변화에 따라 다양한 장르와 양식을 거치면서 끊임없이 단련되고 되살아났다. 서양의 근대적인 의미에서 소설 즉 노블로 재창조된 한국의 번안소설 『장한몽』은 신파극 전성시대를 주도하면서 대중성을 획득해 간 동시에 스스로 변용 능력을 발휘한 매우 독특한 이야기의 역사를 보여 준다. 특히 유행 창가와 서도소리, 대중 연예물, 연극, 영화에서 시도된 다양하고 풍부한 변형 및 실험은 선후의 위계나 영향 관계를 따지기 어려울 정도로 복잡하게 겹쳐져 있다.

우리가 가장 먼저 눈길을 주어야 할 과제는 이수일과 심순애 이야기를 둘러싼 다양한 쓰기의 역사를 실증적으로 추적하는 일이다. 식민지 시기 초입에 성립된 특정한 이야기가 소설을 비롯한 다양한 대중 문예 장르의 적극적인 상호 간섭과 영향 관계 속에서 어떻게 이어져 왔으며, 또한 그러한 역사가 어떤 문제성을 내포하고 있는지 밝히기 위해서다. 초창기의 번안소설이자 인기 연재소설『장한몽』이 조금씩 다른 방식으로 재해석되고 변주되면서 여타의 장르나 양식을 환기한 현상이야 말로 대중적인 감성이 어떻게 형성되는지 보여 준 중요한 사례임이 틀림없다. 아직 충분하지 않으나마 이를 통해 식민지 시기의 문학과 예술이 복잡하게 교차하고 분기한 접점을 확인하는 계기가 될 터다.

다만 이수일과 심순애 이야기 특유의 간섭 현상이나 유동성의 연원에 대해서는 세심하게 점검하지 못했다. 유독 이수일과 심순애 이야기가 매력적으로 수용된 까닭, 특정한 이야기가 독보적인 자리를 차지한 이유, 강력한 흡인력을 발휘한 대중성의 실체가 무엇인가에 대한 물음에는 아직 만족스럽게 답하기 어렵다. 근대의 대중적인 이야기 양식에 대한 본격적인 논의로 확장시키기 위해서는 이수일과 심순애 이야기가 여성의 운명에 초점이 맞추어져 있다는 사실에 유의하여 식민지 시기의 문학과 대중 문예의 미학적 특질에 대한 탐구가 진행되어야 한다. 쓰기 과정에 삼투된 읽기의 차이를 가려내면서 이야기 양식의 운명을 문화사적 차원에서 조망하는 일이 근대문학과 근대문화 연구의 중요한 의제가 될 것이다.

주요 신소설 작가와 단행본 출판의 계보

이인직의 신소설

이인직의 신소설은 충분히 알려진 것처럼 여겨지지만 실제로는 그렇지 않다. 무엇보다 최초의 신소설 『혈의 누』 초판이 아직 확인된 바 없으니 무척 부끄러운 일이다. 지금까지의 모든 연구는 『혈의 누』 초판이 물리적으로나 언어적으로나 재판과 완전히 동일하다는 전제 아래에 진행되어 왔다. 잘 알려져 있다시피 1906년 『만세보』에 연재될 때의 『혈의 누』와 1908년에 출판된 『혈의 누』 재판은 표기와 문장 측면에서 확연히 다르지 않은가? 그런 점에 비추어 보자면 과연 1907년 『혈의 누』 초판의 실상이 어떠한지 잘라 말하기 어렵다.

일단 『혈의 누』 재판이 광학서포에서 출판되었으므로 초판 역시 마찬가지이리라 추정된다. 설령 그렇다 해도 표지 디자인마저 동일할 가능성은 거의 없다. 문제는 텍스트로서 『혈의 누』다. 『만세보』 연재가 종료된 뒤 단행본 초판이 출판된 것은 다섯 달 만의 일이지만 초판과 재판 사이의 시차는 열두 달이나 된다. 『혈의 누』 초판은 신문 연재본과 동일할 수도 있고, 재판과 동일할 수도 있으며, 또는 제삼의 표기와 문장이 시험되었을 수도 있다.

그런가 하면 『귀의 성』에도 의문이 남아 있다. 제5장 첫머리에서 언급한 바 있듯이 『귀의 성』 상권이 1907년 10월 광학서포가 아니라 1907년 5월 중앙서관에서 출판되었다는 사실은 최근에야 밝혀졌다. 얼핏 소소해 보일 법한 이러한 교정은 김영민이 명료하게 정리한 바대로 『귀의 성』 상권이 장지연과 무관하다는 점을 뜻한다. 지금까지 학계에서 연구에 이용해 온 영인본은 1907년 중앙서관 초판에서 유실된 뒷부분의 일부를 1912년 동양서원 판을 통해 짜깁기해서 메운 산물이다. 이 과정에서 정체를 알 수 없는 판권장마저 끼어들어 간 바람에 착오와 공연한 미스터리가 겹쳤다. 실제 출판물을 전수 조사하고 면밀하게 검증하는 일이 얼마나 중요한지 잘 알 수 있는 사례다.

다만 『귀의 성』 연재가 마무리되기 엿새 전에 상권이 곧바로 출판된 뒤 하권이 나오기까지 꼬박 일 년 이 개월이나 걸렸다는 점은 미심쩍다. 상권과 하권의 시차가 이토록 큰 것은 쉽사리 납득되지 않는 일이다. 서둘러 상권을 펴낸 데에 반해 하권은 이미 『귀의 성』의 존재감마저 잊힐 무렵에야 출판된 셈이기 때문이다. 1908년 3월에 『혈의 누』 재판이 나오고 나서 얼마 뒤에 『귀의 성』 하권이 출판되었고 잇달아 9월과 11월에는 『치악산』 상권과 『은세계』가 단행본으로 상재되었다. 그러니까 『혈의 누』 재판부터 『은세계』까지 네 종의 단행본 신소설이 짧게는 두 달 간격으로 서로 다른 출판사에서 출시된 것이다.

그렇다면 『귀의 성』 하권은 1907년 5월부터 1908년 7월 사이의 어느 시점에서 이미 초판이 출판된 것이 아닐까? 가장 유력한 가능성을 꼽자면 상권과 하권이 동시에, 적어도 한두 달 안팎의 시차로 출판되었으리라고 보는 것이다. 단지 1908년 7월에 재판을 찍으면서 굳이 재판이라는 표시를 남기지 않았을 따름이라는 가정이다.

게다가 『귀의 성』 상권과 하권의 표지 디자인이 다르다는 사실도 유념해 둘 가치가 있는 대목이다. 1907년 5월에 출판된 상권의 표지에는 훗날 파고다 공원 또는 탑골 공원이라 불리게 된 원각사(圓覺寺) 터의 석탑과 팔각정 사진이 들어앉았다. 상륜부(相輪部)와 상부의 세 층 옥개석(屋蓋石)이 훼손된 채 흔히 종로 납석탑(蠟石塔)이라 불린 건축물은 오늘날 원각사지 십층 석탑으로 명명되어 있다. 기실 『귀의 성』은 원각사 터의 석탑이나 팔각정과는 아무런 연관이 없다. 반면에 하권의 표지는 저작자의 이름과 표제를 집중적으로 부각시킨 디자인을 채용했다.

따라서 두 가지 가설을 모두 고려해야 한다. 하나는 1907년 상권의 표지 사진이 『귀의 성』의 내용과 워낙 동떨어져 있으므로 1908년에 하권을 내면서 문자 위주의 표지 디자인으로 바꾸었다는 설명이다. 이인직은 같은 해에 출판된 『혈의 누』 재판과 『은세계』 초판에서도 독특한 문자 위주의 표지 디자인을 선보인 바 있다. 또 하나는 1907년에 『귀의 성』 초판 전 2권을 출판할 때 이인직과 중앙서관이 무리를 무릅쓰고 서로 다른 원각사를 상기시키는 표지를 채택했다는 설명이다. 마침맞게 이인직이 새문안에 최초의 서양식 원형 실내 극장 원각사(圓覺社)를 개설한 참이기 때문이다. 어쩌면 이인직은 일찌감치 원각사 무대에 『귀의 성』을 올릴 심산이었는지도 모를 일이다. 그런데 막상 원각사 무대에서 판소리, 창극, 『은세계』와 같이 다양한 레퍼토리로 흥행을 개시하려다 보니 엉뚱한 원각사 터 사진으로 혼란을 야기할 필요가 없으므로 『귀의 성』 재판을 내면서 상권과 하권의 표지를 한꺼번에 갈았던 것이 아닐까?

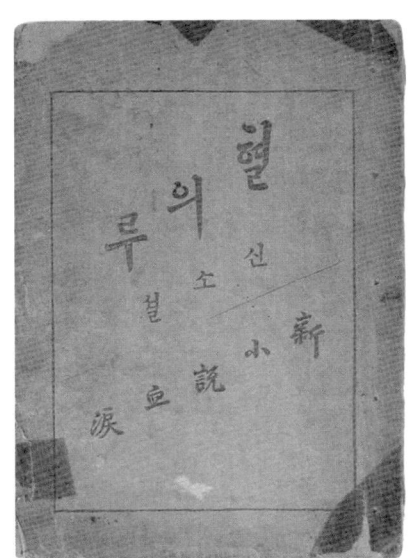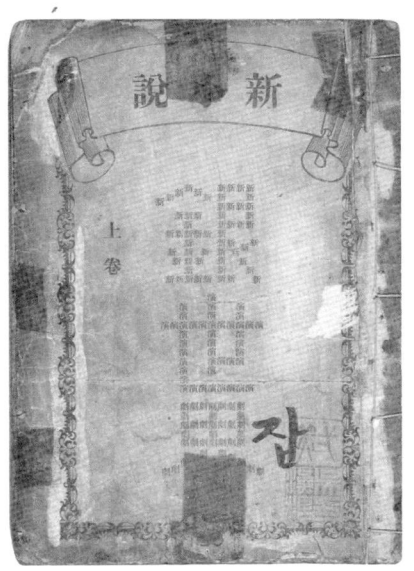

〈사진 36〉 (좌) 『혈의 누』 재판, (우) 『은세계』 초판(화봉문고 소장)

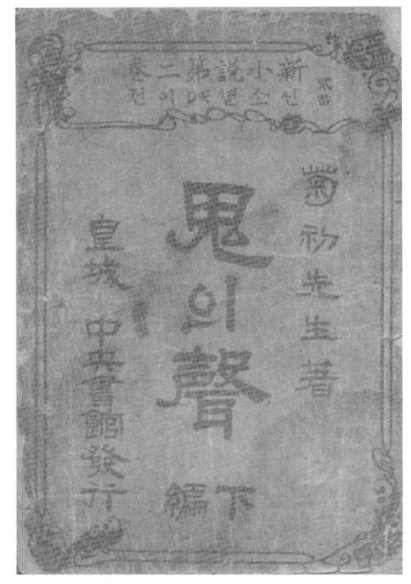

〈사진 37〉 (좌) 『귀의 성』 상권, (우) 『귀의 성』 하권(인천문화재단 소장)

만약 첫 번째 경우라면 석탑과 팔각정 사진을 표지에 앞세운 일은 출판업자의 오산 탓으로 돌림 직하지만 두 번째 경우라면 저작자가 표지 디자인을 통해 원각사의 이름을 강렬하게 각인시킨 뒤 정작 관객은 새문안으로 유도하기 위해 고도의 마케팅 전략을 구사했다고 볼 여지가 있다. 어느 경우든 1908년 7월이라는 시점에서 이인직이나 원각사의 이름을 떠올린 관객이 엉뚱하게 종로로 향하는 일은 막아야 했기 때문이다.

실제로 신소설이라는 명칭을 내세운 『은세계』의 표지는 '신연극'의 활자를 이용한 일종의 집자(集字) 디자인을 통해 선구적인 타이포그래피 기법을 선보였다. 구체적인 성격에 대해서는 논란이 분분하지만 1908년 11월에 원각사 무대에서 『은세계』 공연이 성사된 것만은 틀림없는 사실이다. 그런가 하면 『은세계』보다 두 달 앞선 1908년 9월에 출판된 『치악산』 상권 역시 원각사와 무관치 않을 것이다. 『치악산』 상권의 표지에 '연극 신소설'이라는 명칭이 또렷하게 표시되어 있기 때문이다. 『치악산』은 상권이 출판된 지 삼 년여 만인 1911년 12월에 이르러서야 김교제의 손으로 하권이 이어졌는데, 1919년과 1922년 두 차례에 걸쳐 보문관에서 상권과 하권이 동시에 출판될 때에도 '연극 신소설'이라는 표시를 빼놓지 않았다.

이해조의 소설과 저작

가장 많은 수의 신소설을 남긴 이해조에 대해서는 제5장에서 충분히 다루었다. 신소설이라는 이야기 양식의 진수를 맛보기 위해서라면 단연 이해조를 통람하는 것으로도 충분할 터다. 이해조의 저술 목록만 일견해도 어째서 『자유종』을 신소설이라는 이야기 양식으로 묶을 수 없는지, 왜 안국선을 신소설 작가로 부르지 못하는지 단박에 알 수 있다. 그만큼 신소설의 양식적 성격이 신문 연재소설과 깊숙이 연루되어 있다는 사실, 1913년 6월에 신소설에 대한 공식적인 사망 선고가 내려졌으며 결과적으로 신소설은 이인직과 이해조를 시작이자 끝으로 단명한 역사적 양식이라는 사실, 김교제와 최찬식의 신소설이 발표 형태로나 창작 시기로 보나 이인직 혹은 이해조의 신소설과는 전혀 다르다는 사실도 알 수 있다.

문제는 이해조의 창작으로 추정되는 신소설이 여럿 포착되고 있다는 점이다. 1900년대 후반부터 1910년대 초반 사이에 신문에 연재되거나 단행본으로 출판된 필명 또는 익명의 신소설을 이해조의 창작으로 보는 근거는 주로 매체를 둘러싼 주변 정황, 신소설에 삽입된 에피소드의 문헌 출처, 소재나 배경의 근사성, 주제 의식의 성격, 문체의 특징 정도로 압축되는데 어느 것도 결정적이지 않다. 설령 대여섯 가지의 근거를 한데 합치더라도 이해조의 창작이라는 증거가 아니라 신소설의 상투성을 한층 부각시킬 따름이다. 이해조의 작품 수를 하나라도 더 보태려는 학계의 연구 태도는 그나마 친일 혐의가 옅은 이해조를 중심으로 신소설을 평가하면서 근대 초기의 문학사를 구성하려는 편협한 욕망과 닿아 있다.

오히려 지금까지 이해조의 신소설로 알려진 것 가운데에는 실제로 이해조의 창작이 아닌 것이 포함되어 있을 가능성이 높다. 제5장 4절에서 검토했듯이 1910년대 후반과 1920년대 초반 이해조의 출판 활동을 추적하다 보면 엄연히 이해조의 저작이 아님에도 불구하고 이해조가 저작자로 표시되거나 판권을 소유한 사례가 드러나기 때문이다. 게다가 1900년대 후반에 출판된『실리 농방 신편』의 특이한 경우도 감안해야 한다. 그렇다면 1910년대 초반이라고 해서 이해조라는 이름이나 이해조의 여러 필명과 이리저리 얽힌 신소설 가운데에 유사한 예가 없다고 단정하는 것은 무리다. 단 하나밖에 없는 신문 연재 지면을 완전히 장악한 전무후무한 독주 체제를 틈타 출판계에서 이해조의 명성 자체가 공동의 필명처럼 공유되었을 가능성도 진지하게 고려해야 한다. 이해조의 신소설 창작과 저술 활동을 백지 상태로 놓고 차근차근, 그러나 전면적으로 재검증하지 않으면 안 되는 이유다.

김교제의 신소설과 번역소설

김교제는 별달리 주목받지 못한 신소설 작가다. 앞서 말했듯이 김교제가 신문 연재소설 작가가 아니라 상업성 짙은 단행본 신소설 작가인 탓도 있다. 게다가 첫 번째 신소설『목단화』를 빼고는 1910년대 초반의 김교제 저작은 쭉 신소설 전문 출판사 동양서원에서 출판되었다. 김교제는 사실상 동양서원의 전성기를 이끈 '소설 총서'의 기획자이자 최초의 출판사 전속 작가요 전문 번역가로 평가되어야 마땅하다.

김교제의 신소설 가운데 눈에 띄는 것은『치악산』하권이다. 이인직이 마무리하지 못한 채 남겨 둔『치악산』상권의 뒤를 이은 것이 바로 김교제다. 창작 역량에서 딱히 문제가 있다고 보기에는 곤란한 김교제가 군이 이인직 신소설의 뒷갈망에 나선 것은 저작자와 출판사 양측의 이해관계가 잘 맞아떨어졌기 때문이다. 저작자는 문학계의 선구자이자 원로 이인직의 뒤끝을 이어받을 만한 대접을 얻을 수 있고, 출판사는 막 출항의 깃발을 올린 총서 시리즈에서 이인직의 신소설을 완결판으로 내놓을 수 있다.

실제로 김교제와 동양서원은『치악산』하권을 통해 인연을 맺기 시작해서 제 몫을 톡톡히 챙겼다. 김교제는 차세대 신소설 작가로서 이름값을 한껏 높였으며, 동양서원은 무명의 작가를 총서 책임자이자 전속 번역가로 발탁하는 데에 성공했다. 김교제는 곧장 '소설 총서' 기획과 서양 추리소설 번역에 뛰어들었다. 특히 동양서원은 일곱 종의 서양소설을 번역해서 전부 '소설 총서' 제일 집부터 제사 집 안에 골고루 편성했다. 그중에서 최소한 네 종 이상을 김교제가 도맡았다. 똑같은 시기에 신문관에서 펴낸 서양소설은 다섯 종이다. 1912~1913년에 양대 출판사 신문관과 동양서원에서 출판된 서양소설이 가위 1910년대 단행본 번역소설의 대종이라는 점을 떠올린다면 소홀히 다룰 일이 결코 아니다.

김교제의 번역 가운데 연구자의 손길을 절실히 기다리고 있는 것은『삼촌설』상권이다.『삼촌설』은 비록 하권의 출판이 이어지지 못한 것으로 보이지만『아라비안나이트』가 근대적인 출판물의 형태로 처음 번역된 기념비적인 공적을 세웠다. 진작 1895년 7월에 필사된『유옥역전』의 사례가 있거니와『삼촌설』상권이 출판된 지 넉 달여 뒤부터 이상협에 의해 새 번역『만고기담』이『매일신보』에 장기간 연재되기 시작했으니『삼촌설』상권은 진귀하고도 문제적인 자리를 차지한 셈이다. 게다가『삼촌설』상권이 256면의 분량으로 번역되었으므로 여느 단행본 소설과 견줄 바가 아니다.

그런가 하면 1913년에 출판된『난봉기합』은 김교제가 1910년대에 펼친 문학 활동의 실질적인 종착점이다. 그런데『난봉기합』의 앞뒤에 머리말과 후기가 붙어 있다는 점이 여태 학계의 주의를 끌지 못했다.

각각 한자 혼용 표기와 순 한글 표기로 된 김교제의 머리말과 후기는 제5장 3절에서 언급했듯이 이해조가 남긴 머리말이나 후기와는 성격이 다르므로 찬찬히 곱씹어 볼 가치가 있는 귀한 자료다. 『난봉기합』을 접하기 쉽지 않으니 이 자리를 빌려 옮겨 둔다. 『난봉기합』 이후 한참 뒤에야 재개된 김교제의 단행본 소설 역시 첫길을 닦는 연구를 기다리고 있는 형편이다.

『난봉기합』 머리말

이래(邇來) 오륙 년간으로 각종 설부(說部)의 간행이 가이백계(可以百計)로 되 기(其) 조직의 내용을 견(見)할진대 걸구(傑搆)와 대작(大作)이 수다(雖多)하나 찰질적(察質的) 기사(記事)가 부족하여 혹은 빙공가허(憑空架虛)하여 우의(寓意) 풍자(諷刺)에 불과하고 혹은 개두환면(改頭換面)하여 모형효빈(摹型效嚬)에 불외(不外)하고 진진(陳陳)한 가담이언(街談里諺)이 기(其) 체재를 성(成)하며 노노(呶呶)한 중언첩설(重言疊說)이 기(其) 전부를 점하여 비록 촌구야옹(村嫗野翁)의 환영을 득(得)할지라도 신사숙녀의 염정(厭情)을 기(起)하니 희(噫)라, 근일 소설의 가치를 실(失)함이 차(此)에 유(由)하도다. 저자가 시(是)를 개(慨)하며 시(是)를 탄(歎)하여 장차 조선 유래의 기이 교묘한 사실을 차제(次第) 편술하여 기시(其時) 풍속의 여하와 인물의 여하와 도덕의 여하와 신의의 여하와 학문(學文)의 여하로써 소설계에 소개하여 기시(其時) 사적(事蹟)의 여하를 요연가효(瞭然可曉)케 할 목적일새 먼저 차서(此書) 일부를 대방가(大方家)에 공(供)하여 독자 제군의 고평하심을 청하노라.

세재(歲在), 현익곤돈(玄黓困敦), 상장엄무(上章閹茂), 강어단알(彊圉單閼)
—『난봉기합』, 동양서원, 1913, 1면
(※맨 끝의 날짜 표시는 육십갑자로 임자년 경술월 정묘일에 해당하는 고갑자(古甲子)다.)

『난봉기합』 후기

저자는 『난봉기합』 전편(全篇)을 마치고 다시 붓을 들어 독자 제군께 고하나이다. 무릇 일부에 다처(곧 유처취처)는 가정의 큰 방해며 풍속의 큰 방해며 위생의 큰 방해로서 그 영향이 문명의 큰 방해가 되나 그러나 권질의 좌우 부인은 그 사세도 그러할뿐더러 그때 시절은 곧 조선 초엽인 고로 고려의 유풍이 오히려 남아 있어 경처향처(京妻鄕妻)며 이 부인 삼 부인의 폐습을 미처 개혁지 못한 연고니 가히 용서할 것이요 지어(至於) 저자는 그 사실을 직필로 기록하는 동시에 그 사실을 감히 고치지 못하노니 독자 제군은 그때 풍속을 개탄하실지라도 저작자를 책(責)지 아니하실 줄 생각하나이다.

임자 중양일

─『난봉기합』, 동양서원, 1913, 129〜130면

최찬식의 신소설

최찬식 역시 단행본 신소설로 일관한 작가다. 최찬식이 1912년에 처음 내놓은 신소설이자 공전의 인기를 누린 『추월색』이 인천에서 발행된 『조선일일신문』 한국어판에 연재되었다고 하는데 아직 실체가 공개된 바 없다. 새로 확인된 또 한 편의 베스트셀러 『강상촌』 역시 1912년에 단행본으로 출판되었다. 최찬식의 신소설은 『추월색』과 『강상촌』이 큰 성공을 거둔 뒤인 1914년부터 본궤도에 들어섰으니 대강의 성격을 어림할 수 있다. 최찬식이 1910년대의 후위를 담당한 선정적,

통속적인 신소설 작가인 데에다가 대표적인 친일파 가계를 타고난 탓에 연구가 찬찬히 진행되지 못했다.

　최찬식은 여느 신소설 작가에 비해 꾸준히 창작을 진행한 편이어서 중요하다. 이인직, 이해조, 김교제가 한결같이 단기간에 집중적인 활동을 펼친 뒤에 순식간에 퇴락했다면 유독 최찬식은 그렇지 않았다. 특히 1913년을 고비로 급랭될 뻔한 단행본 신소설의 열기를 1910년대 후반까지 꺼트리지 않고 이은 공은 최찬식에게 돌려야 마땅하다. 최찬식은 『추월색』과 『강상촌』 이래 대략 이태를 주기로 두 편씩 신작을 내놓았고 매번 각광을 받았다. 1920년대 후반이나 1930년대 초반까지 일명 딱지본으로 거듭 출판된 흔적이 포착되는 것도 최찬식의 신소설뿐이다.

　그런데 최찬식이 『강상촌』에서 청초당이라는 필명을 쓴 사례로 미루어 보건대 아직 밝혀지지 않은 단행본 신소설이 더 남아 있을 가능성이 높다. 최찬식은 다작의 작가가 아니나 그렇다고 과작이라 보기도 어려운데, 막상 1914~1918년 사이에는 신작을 내놓지 않았다. 최찬식은 1912년에 두 편, 1914년에 한 달 간격으로 두 편, 1918년 말과 1919년 초에도 두어 달 간격으로 또 두 편의 신소설을 잇달아 출판했다. 오히려 1913년과 1914~1918년의 공백이 이상하게 여겨질 정도다. 그 무렵에 최찬식이 『신문계』와 『반도시론』의 편집자요 핵심 필진으로 활약한 점을 참작하더라도 자연스럽지는 않은 일이다. 주로 동초, 동초생, 해동초인으로 알려진 최찬식이건만 청초당처럼 한두 차례만 쓰고만 필명도 있으니 다른 이름이 더 나타날 리 없으리라고는 장담하기 어려운 노릇 아닐까?

　또한 최찬식이 신소설 작가 가운데 이례적으로 실제 저자의 이름을 저작 겸 발행자로 올린 대목도 유의해 두어야 한다. 지금으로서는 최찬식이 직접 출판 활동에 뛰어든 것으로 보이지 않는데, 짐작건대『신문계』와『반도시론』에서 쌓은 편집자로서 감각과 경력이 상당한 수준에 달한 덕분일 터다. 그렇다 해도 일찍이 1910년대 중반에 실제 저자가 신소설의 저작 겸 발행자로 나서면서 판권 소유자의 권리를 적극적으로 행사할 수 있는 길을 열었다는 점에서 최찬식이 선구적인 면모를 보여 준 것은 틀림없는 사실이다.

박영운의 신소설과 번역소설

이인직과 이해조는 각각 1862년생과 1869년생이며, 김교제와 최찬식은 각각 1883년생과 1881년생이니 길게는 스무 해 이상의 차이가 난다. 그런데 박영운(朴永運)은 생몰년조차 전혀 밝혀져 있지 않아서 문제다. 박영운은 송은(松隱)이라는 호를 쓰기도 했고, 박영원(朴永遠)이라는 이름도 한사람이다.

박영운을 서슴없이 대표적인 신소설 작가로 꼽는 이유는 동시대의 이인직, 이해조에 다음가는 신문 연재소설 작가일 뿐 아니라 동양서원에서 발굴한 주요 작가 가운데 하나이기 때문이다. 다만 박영운은 지역 일간지인『경남일보』의 연재소설 작가인 탓에 널리 알려지지 못했다. 1909년 10월에 진주에서 창간된『경남일보』는 한일병합 이후까지 존속한 유일한 한국어 지방지다. 장지연이 초대 주필을 맡아 출범한『경남일보』는 격일 발행조차 어려울 만큼 안정적인 기틀을 잡지 못했으나 1915년 무렵까지 종합지로서 명맥을 유지하다가 해방 직후에 부활했다.

박영운은 1911년부터 1913년 사이에『교기원(巧奇寃)』,『김산월』,『옥련당』,『부벽완월』,『운외운』의 최소한 다섯 편 이상을『경남일보』에 발표했다. 그나마 신문다운 모양새를 제대로 갖춘 시기의 일이지만 『경남일보』가 온전히 보존되어 있지 않은 탓에 박영운의 행적은 물론 정확한 연재 시기와 전모를 파악하기 어렵다. 그중『교기원』과『김산월』은 극히 일부만 남아 있어서 확실치 않으나 나머지는 장편 연재소설이다.

　　박영운의 신소설 가운데 단행본으로 출판된 것이 확인된 경우는 『공산명월』,『옥련당』전 2권,『운외운』상권뿐이다.『공산명월』은『경남일보』에 연재된 뒤 출판되었을 가능성이 높으며, 상편과 하편으로 나뉘어 최소한 135회 이상에 걸쳐 연재된『옥련당』은 실제 출판물을 확인하지 못했다. 그러나『옥련당』이 동양서원 '소설 총서' 제삼 집에 포함되었으니 출판되었을 것이 틀림없다. 평양에서 출판된『운외운』상권의 광고에 따르면 박영운은 발행자 노인규와 함께 평양에서 의약 분야의 사업에도 몸을 담은 것으로 추정된다. 박영운의 활동 반경이 서울뿐 아니라 진주에서 평양까지 걸쳐 있어 종잡기 어려운데, 여러 정황으로 보아서는 평양 출신이자 평양을 근거지로 삼았던 것으로 짐작된다.

　　그 밖에 1913년에『경남일보』에 66회 이상 연재된『부벽완월』이 단행본으로 출판되거나 단행본만 확인된『금지환』이 출판에 앞서『경남일보』에 연재되었을 가능성도 없지 않다. 아직 확인되지 않은『경남일보』연재소설이 더 있을 수 있다는 것이야 말할 나위도 없다. 그중에서 눈에 띄는 것은『금지환』이다. 일본인 등장인물의 이름이 그대로 등장하는 것으로 보아 일본소설을 번역한 것으로 추정되는『금지환』은 1910년대를 도틀어 보기 드문 추리소설로 이를테면 미국의 다임 노벨을 비롯한 영미 모험소설에 집중한 김교제의 번역과도 색깔이 다르다.

동양서원의 '소설 총서' 제이 집에 포함된 『금지환』의 겉표지에는 '탐험소설'이라고 명기되어 있으나 본문 첫머리에서는 '최신 탐정소설'이라는 레테르를 붙였으니 한국에서 정탐소설이 아니라 탐정소설이라는 용어가 쓰인 첫 사례다. 또 일장기를 휘날리며 태평양을 가르는 기선 위에 선원 한 사람과 승객 두 사람이 서 있는 모습을 담은 표지 그림도 인상적이다. 신소설의 표지 디자인에 일장기가 등장한 것으로는 『금지환』이 처음이 아닌가 싶은데, 얼마 뒤인 1914년에 개성 출신의 신소설 작가이자 국어학자인 늘봄 이상춘이 남극 탐험을 소재로 삼은 모험소설 『서해풍파』의 표지와도 방불하다. 『금지환』은 샌프란시스코를 출항하여 요코하마로 향하는 여객선에서 일어난 일종의 국제 살인 사건을 해결하기 위해 고군분투하는 일본인 청년 탐정의 활약상이 총 11장에 걸쳐 전개된다.

표제	판구분	발행일자	저작자 및 발행자 저작 겸 발행자	출판사	인쇄소(대표자)	면수	정가
혈의 누	초판	1907.3.17					
혈의 누	재판	1908.3.27	저작자 국초 이인직 발행자 김상만	광학서포	일한인쇄주식회사	94면	20전
귀의 성 (상)		1907.5.25	저술자 이인직 발행자 주한영	중앙서관	일한인쇄주식회사	146면	30전
귀의 성 (상)						144면	
귀의 성 (상)		1912.2.5	저작자 이인직 발행자 민준호	동양서원, 보급서관	신문관 인출국 (최성우)	146면	30전
귀의 성 (하)		1908				125면	
귀의 성 (하)		1908.7.25	저술자 이인직 발행자 주한영	중앙서관	일한인쇄주식회사	125면	30전
치악산 (상)		1908.9.20	저술자 이인직 발행자 김상천	유일서관	우문관	193면	40전
치악산 (상)						207면	
치악산 (상)	초판	1918.1.12					
치악산 (상)	재판	1919.2.28	저작 겸 발행자 홍순필	보문관	조선복음인쇄소 (정경덕)	130면	28전
치악산 (상)						130면	
치악산 (상)	3판	1922.2.10	저작 겸 발행자 홍순필	보문관	대동인쇄주식회사 (김중환)	130면	40전
치악산		1934		영창서관			
은세계		1908.11.20		동문사	일한인쇄주식회사	141면	30전
모란봉		1912.11.10	저작자 이인직 발행자 민준호	동양서원	신문관(최성우)	145면	25전

〈표 12〉 이해조의 신문 연재 신소설

표제	판구분	발행일자	저작자 및 발행자 저작 겸 발행자	출판사	인쇄소	면수	정가
고목화		1908		[현공렴가]			[30전]
고목화 (상)		1912.1.20	저작 겸 발행자 현공렴	동양서원	동문관(조병문)	148면	30전
고목화 (상)		1912		동양서원		153면	
고목화 (상)		1922.11.5	저작 겸 발행자 노익형	박문서관	대동인쇄주식회사 (김중환)	139면	40전
고목화 (상)		1922		박문서관		139면	

고목화 (상)		1922		박문서관		140면	
고목화 (상)				박문서관		148면	
빈상설	초판	1908.7.5	저술자 이해조, 교열자 변영헌, 발행자 김상만	광학서포	탑인사	154면	30전
빈상설	재판	1911.9.30	저작 겸 발행자 민준호	동양서원	조선인쇄소 (윤우성)	154면	30전
원앙도		1909		[중앙서관]			[25전]
원앙도	초판	1911.12.30	저작 겸 발행자 민준호	보급서관, 동양서원	신문관(최성우)	106면	25전
원앙도		1912.1.27	저작 겸 발행자 민준호	보급서관, 동양서원	신문관(최성우)	106면	25전
원앙도		1912		보급서관		112면	
원앙도	재판	1913.3.4	저작 겸 발행자 민준호	동양서원	법한회사 인쇄부 (이주환)	125면	25전
원앙도	재판	1913.3.5	저작 겸 발행자 민준호	동양서원	법한회사 인쇄부 (이주환)	125면	25전
원앙도		1921.7.10	저작 겸 발행자 노익형	박문서관	대동인쇄주식회사 (김중환)	62면	20전
원앙도		1922		박문서관		62면	
구마검		1908.12	저작자 이해조	대한서림	보성사	135면	30전
구마검						136면	
구마검		1917.10.20	편집 겸 발행자 김용제	이문당	보성사(김홍규)	75면	30전
홍도화 (상)	초판	1908	저술자 이해조 발행자 남궁준	유일서관	홍문사	72면	20전
홍도화 (상)		1911		동양서원			
홍도화 (상)	재판	1912.4.22	저작 겸 발행자 민준호	동양서원	동문관(조병문)	72면	20전
홍도화 (상)				동양서원		72면	
홍도화 (상)		1918		박문서관			
홍도화 (하)	초판	1910.5.10		[유일서관]			
홍도화 (하)		1910		유일서관		116면	
홍도화 (하)	재판	1911.10.20	저작 겸 발행자 남궁준	동양서원	조선인쇄소 (윤우성)	116면	25전
홍도화 (하)		1911		동양서원			
홍도화 (하)		1918		박문서관			
만월대	초판	1910.12.5		[동양서원]			
만월대	재판	1911.9.8	저작자 이해조 발행자 민준호	동양서원	조선인쇄소 (윤우성)	123면	25전
만월대						86+ 1면	

쌍옥적	초판	1911.12.1	저작 겸 발행자 김용준	보급서관	신문관(최성우)	118면	25전
쌍옥적	재판	1912.3.12	저작 겸 발행자 김용준	현공렴가	보명사(방회영)	104면	25전
쌍옥적	3판	1917.4.10	저작 겸 발행자 김용준	동일서관	보성사(김홍규)	98면	25전
쌍옥적	재판	1918.4.1	저작 겸 발행자 김용준	오거서창	보명사(김중배)	74면	30전
모란병	초판	1911.4.15	저작자 이해조 발행자 노익형	박문서관	박문서관 인쇄소 (신재완)	112면	25전
모란병		1911		박문서관		112면	
모란병	재판	1911.8.25					
모란병	3판	1912.5.10	저작자 이해조 발행자 노익형	박문서관	문명사(박중혜)	107면	25전
모란병	3판	1916.1.25	저작자 이해조 발행자 노익형	박문서관	선명사(지덕화)	107면	30전
모란병		1916		박문서관		107면	
모란병						112면	
모란병	4판	1918.1.20	저작자 이해조 발행자 노익형	박문서관			
모란병		1918		박문서관		255면	
모란병						91면	
모란병				박문서관		114면	
산천초목	초판	1912.1.20	저작 겸 발행자 남궁준	유일서관	조선인쇄소 (윤우성)	91면	25전
산천초목	재판	1912.2.15	저작 겸 발행자 남궁준	유일서관	조선인쇄소 (윤우성)	91면	25전
산천초목	4판	1925.12.15	저작 겸 발행자 홍순필	조선도서주식회사	대동인쇄주식회사 (심우택)	62면	20전
산천초목						62면	
화세계		1911.10.10	저작 겸 발행자 민준호	동양서원	보성사(김홍규)	150면	30전
화세계	초판	1917.11.30					
화세계	3판	1920.12.6	저작 겸 발행자 김용제	박문서관	대동인쇄주식회사 (김중환)	98면	30전
화세계		1922.12.14				98면	
월하가인	초판	1911.12.20	저작 겸 발행자 김용준	보급서관	광제사(정창호)	124면	25전
월하가인	재판	1913.1.30	편집 겸 발행자 김용준	보급서관	신문관(최성우)	118면	25전
월하가인	3판	1914.2.5	편집 겸 발행자 김용준	보급서관	조선복음인쇄소 (신창균)	118면	25전
월하가인	4판	1916.1.25	편집 겸 발행자 김용준	박문서관	보성사(김중환)	118면	30전
월하가인	5판	1917.3.6	편집 겸 발행자 김용준	박문서관	보성사(김홍규)	109면	30전

월하가인	8판	1921.12.25	저작 겸 발행자 김용준	박문서관	대동인쇄주식회사 (김중환)	86면	25전
월하가인	9판	1924.1.7	저작 겸 발행자 김용준	박문서관	경성신문사 (박인환)	82면	25전
월하가인	9판	1924.1.7	저작 겸 발행자 김용준	박문서관	경성신문사 (박인환)	82면	25전
화의 혈		1911		[보급서관]			
화의 혈		1912.6.30	저작 겸 발행자 김용준	보급서관	동문관(조병문)	190면	35전
화의 혈	재판	1918.3.13	저작 겸 발행자 김용준	오거서창	보성사(김홍규)	100면	40전
구의산 (상)		1912.7.20	저작자 이해조 발행자 지송욱	신구서림	신문관 인쇄소 (최성우)	98면	25전
구의산 (상)		1912		신구서림		102면	
구의산 (상)		1912		신구서림			
구의산 (상)		1916		신구서림		80면	
구의산 (상)	7판	1922.8.28	저작자 이해조 발행자 지송욱	신구서림	대동인쇄주식회사 (김중환)	80면	25전
구의산 (상)	9판	1925.2.15	저작자 이해조, 발행자 지송욱	신구서림, 박문서관	문화인쇄소 (김교찬)	80면	50전
구의산 (하)		1912		신구서림			
구의산 (하)	초판	1912.7.20	저작자 이해조 발행자 지송욱	신구서림	신문관 인쇄소 (최성우)	98면	25전
구의산 (하)		1912.7.25	저작자 이해조 발행자 지송욱	신구서림	신문관 인쇄소 (최성우)	98면	25전
구의산 (하)	재판	1914.2.5	저작자 이해조 발행자 지송욱	신구서림	성문사(김성표)	97면	25전
구의산 (하)	3판	1916.1.26	저작자 이해조 발행자 지송욱	신구서림	성문사(심우택)	80면	25전
구의산 (하)	4판	1917.10.5	저작자 이해조 발행자 지송욱	신구서림	성문사(심우택)	80면	30전
구의산 (하)	5판	1919.1.10	저작자 이해조 발행자 지송욱	신구서림	성문사(심우택)	80면	18전
구의산 (하)	6판	1920.10.11	저작자 이해조 발행자 지송욱	신구서림	대동인쇄주식회사 (김중환)	80면	25전
구의산 (하)						80면	
구의산		1912		신구서림		198면	
구의산	9판	1925.2.15	저작자 이해조 발행자 지송욱	신구서림, 박문서관	문화인쇄소 (김교찬)	80+ 80면	50전
구의산		1925		박문서관		80면	

소양정	초판	1912.7.20	저작자 이해조 발행자 지송욱	신구서림	동문관(조병문)	112면	25전
소양정	재판	1914.2.20					
소양정	3판	1916.4.21	저작자 이해조 발행자 지송욱	신구서림	성문사(심우택)	112면	25전
소양정		1917		신구서림		112면	
소양정	6판	1921.11.15	저작자 이해조 발행자 지송욱	신구서림	대동인쇄주식회사 (김중환)	112면	35전
소양정	7판	1923.1.10	저작자 이해조 발행자 지송욱	박문서관, 신구서림	경성신문사 (박인환)	112면	35전
소양정	7판	1923.1.10	저작자 이해조 발행자 지송욱	신구서림	대동인쇄주식회사 (심우택)	112면	35전
춘외춘 (상)	초판	1912.12.25	저작자 이해조 발행자 지송욱	신구서림	법한회사 인쇄부 (이주환)	136면	25전
춘외춘		1912				136면	
춘외춘 (상)	재판	1918.3.11	저작자 이해조 발행자 지송욱	신구서림	성문사(심우택)	83면	35전
춘외춘 (하)	초판	1912.12.25	저작자 이해조 발행자 지송욱	신구서림	법한회사 인쇄부 (이주환)	137~ 270면	25전
춘외춘 (하)	재판	1918.3.11	저작자 이해조 발행자 지송욱	신구서림	성문사(심우택)	81면	35전
춘외춘 (하)	3판	1924.10.10	저작자 이해조 발행자 지송욱	박문서관, 신구서림	대동인쇄소 (박인환)	81면	50전
탄금대	초판	1912.12.10	저작자 이해조 발행자 지송욱	신구서림			
탄금대		1912		신구서림		112면	
탄금대	재판	1918.1.7					
탄금대	3판	1920.11.28	저작자 이해조 발행자 지송욱	신구서림	대동인쇄주식회사 (김중환)	117면	35전
소학령		1913.9.5	저작자 이해조 발행자 지송욱	신구서림	문명사(유성재)	191면	45전
소학령		1913		신구서림		191면	
봉선화 (상)		1913.9.20	저작자 이해조 발행자 지송욱	신구서림			
봉선화 (상)		1913		신구서림			
봉선화 (하)		1913.9.20	저작자 이해조 발행자 지송욱	신구서림			
봉선화 (하)		1913		신구서림			

비파성	초판	1913.10.28	저작자 이해조 발행자 지송욱	신구서림	문명사(유성재)	195면	45전
비파성	재판	1918.4.15	저작자 이해조 발행자 지송욱	신구서림	성문사(심우택)	171면	60전
비파성	초판	1923.10.10					
비파성	3판	1924.10.10	저작자 이해조 발행자 지송욱	박문서관	보명사 인쇄소 (김성표)	171면	55전
비파성		1934		박문서관		171면	
우중행인		1913.9.22	저작자 이해조 발행자 지송욱	신구서림	문명사(유성재)	220면	50전

〈표 13〉 이해조의 판소리 개작 연재소설

표제	판 구분	발행일자	저작자 및 발행자 저작 겸 발행자	출판사	인쇄소	면수	정가
옥중화	초판	1912.8.27		보급서관			
옥중화	재판	1913.1.10	편집자 이해조 발행자 김용준	보급서관	창문사(김익수)	188면	40전
옥중화	3판	1913.4.5					
옥중화	4판	1913.12.9					
옥중화		1914				188면	
옥중화	5판	1914.1.17					
옥중화	정정 6판	1914.2.5	편역자 이해조 발행자 김용준	보급서관	조선복음인쇄소 (신창균)	1+ 188면	40전
옥중화	정정 7판	1914.12.25	편역자 이해조 발행자 김용준	보급서관	조선복음인쇄소 (정경덕)	188면	40전
옥중화	10판	1917.5.28	저작자 이해조 발행자 김용준	박문서관	보성사(김홍규)	4+ 157면	40전
옥중화	17판	1921.12.20	저작자 이해조 발행자 김용준	박문서관	대동인쇄주식회사 (김중환)	11+ 157면	45전
옥중화	정정 9판	1926		박문서관		157면	
옥중화	초판	1912.8.17					
옥중화	3판	1921.12.15					
옥중화	6판	1926.10.15	저작자 이해조 발행자 노익형	박문서관	대동인쇄주식회사 (권태균)		
옥중화	4판	1929.4.30	저작자 이해조 발행자 노익형	박문서관	대동인쇄주식회사 (김중환)	11+ 157면	45전

옥중화	4판	1929		박문서관		157면	
옥중화		1929		박문서관		157면	
옥중화		1920.12.30	저작 겸 발행자 勝木良吉	대창서원	박문관 인쇄소 (김성표)	188면	50전
옥중화		1921.1.10	저작 겸 발행자 勝木良吉	대창서원	박문관 인쇄소 (김성표)	188면	50전
옥중화		1923.1.25	저작 겸 발행자 현공렴	대창서원, 보급서관	조선인쇄주식회사 (羽田茂一)	11+174면	45전
강상련	초판	1912.11.25	편집자 이해조 발행자 이종정	광동서국	신문관 인쇄소 (최성우)	120면	30전
강상련	재판	1913.1.15					
강상련	3판	1913.9.5					
강상련	4판	1914.5.30					
강상련	5판	1916.1.24	편집자 이해조 발행자 이종정	신구서림	성문사(심우택)	10+111면	30전
강상련	8판	1917.6.10	편집자 이해조 발행자 이종정	신구서림	성문사(심우택)	10+111면	30전
강상련	8판	1918.2.10	편집자 이해조 발행자 이종정	신구서림	성문사(심우택)	10+75면	30전
강상련	11판	1922.2.28	편집자 이해조 발행자 이종정	신구서림	대동인쇄주식회사 (김중환)	10+111면	35전
연의 각		1913.12.25	편집자 이해조 발행자 이종정	신구서림	성문사(김성표)	99면	25전
연의 각	초판	1916.11.5	저작 겸 발행자 지송욱	신구서림	성문사(심우택)	89면	25전
연의 각	재판	1917.6.20	저작 겸 발행자 지송욱	신구서림	성문사(심우택)	89면	25전
연의 각	초판	1925.11.10					
연의 각	재판	1926.12.20	저작 겸 발행자 홍순필	경성서적업조합	대동인쇄주식회사 (신창균)	89면	20전
토의 간		1916.1.5		박문서관			
토의 간		1917		박문서관		88면	
토의 간						86면	
토의 간		1925.11.10	저작 겸 발행자 고유상	회동서관	신문관(김익수)	67면	25전
토의 간	초판	1925.11.20	저작 겸 발행자 홍순필	조선도서주식회사	신문관(김익수)	67면	25전

표제	판 구분	발행일자	저작자 및 발행자 저작 겸 발행자	출판사	인쇄소	면수	정가
화성돈전		1908.4	역술자 이해조, 교열자 원영의, 발행자 고유상	회동서관	우문관	62면	20전
철세계		1908.11.20	역술자 이해조 발행자 고유상	회동서관	일한인쇄주식회사	98면	25전
자유종		1910.7.30	저작자 이해조 발행자 김상만	광학서포	탑인사(현군성)	40면	15전
누구의 죄	초판	1913.6.5	저작 겸 발행자 김용준	보급서관	창문사(김익수)	187면	35전
누구의 죄	재판	1921.6.18	저작 겸 발행자 김용준	박문서관	기독교 창문사 (정경덕)	133면	40전
정선 조선 가곡	초판	1914.11.7	저작 겸 발행자 지송욱	신구서림	성문사(심우택)	13+ 118면	35전
정선 조선 가곡	재판	1918.1.7	저작 겸 발행자 지송욱	신구서림	성문사(심우택)	7+ 106면	
정선 조선 가곡	3판	1924.10.15	저작자 이해조 발행자 지송욱	신구서림	경성신문사 (박인환)	7+ 106면	35전
정선 조선 가곡	3판	1924.10.15	저작자 이해조 발행자 지송욱	신구서림	경성신문사 (박인환)	7+ 106면	60전
홍 장군전 (상)		1918.5.27	저작 겸 발행자 이해조	오거서창	조선복음인쇄소 (정경덕)	95면	40전
홍 장군전 (하)		1918.5.27	저작 겸 발행자 이해조	오거서창	조선복음인쇄소 (정경덕)	80면	35전
홍 장군전	초판	1926.2.20	저작 겸 발행자 유석조	광학서포	보명사 인쇄소 (강복경)	95+ 80면	50전
홍 장군전	재판	1930.1.25	편집 겸 발행자 유석조	영창서관, 한흥서림, 진흥서관	영창서관 인쇄소 (남창희)	95+ 80면	80전
한씨 보응록 (상)				오거서창		86면	
한씨 보응록 (하)		1918.5.27	저작 겸 발행자 이해조	오거서창	조선복음인쇄소 (정경덕)	89면	37전
강명화 실기 (상)		1924		회동서관			
강명화 실기 (하)	초판	1925.1.18		회동서관			
강명화 실기 (하)	재판	1926.2.8	저작 겸 발행자 이해조	회동서관	대동인쇄주식회사 (심우택)	90면	40전
강명화 실기		1934		회동서관			
강명화전		1927.1.25	저작 겸 발행자 고유상	회동서관	보명사 인쇄소 (강복경)	93면	40전

표제	판구분	발행일자	저작자 및 발행자 저작 겸 발행자	출판사	인쇄소	면수	정가
강명화전		1938.11.20	저작 겸 발행자 홍병석	홍문서관	홍문서관 인쇄소 (이상현)	58면	30전
독습 일선 작문법		1917.10.30	저작 겸 발행자 이해조	오거서창	보성사(김홍규)	6+ 116면	60전
신찬 일선 작문법	초판	1922.8.15	저작 겸 발행자 이해조	광동서국	대동인쇄주식회사 (김중환)	3+ 116면	55전
신찬 일선 작문법		1925		광동서국, 동양대학당			55전

〈표 15〉 김교제의 신소설과 번역소설

표제	판구분	발행일자	저작자 및 발행자 저작 겸 발행자	출판사	인쇄소	면수	정가
목단화		1911.5.17	저술자 김교제 발행자 김상만	광학서포	신문관 인쇄소 (최성우)	167면	25전
목단화		1919				81면	
치악산 (하)	초판	1911.12.30	저작자 김교제 발행자 민준호	동양서원	문명사(박종진)	122면	30전
치악산 (하)		1912.1.27	저작자 김교제 발행자 민준호	동양서원	문명사(박종진)	122면	30전
치악산 (하)	재판	1913.7.5	저작자 김교제 발행자 민준호	동양서원	동문관(전경우)	193면	30전
치악산 (하)	초판	1918.1.12					
치악산 (하)	재판	1919.3.28	저작 겸 발행자 홍순필	보문관	조선복음인쇄소 (정경덕)	97면	22전
치악산 (하)	3판	1922.2.10	저작 겸 발행자 홍순필	보문관	대동인쇄주식회사 (김중환)	97면	30전
치악산		1934		영창서관			
비행선		1912.5.15	역술자 김교제 발행자 민준호	동양서원	동문관(조병문)	216면	35전
현미경		1912.6.5	저작자 김교제 발행자 민준호	동양서원	동문관(동문관)	264면	35전
현미경	초판	1918.2.4	저작 겸 발행자 홍순필	보문관	보성사(김홍규)	151면	50전
현미경		1918		영창서관, 한흥서림		151면	
현미경	재판	1922.2.20	저작 겸 발행자 홍순필	보문관	대동인쇄주식회사 (김중환)	151면	45전
현미경						151면	
현미경		1934		보문관		151면	
마상루		1912.9.5	저작 겸 발행자 민준호	동양서원	동문관(조병문)	110면	20전

표제	판구분	발행일자	저작자 및 발행자 저작 겸 발행자	출판사	인쇄소	면수	정가
마상루		1912.9.5	저작 겸 발행자 민준호	동양서원	동문관(조병문)	110면	40전
마상루	초판	1921.12.5	저작 겸 발행자 민준호	박문서관		48면	
마상루	재판	1923.12.15	저작 겸 발행자 노익형	박문서관	보명사(조성환)	48면	20전
마상루						47면	
지장보살		1912.12.25	저작자 김교제 발행자 민준호	동양서원	동문관(조병문)	151면	30전
삼촌설 (상)		1913.4.15	역술 겸 발행자 민준호	동양서원	동문관	256면	40전
일만 구천 방		1913.4.25	저작자 김교제 발행자 민준호	동양서원	동문관(전경우)	147면	25전
난봉기합		1913.5.25	저작자 김교제 발행자 민준호	동양서원	동문관(전경우)	130면	25전
쌍봉쟁화	초판	1919.1.17	저작 겸 발행자 홍순필	보문관	보성사(김홍규)	137면	30전
쌍봉쟁화		1934.10.5	편집 겸 발행자 강의영	영창서관, 한흥서림	영창서관 인쇄부	135면	50전
애지화	초판	1920.1.26					
애지화	재판	1925.3.17	저작 겸 발행자 홍순필	보문관	대동인쇄주식회사 (심우택)	57면	20전
경중화		1923.1.30	저작 겸 발행자 홍순필	보문관	대동인쇄주식회사 (심우택)	71면	25전
화중왕		1928		영창서관		137면	
화중왕		1932				137면	

〈표 16〉 최찬식의 신소설

표제	판구분	발행일자	저작자 및 발행자 저작 겸 발행자	출판사	인쇄소	면수	정가
추월색	초판	1912.2.25					
추월색	초판	1912.3.13	저작 겸 발행자 고유상	회동서관	조선인쇄소 (윤우성)	112면	25전
추월색	재판	1913.1.30	저작 겸 발행자 고유상	회동서관	동문관(전경덕)	99면	25전
추월색	3판	1914.2.21	저작 겸 발행자 고유상	회동서관	조선복음인쇄소 (신창균)	99면	25전
추월색	4판	1915.5.15					
추월색	5판	1916.1.15	저작 겸 발행자 고유상	회동서관	보성사(김중환)	93면	25전
추월색	6판	1916.9.30					
추월색	6판	1916.10.5	저작 겸 발행자 고유상	회동서관	보성사(김중환)	85면	25전
추월색	7판	1917.1.25	저작 겸 발행자 고유상	회동서관	선명사(한양호)	81면	25전
추월색	8판						

추월색	15판					80면	
추월색	16판	1921.11.14	저작 겸 발행자 고유상	회동서관	계문사(김성표)	80면	25전
추월색	16판	1922.11.16	저작 겸 발행자 고유상	회동서관	계문사(김성표)	80면	25전
추월색	18판	1923.12.8	저작 겸 발행자 고유상	회동서관	용문관 인쇄소 (김성표)	80면	25전
추월색	초판	1935		박문서관		80면	
추월색						88면	
추월색						61면	
강상촌		1911		박학서원		136면	
강상촌	초판	1912.10.20					
강상촌	초판	1912.10.30					
강상촌	초판	1912.11.7	저작 겸 발행자 구승회	박학서원	보명사(이의정)	141면	30전
강상촌	재판	1913.12.14	저작 겸 발행자 구승회	동미서시	대동인쇄소 (김홍규)	139면	30전
강상촌	3판	1917.10.25	저작 겸 발행자 구승회	덕흥서림	조선복음인쇄소 (정경덕)	105면	40전
강상촌	4판	1919.4.26	저작 겸 발행자 구승회	덕흥서림	조선복음인쇄소 (정경덕)	105면	24전
강상촌	5판	1920.10.30	저작 겸 발행자 구승회	덕흥서림	조선박문관인쇄소 (박인환)	105면	30전
강상촌	6판	1922.12.5	저작 겸 발행자 김동진	덕흥서림	경성신문사인쇄부 (박인환)	105면	30전
강상촌	7판	1924.10.25	저작 겸 발행자 김동진	덕흥서림	조선기독교창문사 인쇄부(박인환)	105면	30전
강상촌	9판	1928.1.8	저작 겸 발행자 김동진	덕흥서림	한성도서주식회사 (노기정)	105면	35전
강상촌						105면	
금강문	초판	1914.8.19					
금강문	재판	1915.11.26	저작 겸 발행자 최찬식	동미서시	보성사(신영구)	184면	45전
금강문	4판	1919.12.28					
금강문	5판	1922.1.5	저작 겸 발행자 최찬식	박문서관	계문사(김성표)	130면	40전
안의 성		1914.9.30	저작 겸 발행자 노익형	박문서관	성문사(김성표)	174면	45전
안의 성	초판	1915.4.5					
안의 성	3판	1938.10.30	저작 겸 발행자 노익형	박문서관	대동인쇄소 (김현도)	120면	35전
안의 성							

표제	판 구분	발행일자	저작자 및 발행자 저작 겸 발행자	출판사	인쇄소	면수	정가
도화원	초판	1916.8.30	저작 겸 발행자 최찬식	유일서관, 이문당, 한성서관	보성사(김중환)	134면	35전
도화원	3판	1921.3		박문서관		134면	
도화원	3판	1921.3		조선도서주식회사		134면	
도화원		1921		조선도서주식회사		126면	
삼강문		1918.11.11	저작 겸 발행자 최찬식	[덕흥서림]		138면	35전
능라도		1919.1.27					
능라도	초판	1919.2.7	저작 겸 발행자 남궁준	유일서관	보성사(김홍규)	198면	42전
능라도	재판	1922.5		조선도서주식회사		199면	
능라도	5판	1925.11.10	저작 겸 발행자 홍순필	조선도서주식회사	대동인쇄주식회사 (심우택)	199면	55전
능라도	12판	1930.3.10	저작 겸 발행자 홍순필	박문서관	대동인쇄주식회사 (박인환)	199면	55전
춘몽		1924.2.29	저작 겸 발행자 홍순필	박문서관	대동인쇄주식회사 (박인환)	309면	80전
춘몽		1924		박문서관	*	310면	
강명화전	초판	1925.11.15	저작 겸 발행자 최찬식	신구서림	대동인쇄주식회사 (심우택)	81면	40전
백련화		1926.5.10	저작 겸 발행자 홍순필	조선도서주식회사	대동인쇄주식회사 (권태균)	86면	35전
백련화		1926					
자작 부인		1926.11.30	저작 겸 발행자 홍순필	조선도서주식회사	대동인쇄주식회사 (권태균)	79면	25전
자작 부인		1926.11.30	저작 겸 발행자 홍순필	조선도서주식회사	대동인쇄주식회사 (박인환)	79면	25전
자작 부인				조선도서주식회사		79면	
용정촌		1926.11.30		조선도서주식회사		90면	
용정촌				조선도서주식회사		90면	
용정촌		1930		조선도서주식회사		90면	

〈표 17〉 박영운의 신소설과 번역소설

표제	판 구분	발행일자	저작자 및 발행자 저작 겸 발행자	출판사	인쇄소	면수	정가
공산명월	초판	1912.12.15	저작자 박영운 발행자 노익형	박문서관	조선인쇄소 (윤우성)	148면	30전
공산명월	재판	1916.6.30	저작자 박영원 발행자 노익형	박문서관	성문사(심우택)	113면	30전

공산명월	3판	1916.12.25					
공산명월		1919.1.6	저작자 박영원 발행자 노익형	박문서관, 신구서림	경성신문사 (박인환)	74면	30전
공산명월							
금지환		1912.5.10	저작 겸 발행자 민준호	동양서원		95면	25전
옥련당 (상)				동양서원			
옥련당 (하)		1913.10.20		동양서원			
운외운 (상)		1914.9.21	저작자 박영운 저작 겸 발행자 노인규	춘보약방, 야소교책사, 광문책사, 서적상 최득린	광문사(박치연)	169면	40전
운외운 (상)							

※ 〈표 11〉부터 〈표 17〉은 신소설 작가별로 발행일자순에 따라 배열되었다. 다만 〈표 12〉와 〈표 13〉은 신문 연재 순서를 따랐다.
※ 음영으로 강조 처리된 행은 2012년 하반기에 실제 출판물을 확인한 경우다. 직접 확인했다 하더라도 표지나 판권장, 본문의 뒷부분 일부가 유실된 경우는 빈칸으로 남겨 두었다. 그런데 출판 사항이 동일하더라도 표지만 조금 다른 경우, 출판사만 다른 경우, 인쇄소만 다른 경우, 저작자와 발행자 표시 방식만 다른 경우, 정가만 다른 경우가 눈에 띈다. 거꾸로 물리적으로 행관과 면수가 엄연히 다름에도 불구하고 판권장의 출판 사항이 동일한 경우도 발견된다. 아직 빈칸으로 남은 출판물은 물론이려니와 이미 확인된 출판물이라 하더라도 반드시 전수 조사와 상세한 교합이 필요하다.

제3부
원본과 사본의 변증법

제8장

한국 근대문학사 연구와 정본의 복원 출판

1. 편저란 무엇인가?

책을 쓰거나 번역하는 것이 아니라 펴낸다는 둥 엮는다는 둥 하는 일이란 무슨 뜻인가? 저서도 아니며 역서도 아닌 책이란 대체 무엇을 가리키는가? 설사 그러한 일이나 책을 이렇다 저렇다 꼬집어 낼 수 있다손 치더라도 대학, 학회, 연구소를 도틀어 일컫는 학계의 근간 사업이라 할 학술대회라든가 전문 학술지를 빌려 진지하게 주고받을 법한 이야깃거리로 마땅한가?

얼마 전부터 한국연구재단의 연구업적관리시스템 가운데 '저역서 구분' 정보란에는 편서 항목이 보태졌다. 그러니까 지금 학계에서 일컫는 저술이란 대체로 저서, 역서, 편서, 기타로 나뉘게 마련이다. 그중에서 한국연구재단과 대학에서 연구 성과로 인정하고 있는 것은 저서와 역서뿐이다.[1] 한국어 사전에 올라 있지도 않은 편서(編書)라는 말이 가리키는 것은 기타 항목으로 부름 직하건만 막상 한통속으로 밀어 넣자니 좀 아까운 어떤 책이기 십상이다. 기타 항목이라면 아무래도 비매품일 터여서 국제표준도서번호(ISBN)나 국제표준연속간행물번호(ISSN)와 같은 식별 번호를 부여받지 못한 비공식 출판물, 용역 보고서, 갖가지 매뉴얼이 대종이다. 그렇다면 편서라는 것은 짐작건대 저작으로 쳐줄 수는 없지만 학자의 고유하고 독창적인 연구 업적이 아니라고도 말하기 어려운바 이를테면 중등 과정의 교과서, 대학 교재, 참고서, 영인본, 자료 총서, 사전, 목록집, 목차집, 색인집, 도해집 따위가 아닐까?

그렇다 하더라도 편서의 범주를 엄밀히 따지기는 어려운 노릇이다. 일단 한국어 사전의 뜻풀이에 기댄다면 편집하여 저술한다는 뜻의 편저(編著)와 엮어서 짓는다는 뜻의 편술(編述)을 한데 묶어 편서라 본 성싶다. 실상 편저와 편술은 비슷한말로 올라 있거니와 그 밖에도 편간(編刊), 편성(編成), 편수(編修), 편집(編輯), 편찬(編纂), 찬수(纂修, 撰修), 찬집(纂輯, 纂集, 撰集)이라는 말뜻까지 서로 얽히거나 요리조리 겹쳐 있다. 그런가 하면 다듬어 정리한다는 뜻의 산수(刪修), 산정(刪定, 刪正), 편집과 감독 책임을 포괄한 감집(監輯), 번역의 의미가 섞여 들어간 역술(譯述), 역집(譯輯), 역편(譯編), 역찬(譯纂)도 동떨어진 말은 아니다.

사정이 이럴진대 편서라는 말까지 만들어 덧보태면 외연만 지나치게 넓어질 염려가 있으니 가장 널리 쓰이고 있는 데에다가 말뜻도 쉽게 알아차릴 직한 편저라는 말을 꼽아 쓰기로 하자.

편저의 역사는 제법 오래다. 근대적인 출판문화가 기지개를 켜자마자 먼저 쏟아져 나오기 시작한 것도 실은 편저다. 흔히 번역서라 불리곤 하는 20세기 초반의 계몽 서적이란 따지고 보자면 대개 편저나 다

---

1   한국연구재단(www.nrf.re.kr)의 한국연구업적통합정보(www.kri.go.kr)에서는 네 항목 모두 '도서 성격'에 따라 전문도서, 교양도서, 교과서 및 지도서, 기타로 다시 구분해 두었다.

름없기 때문이다. 재미난 예 하나만 들춰 보자.

최남선이 이끈 종합 출판사 신문관에서 초창기에 펴낸 단행본 가운데 『산수 격몽요결』이라는 표제를 내건 책이 눈에 띈다.[2] 『산수 격몽요결』은 한국에서 처음으로 기획된 문고본 시리즈인 '십전 총서' 가운데 하나로서 율곡 이이의 대표적인 저술인 『격몽요결』 앞에 '산수'라는 말을 덧붙인 편저다. 그런데 속사정을 들여다볼라치면 표제보다 훨씬 더 흥미롭다. 36면에 걸쳐 두 단으로 편집된 본문의 상단에는 한자 혼용 표기로 된 84개의 서양 격언이 배열되고, 하단에는 한문 문장을 현토 처리한 이이의 글이 발초(拔抄)되어 썩 기묘한 꼴로 편집되었기 때문이다. 그뿐이 아니다. 최남선이 번역한 것으로 명시된 후쿠자와 유키치[福澤諭吉]의 『수신요령(修身要領)』이 아예 본문과 면수를 달리하여 12면의 부록으로 제시되었다. 이이의 문장은 총 10개 장 가운데 7개 장에서 가려 뽑았지만 『수신요령』은 29개 조목(條目)을 모두 요약하여 제시하고 군데군데 주석까지 덧붙였다. 결국 『산수 격몽요결』이라는 책은 표제가 무색하리만치 서양의 경구와 후쿠자와 유키치의 사상을 위주로 삼은 신문관 특유의 편저다.

얼핏 보면 『산수 격몽요결』이 단행본치고는 대단히 거칠고 성긴 것처럼 여길 법하다. 하지만 책의 표제만 적절히 바꾸어 달았더라면, 혹은 이질적인 번역 언어만 가다듬었더라면 별달리 거슬리지 않을는지 모른다. 또 이러한 갈래의 편저가 처음 시도된 것도 아니리라 짐작된다. 좀 더 무난한 경우를 들어 보자면 1910년대에 신문관과 조선광문회에서 펴낸 책 가운데 상당수가 사실상 편저에 해당될 터다.

예컨대 신문관의 문학 부문 출판 가운데 '육전소설' 시리즈 8종 10권,

---

2 『산수 격몽요결』, 신문관, 1909; 임상석, 「1910년대, 국역의 양상과 한문 고전의 형성」, 『사이間SAI』 8호, 국제한국문학문화학회, 2010.5, 69면.

중국소설을 번역한 『신교 옥루몽』(전 4권)과 『신교 수호지』(전 4권), 문장 앤솔러지 『시문독본』, 시선집 『대동시선』과 『가곡선』을 들어 둘 만하다. 또 잡종 부문으로 분류된 책 가운데에서도 『홍경래 실기』, 최초의 속담집 『조선이언』, 소화(笑話)를 모은 『절도백화』, 『개권희희』, 『소천소지』, 그 밖에도 『승경도(陞卿圖)』니 『기인비관(其人備官)』이니 『기보(棋譜)』니 하는 책이 모두 그러하다. 사전인 『신자전』을 비롯하여 광범위한 한국학 관련 논저를 복원 출판한 조선광문회의 책 또한 매한가지다. 특히 조선광문회의 복원 출판 사업은 그보다 조금 앞서 조선고서간행회와 조선연구회를 조직한 일본인들이 이미 한국 고전 문헌의 수집, 번역, 간행에 경쟁적으로 손대기 시작한 점을 떠올린다면 오히려 한발 뒤늦게 뛰어든 일이기도 하다.

군이 이런저런 책 이름을 늘어놓은 이유는 편저의 기원을 신문관이나 조선광문회에서 찾을 수 있다는 뜻이 결코 아니다. 펴내고 엮어 내는 일을 최남선이나 조선광문회의 업적과 나란히 놓으려는 속셈은 더더욱 아니다. 오히려 한국의 출판계나 학계에서 늘 해 왔고 지금도 계속되고 있는 일 가운데 하나가 바로 편저라는 점을 강조하기 위해서다. 만약 이런 일이 계속 이어지지 않았다면 지금 우리 시대가 물려받은 책, 다음 시대에 물려줄 수 있는 책은 그리 많지 않을는지도 모른다.

말머리를 문학 쪽으로 돌려 보자. 기실 편저는 하고많다. 오히려 지나치게 넘쳐서 문제인 경우도 흔하다. 이를테면 이광수의 『무정』은 지난 일 년 동안(2010.7~2011.7)에만 여섯 종이 새로 출판되었으니 두 달에 한 종 꼴로 나오고 있는 셈이다. 대학 입시를 위한 필독서로 포장된 경우도 없지 않고 내로라하는 문학 전문 출판사에서 이런저런 전집이나 선집의 이름을 달고 나오기도 했건만 그중에서 단 두 종만 편자의 이름을 내걸었을 뿐이다. 그렇다면 왜 편저가 말거리가 되며 무엇이 문제란 말인가?

2. 고고학적 발굴과 현대적 복원

학계에 몸담고 있는 연구자가 원전을 몸소 들추면서 공부하는 경우는 뜻밖에도 흔치 않다. 아무리 낯익은 이름의 자료라 할지라도 막상 실물을 접하기 어렵다든가 드물게 남아 있더라도 훼손과 유실의 우려가 커서다. 꼭 그렇지는 않더라도 이미 상당한 자료가 거듭 출판되거나 영인본의 형태로 복제되거나 또는 현대어로 복원되어 있으니 굳이 원전을 찾아보느라 수고할 필요도 없다. 특히 현대어로 갈아입은 문헌만 하더라도 꽤 방대해서 오랫동안 공들인 발굴과 복원 작업이 없었더라면 과연 한국 근대문학사 연구가 가능했을지 의심스러울 정도다. 최근에는 여러 공공 기관에서 제공하는 데이터베이스도 한몫 톡톡히 하고 있다.

그렇다 해도 만족스럽기는커녕 여전히 성글고 지나치게 허약하다. 역시 『무정』부터 도마 위에 올려 보자. 지난 일 년 동안 여섯 종이나 되는 『무정』이 출판되어야 할 이유나 필요란 무엇인가? 여섯 종의 『무정』은 하나의 『무정』인가? 꼭 『무정』이 아니라도 『삼대』, 『탁류』, 『상록수』, 『천변 풍경』, 『동백꽃』, 『메밀꽃 필 무렵』, 『운수 좋은 날』, 『감자』, 『날개』가 이토록 여러 종이 동시에 존재해야 한단 말인가?[3]

반면에 심훈의 『직녀성』과 『동방의 애인』, 김남천의 『사랑의 수족관』, 자야의 연인이자 나타샤의 시인 백석의 번역 솜씨가 돋보인 『테

---

3 이러한 현상 역시 역사적인 문제다. 천정환, 「한국문학전집과 정전화―한국문학전집사 (초)」, 『현대소설연구』 37호, 한국현대소설학회, 2008.4, 85~124면; 이종호, 「1950년대 남한 문학전집의 출현과 문학 정전화의 욕망―민중서관 『한국문학전집』을 중심으로」, 『한국어문학연구』 55호, 한국어문학연구학회, 2010.8, 349~382면; 이종호, 「1960년대 한국문학전집 발간과 문학 정전화의 실험 혹은 출판이라는 투기」, 『상허학보』 32호, 상허학회, 2011.6, 107~141면.

스』, 농민 문학으로 유명한 이무영이 여성 과학자 퀴리 부인의 일대기를 소설화한 『세기의 딸』을 읽고 싶다면 대체 어떻게 해야 하나? 캄보디아 상공에서 벌어지는 한바탕의 비행 활극이 인상적인 염상섭의 『남방의 처녀』, 모더니스트 박태원이 중국 고전의 세계로 돌아선 『지나 소설집』, 파리의 고급 창부 이야기를 정면으로 다룬 나도향의 『동백꽃』이나 홍난파의 『나나』는 먼 훗날에라도 읽힐 가능성이 남아 있기나 한 걸까?

문학 출판이 과포화 상태에 맞닥뜨렸다거나 편향되었다는 이야기를 하고 싶은 것이 아니다. 입시 시장에 기대려는 출판계의 얄팍한 상술을 꼬집고 싶은 생각도 별로 없다. 전공자에게조차 낯설 법한 숨은 작품을 끄집어내서 한국 근대문학사의 위대함을 추키려는 심산이야 더더욱 아니다. 다만 막무가내로 관성에만 매달려 값싸게 버티려는 네댓 군데 메이저 출판사의 거창한 전집 기획은 분명 탐탁지 않다. 그래도 훨씬 더 큰 잘못은 고등학교 문학 교과서에 수록된 작품 목록에서 맴돌고 마는 학계의 기획 역량에 있다. 요컨대 무엇을 발굴해서 어떻게 복원해야 할 것인가가 문제다.

얼마 전에 원로 영문학자이자 문학 평론가 유종호가 일간지의 칼럼을 빌려 나열식 문학전집의 무분별한 중복과 경쟁을 꼬집은 바 있다.[4] 물론 번역가와 출판계를 향한 쓴소리이지만 가장 귀담아들어야 할 쪽은 고만고만한 기획을 되풀이해 온 학계의 연구자들이다. 말하자면 특성화된 편성, 서로 다른 색깔을 감상하고 향유할 수 있는 컬렉션, 새로운 의제를 개척하고 창출해 낼 수 있는 콘텐츠가 절실하다.

편의상 학계의 문제, 그중에서도 한국 근대문학사 연구의 경우로 좁

---

4   유종호, 「특성화된 번역 전집을 바라며」, 『동아일보』, 2010.7.24, 26면.

혀서 따져 보자. 아마도 가장 바람직한 연구란 학계 내부의 관심을 모으면서 후속 연구를 이끌어 내는 연구요 대학 바깥과 소통할 수 있는 밑바탕을 일구는 연구가 아닌가 생각한다. 그러니까 모순된 것처럼 보이는 두 가지가 핵심이다. 학문적인 토론을 낳는 세련된 아카데미즘과 대중적인 일반교양의 활성화. 전자는 학술 논문이나 전문 저술을 통해, 후자는 인문 출판 시장에서 구현될 과제다. 관건은 두 갈래의 목표가 따로 노는 것이 아니라 한데로 통일되어야 한다는 점이다.

일단 동종 업계 안에서도 그야말로 극소수의 전공자끼리 돌려 읽기 위한 논문이나 저술만 가지고서는 아무런 기대를 걸 수 없다. 설사 새로운 자료를 제시하고 획기적인 연구 기틀을 세운다 하더라도 학계가 함께할 수 없다면 도저히 생명력을 지닐 수 없는 노릇이다. 하지만 그게 다일까? 동료 연구자들이 내 관심사에 동조하고 함께 달려들지 않는 이유는 무엇인가? 혹시나 그럴 수 없거나 아예 그럴 필요가 없기 때문은 아닐까?

예컨대 한용운의 장편소설을 아무리 분석해 봤댔자 동료 연구자조차 신문에 연재된 일차 자료를 접하기 쉽지 않다면 한자리에서 얼굴을 맞대며 논정하기 어렵고 더 이상 후속 연구가 이어지지 않게 마련이다. 그리고 나면 막상 한용운의 소설이랍시고 출판 시장에 내놓더라도 금세 외면당하고 말 터다.[5] 결국 한용운은 누구에게나 평균적인 「임의 침묵」으로만 기억될 따름이며, 『흑풍』과 『박명』을 지금 우리 시대의 문학으로 다시 읽을 수 있는 한국인은 불과 몇 명으로 그치고 만다. 이러한 되먹임 회로에는 언제든지 다시 한용운의 삶과 사상을 들춰 본다든가 「임의 침묵」을 새롭게 해석하고 재평가한다든가 하는 지속 가능

---

5 한용운, 『박명』, 거북선, 1994; 한용운, 『흑풍』, 사랑과나무, 2002.

한 재생산의 동력이 빠져 있다.

그러니 문제는 다시 학계의 기획 역량이다. 학술적 의의가 큰 자료, 희귀하고도 귀중한 일차 자료를 그러모으는 일은 말할 나위도 없이 소중한 작업이지만 그것만으로는 충분치 않다. 설령 전부 다는 아닐지라도 그중의 일부는 지금 우리 시대의 문화적 가치나 대중적 상업성과 분명한 태도로 살을 섞어야만 한다. 일반교양 출판 시장에서 소화되고 새로운 수요가 창출될 수 있어야만 한다는 뜻이다. 그럴 가능성이 거의 없다고 여겨지던 고전문학이나 한문학 분야의 약진을 떠올려 본다면 얼추 짐작이 설 일이다. 희귀한 목판본과 필사 자료라든가 기껏해야 영인본에나 매달리던 폐쇄성에서 벗어나자마자 새로운 글쓰기의 가능성이 열렸다. 최근 몇 년 사이의 일이다. 또한 거기에서 얻어진 잠재력이 다시 아카데미즘의 심화와 전문성으로 되돌려졌다. 학술서와 교양서의 경계를 과감히 허문 것, 베스트셀러 교수가 등장한 것은 그 틈새에서 얻어진 망외의 소득이다. 어느새 정약용의 지식 관리 기법이나 정조의 비밀 편지가 『무정』보다 더 많이 소비되는 시대가 되었으니 결코 허튼소리가 아니다.

그렇다면 문제는 조금 간단해졌다. 프로페셔널리즘이라는 미명으로 감추어진 학술 연구의 획일화와 폐쇄성을 걷어 내는 일이 가장 시급하다. 연구자가 당장 매달리고 있는 과제가 학술적 가치가 있다고 생각한다면 지금 우리 시대의 문화 상품으로 시장에서 유통될 수 있어야 마땅한 노릇 아닌가? 좀 다른 이야깃거리이겠으나 따지고 보자면 사립대학의 교수가 받는 월급이나 이런저런 직함을 단 연구원의 생계를 유지시켜 주는 연구비조차 국민의 세금이거나 그 일부다. 그렇다면 학자 개인의 연구 성과가 세금을 낸 공동체로 되돌아가는 일이야 원칙에 속할 터다. 그래야만 시장이나 사회가 다시 대학에다가 새로운 연구 수요를 바라게 된다. 따라서 한 편짝으로는 논문이나 저술이 좀 더 공유 가능한 언어로 소비되어야만 하며, 또 다른 편짝으로는 원전이라는 것이 영인본이나 자료집에서 탈옥할 수 있어야 한다.

요컨대 한국을 통틀어 다섯 명 안팎만 읽는 논문을 아무리 배설해 봐야 얻을 것이 많지는 않을 터다. 희귀한 자료를 어렵사리 뒤적거려서 대학 출판부를 낀 다음 강의 교재 삼아 몇 부 파는 일로 그쳐서는 아무런 희망이 없다. 한국에서 가장 안 팔리는 책이 모처 모처에서 선정한 우수 학술 도서라면 참으로 암담한 노릇이다. 그러한 현상을 아카데미즘으로 자위하고 마는 일은 학계 전반의 자생력을 갉아먹을 뿐만 아니라 인문 출판 시장마저 동반 자살시키고 만다. 만약 공공의 지원이 끊기거나 줄기라도 한다면 당장 학계와 출판계에서 어떤 일이 벌어질지 상상해 보는 것만으로도 충분할 것이다.

대체 무엇을 어떻게 하자는 것인가? 무엇보다 대학의 연구자는 일차 자료를 적극적으로 발굴해서 학계와 출판계를 만족시킬 만한 어떤 것으로 가공해 내는 일에 애써야 한다. 일단 원전이라 부르는 것부터 복원시켜 대학과 시장에서 동시에 공유할 수 있는 길을 열어야 한다. 빤하고 식상한 틀을 벗어던지겠다는 최소한의 이념만 공유하면 얼마든지 새로운 연구 기획이 가능할 것이고 인문 출판 시장을 움직이기까지도 오래 걸리지 않으리라 판단된다.

이를테면 식민지 시기의 추리소설 전집, 과학소설 전집부터 엮어 보면 어떨까? 어느 날 갑자기 창안된 전래동화집, 느닷없이 번역되기 시작한 안데르센 동화집을 한자리에 엮는 총서도 좋겠다. 자극적이고 선정적인 통속소설 컬렉션을 꾸며 볼 가치도 있다. 특정 출판사에서 펴낸 위인전기 전집, 유난히 어느 시기에 집중된 연애편지 모음집이나 성애물만 해도 어지간히 흥미를 끌 만하다. 최근 들어 관련 연구 성과는 조금씩 축적되고 있으나 정작 자료가 널리 공유되면서 확산되지 않고 있는 주제들이기 때문이다.

그런가 하면 초창기의 서양인 선교사들이 저술하거나 번역해 둔 문학 작품, 조선총독부의 행정 관료들이 수집한 관제 자료와 목록, 일본인이 남긴 방대한 회고와 증언, 신문이나 잡지에 흩어져 있는 숱한 삽화와 만화, 일상의 엔터테인먼트나 관광에 관련된 기록도 누군가의 손길을 기다리고 있는 영역이다. 소설이나 문학의 경계를 살짝 넘어서 버리는 순간 사진, 엽서, 음반, 그림, 광고, 일러스트레이션, 포르노그래피, 그 밖의 다양한 관련 자료가 한데 엮일 수도 있다.

한국문학 연구자들이 앞으로 개척해야 할 영역을 제시하려는 게 아니다. 앞에 든 예의 상당수에는 이미 깊이 있는 관심을 가진 연구자들이 달려들었고 좋은 논문과 저술을 내놓기도 했다. 그중 일부는 대중 교양 저술을 통해 고정 독자를 확보하고 있기도 하다. 그럼에도 불구하고 단발성의 유행으로만 그칠 뿐 파급 효과가 더 커지지 않은 것은 학계에서 후속타가 터지지 않았고 출판 시장을 통해 새로운 수요가 창출되기 어려웠기 때문이다.

그런데 손꼽을 만한 저자들이나마 만약 원전이나 일차 자료를 복원해서 함께 시장에 내놓았더라면 사정이 좀 달랐을까? 짐작건대 당장 눈에 띄는 효과가 드러날 리는 없을 터다. 하지만 그러한 작업이 조금씩 축적된다면 앞으로는 전혀 다른 판이 벌어지리라 믿는다. 안석영의 만문만화(漫文漫畫)에 매혹된 독자는 그림을 분석하고 스토리와 플롯을 논증하는 일 못지않게 만문만화 자체를 즐기게 될 것이기 때문이다. 기생과 여학생의 파란만장하고도 좌충우돌한 편력에 매료된 독자라면 역사적인 해석과 평가에 앞서 기생과 여학생이 남긴 날것 그대로의 일기와 편지도 찾아볼 터이기 때문이다.[6] 지나친 기대일까? 하지만 한국의 공공 도서관이나 기관에서 구축한 데이터베이스, 구글 북스나 구텐베르크 프로젝트의 이용자가 대학의 연구자뿐이리라는 생각이야말로 터무니없는 발상이다. 그러한 독자는 대학에도 새로운 연구를 계속 요구하게 마련이다. 적어도 이론적으로는 그렇다.

어쩌면 이러한 제안이야 별달리 새로운 것도 아니고 대단할 리도 없는 이야기다. 원론에 가까운 데에다가 대학이든 시장이든 막상 현장에서 실천되기 어려운 까닭이다. 다만 한 가지는 분명하다. 학계의 자생적인 존립 기반이 이미 붕괴되었거나 머잖아 붕괴되지 않을 수 없다고 판단된다면 타개책은 따로 없다. 원전이나 일차 자료를 다양한 방식으로 복원해 냄으로써 연구 인력을 포함한 학문적 인프라 자체를 대대적으로 손보고 수요와 공급의 균형점을 이동시켜야만 한다. 그렇지 않으면 아무리 대중적인 교양 저술이 쏟아져 나오더라도 대학의 성과가 사회로, 사회의 기대가 대학으로 서로 꼬리 물듯이 순환되지 않는다.

만약 그렇게 된다면 어떤 일이 벌어지게 될까? 발굴과 복원 작업을 통해 인문 교양의 밑바탕이 탄탄히 조성된다면 대학 안에서는 물론 대학 밖에서, 즉 출판 시장의 소비자이자 독자 속에서 탁월한 저자가 탄생하는 장면을 목도할 것이다. 그러한 저자는 아마 대학의 연구자보다 훨씬 유연한 감각과 안목, 그리고 더 빼어난 글 솜씨를 뽐낼 것이다. 대학의 역할, 각별히 인문학 연구자의 소명은 실상 거기까지만 다다르더라도 결코 모자람이 없으리라 믿는다.

그렇다면 출판계 쪽에서는, 특히 메이저 문학 전문 출판사에서는 실패를 감수하고서라도 이러한 일에 투자할 가치가 충분하다. 잠재된 독

---

6 새로운 가능성을 선보인 뒤 스테디셀러로 자리 잡은 선구적인 사례가 있다. 김진송, 『서울에 딴스홀을 허하라』, 현실문화연구, 1999; 신명직, 『모던 쏘이, 경성을 거닐다』, 현실문화연구, 2003.

자나 예비 저자를 통해 노릴 수 있는 이익이 더 크기 때문이다. 학계 쪽에서는 본때 나지 않더라도 당장 실험에 나설 가치가, 기왕이면 양질의 실험에 도전해 볼 가치가 충분하다. 신진 역량의 흡수와 연구 의제의 재생산이 보장되어 있기 때문이다. 어느 쪽이 먼저 움직여야 할 것인가 하면 물론 학계요 개인 연구자들이다.

3. 단 하나의 정본을 위하여

거듭 강조하거니와 편저란 결코 새로운 영역이 아니며 몇몇 연구자의 특출한 성과도 아니다. 다만 앞서 논의한바 최근의 학계와 출판계 실태에 어느 정도 동의한다면 좀 더 의식적이고 전략적으로 추진해야 할 과제 가운데 하나임이 틀림없다. 요컨대 발굴하여 복원할 가치가 있고 특화된 주제를 개척할 수 있는 편저란 첫째, 학계의 연구 방향과 방법론에 도전할 만한 실험성을 갖추어야 하며 둘째, 인문 출판 시장을 자극할 수 있는 대중성을 함께 추구해야 한다.

그렇다면 이제 구체적인 방법론의 측면에 초점을 맞춰 보기로 하자. 편저는 어떻게 복원되어야 하는가? 다시 한 번 『무정』을 미끼로 던져 본다.

한국 근대소설사에서 첫고등이 된 『무정』은 신문에 처음 연재된 지 팔십육 년 만에야 비로소 서지학적 고증을 통해 판본의 이동과 텍스트의 궤적이 총정리되었다.[7] 『무정』은 불과 1,700매짜리 장편소설이지

---

7 김철, 「『무정』의 계보」, 『바로잡은 『무정』』, 문학동네, 2003, 723~757면.

만 2,800매 분량의 『바로잡은 『무정』』에 덧붙은 4,000여 개의 주석을 통해 드러난바 현실은 말뜻 그대로 참혹하다. 아홉 개 이본의 차이를 발가벗겨 제시한 『바로잡은 『무정』』이 보여 준 것은 말하자면 복원의 역사인 동시에 개칠의 역사다.

그런데 『바로잡은 『무정』』을 통해 학계가 교훈으로 삼아야 할 것은 지금까지 문헌 고증에 대한 감각이 얼마나 천박했는가, 비틀린 텍스트가 왜 마구잡이로 재활용되거나 유통되었는가에 대한 반성이 결코 아니다. 단일하고도 고정된 판본에 대한 환상이나 신화를 일거에 척결하겠노라 결심을 다질 일도 아니다. 따지고 보자면 1917년 이래 지금까지 나온 수십 종의 『무정』들은 한결같이 그 시대에 가장 믿을 만한 판본이었으니 함부로 갖다 붙인 것처럼 여기기 십상인 정본이라는 레테르가 영 헛소리만도 아니기 때문이다. 『무정』은 늘 그 시대의 요구와 필요에 따라 그 시대의 정본으로 거듭났을 따름이다.

설사 "대패밥모쟈를갓겨쓰고" 나타난 신우선이 "요―오메데또오 이々나즈쎄(약혼한 사람)가있나보에그려" 하고 던진 농지거리가 "참, 좋은   일일세   (약혼한 사람)이 있나보에그려"로 바꿔치기 되었다 하더라도 도저히 이해하지 못할 바는 아니다.[8] 친일파의 수괴로 손가락질 받던 이광수가 한국전쟁 통에 사망한 뒤에 부인 허영숙의 손으로 출판사를 세우고 전 24권의 '춘원 찬집(撰集)'을 엮어 내기 시작한 사정, 해방 이후 전쟁을 거치고도 십여 년 동안 여전히 최고의 베스트셀러로 사랑받은 작가의 대표작이라는 사정, 1956년의 한국인 독자 역시 불과 한 세대 전의 원문을 그대로 받아들이기 곤란했던 사정까지 모두 헤아려야 하는 것이 인문학 연구자의 몫이다.

---

[8]   최초의 원문은 이광수, 『무정』 1회, 『매일신보』, 1917.1.1, 11면. 인용된 대목의 문제점과 자간의 여백에 대해서는 김철, 「『무정』의 계보」, 『바로잡은 『무정』』, 문학동네, 2003, 725〜726면.

바꾸어 말하자면 지금 우리 시대에는 지금 우리 시대에 걸맞은『무정』의 정본이 필요할 뿐이다. 그러니 지난 일 년 동안 여섯 종의『무정』이 출판된 것이 문제가 아니라 그러한 새『무정』들 사이에 정본을 향한 경쟁이 필요하고 독자의 선택이 뒤따라야 한다는 것이 진정한 핵심이다. 막상 그러한 경쟁과 선택의 역사적 경험이 축적되지 않은 현실이 어떠한 결과를 낳고 있는지도 한번 살펴보자.

이번에는 1939년에 발표된 대중소설을 꼭 칠십 년 만에 복원한 두 편저의 첫머리를 들어 본다. 유일한 추리소설 전문 작가 김내성의 탄생 백 년을 맞아 장편 추리소설『마인』이 서로 다른 출판사에서 우연하게도 거의 동시에 복원되다시피 했다. 한 종은 출판학계의 원로가 잇달아 펴낸 편저 가운데 하나로 편자의 실명을 걸고 나왔고 신문 연재 당시의 삽화도 함께 복원되었다. 또 한 종은 편자의 이름도 없이 출판사 편집부에서 임의로 펴냈고 삽화도 실리지 않았다. 그런데 정작 결과는 오십보백보다.

세계범죄사는 천구백삼십×년 사월 십오일을 꿈에라도 잊어서는 안 될 것이다. 실로 야수와 같이 잔인하고도 한편 신기루처럼 신비롭고, 도시의 환영처럼 호화로운 이 죄악의 실마리는 그날 밤, 저 세계적 무용가 공작부인의 생일날 밤부터 시작되었던 것이다.

공작부인이 세계적으로 진출하여 구미 각국에서 자기의 예술과 더불어 조선이라는 이름을 기운껏 선양하고 다시 경성으로 돌아온 것은 바로 작년 늦은 가을이었다.

세상 사람들은 그의 이름이 주은몽(朱恩夢)이라는 사실을 잊어버린 듯 그를 공작부인이라고 불렀고, 그 역시 그렇게 불리는 것을 그리 불명예스럽다고 생각하지는 않는 듯싶었다.[9]

세계범죄사는 일천구백삼십×년 삼월 십오일을 꿈에라도 잊어서는 안 될 것이다. 실로 야수와 같이 잔인하고도 한편 신기루처럼 신비롭고 마도(魔都)의 일루미네이션처럼 호화로운 이 죄악의 실마리는 그날 밤 — 저 세계적 무용가 공작부인(孔雀夫人)의 생일날 밤부터 시작되었다.

공작부인이 세계적으로 진출하여 구미 각국에서 자기의 예술과 더불어 조선이라는 이름을 선양하고 다시 서울로 돌아온 것은 바로 작년 늦은 가을이었다.

세상 사람들은 그의 이름이 주은몽(朱恩夢)이라는 사실을 잊어버린 듯 그를 공작부인이라고 불렀고 그 역시 그렇게 불리는 것을 그리 불명예스럽다고는 생각하지 않았다. [10]

어느 편짝이나 오늘날의 독자가 읽고 즐기기에 거슬릴 정도는 아니고 심각한 왜곡이라 할 만한 것도 눈에 띄지 않는다. 하지만 읽기 좋거나 보기 좋은지 묻는 게 아니다. 아래는 실제 원문을 찾아 복원한 것인데 신문에 연재된 원문과 이듬해에 출판된 단행본에서 별 차이가 없다. 한자 표기라든가 문장부호의 차이는 빼놓고라도 나머지 부분에서 문제가 될 만한 곳만 굵은 글꼴로 표시해 두었다.

세계 범죄사는 **일천**구백삼십×년 **사월** 십오일을 꿈에라도 잊어서는 안 될 것이다. 실로 야수와 같이 잔인하고도 한편 신기루처럼 신비롭고 **마도(魔都)의 일루미네이션처럼** 호화로운 이 죄악의 실마리는 그날 밤 — 저 세계적 무용가 공작부인의 생일날 밤부터 시작되**었던 것이다.**

공작부인이 세계적으로 진출하여 구미 각국에서 자기의 예술과 더불어 조선이라는 이름을 **기운껏** 선양하고 다시 **경성**으로 돌아온 것은 바로 작년 늦은 가

9　김내성, 『마인』, 판타스틱, 2009, 15면.
10　김내성, 민병덕 편, 『마인』, 정산미디어, 2009, 9면.

을이었다.

　세상 사람들은 그의 이름이 주은몽(朱恩夢)이라는 사실을 잊어버린 **듯**이 그
를 공작부인이라고 불렀고 그 역시 그렇게 불리는 것을 그리 불명예**라고** 생각
하지**는 않는 듯싶었다.**[11]

　세 단락에서 아홉 곳, 단락마다 세 곳 꼴이다. 이 정도면 심각하다.
오늘날의 독자를 위해 '마도의 일루미네이션'을 '도시의 환영'으로 번
역하고, '경성'을 '서울'로 바꾼 것은 그렇다 치자. 사월이 삼월이 되고
부사가 빠지고 어말 어미가 모두 다르다. 한마디로 처참한 꼴이다.

　『마인』 역시 『무정』 못지않게 지금까지 여러 번에 걸쳐 복원된 바
있으니 그렇다면 『바로잡은 『마인』』이라도 필요할까? 어차피 전문 학
술 서적이 아닌 바에야 소소한 차이라면 좀 넘겨 버리는 것도 좋을지
모르겠다. 그렇다 하더라도 두 종이나 되는 『마인』이 동시에 나온 마
당에 앞으로 이삼십 년 동안은 다시 출판되지 않을 테고 그동안 연구
자든 교양 독자든 두 종 가운데 하나를 이용할 것이다. 대학의 연구자
조차 일단 복원된 편저에 의존한 뒤에 논문에서 인용할 때에나 필요한
대목을 원문에서 확인할 것이 분명하니 말이다. 그때쯤이면 『마인』은
지금보다 훨씬 더 누덕누덕한 꼴이 되어 있을 게 틀림없다.

　사실 1917년의 소설에 비한다면 1939년의 소설을 복원해 내는 일은
한두 달이면 간단하게 마무리될 만하다. 그러고도 이러한 참상이 벌어
지기 일쑤다. 따라서 『무정』이 어떻게 복원되고 있는지는 상상에 맡겨
도 좋다. 예컨대 앞에 든 두 구절을 "대팻밥모자를 잦혀 쓰고"와 "요ㅡ,
오메데토오. 이이나즈케(약혼한 사람)가 있나 보이그려"로 복원하기까

11　최초의 원문은 김내성, 「마인 (1회)」, 『조선일보』, 1939.2.14, 4면.

지는 맞춤법, 띄어쓰기, 외국어 및 외래어 표기법, 문장부호 처리 규칙과 같은 세세한 어문 규정을 두고 숱한 경쟁과 선택을, 말하자면 정본을 향한 역사적 단련을 거쳐야만 할 터다.

아주 하잘것없어 보이는 맞춤법과 띄어쓰기, 행갈이, 심지어 쉼표나 마침표 하나가 어떻게 서로 다른 번역본을 파생시켜 내는지, 얼마나 엉망진창인 오역들을 배설해 내다시피 하는지는 『바로잡은 『무정』』만 보더라도 한눈에 알 수 있다. 거듭 강조해 두거니와 『무정』 판본의 역사를 일방적으로 폭력과 상처의 역사라 따돌리는 것은 단지 지금의 시점에서 판단한 것일 뿐 당대의 입지에서 보자면 자기 시대의 어문 관행과 독법에 가장 충실한 해석과 비평의 일부다. 즉 편저로 복원해 내는 일은 단순하게 활자 판독의 문제가 아니라 한국어 독해의 문제, 한국문학의 이해와 감상, 비평과 학문적 깊이에 직결된 사안임이 드러난다.

참고삼아 덧붙이자면 '대팻밥 모자'와 '대팻밥모자', '젖혀 쓰다'와 '잦혀 쓰다'는 서로 다른 말이다. '제껴 쓰다'나 '제쳐 쓰다'라는 말은 한국어가 아니다. '…… 있나 보이그려'로 할지 '…… 있나 보네그려'로 복원할지도 골칫거리일 것이다. 그런가 하면 전 세계적인 한국인 무용가 최승희를 모델로 삼은 주은몽이라는 등장인물은 절대 '공작 부인'이 아니라 '공작부인'일 뿐이다. 원문의 '일루미네-슌'을 지금의 규정대로 '일루미네이션'으로 고친 것은 우리가 어린 시절에 만난 '셔얼록 호움즈'가 지금의 '셜록 홈스'와 다른 인물이 아닌 것과 마찬가지 이치에 의해서다.

그렇다고 원전이나 원문을 충실하게 보존하여 복원하는 일은 과연 가능한가? 앞에 든 『무정』의 단 한 문장조차 영구적으로 방부 처리하는 것이 가능할까? 예컨대 원문에서 남발된 일본어식 쉼표나 아예 반영되지 않은 일본어식 마침표, 한국어문규정에도 없고 대화와 속생각을 구분하지도 못하는 일본어식 인용부호를 어떻게 할 것인가? 지형과 행관에 따라 세심하게 분변해 내야 할 띄어쓰기와 행갈이를 대체 어떻게 결정해서 보존한단 말인가? 갖가지 오식이나 탈식, 잘못 쓰인 한자, 비문조차 몇 백 년이고 보존할 가치가 있는 것인가? 원전이나 원문을 이른바 보존한다는 것은 행여 현대어 복원, 정본 확정의 난점을 피하기 위해 학계에서 꾸며 댄 환상 혹은 기만이나 아닌가?

결론부터 말하자면 원전이나 원문을 그대로 보존하여 되살린다는 것은 어불성설에 지나지 않는다. 그러한 일은 첫째, 대단히 불완전하거나 불가능한 목표에 도전함으로써 도리어 원전이나 원문에다가 또 하나의 이본을 파생시켜 내거나 둘째, 활자를 맨눈으로 판독해서 자판 위에서 입력하는 단순 노동을 뜻하거나 셋째, 그렇게 수고할 필요조차 전혀 없는 노릇일 공산이 크다.

먼저 첫 번째의 경우는 더 이상 길게 논할 필요가 없다. 옛 활자까지 그대로 옮겨 복원한 자료조차 거의 믿기 어렵거니와 그러한 자료를 보느니 그냥 원전이나 원문을 찾아보면 될 일이다. 전집이나 정본이라는 이름을 내건 판본의 사정이 어느 것이라 할 것 없이 대개 고만고만한 지경이라는 사실은 결코 과장이 아니다.[12] 심지어 영인본이나 각종 사본조차 원문이 아니라는 점도 잊지 말자. 예컨대 우리가 보고 있는『귀의 성』(1907)의 영인본은 짜깁기된 가짜 판본이며, 공공 도서관에서 쉽게 찾아 연구 자료로 삼고 있는 1920~1930년대의『개벽』,『조광』,『신여성』과 같은 내로라하는 영인본조차 숱한 이본 교합의 흔적을 숨기고 남은 산물이다.[13] 앞서 확인했다시피 신문관에서 출판된『무정』초

---

12 김영민,「한국 근대문학과 원전 연구의 문제들―정전 재구성 논의의 기초 작업」,『현대소설연구』37호, 한국현대소설학회, 2008.4, 9~35면.

13 김영민,「근대 작가의 탄생―근대 매체의 필자 표기 관행과 저작의 권리」,『현대문학의 연구』39호, 한국문학연구학회, 2009.10, 7~38면; 최수일,『『개벽』연구』, 소명출판, 2008; 최수일,「『조광』을 어떻게 연구할 것인가」,『민족문학사연구』44호, 민족문학사학회, 2010.12,

판의 속표지라든가 『소년』과 『청춘』의 광고 역시 조작된 것이다. 대체 무엇을 원문 그대로 복원한단 말인가?

두 번째의 경우에는 좀 장황하게 강조해 두고 싶은 문제가 숨어 있지만 여기에서는 대학의 학자나 연구자가 광학식 문자 판독 장치(OCR)의 대체물 또는 데이터베이스 구축 프로그램의 보조자가 아니라는 점만 짚어 두기로 하자. 사실 그런 기계화된 노동력이야 이미 인터넷 포털 업체인 구글이나 네이버에서도 무료로 서비스하고 있으니 국가 연구비로 연구 보조원을 고용해서 텍스트를 옮기는 일 따위는 십 년 안쪽이면 사라질 장면이다. 인문학 연구자의 몫은 소설에 등장하는 '임바네스'가 '인버네스'라는 사실, '면보'가 중국어 음차 표기인 '면포(麵麭)'가 변형된 말이며 포르투갈 어 '빵(pāo)'에서 비롯되었다는 사실을 이해하는 일이다. 못해도 '순각'과 '순간', '가짓말'과 '거짓말', '하고많다'와 '하도 많다', '내노라 하다'와 '내로라하다', '귀치 않다'와 '귀찮다'를 올바로 분변해야 할 것이며 '잔인스럽다'를 '자닝스럽다'로, '잡감스럽다'를 '자깝스럽다'로 바로잡아야 할 것이다.

마지막으로 세 번째 경우다. 만약 첫 번째와 두 번째에서 거론한 숱한 난제들을 감당할 작심이 서지 않는다면 엉터리 정본을 내놓기보다는 차라리 그냥 두는 게 여러모로 낫겠다. 적어도 인문 출판 시장에서 곤욕을 치르느니 학계의 울타리 안에서 자위행위로만 그쳐야 한다는 뜻이다. 지금 우리 시대의 언어와 별다를 바 없어 보이는 순 한글의 한국어 문장으로 된 『무정』조차 눈에 보이는 그대로 영인본이나 사진판으로 제시하거나 혹은 표기법만 기만적으로 바꾸어 내놓는다면 필시 문학을 독자로부터 한 발 더 떼어 놓는 수작이 될 것이다. 그것은 탈옥

372~394면; 김주현, 「선금술의 방법론」, 『신채호 문학 연구초』, 소명출판, 2012, 15~38면.

을 꿈꾸는 죄수를 확인 사살하는 일이며, 아카데미즘의 짝사랑을 인문 교양 시장 전체로 비약시키는 정사(情死)의 길이다.

　퍽 먼 길을 에둘러 왔다. 다시 묻건대 그렇다면 단 하나의 정본이 존재하는가, 존재할 수 있을까, 존재해야만 하는가? 단 하나의 정본이란 유일무이한 원전, 신성하고 배타적인 원판을 뜻하는 게 결코 아니다. 번역이 그 시대에 걸맞은 번역으로 새롭게 갱신되어야만 하듯이 편저도 그러한 의미에서 단 하나의 정본으로 갱신되어야만 한다. 나는 그것을 그 시대에 걸맞은 결정판, 그 시대에 걸맞은 비평적 정본이라고 부른다. 무슨 뜻이냐 하면 연구자든 독자든 굳이 일차 자료나 원전을 찾아 낱낱이 확인하지 않더라도 충분히 신뢰할 만한 것이고 언제든지 즐겁고 재미나게 읽을 수 있어야 한다는 것이다. 그런 뜻에서 편저란 늘 지금 우리 시대의 한국어로 거듭난 결정판이자 비평적 정본이어야 한다.

　마지막으로 한마디 덧붙이기로 하자. 그나마 소설이랍시고, 순 한글의 한국어 문장으로 된 소설인 데에도 이토록 간단치 않거니와 한자 혼용 표기의 소설이거나 시나 산문이라면 사정이 어떨까? 예컨대 『무정』과 같은 해에 연재된 『개척자』는 지금 우리 시대에 쓰는 어법으로 일컫자면 국한문 혼용체 문장, 즉 철두철미하게 한자 혼용 표기 방식을 따른 소설이다. 『개척자』 원문의 한자 표기를 남김없이 괄호 병기조차 없는 순 한글 전용 방식의 표기로 바꾸어 놓더라도 아무런 문제가 생기지 않는다. 만약 『개척자』를 복원 출판하고자 한다면 으레 순 한글 표기로 되살리면 된다. 다만 일러두기 어딘가에는 반드시 『개척자』 고유의 이례적인 상황을 설명해 두어야 할 것이다. 반면에 불과 몇년 뒤에 출판된 최남선의 삼대 기행문인 『심춘 순례』, 『백두산 근참기』, 『금강 예찬』의 명문장은 바로 한자 혼용 표기 탓에 복원보다는 새로운 번역을 통해 거듭나야 할 처지다. 그런가 하면 한용운의 시집 제목이 『님의 침묵』인지 『임의 침묵』인지조차 아직 명쾌하게 합의된 바가 없는 듯싶다.

4. 편자란 누구인가?

한때 번역서의 표지나 판권장에 번역가의 이름을 내걸지 못한 적이 있었다. 지금은 내로라하는 원로 교수가 젊은 시절에 생계를 위해 날림 번역이나 이른바 쪽 번역에 나섰노라 하는 회고도 심심찮게 본 성싶다. 번역가에 대한 천대라든가 번역료의 문제야 신물 나도록 떠들어온 문제 가운데 하나다. 그나마 번역서가 연구 업적으로 인정된 것만 해도 감지덕지한 노릇이 아니겠는가? 비록 저서의 절반, 학술 논문 한 편의 값어치만 매겨진다 하더라도 말이다.

번역과 번역가에 대한 푸념만 해도 장광설로 이어지기 십상이거니와 편저와 편자까지 떠다밀며 하소연을 늘어놓는 일은 오히려 민망하다. 편저의 숨은 주어로서 편자 혹은 편저자란 말할 나위도 없이 번역가보다 한 수 아래, 원저자보다는 두 수 밑의 자리에 놓일 터다. 아닌 게 아니라 편저와 편자도 언젠가는 번역서와 번역가 정도의 푸대접이나마 받게 될 날이 올까?

사정이 이렇게 된 데에는 알량한 푼돈이라도 아끼고자 하는 출판계, 특히 다종 소량 출판으로 먹고사는 학술 출판계의 몸부림 탓도 적지 않다. 물론 인문 교양 출판과 준별되는 학술 출판의 독자적인 존립 의의와 다종 소량 출판의 가치에는 전적으로 동의한다. 하지만 편자의 몫이야 편집부에서 얼마든지 대신할 수 있는 데에다가 고작 5% 안팎의 인세 지출이라도 줄여야 살아남으리라는 생각은 강퍅해서가 아니라 자충수라서 문제다. 지금도 종종 눈에 띄는 일이 없지 않듯이 번역가 이름을 내걸지 않고 번역된 책이 어떤 운명에 처하는지 떠올려 보면 알 일이다.

하지만 훨씬 더 문제로 삼아야 할 것은 저술이라면 꼭 전문 저서로만 제한해 온 학계의 오랜 관행, 게다가 최근에는 논문 두 편만 한 값어치밖에 쳐주지 않는 기괴한 계량 척도다. 번역서 한 권의 제값이 학술 논문 한 편이라는 발상, 편저가 저술에 들지 않는다는 해괴한 차별은 대체 어디에서 비롯된 것이며 어떤 결과를 불러올 것인가? 대학 교수들은 왜 자신의 업적이나 이력을 적을 때 번역서와 편저를 빼놓는 걸까? 작가 연보나 작품 목록에서 이혼과 재혼 경력은 꼭 집어넣으면서도 번역의 흔적이라면 모조리 빠뜨리곤 하는 것도 그런 탓인가?

기왕 말이 나온 김에 사족 삼아 덧붙이자. 지금까지 편저와 편자를 중심에 두고 논의했지만 실상 번역과 번역가에 대해서도 매한가지로 이야기할 수 있다. 한국 근대문학사 연구를 헐뜯다시피 한 이런저런 군말 역시 외국문학 연구, 비교문학 연구, 번역의 문제로 바꿔치기해서 읽어도 그다지 무리가 없으리라 생각한다. 예컨대 지금 우리 시대의 한국인이 명탐정 셜록 홈스나 괴도 신사 아르센 뤼팽을 완역이자 전집으로 만나게 된 것은 십 년도 채 못 된 일이다. 백 년 만에야 가까스로 시도된 쥘 베른 컬렉션조차 결국 마무리를 짓지 못한 채 남아 있는 형편이다. 그리고 보면 톨스토이 전집, 인간 희극 총서, 루공 마카르 총서를 한국에서 읽고 한국어로 상상한 한국인은 아직 출현한 적이 없다.[14] 한심하기 짝이 없고 부끄럽기 그지없는 노릇 아닌가?

번역서에 대해서나 편저에 대해서나 학계의 곱지 않은 눈초리와 게

으름은 결국 학계를 망칠뿐더러 인문 출판 시장의 토대도 무너뜨리고야 말 것이다. 거꾸로 말해 함께 살릴 수 있는 길도 있다는 뜻이다. 아닌 말로 톨스토이 전집, 인간 희극 총서, 루공 마카르 총서를 번역할 곳, 이인직과 이해조 관련 자료를 갈망하여 펴내고 이광수와 최남선의 전집을 새롭게 개비(改備)할 수 있는 곳이라면 수백 명의 학생, 수십 명의 대학원생과 박사가 포진해 있는 대학 말고 또 어디 있겠는가? 특히 전집이나 기획 총서의 번역 또는 편저는 작가 연보와 작품 목록부터 차근차근 정비하고 새 자료를 발굴하여 재조명하는 일이 앞서지 않으면 안 되는 일이니 그야말로 학술 연구의 첫출발이라 할 것이다. 그러다 보면 대학에서 우수한 번역가나 높은 안목을 갖춘 기획 편저자를 훈련시킬 수 있을 테고, 고급 독자를 양산해 내는 출판계의 든든한 배후로 성장할 수 있지 않을까? 한편 출판계는 대학에 개입함으로써 미지의 수요를 새로운 공급으로 재발견해 가며 경직된 시장의 질서를 재편할 수 있지 않을까? 서로 손을 잡긴 해야겠는데 과연 누가 먼저 손을 내밀 것인가? 해답은 이미 정해져 있다.

---

14 세계문학전집의 문제점에 대해서는 조재룡, 「번역 정글 잔혹사, 혹은 세계문학전집 번역 유감 (2)─1998년 민음사 세계문학전집 이전 편」, 『현대시』 253호, 한국문연, 2011.1, 284~299면; 조영일, 「세계문학전집의 구조」, 『세계문학의 구조』, b, 2011, 229~318면.

제9장

근대 번역문학사 연구와 번역가 사전 편찬

1. 잃어버린 번역가를 찾아서

근대문학사 연구에 들어서기 위한 첫 관문인 권영민의 『한국 근대문인 대사전』에는 1945년 해방 이전에 등단한 작가 396명이 표제어로 올라 있다. 백 년에 육박하는 근대문학의 역사를 도틀어 작가의 총목록이 정리되었다는 사실도 중요하거니와 오랫동안 묶여 있던 월북, 납북, 재북 작가가 복권되어 식민지 시기의 작가 인명록과 작품 연대표를 비로소 총람할 수 있게 되었다는 점에서 『한국 근대문인 대사전』은 획기적인 동시에 상징적인 사전이다. 최근에 새로 편찬된 『한국 현대문학 대사전』에는 16명의 근대 작가가 추가되었을 뿐이니 20세기 전반기의 문학 주체를 얼추 400명 남짓으로 헤아리면 무리가 없다.[1]

---

[1] 권영민 편, 『한국 근대문인 대사전』, 아세아문화사, 1990; 권영민 편, 『한국 현대문학 대사전』 (CD-ROM), 누리미디어, 2001; 권영민 편, 『한국 현대문학 대사전』, 서울대 출판부, 2004.

근대 작가를 둘러싼 문학사적 지형이 한결 입체적으로 조감된 것은 작가론을 비롯한 관련 문헌의 총목록을 집대성한 이선영의 『한국문학 논저 유형별 총목록』(전 7권)을 통해서다. 『한국문학 논저 유형별 총목록』은 한국 근대문학과 관련된 모든 문헌 정보를 수집해서 분류했을 뿐 아니라 2000년 이전까지 이루어진 남북한 학계의 연구 성과를 한자리에 모은 방대한 아카이브다. 전수 조사에 의거한 대대적인 자료 수습을 통해 연도, 작가, 매체, 장르에 따라 체계적으로 분류된 기초 정보야말로 근대문학사 연구의 역사를 고스란히 보여 줄 뿐 아니라 실질적인 연구의 출발점이다. 『한국문학 논저 유형별 총목록』 가운데 1990년까지 축적된 46,500여 항목의 데이터를 바탕으로 분석된 『한국문학의 사회학』에 따르면 해방 이전에 등단한 주요 작가는 각각 12편 이상의 작가론, 총 7,472편의 작가론을 자랑하는 103명을 꼽을 수 있다.[2]

『한국 근대문인 대사전』과 『한국문학 논저 유형별 총목록』은 이미 이십여 년 전에 편찬된 탓에 오늘날의 눈으로 보자면 지나치게 소략하거나 허술한 구석이 많은 것이 사실이다. 컴퓨터와 인터넷이 아니라 색인 카드에 의존해 편찬되었고 기껏해야 초보적인 데이터베이스 프로그램이 정렬과 편집 수준의 가공 기능만 담당했기 때문이다. 그렇다 하더라도 작가의 크로키를 일별한다든지 제격에 걸맞은 초상화를 위한 밑그림으로 삼기에는 모자람이 없다. 온갖 소소한 오류나 보완되어야 할 사항은 사전과 목록집이 출판된 뒤의 근대문학사 연구가 떠맡아야 마땅한 몫일 따름이다.

권영민의 사전과 이선영의 목록집 1차분은 공교롭게도 같은 해인

---

2 이선영 편, 『한국문학 논저 유형별 총목록 : 1895~1985』 1~3, 한국문화사, 1990; 이선영 편, 『한국문학 논저 유형별 총목록 : 1986~1990』 4, 한국문화사, 1993; 이선영, 『한국문학의 사회학』, 태학사, 1993; 이선영 편, 『한국문학 논저 유형별 총목록: 1991~1999』 5~7, 한국문화사, 2001.

1990년에 출판되었다. 분단으로 야기된 정치적 족쇄의 해금을 계기로 연구 영역이 비약적으로 확대된 외부 조건을 반영한 동시에 작가와 작가론에 대한 실증적인 정비를 통해 근대문학사 연구의 기초 체력을 강화하고 새로운 시각과 방법론을 제시하기 위한 모색이 곧바로 대규모 편찬 사업으로 결집되었기 때문이다. 우리가 눈여겨보아야 할 대목은 사전과 목록집 편찬이라는 과제가 잘 보여 준바 한국 근대문학사 연구의 교두보가 바로 문학 주체에 대한 실증적 점검과 역사적 재평가에 놓여 있다는 사실이다.

그렇다면 번역문학사 연구의 사정은 어떠할까? 근대 번역문학사 연구에서 가장 선구적이고 기념비적인 공적은 두말할 나위도 없이 김병철의 『한국 근대 번역문학사 연구』다.[3] 사전이자 목록집이요 또한 그대로 번역문학사이기도 한 김병철의 저작은 1975년에 출판된 이래 지금까지 뚜렷한 도약이나 전기를 맞이한 일 없이 계승되어 왔다. 근 사십 년 가까이 김병철의 저작이 내내 원점에 놓였다는 것은 번역과 번역문학을 둘러싼 후대의 어떤 연구도 『한국 근대 번역문학사 연구』가 펼쳐 놓은 지평 위에서 지엽적인 사항을 바로잡거나 덧붙이는 데에 그칠 수밖에 없었다는 뜻이다. 달리 말하자면 비판적으로 극복되기 어려울 만큼 김병철의 저작이 광범위하고 치밀한 일차 자료 조사와 정보 집적을 통해 성립되었다는 사실을 가리키는 한편 후학에 의해 새로운 의제 발굴과 방법론 개척이 체계적으로 진행되지 못했다는 의미이기도 하다.

---

3 김병철, 『한국 근대 번역문학사 연구』, 을유문화사, 1975; 김병철, 『한국 근대 서양문학 이입사 연구』(전 2권), 을유문화사, 1980~1982; 김병철 편, 『한국 세계문학 문헌 서지목록 총람』, 단국대 출판부, 1992; 김병철 편, 『세계문학 논저 서지목록 총람 : 1895~1985』(증보 개정), 국학자료원, 2002; 김병철 편, 『세계문학 번역 서지목록 총람 : 1895~1987』(증보 개정), 국학자료원, 2002.

이를테면 그사이에 한국의 근대 번역, 번역문학을 바라보는 시각과 태도에서 뚜렷한 진척을 보았다고 장담할 수 있을까? 특히 1990년대 이후 지금까지 근대문학사 연구에서 거둔 장족의 성취에 비하자면 근대문학사의 일부라 일컬어야 옳은 번역문학사에 대한 연구는 여전히 제자리걸음일 뿐 아닌가? 후속 연구의 양적인 증대가 문제의 정곡은 아니다. 번역을 통해 제기된 사상사적 문제성이 포착되지 않았으며, 번역문학을 매개로 근대 한국어 문체의 정립과 변화 과정이 조명되지 못했다. 독자적인 번역론의 발견 가능성이 미미한 것이 사실이고, 동아시아 근대성과 번역의 동역학으로 시야를 넓히기에는 시기상조다. 요컨대 김병철의 저작이 파생시킨 다기한 논제에 대한 도전은 아직 걸음마를 떼지 못한 형편이다.

앞서 『한국 근대문인 대사전』과 『한국문학 논저 유형별 총목록』을 든 것은 그런 이유에서다. 흔히 학문의 밑거름이라거나 기본 토대라는 상투적인 말로 대변되는 사전 편찬과 목록학은 당장 가시적인 성과를 구현하지 않더라도 연구 좌표를 일신하고 실천적인 지침을 마련해 주는 정통의 매뉴얼이다. 근대문학 주체의 탄생과 역사적 행보에 대한 실증적 체계화가 연구의 지층을 질적으로 변환시킨 첫고등이 된 것은 결코 우연이 아니다. 그렇다면 한국 근대문학사에서 번역을 담당한 주역의 인명사전이나 작품 목록이 작성된 적이 있는가? 이른바 번역가의 생애와 활동이 조망되거나 근대문학의 주체로 대접받은 일이 있는가?

단적인 지표를 들어 보자. 권영민이 정리한 식민지 시기의 근대 작가가 400여 명이고 이선영이 추린 주요 작가가 100여 명이라면 근대 번역가는 어느 정도의 규모일까? 『한국 근대 번역문학사 연구』에서 해방 이전까지 번역된 작품은 성서와 찬송가 번역을 빼더라도 대략 2,300건을 넘어서며, 필명을 포함해 이름이 거론된 번역가는 모두 520여 명이다. 김병철이 미처 포착하지 못한 번역가를 50여 명쯤 더 보탤 수 있으므로 필명이나 이명으로 인한 중복을 십분 감안하더라도 최소한 500명 안팎의 근대문학 번역가를 늘어놓을 수 있다. 그중에서 양적, 질적인 측면에서 주요 번역가를 다시 간추려도 150명 가량이다. 김병철의 조사가 1970년대에 이루어진 점을 떠올린다면 번역가 숫자든 번역 작품 총량이든 더 늘어난다면 몰라도 줄어들 리는 없다. 대체 어떻게 된 노릇일까?

번역가의 수효가 근대 작가의 수효와 맞먹거나 오히려 웃돈다는 것은 기현상이 아니다. 한국 근대문학사 연구에서 번역과 번역 주체가 외면당해 온 실상의 일면일 뿐이기 때문이다. 문제는 빼놓은 것이 지나치게 많다는 데에 있다. 예컨대 식민지 시기 최대 규모의 전문 번역가이자 근대문학사에서 두 번째로 단편집을 상재한 작가이기도 한 홍난파는『한국 근대문인 대사전』에 이름조차 올리지 못했다.『창조』보다 고작 아흐레 뒤져 예술 종합 동인지『삼광』을 창간한 홍난파는 1921~1924년의 단기간에 장편소설 두 권, 단편집 한 권, 번역서 아홉 권을 잇달아 출판했고 1938년에는 한국에서 처음으로 음악 산문집을 펴냈다.[4] 고장환, 김동성, 신태악, 양재명, 오천영, 이상수를 비롯한 사계의 번역가도 명함을 못 내밀기는 매한가지다.

그뿐이 아니다. 사전 편찬의 초석이 된 목록집『한국 현대문학사 연표』(전 2권)에서 근대시집 부문의 맨 첫자리를 차지한 것은 김억의『오뇌의 무도』가 아니라 이태 뒤에 출판된『해파리의 노래』다. 김억의 한시 번역은 물론 이하윤, 임학수, 최재서의 근대시 앤솔러지 역시 제자리를 찾지 못했다. 실제로『한국 근대문인 대사전』에 등재된 작가의

4 박진영,「홍난파와 번역가의 탄생」,『코기토』70호, 부산대 인문학연구소, 2011.8, 61~86면.

작품 목록에는 시, 소설, 희곡, 수필, 평론이 망라되고 번안소설도 어지간해서는 빠뜨리지 않았으나 번역이라면 모조리 제외되었다.

선별과 수록 원칙이 뚜렷하고 일관된다면 번역을 푸대접한다손 치더라도 별 문제가 아닐지 모른다. 다만 전반적인 작품 활동을 한눈에 파악하기 어렵고, 등단작을 놓친다든가 하는 크고 작은 오류를 피할 수 없다. 예컨대 현진건은 1920년 11월 『개벽』에 발표된 「희생화」가 아니라 그해 8월과 9월에 사니니즘의 주창자 미하일 아르치바셰프의 「행복」과 전쟁을 배경으로 한 독일소설 「석죽화」를 잇달아 내놓으면서 작가 생활을 시작했다. 현진건의 「행복」은 루쉰의 중국어 번역보다 넉 달 앞섰고, 「석죽화」는 원작에서 직접 번역했노라고 밝혀 두었다. 어린 시절에 필명으로 「쓰러져 가는 집」과 「요조오한[四疊半]」을 발표한 작가는 십 년 뒤에 기 드 모파상의 단편과 알렉상드르 뒤마 피스의 장편을 선보인 진학문이다. 진학문은 1916년 7월 요코하마에서 타고르를 만난 뒤 「The Song of the Defeated」와 번역 「쫓긴 이의 노래」를 나란히 소개한 최초의 타고르 번역가다. 그런가 하면 1931년 9월에 시인으로 등단한 피천득은 이미 1926년 8월에 알퐁스 도데의 「마지막 수업」을 번역해서 중앙 일간지에 발표한 바 있다. 1933~1934년에 데메테르와 페르세포네 신화를 그린 너새니얼 호손의 「석류 씨」를 『어린이』에 분재한 것도 피천득이다.

기실 근대 작가의 면모 가운데 하나로 번역을 쳐주지 않는 관행은 그다지 낯선 일이 아니다. 작가 연보에는 흔히 번역 활동이 끼어들지 못하며, 심지어 단일 작가의 전집을 편찬할 때조차 번역 작품은 매양 쫓겨나곤 한다. 각양각색의 대표작 컬렉션이나 기획 선집에 번역이 포함된다는 것은 애초에 기대할 수 없는 일이다. 한국 근대문학사에서 번역이라는 실체, 번역가라는 존재는 잊었다기보다 아예 잃어버렸다는 것이 실상에 훨씬 더 가깝다.

사정이 그러할진대 번역가란 근대문학의 주체는커녕 역사성이 없는 존재요 존재감이 없는 픽션이나 다름없다. 삼중, 사중의 모방자로서 번역가는 역사적인 시간과 공간 속에서 제 목소리를 듣지 못할 운명에 처했으며, 더군다나 식민지의 한국어 번역가라면 일그러지거나 깨어진 거울이라는 비난을 뒤집어쓸 것이 틀림없다. 따지고 보자면 번역가를 근대문학사의 언저리에 횡행하는 유령에 빗댄 것은 더 이상 비유가 아니라 생기 넘치는 리얼리티임이 분명하다.[5]

만약 육하원칙에 충실하기로 한다면 누가, 언제, 어디서, 무엇을, 어떻게, 왜 번역했는지 차근차근 물어야 할 터다. 그중에서 가장 앞서야 할 것은 필경 누가 번역했는가 하는 물음이 아닐까? 언제, 어디서 번역했는지가 번역의 구체적인 역사성에 관한 문제라면 무엇을, 어떻게 번역했는지는 번역이 발동시킨 상상력의 가능성을 묻는 일이다. 왜 번역했는지 궁금한 까닭은 번역의 시대정신과 사상사적 필연성을 해명하기 위한 과제이기 때문이다. 그런가 하면 누가 번역했는가 하는 번역 주체의 존재론이야말로 가장 종합적이자 동역학적인 과제다. 근대적인 문학 주체로서 번역가의 탄생, 성장 경로, 죽음을 둘러싼 개별적인 우연성뿐 아니라 번역이라는 것을 두고 벌어진 복잡다단한 경합과 분기, 교차와 접변의 실마리가 집약되어 있기 때문이다.

요컨대 번역 주체에 대한 집중적인 연구와 번역가 사전 편찬은 당위

---

5 조재룡은 타자와 대면을 가능하게 한 역사적 조건으로서 번역을 유령이라고 불렀다. 그런가 하면 한국 현대소설에 등장한 번역가의 적나라한 면면을 흥미진진하게 그린 다른 글에서 조재룡이 가리킨 번역가는 유령이면서 유령이 아니기도 하다. 조재룡, 「번역의 유령이 배회하고 있다」, 『번역의 유령들』, 문학과지성사, 2011, 125~146면; 조재룡, 「번역과 이데올로기」, 같은 책, 147~167면; 조재룡, 「문학 속의 번역, 번역 속의 문학―번역가를 찾아서 (1)」, 같은 책, 208~236면.

적인 과제가 아니다. 한국의 번역과 번역문학이라는 화두를 통해 새로운 의제를 창출하고 근대문학사 연구의 시각과 방법론에서 비판적 성찰을 기대할 수 있는 한에서 유효한 의식적인 연구 주제다. 그러기 위해서는 근래에 번역문학사 연구가 관심을 불러일으킨 배경과 현황을 먼저 점검하고 번역 주체에 대한 접근의 학문적 효능을 가늠해 보아야 한다. 우리가 풀어내야 할 최우선 과제는 번역가의 이름과 목소리를 어떻게 되찾을 것인가 하는 데에 있다.

2. 번역의 역사성과 번역 주체

번역이 자신의 역사와 사상을 갖는다거나 번역가가 근대문학의 주체라는 말은 얼핏 당연하게 들릴 법하지만 외래의 것, 독창적이지 않은 것, 원본이 아닌 것으로서 번역이 독자성과 고유성을 통해 이해되기 시작한 것은 최근의 일이다. 특히 2000년대 초반에 탈식민주의 연구가 소개되면서 통역·번역학이나 비교문학론과 구별된 연구 시각이 등장했다. 그중에서 더글러스 로빈슨과 호미 바바는 번역이 일방적인 베끼기, 받아쓰기, 흉내 내기가 아니라 다시 읽기와 고쳐 쓰기의 가능성을 내포한 구체적 계기라는 문제의식을 던졌다.[6] 번역의 주체적 동력과 실천적 효과에 대한 재인식은 유럽의 보편적 근대성을 본원으로 삼은 서양문학의 단선적 수용 경로나 원전 중심주의에서 벗어나 근대

---

6 더글러스 로빈슨, 정혜욱 역, 『번역과 제국─포스트식민주의 이론 해설』, 동문선, 2002; 호미 바바, 나병철 역, 『문화의 위치』, 소명출판, 2002.

동아시아의 역사성과 문화적 맥락에 주의를 기울이는 중요한 전환점이 되었다.

그런데 20세기 초반 동아시아의 번역에 대한 관심을 촉발시킨 직접적인 도화선은 일본 학계의 시각을 통해서다. 일본의 번역문학사 연구는 오랫동안 축적된 실증적 성과를 바탕으로 일차 자료 총서와 방대한 규모의 사전을 꾸준히 편찬하는 한편 문학 영역을 넘어 동아시아 사상사 연구에서 요긴한 발판을 제공해 왔다.[7] 각별히 마루야마 마사오와 가토 슈이치의 대담, 야나부 아키라, 사카이 나오키의 논저는 2000년대 초반에 고개를 든 한국의 번역문학사 재조명에 큰 파급 효과를 끼쳤다.[8] 한국 근대문학사 연구에서 일본 학계의 영향력은 1990년대 후반부터 괄목할 만큼 증대되었는데 특히 번역된 근대, 중역된 근대성이라는 의제가 놀랄 정도로 빠르게 확산된 것은 의미심장한 현상이다.

중국의 근대 번역에 대한 관심이 일기 시작한 것도 비슷한 무렵의 일이다. 중국 근대소설의 서사 양식과 서양문학 번역의 관련성을 집중적으로 파헤친 천핑위안의 연구가 일찍이 소개되었지만 2000년대 중반에 서양의 중국학자 리디아 류와 페데리코 마시니의 저작이 번역된 것을 계기로 동아시아 번역의 문제성에 대한 논의가 서서히 활성화되기 시작했다. 일본에 비해 상대적으로 눈길을 끌지 못한 중국의 논의는 근대 개념어 및 관념사 연구 분야에서 주목할 만한 성취를 거두었

---

7 加藤周一・丸山眞男 編, 『飜譯の思想』(日本近代思想大系 15), 巖波書店, 1991; 川戸道昭・中林良雄・榊原貴教 編, 『明治期飜譯文學總合年表』(明治翻譯文學全集 51), 大空社, 2001; 川戸道昭・榊原貴教 編, 『圖說翻譯文學總合事典』(全5卷), ナダ出版センター, 2009; 川戸道昭・榊原貴教 編, 『世界文學總合目錄』(全10卷), 大空社, 2010〜2012.

8 마루야마 마사오・가토 슈이치, 임성모 역, 『번역과 일본의 근대』, 이산, 2000; 야나부 아키라, 서혜영 역, 『번역어 성립 사정』, 일빛, 2003; 사카이 나오키, 후지이 다케시 역, 『번역과 주체―'일본'과 문화적 국민주의』, 이산, 2005; 사카이 나오키・니시타니 오사무, 차승기・홍종욱 역, 『세계사의 해체―서양을 중심에 놓지 않고 세계를 말하는 방법』, 역사비평사, 2009.

다.[9] 번역을 통해 중국의 근대를 성립시킨 주동력을 추적하고 사상사적 기원을 원천적으로 재검토하는 기획은 문학사나 담론 연구의 낡은 경계를 허물어뜨리기 위한 시도일 뿐 아니라 동아시아 근대를 역사적 구체성 속에서 이해하기 위한 최전선의 전초 기지다.

한국 근대문학사 연구에서 주변부에 머문 번역문학이 급부상한 것은 직접적이든 간접적이든 일본 학계의 동향에 민감하게 반응한 결과다.[10] 또 김병철의 『한국 근대 번역문학사 연구』 이래 후속 연구가 일천하지 않다 하더라도 다시금 외국문학 연구자에 의해 재평가의 논점이 적시에 제기되었다는 사실도 흥미로운 단면이다. 한국 근대문학사 연구의 중심 과제 가운데 하나로서 번역을 재차 전면에 포진시킨 영문학자 김욱동은 김병철의 저작과 아울러 최근 십여 년 동안 급진전된 성과를 두드러지게 의식했다. 특히 김욱동은 번역 주체의 위상을 부각시킨 공이 있으므로 유의해야 한다.[11] 한편 불문학자 조재룡은 중역의 역사성에 대한 재해석을 제안하면서 참신하고 전향적인 문제의식을 보여 주었다. 근대문학사 전개의 촉매로서 번역의 기능과 역할에 주목함으로써 매우 귀중한 안목을 시사한 조재룡은 한국 근대문학에 거점을 두면서 동아시아 번역의 복잡한 역사적 조건, 구체적인 번역 경로, 문학사적 효과에 대해 통찰할 것을 적극적으로 주문했다.[12]

9　천핑위안, 이종민 역, 『중국소설 서사학』, 살림, 1994; 천핑위안, 박자영·이보경 역, 『중국소설사—이론과 실천』, 이룸, 2004; 리디아 류, 민정기 역, 『언어횡단적 실천—문학, 민족문화 그리고 번역된 근대성 : 중국, 1900~1937』, 소명출판, 2005; 페데리코 마시니, 이정재 역, 『근대 중국의 언어와 역사—중국어 어휘의 형성과 국가어의 발전 : 1840~1898』, 소명출판, 2005; 선궈웨이, 이한섭 외역, 『근대 중일 어휘 교류사』, 고려대 출판부, 2008; 진관타오·류칭펑, 양일모 외역, 『관념사란 무엇인가』(전 2권), 푸른역사, 2010.

10　황호덕, 「외부로부터의 격발들, 고유한 연구의 지정학에 대하여—한국 현대문학 연구와 이론, 예비적 고찰 혹은 그래프, 지도, 수형도」, 『상허학보』 35호, 상허학회, 2012.6, 53~115면.

11　김욱동, 『번역과 한국의 근대』, 소명출판, 2010; 김욱동, 『근대의 세 번역가—서재필, 최남선, 김억』, 소명출판, 2010.

김욱동과 조재룡의 성과가 값진 이유는 텍스트 중심주의에서 벗어나 한국에서 번역을 매개로 전개된 근대문학사의 구체적인 실상을 중시해야 한다는 점을 강조했기 때문이다. 1990년대 이후 비교문학 연구의 방점 역시 한국의 번역으로 조금씩 옮아오면서 번역의 유럽 중심적 성격, 세계문학의 비균질성에 대한 인식을 촉발시켰지만 여전히 분과학문의 경계를 넘지 못한 채 특정 사조나 작가의 수용사라는 측면에 집중하고 있는 것이 사실이다.[13] 그 밖에도 인문학계에서 횡단적, 탈경계적, 통합적인 접근이 다각도로 모색되고 있으나 효율적인 공동 연구와 협력을 이끌어 내기 쉽지 않은 형편이다.

정작 국문학계의 연구는 과감하게 진행되지 못했다. 일단 갖가지 모순이 첨예하게 엇갈린 근대 초창기로 시선이 모인 것은 자연스러운 일인데, 박진영과 김성연은 각각 번안소설과 위인전기를 중심으로 근대문학의 역사성을 드러내는 연구에 치중했다. 그런데 번역문학 안에서도 변두리로 내몰린 이야기 양식을 새로운 쟁점으로 제기하는 데에 성공한 반면에 식민지 시기 전반을 관통하는 번역의 문제성을 조망하는 논의에는 이르지 못했다. 그런가 하면 제임스 스카스 게일을 고전 번역가라 칭한 이상현은 번역 주체에 대한 집중력이 연구의 편폭을 어디까지 넓힐 수 있는지, 번역문학사 연구의 잠재력이 어떻게 발휘될 수 있는지 잘 보여 주었다. 또 황호덕과 이상현은 이중어 사전을 통해 근대 한국어의 실체에 접근하기 위한 경로를 선명하게 드러냈다. 근대

---

12 조재룡, 「변증법적 세계관의 한 실현 방식―프랑스 '백과전서파'와 최남선」, 『대동문화연구』 69호, 성균관대 대동문화연구원, 2010.3, 447~483면; 조재룡, 「중역의 인식론―그 모든 중역들의 중역과 근대 한국어」, 『아세아연구』 145호, 고려대 아세아문제연구소, 2011.9, 9~40면; 조재룡, 『번역의 유령들』, 문학과지성사, 2011.

13 이보영 외, 『한국문학 속의 세계문학』, 규장각, 1998; 문석우 외, 『한국 근대문학의 비교문학적 연구』, 한국학술정보, 2004; 문석우 외, 『서구문학의 수용과 한국적 변용』, 한국학술정보, 2004; 이건우 외, 『한국 근현대문학의 프랑스 문학 수용 연구』, 서울대 출판문화원, 2009.

번역과 번역문학 연구가 본격적인 궤도에 올라서기 위해 반드시 뚫고 지나가야 할 난제 가운데 하나가 정공법으로 제출된 셈이다. 일단 고전 번역의 주체와 근대성을 흥미진진하게 묘파한 이상현의 연구를 잠시 미뤄 둔다면 어느 경우든 번역 주체를 본격적인 논제로 삼는 데에는 아직 미치지 못했다.[14]

그렇다면 한국 근대문학사 연구 혹은 근대 번역문학사 연구에서 번역 주체를 둘러싼 문제의식이 적절히 포착되지 못하거나 핵심 과제로 공략되지 못한 것은 불가피한 일일까? 김욱동에 이르러 비로소 제기된 근대 번역가 연구가 남긴 숙제는 무엇인가? 물음에 답하기 위해서는 먼저 김병철의 저작으로 되돌아갈 필요가 있다. 오늘날의 시점에서 검토해 보더라도 거의 손색이 없으리만치 충분한 일차 자료를 섭렵한 김병철은 뜻밖에도 비교문학이라는 프레임에서 한 발짝 벗어난 자리에서 출발한 덕분에 한국어 번역의 역사를 특유의 시각으로 바라볼 수 있었다.

요즘(1960년대부터) 국문학계에서는 서양문학의 이입과 그 수용에 관한 연구가 활발하여, 주로 그 '영향' 문제에 연구의 초점을 둔 비교문학적 연구가 신예 학자들에 의하여 이루어지고 있다는 것은 반가운 일이지만, 외국문학을 하는 우리가 볼 때에는, 영향은 투영 후에 생긴 결과이고, 투영은 전신자(轉信者)의 이식(번역) 태도 여하에 따라서 XYZ의 모습으로 원형과는 이질적인 것으로 변질될 가능성이 얼마든지 있기에, 영향보다도 그 이전에 전신자의 이식 태도가 밝혀져

---

14 박진영, 『번역과 번안의 시대』, 소명출판, 2011; 이상현, 『한국 고전 번역가의 초상, 게일의 고전학 담론과 고소설 번역의 지평』, 소명출판, 2012; 황호덕·이상현, 『개념과 역사—근대 한국의 이중어 사전』(전 2권), 박문사, 2012; 황호덕·이상현 편, 『한국어의 근대와 이중어 사전』(전 11권), 박문사, 2012; 김성연, 『영웅에서 위인으로—번역 위인전기 전집의 기원』, 소명출판, 2013.

야 그것에 따라서 투영을 거쳐 굳어지는 '영향'이라는 외국문화의 한국적 토착화가 성립되므로, 그 최초의 과정인 번역 태도에 관한 연구가 제일차적으로 완성되어야 그 영향의 정체 파악이 가능할 것으로 생각하여, 나는 이 연구의 체계를 어디까지나 번역 태도의 변천에다 두기로 하고서 이것을 개화기부터 육이오까지, 즉 1950년까지의 우리의 번역문학에서 추구해 보기로 한 것이다.[15]

김병철이 머리말에서 의식한 외국문학의 영향 연구란 필시 김학동의 『한국문학의 비교문학적 연구』를 가리킬 터다. 김학동은 1960년대 후반부터 서양의 비교문학 방법론을 체계적으로 소개하는 한편 서양문학의 수용과 한국 근대문학사에 끼친 영향을 규명하는 데에서 획기적인 이정표를 세웠다.[16] 그런데 투영과 영향을 준별하면서 구체적인 번역 양상을 통해 오역 여부를 검증하는 데에 주력을 기울인 김병철은 역사적 접근을 바탕으로 비교문학론과 분리된 기틀을 마련했다. 김병철의 저작이 비교문학의 영역으로 포섭되지 않거나 적어도 그렇게 일컬어지는 이유는 다소 역설적이다. 실제로 김병철이 『한국 근대 번역 문학사 연구』에서 일관성 있게 고수한 방법론은 일차적으로 중역 여부를 가리는 것, 일본을 경유한 중역에서 탈피한 과정을 확인하는 일, 원류로서 외국문학의 정체를 밝히고 이른바 토착화 과정의 기형성을 적발하는 데에 있을 따름이다.

결국 김병철의 기조를 요약하자면 한국의 근대 번역문학사는 번역의 방법, 태도, 성격에서 뚜렷한 발전과 성장의 경로를 걸었다. 첫째, 전반적으로 일본어 중역의 한계에 사로잡힌 한국의 번역문학은 차차

---

15 김병철, 「자서」, 『한국 근대 번역문학사 연구』, 을유문화사, 1975, 3~4면.
16 김학동, 『한국문학의 비교문학적 연구』(중판), 일조각, 1982(1972); 김학동, 『비교문학』, 새문사, 1984・1995(증보판 3쇄)・2003(개정판 3쇄).

직역의 방향으로 진일보했다. 둘째로 초역, 대폭적인 축약, 과감한 의역, 번안에서 벗어나 번역문학의 정도라 할 수 있는 완역에 도달한 과정이다. 셋째, 공리적인 목적성을 불식하고 아마추어리즘을 극복해 갔다. 원류와 번역 경로를 낱낱이 밝히며 내린 김병철의 평가는 종종 기계적이거나 편협한 면모를 보이기도 했으나 방대한 일차 자료에 대한 실증적인 추적과 형태상의 충실성에 대한 분석을 바탕으로 삼았기 때문에 별다른 이견을 달기 어렵다.

김병철이 겨냥한바 번역 의식이나 원리는 번역가가 보인 개별적인 입장이라기보다 시대 상황과 문학사적 조건에 초점이 맞추어진 것이다. 성서와 찬송가의 한글 번역을 높이 평가하면서 전사로 상정한 김병철은 20세기 전반기 번역문학의 역사를 준비, 각성, 본격화, 암흑, 재생의 다섯 단계로 파악했다. 김병철은 엄격한 연대 획정에는 그다지 애쓰지 않았기 때문에 실제로『한국 근대 번역문학사 연구』의 시기 구분은 대체로 십 년 단위의 문학사 전개 구도에 의거했다.[17] 오히려 김병철의 저작에서 가장 중요한 대목은 네 차례에 걸친 결정적인 전환점이자 번역문학의 발달사를 견인한 중축인『소년』,『태서문예신보』,『금성』,『해외문학』이다.『한국 근대 번역문학사 연구』는 한국의 번역문학이 사실상 네 종의 문예지를 경계로 삼아 중역에서 직역으로, 초역에서 완역으로, 계몽성과 아마추어리즘에서 문학성과 전문성 획득으로 전진해 왔음을 논증하는 데에 경주했다.

그런데 김병철의 시기 구분이 막상 실정에 부합하는지, 외줄의 연속성에 의거한 법칙적인 문학사 인식이 아닌지에 대해서 타당한 검증이 가해진 적이 없다. 지금까지 김병철의 공로에 걸맞은 비판과 극복이

---

17 김병철,『한국 근대 번역문학사 연구』, 을유문화사, 1975, 15~16면.

수행되지 못했다고 지적한 것은 그러한 뜻에서다. 지면의 성격상『한국 근대 번역문학사 연구』를 체계적으로 검토하기 어려우므로 몇 가지 요목을 간추려 두는 것으로 대신하겠다.

첫째, 김병철이 제시한 네 차례의 전기와 문학사적 평가가 온당한지 의문이다. 한국 근대 번역문학사에서『소년』이 도맡은 역할과 중요성에 대해서는 의심할 여지가 없다. 그러나『태서문예신보』,『금성』,『해외문학』의 공적은 명백히 과대평가되었다. 사실 김병철은『태서문예신보』의 공과를 이원론적으로 취급했다. 문예 주간지이자 번역 전문지로서『태서문예신보』가 순문학 번역과 서양 원작의 직역을 내세운 것이 엄연하다 하더라도 번역의 수준과 실정은 그렇지 못하기 때문이다. 불과 3호에서 멈춘『금성』의 사정도 매한가지다. 근대시를 위주로 삼은 동인지요 번역을 배척하지 않았다고 해서『금성』을 고평한 것은 턱없이 공소하다. 도리어 다채로운 번역을 선보이면서 상당한 지면을 할애한 시사 주간지『동명』을 철저히 외면한 일이야말로 납득하기 어렵다. 김병철이『금성』을 중요한 전환점 가운데 하나로 손꼽은 것은 중역 배척과 충실한 직역을 선언했다는 의의, 양주동을 중심으로 번역 의식에 대한 자각과 방법론에 대한 논쟁이 촉발되었다는 사실을 중시했기 때문이다. 역시 동인지가 내세운 구호와 번역의 진상이 이원론적으로 다루어졌다. 김병철은『태서문예신보』와『금성』의 표리를 두루 살피기는 했으나 선언적 의미와 번역 원리의 진보를 앞세운 바람에 종종 혼동을 일으킬 수밖에 없었다.[18]

둘째,『해외문학』에 대한 문학사적 평가는 한국 근대문학사 연구에서도 반드시 재고가 필요한 대목이다. 이른바 해외문학파에 대해 비상

---

18 김병철,『한국 근대 번역문학사 연구』, 을유문화사, 1975, 371~413 · 460~476 · 508~526면.

한 관심이 쏠린 것은 구성원의 성격, 논쟁을 통한 문단 활동, 번역론의 수립 가능성에서 비롯되었을 공산이 크다.[19] 그러나 해외문학파와 카프 측 사이의 대결이 곧바로 논쟁의 성과로 수렴되었다고 보기 어려우며 저널리즘에 편승한 흔적이 역력하다. 해외문학파의 구성원이 대부분 중앙 일간지의 학예부 기자로 재직했을 뿐 아니라 해방 후에 주요 대학의 외국어문학과 창설 주역이자 교수진으로 활약했다는 사실도 고려해야 한다. 무엇보다 해외문학파의 번역 활동이 겉보기만큼 왕성하지 못했다는 현상, 표어처럼 원작에서 직역하거나 완역한 실천적 성과가 미비하다는 사실은 해외문학파의 공적에 대한 확대 해석을 경계해야 할 충분한 이유가 된다. 또한 1930년대의 번역문학사를 해외문학파와 직결시키는 것도 분명한 잘못이다. 김병철이 식민지 시기의 마지막 전기로 『해외문학』을 꼽은 것은 전문성, 번역 의식, 번역론이 성공적으로 본궤도에 진입했다고 파악했기 때문이다.[20]

셋째, 김병철이 제시한 네 차례의 전기나 시기 구분과 달리 실제의 번역문학사 전개 양상은 1920년대 상반기에 절정에 달했다. 신문과 잡지의 번역 작품은 물론이려니와 단행본 출판이 가파른 성장세를 보였으며, 전문 번역가가 등장한 사실도 완연히 포착된다. 김병철은 그러한 현상에 대해서도 정확하게 지적했다.[21] 일단 삼일운동 직후에 일본 유학생 출신의 지식인이 대거 유입되고 언론 및 출판 통제가 완화된 덕분임이 틀림없다. 세계문학과 교양에 대한 수요, 문학에 대한 열망이 갓 자리 잡기 시작한 문단에 활력을 불어넣으면서 문학 및 출판 시장이 요동쳤다. 문제는 가히 세계문학의 시대라 일컬어 마땅한 1920년

19 김윤식, 『한국 근대 문예비평사 연구』, 한얼문고, 1973; 같은 책(개정 신판), 일지사, 1976, 134～163면; 김영민, 『한국 문학비평 논쟁사』, 한길사, 1992, 435～457면.
20 김병철, 『한국 근대 번역문학사 연구』, 을유문화사, 1975, 476～508・755～766면.
21 김병철, 『한국 근대 번역문학사 연구』, 을유문화사, 1975, 681～691면.

대 상반기가 한국 근대 번역문학사에서 매우 이례적인 전성기라는 사실이다. 1924~1925년경부터 번역문학은 급격한 쇠퇴와 긴 침체에 빠져들었다. 따지고 보자면 번역문학의 불황이란 1930~1940년대까지 쭉 내리막길로 이어졌는데, 막상 그렇게 된 경위가 아직 설득력 있게 해명된 바 없다.[22]

넷째, 1920년대 상반기의 문제성이 그동안 눈길을 끌지 못한 가장 큰 이유는 앞서 들었다시피 네 차례의 전기를 기축으로 한국 근대 번역문학사가 인식되었기 때문인데, 여기에는 일종의 착시 현상도 한몫했다. 김병철의 저작에 따르면 1920~1930년대의 번역문학 작품 가운데 대종을 차지한 것은 영미문학이지만 실상은 그렇지 않다. 영미문학의 번역이 대세로 파악된 것은 장르의 차이가 무시되고 실질적인 영향력을 소홀히 취급했기 때문이다. 만약 김병철이 정리한 지표에서 가장 큰 변수가 된 번역시를 제외하고 본다면 1920년대에는 러시아 문학이 득세했으며, 식민지 시기 내내 프랑스 문학이 가장 왕성하게 번역되었다. 한편 삼일운동을 전후한 무렵이 일본의 다이쇼 데모크라시, 중국의 오사 신문화 운동, 러시아 및 동유럽에 대한 사상적, 문학적 관심이 고조된 시기와 겹친다는 점도 놓쳐서는 안 된다. 1920년대 상반기의 중요성은 동아시아 근대와 번역이 유례없이 역동적으로 맞부딪쳤다는 데에 있다. 한, 중, 일 삼국에서 서양문학 번역을 둘러싼 연대와 단절, 연속성과 불연속성, 접속과 절연을 효과적으로 포착하기 위해서는 반드시 1920년대 상반기에 주목해야 한다.

다섯째, 서양문학의 번역에 집중한 김병철은 중국문학과 일본문학

---

22 박진영, 「홍난파와 번역가의 탄생」, 『코기토』 70호, 부산대 인문학연구소, 2011.8, 61~86면; 박진영, 「문학청년으로서 번역가 이상수와 번역의 운명」, 『돈암어문학』 24호, 돈암어문학회, 2011.12, 59~88면.

에 상대적으로 소홀할 수밖에 없었다. 그런데 식민지 시기 내내 중국과 일본의 근대문학은 뜻밖으로 여겨질 만큼 거의 번역되지 않은 것이 실상이기도 하다. 매우 희소한 흔적만 남긴 중국문학과 일본문학의 번역은 이질적인 경로와 상상력을 보여 주었으니 동아시아 삼국에서 번역된 서양문학의 실태 못지않게 중요한 과제다. 말하자면 동아시아의 근대문학에서 번역된 것과 번역되지 않은 것, 공유한 것과 공유하지 않은 것에 주목해야 한다. 일단 중국문학은 전근대 시기는 물론 한일병합 직전까지 누린 위상과 판이하게 번역을 거치지 않고서는 존립의 근거를 찾지 못하게 된 형국이었다. 또한 오사운동이나 중일전쟁과 같은 정치적 격변에 직접적으로 노출되었으며, 사대기서를 비롯한 전근대 문학의 번역과 신문화 운동 이후의 근대문학 번역이 분립되었다. 한편 일본문학은 줄곧 서양문학의 경유지이자 중역의 기반임이 틀림없지만 번역되지 않은 잉여의 상태로 은밀하게 작동하거나 간접화된 방식으로만 번역되었다. 일본문학 번역에 대한 회피는 식민지의 번역이 종주국의 근대문학과 맺고 있는 기묘한 중합과 단층을 무의식적으로 드러냈다는 점에서 진지하게 파헤칠 가치가 있다.[23]

결과적으로 『한국 근대 번역문학사 연구』는 번역 주체가 처한 역사적 조건과 문학사적 성격에 효과적으로 접근할 수 없었다. 원류와 번역 양상을 과녁으로 삼는 한 번역이 의도하지 않은 채 발휘한 문화적 상상력이나 시대감각을 적정하게 포착하기 어렵고, 번역가의 정체와 문학사적 역할을 드러내는 데에도 무력하게 마련이다. 번역 의식이나 원리의 변천에 몰두한 김병철은 번역가의 등판과 퇴장, 성장과 위축 경위에 충분히 주의하지 않았거나 불가피하게 홀대할 수밖에 없었던 셈이다.

---

23 박진영, 「편집자의 탄생과 세계문학이라는 상상력」, 『민족문학사연구』 51호, 민족문학사학회, 2013.4, 423~453면.

『한국 근대 번역문학사 연구』는 일차적으로 수쇄할 수 있는 자료의 전량을 제시하는 일에 무게를 실었기 때문에 원작, 연도, 매체, 장르에 따른 번역의 추이가 명료하게 파악되었다. 그러나 목록을 다시 정렬한다고 해서 실종된 번역 주체가 귀환할 수 있는 것은 결코 아니다.

새삼스럽게 김병철의 저작을 되짚어 본 것은 근대 번역문학사 연구에서 시각과 방법론 혁신이 절실하다는 것, 번역 주체의 소외가 치명적인 한계라는 점을 거듭 강조하기 위해서다. 그렇다면 김병철의 유산을 의식적으로 물려받은 동시에 번역 주체를 물밑에서 끌어올린 김욱동의 경우는 어떠할까? 김욱동은 『번역과 한국의 근대』에서 근대 초창기의 번역 상황, 번역 주체의 면면, 번역 태도와 방법론을 체계적으로 파악했다. 아울러 김욱동은 『근대의 세 번역가—서재필, 최남선, 김억』을 통해 한국 근대문학의 번역 주체를 집중 조명했다. 김욱동의 저술이 2000년대에 들어 학계가 번역에 대해 보인 관심과 그동안의 연구 성과를 발판으로 삼았음은 물론이다.

문제는 김병철의 『한국 근대 번역문학사 연구』가 남긴 공과 과를 김욱동이 별다른 비판 없이 답습했다는 데에 있다. 김욱동은 김병철의 실증적 업적 위에서 번역문학사를 바라보는 구도와 인식을 사실상 맹목적으로 받아들였다. 김욱동의 저술을 장황하게 살필 겨를이 없으나 한국의 번역이 불행하게도 중역이라는 원죄를 떨쳐 버리지 못한 채 굴절과 왜곡으로 점철되었다고 바라본 점에서 매일반이기 때문이다. 또한 김욱동은 『소년』에서 『태서문예신보』를 거쳐 『해외문학』에 닿은 편협한 노선을 되풀이하여 강조함으로써 근대 번역문학이 정상화와 진보를 향해 일로매진했다는 상투적 공식에서 놓여나지 못했다. 김병철이 개별적인 번역 양상을 고찰하면서 제시한 갖가지 번역 방법을 김욱동이 도리어 비역사적으로 위계화한 것도 직역과 완역, 문학성과 전문성을 향한 도정에 얽매인 데에서 불거진 퇴색의 일면이다.

예컨대 김욱동은 서재필, 최남선, 김억의 번역 활동을 중심에 놓고 초창기의 번역문학사를 1890년대의 발아기, 1900~1910년대의 성장기, 1920년대의 개화기로 간단히 정리했다. 번역가로서 서재필을 앞세운 것은 무리를 무릅쓴 일이어도 최남선과 김억이 대표 주자라는 점에는 이의가 없다. 그렇다 하더라도 단선적, 누적적 진화 도식에서 한 치도 벗어나지 못한 것은 여전히 신성한 원본으로서 유럽 문학과 식민지적 아류라는 이분법에 마쳐되어 있다는 것을 뜻한다. 김욱동이 번역문학사를 바라보는 시각과 방법론에서 쇄신된 면목을 보여 주지 못한 것에 비하자면 기초 자료 확대에 소홀했다거나 근대시 번역을 비교문학의 영역으로 환원한 일은 오히려 사소한 맹점이다.

김욱동은 결과적으로 최남선과 김억의 번역을 새롭게 부조해 내는 데에 실패했을 뿐 아니라 각 번역가의 활동 역시 번안 대 번역, 번역 대 창작의 위계질서 속에서 파악했다. 『소년』과 『태서문예신보』 사이, 『태서문예신보』와 『해외문학파』 사이의 숱한 번역 주체를 오히려 추방시킨 혐의도 짙다. 학계의 급선무 가운데 하나를 도전적으로 제기했음에도 불구하고 김병철의 연구를 진부하게 변주함으로써 자칫 근대 번역문학사를 정전 위주로 재편성할 위험성을 부추기고 만 것은 안타까운 대목이다.

3. 숨은 주어들의 계보학

한국 근대문학사에서 번역을 업으로 살아가는 지식인의 목소리가 처음 등장한 것은 구연학의 『설중매』를 통해서다. 『전국책(戰國策)』가운데 소진(蘇秦)의 이야기를 읽으며 결기를 가다듬는 독립협회의 잔당 이태순의 푸념이다.

> 나도 사방에 표박하여 아무 일도 이룬 바가 없고 세월만 헛되이 보내며 경성에 온 후로부터 서책을 번역하여 생계를 하더니 거월에 근대사 초권을 어느 서관에서 출판할 차로 가져가더니 아무리 재촉하여도 번역비를 보내지 아니하여 거월부터 식가를 갚지 못하였기로 아까도 주인에게 불쾌한 말을 듣고 심화가 나는 중에 마침 시골집 편지를 보니 양친이 나의 직업 없음을 걱정하여 벼슬이 되지 아니하거든 하루라도 바삐 내려오라 하셨으니 오늘날을 당하여 대답할 말씀이 없으며 번역하여 책권이나 만들면 혼자 생계는 되나 연로하신 양친의 봉양할 도리가 없으니 이로 걱정이로라.[24]

번역으로 근근이 생계를 꾸려 가는 젊은 정치 연설가, 그나마 출판업자에게 품삯을 떼인 바람에 밥값조차 제때 당해 낼 재간이 없는 창백한 서생의 초상이 생생한 장면이다. 짐작건대 근대문학이나 서지학 연구자라면 주인공이 번역했노라는 『근대사』라는 것의 정체가 무엇인지, 정당한 인세를 내놓지 않은 출판사가 어디인지 궁금할 터다.[25]

---

24 구연학, 『설중매』, 회동서관, 1908, 17면.
25 이경훈, 「번역과 번역문학, 근대와 근대문학」, 『문학과사회』 73호, 문학과지성사, 2006.2, 171면; 이경훈, 『대합실의 추억—식민지 시대의 근대문학』, 문학동네, 2007, 170면.

그렇다면 독립협회의 온건 소장파이자 정치 연설가로 이름난 이태순은 과연 누구일까? 소설 속의 사정이고 보매 이태순이 가공의 인물인 것이야 두말할 나위도 없거니와 당초의 이름은 메이지 시대 정치소설 『셋츄바이[雪中梅]』의 주인공 구니노 모토이[國野基]다.

본디 서울내기가 아닌 이태순은 열세 살 소년 때에 무단가출하여 상경한 뒤 심씨로 변성명한 전력이 있으며, 자신을 사윗감으로 점찍은 어느 시골 인사를 만나 사진 한 장으로 백년언약을 대신하는 치기를 부렸다. 청년의 나이가 스물네댓 살가량이니 이미 십여 년 전의 일이다. 그새 이태순이 일본으로 유학을 떠났다느니 국사범이 되어 피신 중이라느니 하는 소문이 돌기도 했지만 진상이 확실치 않다. 얼마 뒤 정치범으로 몰려 서소문 미결수 감옥에서 두 달가량 해프닝처럼 짧은 옥고를 치르고 풀려난 주인공은 신여성 후원자이자 약혼녀와 정해진 가연을 맺었으나 번역을 계속 일삼았는지는 알 수 없다.

겉으로 드러나 있거나 짐작해 볼 수 있는 이태순은 면목은 여기까지다. 고작해야 춘삼월 이십일 오후 한 시에 새문밖 독립회관에서 네 번째 연사로 등단한 이태순이 '사회 형편은 행인의 거취와 같다'라는 연제를 내건 사건 정도를 추적의 실마리로 삼을 수 있을 따름이다. 그러고 보면 '번역하다'라는 말의 목적어로 쓰인 『근대사』라는 번역서 뒤에 꽁꽁 숨은 주어로서 이태순의 발자취를 복기하기 위해서 어쩌면 지루한 연대기와 무미건조한 목록이 뒤따라야 할지도 모른다. 아닌 게 아니라 『설중매』의 번안 작가 구연학의 생몰 연도와 행적조차 충분히 밝혀지지 않았으니 이태순이나 구연학이나 처지는 고만고만하다.

구연학의 자는 중습(仲習)으로 1874년 7월생이며, 지금의 당진에 해당하는 충남 해미에서 태어났다. 서른 살인 1904년 3월에 서울 중학동의 신식 외국어학교 중교의숙에 입학한 구연학은 아직 단발하지 않은 열여섯 살짜리 소년 홍명희의 이태 후배 격이다.[26] 구연학은 1907년 7월에 군부 번역관보로 관리 생활을 시작한 뒤 1908년 2월에 문관 전고(銓考)에 합격하여 내각 법제국 법제과 주사로 발령받았다. 『설중매』가 출판된 것은 관직에 진출한 후인 1908년 5월의 일인데 더 이상 번역을 계속하지 않은 듯하고, 같은 해 9월에는 대한협회의 회원으로 이름을 올린 바 있다.[27] 구연학은 30대 후반의 늦깎이 관리임에도 불구하고 관립 한성외국어학교를 거쳐 1911년 2월에 보성전문학교 법학과를 졸업한 것으로 보인다. 1911년 5월에 군 서기로 임명되어 충남 비인과 서산으로 귀향한 구연학은 1927년 7월부터 1937년 6월까지 만 십 년 동안 서산 원북면과 인지면에서 면장을 지내다가 1940년 8월에 사망했다.[28]

이태순과 구연학의 면모가 흥미로운 까닭은 동시대의 번역가 안국선을 연상시키기 때문이다. 『금수회의록』의 작가로 유명한 안국선이야말로 독립협회와 떼려야 뗄 수 없는 악연이 있으니 독립협회 초대 회장이자 국사범으로 처형된 안경수의 양자인 탓이다. 안국선 역시 역모 사건으로 투옥되어 경성감옥에서 미결수로 사 년, 전남 진도에 종신 유배된 지 삼 년 만에 가까스로 풀려났다. 장장 칠 년에 걸친 유폐에서 벗어나자마자 놀랍게도 안국선은 탁지부 관료 생활에 들어섰다. 하급 관리로 종신한 구연학과 달리 안국선은 곧바로 탁지부 이재국 감독과장과 국고과장으로 승진하고 한일병합 후에는 경북 청도군수를 역임했다.[29]

---

26 강영주, 『벽초 홍명희 연구』, 창작과비평사, 1999, 34~37면; 최원식, 「번안의 의미—『설중매』 연구」, 『한국 계몽주의 문학사론』, 소명출판, 2002, 212~214면.

27 '회원 명부', 『대한협회회보』 6호, 대한협회, 1908.9, 76면.

28 국사편찬위원회 편, 『대한제국 관원 이력서』(재판), 탐구당, 1984(1971), 724 · 783면; 『조선 총독부 관보』 221호, 1911.5.27, 2면; 구자갑 편, 『능성 구씨 도원수파 염솔 종문 가승』, 일진, 2000, 296~301면.

29 친일인명사전 편찬위원회 편, 『친일인명사전』 2, 민족문제연구소, 2009, 431~432면.

안국선의 행적과 저술은 명료하게 실증되어 있지 않은데, 무엇보다 안국선이 1900년대 후반의 저명한 번역가라는 점을 주목해야 한다. 기실 『금수회의록』이 번안이라는 사실도 최근에야 진상이 드러났거니와 안국선은 진도에서 목숨을 건져 돌아온 직후 1907년 5월부터 11월 사이의 반년 동안에만 4종 5권을 비롯하여 1910년까지 불과 세 해 만에 총 8종 10권의 단행본을 번역하여 출판했다. 그중에서 『금수회의록』을 제외하고는 모두 정치학과 법률 서적이다. 또한 안국선은 민간 출판사 보성관의 번역원이라는 이름으로 활동했으며, 『연설법방』의 편집자요 그 자신이 계몽 연설가이기도 하다.[30]

흥미로운 대목은 또 있다. 1930년대를 대표하는 신세대 작가로 떠오른 안회남의 회고에 따르면 안국선은 아서 코난 도일의 셜록 홈스 시리즈 가운데 한 편을 번역하기도 했다. 그러고 보면 안국선의 삼대독자 안회남 역시 번역가다. 안회남은 1940년 12월에 출판된 조광사의 '세계 걸작 탐정소설 전집'의 제일 권으로 세계 최초의 장편 추리소설인 에밀 가보리오의 『르루주 사건』을 내놓았다. 휘문고등보통학교 시절에 한 반에서 어울린 김유정이 요절한 직후에 유고로 남은 번역 추리소설의 분재를 주선한 것도 바로 안회남이다.[31]

번역가를 둘러싼 연쇄는 비단 여기에서 그치지 않는다. 다시 이태순에게 돌아가 보자. 『설중매』의 번안 작가는 구연학이지만 당대 최고의 이야기꾼 이해조가 교열자로 나섰다. 이해조는 1908년 4월과 11월에 각각 『화성돈전』과 『철세계』의 번역가로 이름을 떨쳤다. 신소설 작가로서 생명력이 고갈된 1913년 6월에는 『누구의 죄』를 번역했는데, 훗

30 최기영, 「안국선의 생애와 계몽사상」, 『한국 근대 계몽사상 연구』, 일조각, 2003, 139~198면.
31 김유정, 「잃어버린 보석」, 『조광』 20~25호, 조선일보사 출판부, 1937.6~11; 안회남, 「탐정소설 (1회)」, 『조선일보』, 1937.7.13, 5면; 안회남, 「서」, 『르루주 사건』, 조광사, 1940, 1면.

날 안국선의 아들이 번역한『르루주 사건』을 맨 처음 한국어로 선보인 것이 바로 이해조의『누구의 죄』다. 1907년 무렵에 안국선과 이해조는 왕실 종친 이기영이 설립한 돈명의숙에 함께 몸담았으니 두 번역가의 인연을 무시할 바 아니다.[32] 한편 회동서관은『설중매』앞뒤로 이해조의『화성돈전』과『철세계』을 잇따라 내놓은 유수의 출판업체다. 초창기의 출판인 고제홍의 아들 삼 형제 중 맏아들 고유상이 회동서관, 둘째아들 고경상이 광익서관, 막내아들 고언상이 계문사 인쇄소를 이끌었다. 그중에서 고경상은 삼일운동 전후에 일본 유학생 출신의 번역가를 대거 발굴하고 후원한 막후의 일등 공신이다.

또『설중매』의 인쇄를 맡은 우문관은 현공렴의 소유인데, 안국선의『금수회의록』역시 같은 곳에서 인쇄되었다. 현공렴은 역관 출신의 계몽 지식인이자 학부 관료요 번역가 겸 출판업자인 현채의 아들이다. 현채는 1906년 1월에 후지타 겐이치[藤田謙一]가 서소문에 설립한 일한도서인쇄회사의 초대 부사장을 맡았다. 반월간지『조양보』의 사무소를 제공하며 측면 지원한 일한도서인쇄회사는 1920년대 초반에 조선총독부 출판물과 각급 학교의 교과서 인쇄를 수주하면서 발군의 인쇄업체로 성장한 조선인쇄주식회사의 전신이다. 뽕나무 종자와 누에씨 판매로 출발한 현공렴 역시 가업을 이었다. 안국선의『연설법방』초판은 저작자를 발행인으로 삼고 안국선이 지배인 자리를 차지한 창신사를 통해 유통, 판매되었다. 그런데『연설법방』3판의 판권은 그 무렵 현공렴가(家)로 간판을 바꿔 단 현공렴의 명의로 넘어갔다. 현공렴은 얼마 뒤 이해조의『쌍옥적』재판의 판권을 넘겨받았으며, 종로에서 대창서원으로 이름을 바꾸어 본격적으로 출판업에 뛰어들었다.[33]

---

32 송민호,「동농 이해조 문학 연구―전대소설 전통의 계승과 신소설 창작의 사상적 배경을 중심으로」, 서울대 박사논문, 2012.8, 31~33 · 93~102면.

현채와 현공렴 부자는 번역가 겸 출판업자로 대를 이은 독특한 경우다. 그런가 하면 일찍이 프랭클린 자서전을 번역한 이시후는 소설가 이효석의 부친이며, 정인택은 『제국신문』 사장이자 어학 교재와 학습서를 번역한 정운복의 아들이다. 심우섭과 심훈 형제, 주요한과 주요섭 형제라든가 변영만, 변영로, 변영태 삼 형제도 손꼽을 만한 번역가로 활약했다. 요컨대 『설중매』만 놓고 보더라도 번역가, 작가, 교열 및 편집자, 언론인, 인쇄 및 출판업자가 꼬리에 꼬리를 문다. 우연히 눈에 띈 몇 명의 번역가를 더 꼽는다면 식민지 시기를 장식한 작가와 문단 안팎의 군상, 뜻밖의 번역 작품과 만날 수 있을지 모른다. 물론 복잡하게 얽힌 핏줄과 유대를 무작정 망라하는 것이 우리의 목표는 아니다.

그렇다면 근대문학이라는 장막 뒤에 숨은 번역가의 이름과 목소리를 복원하기 위해서 어떻게 해야 할까? 번역 주체의 현장 부재 증명을 하나하나 반박할 수 있을까? 지금으로서는 산발적인 사례를 찾아내 이어 붙이거나 단편적인 물증을 조각내 분석한다고 해서 돌파구가 열릴 성싶지 않다. 모자란 부분을 보태거나 조그만 빈틈을 메운다기보다 근대 번역문학사를 전면적으로 재검토할 수 있는 방법론을 세워야 새로운 단계로 올라설 수 있다. 그러기 위해서는 유명, 무명의 번역가에 차근차근 접근하지 않으면 안 되며, 무엇보다 번역 주체의 문학사적 성격을 입체화하는 부감과 투시의 시선이 동시에 필요하다. 단언컨대 번역가 사전 편찬이야말로 번역 주체의 역사적 계보화를 위한 최우선이자 최량의 정석이 될 것이다.

앞에서 추정하기로 식민지 시기에 이름을 남긴 문학 주체가 500명

---

33 정은경, 「개화기 현채가(家)의 저, 역술 및 발행서에 관한 연구」, 『서지학연구』 14호, 서지학회, 1997.12, 303~334면; 박진영, 「이해조와 신소설의 판권」, 『근대서지』 6호, 근대서지학회, 2012.12, 148~149면.

가량이고 그중에서 문학사적으로 반드시 기억되어야 할 번역가가 150명 안팎에 달하리라 했으니 편의상 몇몇 갈래를 가설해 봄 직하다. 단조롭게 활동 연대로 구분하거나 장르별로 시 번역가, 소설 번역가라든가 지역별로 러시아 문학 번역가, 프랑스 문학 번역가, 영미 문학 번역가와 같이 나누어서는 특징적인 국면을 포착하기 어려울 터다. 이를테면 활동 범위에 따라 계몽 지식 번역가, 전속 번역가, 전문 번안 작가, 전문 번역가, 신문 기자 번역가, 편집 기획 번역가를 들 수 있다. 주력 분야를 강조해서 앤솔러지 번역가, 아동문학 번역가, 희곡 번역가, 문학이론 번역가, 추리소설 번역가, 영화소설 번역가, 실용 및 통속 번역가를 꼽는 것도 좋은 방안이다. 특징적인 영역을 개척한 중국문학 번역가, 사대기서 번역가, 일본문학 번역가라든가 각별히 여성 번역가, 일본인 번역가, 서양 선교사 번역가, 목사 번역가, 사회주의자 번역가도 잊지 말아야 한다. 그 밖에도 사전 편찬자 겸 번역가, 학자와 교사 번역가, 필명 번역가와 같이 다소 임의적인 이름을 붙일 수도 있다.

그런데 활동 범위든 주력 분야든 또는 그 밖의 몇 가지 기준을 더 설정하더라도 분별이 모호하거나 서로 겹치게 마련이다. 대체적인 번역가 분포가 고르지 않을 것이며, 실제 번역 작품의 수효나 경중이 걸맞지 않을 수도 있다. 번역 주체의 핵심 성격을 일목요연하게 구분한 것이 아니라 어디까지나 임시방편으로 붙인 편의상의 명명일 따름이기 때문이다. 번역 주체를 둘러싼 갖가지 문학사적 조건과 효과에 따라 엄밀하고 객관적인 개념으로 부르기 위해서는 번역가 사전 편찬과 나란히 세부적인 연구가 진행되어야 한다.

한편 번역을 생업으로 삼은 번역가가 있을 리 없으며 비교적 오랜 기간에 걸쳐 번역에 매달린 경우도 찾아보기 힘들다. 근대 번역문학을 도맡은 대다수의 주역은 범박한 의미에서 사실상 작가 겸 번역가다.

내로라하는 작가치고 번역에 손대지 않은 경우가 거의 없을뿐더러 대개 번역으로 먼저 문필 활동에 입문했기 때문에 한국 근대문학사 연구의 작가론 영역에서 특별히 공들일 가치가 있다. 일부 작가는 의외로 많은 번역 작품을 남겼으며, 때때로 각자의 주된 영역이 아닌 장르에서 이색적이고 중요한 번역 활동을 펼치기도 했다. 또한 번역가를 실증하는 일은 작가의 필명과 이명을 대대적으로 검수할 수 있는 지름길이기도 해서 중요하다.[34]

이미 한국 근대문학사에서 한몫을 인정받은 작가 겸 번역가라면 그동안 내팽개쳐 둔 번역 작품을 발굴해서 재평가하는 일이 긴요하며 번역이 낳은 문학적 상상력에 유념해야 한다. 예컨대 스물넷의 나이로 요절한 나도향은 세 종의 번역소설을 남겼으나 전혀 연구된 바 없으며, 하바롭스크에서 처형당한 조명희는 투르게네프 소설과 톨스토이 희곡을 번역해서 각각 단행본으로 출판했지만 미공개 상태로 방치되어 있다. 일본어로 읽는 것이 충분하니 굳이 번역이라는 것이 쓸모없다고 말한 김동인은 실제로는 번안소설을 연재한 바 있다. 염상섭은 1924년 한 해 동안 다섯 종의 단행본을 한꺼번에 내놓으면서 일약 문단의 기린아로 떠올랐는데 그중에서 맨 앞머리를 장식한 것은 아직 원작이 확인되지 않은 번역 모험소설이다. 심훈이 마지막 순간까지 붙잡고 있던 것은 펄 벅의 소설을 번역하는 일이고, 주요한의 추리소설이나 주요섭의 모험소설 번역도 전혀 눈길이 닿지 않은 형편이다. 한국 근대문학사에서 첫손에 꼽을 만한 작가들의 경우가 이러하다면 전반적인 사정을 짐작하는 데에 모자람이 없다.

반면에 안목과 기량이 무던하더라도 이름이 낯선 번역가라면 새로

---

34 주요 작가의 호와 필명이 체계적인 일람표로 정리된 것은 이선영의 편찬 작업을 통해서다. 이선영, 『한국문학의 사회학』, 태학사, 1993, 229~250면.

운 일차 자료를 확인하는 일이나 작가론의 차원에 머무르는 것으로 충분하지 않다. 낱낱의 번역 양상과 솜씨를 고찰하는 것과 더불어 번역 주체의 여건, 대상, 방법, 통시적 맥락을 짚어 내는 연구가 따라붙지 않으면 무의미하기 때문이다. 실상 번역 주체가 근대문학사의 주요 작가인지 아닌지는 그런 뜻에서 관건을 쥔 문제가 아니다. 예컨대 근대 아동문학의 문을 연 번역가 방정환의 진면목을 헤아리기 위해서는 첫길을 닦은 오천석을 비롯해 종교계와 소년 운동에서 크고 작은 갈림길을 개척해 낸 번역 주체의 사상적 계보를 추적하지 않으면 안 된다.[35] 번역가 사전 편찬과 번역 주체 연구에서 앞을 다투어야 할 주요 사안을 소략하게나마 훑어 두자.

안국선과 현채를 위시하여 박은식, 신채호, 이보상, 이채우, 장지연은 대표적인 교과서 편찬자요 계몽 지식 번역가로서 문학 번역에 나섰다. 동양서원의 전속 번역가 김교제와 신문관의 편집자 최남선은 번역 출판의 선두 주자로서 제 몫을 다했다. 중앙 일간지의 신문 연재소설을 통해 1910년대를 풍미한 민태원, 심우섭, 이상협, 조중환은 전문 번안 작가로 시종했으며 1920년대에는 김동성, 백대진, 유광렬, 유지영이 뒤를 이었다. 진학문은 최초의 타고르 번역가이자 알렉상드르 뒤마 피스 번역가이며 홍명희는 러시아 산문시와 단편소설을 번역한 초창기의 선구자다. 시인 김상용, 이장희, 백석, 임학수, 조명희, 최상희는 시집뿐 아니라 소설에서도 흥미로운 번역을 여럿 남겼고 김우진, 박영희, 설정식은 희곡을 번역한 바 있다.

---

35 염희경, 「일제 강점기 번역, 번안동화 앤솔러지의 탄생과 번역의 상상력 (1)─민족주의 계열과 사회주의 계열의 소년 운동 그룹의 번역을 중심으로」, 『문학교육학』 39호, 한국문학교육학회, 2012.12, 211~249면; 염희경, 「일제 강점기 번역, 번안동화 앤솔러지의 탄생과 번역의 상상력 (2)─기독교 계열의 번역동화 앤솔러지를 중심으로」, 『아동청소년문학연구』 11호, 한국아동청소년문학학회, 2012.12, 211~257면.

삼일운동 직후에 비로소 등장한 앤솔러지 편집자 겸 번역가로는 오천석, 방정환, 변영로가 앞장섰다. 김억, 박용철, 이하윤, 임학수, 최재서로 이어진 근대시 앤솔러지의 번역가는 계보가 뚜렷하며 고장환, 고한승, 모기윤, 방정환, 연성흠, 오천석, 이정호, 장정의, 전영택, 최규선, 최영주, 최인화는 근대 아동문학사에서 중요한 성취를 거둔 동화 전문 번역가다. 세계문학의 전문 번역가로는 김억, 홍난파, 이상수, 양재명, 양건식을 꼽을 수 있다. 나도향과 김기진은 프랑스 문학에 매혹되었고 이석훈, 조명희, 조춘광, 최승일, 함대훈, 현진건은 러시아 문학에 열광한 번역가다. 양재명은 셰익스피어를 비롯해 희곡을 집중적으로 번역했으며 중국 백화 희곡과 소설을 전문적으로 번역한 양건식은 괴테, 입센, 모리스 르블랑의 선구적인 번역가이기도 하다. 뒤이어 김광주, 김동성, 민태원, 박태원, 이명선, 정내동이 중국문학 번역의 명맥을 살렸다. 앞질러 언급했다시피 식민지 시기에 일본문학이 거의 번역되지 않았지만 예외적으로 이상수, 이익상, 진학문이 동시대의 일본소설을 적극적으로 번역했다.

김명순을 필두로 한 여성 번역가로는 김자혜, 박인덕, 전유덕이 주로 초창기의 여성지를 무대로 시를 번역해서 이채를 띠었다. 권보상, 문세영, 양주동, 주시경과 같은 국어학자라든가 사학자 이병도도 문학 번역에 나선 바 있다. 법학자 이종극과 생물학자 석주명은 직접 번역에 손대지는 않았지만 독보적인 사전 편찬자이자 에스페란토 학자로서 번역문학사에서 귀중한 공헌을 남겼다. 게일, 노블, 노턴, 언더우드는 기독교 문학뿐 아니라 소설과 동화 번역에도 적극적이었던 외국인 선교사이고 그 주변에는 이원모, 이창직과 같은 한국인 번역가가 포진해 있었다. 니시무라 신타로[西村眞太郎]는 이른바 전선문학을 한국어로 번역한 조선총독부 경무국의 검열 담당 관료다.

서양 근대시는 물론이려니와 타고르 시, 한시, 소설 번역가로 다방면에서 맹활약한 김억은 에스페란토 번역가이기도 하며 김소운, 정인섭, 홍종우는 한국문학을 외국어로 옮긴 드문 번역가여서 빼놓을 수 없다. 오천석, 오천영, 전영택, 최병헌, 최인화는 대표적인 목사 번역가다. 박건병, 박헌영, 신일용, 유기석은 사회주의자 또는 아나키스트 번역가이며 송완식, 노자영은 식민지 시기 최고의 통속 번역가로 꼽을 만하다. 김내성, 박노갑, 방인근, 이하윤, 이해조, 주요한, 최서해, 최유범은 중요한 추리소설을 번역하거나 번안한 공적을 남겼다. 그 밖에 필명으로만 활약하면서 독자적인 영역을 개척한 번역가, 제자리를 찾기 어려운 익명이나 실명(失名)의 숱한 번역가가 명예 회복을 기다리고 있다.

4. 번역가 사전이라는 방법론

과연 번역가 사전 편찬이 번역 주체의 존재를 되살리는 지름길이 될까? 번역가를 추적하고 번역 작품을 모조리 거둔다 하더라도 가나다순으로 무표정하게 나열된 인명부가 절실한가? 번역가 사전은 어쩌면 이중의 어려움을 안고 착수되는지 모른다. 하나는 사전이라는 참고용 도구가 안고 있는 태생적인 특수성이요 또 하나는 불구의 사본을 거래한 한낱 매파를 근대문학의 주체로 대우하는 데에서 오는 난처함이다.

흔히 사전이란 오랜 축적과 숙성 끝에야 비로소 갈피가 서기 십상이다. 맨 나중에 오는 완성형으로서 사전은 후발 연구의 길잡이 노릇을 맡거나 상호 참조에 걸리는 시간과 수고를 덜어 준다. 그런데 번역문학사 연구가 이제 막 관심과 동기를 불러일으키기 시작한 마당이다 보니 번역가의 생몰년을 확증하는 일부터 가계, 학업, 경력, 문학적 교유, 번역 활동을 실증적으로 정리하는 것은 물론이려니와 그러한 표제어의 더미를 차곡차곡 쌓아 올리는 데에 이르기까지 한결같이 수월한 구석이 없다. 거듭 강조하거니와 근대 번역문학사 연구에서 한고비를 넘어서기 위한 첫고등이 바로 번역가 사전이 되어야 할 터이니 어쩔 수 없이 감내해야 할 과업이다.

설사 그렇다 치더라도 여전히 만족스럽지 않게 마련이다. 번역문학사 연구의 질적인 비약을 위해서는 여전히 드러나지 않은 일차 자료를 조직적으로 보강해야 하며 낡고 익숙한 평가를 꾸준히 갱신시키고 공격적인 문제의식을 도출해 내야 한다. 그런데 사전이라는 체재는 불가피하게 표제어를 일정한 규격과 분량으로 압박하며 최대한 중립적이고 공정한 풀이만 허용할 터다. 실증된 사실을 박제된 정보처럼 연대순으로 늘어놓는 편찬 및 서술 방법으로는 별반 뾰족한 수를 내지 못할 것이 분명하다. 그렇다면 번역가 사전이란 근대 번역의 문제성, 근대문학의 역사적 성격을 드러내기 위한 최적의 형식일 리 없으며 최후의 형태도 아니다.

당장 번역가 사전 편찬을 위해 들여야 할 막대한 수공업적 품에 비해 번역문학사에 대한 회고와 재조명의 지평을 넘어서지 못한다거나 근대문학사 연구에서 대수롭지 않은 파문으로 그친다면 한갓 헛수고가 아닐 수 없다. 요컨대 번역가 사전 편찬은 최종 목표가 아니라 번역문학사 연구의 중점 과정이자 방법이 되어야 마땅하며, 번역가 사전으로 무엇을 할 수 있느냐가 근대문학사 연구에서 초미의 관심사가 되어야 한다는 뜻이다. 중요한 것은 사전 편찬의 방법론이라기보다 사전이 불러일으킬 수 있는 효과로서 방법론이다. 근대문학의 번역 주체를 오

랜 은신처에서 끌어내는 일, 근대문학사에서 번역이 돌려받아야 할 제
값을 매기는 연구가 눈앞의 과제다.

마지막으로 번역가 사전을 편찬하면서 응당 의식해야 할 숙제 하나
와 전망 두 가지를 덧붙여 두자. 먼저 숙제란 지금 우리 시대의 번역문
학사 연구가 고스란히 유산으로 물려받은바 김병철의『한국 근대 번역
문학사 연구』를 대대적으로 개수해야 한다는 사실이다. 첫머리에서 충
분히 역설했다시피 김병철의 저작은 번역문학사 연구의 반석으로서 지
금까지 유효하며 앞으로도 그러할 것이 틀림없다. 따라서 1975년에 출
판된 저작의 골간을 흐트러뜨리지 않되 대대적인 검증과 교열을 가해
서 거듭나게 할 책임과 가치가 넉넉하다. 김병철이 교합한 일차 자료,
원작, 중역본을 전면적으로 살펴서 착오를 바로잡고 그사이에 보충된
전거와 서지 사항을 반영해야 한다. 또한 불필요한 한자 표기, 일본인
인명을 포함한 고유명사, 외국어와 외래어 표기 체계를 지금의 사정에
맞게 가다듬고 사진과 색인을 대폭 정비한다면 한층 값질 것이다.[36]

두 가지 전망이란 번역가 사전 편찬이 넘겨다보아야 할 진로와 확장
에 대한 것이다. 번역가 사전은 일차적으로 근대 번역문학사를 대상으
로 상량되지만 어디까지나 고식지계일 따름이다. 실증적인 데이터베
이스 구축에 역점을 기울이게 될 번역가 사전은 번역 주체의 문학사회
학을 넘어 번역사상사 연구를 겨냥해야 한다. 그러기 위해서는 김병철
과 마찬가지로 20세기 후반기의 현대 번역문학사로 나아가는 것은 물
론이려니와 장차 문학이라는 제도적 구획을 과감히 뛰어넘어 인문 지

---

36 최근에 임종국의『친일문학론』이 거듭난 사례를 본받을 만하다. 임종국,『친일문학론』, 평
화출판사, 1966; 같은 책, 민족문제연구소(친일인명사전 편찬위원회 출범 기념본), 2002; 이
건제 교주, 같은 책(교주본), 민족문제연구소, 2013; 민족문제연구소,「민족문제연구소『친
일문학론』교주본 발간」, 민족문제연구소(www.minjok.or.kr), 2013.4.25; 윤대석,「임종국의
『친일문학론』교주본 발간 즈음에」, 프레시안(www.pressian.com), 2013.4.26.

식, 사상, 문화, 예술의 전 영역을 시야에 두고 번역과 번역 주체의 문제를 바라보아야 한다.

번역가 사전이 밟아야 할 다음 수순은 으레 번역문학 작품 사전 편찬이다. 번역가 사전이 미처 담아낼 수 없는 번역 경로, 구체적인 양상, 문학사적 특징과 계보에 대한 분석을 번역문학 작품 사전이 맡아야 한다. 그다음으로는 번역문학사의 각종 용어와 개념, 논쟁이나 이슈를 비롯하여 번역에 개입한 원작자, 중역자, 편집자, 교열자, 출판업자, 언론 및 출판 매체, 출판사, 동인, 단체, 조직, 광고, 공연 및 상영 정보, 그 밖의 관련 사항을 포괄하는 번역문학사 백과사전이 기다린다. 마지막으로 우리가 기대하게 될 것은 적어도 한, 중, 일 삼국의 번역을 염두에 둔 동아시아 번역 대사전이다. 장기적인 안목과 체계적인 기획을 통해서만 꿈꿀 수 있는 원대한 숙원 사업을 향한 오직 하나의 실마리는 번역가 사전이다. 이미 늦었고 뒤처진바 번역가 사전부터 차근차근 시작해야 할 때다.

한국어를 한국어로 번역한다는 것

오래된 문학을 둘러싼 이야깃거리

요샛말로 죽기 전에 꼭 읽어야 할 고전 명저나 필독서를 꼽는다면? 이런 물음 앞에서는 도무지 할 말이 없어서 쩔쩔매곤 한다. 하지만 이 세상에서 가장 한심하고 나쁜 책을 대라면 으레 교과서가 첫밧이라고 믿는다. 한마디로 옹졸하기 짝이 없어서다. 그 가운데에서도 마침맞은 게 바로 문학 교과서다.

문학 교과서에 이름이 오르려면 가탈 부릴 게 별로 없어야 한다. 그래야 시험을 보더라도 똑 부러지게 한 가지 정답만 집어낼 수 있다. 말하자면 교과서란 사달을 일으키지 않을 만한 생각, 무난하게 읽고 넘길 성싶은 작품을 한데 모으게 마련이다. 그러다 보니 아무래도 모양새가 별쭝맞지 않고 색깔도 튀지 않을 법한 것을 고르기 십상이다. 제아무리 이름난 작가라도 공평하게 꼭 하나씩만 말이다.

문학이라는 것이 뭐라고 대단한 물건은 아니겠으나 유난히 점잔을 빼게 부추기고 별 뾰족한 수도 없는 암기 과목으로 몰아간 주범도 바로 교과서가 아닐까 싶다. 중학생 때 배운 작품을 고등학교에서 다시 외우고 대학생이 되어서도 또 만난다든가 작가 이름이나 줄거리야 숱하게 들어 봤어도 정작 작품을 읽어 본 일은 별로 없다든가 하는 것도 그래서일 터다. 그나마 교과서에라도 이름을 올리지 못할라치면 한갓 처지고 보잘것없는 군더더기나 다름없게 된다.

　이를테면『상록수』의 작가 심훈이 한때 꽃미남 영화배우 겸 감독이었다거나 신여성의 시대를 살아간 구여성의 삶을 그려 낸 걸작『직녀성』을 남겼다는 사실은 잘 알려져 있지 않다. 만주국의 하얼빈으로 건너간 지식인이 경마와 도박으로 한몫 챙기고는 러시아 댄서와 결혼하는『벽공무한』의 작가가 바로「메밀꽃 필 무렵」으로 유명한 이효석이라면 좀 낯선가? 그런가 하면 폐간 전야의 양대 일간 신문에는 태평양 전쟁 직전의 한국 기업가와 과학자의 모습을 흥미롭게 그려 낸 김남천의『사랑의 수족관』과 유진오의『화상보(華想譜)』가 나란히 연재되었다. 십 년도 채 못 되어 한 사람은 월북한 뒤 형장의 이슬로 스러졌고 또 한 사람은 대한민국 제헌 헌법의 기초자가 되었다.

　해방 이후로 눈길을 돌려 봐도 마찬가지다. 한때 중공군 수십만 명과 맞먹는 파괴력을 가진 암적 존재로 세간의 화살을 한 몸에 받은 정비석의『자유 부인』은 어떤가? 이 소설 안에 이승만의 '한글 간소화 파동'이 담겨 있고 "법은 정숙한 여인의 건전하고 순결한 정조만 보호할 수 있다"는 희대의 판결문으로 입길에 오르내린 박인수 사건이 예고되어 있다면 얼마나 흥미진진한 일인가?『얄개전』으로 이름이 높은 아동 문학가 조흔파의『만주국』은 청나라의 마지막 황제 푸이[溥儀] 치하의 관동군을 다룬 보기 드문 대작이지만 잊힌 지 오래다. 최인훈의『광장』은 입시 대비 참고서가 되다시피 했건만 역사 판타지의 첫손으로 꼽을 만한 『태풍』은 그렇지 않은 모양이다. 그러고 보면 지금 우리 시대의 한국인이 황순원의 이름과 함께 떠올릴 만한 작품이라면 「소나기」 말고는 또 없는 걸까?

낡은 문학사 속의 새로운 문학

군말이 길어졌다. 요컨대 한국의 근대문학이라는 것은 기껏해야 백 년 남짓한 역사를 가졌지만 벌써 고리타분해졌다. 지금 우리 시대의 문학이면서도 너무 낡고 오래된 물건처럼 내동댕이쳐졌고, 지금 한국인이 쓰고 있는 순 한글의 한국어 문장으로 되어 있으면서도 쉽사리 읽을 수 없는 언어가 되고 말았다.

이게 다 교과서 탓이야 아니겠으나 문학을 편협하고 따분한 공부거리로 만든 바람에 생긴 일인 것만은 틀림없다. 하기야 삼류 통속 빼고 왜색 제치고 이것저것 추리다 보니 남아나는 게 있을 턱이 없고, 그래 봐야 고작 활자들만 뒹굴지 사람 냄새는 나지 않을 터다. 정작 한국인을 웃기고 울린, 설레게 하고 잠 못 들게 만든, 책에 빠지고 행동에 나서도록 이끈 주역들은 다 어디로 갔을까?

이러구러 해서 손을 댄 게 1910년대를 풍미한 번안소설이다. 출발점은 『장한몽』. 누구라도 붙잡고 이수일과 심순애를 아느냐, 김중배의 다이아몬드를 들어 봤느냐 물으면 십중팔구 고개를 끄덕이는 소설이다. 그런데 달밤의 대동강 변에서 이수일에게 발길질당한 심순애는 과

연 누구를 따라가서 어찌 살았을꼬? 근사한 이 장면이 실은 소설의 끝이 아니라 시작에 불과하다는 걸 알아차렸을 때에는 꽤 놀랐다. 아직 신여성이라는 말이 유행하기도 한참 전이건만 앙큼하기까지 한 심순애의 방황과 선택은 다시 봐도 매력적이다. 그런가 하면 소설이 시작되자마자 사기 결혼에 걸려들려 사생아를 낳고는 위장 재혼까지 감행한 『쌍옥루』의 주인공은 또 어떤가? 백 년 전의 소설이라고는 믿기지 않을 정도로 파격적이지만 여전히 눈물짓게 만드는 구석이 있다. 버림받은 여성의 심리를 섬세하게 묘사한 것만으로도 요즘의 막장 드라마 따위와는 격이 달라서다.

때는 한일병합 직후였으니 번안이랍시고 일본의 저질 문화를 들여왔다 해서, 싸구려 눈물로 참된 민족정신을 가렸다 해서 참 말도 많은 소설들이다. 그게 누명인지 아닌지는 막상 읽어 봐야 알 일이다. 게다가 갑남을녀의 일상생활에서만 느낄 수 있는 날것 그대로의 빛깔과 냄새가 배어 있어서 지금 우리 시대의 독자를 충분히 사로잡을 만하다. 어차피 문학이란 고이 모셔 둘 게 아니라 읽고 즐겨야 마땅한 법 아닌가? 하지만 백 년 전 신문에 연재된 소설을 뉘라서 쉽게 찾아 읽으랴? 그렇게 꼭꼭 숨어 있는 인기 소설을 찾아 '한국의 번안소설'(전 10권)이라는 이름으로 복원하기 시작했다.

그런데 막상 걸림돌이 한둘이 아니었고 드는 품도 이만저만이 아니었다. 당장 오래된 신문부터 찾아다녀야 했다. 도서관 깊숙이 처박혀 낡아 부스러진 신문 조각들은 만지기도 겁났다. 잘못 건드리면 이 세상에서는 영영 볼 수 없게 될 판이다. 돋보기를 들고 글자 하나하나를 읽어 내는 일도 만만치 않았다. 순 한글로 된 소설이라지만 맞춤법도 띄어쓰기도 정해지지 않은 때이고 보니 무슨 말인지, 무슨 뜻인지 알아내기가 쉬울 리 없다. 게다가 지금은 잘 쓰지 않는 순 우리말이나 외래어도 적지 않다. 여간 공을 들여야 할 일이 아니란 걸 눈치 챘을 때에는 도저히 그만둘 수 없을 만큼 번안소설에 푹 빠져들어 있던 참이다.

고백건대 순 한글의 한국어 문장을 다시 순 한글의 한국어 문장으로 '번역'하는 일이 고되리라고는 상상도 못 했던 터다. 그저 옛날 활자들을 지금 읽을 수 있을 만큼만 조금 손보면 된다고 생각한 게 어리석었다. 그래도 이런 쓴맛이 아니었다면 지금 우리가 읽고 쓰는 한국어가 어떻게 만들어지고 다듬어졌는지 결코 깨닫지 못했을 것이다. 덕분에 번안소설에 등장한 낱말을 추리고 쓰임새를 보인 『번안소설어 사전』도 함께 펴낼 수 있었다. 아마 1910년대의 우리말이 실제로 어떤 모습이었는지 가늠해 보자면 이 사전 하나만으로도 그리 부족하지는 않을 터다.

원작보다 좋은 번역을 위하여

그렇다고 무슨 막중한 사명감을 갖고 시작한 일은 아니다. 다시 조명해 볼 만한 가치가 있고 지금 읽어도 재미있으니 뛰어들었을 뿐이다. 하지만 '어떻게 번역할 것인가'에 대해서만큼은 아주 엄격해지기로 했다. 이왕이면 명역으로 읽고 즐긴다는 것도 중요해서다.

사실 식민지 시기의 소설을 다시 출판하는 건 드문 일이 아니다. 하지만 똑바로 복원해서 제대로 출판하는 경우는 아주 드물다. 함부로 요약 발췌하는 일도 없지 않고, 원문을 따른다면서도 곳곳을 제멋대로 바꿔 놓기 일쑤다. 영어나 일본어라도 나오면 친절하게 번역해 놓기까지 하고, 문장을 통째로 들어낸다든지 새로 창작해서 집어넣는 일도 흔하다. 적당히 지금 말투로 바꿔 버리는 일쯤이야 아무렇지도 않게 저지를 정도다. 지금 우리가 읽고 있는 식민지 시기의 문학 작품들이 대체로 그렇다. 아마 한 세대만 더 지나도 본래의 모습은 더 이상 찾으려야 찾을 수 없을 만큼 엉망진창이 될 판국이다.

이건 번역 솜씨의 문제가 결코 아니다. 한국어를 한국어로 번역하는 경우에 명역의 반대말은 날림이고 오역일 따름이다. 숨은 작품을 어렵사리 발굴해서 누덕누덕한 꼴로 내놓아서는 안 될 노릇이다. 그러니 반드시 복원한 사람의 실명을 내걸어야 마땅하다. 외국 소설을 번역해서 내놓을 때와 달리 책임질 사람의 이름을 표지에 드러내지 않는 것은 몹시 비겁한 짓이다.

잘못을 되풀이하지 않으려면 우리말을 구석구석 파고들어야 한다. 살려야 할 말과 바로잡아야 할 말을 세심하게 가려서 옛것이면서도 새것을 만들어 내야 하기 때문이다. 예컨대 조사와 어미까지, 문장부호 하나라도 정확하게 옮기려고 애쓰되 지금의 어문 규정과 어긋날 경우에는 어원과 용례를 두루 살핀 뒤에 바로잡아야 한다. 생생한 입말이나 사투리라면 표기법만 조정하는 수준에서 머무를 필요도 있다. 낯설면 낯선 대로, 어색하면 어색한 채로 읽는 맛도 있거니와 지금 독자의 눈에 들어찰 만한 맵시도 갖추어야 해서다. 말하자면 번역치고도 아주 조심스러운 세공이 될 수밖에 없다.

사정이 이렇다 보니 한국어를 한국어로 번역한다는 것은 원본보다 더 좋은 번역본을 만드는 일이기도 하다. 당대의 말투나 어감을 맛깔스레 살리면서도 지금 독자의 어문 생활과 동떨어지지 않도록 하는 번역이니 말이다. 그런 뜻에서라면 한국어에 아낌없이 시달리더라도 좋을 일이다. 묵은 한국어를 말끔하게 수선해서 같고도 다른 시대의 감각과 정서를 반드럽게 이어 주는 일이 바로 한국어-한국어 번역가의 몫이다.

우리 시대의 이야기를 우리 시대의 몫으로

한국어에서 한국어로 번역되기를 기다리는 소설은 하고많다. 빼어난 대중소설이면서도 교실에서 싹 외면당하는 일이 허다할진대 처음부터 비주류로 내몰린 경우야 말할 나위도 없다. 이를테면 과학소설이나 추리소설은 문학 밖의 문학이 된 지 오래다. 아동문학이나 번역도 제대로 대접 받기는 영 어려워 보인다. 한결같이 변방으로 밀려난 자투리요 교과서에는 비집고 들어설 틈이 없는 외톨이 신세다.

어쩌면 이런 존재들이야말로 늘 한국인과 함께하면서 우리 시대의 문학을 풍요롭게 만들어 왔을 터다. 그렇지 않았다면 순 한글의 한국어 문장으로 된 소설을 읽고 즐기는 오늘날 독자의 모습이란 쉬 상상하기 어렵다. 그러고 보면 한국어를 한국어로 번역한다는 것은 역사의 뒷면에 숨은 한국인의 민얼굴, 교과서의 권위에 짓눌린 작은 목소리를 발굴해서 복원하는 일이 아닐까? 지금 다시 읽어도 손색이 없는 수작을 잘 가려내서 옛 독자의 후예들에게 새로운 설렘과 재미로 돌려주는 일, 그것은 지금 우리 시대의 활자 문화를 십분 즐기는 길이자 후대에 물려줄 푸짐한 유산으로 불리는 방법 가운데 하나다.

백 년 전 한국 소년의 가슴을 뒤흔든 꿈을, 그 소년이 자라 청년이 되었을 때 열병에 달뜨게 만들었을 비극적인 운명의 여로를, 또 장년의 나이에 이르러 첫사랑의 기억을 떠올리며 추억에 젖었을 법한 소설을 지금 우리 시대에 다시 읽을 수 있다는 것은 얼마나 멋지고 행복한 일인가?

제4부
근대문학사 공부의 반성

제10장

근대 초기 문학을 바라보는 시각과 과제

1. 근대문학사 연구의 두 가지 시선

1890~1910년대는 근대문학 연구와 문학사 서술에서 늘 중심적이자 논쟁적인 자리를 차지해 왔다. 근대 한국의 미학적 사유 방법과 이념적 성격이 복잡다단한 방식으로 초기화된 문제 지대일 뿐만 아니라 근대문학사를 바라보는 시각과 논리를 마련하는 데에서도 핵심적인 연구 영역이 바로 1890~1910년대이기 때문이다. 이를테면 1900년대를 주축으로 하고 그 앞뒤의 시기를 가리키는 명칭으로 개항기, 개화기, 개화계몽기, 계몽기, 구한말, 근대계몽기, 근대이행기, 근대전환기, 대한제국기, 애국계몽기와 같이 여러 가지가 제안된 채 뚜렷한 합의에 이르지 못한 점을 보더라도 난맥상의 일면을 짐작할 수 있다.[1]

---

1 용어의 선택에는 근대문학의 기점과 시대 구분, 연구 대상의 범주화와 텍스트의 선별, 근대성의 성격을 둘러싼 여러 논점이 얽혀 있게 마련이다. 2000년대에 들어서서 근대계몽기라

또한 학적인 체계와 방법론으로 근대문학의 발생사에 접근하면서 근대 초기의 역사적 성격을 과도기라 규정한 임화의 경우에서 알 수 있듯이 근대 초기의 문학은 단순히 연구 대상으로서 의미를 뛰어넘어 자기 시대의 문제의식을 포착하고 돌파하려는 이론적 고투이자 방법적 실천의 출발점이 되기도 한다. 임화는 근대문학이 질서와 모순 속에서 성립된 역사적 경로를 반성하고 비판함으로써 새로운 시각과 틀에서 문학사적 전망을 확보할 수 있었다.

따라서 1990년대에 들어 근대 초기의 문학사적 성격에 대한 집중적인 연구가 이루어지고 다방면에서 귀중한 성과를 얻었다는 사실은 매우 의미심장하다. 그전까지와는 다른 시각과 틀을 통해 우리 시대의 문학사 인식에 도전하고자 하는 방법론적 성취를 보여 주었기 때문이다. 요컨대 1890~1910년대 문학에 대한 각별한 관심과 재조명에 함축된 의제의 가치와 한계를 점검해 볼 필요가 있다. 지금의 문학사 연구에 겨누어진 비판적 제언과 문제성을 확인함으로써 새로운 논리와 체계를 마련하는 데에로 나아가는 일이야말로 근대문학 연구자가 떠맡아야 할 핵심 과제다.

1990년대의 연구 동향을 체계적으로 복기하기 위해서는 그간에 축적된 성과와 업적을 먼저 검토해야 마땅하지만 근대문학사 전반에 걸친 문제의식을 포괄해야 하는 부담을 감당하기 어렵다. 또한 편의상 소설사 부문에 초점을 두어 논의를 전개할 수밖에 없다는 점도 변명해 둔다. 새삼 1890~1910년대에 주목한 연구가 대부분 근대소설이라는 장르의 완결성을 전제하지 않을뿐더러 연구의 지향점이 소설사의 경

는 명칭이 가장 설득력을 얻었는데, 1990년대에 이루어진 다각적인 모색을 포괄하기 위한 논의이므로 넓은 의미에서 근대 초기라 쓰기로 한다. 근대 초기라는 잠정적인 명명이 1890 ~1910년대의 핵심적인 성격을 드러내지는 못한다.

계로 국한되지 않는다는 점이 다행이라면 다행이다.

근대 초기의 문학에 대한 연구는 1990년대 중반 무렵에 근대성을 중심으로 한 논의가 전개되면서 큰 탄력을 얻었다. 근대성이라는 화두는 서사 양식의 역사적 특질에 대한 본격적인 접근의 발판을 마련하는 한편 담론과 글쓰기의 양상으로 지평을 넓힘으로써 1890~1910년대에 대한 전면적인 재발견이라 할 만한 진척을 가능하게 했다. 1990년대의 근대문학 연구가 제출한 중요한 문제의식 중의 하나는 이른바 내재적 발전과 이식, 자생과 습용의 프레임을 넘어서기 위한 사유의 모색이다. 1990년대 이후의 문학사 서술에 맡겨진 시대적 과제 역시 여기에 놓여 있다고 보아야 한다. 말하자면 탈근대 혹은 근대 이후를 넘겨다 볼 수 있는 역사적 방법론이 어떻게 모색될 수 있는가에 대한 물음이 던져진 셈이다.[2] 근대문학에 대한 인식을 근본적으로 문제 삼고 성찰하기 위한 획기적인 전환점이 근대 초기의 문학을 통해 포착된 것은 필연적이다.

먼저 김영민, 한기형, 정선태는 지금까지의 연구 영역과 시각에 대해 비판적인 입장을 취하면서 근대소설 양식의 발생 및 발전의 구체적인 도정을 탐색했다.[3] 특히 김영민은 철저한 실증성을 중시하면서 한국 근대소설 형성 과정의 역사적 조건과 특질을 추적했을 뿐 아니라 그동안 묻혀 있던 방대한 일차 자료를 서사 양식사로 포섭하여 한국 근대소설

2　1990년대 중반 이후 근대문학사 서술에 대한 회의가 고개를 든 일은 우연이 아니다. 문학사라는 것을 둘러싼 역설 혹은 한계는 2000년 4월과 8월 두 차례에 걸쳐 열린 '한국문학사 편찬 연구 심포지엄'에서 선명히 드러났다. 김철, 「국문학을 넘어서－국문학 연구 방법론에 대한 하나의 제안」, 『현대문학의 연구』 11호, 한국문학연구학회, 1998.10, 227~251면; 김명인, 「민족문학과 민족문학사 인식의 전환을 위하여」, 『민족문학사연구』 19호, 민족문학사학회, 2001.12, 8~31면; 토지문화재단 편, 『한국문학사 어떻게 쓸 것인가』, 한길사, 2001.

3　김영민, 『한국 근대소설사』, 솔, 1997; 한기형, 『한국 근대소설사의 시각』, 소명출판, 1999; 정선태, 『개화기 신문 논설의 서사 수용 양상』, 소명출판, 1999.

사의 새로운 구도를 제시했다. 제한된 양의 자료를 근거로 도출된 추상적인 가설을 통해 성마르게 시대 구분론이나 근대성 논의로 나아가기보다 근대소설의 밑그림이 된 전통 서사 양식과 주체적인 요인, 그리고 계몽적 글쓰기의 성격을 치밀하게 논증한 점은 김영민의 연구가 보여준 특장이다. 이식론이나 단절론 혹은 내재적 발전론과 같은 프레임이 종종 빠져들기 십상인 피상성의 함정에서 벗어난 김영민은 후속 연구의 실질적인 근거를 마련한 공적이 있다. 김영민의 선도적인 연구는 근대 초기의 문학을 공략하기 위한 기본 방향과 원칙을 제시한 셈이다.

한편 고미숙, 김동식, 권보드래는 다양하고 이질적인 담론이 역동적으로 맞부딪치고 다층적으로 재배치된 불연속성을 강조하는 동시에 문학 중심주의를 거부하며 "담론 속으로" 진입할 것을 주장했다.[4] 1890~1910년대의 글쓰기가 숨겨 둔 미세한 지절과 변이를 통해 근대의 기원에서 근대성을 전도할 수 있는, 근대성의 중심에서 "그 외부를 사유할 수 있는" 전복적 동력을 찾고자 하는 시도다. 고미숙, 김동식, 권보드래의 시각에 따르자면 기존의 연구뿐만 아니라 김영민, 한기형, 정선태 역시 근대주의적 인식의 틀에 갇혀 있기 때문에 근대를 이끌어 가거나 혹은 근대에서 벗어나려는 역동적인 움직임을 제대로 포착할 수 없다. 특정한 이념적 틀이나 양식의 완결성을 중심으로 문학사를 파악할 때 일어날 수밖에 없는 배제와 억압을 넘어서기 위해서는 새로운 시선과 방법론이 요구된다는 것이다. 구체적인 담론을 통해 근대의

---

4 고미숙, 『18세기에서 20세기 초 한국 시가사의 구도』, 소명출판, 1998; 고미숙, 「근대계몽기, 그 생성과 변이의 공간에 대한 몇 가지 단상」, 『민족문학사연구』 14호, 민족문학사학회, 1999.6, 105~131면; 고미숙, 「18세기에서 20세기 초 민족 담론의 변이 양상」, 『현대문학의 연구』 13호, 한국문학연구학회, 1999.8, 43~68면; 고미숙, 『한국의 근대성, 그 기원을 찾아서 – 민족, 섹슈얼리티, 병리학』, 책세상, 2001; 김동식, 「한국에서 근대적 문학 개념의 형성 과정 연구」, 서울대 박사논문, 1999.8; 권보드래, 『한국 근대소설의 기원』, 소명출판, 2000.

역사성에 천착한 고미숙, 김동식, 권보드래의 연구는 근대 주체의 구성 원리 혹은 해체의 가능성이라는 과제를 제기하는 데에로 나아갔다.

상반된 것처럼 보이는 두 경향의 연구는 방대한 자료에 대한 충실한 섭렵을 통해 체계적인 사유를 이끌어 냈다는 공통된 미덕을 갖고 있다. 풍성한 일차 자료를 발굴하여 연구 대상으로 삼음으로써 지금까지 연구에서 관성적으로 취택되어 온 자료의 한계와 그로 인해 빚어진 잘못을 되풀이하지 않을 수 있었다. 또 근대문학 연구가 속박될 수밖에 없는 제도적 구획과 경계를 학문적 엄밀성과 성실성을 바탕으로 비판하고 문학사를 인식하는 편면적인 틀을 극복했다는 점에서도 이전의 실증주의적 태도와는 다르다. 양자 모두 문학과 비문학, 고전문학과 현대문학, 서구와 비서구, 전통적인 것과 외래적인 것으로 이원화되어 온 사고를 넘어설 수 있는 실질적인 가능성을 보여 주었다는 사실은 각별히 눈여겨볼 대목이다. 학제와 분과의 고식을 지양하는 한편 선언적으로 추론된 관념적 구상을 벗어나 이론으로 상승하기 위한 저력은 오직 일차 자료에 기반을 둘 때에만 발휘될 수 있다.

그런데 두 경향의 연구는 각각 대상으로 삼은 시기가 비슷하거나 겹칠 뿐 구체적인 자료의 성격이라든가 취급 방법이 판이하다. 근대를 추동한 주요한 원동력의 하나로서 공공 매체와 소설에 주목하고 기왕의 서사 양식의 범위를 크게 넓힌 점은 공통되지만 논리적 범주를 설정하는 방법과 서사 양식을 바라보는 역사적 관점에서는 적잖은 차이를 보였기 때문이다. 시기 구분을 포함한 역사 인식 태도 역시 크게 다른 것은 물론이다. 요컨대 연구 대상으로 삼은 자료의 성격뿐만 아니라 연구의 시각과 방향도 일치하지 않는다.

그렇다 하더라도 두 경향의 연구가 서로 논쟁적인 과제를 남겨 두었다는 사실도 확연하다. 양자 모두 근대 초기의 계몽주의적 성격, 서사 양식의 전통과 문학 주체의 변화, 근대소설 성립의 역사성에 접근하기 위한 독창적인 방법론의 모색을 시작한 셈이기 때문이다. 각각의 연구는 오히려 한국 근대문학사에 접근하는 경로가 다기하다는 사실을 보여 주며 근대성에 내포된 복잡한 교직을 평가하는 새로운 시각을 제안했다.

2. 문학이라는 양식과 상상력

김영민과 정선태는 한국 근대문학의 형성에서 중요한 역할을 담당한 근대 초기 매체의 논설란에 주목하고 논설의 서사적 특질을 세밀하게 분석했다. 특히 김영민은 '서사적 논설'과 '논설적 서사'의 두 역사적 범주를 중심으로 서사 양식에 내재된 자기 조정 능력을 통해 근대소설의 발전이 이루어졌음을 체계적으로 논증했다.[5] 정선태는 "논설 중 서사적 성격을 띤 글들"을 서사성과 문학성을 준거로 '서사-문학적 논설'로 범주화한 뒤 서사화 방법과 문학적 특징을 고찰했다. 한편 한기형은 같은 범주를 '단편 서사물'로 명명하고 신소설과의 양식적 차이에 주목했다.

김영민, 정선태, 한기형은 모두 근대 초기의 계몽주의 시대정신이 단형의 서사 양식을 매개로 통일적인 문학 양식을 획득함으로써 근대문학으로 나아갈 수 있었음을 중시했다. 그런데 근대소설사의 구도를 바라보는 관점과 시각에서는 적잖은 차이를 보이기도 했다. 김영민과 한기형이 양식사적 관점에서 근대소설사를 구상했다면 정선태는 텍

---

5   김영민의 방법적 독창성에 대해서는 최유찬, 「장르사의 문제들」, 『한국문학의 관계론적 이해』, 실천문학사, 1998, 114~117면; 최유찬, 「문학사의 방법론에 관하여」, 같은 책, 236~248면.

스트의 담론적 특성에 초점을 맞추었기 때문이다.

먼저 김영민은 조선 후기의 야담 및 한문 단편이 근대소설의 특징적 범주인 계몽성과 결합하면서 탄생한 '서사적 논설'로부터 이광수의 『무정』에 이르는 근대소설사의 도정을 체계적으로 서술하는 데에 성공했다. 김영민의 방법론은 대략 두 가지 측면에서 설득력을 갖고 있다. 첫째는 문학 양식의 개념을 분명히 의식하고 역사적 계통을 일관성 있게 해명해 냈다는 점이다. 둘째는 한국 근대소설사의 특질인 계몽성을 핵심 범주로 삼음으로써 1890~1910년대의 문학사적 성격을 통일적으로 바라보았다는 점이다. 문학 양식과 계몽성이라는 두 범주가 서로 긴밀하게 연관되어 있음은 물론이다.

김영민이 근대소설사를 양식사로 파악하고 있다는 사실은 서사 양식의 명명에서부터 확연히 드러난다. '서사적 논설'을 이어받은 '논설적 서사'는 현실성이 더 강화되고 구성에서는 편집자의 주석이나 해설이 사라지면서 점차 독립된 서사 양식으로 발전해 갔다. 김영민은 신소설 역시 김태준과 임화의 문학사적 평가를 거치면서 양식상의 특질을 위주로 정리된 문학사적 용어임을 거듭 강조해 두었다. 따라서 '서사 중심 신소설'과 '논설 중심 신소설'은 수사학적 용어가 아니라 계몽성을 주요한 특질로 삼는 문학 양식의 계보를 가리킨다. 또한 지금까지 개념과 범주가 혼동된 채 엇갈린 문학사적 평가를 받아 온 '역사, 전기류 문학'과 '역사, 전기 소설'을 구분했다. 김영민은 '역사, 전기 소설'을 창작소설을 지칭하는 것으로 국한한 뒤 조선 후기의 전류(傳類) 문학과 군담계 소설에 뿌리를 두고 '서사적 논설', '인물 기사', '인물고'의 단계를 거치면서 번역 서사물과 번역 전기물의 영향을 받아 형성된 양식으로 정리했다.

한편 김영민이 근대소설사의 핵심에 놓여 있다고 본 계몽성이 다양한 문학 양식의 발전 과정에서 일관된 특질이자 주동력이 되었음은

1910년대의 단편소설과『무정』의 소설적 형상화 방법을 분석한 대목에서 두드러진다. 김영민에 의하면 '계몽의 간접화' 양상을 보인 1910년대의 단편소설은 1900년대의 소설사적 맥락에서 멀리 떨어져 있지 않다. 즉 '논설적 서사'의 연장선상에서 계몽 의지가 점차 서사 속으로 스며들면서 내재화되었다는 것이다. 또한 지금까지 별다른 주목을 받지 못한 이광수의「농촌 계발」(1916~1917)은 "양식상으로는 논설이지만 주제를 형상화하는 과정에서 소설의 방식을 차용"했다.「농촌 계발」의 독특한 성격은『무정』의 근대성과 문학사적 위치를 새로운 시각에서 평가할 수 있는 주요한 논거이기도 하다. 즉 논설 중심의 글쓰기 전통이 소설적 형상화 과정에서 허구적 서사를 적극적으로 수용하면서 계몽 의지를 가장 성공적으로 드러낸 경우라는 설명이다. 그런 점에서『무정』은 한국 근대소설사의 핵심 범주인 계몽성이 간접화되면서 "근대소설의 정점에 올라선" 경우라 볼 수 있다. 이처럼 "논설과 서사의 효과적인 만남을 지향하는 분리의 과정"으로서 한국 근대소설사의 한 단계가 완결되었다는 설명이다. 김영민은 서사 양식의 분석을 통해 한국 근대문학의 계몽주의적 전통과 상상력의 성격을 구체적으로 논증했다는 점에서 탁월한 성과를 거두었다.

　김영민의『한국 근대소설사』는 요컨대 논설과 서사의 범주를 주축으로 하여 양식사적으로 파악된 일관된 소설사다. '서사적 논설'로서「농촌 계발」과 근대소설『무정』이 맺고 있는 긴장 관계를 해명한 새로운 시각이야말로 방대한 자료 연구와 방법론이 결합하여 빛을 발한 대목이다. 하지만 이러한 체계적 일관성 속에는 비판적 논쟁의 여지와 새로운 연구 과제가 담겨 있기도 하다. 이는 근대소설의 형성과 발전에 간여한 다양한 국면이 비교적 단순화되어 있다는 점에서 비롯된다. 예컨대 전통적인 양식의 계승과 혁신의 관계를 상정한 데에 대해서는 이미 부분적인 반론이 제기된 바 있거니와 문학 양식의 선택과 변화가 근대적 상상력과 맺고 있는 관련성이 입체적으로 드러나지 않은 탓이다. 특히 '서사적 논설'과 직접적, 간접적인 연결 고리를 갖고 있는 전대 양식이 비단 야담이나 한문 단편, 특히 박지원의 소설 정도로 국한되지 않는다는 지적은 좀 더 깊이 있는 논의가 뒤따라야 할 과제라 할 수 있다.[6] 좀 더 문제적인 논점은 한기형에 의해 제출되었다.

한기형은 김영민이 취한 '주체적, 내재적 발전론의 관점'을 긍정적인 것으로 인정하면서도 무리하게 문학사적 연속성을 설정한 시각을 경계했다. 특히 '단편 서사물'과 신소설은 양식적 기반과 배경이 서로 다른 독자적인 양식이며, 따라서 "'단편 서사물'이 신소설에 미친 영향과 신소설 양식의 출현 동기를 구별"해야 한다는 것이다. '단편 서사물'의 축적이 그대로 신소설 출현의 직접적인 조건이 된 것은 아니며, 두 양식은 서로 수직적인 계승 관계였다기보다 오히려 경쟁과 갈등 관계에 놓여 있었다는 설명이다.[7] 이에 따라 한기형은 근대 초기 소설사의 선형적인 구도를 마련하기보다 양식 사이의 영향 관계 및 각각의 하위 형태가 지닌 특질과 성취를 분석하는 데에 치중했다.

한기형의 입론은 무엇보다 단편과 장편의 양식상의 차이에 주목했다는 점에서 중요하다. 또한 문학 양식의 근대적 성격을 평가하기 위한 다양한 범주를 설정함으로써 훨씬 더 유연한 입장에서 논의를 펼쳤

6　최유찬, 「문학사의 방법론에 관하여」, 『한국문학의 관계론적 이해』, 실천문학사, 1998, 244 ~245면; 설성경·김현양, 「19세기 말~20세기 초 『황성신문』의 '론설' 연구-'서사적 논설' 의 존재 양상과 그 위상에 대하여」, 『연민학지』 8호, 연민학회, 2000.8, 251~253면. 설성경과 김현양은 '논설적 서사'와 '서사적 논설'의 양식적 차이를 간과했을 뿐 아니라 근대 초기의 계 몽적 글쓰기 방법이 가져온 중세 소설과의 질적 차별성에 대해서도 충분히 해명하지 못한 한계가 있다.

7　한기형, 「신소설 형성의 양식적 기반-'단편 서사물'과 신소설의 관계를 중심으로」, 『한국 근대소설사의 시각』, 소명출판, 1999, 19~21면.

다고 볼 수 있다. 김영민은 근대 초기의 문학을 관통하는 핵심 원리를 단일한 층위의 계몽성으로 설정하면서 서사 양식의 구조와 표현 방법이 종합적 발전으로 나아가는 도정을 밝히는 일에 주안을 두었다. 따라서 '논설적 서사'와 신소설, 신소설과 1910년대 신지식층 작가의 단편소설, 1910년대 단편소설과 『무정』사이에 개재된 글쓰기 방법의 차이 및 양식적 자질의 변별성을 과소평가할 수밖에 없었다. 예컨대 '논설 중심 신소설'과 '역사, 전기 소설'이 그리 간단치 않은 양식적 연원을 갖고 있음에도 불구하고 자생적인 혁신과 비약의 계기를 통해 새로운 양식 창출로 나아가지 못한 것은 무엇 때문인가? 김영민은 그 이유를 정치적인 금압과 이념적 자주성의 상실이라는 외부 요인에서 찾음으로써 서사 양식 고유의 내적 지향과 한계를 상대적으로 간과했다. 반면에 한기형은 한문 단편과 '단편 서사물', 1910년대 단편소설로 이어지는 축과 중세 소설에서 신소설로 이어지는 축을 상이한 양식적 계보로 파악하면서 변별적인 특질을 강조했다. 각각의 문학 담당층이 포지한 세계관과 창작 방법이 다르기 때문에 서사의 논리적 구성 원리와 미적 가치 역시 다른 층위에 놓일 수밖에 없다는 것이다.

먼저 "소설사의 근대적 진전을 위한 맹아의 역할"을 맡은 '단편 서사물'은 계몽적 글쓰기의 하나로 선택된 단형의 서사 양식이다. 그런데 단형의 서사 양식은 중편이나 장편 지향의 신소설에 비해 경쟁력이 낮았기 때문에 급속히 위축될 수밖에 없었다. 신소설은 처음부터 대중적인 흥미와 상업적 이윤 추구라는 태생적 지반에 근거를 두고 있었으며, 이에 따라 현실에 대한 예술적 파악 능력 역시 제한될 수밖에 없었다. 한기형은 그러한 한계가 계몽성과 사실성이 맺는 관계의 착종으로 나타났다고 보았다.[8] 한편 개인의 내면세계로 관심을 돌리게 되면서 환멸의 미학에 접근한 1910년대의 단편소설은 계몽주의 기획의 실패와

좌절에서 비롯된 부정 의식과 낭만성에 뿌리를 두었다. 이 점에서 신소설은 '단편 서사물'과 일정한 차이를 지니고 있으며 직접적인 계승 관계에 놓일 수 없다.[9] 요컨대 "외형상으로 1910년대는 의연히 계몽의 시대"이지만 계몽주의 기획을 뒷받침하고 있는 정신적 기반과 그에 따른 양식 선택 원리는 현저한 변화를 보였다는 설명이다.

한기형의 논증 역시 구체적인 양식 특질을 해명하는 범주와 소설사 인식 방법에서 재론의 여지를 남겼다. 예컨대 '단편 서사물'을 네 가지 형태로 구분한 준거가 일관되지 않을 뿐만 아니라 '단편 서사물'의 다양한 양식 실험과 발전이 '풍자 단편'에 이르러 "비교적 정제된 소설 양식"으로 수렴되었다는 논증은 쉽게 납득하기 어렵다. 또 '풍자 단편'에 대해 "단편소설이 근대를 대표하는 문학 양식으로 발전해 갈 수 있는 가능성을 구체화"한 것으로 평가한 점도 앞서의 논지와는 어긋난다.[10] 한편 신소설의 계몽성과 사실성을 모순적인 범주로 이해함으로써 양식 특질의 문제를 작가 의식의 차원으로 환원한 것도 문제다. 이러한 범주상의 혼란은 1910년대의 문학사적 성격을 파악하는 데에서도 마찬가지로 드러난다. 신소설이 계몽성의 과잉 혹은 소거에 의해서만 존립할 수 있었다면 그 지양과 통일의 리얼리즘적 계기는 1910년대 소설사의 전개에서 찾아질 수 있다는 논리로 이어지기 때문이다. 그런데 1910년대의 무력감과 상실감은 단편소설의 경우 낭만성을 통해, 『무

8　신소설의 한계는 '분량과 구성의 부조화'라는 또 다른 양식 특질에 대응되는 것이기도 하다. 한기형, 「신소설의 양식 특질」, 『한국 근대소설사의 시각』, 소명출판, 1999, 63~64면.

9　한기형, 「1910년대 단편소설과 낭만성」, 『한국 근대소설사의 시각』, 소명출판, 1999, 305~306면.

10　'풍자 단편'으로 제시된 자료는 필사본 「경성 백인백색」 한 편뿐인데, 이 자료의 성격에 대해서는 의문의 여지가 있다. 양식적 연원이 분명치 않은 「경성 백인백색」의 생산자나 수용자가 여타 '단편 서사물'의 경우와 다른 것만은 분명하다. 김영민과 정선태가 「경성 백인백색」을 다루지 않은 것도 마찬가지 이유로 보인다. 적어도 유통 경로와 문학 담당층의 성격이 구체적으로 밝혀져야만 단편소설의 가능성을 상정할 수 있을 것이다.

정』의 경우 의사-계몽주의적 이념으로 드러났다는 것이다. 그래서 전자는 "소설 형식의 축소와 왜소화"로, 후자는 대중적 통속성으로 귀결되고 말았다는 설명이다. 한기형의 주장은 1900년대와 1910년대의 연속성 위에 놓여 있는 차이에 대한 사고를 거쳐 얻어진 판단이라 할 수 있는데, 일단 김영민의 경우와는 상당한 차이가 있어서 진지하게 검토할 가치가 있다.[11] 다만 한기형이 1910년대 단편소설의 핵심으로 파악한 낭만성 개념에 인식론적 범주와 미학적 범주가 뒤섞여 있다는 점에서 한계가 있으며, 『무정』에 내포된 계몽성의 성격이 훨씬 더 정밀하게 평가될 필요가 있다는 점만 확인해 둔다.

한기형의 접근은 몇 가지 약점에도 불구하고 근대 초기의 상이한 역사적 양식, 이질적인 상상력이 공존한 가운데 경쟁과 제휴의 관계를 맺은 구체적인 양상을 분석했다는 점에서 매우 중요한 연구사적 진전을 이루었다. 1890~1910년대 문학사의 근대성을 세밀하게 분변하여 평가할 수 있는 시각과 가능성을 보여 주었기 때문이다. 특히 문학 양식에 대한 한기형의 이해는 김영민의 근대소설사 인식에 대한 값진 비판의 거울임이 틀림없다. 양식사적 관점의 중요성은 구체적인 문학사적 현상을 질서 짓고 위계화하는 점에 놓여 있는 것이 아닐 것이다. 김영민과 한기형의 연구는 근대소설의 역사적 변천을 추동한 다양한 이념적, 형식적 요소의 관계를 파악할 수 있게 해 주었다는 점에서 방법적 유효성을 획득했다.

그런데 비슷한 문제의식과 연구 대상에서 출발한 정선태의 경우는 김

---

11 한기형이 『무정』 혹은 1910년대의 문학사 전개에 대해 본격적인 논의를 펼친 것은 아니다. 김영민은 『무정』까지를 한 매듭으로 삼으면서 『무정』 이후의 소설사 전개는 개성과 자아라는 두 가지 범주를 중심으로 파악할 수 있다고 밝혀 두었다. 김영민, 『한국 근대소설사』, 솔, 1997, 496면; 한기형, 「1910년대 단편소설과 낭만성」, 『한국 근대소설사의 시각』, 소명출판, 1999, 300~309면.

영민, 한기형과 매우 다른 각도의 경로를 보여 주었다. 정선태는 근대 초기의 신문이 지닌 공공 매체로서 성격에 주목하고 매체를 통해 생산된 담론의 특질을 분석했다. 담론 생산 담당층이 선택한 언어를 중시한 정선태는 한글 전용 신문과 국한문 혼용 신문의 논설란을 글쓰기 방법의 분화가 일어나기 시작한 '담론 공간'으로 보았다. 그리고 서사성과 문학성을 핵심 범주로 설정하여 '서사-문학적 논설'에 해당하는 자료를 실증적으로 정리한 뒤 '서사-문학적 논설'의 구성 방법에 따른 문학적 특질을 고찰했다.[12] 따라서 근대소설사의 구도를 제시하기보다 담론으로서 텍스트가 문학성을 획득하는 과정에 초점을 맞추었다. 이러한 방법은 근대 초기의 문학에 접근하는 또 다른 길을 보여 준 것으로 양식사적 성격과 담론적 성격을 어떻게 연구할 것인가의 과제를 제기한다.

물론 양자가 반드시 모순적인 것은 아니다.[13] 일단 정선태의 연구는 1900년대 상반기만 연구 대상으로 삼았기 때문에 이 문제에 대해 그리 자각적이지 않았을 뿐이다. 그런데 문학 양식의 차원에 주의를 기울이지 않은 채 진행된 후속 연구의 하나에서 정선태의 담론적 접근이 지닌 한계가 뚜렷하게 노출되고 말았다. 작가의 '서사 전략과 문학 양식을 혼동한 정선태는 전통적인 몽유 양식을 빌린 박은식의 『몽배금태조』(1911)를 "문답식 구성을 지닌 서사-문학적 논설의 연장"으로 평가하는 비역사적인 태도를 취했다. "국민정신의 형성을 위한" 작가의 사상적 논리를 담아내기 위해 단지 길이만 늘어났을 뿐 "별반 새로울 것이 없는 (…중략…) 지극히 평범한 구조로 이루어진 성격의 글"에 불과

---

12 정선태가 제시한 '문학적인 것' 혹은 '문학성'의 개념에 내포된 구체적인 질을 어떻게 가름할 것인가에 대해서는 회의적이다. 정선태에 따르자면 "문학적인 글이 구비해야 할 최소한의 요건으로 사실의 허구적 재구성과 일상 언어의 재조직화를 들 수 있"다. 정선태, 『개화기 신문 논설의 서사 수용 양상』, 소명출판, 1999, 20면.

13 권영민, 「근대소설의 기원과 담론의 근대성」, 『문학동네』 17호, 문학동네, 1998.11, 146면.

하다는 것이다. 『몽배금태조』는 정치소설도 토론체 소설도 아니며 그렇다고 역사나 전기도 아니라는 것이다. 이러한 시각은 역사적 양식에 대한 사고를 배제한 데에서 비롯된 심각한 잘못이다.[14]

정선태의 시각은 담론적 접근 자체의 문제라기보다 양식적 특질과 문학사적 성격에 대한 탐색을 도외시한 방법상의 약점이며, 양식사적 연구와 담론적 연구가 어떻게 결합되어야 하는가에 대한 물음을 남긴다. 양식에 대한 강조와 담론에 대한 주목은 단순한 연구 동향의 차이에서 그치는 것이 아니라 상보적인 차원에서 수행되어야 할 이론적 과제라고 판단된다. 그렇다면 이제 담론의 차원에서 접근하고 있는 주요 연구에서 또 다른 의심을 출발시켜 보기로 한다.

3. 문학을 둘러싼 담론과 시대정신

문학과 담론의 시대적 연관성을 중심에 둔 연구 방법은 거대 담론의 틀 속에서 문학사 혹은 문학사적 현상을 재단할 것이 아니라 다양하고 풍부한 텍스트 가운데 비편재화(非偏在化)된 차이와 변화의 의미에 주목해야 한다는 점을 전제로 삼는다.[15] 한정된 자료를 대상으로 연구자

---

14 정선태, 「『몽배금태조』론―'국민정신' 형성의 정치적 상상력」, 문학사와비평연구회 편, 『한국문학의 근대성 탐구』, 새미, 2000, 102～103면; 신재홍, 『한국 몽유소설 연구』, 계명문화사, 1994; 이강엽, 『토의문학의 전통과 우리 소설』, 태학사, 1997.
15 이때 거대 담론이란 연구 대상의 균질성을 기반으로 검출된 근대 초기의 지배적인 사상적, 문화적 사유 체계를 가리키는 동시에 근대 초기에 접근하는 연구자가 발 딛고 있는 실천적 관점을 가리키기도 한다.

의 시각과 입장을 재구성함으로써 단일하고도 거시적인 틀 속에서 텍스트의 이질성과 다층적 특질을 사상시키거나 근대문학이라는 이념적, 형식적 규준에 의거해 시초 국면의 미분화 양상과 역동적 굴곡을 미달이나 왜곡으로 바라보아서는 안 된다는 입장이다. 따라서 근대 초기의 담론에 내재된 차별성과 유동성을 강조하는 한편 '문학적인' 담론과 '비문학적인' 담론을 의미 있는 구획으로 설정하지도 않았다. 담론의 역사성에 주목한 새로운 연구 경향은 중세에서 근대로 이행하는 과도적 단계로서의 근대 초기가 아니라 그 자체로 특수한 역사적 단위의 하나로 인식할 것을 주장했다는 점에서 새로운 시각과 비약적인 관점의 전환을 가져다주었다. 조선 후기와 근대 초기 혹은 근대 초기와 그 이후의 간극을 부각시킴으로써 내재적 발전론에 얽매이지 않은 채 '계보학적 탐사'를 지향할 수 있었던 것이다.

이러한 방법적 문제 설정의 의의를 가장 선명하게 표현한 고미숙은 분절화, 단절과 불연속성, 충돌과 변이, 절단과 채취, 재배치와 같은 비선형적 개념을 매우 예각적으로 구사했다. 고미숙에 따르면 근대 초기라는 '돌출적 국면'은 "사유 체계와 삶의 방식, 규율과 습속 등 구성원 개개인의 신체를 변환시키는 차원까지를 아우르는 폭넓은" 전환점으로서 근대의 시발점이 되는 '생성적 기원의 공간'이자 특이한 불연속점이다. 즉 그 앞뒤의 시기와 "급격한 단층을 이루고 있"기 때문에 근대성의 내포와 분절에 대한 전면적인 반성의 계기로 작동할 수 있다는 것이다. 다시 말하면 "근대성을 구성하는 많은 관념들이 배태된 기원으로, 더 나아가 '근대 너머'를 사유할 수 있게 해 주는 역동적 연대로서의 특이성"으로부터 근대적 주체의 구성 및 해체의 전복적 에너지가 발산되고 있다는 설명이다.[16] 문제는 계몽 담론의 바깥에서 혹은 민족주의나 근대적 사유의 자장이 미치지 않는 자리에서 '근대문학' 또는

'근대성'의 배치와 위상을 '절단, 채취'하는 일에 놓이게 된다.

이러한 입장에서 본다면 기왕의 연구뿐 아니라 김영민, 한기형, 정선태도 이미 근대주의적 강박과 민족주의의 중력에서 자유롭지 못한 편이다. 근대 초기의 담론에 내장된 유동성과 활력을 유연하게 재배치할 수 없기 때문이다. 고미숙은 좀 더 '발본적인' 자리에서 사유하고자 하며 이를 위해 근대, 민족, 언어(문학)의 '삼위일체' 혹은 "문학주의와 진화론, 그리고 리얼리즘이라는" 지평을 해체함으로써 "근대를 척도로 하여 다른 시공간을 평가하는 것이 얼마나 허망한 것인지" 반성하는 작업을 수행했다.[17] 근대에 대한 '신경증적 집착들'이기도 한 관성적 인식의 견고함을 내파시키고자 하는 고미숙의 입론은 문학 연구의 시각과 방법론을 재조정하기 위한 전략의 차원에서 세워진 것임이 분명하다. 예컨대 "조선 후기와 20세기의 내적 연관성을 의도적으로 간과"함으로써 민족 담론의 동요와 재배치를, "근대계몽기와 1910년 사이의 분절화"를 통해 계몽 담론의 복합성과 '횡단성'을 읽어 낼 수 있다는 것이다.

그런데 이러한 개념의 구사가 또 다른 강박적 담론의 형태를 띠게 될 위험성을 경계하지 않을 수 없다. 미세한 분절과 변이의 선을 과장함으로써 고미숙이 또 하나의 특수성론으로 나아가고 있다는 혐의를 지울 수 없기 때문이다. 단순히 문학 현상의 '표상'에 육박하는 접근선을 그리는 게 아니라 종국적으로는 시대정신을 문제 삼고 그 의미를 이론화하는 것이 문학사 연구의 과제일 것이다. 그런데 18세기와 19세기, 19세기

---

16 고미숙, 「근대계몽기, 그 생성과 변이의 공간에 대한 몇 가지 단상」, 『민족문학사연구』 14호, 민족문학사학회, 1999.6, 110~111면; 고미숙, 「고전문학사 시대 구분에 관한 몇 가지 제언」, 토지문화재단 편, 『한국문학사 어떻게 쓸 것인가』, 한길사, 2001, 128~129면.

17 고미숙, 「18세기에서 20세기 초 민족 담론의 변이 양상」, 『현대문학의 연구』 13호, 한국문학연구학회, 1999.8, 43~68면; 고미숙, 『한국의 근대성, 그 기원을 찾아서—민족, 섹슈얼리티, 병리학』, 책세상, 2001.

와 20세기 초의 병치를 통한 '반추'는 내재적 발전의 허상을 무너뜨리고 시대의 역동성을 부각시키는 데에서 더 나아가지 못했다. 예컨대 중화주의든 계몽 담론이든 일의적인 인식 체계를 붕괴시킨 균열은 늘 외재적으로 주어지며 그 자체로 근대성이라는 범주가 갖는 역동적인 힘으로 귀결될 것인가에 대해서 묻지 않을 수 없다. 또한 근대 초기의 성격이 18세기의 전환기적 위상과 대응하고 각각의 단층이 "수평적 차이 속에서 사유할 수 있는" 새로운 인식론적 가능성의 계기가 될 수 있다는 생각에 동의하기 어렵다. '기점'과 '주체'가 소거된 만큼 담론에 부유하는 돌출성이란 소급된 추론일 가능성이 크기 때문이다. 1900년대와 1910년대의 문학사적 성격에 대한 '분절화'에 대해서도 마찬가지의 의구심을 품지 않을 수 없다. 어느 시기의 담론이든 외부 현실과 치열한 긴장 관계를 맺을 수밖에 없으며 외적 요소에 의한 견인이란 불가피하다. 문제는 텍스트에서 구체적인 양상을 확인하는 일이며 나아가 문학사적 의미망을 획득하게 된 지점을 확인하는 일이다. 예컨대 지식과 신체에 대한 인식 체계란 필연적으로 계몽 담론의 구성 요소인가? 그러한 인식 체계의 변화라고 해도 결국 어떤 '분절화' 속에서도 발견되는 것이 아닐까? 그렇다면 텍스트로 구현된 특이성이 보편 속의 특수가 되기 위해서 요구되는 것은 차이와 단절을 추동한 주체의 인식론과 그 역사적 동력이 아닐까? 요컨대 방법론의 기능이나 효과와는 별도로 '내적 연관성' 혹은 사적 연속성에 대한 통찰로 이어지지 않는다면 연대 간의 격차는 격차로만 남겨질 수밖에 없을 것이다. 문학이든 시대 담론이든 결국 일련의 역사적 실천일 것이며 그러한 연속성이 실천의 역동성을 탈각시켜 버린다고는 단언할 수 없다. 거시적이든 미시적이든 규모의 문제가 아니라 그러한 변화의 추이를 어떻게 바라보느냐의 문제일 따름이다.

　이러한 문학사 인식 태도의 문제점은 김동식과 권보드래의 경우에서도 유사하게 드러난다. 김동식은 '문학'이라는 용어의 내포와 위상이 전변된 양상을 실증적으로 정리하고 근대적인 의미의 문학 개념이 근대 초기의 담론 속에서 제도화된 과정을 밝혔다. 한편 권보드래는 '소설'이라는 근대문학의 장르를 형성한 글쓰기의 인식론적 근거와 그 차이에 주목했다. 따라서 양식적 연원과 역사적 특질에 주목하기보다 개념이나 범주의 변화 혹은 문학론의 담론적 성격을 통해 접근했다. 김동식과 권보드래는 문학 개념의 변화를 "문학 영역 외부의 시선으로부터" 바라보는 한편 단순히 문학 담당층의 교체가 아니라 문학에 대한 인식 자체의 재조정 양상을 고찰했다는 점에서 새로운 관점을 보여주었다. 1900년대를 그 앞뒤의 시기와 뚜렷하게 단절된 독자적인 시대로 파악한 점 역시 공통되며 이를 통해 근대 초기의 신구 교체, 분해와 재조합, 단절과 연속의 양상을 드러내고자 했다.

　김동식에 의하면 정치적 공공 영역에서 산출된 1900년대의 계몽 담론은 전통적인 '문(文)' 관념을 공적 성격을 띤 "의사소통 양식 일반으로서의 문 개념"으로 조정했다. 그런데 공공 영역이 삭제되고 계몽 기획이 좌절된 1910년대에 이르면 자율적인 문학 체계의 수립을 지향하는 미학적 논의가 축적됨으로써 보편적 범주로서 '정(情)'에 근거한 근대적 문학 개념이 정립된다. 이른바 '자율적 문학관'이 기능과 영역을 분화시켜 가면서 제도적으로 안착할 수 있었다는 것이다. 김동식은 문학이 완전한 자율성을 획득한 것은 아니라는 단서를 붙여 두긴 했지만 미적 근대성이라는 범주를 통해 문학의 자율화를 향해 나아가는 것이 보편적인 근대문학의 상으로 접근하는 길이라고 보았다. 실제로 이러한 변화가 일어난 것은 1915년 이후로 판단되는데 김동식은 이를 계몽과 탈계몽이라는 구도로 파악했다. 1915년 이후 근대적 문학 개념의 성립이란 "낮은 수준에서 문학의 자율성을 제도화"한 과정이며 계몽의 담론을 대체할 수 있는 새로운 영역, 별다른 의사소통 양식으로 문학을 부상시키는 기획이었다는 것이다. 김동식은 그사이의 비약을 보수주의적 문학관과 '부정적 허무주의'로 요약되는 1910년대 초반의 문학 개념으로 설정했지만 그다지 설득력은 없다. 공적 성격에서 사적 성격으로의 위상 변이라 할 현격한 차이의 중간 지대에 놓여 있는 것이 바로 1910년대 초반의 문학 개념인바 순수 교양으로서 한문학 논의와 독후감 및 소설 광고에서 발견되는 '재미의 제도화'가 중심이라는 것이다. 전자가 상업적 보수주의의 흐름을 요약하고 있다면 후자는 정치적 충격에 대한 완충적인 역할을 담당하면서 인간 감정의 보편성에 근거하여 소설의 쾌락적 속성을 중심화하는 논법으로 이어졌다는 설명이다.[18] 부당한 논리라고는 할 수 없지만 과연 이러한 담론이 1910년대 초반의 주된 흐름이었는지에 대해서는 의심이 남는다. 또한 보수층의 문학 이념이 점차 배제되면서 근대적 문학 개념이 고유의 영역을 확보할 수 있었다는 논리는 1910년대의 문학사적 현상을 바탕으로 1900년대를 재해석하는 관점이라는 점에서 비역사적이며, 소설 독서의 방법이 변화되었다는 설명 역시 1900년대의 신소설이나 활자본 고전소설 시장의 추이와 함께 논증되지 않는다면 공소한 논리로 귀결될 수밖에 없다. 요컨대 "재미와 정의 결합"이 "정치적인 충격을 흡수하는 통속적인 방식"이라는 것, 1915년 이후의 '정' 개념 역시 유학생을 중심으로 구상된 또 하나의 대응 논리라는 주장은 대타적인 항이라 할 1900년대 계몽 담론의 패배만으로 쉽게 설명되기 어렵다. 김동식은 1900년대의 계몽 담론과 1910년대의 미학적 담론을 두 축으로 삼고 이를 통해 연역적인 논의를 진행한 셈이다.

---

18 김동식, 「한국에서 근대적 문학 개념의 형성 과정 연구」, 서울대 박사논문, 1999.8, 93~98면.

권보드래 역시 근대 초기의 방대한 자료를 바탕으로 전통적 '문' 관념이 '문학'이라는 근대적 가치로 재배치되는 양상을 밝혔다. 특히 '소설'이라는 근대문학의 장르가 새로운 미적 자질을 획득하면서 근대적 글쓰기로 나아간 점에 주목했다. 그런데 "전통적 인식과 새로운 사유가 적극적으로 길항하지 못"했기 때문에 '문'과 '문학'의 긴장 및 갈등을 통해서가 아니라 지덕체론을 통해서 "전대와의 단절을 명확하게" 할 수 있었다는 것이다. 이에 따라 '정' 개념이 자신의 고유한 영역을 확보할 수 없었으며, '소설'은 근대 국민국가 형성이라는 매개항을 통해 이상적 이념형을 제시하기 시작했다. 그래서 1900년대의 자국어 글쓰기는 '역사, 전기물'의 경우 소설 개량론에 대한 강조로, 신소설의 경우 기록적 가치에 대한 중시로 표현될 수밖에 없었다는 것이다. 그러나 1910년대에 들어서면서 '기록'과 '사실'에 기반을 둔 신문 기사의 제도적 정립에 따라 배제된 잉여의 '허구적 글쓰기'에 대한 인식이 확보되면서 개인의 개별화된 '내면성'에 대한 글쓰기와 '현실성'을 드러내는 문체의 글쓰기가 '소설', 나아가 '문학'으로 자리 잡았다. 이러한 변화와 단절을 추동한 힘은 지덕체론에서 지정의론으로의 전이를 통해 '정' 개념이 "세계상 전반을 재편하려는 시도로까지 발전"한 데에 놓여 있다. 이로써 근대적인 의미에서 '문학'과 '소설'의 개념이 형성되었으며, 그 기반에 가로놓인 "민족적이자 예술적인" 의미에서의 특수성이 바로 근대 초기 문학사의 역사적 성격이라는 설명이다.

　　권보드래의 연구는 근대 초기의 담론에서 도출된 다양한 논의를 이데올로기적인 기능과 효과라는 측면에서 촘촘하게 엮었을 뿐 아니라 구체적인 텍스트를 대상으로 언어와 문체의 변화, 담론적 특성 및 글쓰기 방법의 차이를 밀접한 연관성 위에서 고찰함으로써 매우 중요한 진전을 이루었다. 또한 자생적 발전에 맞선 이식적 근대와 같이 오래된 대립 틀에서 비교적 자유로우면서도 매우 체계적인 사유를 보여 주었다. 그런데 권보드래가 1900년대의 계몽 담론과 1910년대의 탈계몽 담론이라는 구도에서 벗어나지 못한 점은 김동식과 유사하다. 권보드래 역시 문학 양식의 역사적 변화에 주목하기보다 당대 담론의 변동 속에서 '민족성'과 '예술성'의 범주를 중심으로 하는 '근대' 소설이라는 새로운 장르의 형성에 대한 논의를 전개했다. 권보드래에 따르면 1910년대에 들어 근대적 의미의 '문학' 개념이 부상한 것은 예술적 가치에 대한 인식을 통해 '허구' 개념을 새로운 미적 자질로 발견하는 한편 '정'의 가치가 공공적인 것이 아닌 사적이고 개별적인 자아의 '내면'에 대한 탐구를 가능하게 했기 때문이다. 이로써 1900년대 근대 국민국가 형성의 기획에 근거한 글쓰기 방법이나 문체와는 질을 달리할 수 있었다는 것이다. 1910년대의 문학사적 성격에 대한 이러한 관점의 기저에는 1900년대의 계몽 기획이 정치적으로 실패했고 이로 인해 새로운 근대 기획으로 대체되어야만 했다는 전제, 그리고 그것이 바로 '자율적 문학관'으로 요약되는 미적 근대성이라는 인식이 전제되어 있다. 권보드래의 경우 근대 '소설'이란 어디까지나 미적 글쓰기 혹은 미적 효과를 발휘하는 글쓰기이기 때문이다.

지정의론이 새로운 인식 체계 즉 근대적 맥락 속에서 형성된 담론임은 분명하며 '정'의 가치를 중심으로 근대적인 '문학' 개념이 고유한 가치를 획득하기 시작했다는 점 또한 부정하기 어렵다.[19] 그런데 1910년대에 틈입하기 시작하여 세계 인식과 인간 이해의 핵심적인 범주로 떠오른 '정' 혹은 '미'의 개념이 완숙한 것이라 보기는 어렵다. 비단 '정'이나 '미'뿐만 아니라 지정의론과 진선미론 자체가 그리 정돈된 상태에 이

---

19 황종연, 「문학이라는 역어―「문학이란 하오」 혹은 한국 근대문학론의 성립에 관한 고찰」, 문학사와비평연구회 편, 『한국문학과 계몽 담론』, 새미, 1999, 23〜24면.

르렀다고는 볼 수 없기 때문이다. 사실 이광수를 중심으로 한 정육론(情育論)이나 문학의 범주론을 주류적인 사고로 볼 수 있는 것은 1910년대 후반 이후로 제한되어야 한다. 예컨대 최두선이나 백대진 역시 심리학적 지식으로서 지정의론을 받아들였지만 '정'의 가치를 강조하기보다 '정의(情意)'를 중심으로 이해했다는 사실도 잘 알려져 있다.[20] 논자마다 사상적 배경이나 내포적인 의미가 다르긴 하지만 적어도 이광수가 쓰보우치 쇼요[坪內逍遙]의 소설론을 받아들이면서 제기한 '정'의 가치가 1910년대에 일반화된 사유라고 보기는 어렵다는 뜻이다. 또한 이광수 중심의 지정의론 역시 필연적으로 계몽 담론으로부터 절연된 것으로 파악되어야 할 것인지에 대해서도 논란의 여지가 남는다.[21] 이는 '정육'이라는 명제 자체가 안고 있는 모순이 과도기적일 뿐이라거나 "지정의라는 기획에서 출발했음에도, 『무정』을 장편소설일 수 있게끔 한 동력은 (…중략…) 추상적 계몽의 구도" 혹은 계몽 대 자아의 일종의 '타협'이라는 평가로 귀결되는 것에 쉽게 동의할 수 없기 때문이다.[22] 권보드래는 보편적인 근대문학의 지향점을 미학적 자율성 획득에 두고 1900년대와 1910년대를 격절의 관점에서 파악한 김동식의 한계를 오히려 확대한 셈이다.[23] 요컨대 권보드래가 1910년대의 문학사적 성

---

20 특히 최두선이 제기한 이분법은 주자학적 성정론과도 맥이 닿아 있을 뿐 아니라 문학의 기능을 둘러싼 근대 초기의 문학론 또는 소설론의 기반이 된 것으로 보인다. 이선영, 「구한말, 1910년대 한국 문학비평 연구」, 이선영 외, 『한국 근대 문학비평사 연구』, 세계, 1989, 125~126면; 홍신선, 『한국 근대 문학이론의 연구』, 문학아카데미사, 1991, 167면.

21 권보드래, 『한국 근대소설의 기원』, 소명출판, 2000, 76~77면.

22 권보드래, 『한국 근대소설의 기원』, 소명출판, 2000, 36~37·77면; 권보드래, 「'정'의 발견과 근대성-근대적 삶의 원칙과 변칙, 『무정』」, 『문학과 교육』 13호, 문학과교육연구회, 2000.9, 118~119면.

23 이러한 한계는 손정수의 논의에서도 드러난 바 있다. 손정수는 1910년대 신지식층 작가의 단편소설에 대해 '보편적' 계몽 이념의 '실천'으로부터 미적 자율성을 획득해 나아가는 '미학적 계몽주의'의 전개 과정으로 보는 한편 『무정』을 민족주의 이념과 계몽 담론의 '침입'에 의해 발생한 '이탈로 평가했다. 어느 정도 차이는 있지만 김동식과 권보드래 역시 '문학의 자

격을 바라보는 시각은 앞 시대 담론과의 단절을 통해 구현된 표상 체계의 수평적 이동 속에서 파악된 것인 반면에 자아의 내면세계에 대한 '예술적' 탐구를 통해 '허구의 기획'으로 나아갔다는 평가는 다분히 1920년대 소설사적 성취와의 연관성 위에서 내려진 것이다. 그렇다면 1910년대의 문학사적 의미는 1920년대로 나아가기 위한 과도기 혹은 전초기지로 파악될 수밖에 없지 않은가 하는 혐의를 지우기 어렵다.

4. 연속성과 불연속성의 사이

이로써 근대 초기의 문학을 둘러싸고 진행된 1990년대의 중요한 연구 성과를 개괄했다. 근대문학 연구의 방법론적 차이와 문학사를 인식하는 관점을 중심으로 논의하기 위해 편의상 두 가지 경향으로 묶어 살펴보았다. 그러나 각 연구자의 문제의식과 입론의 기반이 적잖은 편차를 보이고 있는 것이 사실이다. 중요한 차이를 놓치거나 체계적으로 문제화하지 못한 것은 전적으로 필자의 역량 탓이다. 다만 문제점보다 가능성에, 한계보다 전망에 더 주목할 가치가 있다.

김영민, 한기형, 정선태는 근대 초기 서사 양식의 발생 및 근대소설과 맺고 있는 관계를 양식사의 시각에서 파악했다는 공통점에도 불구하고 구체적인 문학 양식의 역사적 발전을 바라보는 각자의 시각에 따

율화' 과정을 '보편성'이라는 이름의 근대성으로 파악했다고 판단된다. 손정수, 「1910년대 문학에 나타난 계몽성의 변모 양상에 대한 고찰」, 문학사와비평연구회 편, 『한국문학과 계몽 담론』, 새미, 1999, 73~75면.

라 서로 판이한 방법으로 1910년대의 문학사를 평가했다. 이에 비해 고미숙, 김동식, 권보드래는 1890~1910년대의 담론 체계 속에서 논의의 토대를 마련함으로써 1900년대의 특이성과 독자성을 논점으로 부각시키는 새로움을 보여 주었으나 1910년대의 문학사적 성격을 단순화하고 말았다. 어느 경우든 1910년대의 다층적인 복합성과 양식적 실험성을 간과하는 역설에 빠질 위험이 상존하고 있는 셈이다.

따라서 근대 초기의 문학에 내포된 문제성을 심화시키기 위해 새로운 의제를 설정하고 방법적 혁신을 유도하는 일이 불가피하다. 상이한 연구 경향의 공과를 상호 논쟁적인 시각에서 점검하고 이를 통해 한국의 근대문학사를 다각도로 성찰함으로써 방법론의 지평을 확대하기 위한 노력이 절실하다. 특히 그동안의 연구에서 상대적으로 부각되지 못한 1910년대의 문학사적 역동성이 쟁점이 되어야 한다는 사실도 분명하게 드러났다.

그런 의미에서 1990년대의 연구 성과는 앞으로 근대문학 연구가 모색해야 할 두 가지의 중요한 연구사적 과제를 제기한 셈이다. 한국 근대소설사에 대한 양식사적 접근과 담론적 접근의 문제, 문학사적 연속과 단절을 바라보는 시각의 문제가 비단 근대 초기의 문학을 대상으로 삼은 연구로 국한된 과제일 리 없다. 한국 근대문학사 전반에 대한 적극적인 재조명을 위해 반드시 정면으로 돌파하고 넘어서야 하는 실천적인 의의를 갖고 있기 때문이다. 방법론과 시각의 문제는 한국문학의 근대성을 새롭게 읽어 내는 이론적 과제로 상승되어야만 할 것이며 근대문학사의 역사적 성격에 대한 근본적인 반성과 비판의 계기로 나아가야 할 것이다. 이를 통해 한국 근대문학의 역사를 관통하는 이질적이고 중첩된 문제성을 새롭게 발견하고 재해석할 수 있을 것으로 기대한다.

■ 2000년대 초반에 발표된 제10장은 1990년대에 이루어진 근대문학 연구의 동향을 포착하고 중요한 성과를 정리하려는 취지에서 집필되었다. 그중에서 근대 초기의 문학에 대한 폭발적인 관심과 연구사적 의의에 초점을 맞춘 것이다. 따라서 2000년대에 들어선 뒤에 광범위하게 진행되고 질적으로 심화된 연구 성과가 전혀 반영되어 않다. 필자의 판단으로는 2000년대 이후에 일어난 급격한 연구 동향의 변화가 별도로 다루어져야 마땅하다. 다만 근대문학사에 대한 전면적인 재검토와 연구 방법의 분화 과정에서 1990년대의 연구 성과가 가장 중요한 분수령이 되었다는 뜻에서 되짚어 볼 가치가 있다.

제11장

임화의 문학사론과 신문학사 서술

1. 근대문학 비판으로서 문학사

문학사 서술의 과제는 자기 시대의 문제의식을 포착하고 돌파하려는 이론적 고투이자 방법적 실천으로서 주어진다. 문학사의 역할은 문학의 존립 근거에 대한 자기 탐색이며 구체적인 예술 과정에 대한 비평적 개입이기 때문이다. 그런 뜻에서 한 시대의 역사적 소명과 문학적 전망을 감당해야 하는 문학사 서술은 필연적으로 근대적인 인식의 소산일 수밖에 없다. 달리 말하자면 문학사 서술은 문학이라는 관념을 유지시켜 주는 근대 제도의 학적 체계 속에서 당대의 방법론적 틀과 미학적 원리를 도구로 삼아 구성되는 역사적 비판이다. 문학사 서술이 지닌 문제성을 자각하고 이론의 영역으로 끌어들인 것은 임화다.

임화는 비평 정신의 위기를 극복하기 위해 "역사적인 동시에 논리적인 방법"이 절실함을 줄곧 강조했다.[1] 카프 해소와 프로문학의 위기에 맞설 수 있는 길은 무엇인가? 전망 회복과 주체 재건으로 나아갈 수 있는 이론적, 실천적 모색은 어떻게 가능한가? 근대 국민국가 건설의 과제 앞에서 민족문학이란 무엇인가? 당면한 물음에 정면으로 맞선다는 것은 무엇보다 한국 신문학의 역사가 질서와 모순 속에서 성립된 과정에 대한 반성을 의미했다. 그리고 해답을 찾기 위해서는 문학사적 현상을 체계화하는 시각과 방법의 기초를 점검하는 일이 필수적일 수밖에 없었다.

임화는 문학사를 구성하는 개념과 범주를 명확하게 설정하고 출발함으로써 이론적 체계화의 시도에 나설 수 있었다. 문학사 연구와 서술에서 방법론이 갖는 위상을 뚜렷하게 의식하고 이를 무기로 삼아 신문학을 규정하고 있는 역사적 조건과 성격을 비판하고자 한 것이다. 임화가 연대기적이거나 실재론적인 기술의 차원을 넘어설 수 있었던 것도, 이식문학사라는 문제적 명제를 제출할 수 있었던 것도 그래서 가능했다. 주목할 만한 것은 방법론의 구성을 통해 신문학사의 보편성과 특수성에 대한 사유를 진전시킬 수 있었다는 점이다. 임화가 겨냥한 것은 한국문학의 근대성에 대한 근본적인 문제 제기이기도 하다. 그런 뜻에서 임화의 문학사론은 여전히 유효한 비판과 극복의 대상이다.[2]

임화의 문학사론은 1990년대에 들어 집중적으로 조명되었다. 이식성 논란에 초점을 맞추어 온 그간의 연구 시각에 대한 비판을 통해 임화의 문학사가 지닌 성격과 의의를 재평가하기 위한 획기적인 전환점

---

1 임화는 여러 곳에서 '과학적 방법'과 '역사적 반성'의 통일을 강조했다. 임화, 「집단과 개성의 문제-다시 형상의 성질에 관하여 (1회)」, 『조선중앙일보』, 1934.3.13, 3면; 임화, 「조선적 비평의 정신 (4회)」, 『조선중앙일보』, 1935.6.29, 4면; 임화, 「역사적 반성에의 요망(10회)」, 『조선중앙일보』, 1935.7.16, 4면.

2 문학사 연구의 방법과 서술 체계, 문학사의 구성 원리, 사관, 시대 구분론, 미학적 사유 구조의 논점을 두루 포괄하는 광범위한 영역을 가리켜 문학사론이라 할 수 있다. 송희복, 『한국 문학사론 연구』, 문예출판사, 1995, 36~39면.

이 마련되었다.[3] 1990년대 중반에 근대문학 연구의 쟁점으로 떠오른 근대성 논의의 중요한 발판 가운데 하나도 바로 이식문학을 둘러싼 문제다. 그런데 1930년대 후반부터 해방기에 이르는 시기의 비평사적 구도나 민족문학론에 대해 어떻게 인식하고 평가하느냐에 따라 임화의 문학사 서술을 바라보는 입장이 엇갈리기도 했다.

그중에서 임규찬은 양식과 예술 방법의 문제를 제기하면서 문학사를 구성하는 미학적 원리에 주목했으며, 성진희는 실제의 문학사 서술 방법 자체에 주목했다. 송희복은 문학사론사의 영역에서 임화의 위상을 평가한 성과를 거두었다. 그러나 문학사 서술에 규정적으로 작용하는 내적 원리로서 방법론을 사관의 문제와 명확히 구분하지 못했다는 점에서 공통적인 한계를 남겼다. 예컨대 1930년대 중반의 문학사 인식에 대해 이식사관의 혐의를 두는가 하면 방법론 적용의 결함이나 모순을 검출해 내는 데에 주안을 두기도 했다. 요컨대 방법론과 실제의 서술을 분리하여 이해함으로써 임화가 이식성을 거론하게 된 논리와 내적 근거를 입체적으로 규명하지 못했다.

따라서 임화의 문학사론이 성립된 경로를 추적하고 실제의 문학사 서술 속에서 방법론이 차지한 지위를 재검토할 가치가 있다. 특히 문

---

3 이상경, 「임화의 소설사론과 그 미학적 근거에 대한 비판적 검토」, 『창작과 비평』 69호, 창작과비평사, 1990.9, 296~313면; 오현주, 「임화의 문학사 서술에 대한 고찰」, 『현상과 인식』 52호, 한국인문사회과학회, 1991.5, 91~111면; 신두원, 「이식과 창조의 변증법―임화의 '이식문학론'의 정당한 이해를 위하여」, 『창작과 비평』 73호, 창작과비평사, 1991.9, 173~197면; 임규찬, 「임화의 신문학사에 대한 연구 (1)―「신문학사의 방법」에 나타난 '신문학사 연구 방법론'」, 『문학과 논리』 1호, 태학사, 1991.10, 163~200면; 임규찬, 「임화 문학사를 바라보는 최근의 관점과 비판―임화 「신문학사」에 대한 연구 (2)」, 『한길문학』 11호, 한길사, 1991.12, 215~239면; 성진희, 「임화의 신문학사론 연구」, 서울대 석사논문, 1992.2; 오현주, 「임화의 문학사 서술의 추이에 관한 연구」, 『실천문학』 25호, 실천문학사, 1992.3, 271~289면; 임규찬, 「임화 '신문학사'의 올바른 이해를 위하여」, 임규찬・한진일 편, 『임화 신문학사』, 한길사, 1993, 429~469면; 김재용, 「카프 해소파의 이론적 근거―임화론」, 『실천문학』 30호, 실천문학사, 1993.5, 304~341면; 송희복, 『한국문학사론 연구』, 문예출판사, 1995.

약칭	표제	발표 지면	발행일자 및 기타
서설	조선 신문학사론 서설 ―이인직으로부터 최서해까지	『조선중앙일보』	1935.10.9~11.13, 4면, 전25회
신문 학사	개설 신문학사	『조선일보』	1939.9.2~11.25, 3면, 전43회
	신문학사	『조선일보』	1939.12.5~12.27, 3면, 전11회
	속 신문학사 ―신소설의 대두	『조선일보』	1940.2.2~5.10, 3면, 전49회
	개설 조선 신문학사	『인문평론』 11~16호	인문사, 1940.11~1941.4, 전4회
방법	조선문학 연구의 일 과제 ―신문학사의 방법론	『동아일보』	1940.1.13~1.20, 3~4면, 전6회
	신문학사의 방법	『문학의 논리』	학예사, 1940, 819~841면
20년	소설 문학의 이십 년	『동아일보』	1940.4.12~4.20, 3~4면, 전6회
의의	『백조』의 문학사적 의의 ―일 전형기의 문학	『춘추』 22호	조선춘추사, 1942.11, 134~153면

학사 인식이 당대의 비평사적 문제의식과 맺은 관련성에 유의하여 임화가 문학사에 주력한 시기를 명확하게 구분해야 한다. 임화에 의해 제기된 이식문학사라는 명제의 구체적인 내포와 함의, 그리고 역사적 한계를 체계적으로 평가하는 일은 근대문학의 역사에 대한 서술을 통해 설정된 의제의 성격과 실천적 의의를 되묻는 일이기도 하다.

임화는 약 십여 년 동안 문학사 서술에 공력을 기울였다. 이를 크게 세 단계로 구분할 수 있다. 첫 번째 시기는 1930년대 중반의 카프 해소 무렵(1934~1937)이며, 두 번째는 1940년을 전후로 하여 가장 방대하고 체계적인 문학사 서술이 이루어진 시기(1938~1943), 마지막으로 세 번째는 해방 직후에 적극적으로 조직 활동을 주도하면서 민족문학론을 구체화시켜 나아간 시기(1945~1947)다. 세 번째 시기의 문학사 서술은 식민지 시기에 정초된 문학사론과 별도로 고찰되는 것이 마땅하겠으

므로 여기에서는 첫 번째 시기와 두 번째 시기를 논의의 대상으로 삼
겠다. 임화의 문학사론과 문학사 서술에 해당하는 자료를 편의상 〈표
18〉과 같이 약칭하기로 한다.

2. 시민문학의 특수성에 대한 탐구와 이론 비판

카프 해소를 전후한 시기에 제출된 「서설」은 역사 이해 방법에 대한
전면적인 비판과 이론적 극복을 통해 성립되었다. 「서설」의 궁극적인
서술 목표는 사적 유물론에 입각하여 신문학사의 객관적 발전 법칙을
확인함으로써 신경향파 문학 발생의 문학사적 필연성 및 역사적 정당
성을 천명하는 한편 프로문학이 나아가야 할 실천적인 전망을 획득하
고자 하는 데에 있다. 즉 한국 근대문학의 형성과 신경향파 문학 성립
의 관계를 합목적적으로 해명하는 것이 핵심이라 할 수 있다.

그런데 임화는 먼저 박영희의 이원론 및 김기진, 이종수, 신남철의
신이원론이 공통적으로 드러낸 관념적 일탈과 역사 이해 방법의 오류,
논리적 이론 체계의 결여를 간파해 내고 논리적인 것과 역사적인 것의
일원론적 관점에서 사상성과 예술성의 통일을 주장하는 데에서 출발
했다. 임화에 의하면 박영희가 카프 "지도부의 사회사적 고립과 그 문
학사적 붕괴"라는 결론으로 귀결될 수밖에 없는 것은 예술과 정치의
이원론에서 비롯된 것이며 박영희를 비판한 김기진, 이종수, 신남철도
결국 마찬가지의 함정에 빠져 있을 뿐이다.[4]

구체적인 문학사적 현상 사이의 연관 관계에 대해 계기적 발전과 매

개의 원리에 입각할 것을 강조한 임화는 「서설」에서 신문학사 전개의 일관된 법칙성을 수립하는 데에 성공했다. 이인직의 신소설-이광수의 『무정』-자연주의 문학-세기말적 경향-신경향파 문학(박영희적 경향-최서해적 경향)-프로문학으로 이어진 신문학사의 전개 과정은 매 계기마다 앞 세대의 문학으로부터 진보적 유산을 계승하고 문학사적 한계를 물려받으면서 사상적, 예술적 발전을 이루고 다음 세대의 문학으로 진보해 나아간다는 것이다. 다시 말하면 문학사는 적극적인 것의 '계승'과 부정적인 것과의 '상쟁'의 변증법을 통해 보다 높은 형태로 발전과 조직화를 관철해 나아간다. 이로써 임화는 이광수 문학과 신경향파 문학을 곧바로 대비시키는 무매개적이고 비역사적인 이원론을 토대-상부구조론에 의거해 비판하면서 신경향파 문학의 위상을 정립할 수 있었다.

「서설」의 신문학사 인식은 문학사 내적인 계승과 부정의 변증법적 원리를 상부구조 내에서 작동하는 단선적인 이월과 부채의 연속성으로 환원했다는 점에서 뚜렷한 한계를 지닌다. 문학 유파나 경향을 세대교체의 진화론적 발전으로 취급한 경직성도 여기에서 비롯된다. 결과적으로 임화는 '고전적인 것'과 '낭만적인 것'의 두 범주를 중심으로 문학사를 파악하는 도식성을 드러냈다. 또한 이러한 문학사 인식 방법은 고전주의-낭만주의-사실주의라는 서구 근대문학 발달의 일반적인 과정을 참조 대상으로 하고 있음이 틀림없다.[5] 즉 부르주아 문학-프티

---

4 박영희, 「최근 문예이론의 신전개와 그 경향-사회적 급 문학사적 고찰」(전9회), 『동아일보』, 1934.1.2~11; 김기진, 「십 년간 조선문예 변천 과정」(전22회), 『조선일보』, 1929.1.1~2.2; 김기진, 「조선문학의 현재의 수준」, 『신동아』 27호, 신동아사, 1934.1, 44~49면; 김기진, 「프로문학의 현재 수준」, 『신동아』 28호, 신동아사, 1934.2, 102~108면; 김기진, 「조선문학의 현 계단」, 『신동아』 39호, 신동아사, 1935.1, 132~146면; 신남철, 「최근 조선문학 사조의 변천-'신경향파'의 대두와 그 내면적 관련에 대한 한 개의 소묘」, 『신동아』 47호, 신동아사, 1935.9, 6~14면; 이종수, 「신문학 발생 이후의 조선문학-민족문학 시대의 문학사상 변천」, 『신동아』 47호, 신동아사, 1935.9, 16~19면.
5 임화, 「낭만적 정신의 현실적 구조-신창작 이론의 정당한 이해를 위하여」(전6회), 『조선일

부르주아 문학-프롤레타리아 문학이라는 세계문학 발전의 보편적 합법칙성을 한국의 신문학사에서 확인함으로써 프롤레타리아 문학이 부르주아 문학의 사상적, 예술적 계승자이자 적자임을 천명한 것이다.

중요한 것은 이광수 문학 이래의 한국 신문학 즉 시민문학이 완수하지 못한 근대문학 완성이라는 역사적 과제가 프로문학의 몫으로 상속되어야만 한다는 사실이다. 임화는 「서설」을 통해 한국 근대문학의 핵심적 의의를 신경향파 문학의 발생과 프로문학의 발전 과정에 부여함으로써 1930년대 중반의 비평사적 실천 전망을 확보하고자 한 셈이다. 카프 논자들의 신이원론이 결국 박영희의 청산주의나 당파성 해체론과 다르지 않다는 비판의 요지는 바로 여기에 놓여 있다.

실제로 김기진의 견해로부터 비롯된 민족문학과 프로문학의 대립이라는 문단 구도에는 프로문학에 가해진 내적, 외적 비판을 실천적으로 극복할 적절한 대응력이 함축되어 있지 않았다. 그러한 구도에 따르자면 프로문학은 문단 조류의 하나에 불과하며 주류적인 지위도 차지할 수 없기 때문이다. 이광수의 소설을 문단 침체 극복의 전범으로 삼은 데에서 드러나듯이 프로문학은 선언적으로만 옹호될 뿐이며 실제로는 민족문학을 문학사적으로 더 높이 평가하는 모순에 빠질 따름이다. 말하자면 「서설」은 민족문학과 프로문학의 대립이라는 낯익은 구도 자체를 문제 삼은 셈이다.

임화는 당시의 문단을 복고주의적 경향과 예술 지상주의적 경향으로 정리하면서 그 뿌리를 1920년대의 신문학에 두고 비판의 표적으로 삼았다. 임화는 이를 '문학사적 특이성'으로 읽었다.[6] 임화에 의하면

보」, 1934.4.19~25.

6 임화, 「1933년의 조선문학의 제 경향과 전망 (3회)」, 『조선일보』, 1934.1.3, 2면; 임화, 「조선문학의 신정세와 현대적 제상 (1회)」, 『조선중앙일보』, 1936.1.26, 4면.

신경향파 문학의 대두 이후 프로문학과 대립한 문단 조류로서 민족문학은 신문학의 발전 도정에서 소멸하거나 쇠퇴한 부르주아적 시민문학, 소시민문학의 아류에 불과하며 이미 존립 의의를 상실한 반역사주의적 퇴행일 뿐이다.

　요컨대 임화는 회고적 기술이나 당위론에서 발견된 위험을 집중적으로 비판함으로써 체계적인 이론 점검으로 나아갈 수 있었다. 「서설」은 도식적이라는 한계를 안고 있음에도 불구하고 문학사적 현상을 파악하는 일원론적 관점을 확립함으로써 톨스토이론에 근거한 반영론, 물적 토대의 역사적 성격에 대한 인식, 프로문학을 구심점으로 삼은 문학사적 전망을 획득할 수 있었다. 「서설」의 성과를 바탕으로 임화는 문학사의 방법론에 도전하면서 신문학사의 근대성 문제에 대해 미학적으로 접근하기 시작했다.

3. 임화 신문학사의 방법과 체계

　임화가 본격적으로 신문학사 연구와 서술에 몰두한 것은 1930년대 말에 이르러서다. 1939년 9월에 시작된 「신문학사」는 일 년 칠 개월 동안 단속적으로 연재되었으며, 그사이에 구체적인 연구 방법론이자 이론 체계의 핵심이 되는 「방법」과 근대소설사에 방법론을 체계적으로 적용하여 서술된 「20년」이 발표되었다. 임화의 문학사적 모색은 식민지 시기 말기에 내놓은 「의의」에 이르기까지 이어졌다.

1) 신문학사 방법론의 의의

두 번째 시기의 문학사론은 임화의 문학사 인식 태도와 관점이 고도로 집약된 방법론의 구축이 중핵을 이룬다. 「방법」은 한국에서 처음으로 제안된 문학사 연구 방법론인 동시에 「신문학사」의 실질적인 서술 방법론이다. 또한 「방법」으로 수렴된 이식문학론을 극복하는 일이 한국 근대문학사의 일차 과제라 일컬어질 만큼 큰 영향을 끼친 유산이기도 하다. 따라서 「방법」의 체계와 구성 원리를 차근히 분석하는 동시에 실제의 문학사 서술에서 구체화된 양상을 검증할 필요가 있다.

잘 알려진 바대로 한국의 근대문학사 전개 과정에서 고려해야 할 조건을 단순하게 나열해 놓은 듯이 보이는 「방법」의 여섯 가지 항목은 「20년」의 서술과 밀착되어 있으며 「신문학사」 역시 이에 따라 체계적으로 서술되었다. 「방법」의 질서가 일관된 원리에 의해 성립되었다는 사실은 1990년대 초반에 진척된 일련의 논쟁과 연구를 통해 재음미되었다. 그런데 대부분 이식사관의 극복이라는 문제에 초점을 맞추었기 때문에 '전통'과 '환경'의 두 항목에 관심이 집중되었다. 즉 「방법」의 내적 체계를 분석하고 실제 서술과의 연관성 속에서 검토하지 못한 약점이 남았다. 방법론과 서술이 서로 분리되어 취급되어서는 안 되며 이론과 실제의 유기적인 관련성 속에서 평가되어야 할 것이다.

대상-토대-환경-전통-양식-정신으로 이어지는 「방법」의 여섯 항목은 '토대'로부터 출발하여 '정신'에 이르는 일관된 위계질서 체계 속에 놓여 있다. 임화는 맨 앞자리에 신문학사의 '대상'을 놓아 문학사적 연속성의 관점을 견지하면서 시대 구분의 본질 개념이 도출될 수 있도록 이론적으로 규정했다. 한편 '정신'의 바로 앞 항목으로 '양식'을 두어 문학사 서술이 정신사와 양식사의 변증법적 관련 아래에서 양식사로서 서술된 문학사 속에 흐르는 정신사의 발견을 궁극적인 목표로 삼는다는 것을 분명히 했다. 즉 대상-토대-양식-정신이 「방법」의 주축이다.

'토대'는 '대상'의 규정으로부터 도출되고 상부구조인 문학과 사이에 '시대정신의 역사' 즉 "토대의 역사의 정수요 그 관념적 집약"을 매개항으로 설정하는 한편 '물질적 토대'와 '정신적 배경'으로 나누어 「신문학사」 서술 속에서 구체화되었다. 이때 앞의 두 항목과 뒤의 두 항목 사이에 놓여서 토대-상부구조론을 매개적인 구체성 속에서 이해할 수 있게 하는 항목이 바로 '환경'과 '전통'이다. 「방법」에서 제시한 '환경'과 '전통'은 「신문학사」 서술에서 물질적 과정으로서 토대 즉 '근대 조선 사회경제사'와 정신적 배경으로서 '근대 조선 정신사'와 대응한다. 임화가 특화시킨 '환경'과 '전통' 항목이란 신문학사의 구체성 속에서 추상해 낸 범주의 표현이다. 이로써 대상-토대-환경-전통-양식-정신의 논리적 배열이 성립되었다.

먼저 '대상' 항목을 보자. 「신문학사」의 제1장 '서론'에서 임화는 신문학의 뜻과 범위, 신문학사의 내포, 신문학사와 조선문학사의 연관 관계를 분명히 밝혀 두면서 출발했다. 임화에 의하면 신문학사라는 용어는 근대문학사가 조선문학사에서 이식문학사로 구체화된 양상을 가리키는 역사적인 개념이다. 「방법」에서 한문 문학까지 포함한 전대 문학이 간접적 대상으로 포함된 것은 '토대' 특히 '정신적 배경'을 해명하는 데에서 전대 문학이 관건이 되는 문제일 뿐 아니라 문학사적 연속성 위에서 시대 구분의 본질 개념을 획정할 수 있다는 점에서 중요하다. 실제로 「신문학사」가 정치소설, 번역소설, 창가, 신소설을 주요 대상으로 삼으면서 착수될 수 있었던 것은 실학사상의 정신적 핵심이 갑오개혁과 을사조약을 거치면서 변천한 사상사적 흐름을 구체적으로 포착한 덕분이다.

사적 유물론에 입각하여 과학적 문학사를 서술하고자 한 임화가 각별히 공을 들인 항목은 '토대'다. 임화는 토대-상부구조론을 통해 문학사를 문화사의 한 영역으로 파악함으로써 여러 문화 형태 속에 공통적으로 흐르는 시대정신의 일반성을 밝히는 것을 문학사의 직접적인 목표로 삼았다. 즉, 토대-정신. 그리고 '토대'를 '물질적 토대'와 '정신적 배경'의 두 갈래로 이해했으며 토대와 상부구조 사이에 '시대정신의 역사'를 매개항으로 설정했다.

임화가 일컫은 시대정신이란 한국의 근대화가 구현된 구체적인 역사 과정 속에 내포된 근대의 성격 즉 근대성을 의미하며 근대 한국의 물질적, 정신적 토대를 포괄하는 내재적 핵심이기도 하다. 임화는 그것을 "봉건적 사회관계의 와해와 새로운 시민 관계의 형성을 표현하는 관념 형태"로 정리했다. 전대와 구별되면서 근대의 성립 이래 당대까지의 정신 내용이자 일관된 핵심으로서 정신 형태인 '시대정신의 역사'란 "조선에 있어 근대정신만이 착용할 수 있었던 정신적 의장"이라는 점에서 추상적인 개념이 아니라 구체적이고 역사적인 개념이다.[7] 이에 따라 임화는 「신문학사」의 제2장 '신문학의 태반(胎盤)'을 '물질적 배경'과 '정신적 준비'로 나누어 서술하면서 신문학사의 물적 기초 및 근대를 향한 도약의 정신적 기반으로 파악했다.

먼저 '물질적 토대'에서는 한국의 자본주의적 변혁의 과제가 이식 자본주의의 재편성으로 '강제'됨으로써 근대 시민 사회의 내포가 충분히 성숙되지 못한 채 불구적 형태를 띠고 전개되었다는 점에 주목하면서 근대화의 세 과정을 고찰했다. 임화에 의하면 한국의 자본주의적 변혁의 물적 토대는 "근대적 방법에 의한" 전자본주의적 사회관계의 변혁

---

7 임화, 「신문학사의 방법」, 『문학의 논리』, 학예사, 1940, 825~826면.

에 놓여 있으며 갑오개혁이라는 역사적 계기로 수렴되었다. 한편 '물질적 토대'에 상응하는 '정신적 배경'은 실학사상으로부터 출발하여 갑오개혁에 이르는 '자주'와 '개화'의 정신, 을사조약에 이르는 '정치'과 '정론'의 정신, 그리고 을사조약 이후 '교화'와 '계몽'의 정신으로 이어진 사적 흐름으로 개괄할 수 있다.

자주적 근대화의 가능성과 역사적 조건을 고찰하는 데에서 출발한 임화의 안목은 눈여겨볼 가치가 있다. 임화는 조선 후기 사회의 근대적 생산양식 요소의 맹아를 간과하지 않았으며 갑오개혁의 상층 지향성과 외세 의존성도 날카롭게 지적했다. 그렇다 하더라도 '물질적 토대'에 대한 인식이 일면적이라는 것 또한 사실이다. 근대화의 과정을 조선의 '개화' 과정, 더 엄밀하게 말하자면 외국과의 직접적, 간접적인 교섭 및 개항사로 제한하고 말았기 때문이다. 물적 토대의 분석에서 핵심은 경제적 사회 구성의 기본 요소를 둘러싼 물질적 과정을 역사적으로 고찰하는 한편 그에 따른 계급적 사회관계의 변동과 경향성을 명확하게 드러내는 데에 놓여 있다. 그런데 임화는 구한말 사회 구성의 내부적 역동성을 간과한 채 외부적 자극과 압력의 역사를 일관된 중심으로 삼았다.[8]

물질적 토대에 대한 협소한 인식은 임화가 아시아적 생산양식론에 주목한 점이라든가 왜곡된 자본주의 편입 과정에 대한 이해와 결부되어 있지만 '개화'와 '자주'의 변증법을 바라보는 시각에서 비롯된 것이기도 하다. 임화에 의하면 그것은 실패한 변증법이기 때문이다. 그렇다고 해서 임화가 조선 후기 사회의 자본주의적 생산양식의 맹아에 주목하고 발전 경로를 추적했어야 한다는 뜻은 결코 아니다. 사실 토대

---

8   임화, 「개설 신문학사 (8~12회)」, 『조선일보』, 1939.9.16~20, 3면.

에 대한 이해는 이미 「서설」에서 일정 정도 획득된 바 있다. 다만 이러한 일면성은 임화가 처한 시대적 한계, 당시 조선 사회경제사 연구의 수준을 반영한 한계다. 실제의 「신문학사」 서술에서 제2장이 '물질적 배경'과 '정신적 준비'로 이원화된 채 서로 긴밀하게 연결되어 있지 못한 듯이 보이는 것도 마찬가지 이유다. 실제로 근대화의 세 단계가 '개화'와 '자주'의 후퇴 경로와 정확하게 대응하고 있으니 모방과 이식의 문제가 도출되는 것 역시 필연적이다.

그렇다면 이제 두 가지 문제를 제기할 수 있다. 하나는 '토대'와 '정신'의 문제, 즉 「방법」의 중축이라 할 수 있는 전체 구성 원리의 문제다. 임화가 제시한 여섯 가지 항목은 사실상 '토대'로부터 '정신'으로 이어지는 줄기에 놓여 있다. 또 하나는 그럼에도 불구하고 그 사이에 '환경'과 '전통'이라는 항목이 개입되어 있다는 점이다. 「방법」을 관통하는 일관된 체계 속에서 다소 이질적인 문제가 불거져 나온 셈이다. 임화의 문학사론이 유물론으로부터의 일탈이라든가 유물 사관과 정체 사관 사이의 동요라는 혐의를 받는 이유도 기실 이러한 모순 때문이다.

전자의 문제부터 먼저 살펴보자. 거듭 강조했듯이 임화의 방법 체계는 '대상'과 '토대'로부터 출발하여 다섯째 항목인 '양식'과 여섯째 항목인 '정신'으로 수렴되는 일관된 질서 속에 놓여 있다. 문학사는 한 시대를 기본 단위로 하여 그 시대의 문예적인 개성과 형식적 특색 곧 '시대적 양식'을 문제 삼는다. "비평의 최후의 과제이면서 문학사의 최초의 과제"인 양식의 설정이 '양식의 역사'를 형성하며 문학사란 사실상 그러한 양식의 역사를 서술하는 것이다. 그런데 시대적 양식의 역사란 어디까지나 "그 시대인의 고유한 체험과 생활에서 형성된 시대정신이 자기를 표현하는 형식"의 역사에 불과한 것이며 따라서 문학사의 궁극적인 목적은 양식의 역사 이면에 흐르는 정신의 역사를 발견하는 데에

도달하는 것이다.

　요컨대 문학사는 여러 시대의 정신사를 일관한 체계로 이해함으로써 한 시대의 단일한 양식 속에서 그 시대의 단일한 정신을 발견하고자 하는 것이며 이때에야 비로소 과학적인 문학사가 된다는 것이다. 이때 정신의 역사란 한 시대의 운동의 근원이자 동력인 사유 체계 자체를 다루는 것이며 그 변천과 발전의 동인을 구명하는 것을 의미한다. 결국 「방법」의 마지막 항목으로 설정한 '정신' 항목은 문학사 서술의 궁극적인 지향점을 명시하고 있는 셈이다. 다시 말하면 그것은 한 시대의 정신 속에서 "서로 다른 정신이 어떤 한계를 나아가면 근사한 중심으로 통합될 가능성"을 발견하는 것, "개성적인 차이를 초월한 어떤 보편적 동일성을 발견"하는 것을 가리킨다.

　이렇게 본다면 「방법」의 궁극적인 방법 체계와 구조는 명백히 '양식'과 '정신'의 통일을 겨냥하고 있다. 따라서 신문학사의 대상이 "근대정신을 내용으로 하고 서구문학의 장르를 형식으로 한" 신문학 즉 조선의 근대문학이라는 규정은 내용과 형식을 기계적으로 이분화한 사고의 산물이 아니라 정신사와 양식사에 대한 변증법적 사유에 근거하고 있음을 알 수 있다.

　그렇다면 이제 「방법」의 세 번째와 네 번째 항목으로 설정된 '환경'과 '전통'이 과연 사적 유물론의 관점과 충돌하는가 하는 문제에 주의를 기울여 보자. 1990년대 초반의 연구에서 공통적으로 주목된 바 있듯이 '환경'과 '전통' 항목이 아시아적 정체성이나 식민 사관에 침윤된 주체성 부정과 전통 단절론을 의미하는 것이 아님은 분명하다. 그렇다 해도 임화의 사관에 대한 혐의는 쉽게 제거되지 못했다. 임화의 방법 체계 속에서 긴밀한 내적 긴장 관계를 유지한 '환경'과 '전통'을 서로 모순적인 항목으로 이해하거나 어느 한 쪽을 강조하면서 상호 간의 변증법적 연관 관계를 놓친다든지 임화의 문학사론을 편향적으로 해석한 점도 문제다. 이러한 한계는 의외로 문제적이어서 두 가지 측면에서 검토될 필요가 있다. 먼저 '환경'과 '전통' 항목의 실질적인 내용과 「신문학사」 서술에 적용된 구체적인 양상을 검토하는 것이 하나이며, '환경'과 '전통' 항목이 「방법」의 체계에서 차지하고 있는 위상을 점검하는 것이 또 다른 하나다.[9]

먼저 '환경'은 "한 나라의 문학을 위요(圍繞)하고 있는 여러 인접 문학"이라는 점에서 문학적 환경을 가리키며, 신문학의 생성과 발전 과정에서 영향을 미친 외국문학 연구 즉 "서구문학이 조선에 수입된 경로"에 대한 탐색을 의미한다. '환경' 항목이 "신문학사란 이식문화의 역사"라는 명제의 핵심임은 두말할 나위도 없다. 그런데 실제로 임화가 문제 삼은바 일본문학을 통해 서구문학을 이식한 구체적인 근거는 이식문학론에 의해 평가된 것이 아니라 역으로 번역, 창작, 비평의 문학사적 현상에 대한 귀납적 분석의 결론으로 제시된 것이다.[10] 임화가 '환경' 항목을 설정하고 나아가 이식문학사라는 의제를 명시한 것은 구

---

9 성진희는 임화의 방법 체계가 내적으로 완결된 구조를 취하고 있으며 '환경'과 '전통' 항목이 필수적임을 논증하면서도 "토대와 배경으로부터 분리"되어 있다는 임화의 언급을 근거로 유물 사관과 정체 사관 사이에서 동요를 보인 것으로 평가하는 모순을 보였다. 성진희의 논의에 따르면 양식사로서 문학사 서술에서 사관의 동요가 필연적이라는 오류를 피할 수 없다. 또 오현주는 임화의 방법 체계 속에서 '환경'과 '전통' 항목이 차지하는 연관 관계를 간과함으로써 신소설의 발생사에서 전통과 환경의 적용을 찾으려는 오류를 범했다. 결국 「방법」과 「신문학사」가 방법적으로 분리되어 있다는 것이다. 1990년대 초반에 진행된 논쟁과 연구는 대체로 「방법」의 방법 체계와 실제의 「신문학사」 서술을 일관된 구조 속에서 보지 못한 채 임화의 문학사론을 평가했다. 오현주, 「임화의 문학사 서술에 대한 고찰」, 『현상과 인식』 52호, 한국인문사회과학회, 1991.5, 91~111면; 성진희, 「임화의 신문학사론 연구」, 서울대 석사논문, 1992.2; 오현주, 「임화의 문학사 서술의 추이에 관한 연구」, 『실천문학』 25호, 실천문학사, 1992.3, 271~289면.

10 임화, 「신문학사의 방법」, 『문학의 논리』, 학예사, 1940, 829~830면; 임화, 「단편소설의 조선적 성격─구월 창작 평에 대신함」, 『인문평론』 1호, 인문사, 1939.10, 127~137면; 임화, 「교양과 조선 문단」, 『인문평론』 2호, 인문사, 1939.11, 45~51면.

체적인 문학사적 사실 관찰과 이론화에 근거한 소산이라는 점에서 일단 정당한 인식이라고 평가할 수 있다.

한편 '전통' 항목에서 임화가 주력한 문제는 전통의 개념적 의미가 아니라 문화 창조 과정에서 전통 자체가 창출되는 변증법적 역량이며, 전통 창출의 주역으로서 역사적 주체의 역할이 뚜렷하게 자리매김 되었다는 점에 유의할 필요가 있다. 임화에 의하면 낡은 문화로부터 새 문화로 나아가는 창조 과정은 고유문화와 이식문화의 역사적 상승이며 이것이 바로 이식이라는 과정의 변증법적 성격이다. 임화가 가리킨 바 새로운 창조의 주역은 문화적 유산을 전통으로 부활시키는 역사적 주체다.[11]

임화가 전통과 이식의 문제를 본격적으로 다룬 것은 '토대'를 분석한 「신문학사」의 제2장 중 '정신적 준비' 항목이다. 근대화 과정에서 신문화 탄생의 맹아이자 핵심이 된 실학사상은 '자주'와 '개화'의 변증법적인 정신 운동의 역사적 형태로서 갑오개혁이라는 내적 계기로 수렴되었다. 그러나 갑오개혁 자체의 반민중적 식민성으로 인해 새로운 문화의 이식은 타협적 성격을 노정한 채 '개화'의 정신이 '정치'와 '정론'의 정신으로, 을사조약 이후에는 '교화'와 '계몽'의 문화주의 정신으로 이어졌다는 일관된 설명이다. 「방법」의 '전통' 항목이 강조한 핵심은 한국의 시민 계급이 전통을 창출한 변증법적 과정이자 이식의 본질이다. 이 대목에서 임화는 속류적인 계급적 반영론의 이해 수준을 뛰어넘어 문화 과정에 대한 유물론적 시각을 견지했다.[12]

---

11 임화는 유산, 고전, 전통을 구별하면서 특히 '고전과 전통의 통일'을 주장했다. 임화, 「고전의 세계—혹은 고전주의적인 심정」, 『조광』 62호, 조광사, 1940.12, 194~202면.
12 1933~1934년경 일본을 통해 소개된 프리체의 경우는 계급 반영론의 역사적 전개 과정을 다분히 기계적으로 적용했다. 프리체는 한 시대의 사회 경제적 조건과 물질적 반영을 고립적으로 이해함으로써 예술사의 전개를 '종합적이며 기념비적인 예술'과 '분화적이며 친밀한 예술'

그렇게 본다면 신문학사의 방법 체계에서 '환경'과 '전통' 항목이 차지하는 위상도 자연스럽게 드러난 셈이다. 요컨대 임화 스스로 말한바 "토대와 배경에서 분리하여" 설정된 '환경'과 '전통' 항목은 실제로 토대와 배경으로부터 분리될 수 있는 성격의 것이 아니며 또한 실제로 분리되었다고 보기도 어렵다.[13] '환경'과 '전통' 항목은 엄밀히 말하자면 '물질적 토대'와 '정신적 배경'을 특화한 범주다. '환경' 항목은 실제의 구체적인 문학 현상을 실증적으로 관찰하고 이론화함으로써 비평적 고찰을 문학사적 범주로 획득해 낸 결과다. '환경'이란 '물질적 토대'에서 분리된 것이 아니라 보편적인 물질적 과정에 포섭되지 못한 신문학사의 특수성을 고려한 결과인 것이다. 다만 물질적 토대를 협소하게 인식하고 갑오개혁을 결정적인 계기로 취급함으로써 그들을 단일한 범주 안에서 통일적으로 소화할 수 없었다는 점은 명확한 한계다. 또한 '전통' 항목은 한국의 근대화가 기초를 둔 문화적 유산을 실학사상으로 보고 근대 전체의 사상사적 흐름을 일관된 것으로 개괄해 내면서 구체적인 전통 창출의 과정으로 이해한 결과다. '전통' 역시 '정신적 배경'에서 분리되었다기보다 정신적 준비 과정의 역동성을 구체화시킨 역사적 범주다. 따라서 '환경'과 '전통' 항목을 포괄하고 있는 내재적 핵심 역시 '시대정신의 역사' 즉 근대성의 역사에 의해 변증법적으로 매개된다.

요컨대 「방법」에서 제시된 여섯 가지 범주의 유기적인 체계를 사적 유물론과의 모순이라든가 사관의 오류, 혹은 방법론과 실제 서술 사이

로 대립시켜 반복적이고 순환론적인 비역사주의적 유물론에 머물고 말았다. 인류 역사의 시초로부터 근대 공업 자본주의 시대에 이르기까지 모든 예술 양식이 매 시기마다 반복적으로 교체되는 선택론적인 반영론이다. 그에 비해 임화는 역사적 주체의 문제를 고려함으로써 이러한 순환 논리적 상대성에서 벗어날 수 있었다. V. M. 프리체, 송완순 역, 『구주 문학 발달사』, 개척사, 1945; V. M. 프리체, 김용호 역, 『예술 사회학』, 대성출판사, 1948.

13 임화, 『문학의 논리』, 학예사, 1940, 827면.

의 괴리로 보기는 어렵다. 오히려 임화의 방법 체계는 「서설」의 평면적인 토대-상부구조론 이해에서 한 걸음 나아갔으며, 신문학의 형성과 발전 과정에 대해서도 한층 역사적이고 확대된 시야 속에서 조감할 수 있는 위치가 확보되었음을 보여 준다. 방대하고 체계적인 기획 아래 신문학사를 서술하고자 한 임화의 의욕은 「방법」이 전제되어 있기에 가능했으며, 이식문화사로서 한국 근대문학사를 지향할 수 있었던 것이다. 그런 뜻에서 사적 전개의 법칙적 과정과 발전 원리를 수립하려는 「서설」의 이론 획득 과정에서 분명한 진전을 보였다.

임화는 「신문학사」뿐만 아니라 소설사에 방법 체계를 적용하여 양식사로서 문학사 서술을 시도했다. 소설사 인식 역시 첫 번째 시기의 「서설」에서 보여 준 전개 구도와 여러모로 달라지지 않을 수 없었다. 임화는 소설사 서술 자체를 방법론적 과제로 파악하고 한국 근대문학의 역사와 성격에 대한 적극적인 평가로 나아갔다. 방법론에 기반을 둔 문학사론의 수립과 과학적인 문학사 서술, 그리고 당대의 시대적 조건에 대응할 수 있는 새로운 의제를 설정하려는 이중의 의미에서 그러하다. 두 번째 시기에 확립된 임화의 방법 체계가 구체적으로 어떠한 소설사 인식에 도달했는지, 미학적 원리가 무엇인지 살펴볼 차례다.

2) 시민문학의 역사와 리얼리즘 소설사

두 번째 시기의 문학사 인식은 정신사와 양식사의 변증법적 통일이라는 방법론을 통해 제시된 소설사에서 잘 드러났다. 「20년」과 「의의」로 이어진 임화의 소설사는 「방법」을 구체적으로 적용하여 서술한 단 두 편의 근대문학사다. 그런데 양식사로서 소설사 구성이 사상-주인공-성격(환경)-운명-플롯으로 요약되는 「본격소설론」(1938.5)에 미학적 근거를 두었다는 점에서 좀 더 체계적인 일관성 위에서 분석될 필요가 있다.

정신과 양식의 범주를 중심으로 구성된 임화의 근대소설사는 인도주의적 이상주의 문학(이광수)-개성적 자연주의 문학(김동인)-데카다니즘의 세기말적 경향(『백조』)-심리적 리얼리즘(나도향)-신경향파 문학(박영희적 경향과 최서해적 경향)-「과도기」(한설야)-프로문학(『고향』)으로 정리된다. 이러한 관점은 김동인으로부터 현진건, 염상섭으로 이어진 자연주의 문학 내부의 발전 과정을 '양식적 질서'가 완성되어 가는 과정으로 파악하고 그 시대의 정신을 '부정의 정신'으로 파악한 데에서 잘 드러난다. 임화는 각각 '이상의 정신'과 이상주의 문학, '부정의 정신'과 자연주의 문학, '데카다니즘의 정신'과 세기말적 경향을 대응시켰다.

정신사와 양식사로서 소설사 인식에서 가장 문제적인 대목은 박영희적 경향과 최서해적 경향의 양식적 분열을 시민문학의 역사에 근거하여 미학적으로 해명한 점이다. 즉 이인직 문학의 반봉건적 시민 의식에서 출발하여 이광수의 이상의 정신-세기말적 경향의 데카다니즘으로 이어진 정신과 김동인-현진건-염상섭-나도향으로 이어진 정신의 분열이 신경향파 문학에 반영되었으니 달리 말하자면 "관념과 묘사의 분열"의 양식사적 표현이라는 것이다. 따라서 "리얼리즘 문학이 선행되지 못한" 한국 시민문학 역사의 양식사적 분열을 통일해야 할 근대문학 완성의 과제가 프로문학에 주어진다. 그것은 "소설의 구조 내부에서 근대적으로 이해된" "사회성과 개성의 변증법"에 도달하는 과제이며 곧 본격적인 리얼리즘 소설로 나아가는 것이다. 「서설」에서 미학적으로는 해명하지 못했던 프로문학의 근대적 과제가 비로소 뚜렷한 양식사적 전망으로 제시된 셈이다.

결국 소설사의 정신사적, 양식사적 과제는 문학에서 근대적인 것의 완성이라는 명제 곧 '근대성'으로 요약된다.[14] 임화가 「본격소설론」에서 의식한 "고전적 의미의 소설 양식"의 확립이란 형태상의 동일성에 주목한 것이며, 그 정신적 근원에는 '사상' 지향성 즉 근대성의 완성을 지향하는 문학 정신의 공통성과 소설 '양식'의 완성이라는 문학의 '본격성' 지향이 깔려 있다는 평가에 근거한 것이다. 시민문학의 경우 내셔널리즘, 경향문학의 경우 소셜리즘이 바로 그것이다. 요컨대 문학이란 '사상'이기 때문이다. 즉 사상-플롯-양식이라는 도식이 성립된다. 따라서 성격과 환경의 부조화, 묘사와 서술의 분열, 말하려는 것과 그리려는 것의 분열과 같이 창작 심리의 분열 혹은 예술적 조화의 상실로 비판된 소설 '양식'의 문제는 근대정신의 확립과 직결되어 있는 것이며, 그것은 다시 구체적인 역사 현실에 대한 실천적인 대응력의 문제로 귀결된다.

따라서 소설의 '본격성'이란 시민문학의 역사 속에서 구체화되어야 할 근대성의 문제였으며, 임화는 그에 대한 역사적 평가에 근거하여 시민문학으로부터 경향소설로의 발전 및 역사적 필연성을 근대문학으로서 '리얼리즘 소설사'로 파악하려 했다고 볼 수 있다. 여기에서도 임화는 고전주의-낭만주의-사실주의-자연주의-세기말적 경향으로 이어진 서구 시민문학의 역사를 일차적인 참조 대상으로 삼았다. 자연주의 문학으로부터 경향문학으로의 발전에는 시민문학의 붕괴가 가

---

14 이 점에서 「본격소설론」과 「세태소설론」은 당시의 문학을 혼돈 현상으로 평가하는 것이 무의미함을 지적하고 역사적 이론화와 성격 규명으로 나아가는 도정에서 획득된 양식론이다. 임화가 당대의 시대정신을 무력의 시대 즉 "소설이 와해된 시대, 문학이 유멸(遺滅)된 시대"로 파악한 점을 간과해서는 안 된다. 임화 스스로 경계했듯이 시민문학과 경향문학의 당파성의 차이를 몰각했다든가 우편향의 오류로 나아간 단초를 보여 주었다는 식으로 평가하고 마는 것은 피상적이다. 임화, 「세태소설론」, 『문학의 논리』, 학예사, 1940, 360면.

로놓여 있으며 그것이 『백조』의 자기 부정, 자기 붕괴라는 과도적 성격을 해명하는 열쇠다. 이 점에서 나도향의 후기 문학은 다시 자연주의의 유산을 섭취하면서 내면화의 길을 도입한 심리적 리얼리즘의 맹아로 볼 수 있다는 것이다. 또한 양식사적 문학사 서술을 통해 세기말적 경향의 내부적 편차를 몰각하지 않으면서도 그것을 하나의 통일된 경향으로 설명할 수 있었다. 데카다니즘의 정신에 기초하고 있는 이 경향 내부의 다양한 차이는 양식의 '차용'에 의해 설명되었다. 또한 자연주의 문학과 세기말적 경향의 '문학사적 발생의 동시성'을 양식사적으로 해명할 수 있었다. 두 갈래의 문학은 모두 "철저한 사회적 문화적인 근대화의 욕구"라는 일치된 시대정신을 지니고 있었다는 것이다.[15]

이러한 평가는 「서설」에서 진전된 견해이기도 하면서 동시에 한계이기도 하다. 문학 조류의 교체와 계기적 진보로 구성된 「서설」에 비하면 양식사적 방법에 의한 리얼리즘 소설사는 일관된 미학적 원리로 체계화되었다. 시대정신의 변천과 그에 상응하는 소설 양식의 문제를 중심에 두고 문학적 사유의 방법과 성격의 근본적인 차이를 비판한 것은 임화의 뛰어난 안목이 아닐 수 없다. 그러나 「서설」의 중심 원리인 "계승과 상쟁의 변증법"이 크게 약화된 이식문학사로서 이해된 약점을 지닐 수밖에 없다. "양식의 창안이 아닌 이식은 곧 정신의 수입"이라는 도전적인 명제는 결국 자연주의 문학 이후의 전개 과정이 근본적으로는 내부 모순의 전개와 치열한 투쟁을 포기한 자리에서 획득되었음을 의미하기 때문이다. 임화가 해방기에 이르러 프로문학에 대한 반성과 자기비판을 감행하고자 했던 것도 바로 이 때문이다.

---

15 임화, 「소설 문학의 이십 년」(전6회), 『동아일보』, 1940. 4. 12∼20, 3∼4면; 임화, 「『백조』의 문학사적 의의―일 전형기의 문학」, 『춘추』 22호, 조선춘추사, 1942. 11, 134∼153면.

3) 신문학의 발생사와 과도기 양식의 문학사회학

　양식사로서 문학사 서술 태도는 「신문학사」에서도 일관성 있게 관철되었다. 「신문학사」에서 본격적인 분석과 평가에 진입한 대목은 과도기 양식으로 명명된 정치소설, 번역소설, 창가, 신소설이다. 과도기 양식은 신문학의 선구요 신문학을 준비한 문학 양식이며, 그중에서도 정치소설과 번역소설은 과도기 문학의 선구이자 신소설 출현의 기초가 된 양식이다.

　임화의 분석에 의하면 정치소설, 번역소설, 창가, 신소설은 근대적 정신이 근대적 양식으로 표현된 신문학에 미처 이르지 못한 채 발전의 가능성만 보유한 문학 양식이다. 과도기의 문학은 전대 문학사와 직접적으로 연결되는데, 임화는 급격한 단절이 아닌 "구문학으로부터의 서서한 해탈 과정"이야말로 과도기 양식의 핵심적인 성격이라고 보았다. 새로운 정신이 낡은 양식으로 표현될 수밖에 없는 것은 과도기 문학이 물적 토대의 취약성과 식민성이라는 불구적 조건 속에서 타협성과 절충성을 내포하면서 발생했기 때문이다. 임화는 그러한 현상을 전대 문학 양식과의 교섭과 탈출의 변증법으로 이해했으며, 특히 신소설의 전개 과정을 정신과 양식의 모순 및 역사적 발전의 변증법 속에서 해명한 데에서 구체적인 양상이 잘 드러난다. 임화는 「신문학사」에서도 내용과 형식의 일원론적 평가를 포기하지 않으면서 리얼리즘 문학 발생의 원천을 신소설에서 찾았다.

　임화에 의하면 이인직의 신소설은 계모소설 유형의 가정소설 양식과 객관소설 양식으로 나누어지며 전자에서 후자로 일관된 발전을 거쳤다. 그럼에도 불구하고 이인직 이후의 신소설 전개는 발전의 역정이 아니라 역사적 퇴행의 길로 들어선 특수성을 노정했다. 즉 이해조의 소설은 정치소설 양식과 가정소설 양식으로 나누어지는데, 이미 양식적 생명을 다한 정치소설과 달리 후자는 이인직의 가정소설 양식을 답습하여 출발했다. 낡은 양식과의 모순 및 투쟁 속에서 새로운 양식 창출로 나아가지 못한 이해조는 낡은 양식에 낡은 정신을 담아내고 말았다. 통속적 대중화와 신소설의 양식사적 붕괴로 요약되는 신소설의 전개 과정은 최찬식의 신소설과 1930년대의 이른바 '현대 신소설'로 이어진 양식사적 후퇴의 역사라는 것이다. 반면에 이인직의 객관소설 양식은 새로운 정신을 표현할 수 있는 새로운 양식의 창출로까지 나아간 모델이며, 이를테면 『무정』은 객관소설 양식의 근대적 발전의 길을 통해 본격소설로 접근함으로써 신문학의 역사를 열었다. 요컨대 이인직-이해조-최찬식-'현대 신소설' 계열과 이인직-이광수 계열의 역사적 분열이라는 설명이다.

결국 신소설은 구소설의 영향을 탈각해 갈수록 점차 근대문학으로 접근했다.[16] 임화가 「20년」에서 이광수의 문학, 진정하게는 김동인의 문학으로부터 현대소설의 역사가 시작된다고 재평가한 것은 이러한 논리의 연장선 위에서 가능했다. 새로운 정신이 근대적인 의미의 새로운 양식을 획득하게 된 지점은 이인직의 객관소설 양식을 계승한 『무정』 이후이며, 이식문학으로서 신문학사는 적어도 이광수 문학 이후부터 시작된다. 따라서 과도기의 문학을 분석하는 데에 치중한 「신문학사」에서 임화가 주목한 것은 이식문학의 역사적 구성이 아니라 구문학의 양식적 전통의 답습과 극복의 측면일 수밖에 없다.

임화의 인식은 이전 세대의 문학으로부터 계승, 발전되는 측면(계승과 상쟁의 변증법)을 강조하기보다는 사적 지양, 극복의 탈각 과정(답습과

---

16 신시의 선구를 이루고 있는 창가 역시 구시가의 양식을 차용하면서 출발하였으며 음악적 요소에서 벗어나는 과정으로 설명되었다.

해탈의 변증법)을 강조했다는 점에서 신소설의 문학적 근대성을 바라보는 태도의 협소함을 면할 수 없다. 즉 근대문학을 계승과 상쟁의 변증법, 답습과 해탈의 변증법 사이에서 일어난 상호 모순과 투쟁 속에서 탄력적으로 상승한 것으로 바라보기보다 전대 문학과의 양식사적 연속성 위에서만 파악함으로써 이후의 본격적인 신문학사 전개 과정을 정신과 양식의 수입의 역사 즉 이식의 역사로 제한할 수밖에 없었던 것이다. 달리 말하자면 아직 근대문학이 적극적으로 이식되지 못했기 때문에 신문학과 구문학의 모순과 투쟁은 그만큼 급격하지 못한 과정이며, 본격적인 이식문학의 역사가 시작되는 지점에 이르기까지 중간적 도정으로 파악된 것이다.

물론 임화는 새로운 시대정신을 표현해 내기 위해 구소설의 플롯이라는 전통적 문학 양식을 계승, 차용하는 것과 문학적 리얼리즘에 의거할 수 없을 때 외래의 문학 양식을 일시적으로 빌려 오는 이식적 성격의 차용을 엄연히 구분했다. 그러나 두 경우 모두 새로운 양식 창출의 창조적 가능성을 일정하게 차단하고 있다는 점에서 본질적인 차이는 없는 셈이다. 임화의 양식사적 문학사 인식의 한계도 여기에 놓여 있다. 요컨대 임화는 과도기 양식의 성격과 양식의 역사적 전개에 대한 일면적인 이해로 인해 이식문학의 역사를 구성할 수밖에 없었다.

임화의 두 번째 시기 신문학사 인식은 뚜렷한 방법론에 의해 서술되었으며 신문학의 역사 전반을 체계화하려는 의도의 산물이다. 그런데 정작 「신문학사」는 전대 문학-과도기 문학-신문학으로 이어진 근대문학의 발생사에서 핵심적인 또 하나의 연결 고리, 즉 이인직의 객관소설 양식에서 이광수의 『무정』으로 이어지는 접점을 서술하지 못한 채 중단되었다. 결국 신문학사를 구문학으로부터 일관된 탈각 과정으로 바라봄으로써 전대 문학사로부터의 해탈 과정이라는 명제와 이식

문학사의 전개라는 명제가 만나는 가장 치열한 모순의 자리를 해명하지 못하고 말았다는 점에서 치명적인 약점을 안고 있는 셈이다.

4. 완미한 개성과 완미한 문학

임화가 신문학의 발생 근거와 시민문학의 양식적 전개에 주목하게 된 데에는 본격문학이라는 과제가 가로놓여 있다. 임화가 이식성에 주목하지 않을 수 없었던 이유도 여기에 있다. 본격문학이란 한국의 신문학사가 근대성을 획득해 나아가는 도정에서 반드시 도달해야만 하는 양식사적 과제로 주어진 것인 동시에 사상성의 회복을 요구하는 비평적 실천이기도 하기 때문이다. 그런데 이러한 이의 제기는 적어도 「서설」에서는 찾아볼 수 없었던 바다. 임화가 처음으로 이식성을 문제삼기 시작한 것은 「본격소설론」에 이르러서다.

임화에 의하면 이식성이란 역사적 시간의 축약과 복잡성을 의미하는 것으로, 서구의 보편사적 과정을 짧은 시기 동안 혼돈의 형태로 내포하고 있는 식민지적 특징이다. 한 조류의 소설이 양식적 완성에 도달하기 전에 또 다른 조류가 발생하여 결국 미완성의 양식으로 그치고 만 현상이 여기에서 비롯된다. 즉 한국의 신문학은 이식 자본주의화 과정 속에서 온전한 의미의 근대문학 완성에 도달하지 못한 채 서구문학의 또 다른 파편을 피상적으로 모방했다는 것이다. 예컨대 서구 시민문학의 세태소설과 심리소설이 리얼리즘 문학에서 분화되어 발전한 것이라면 한국의 경우에는 현실과 관념(이상)의 분열을 반영한 미학적 분열이자 사상성의 후퇴에서 기인한 양식적 파탄일 수밖에 없다. 따라서 임화가 '신문학사'라는 용어를 고집할 때 근대문학사가 한국에서 구체적으로 실현되는 양상을 가리키는 역사적 개념으로 구사되었다는 사실은 중요한 대목이다. 임화가 겨냥한 바는 토대의 완강한 제약에 묶여 온전한 발전사를 이룰 수 없는 한국 근대문학사에 대한 전면적인 비판의 가능성이다.

이식 자본주의화라는 용어는 한국 사회가 세계 자본주의화 과정으로 편입되는 '강요된' 과정을 구체적으로 포섭하기 위한 개념이다. 임화 역시 조선 사회경제사가 일정한 보편적 전형성을 담지하고 있음을 충분히 인식했다. 다만 물적 토대의 변혁과 사회 구성체의 혁명적 이행이 이루어질 수는 없었다는 점을 지적한 것이다.[17] 물론 임화는 「서설」에서도 시민 계급의 성장을 제약한 기본적인 조건으로 물적 토대의 반봉건성과 식민성을 지적한 바 있다. 그러나 타협적이고 절충적인 시민문학의 특수성을 설명하는 개념으로 머물렀을 뿐 근대문학적 실천의 계기를 내포하고 있지는 못했다. 임화가 한국 자본주의화 과정의 파행성을 문제 삼게 된 것은 아시아적 생산양식론의 성과를 받아들이면서 가능했다.[18] 중요한 점은 이로써 프로문학에 대한 자기비판의 의미를 함축할 수 있게 되었다는 사실이다.

앞서 언급했듯이 문화의 이식성은 조선의 시민계급이 낡은 문화로부터 새로운 문화를 창출하는 과정에서 강제된 성격이라는 함의를 지닌다. 프로문학에 요구된 '완미한 개성'의 창조란 결국 역사적 이식성

---

17 임화는 조선 근대화 과정의 물질적 토대에 대해 원칙적으로 정당하게 인식하고 있으며 이를 발판으로 사회경제사적 문학사 서술로 나아가고자 했다. 그럼에도 불구하고 임화의 토대 분석은 일면적일 수밖에 없는데, 토대의 경제적 사회 구성에 대한 인식이 배제되거나 결여되어 있었다는 점에서 정치 결정론적 편향을 띠었기 때문이다.

18 박진영, 「임화 신문학사론 연구」, 연세대 석사논문, 1997.2, 71~76면; 김재용, 「임화의 이식 문학론과 조선적 특수성 인식의 명암―프로문학 부정론과 민족문학 수립의 전제」, 『문예연구』 22호, 문예연구사, 1999.9, 49~55면.

의 제약으로부터 벗어나 시민계급의 문학적 전통을 창출해 내기 위한 방법론으로 제출된 것이라 할 수 있다. 그런 뜻에서 이식성의 문제를 통해 소설의 본격성을 문제 삼은 것은 당대의 구체적인 문학 현상, 즉 프로문학에 대한 반성의 의미로 제출된 것이며 문학적 근대성의 지향을 내포하는 역사적 개념이다. 임화가 '완미함'의 지향을 거듭 강조할 수밖에 없었던 것은 그런 의미에서다. 그렇다면 "완미한 문학으로의 길"에서 최종 도달점은 어디일 것인가? 임화는 그것을 가리켜 "자기 고전의 창출"이라고 말했다.[19] 임화의 논법대로라면 이식문학의 주체화 과정이 어떻게 가능할 것인지에 대한 물음이다.

요컨대 임화의 사유는 이식성 문제를 매개로 신문학사의 보편성과 특수성 문제에 미쳤다. 한국의 근대화 과정에 대한 집요한 분석과 평가가 없이 신문학사의 근거를 물을 수 없는 것처럼 시민문학의 사상적 기반과 프로문학의 이식성에 대한 해명은 한국의 근대문학이라는 역사적 실체에 대한 반성과 직결되기 때문이다. 다만 임화는 이식성이 내면화된 양상을 구체적으로 보여 주는 데까지 이르지는 못했다. 실제의 문학사 서술에서 이식의 조건과 경로, 이식 과정 내부에 존재하는 경쟁 방식과 상호 작용에 대해 구체적으로 서술하지는 못했기 때문이다.

그럼에도 불구하고 임화가 새로운 시대의 문학으로 비약할 수 있는 계기와 동력을 역사적으로 인식하고 이를 시대정신과 양식의 힘으로 해명하고자 했다는 사실은 분명하다. 이식이라는 문제성은 피상적인 수입과 모방의 차원으로 단순화되지 않으며 한국의 문화적 지연이나 식민지적 특수성으로 국한되지도 않는다. 그러한 의미에서 임화의 문학사론과 문학사 서술은 반론과 재평가를 통해 실천되어야 할 과제 가운데 하나다.

---

19 임화, 「現代朝鮮文學の環境」, 『文藝』 8권 7호, 改造社, 1940.7; 김윤식, 『일제 말기 한국 작가의 일본어 글쓰기론』, 서울대 출판부, 2003, 312~314면.

제12장

되돌아오는 제국, 되돌아가는 주체

1. 역사의 궁극과 주체의 기원

식민 주체의 정체성이 구성되는 과정에는 제국과 식민지의 관계에 대한 성찰이 수반되게 마련이다. 주체 자신의 존재론적 거점에 대한 반성적 사유를 전제로 하는 모험은 세계상에 대한 인식론적, 방법론적 전변을 감행하는 도약의 출발점이 되기 때문이다. 그러한 도정의 핵심을 발견과 자각의 서사라 부를 수 있다면 강요에 의해 수행되느냐 능동적으로 실천하느냐의 차이는 있을지언정 다분히 폭력적인 은유를 환기한다는 점에서는 크게 다르지 않다고 할 수 있다.

근대 초기의 계몽 지식인이자 식민지 망명객이기도 한 역사학자 신채호의 경우는 일찍이 구국 위인전기를 통해 공동체적 계몽의 서사를 구성한 바 있다. 신채호는 뚜렷한 역사 지리적 시원(始原)을 공동체의 구심점으로 삼고 그 이념적 형상의 전개와 서사적 구성을 텍스트화함으로써 강렬한 집단 주체적 열망과 도덕적 대항의 실천을 기획했다. 그런데 신성하고 고결한 민족사의 인식 체계를 구축하기 위해서는 영토 확장적 민족주의 혹은 준제국주의적 근원주의라 부를 만한 강력한 '종교적 상무 정신' 또는 '을지문덕주의'가 요청되었다. 예컨대 『꿈하늘』에서 '한놈'이 '임나라'에 이르는 도정이란 바로 민족 시원의 자리에 놓여 있는 단군과 정복 영토를 수복하는 군국 전사(戰士)에 의한 정체성 확인의 순례나 다름없다.[1]

한편 식민지 지식인 출신의 이인화라는 인물은 아예 식민 종주국에 정신적 거처를 마련한 채 시즈코(靜子)라는 기표 저편에서 생물학적 모국을 관찰하고 응시한다. 위대하고 영광스러운 참조 대상이 무너졌기에 떠나야 할 방향은 물론 되돌아갈 곳도 이미 결정되어 있다.

> 차가 떠나려 할 제 김천 형님은 승강대에 선 나에게로 가까이 다가서며
>
> "내년 봄에 나오면 어떻게 다시 성례를 해야 하지 않니? 네겐 무슨 심산이 있니?" 하며 난데없는 소리를 묻기에
>
> "겨우 무덤 속에서 빠져나가는데요? 따뜻한 봄이나 만나서 별장이나 하나 장만하고 거드럭거릴 때가 되거든요? ……" 하며 나는 웃어 버렸다.[2]

『만세전』의 이인화에게 "구더기가 득시글득시글하는 무덤 속"이란 식민지의 현실을 직접 지시하기도 하지만 실상 독백하는 근대 주체 스

---

1 신채호, 「독사신론」, 『대한매일신보』, 1908.8.27~12.13, 1면; 신채호, 『을지문덕』, 광학서포, 1908, 31면; 신채호, 『꿈하늘』, 『단재 신채호 전집』 하(개정판), 단재 신채호 선생 기념사업회 편, 형설출판사, 1977, 221면; 신채호, 「고구려 삼걸전 서문―독자에게」, 김병민 편, 『신채호 문학 유고 선집』, 연변대학출판사, 1994, 248면; 신채호, 「아방 윤리경」, 김병민 편, 같은 책, 236~246면.
2 염상섭, 『만세전 외』(염상섭 전집 1), 민음사, 1987, 107면.

스로에 대한 존재론적 은유이기도 하다. 주체의 시선은 결코 제국의 바깥쪽으로 뻗어 나가지 않는다. 삶의 규율 권력과 지배 양식으로 스며든 풍경에 대한 회의나 의심은 끊임없이 주체의 내면으로 선회한다.

제국과 식민지의 대결, 식민 주체의 자기 정체성 구성과 파열이라는 측면에서 한층 더 문제적이고 흥미로운 것은 최인훈의 『태풍』이다. 전성기의 최인훈이 내놓은 마지막 소설이기도 한 『태풍』은 독특한 문학적 상상력이 실험되었음에도 불구하고 그동안 별다른 주목을 끌지 못했다.[3] 식민지의 역사적 경험을 새로운 형식으로 환기시킨 『태풍』이 1970년대 초반에 포착된 발견과 자각의 서사를 보여 준다는 점을 떠올린다면 뜻밖의 일이다. 식민지에서 해방된 뒤에도 여전히 확장되거나 대체된 형태로 등장하는 제국의 존재를 문제 삼았다는 점에서 『태풍』은 지금 우리 시대를 관통하는 역사적 고민과 문학적 모색을 다시 점검하고 확인하게 해 준다. 식민지 경험보다 훨씬 더 긴 시간이 지났음에도 불구하고 식민 주체의 문제는 여전히 현재 진행형의 과제로 남아 있기 때문이다.

가장 눈길을 끄는 대목은 최인훈이 이른바 애너그램(anagram)의 방법론에 도전했다는 사실이다. 애너그램은 끊임없이 실제의 역사 현실에 대한 참조와 조회를 불러일으킨다.[4] 그렇다 하더라도 문학적 방법의 하나로서 애너그램은 역사 그 자체로는 환원되지 않는다. 역사의 시공간을 덮어 버리는 것처럼 보이는 애너그램에서 무엇이 사실이고 실재인가, 진실이나 진리를 어떻게 확인할 것인가는 결코 중요한 문제가 아니다. 우리가 눈여겨보아야 할 것은 주체가 세계를 인식하고 서

---

3   최인훈, 「태풍」(전243회), 『중앙일보』, 1973.1.1~10.13; 최인훈, 『태풍』(재판), 문학과지성사, 1992(1978). 『태풍』의 인용은 단행본을 따르며, 괄호 안에 면수만 표시한다.
4   이인숙, 「최인훈 소설의 담론 특성 연구—서술 층위를 중심으로」, 고려대 박사논문, 1998, 92~93면; J. T. Shipley(ed), *Dictionary of World Literary Terms*, Boston : the Writer, 1970, p.13.

사화한 과정에 대한 사유이며, 그런 점에서 『태풍』은 한 가지 새로운 길을 개척해 나아간 사례다.

이를테면 한참 뒤에 등장한 복거일의 『비명을 찾아서 – 경성, 쇼와 62년』은 최인훈의 『태풍』이 남긴 유산을 적극적으로 물려받으면서 새로운 서사적 방법론을 선보였다.[5] 그런데 복거일의 경우는 최인훈과 다른 갈래의 민족 서사를 구성했다. 특히 1980년대 후반의 『비명을 찾아서 – 경성, 쇼와 62년』이 남성 중심적이고 근원주의적인 서사에 치우친 점을 고려하면 일찍이 등장한 『태풍』이 지닌 문제성이 잘 드러난다.[6] 따라서 근대 주체에 육박해 오는 식민성의 형성과 그 극복에 대한 성찰을 요구한 점에서 『태풍』을 재평가할 가치가 있다. 근대 주체의 삶 속에 스며들어 구체적인 인식론적, 방법론적 규율 권력이자 지배의 양식으로 포획된 식민성은 역사성을 띠고 있는 한 대단히 이중적일 수밖에 없다. 오토메나크의 경우처럼 제국과 식민의 경계를 끊임없이 넘나듦으로써 제국주의의 물질적 권력과 인문적 기반에 대해 회의하고 의심하는 전복적 사유는 이른바 제삼 세계적 시각을 확보하기 위한 소중한 가능성으로 성장할 수 있기 때문이다.

그런 뜻에서 가장 눈길을 끄는 대목은 『태풍』의 마지막 엔딩 구조다. 삼십 년의 역사를 건너뛴 비약적 서술, 이상적이고 낭만적으로 해소된 관념성의 문제가 대단원에 가로놓여 있다. 비동맹 회의의 현실화라는 정치적 희망을 지나치게 강조했기 때문에 카르노스의 형상이 신화화될 뿐 아니라 서사 구조에도 변화가 올 수밖에 없다는 지적은 전적으로 타당하다.[7] 그러나 더 중요한 문제는 오토메나크의 또 다른 현

---

5   복거일, 『비명을 찾아서 – 경성, 쇼와 62년』(전 2권), 문학과지성사, 1987.
6   공임순, 『우리 역사소설은 이론과 논쟁이 필요하다』, 책세상, 2001, 67~69면.
7   권보드래, 「양면 – 자유와 독재」, 김동춘 외, 『자유라는 화두 – 한국 자유주의의 열 가지 표정』, 삼인, 1999, 195면; 서은주, 「최인훈 소설 연구 – 인식 태도와 서술 방식의 상관성을 중심

실태라 할 코드네주의 시선에 걸러진 아이세노딘의 새로운 정치적 정체성, 그리고 아이세노딘인에 대한 명명법에 있다.

사자와 양의 질서 속에서 초식성 사자라는 대안적 노선을 선택한 카르노스에 의해 부조된 아이세노딘의 모습이란 실상 식민지 지배 이전 즉 훼손 이전의 아이세노딘, 그리고 서구 니브리타인이 상정한 아이세노딘 본연의 모습과 그리 다르지 않다. 식민주의를 통어하는 서구의 이분법적 사유 체계에서 한 치도 벗어나지 못한 채 순수하고 원시적인 자연성으로서 아이세노딘의 정체성이 구성된 셈이다. 뿐만 아니라 아이세노딘인이라는 혈족(ethnic) 역시 비서구적인 동양인의 감성적 표상으로, 이른바 오리엔탈리즘적 시각에서 진술되며 카르노스의 딸 아만다는 물론이려니와 메어리나까지도 인종주의적 기원을 그대로 간직하고 있다. 불안정한 지층 위에 매혹과 해방의 상징으로 세워진 '세계가족'은 결국 식민주의자 오토메나크가 갈망해 마지않은 아만다의 형상으로 수렴되었다.[8]

『태풍』이 보여 준 완강한 회귀성은 이상적이고 낭만적인 엔딩을 위한 희생의 결과이기는 하지만 바냐킴으로 거듭난 오토메나크가 결국 애로크인이 아니라 아이세노딘인으로서 정체성을 선택한 점에서 혐의가 가볍지 않다. 오토메나크 스스로 제국과 식민의 이중적이고 경계적인 정체성을 쉽게 무너뜨리지 못한 채 카르노스라는 영웅적 형상에 의존할 수밖에 없는 것은 아이세노딘과 로파그니스, 그리고 아만다에 대한 시선에서 비롯된다. 오토메나크의 시선은 철저하게 식민주의자로서 시선이며, 따라서 아만다에 대한 억압자로서 정체성만은 끝내 문

으로」, 연세대 박사논문, 2000.2, 113면; 강진구, 「반식민의 이중성을 넘어」, 『한국문학과 탈식민성―'제국'과 '식민'의 경계를 넘어』(문학과비평연구회 심포지엄 자료집), 2001.6, 48면.

8 서은주, 「최인훈 소설 연구―인식 태도와 서술 방식의 상관성을 중심으로」, 연세대 박사논문, 2000.2, 116면.

제 삼지 못하고 만다. 생물학적 모국인 식민지 애로크에 대해서 내내 피해 의식과 열등감에 시달린 오토메나크는 제국과 식민의 관계에 대한 비판적 인식에 이르렀지만 정작 바냐킴조차 점령지 아이세노딘에 대해 해방자의 지위를 포기하지 않음으로써 식민성을 새로운 시선으로 구성할 수 있는 가능성을 간과하고 말았다.

기실 태풍을 만나 섬에 조난당할 때부터 에필로그에 이르는 마지막 대목이야말로 식민주의의 이항 대립을 넘어 근대 주체의 반성과 성찰이 구체적으로 실천될 수 있는 핵심 장면이 되어야 마땅하다. 하지만 『태풍』의 가장 결정적인 대목은 말끔하게 생략되었다. 그런 의미에서 카르노스의 신화와 아이세노딘의 평화로 은유된 역사의 궁극적인 완성형은 반(反)식민주의자 오토메나크에 의해 전유된 절반의 성취요 절반의 허위와 자기기만이다. 새롭게 포착된 지평을 정면으로 돌파해 내지 못한 데에 오토메나크의 이중성, 그리고 『태풍』의 한계가 놓여 있다.

2. 식민 주체 구성의 규약

태풍이 지나간 자리에 마치 영화의 한 장면처럼 삼십 년의 시간을 뛰어넘어 도달된 또 다른 역사의 가능성은 비극적인 환멸의 위장 혹은 봉합의 혐의에서 자유롭지 못하다. 단속적으로 노출된 서술자의 시선이라든가 외삽된 진술에 의한 뒤틀림이 에필로그에서 유난히 자주 눈에 띈다는 사실은 아이세노딘의 평온이 얼마나 조심스럽게, 얼마나 간신히 유지되는 조화인가를 드러낸다.[9] 코드네주의 직업적 '실수'는 종종 아만다의 웃음에 의해 가려지지만 아슬아슬하게 벌어졌다가 아물곤 하는 상처는 깊숙한 균열과 틈으로 남아 있다. 바냐킴 일가에 남은 상처가 역사적 것임이 틀림없다면 삼십 년 후의 비밀 가옥은 거짓 낙원에 불과하다. "허무주의자의 용기가 역사에 대해서 어떻게 비허무적으로 작용하는가 하는 경우"(364면)라는 단 한 문장으로 축약된 오토메나크의 삶의 편력은 실상 완벽하게 전도된 표현에 불과한 셈이다.

『태풍』의 에필로그가 보여 준 환멸의 그늘은 오토메나크라는 근대 주체가 구성되고 해체되는 과정과 닮았다. 오토메나크는 식민지 애로크 출신인 동시에 나파유의 상층 지식인이자 스물여섯 살의 혈기 왕성한 청년 장교로서 정체성을 능동적으로 구성해 나아갔다. 자신의 출신 성분과 가계가 갖는 의미를 충분히 파악했을 뿐 아니라 한계를 넘어서기 위해 더욱 더 철저하게 식민 종주국에 동화되어 가야 한다는 것도 잘 알고 있다. 나파유인보다도 더 나파유인다운 오토메나크는 진정한 나파유의 군인 정신, 국가 정신, 민족정신을 체득함으로써 자신의 존재를 완전무결한 사상적 표상으로 다듬어 나아가는 중간 엘리트다.[10] 자신의 임무를 통제하는 아카나트 소령을 비롯한 로파그니스 사령부 간부나 나파유 출신의 다라하 중위가 보이는 허술함보다 우월한 위치에서 자신의 존재를 인식할 수 있는 힘 역시 "사관학교 출신보다 더 사관학교 출신"이어야 한다는 오토메나크 특유의 의식적인 자기 방어에서 비롯되었다.

유럽과 아시아, 서구와 비서구의 대결은 오토메나크의 군국주의적

---

9 『태풍』의 등장인물이 '자발적 무지'에 의한 모종의 침묵과 은폐를 하나의 양식으로 '선택'했다는 지적은 매우 시사적이다. 정과리, 「모르기, 모르려 하기, 모른 체하기—『광장』에서 『태풍』으로, 혹은 자발적 무지의 생존술」, 『시학과 언어학』 1호, 시학과언어학회, 2001.6, 134~136면.
10 오토메나크가 보여 준 자기의식은 프란츠 파농이 '흑인상'에 내포된 '비존재의 감정'이라 부른 것과 다르지 않다. F. 파농, 이석호 역, 『검은 피부, 하얀 가면』, 인간사랑, 1998, 19면, 174면.

정체성을 보증하는 데에서 매우 유리한 조건이 된다. 나파유와 니브리타의 세계 전쟁은 불의와 악에 맞선 정의와 선의 신성한 분노이자 도덕적 응징이기 때문이다. "사탄과 싸우는 것은 천사일 수밖에 없었다."(37면) 나파유인으로 "거듭난" 주인공에게는 그처럼 확고부동한 '신앙'을 이해하지 못한다면 나파유인이든 아이세노딘인이든 서구인이든 다 마찬가지다. 단일한 정체성만 허용한 주인공에게 비국민(非國民), 야만인, 침략자 사이에 아무런 차이가 있을 리 없다. 적어도 제국주의자, 식민주의자로서 오토메나크에게 생물학적 태생지 애로크에 대한 인식은 전혀 자리 잡을 틈이 없다. 게다가 오토메나크에게는 뚜렷한 원천을 가진 단단한 이념적 동화의 보호막이 둘러쳐져 있기도 하다.

> 그러나 오토메나크는 애로크 독립운동에 대해서 전혀 모르지는 않았다. 그러나 오토메나크가 대학생이 될 무렵에는, 독립운동은 나라 안에서는 완전히 땅 밑으로 숨어 버린 시대였다. 오토메나크는 소문 이상의 것에 접할 길이 없었다. 그때 파시즘이 나파유를 휩쓸기 시작했다. 오토메나크는 사회주의와 내셔널리즘과 보수주의를 한데 묶은 그 사상 속에 구원을 발견했다. 거의 본능적이었다.
> 화려한 이상주의, 유럽인에 대한 증오, 자신의 가족에 대한 안전 — 이런 것을 오토메나크는 나파유주의라고 불리는 그 사상 속에서 알아보았다. 오토메나크가 대학에서 전공한 나파유 고전문학이 이 사상의 운하의 몫을 했다.(16면)

나파유 정신이란 오토메나크가 자신의 '피'를 선택할 수 있게 해 준 유일한 무기다. "역사의 새 책장이 넘겨지고 해와 별처럼 뚜렷해 보이던 유럽인의 시대도 끝났다"(16면)는 현실 인식을 뒷받침해 준 구체적 힘도 나파유 정신에서 비롯되었다. 주인공은 식민 지배의 양식을 최종적으로 완성시킨 문화 심리적 기제로서 '문학사'를 통해 자신의 정체성을 완

결 지으면서 빠른 속도로 제국의 중심으로 편입해 들어갈 수 있었다.[11]

실제로 오토메나크가 수족관의 유리 칸막이 저편으로 비유한 나파유 고전문학이 "불시에 몸속의 피처럼 울컥"(13면) 흡수된 것은 군대라는 거대 국가 조직에 절묘하게 부합되는 하나의 몸짓으로서 쓸모를 발견했기 때문이다. 식민 지배자보다 더 우월한 식민지 지식인으로서 오토메나크는 나파유 정신이라는 보이지 않는 정신적 덕목을 선명하게 구획하고 위계화해 주는 계급 조직의 엘리트 장교이기 때문이다. 서로 모순되는 듯한 이질적인 제도적 장치의 교묘한 결합과 전유를 통해 나파유와 애로크, 제국과 식민의 경계는 교묘하게 은폐되거나 희석된다. '문학사'에 대한 발견을 통해 오토메나크 내면의 평화와 안정이 보장된 것은 당연하다.

이는 사상에 대한 오토메나크의 태도에서도 마찬가지로 드러난다. 오토메나크의 말에 따르자면 신국(神國)의 사상에 이르는 운하가 되어 준 것이 문학이었을 따름이다. 따라서 주체의 심층에서 작동한 사상의 힘과 문학의 힘이란 사실상 서로 다른 것이 아니다.

> 한마디로 그는 이 책을 정치적 이론으로서가 아니라 아름답고 취하게 만드는 음악으로 받아들였다. 아름다운 문장과 책임 없이 풍부하게 사용한 비유 속에서 오토메나크는 유토피아의 설계와 영웅적 인생관을 음악에 홀리듯 빨아들였던 것이다.(75면)

여기에서 제국의 문학사, 곧 고전의 시적 세계에 심취하는 방법과

---

11 이로써 오토메나크는 완전한 식민주의자가 된다. 강진구, 「반식민의 이중성을 넘어」, 『한국문학과 탈식민성―'제국'과 '식민'의 경계를 넘어』(문학과비평연구회 심포지엄 자료집), 2001.6, 38~39면.

제국의 이데올로기적 복음을 내면화하는 방법은 정확히 일치한다. 유동성과 모호성을 기반으로 한 감성적 인식은 곧바로 이념 혹은 사상의 수용 방법으로 응용된다. 더 정확히 표현하자면 세계와 역사에 대한 독해의 이론적 방법이 문학이라는 제도의 효과와 기능으로 대체되고 자기화되었다. 오토메나크가 자기 정체성을 구축하고 확인해 나아가는 도정은 제국주의적, 식민주의적 지배 양식이 어떻게 탄생되고 작동하는가를 정확하게 대변하고 있는 셈이다.

그런 의미에서 오토메나크는 시종일관 근대 주체의 얼굴을 하고 있다. 로파그니스의 비밀 가옥에서 카르노스를 연금하고 감시해야 하는 첫 번째 임무가 주어진 뒤 곧바로 모종의 흔들림이 나타날 듯했으나 정작 오토메나크는 "제 마음의 모순을 알지 못했다."(28면) 자기 정체성을 견고하게 구축해 둔 오토메나크는 동요를 알아차릴 수 없다. 애로크에서 온 거물 마야카의 방문, 마야카와 나눈 충격적인 대화는 오토메나크에게 회의를 심어 주었을 뿐만 아니라 정체성을 뒤흔들 만한 계기다. 그럼에도 불구하고 니브리타 식민 당국의 보물 창고를 발견하기 전까지는 전면화될 수 없었고 근본적인 전복의 힘을 충전할 수도 없었다.

굳이 비교하자면 오토메나크의 발견과 자각은 쇼와 62년 경성의 안정된 인사이더 기노시와 히데요의 경우와 다르다.[12] 불혹의 나이에 다가선 기노시와 히데요는 자본주의 질서 속에서 비교적 안정된 삶과 일상을 영위하고 있는 무역회사 과장인 동시에 시인이기도 하다. 『비명을 찾아서―경성, 쇼와 62년』에서도 문학은 주체의 정체성을 확인하고 정립해 나아가는 방법론으로 선택되어 있다. 그래서 일상적 정체성과 문학적 정체성이 이중적으로 공존하고 있다는 사실이 기노시와 히데

---

12 복거일, 『비명을 찾아서―경성, 쇼와 62년』(전 2권), 문학과지성사, 1987.

요가 문제적인 인물로, 나아가 유사-역사가적 인물로 전이한 계기가 된다.[13] 그런데 기노시와 히데요는 단일한 정체성을 회복하기를 소망하는 인물이며, 따라서 우연한 발견과 순간적 각성으로부터 긴 여정을 시작한다. 견고한 내면을 뒤흔드는 해체적 힘은 잠재되어 있지 않다.

반면에 오토메나크는 이제 세계상에 대한 독해의 실천을 통해 스스로 텍스트를 구성해 나아가는 역사적 주체가 된다. 달리 말하자면 자신의 내부에 존재하는 갈등과 모순을 극복하는 서사가 시작된다. 그것은 제국주의자, 식민주의자로서 견고함을 구성한 사유 체계와 인식 방법에 대한 물음이 될 수밖에 없다. 그러한 물음에 오토메나크가 얼마나 충실하게 답할 수 있는가가 관건이다.

한편 자기 자신과 세계의 관계에 대한 오토메나크의 식민성은 나파유와 니브리타의 대결을 바라보는 사유와 인식이 고스란히 치환된 결과다. 근대 주체의 정체성을 견고하게 단련시킨 힘의 기저에는 도식적인 이항 대립의 틀이 깔려 있다. 때때로 오토메나크는 니브리타인이 만든 이항 대립을 거부하고자 하지만 정작 자신이 이항 대립의 틀 안에 철저하게 포획되어 있어서 문제다.[14] 처음 카르노스를 대하면서 오토메나크가 당혹감을 감추지 못한 것은 카르노스가 "적이 아니면 내 편이라는 틀에 잘 들어맞지 않는 사람"(47면)이기 때문이다.

나와 적의 대립이란 나파유-니브리타, 비서구-서구, 자연-인공, 원시-진보, 야만-문명, 순수-향락, 순결-약탈, 나약-무력, 미신-과학, 혼돈-질서, 공원-도시, 유린-정복, 밤-낮, 과거-미래, 여성성-남성성, 정신성-물질성, 신비성-합리성과 같은 분할과 동궤의 것이다. 나와

---

13 공임순, 『우리 역사소설은 이론과 논쟁이 필요하다』, 책세상, 2001, 62면.
14 『태풍』의 곳곳에서 서술자의 직접적인 진술이 개입된 이유는 주인공 오토메나크가 이항 대립에 대한 분석적 시선을 지니고 있지 못하기 때문이다.

적의 대립은 언제든 새로운 대립항을 파생시키면서 끊임없이 확장될 수 있다. 요컨대 오토메나크는 서구 근대인의 이른바 오리엔탈리즘적 상상력에 갇혀 있다. 니브리타에 대한 증오와 격분이 로파그니스에서의 '징발'과 '전유'로 이어지듯이 서구 문명에 대한 반발과 도전은 다시 맹목적인 단죄와 정복을 낳고 만다. 아니크계 아이세노딘인에 대한 무차별 학살 장면의 목격이 아만다에 대한 육체 탐닉과 사랑으로 해소(200면)되는가 하면 단절과 죽음에 대한 위협, 공포는 소유물이 되어 버린 니브리타 포로에 대한 성적 약탈로 이어진다.

> 그렇지 않더라도 지금도 오토메나크는 여전히 반(反)니브리타주의자였다. 니브리타를 미워하기 위해서는 나파유주의자일 필요가 있었다. 그러나 저 여자들도 그 미움의 과녁인가. 가장 절망적인 처지에 빠진 한 인간의 머리에 걸맞지 않는 희극적인 난문제가 생겼다. 오토메나크가 머리에 그리고 살아온 니브리타 제국주의자의 군상(群像)은, 당연하다는 듯이, 불알 달린 남자들로만 그려져 있었기 때문에. 그는 여자들 초막 쪽을 또 쳐다봤다. 정글은 캄캄하게 잠들어 있었다.(346면)

에필로그로 넘어가기 바로 직전에 놓인 이 대목은 오토메나크가 발 딛고 서 있는 경계선이 얼마나 날카롭고도 확고한 것인가를 명확하게 보여 준다.

결국 조난 직전의 장면에 이르기까지도 오토메나크는 자신의 식민성을 쉽사리 극복하지 못한 셈이다. 『태풍』의 에필로그를 비약이라 함은 식민성 극복에 해당하는 지난한 도정이 완전히 생략되었다는 의미다. 그런데 과감한 생략이 허무와 환멸을 은폐하고 있을지라도 반드시 제국주의자, 식민주의자로서 허무와 환멸만은 아니어서 문제다. 주체의 자기 정체성을 형성해 나아가는 과정 안에 이미 그것을 붕괴시키는 또 다른 해체의 힘이 나란히 나아가고 있기 때문이다.

그렇다면 이제 제국과 식민의 경계, 근대와 근대 이후의 경계. 주체 내부와 외부의 경계가 과연 얼마나 진지하게 해체될 수 있는가를 물을 차례다. 오토메나크에 의해 포착된 해체와 재구성의 경로가 바로 『태풍』이 제시한 탈식민주의적 가능성의 핵심일 터다.

3. 식민성의 안과 밖

신채호의 구국 위인전기나 『꿈하늘』이 근대 초기 민족국가 형성의 주체를 발견하기 위해 민족사의 시원에 대한 역사 지리적 상상력을 작동시킨 경우라면 복거일의 『비명을 찾아서─경성, 쇼와 62년』은 훼손되고 상실당한 시원을 치유, 회복하기 위해 결핍된 주체를 복원해 나아가는 회귀적 상상력을 작동시킨 경우다. 어느 경우든 민족사를 구성하는 인종, 역사, 지리의 핵심 요소에 대한 인식을 통해 공동체의 순결성을 재구축할 것을 주체에게 명령하는 서사다. 이데올로기화된 도덕적 강렬성의 수위는 말할 나위도 없이 최고조에 달하게 마련이다. 양자 모두 준제국주의적인 근원주의의 위험성이 노출되고 만 것도 마찬가지 이유에서다.

이에 비해 『태풍』은 단수가 아닌 복수의 정체성을 서사화함으로써 민족주의의 한계를 비껴 간다. 즉 식민주의적 정체성과 탈식민주의적 정체성 혹은 견고한 정체성의 구성과 정체성의 해체를 통해 제국과 식민의 관계를 끊임없이 되묻는다. 그래서 "사상의 운하"를 거슬러 올라가는 주체의 모험이 시작된다.

식민지 출신의 지식인이면서 제국의 또 다른 점령지에 진주한 정복자 오토메나크는 몇 차례의 계기를 통해 실체가 사라지고 유령으로만 남았다고 느끼게 되는 자기 정체성의 내파를 경험한다. 마야카와 나눈 대화, 학살 장면의 목격, 로파그니스 시가의 차량 폭발 사고, 고노란 출장과 같은 크고 작은 사건의 연발 속에서 주인공은 조금씩 사유의 공간을 넓혀 나아간다. 그런데 흥미롭게도 가장 결정적이고 강렬하면서도 지속적인 충격은 보물 창고 안에서야 주어진다. 니브리타 식민 당국이 숨겨둔 기록과 서류의 발견, 그리고 정체성에 대한 의심은 자기 존재의 기반을 순식간에 허물어뜨리는 치명상이다. 제국 문학사의 시적 세계 건너에서 견고한 듯이 보였던 이념과 사상이 이번에는 제국의 또 다른 비밀문서를 통해 산문적 포악성을 숨김없이 내보인 셈이다.

> 역사라고 하는 물건이 홀연 눈에 보이는 모습으로 손에 총을 들고 주머니에 돈과 아편을 감추고 나타났다. 그렇게 싱싱한 감격이다. 카르노스라는 인물을 맡게 되었을 때보다 더 벅차다. 지금 뒤져본 서류에서 그는 느낄 수 있었다. 아이세노딘을 누르고 앉아서 목을 죄는 손을, 늦췄다 죄었다 하는 니브리타의 살찐 무게와 술 냄새를.(88면)

적국 니브리타의 야만성과 침략성을 증명하는 오토메나크의 발견이 이제 "그의 안을 뒤죽박죽으로 만들고, 새 오토메나크가 되는 데 절대한 힘을 미친"(162면)다. 니브리타가 나파유로, 아이세노딘이 애로크로 손쉽게 대체되고 식민지를 둘러싼 저항 운동과 탄압이 환기되며 또다른 카르노스의 존재가 확신된다. 『아이세노딘에서의 니브리타의 식민 통치』를 읽던 주인공은 이키다다 키타나트의 『신국의 이념』을 "어린애 장난 같은 것"으로까지 보게 된다. 카르노스의 시선으로 자신을 들여다보기도 하고 정복자인 자기 자신을 피정복자인 아이세노딘인과 나란히 놓고 보기도 한다. 오토메나크에게 닥친 거대한 혼란, 꿈결 같고 도깨비놀음 같기도 한 황홀감은 곧 절망과 공포로 연쇄되는 구체적인 통로가 되고, 그 한 줄기가 아만다에게 향하게 된다.

결국 많은 것이, 거의 모든 것이 부정되거나 바뀌어야만 했다. 이십육 년의 시간이 단 열흘 만에 전혀 다른 또 하나의 역사에 의해 물러서야만 한다. 이 급작스러운 카오스를 겉으로 드러내지 않기 위해 오토메나크는 낮의 정체성과 밤의 정체성을 분리하여 수용하는 방법을 선택한다. 낮의 현실을 벗어나서는 안 되지만 밤의 세계는 "무서운 피의 교육"에서 잠시 벗어나는 휴식처이자 도피처라는 의미를 띤다. 역사의 진실과 허위가 나누어지고 그 경계 혹은 완충 지대에 아만다가 있다. 이제는 오로지 아만다만이 "의심할 수 없이 가깝고 실감이 있"게 된다. 결국 섬에 조난당한 이후에는 여전히 꿈같기만 한 '진실'과 목덜미에 들이닿은 '사실' 사이의 깊은 골짜기, 역사에서 허무하게 되풀이되곤 하는 '정의'와 '거짓'의 틀에 대한 사유(329~330면)로까지 밀고 나아간다. 오토메나크에게 '앎'이란 마치 아만다처럼 결코 뿌리치지 못하고 끝없이 돌아가게 되는 "외설한 것"이기 때문이다.

오토메나크는 끝까지 '앎'의 세계를 포기하지 않음으로써 니브리타 중심의 문화적 보편성이 지닌 허위성을 깨닫고 제국주의적 침략성에 대한 객관적 관찰과 비판으로 나아갈 수 있었다. 그리고 다시 식민 종주국 나파유에 대한 타자화 및 애로크인으로서 나파유에 대한 경계 인식이 가능해졌다. 또한 '앎'에 대한 열망은 아만다에 대한 한없는 그리움만큼이나 카르노스에 다가가고자 하는 의지로 구현되기도 한다. 단순히 경계선을 확인하는 '앎'이 아니라 '앎'을 뛰어넘어 역사적 실천으로 도약하기 위해서는 카르노스가 절대적으로 필요했다. 왜냐하면 오토메나크에게 카르노스는 올바른 '앎'과 당당한 '실천'의 표상일 뿐만 아니라 애당초 경계의 바깥쪽에서 경계를 무너뜨리는 존재이기 때문이다. 실제로 카르노스가 설득하고 제시한 길은 제이의 사회 역사적 주체로 거듭나는 것이며, 오토메나크로서는 새로운 정치적 생명의 부여라 이를 만한 것이다.

따라서 카르노스의 설득을 수용했을 때 오토메나크는 애로크적 정체성의 복원이 아니라 아이세노딘적 정체성의 탄생을 받아들인 것이다. 탈식민주의의 가능성을 모색하기 위해서는 제국과 식민의 경계를 오토메나크 스스로 해체하거나 혹은 아예 거부해야만 했다. 사실상 오토메나크에게 주어진 최초의 선택권이라 할 이 기회는 식민주의의 바깥쪽에서 전혀 새로운 가능성을 모색할 수 있는 대안이기도 했다. 오토메나크는 이제 더 이상 제국의 모범적인 특권 계급의 일원이 아니라 점차 카르노스에게 접근하는 제삼 세계적 시민의 형상을 갖추어 나아간다.

그런 뜻에서 오토메나크의 새로운 정체성은 선택된 것이며 해체를 통해 재구성된 것이다. 앞서 거론했듯이 문제는 그것이 카르노스라는 초월적 형상에 지나치게 의존하고 있다는 점이다. 또한 신채호나 복거일의 경우와 큰 차이를 지니고 있음에도 불구하고 역사의 완성형으로서 이상주의적인 민족사 모델을 은유하고 있는 에필로그가 구체적인 역사 현실을 참조 대상으로 삼지 못하고 있음도 분명하다. 오토메나크의 약점이자 『태풍』의 한계이기도 한 이러한 문제는 또 다시 식민주의를 지탱하는 이항 대립에서 비롯되었다.

예컨대 아만다는 처음부터 "황색 인종이나 백인종에게는 없는, 원시적인 힘 같은 것이 팽팽한 소녀"(33면)로 다가왔으며 늘 과일 냄새로 기억되는 존재다. 아만다의 육체에 대한 온갖 은유 역시 식물적인 감각으로만 구성되었다. 아만다는 토착 원주민의 원시적이고 정태적인 자연 원리로만 존재하며 행동 양식도 '외국인'의 그것으로 포착된다. 오토메나크의 시선은 섬에 조난당한 뒤에 회고하는 아만다의 모습은 물론이려니와 카르노스의 딸 아만다에 대한 코드네주의 매혹의 시선, 아이세노딘 여성에 대한 비유로 이어지거나 확장되며 아이세노딘의 지리와 기후에도 마찬가지로 적용된다.[15] 요컨대 아이세노딘, 로파그니스, 아만다에 대한 오토메나크의 시선은 늘 남성 정복자이자 특권적인 관찰자의 눈길이다.[16]

또한 코드네주가 바냐킴의 집을 방문하면서 던지는 시선이라든가 감흥이 이미 삼십 년 전에 오토메나크가 비밀 가옥에 가지고 들어가던 그것에 대응하고 있는 점도 강조해 둘 필요가 있다. 코드네주가 철저한 제국주의자, 식민주의자로서 오토메나크와 닮아 있다는 사실, 게다가 매혹적인 아만다와의 관계를 암시하는 대목에서 역사에 대한 기묘한 회의주의를 간취하기란 그리 어렵지 않다.

한편 섬에 유폐되어 정체성 단절과 죽음의 공포에 맞닥뜨렸을 때조차 오토메나크의 모순은 지속된다. 오토메나크는 자신의 개인적인 비극이 결국 애로크를 침략하고 식민화한 나파유에서 비롯되었다고 생각하는 데에서 한참 맴돈다. 오토메나크는 낯설 만치 미끈하고 부드러운 울림을 가진(315면) 나파유 언어로 수신되는 귀축(鬼畜) 니브리타의 방송을 통해 간신히 자신의 정체성을 유지해 갈 따름이다. 그러나 겉으

---

15 예컨대 "분칠을 하듯 하얀 야자나무 줄기는 민속춤을 추는 아이세노딘 여자들의 무대 화장을 한 허벅다리 같았다"라든가 "아가씨는 해바라기처럼 활짝 웃었다"와 같은 비유에서 잘 드러난다.(351면)

16 J. 레에나르트, 허경은 역, 『소설의 정치적 읽기』, 한길사, 1995, 74면; 이석구, 「식민주의 역사와 탈식민주의 담론」, 『외국문학』 50호, 열음사, 1997. 2, 132~138면.

로는 다시 익숙한 나파유 언어를 전유해서 휘하의 병사들에게 훈시를 전달한다. 이때 오토메나크의 언어는 이미 성전을 수행하는 제국 군대 장교의 언어가 아니다. 오히려 오토메나크의 중개는 "나파유 놈들에게서 받은 것을 죽기 전에 나파유 놈들에게 갚아 줘야 하지 않겠는가"(333면)라는 반(反)나파유적, 니브리타적 언어라는 점에서 역설적이다.

몇 가지 경우에서 단적으로 보이듯 식민주의적인 이항 대립의 틀이 여전히 유효하게 작동하고 있으며, 따라서 카르노스의 신화화 및 서술자의 개입은 어느 정도 불가피해진다.[17] 오토메나크에서 바냐킴으로의 전이는 분명 새로운 정체성을 탄생시키고 식민성을 극복해 나아가기 위한 근대 주체의 역사적 실천이다. 다만 오토메나크의 실천이 식민 담론을 지탱하는 견고한 이항 대립과 제국-식민의 경계를 근본적으로 무너뜨린 것이 아니기 때문에 한계 역시 분명할 수밖에 없다.

4. 탈식민주의 주체의 구체성

요컨대 『태풍』은 주체에 내면화된 모순과 갈등을 예각화시켜 드러내고 역사적 실천의 타당성과 가능성을 주체에게 되묻는 낯선 방법론을 취했다. 최인훈은 이를 위해 리얼리즘적 역사소설이나 대체역사소

---

[17] 강진구는 오토메나크를 식민주의자의 측면에서만 바라봄으로써 식민 극복의 가능성이 봉쇄되어 버렸다고 평가했다. 식민주의자의 한계를 넘어서는 것은 카르노스라는 형상의 창조와 서술자의 직접적인 개입에 의해 달성된다는 것인데, 다소 일면적이고 조급한 판단이다. 강진구, 「반식민의 이중성을 넘어」, 『한국문학과 탈식민성―'제국'과 '식민'의 경계를 넘어』(문학과비평연구회 심포지엄 자료집), 2001.6, 45면.

설, 환상소설과는 다른 전략을 내세웠다. 어느 경우든 개별 주체 혹은 집단 주체가 특정한 역사적 국면에서 맞닥뜨리는 세계와의 충돌과 대응을 서사화했다는 점에서는 크게 다르지 않다. 또 그것이 어디까지나 소설인 한 허구적 세계의 창조임이 분명할지라도 늘 역사적 진실성을 문제 삼지 않을 수 없을 만큼 강력한 현실 환기력을 요구하고 있기도 하다.

『태풍』의 경우를 중심에 놓고 본다면 근대 주체가 자신의 정체성 위기를 인식하고 극복해 가는 과정에 초점을 맞추었다. 즉 주체의 정체성이 형성되고 해체 혹은 재구성되는 과정이 서사의 핵심이 된다. 따라서 주체의 존재 방식에 대한 역사적 상상력이 역사 그 자체로 쉽사리 환원되고 나면 혁신성이나 창조성을 발휘하기 힘들다. 『태풍』은 역사적 상상력의 프레임에서 한발 벗어나는 동시에 지배 권력과 식민 담론에 의한 주체의 폭력적 장악을 형상화해 낼 필요가 있었다.

그러면서도 『태풍』의 인명과 지명, 세계사적 배경은 모두 그리 어렵지 않게 역사로 유비시켜 볼 수 있도록 설계되어 있다. 굳이 일정한 규칙을 갖고 있는 언어 유희적 방법을 택함으로써 구체적인 역사 현실에 대한 환기를 늦추지 않고 있는 셈이다. 또한 비약적인 에필로그가 가능했던 것도 마찬가지의 이유다. 제삼 세계적 보편성을 강조하기 위해 미래기적이거나 가상의 역사로 제시한 것이다. 이는 객관적인 현실의 총체적 형상화라는 리얼리즘의 전제에서 비교적 자유로울 수 있었기 때문이라는 뜻도 된다.

그러나 더 중요한 사실은 애너그램이란 결국 식민주의의 내적 모순과 허위성을 역설적으로 드러내기 위한 방법론적 선택이라는 점이다. 앞에서 검토했듯이 식민주의의 뿌리가 된 근대적 도식성과 문화적 상상력은 대단히 허약하고 모호한 토양에 불과하다. 그래서 니브리타와 아이세노딘, 나파유와 애로크가 손쉽게 자리를 바꿀 수 있을 뿐 아니라 명징한 기록 문서는 비로소 '국문학'을 패퇴시킬 수 있었다. 마치 아만다라는 동일한 기표가 역사의 간극을 메워 주듯이 근대 너머에 이르는 길 역시 근대적이다.[18] 이러한 역설에 정확히 대응하는 소설적 방법의 하나가 바로 애너그램이라고 할 수 있다. 에필로그에서 보인 낙관적 전망은 애너그램을 통해 구체적인 역사성과 식민 담론의 내재적 차이를 단순화함으로써 얻어진 것으로, 현실 환기력과 서사적 긴장감을 크게 이완시킬 뿐만 아니라 근대적 질서의 극복을 위한 새로운 세계상의 밑그림도 그리 선명하게 드러내지 못한다. 따라서 오토메나크의 탈식민주의적 가능성은 일정하게 제한될 수밖에 없으며, '태풍' 이후의 역사적 실천에 내장된 강력한 힘도 부분적으로 유실되고 만다.

식민주의와 맞서 대결하고 투쟁해 나아가는 근대 주체에게 성찰과 실천의 힘을 부여한 것은 중심에 대한 부정과 해체의 가능성이다. 전복시켜야 할 중심을 명확하게 설정하고 식민주의의 인문적 기반에 대해서조차 회의와 의심을 던진 최인훈의 안목은 지금의 시점에서 보더라도 소중한 성취가 아닐 수 없다. 제국주의의 시대 속에 던져진 근대적 주체의 내면을 뒤흔드는 힘은 결국 "진실의 소리"가 무엇인가에 대한 질문, 그리고 대답을 모색하는 역사적 과정에 놓여 있는 셈이다.

그러나 민족사의 시원을 구성하는 논리와 역사의 완성형을 구성하는 논리 사이에 그리 큰 차이가 있는 것은 아니다. 궁극적으로는 단일한 선분 위에서 진동한 것이 아닐까? 배타의 운동이냐 혼혈의 운동이냐

---

[18] 오토메나크의 존재론적 회의와 동요가 곧바로 세계에 대한 재해석과 저항으로 이어지지 못한 채 끊임없이 지연된 것은 아만다와의 사랑 때문이다. 진정한 사랑이 될 수 없다는 점을 잘 알고 있으면서도 오토메나크는 다시 아만다의 딸로서 아만다라는 기표를 지향한 셈이다. 아만다를 통한 기만적이고도 교묘한 은폐야말로 오토메나크가 근대 주체일 수밖에 없음을 드러낸다.

가 다르다면 조금 다를 뿐 절댓값에 차이가 생긴 것은 결코 아니다. 결과적으로 양극단으로 접근할수록 또 다른 식민성의 논리로 빠져들 수 있는 위험성이 노출된다. 식민성에 대한 치열한 비판이 맹목성을 띠게 될 경우 흔히 역사에 대한 허무주의나 회의주의에 빠져들게 마련이기 때문이다. 난처함이나 위험성의 측면에서 보자면 『태풍』은 신채호나 복거일의 경우보다도 더 치밀했던 셈이지만, 경계적 근대 주체가 보여준 반성적 실천의 힘을 끝까지 밀고 나아가 다시 역사와 현실의 구체성 속으로 귀환하는 데에까지 이르지는 못했다는 점 역시 분명하다.

처음 실린 곳

제1장 『사이間SAI』 7호, 국제한국문학문화학회, 2009.11.
제2장 『민족문학사연구』 42호, 민족문학사학회, 2010.4.
제3장 『근대서지』 1호, 근대서지학회, 2010.3.
제4장 『민족문학사연구』 40호, 민족문학사학회, 2009.8.
제5장 『근대서지』 6호, 근대서지학회, 2012.12.
제6장 『근대서지』 4호, 근대서지학회, 2011.12.
제7장 『현대문학의 연구』 23호, 한국문학연구학회, 2004.7.
제8장 『인문과학』 94호, 연세대 인문학연구원, 2011.9.
제9장 『현대문학의 연구』 50호, 한국문학연구학회, 2013.6.
제10장 『상허학보』 9호, 상허학회, 2002.9.
제11장 문학과사상연구회, 『임화 문학의 재인식』, 소명출판, 2004.
제12장 『현대소설연구』 25호, 한국현대소설학회, 2001.12.

제1부 【갈피짬】 『근대서지』 7호, 근대서지학회, 2013.6.
제2부 【갈피짬】 『근대서지』 6호, 근대서지학회, 2012.12.
제3부 【갈피짬】 『기획회의』 260호, 한국출판마케팅연구소, 2009.11.20.

도와주신 분들

김광훈(한국학중앙연구원 한국학학술정보관), 김명주(연세대 학술정보원 국학자료실), 김은정(연세대 학술정보원), 노승현(충남도시가스 회장), 민병희(홍익대 역사교육과), 박천홍(아단문고 학예연구실), 서영란(한국현대문학관), 염복규(국사편찬위원회), 오영식(보성고등학교), 임형택(성균관대 명예교수), 장신(역사문제연구소), 조이 김(서던캘리포니아대 동아시아도서관 한국학라이브러리), 최국주(동명사 대표), 한연숙(서강대 로욜라도서관), 함태영(인천문화재단), 황동진(서울교육사료관)

고려대 도서관, 국립어린이청소년도서관, 국립중앙도서관, 국사편찬위원회, 국회도서관, 근대서지학회, 독립기념관, 서울교육사료관, 서강대 로욜라도서관, 서던캘리포니아대 동아시아도서관, 서울대 중앙도서관, 소명출판, 아단문고, 연세대 학술정보원 국학자료실, 영남대 중앙도서관, 이화여대 도서관, 인천문화재단, 한국잡지정보관, 한국학중앙연구원 한국학학술정보관, 한국현대문학관, 화봉문고 새 천 년이 시작된 지도 벌써 몇 해가 지났다. 식민지와 분단국가로 지낸 20세기 한국 역사의 와중에서 근대 민족국가 수립과 민족 문화 정립에 애써온 우리 한국학계는 세계사 속의 근대 한국을 학술적으로 미처 정리하지 못한 채 세계화와 지방화라는 또 다른 과제를 안게 되었다. 국가보다 개인, 지방, 동아시아가 새로운 한국학의 주요 대상이 된 작금의 현실에서 우리가 겪어온 근대성을 다시 한번 정리하고 21세기에 맞는 새로운 모습으로 탈바꿈시키는 것은 어느 과제보다 앞서 우리 학계가 정리해야 할 숙제이다. 20세기 초 전근대 한국학을 재구성하지 못한 채 맞은 지난 세기 조선학·한국학이 겪은 어려움을 상기해 보면, 새로운 세기를 맞아 한국 역사의 근대성을 정리하는 일의 시급성은 아무리 강조해도 지나치지 않다.

우리 근대한국학연구소는 오랜 전통이 있는 연세대학교 조선학·한국학 연구 전통을 원주에서 창조적으로 계승하고자 하는 목표에서 설립되었다. 1928년 위당·동암·용재가 조선 유학과 마르크스주의, 그리고 서학이라는 상이한 학문적 기반에도 불구하고 조선학·한국학 정립을 목표로 힘을 합친 전통은 매우 중요한 경험이었다. 이에 외솔과 한결이 힘을 더함으로써 그 내포가 풍부해졌음은 두말할 나위가 없다. 연세대학교 원주캠퍼스에서 20년의 역사를 지닌 매지학술연구소를 모체로 삼아, 여러 학자들이 힘을 합쳐 근대한국학연구소를 탄생시킨 것은 이러한 선배학자들의 노력을 교훈으로 삼은 것이다.

이에 우리 연구소는 한국의 근대성을 밝히는 것을 주 과제로 삼고자 한다. 문학 부문에서는 개항을 전후로 한 근대 계몽기 문학의 특성을 밝히는 데 주력할 것이다. 역사 부문에서는 새로운 사회경제사를 재확립하고 지역학 활성화를 위한 원주학 연구에 경진할 것이다. 철학 부문에서는 근대 학문의 체계화를 이끌고 사회과학 분야에서는 학제 간 연구를 활성화시키며 근대성 연구에 역량을 축적해 온 국내외 학자들과 학술 교류를 추진할 것이다. 이러한 연구들은 일방성보다는 상호 이해와 소통을 중시하는 통합적인 결과물의 산출로 이어질 것이다.

근대한국학총서는 이런 연구 결과물을 집약적으로 정리하기 위해 마련한 총서이다. 여러 한국학 연구 분야 가운데 우리 연구소가 맡아야 할 특성화된 분야의 기초자료를 수집·출판하고 연구성과를 기획·발간할 수 있다면, 우리 시대 연구자들뿐만 아니라 학문 후속세대들에게도 편리함과 유용함을 줄 수 있을 것이다. 새롭게 시작한 근대한국학총서가 맡은 바 역할을 충분히 할 수 있도록 주변의 관심과 협조를 기대하는 바이다.

2003년 12월 3일
연세대학교 원주캠퍼스 근대한국학연구소